KATHERINE WEBB
Die Schuld jenes Sommers

KATHERINE
WEBB

Die Schuld
jenes Sommers

ROMAN

Aus dem Englischen
von Babette Schröder

DIANA

Sollte diese Publikation Links auf Webseiten Dritter enthalten, so übernehmen wir für deren Inhalte keine Haftung, da wir uns diese nicht zu eigen machen, sondern lediglich auf deren Stand zum Zeitpunkt der Erstveröffentlichung verweisen.

Von Katherine Webb sind im Diana Verlag bisher erschienen:
Das geheime Vermächtnis
Das Haus der vergessenen Träume
Das verborgene Lied
Das fremde Mädchen
Italienische Nächte
Das Versprechen der Wüste
Die Frauen am Fluss
Die Schuld jenes Sommers
Besuch aus ferner Zeit

Penguin Random House Verlagsgruppe FSC® N001967

Taschenbucherstausgabe 07/2021
Copyright © 2019 by Katherine Webb
Die Originalausgabe erschien 2019 unter dem Titel
The Disappearance bei Orion Books,
an imprint of The Orion Publishing Group Ltd, London
Copyright © der deutschsprachigen Ausgabe 2019
und © dieser Ausgabe by Diana Verlag, München,
in der Penguin Random House Verlagsgruppe GmbH,
Neumarkter Straße 28, 81673 München
Umschlaggestaltung: t.mutzenbach design, München
Covermotive: © Trevillion/Elisabeth Ansley;
GettyImages/ De Agostini, G. Wright;
Shutterstock/gyn9037, Mongkol Rujitham, Phillip Kraskoff
Autorenfoto: © Adrian Sherratt
Satz: Leingärtner, Nabburg
Druck und Bindung: GGP Media GmbH, Pößneck
Printed in Germany
Alle Rechte vorbehalten
ISBN 978-3-453-35825-6

www.diana-verlag.de
Dieses Buch ist auch als E-Book lieferbar.

I

SAMSTAG

1942 – Erster Tag der Bombardierung

An jenem Samstag, dem fünfundzwanzigsten April, hätte Wyn Geburtstag gehabt. Schon den ganzen Tag war Frances immer wieder von Erinnerungen an sie heimgesucht worden, und als sie nach dem Abendessen mit ihrer Mutter im Wohnzimmer saß, wuchs ihre Unruhe. Davy döste auf ihrem Schoß. Carys, seine Mutter, hätte ihn schon längst abholen müssen, doch wie schon so oft würde sie ihn wohl einfach bei Frances lassen. Für seine sechs Jahre war Davy recht klein, dennoch lastete sein Gewicht schwer auf Frances. Sie begann zu schwitzen und bekam nur schwer Luft. Dazu das Gemurmel aus dem Radio und das Seufzen ihrer Mutter, die sich abmühte, im trüben Licht einer einzigen Lampe ein Hemd zu flicken – so konnte Frances unmöglich einen klaren Gedanken fassen. Obwohl Frances' Vater alle nötigen Vorsichtsmaßnahmen getroffen hatte, weigerte sich ihre Mutter, während der Verdunkelung die Deckenbeleuchtung einzuschalten. Frances fühlte sich in dem Raum gefangen. Es war zu warm, zu eng, zu voll.

Sie blickte zu Davy hinunter, dessen Glieder im Schlaf langsam erschlafften. Seine Augenlider schimmerten blassviolett und hatten einen wächsernen Glanz, und an Frances zerrte ein bereits vertrautes Gefühl von Betroffenheit: So erschöpft wirkte er ständig.

»Ich muss ein bisschen an die frische Luft«, sagte Frances, veränderte ihre Haltung und versuchte, Schenkel und Rippen ein wenig von Davy zu entlasten. Susan, ihre Mutter, maß sie mit strengem Blick.

»Was, *jetzt?*«, fragte sie besorgt. »Aber es ist doch bald Schlafenszeit.«

»Ich bin nicht müde.«

»Nun, ich schon. Und du weißt, dass Davy trotz des Medikaments aufwacht, sobald du dich bewegst. Du kannst nicht einfach gehen und ihn bei mir lassen. Und Carys' Zustand ist um diese Zeit mit Sicherheit auch nicht mehr der beste«, fügte sie hinzu. Frances unterdrückte einen Anflug von Verzweiflung, das dringende Bedürfnis zu entfliehen. Sie kämpfte sich aus dem Stuhl hoch. Davy regte sich und rieb sein Gesicht an ihrer Schulter.

»Alles ist gut, schlaf weiter«, flüsterte sie ihm zu. »Ja, ich denke, mit Carys hast du recht«, sagte sie an ihre Mutter gewandt. »Nach Hause kann er nicht. Ich bringe ihn zu den Landys. Die sind noch lange wach.« Susan sah sie missbilligend an.

»Es ist nicht richtig, ihn ständig von einem zum anderen zu schieben.«

»Ich … ich bekomme einfach keine Luft mehr. Ich muss hier raus.«

Als sie den Hügel zu den Landys erklommen hatte, wand Davy sich in ihren Armen und rieb sich mit den Fäusten die Augen. Er gähnte, und Frances spürte seine Rippen an ihren, keine von ihnen dicker als ein Bleistift. »Schhh, schhh«, machte sie. »Du bleibst ein bisschen bei Mr. und Mrs. Landy. Ist das nicht schön? Mrs. Landy macht dir ganz bestimmt einen Becher Kakao.« Davy schüttelte den Kopf.

»Bei dir bleiben«, sagte er sehr leise, als Mrs. Landy die Tür öffnete. Sie trug ein Hauskleid und hatte das weiße Haar auf Lockenwickler gedreht, doch beim Anblick der beiden lächelte sie. Sie und ihr Mann hatten keine eigenen Kinder oder Enkelkinder.

»Ist das in Ordnung? Nur für ein paar Stunden?«, fragte Frances.

»Aber natürlich«, antwortete Mrs. Landy. »Komm rein, mein kleines Lämmchen. Wenn es sehr spät wird, können Sie ihn gern bei uns lassen, Frances. Das stört uns nicht.«

»Danke. Er hat schon gegessen und seine Medizin bekommen.«

»Frances«, sagte Davy noch immer verschlafen. Mehr nicht, doch Frances wusste, dass es seine Form des Protests war.

»Sei ein braver Junge«, erwiderte sie schuldbewusst. Kurz bevor die Tür geschlossen wurde, sah sie ein letztes Mal in sein blasses Gesicht, nahm den entgeisterten Ausdruck darin wahr. Unter den Augen, die ihren Blick suchten, lagen dunkle Schatten. Später würde sie dieses letzte Bild quälen. Wie leicht hatte sie die Schuldgefühle beiseitegeschoben und ihn einfach dort zurückgelassen.

Doch es war Wyns Geburtstag, und Frances brauchte Luft. Sie stieg zum Beechen Cliff hinauf, das hoch über Bath lag, und blickte auf die dunkle Stadt hinunter. Inzwischen mochte sie die friedliche Stille und die Einsamkeit während der Verdunkelung. Wenn man wartete, bis sich die Augen an die Dunkelheit gewöhnt hatten, und keine Fackel bei sich trug, ahnte niemand, dass man überhaupt da war. Man konnte völlig unsichtbar sein. Sie war nicht die Einzige, die sich das zunutze machte – häufig vernahm sie aus dem Park gedämpfte Stimmen, die flüchtigen Bewegungen und das schwere Atmen der Liebespaare. Frances mochte die schemenhaften Umrisse der Dinge, die sich vor dem helleren Himmel abzeichneten. Es gefiel ihr, dass man Geräusche und Gerüche deutlicher wahrnahm. Im Tageslicht bemerkte sie weder den Duft der blühenden Rosskastanien noch die intensive Süße des Flieders. Dann entging ihr auch der feuchte Geruch von Gras und Erde im Park, der so ganz anders war als der von Stein, Ruß und Menschen in den Straßen dort unten. Sie fühlte sich nicht bedroht, empfand nur ein leichtes Schaudern, das auch alle anderen Nacht für Nacht heimsuchte. Die Ahnung einer Gefahr, die weit entfernt schien. Als Frances auf die Stadt hinunterblickte, stellte sie sich vor, wie andere Menschen ihren Samstagabend verbrachten. Wie sie lebten, liebten, stritten. All die endlosen Gespräche. Es war befreiend, sich von ihnen zu entfernen.

Sie dachte an Kinder und daran, dass in Davys Augen manchmal schon der Ausdruck eines sehr alten Mannes lag – eine Erschöpfung, als würde er sich in das Unausweichliche fügen. Es war, als sei er bereits vor seiner Zeit gealtert. Ein bisschen, wie Wyn es gewesen war.

Seit zwei Jahren passte Frances auf Davy auf, seit sie wieder bei ihren Eltern wohnte. Als seine Mutter, Carys Noyle, ihn Frances zum ersten Mal in den Arm geschoben hatte, war er sehr schwach und klein gewesen – ein winziger Junge in dreckigen, viel zu weiten Shorts, der an einem entzündeten Flohstich auf seinem Arm herumkratzte und nach altem Schmutz stank. Frances hatte nicht auf ihn aufpassen wollen – sie wollte auf gar kein Kind aufpassen –, doch es war schwer, Carys etwas abzuschlagen. Und für Frances war es noch schwieriger als für jeden anderen. So entwickelte sich aus dem einmaligen Gefallen eine Routine, die drei-, viermal in der Woche in Anspruch genommen wurde, ohne dass Carys jemals vorher Bescheid sagte. Sie ging selbstverständlich davon aus, dass Frances nichts Besseres mit ihrer Zeit anzufangen wusste.

Es war eine ruhige, klare Nacht, die Luft so mild, dass Frances' Atem nicht zu sehen war. Heute wäre Wyn zweiunddreißig geworden, genauso alt wie Frances. Jedes Jahr versuchte Frances, sie sich als erwachsene Frau vorzustellen – verheiratet, mit Kindern. Wie sie aussähe, was sie alles täte. Wären sie Freundinnen geblieben? Frances hoffte es, doch sie waren sehr verschieden gewesen, und Freundschaften unter Erwachsenen schienen komplizierter zu sein als unter Kindern. Sie würde es niemals erfahren. Wyn war an einem Augusttag vor vierundzwanzig Jahren verschwunden und nie wieder aufgetaucht. Sie war ein achtjähriges Kind geblieben. An ihrem Geburtstag suchte Wyn Frances Jahr für Jahr gnadenlos heim, bestürmte sie mit halb vergessenen Erinnerungen und ließ sie den Verlust wie einen körperlichen Schmerz spüren.

Ein einsames Flugzeug flog in der Nähe von Sham Castle ostwärts und hinterließ eine leuchtende Spur aus Brandbomben, die beinahe anmutig langsam vom Himmel fielen. Frances wartete, und natürlich begannen unten die Sirenen zu heulen, die vor einem Bombenangriff warnten. Für gewöhnlich trafen die ersten Flugzeuge zwischen elf Uhr und Mitternacht ein. Plötzlich wurde Frances bewusst, dass bereits mehrere Stunden verstrichen sein mussten, ohne dass sie es bemerkt hatte. Sie musste dringend nach Hause und mit ihrer Mutter in den Keller gehen, wo ihr der Liegestuhl regelmäßig Rückenschmerzen bereitete und die Luft im Laufe der Stunden immer stickiger wurde. Es war unmöglich, dort unten zu schlafen, und im Dunkeln »Ich sehe was, was du nicht siehst« zu spielen war schon seit Monaten nicht mehr lustig. Die Aussicht auf eine weitere Nacht im Keller war so erfreulich wie ein verregnetes Wochenende. In letzter Zeit hatte Frances sich nicht mehr gerührt, wenn die Sirenen losjaulten, und da war sie nicht die Einzige. Viel zu oft schon waren sie losgegangen, ohne dass Bomben gefallen waren.

Das Mondlicht glitt über den Holloway, die alte Straße am Fuße des Hügels, und fiel auf das Dach der St. Mary Magdalen Chapel. Es schien auch auf das Dach des alten Leprakrankenhauses daneben – ein schmales Häuschen, das völlig dunkel dalag, wie alle anderen Gebäude auch. Während der Verdunkelung wies nichts darauf hin, dass es leer stand. Es hatte ein grobes Dach aus Steinziegeln und kleine gotische Fenster, und an der Seite ragte ein Schornstein auf. Frances musste sich erst wappnen, ehe sie es wagte, genauer hinzuschauen; fast als würde sie sich einer Mutprobe stellen. Aber nachdem sie es einmal getan hatte, war es schwer, den Blick wieder zu lösen. Der Anblick katapultierte sie unerwartet und brutal in ihre Kindheit zurück. Sie starrte den Schornstein an und bemerkte die Geräusche der nach und nach eintreffenden Flugzeuge nicht gleich – sie übertönten kaum das leise Rascheln der Bäume. Irgendwo unten in Lyncombe Hill bellte ein Hund. Als sich das Geräusch verstärkte, hörte Frances das unverkennbare zweistimmige Schmettern deutscher Propeller, das so anders klang als das gleichmäßige Dröhnen der britischen Maschinen. Alle kannten den Unterschied.

Monatelang, Nacht für Nacht, hatten sich die Einwohner von Bath versteckt, wenn die Flugzeuge auf dem Weg nach Bristol über sie hinweggeflogen waren, um die dortigen Hafenanlagen und Lagerhäuser zu bombardieren. Frances hatte vom Beechen Cliff aus beobachtet, wie der Himmel im Westen von Explosionen und Luftabwehrgeschossen erhellt wurde, in denen Menschen in der Nachbarstadt ums Leben kamen. Nervöse Piloten, die nicht genau wussten, wo sie sich befanden, warfen vereinzelt eine Bombe in der Gegend von Bath ab oder ließen auf dem Rückweg zum Kontinent nicht verschossene Ladung einfach fallen. Eine brennende Scheune hier, ein zu begaffender Krater dort. Letztes Jahr am Karfreitag hatte ein Pilot aus reiner Boshaftigkeit wahllos vier Bomben abgeworfen und in Dolemeads elf Menschen getötet. Es war schwer, sich diese jungen deutschen Piloten vorzustellen, die mit kaltem Schweiß auf der Stirn in ihren Cockpits saßen und Tod und Zerstörung brachten. Frances fragte sich manchmal, was wohl ihre Leibgerichte als Kinder gewesen waren oder was sie als Zwölfjährige hatten werden wollen. Ob sie die ersten Küsse genossen oder sie überrascht und angeekelt fortgewischt hatten. Sie sollte sie hassen. Sie nicht zu hassen hieß England zu hassen. Man *musste* sie einfach hassen genau wie im letzten Krieg. Damals hatte Frances sich vor all dem Hass gefürchtet, jetzt verachtete sie ihn.

Der Lärm verstärkte sich. Er kam aus zwei Richtungen – über den River Avon aus Box, das im Osten lag, und hinter Frances aus südlicher Richtung. Sie zündete sich eine Zigarette an, schirmte die winzige Streichholzflamme mit der Hand ab und versuchte sich zu erinnern, wann sich der Ausdruck eines Greises auf Davys Gesicht geschlichen hatte. Als sie das erste Mal auf ihn aufgepasst hatte, wusste sie nicht so recht, was sie mit ihm anfangen sollte. Sie putzte weiter Karotten in der hinteren Spülküche und dachte gar nicht mehr an ihn, bis sie sich umdrehte und sah, wie er um den Türpfosten linste. Er hatte graue Augen und verfilztes blondes Haar, und seine blasse Haut war mit Dreck beschmiert. Damals wirkte er weder verängstigt noch neugierig – eher beharrlich. Stumm entschlossen, etwas zum Essen aufzutreiben, wie Frances rasch herausfand. Sein Gesicht hatte offensichtlich erst später den Ausdruck von Resignation angenommen. Frances war nicht gut im Umgang mit Kindern, und zuerst hatte sie nicht gewusst, was sie zu ihm sagen sollte. »Ist alles in Ordnung?«, fragte sie schließlich und fügte hinzu: »Du kannst im Garten spielen«, und als er nicht antwortete, war sie ein wenig verlegen gewesen und auch ein bisschen verärgert.

Die Flugzeuge flogen tief, tiefer als jemals zuvor. Es schien Frances, als könnte sie die Hand ausstrecken und sie berühren. Ihre schwarzen Umrisse füllten den Himmel – es waren auch mehr als je zuvor. Erschrocken ließ sie die Zigarette fallen, hielt sich die Ohren zu und blickte hinauf. Sie sahen aus wie ein Schwarm riesiger Insekten. Das Geräusch durchdrang ihre Brust und erschütterte ihr Herz. Sie schienen sich so langsam zu bewegen, dass man meinte, sie müssten jeden Moment vom Himmel fallen, und plötzlich begriff Frances. Sie flogen nicht nach Bristol, sie wollten nach Bath. In das unschuldige, schutzlose Bath. Einen Moment saß sie fassungslos da und konnte sich nicht rühren. Die Flugzeuge stürzten nach unten, sie hörte das verräterische Pfeifen der Brandsätze und sah die weißen Blitze, als sie zündeten – die Bomben setzten Häuser in Brand, erleuchteten damit die ganze Stadt und spotteten so der Verdunkelung. Dann folgte die enorme Detonation einer Sprengbombe. Kurz bevor der Lärm alles andere überdeckte, dachte sie noch an den kleinen Davy Noyle, der das blonde Haar seiner Tante Wyn hatte.

Frances kroch von der Bank, kauerte sich ins Gras und schlang schützend die Arme um den Kopf. Sie schien keine Luft zu bekommen. Die Atmosphäre um sie herum kreischte, der Boden bebte, und sie konnte keinen Gedanken mehr fassen. Sie empfand pure Angst, ihre Muskeln zitterten, sie war schwach und unfähig, sich zu rühren. Sie hatte das schon einmal erlebt, doch das war sehr lange her. Damals, als sie zum ersten Mal das Gespenst im alten Leprakrankenhaus sah, hatte sie dieselbe lähmende Angst empfunden – das Gefühl, sich im freien Fall zu befinden und nur noch wenige Sekunden Lebenszeit zu haben, bevor man auf den Boden aufschlug. Frances schloss fest die Augen und biss die Zähne zusammen, bis es schmerzte. Währenddessen donnerte ein Flugzeuggeschwader nach dem anderen über sie hinweg, schwebte tief über der Stadt und warf eine Bombe nach der anderen ab. Der Angriff schien ewig zu dauern; das Dröhnen der Motoren, die Erschütterungen und das Krachen der Explosionen. Der frühlingshafte Duft von Gras und Bäumen ging im Brandgestank unter. Rauch erfüllte die Luft, und als Frances sich schließlich zwang aufzublicken, sah sie, dass ganz Bath in Flammen stand. Das Gaswerk war ein einziges loderndes Inferno. Der Holloway brannte. Die Straße, in der sie lebte – in der ihre Eltern lebten.

Die Panik katapultierte sie auf die Füße. Sie fühlte sich aufs Schrecklichste ausgeliefert und stürzte mit einem Schrei zur Jakobsleiter – steile Stufen, die am unteren Ende der Alexandra Road in das Beechen Cliff geschlagen waren. Dort wohnte ihre Tante Pam. Es war der nächste Ort, an dem sie sich in Sicherheit bringen konnte. Sie hörte das Rattern der Maschinengewehre – obwohl sie das Geräusch noch nie zuvor gehört hatte, erkannte sie es sofort –, hastete die Stufen hinunter, klammerte sich an das Geländer und suchte verzweifelt Schutz in Lorbeerbäumen und Unterholz. Währenddessen jagte das Feuer über das Land. Frances rannte blindlings weiter. Auf halber Höhe verfehlte sie eine Stufe, stolperte und prallte mit voller Wucht gegen das Geländer. Ihr Fuß knickte um, und sie stieß sich derart heftig den Kopf, dass weiße Blitze vor ihren Augen tanzten. Ganz in der Nähe fiel eine weitere Bombe. Ihr Abwurf war von einem Pfeifen begleitet, das zu einem schrecklichen Heulen anschwoll, dann schlug sie mit überwältigendem Lärm ein und über-tönte einen Moment lang jedes andere Geräusch. Frances blieb, wo sie war, klammerte sich an das Geländer wie an einen rettenden Anker und hatte das Gefühl, ihr Kopf werde zerquetscht. Sie dachte an ihre Mutter unten im Keller, die große Angst haben musste. Und an ihren Vater draußen irgendwo in einem öffentlichen Schutzraum. Sie dachte an Geister. Dann dachte sie eine Weile gar nichts mehr, denn sie konnte nichts weiter tun, als einfach nur zu leben.

SONNTAG

Zweiter Tag der Bombardierung

Die Sonne schien blass durch den noch immer in der Luft hängenden Rauch. Frances blinzelte zum Himmel hinauf. Ihr Kopf pochte, und sie fühlte sich ein bisschen betrunken. Ihre Gedanken bewegten sich auf eine seltsame Art, beinahe bedächtig, wie hohe Wolken an einem heißen Tag. Bei ihrem Sturz hatte sie sich einen Schnitt auf der Stirn zugezogen, ihr Gesicht war voller Blut, doch sie hatte noch nichts unternommen, um die Wunde zu versorgen, und sich nur gekratzt, als sie anfing zu jucken. Es beschlich sie das beunruhigende Gefühl, etwas Wichtiges vergessen zu haben. Sosehr sie sich auch bemühte, die Ereignisse des letzten Abends in ihrem Kopf zu ordnen, der Ablauf ergab einfach keinen Sinn. Aus mitgehörten Gesprächen wusste sie, dass auf den ersten Angriff eine mehrstündige Ruhepause gefolgt war, bis zu einem weiteren Angriff in den frühen Morgenstunden. Auf Frances hatte es gewirkt, als wären sie unablässig bombardiert worden, unerbittlich, eine halbe Ewigkeit lang. Als die Sonne aufging, war sie auf den Stufen aufgewacht, auf denen sie gestürzt war, und langsam nach Hause gegangen.

Jetzt half sie einem Trupp der Luftabwehr, das Haus von Trümmern zu befreien, das am Ende der Magdalen Cottages lag. Die Häuserreihe, in der sie mit ihren Eltern lebte, war von einer Brandbombe getroffen worden, und das Haus hatte wie Zunder gebrannt. Das Dach, der Schornstein und das obere Stockwerk waren durch das Erdgeschoss in den Keller gekracht. Das Gebäude war nur noch ein verkohlter Haufen, der leise vor sich hin zischte und qualmte.

»Frances! Steh nicht so dumm in der Gegend rum, Liebes«, rief Frances' Vater Derek, und sie war so erleichtert, seine Stimme zu hören, dass sie ihm den Rüffel nicht übel nahm. Die Hinckleys, ein älteres Ehepaar, das dort bereits gelebt hatte, als Frances noch gar nicht auf der Welt war, befanden sich noch irgendwo da drinnen. Sie besaßen zwar einen Morrison-Schutztisch in der Küche, doch Frances wusste auch, dass die beiden schon ein wenig tatterig waren und bei Bombenalarm nicht mehr aus dem Bett stiegen. Paradise Row auf der anderen Seite der Straße war verschwunden – ein vierstöckiges georgianisches Wohnhaus, dem Erdboden gleichgemacht. Immer wieder wurde Frances' Blick von dem schrecklichen und zugleich faszinierenden Anblick angezogen. Durch die entstandene Lücke konnte sie ganz Bath erkennen – den Fluss am Fuß des Hügels, das Kloster und die vornehmen Reihenhäuser im Norden. Überall stieg Rauch auf.

Frances riss sich zusammen, nahm ihrem Vater ein Stück der zerstörten Tür ab und reichte es dem Jungen hinter ihr. Gemeinsam versuchten sie, den oberen Teil der Kellertreppe freizuräumen. Nur wenige Frauen halfen, die Trümmer zu beseitigen. Die meisten brachten Tee oder besorgten Wasser aus dem Tank neben der Magdalen Chapel, wischten ihren Kindern die Gesichter sauber oder standen verunsichert in

Grüppchen beisammen. Doch Frances war groß, sie trug Hosen, ihr Haar war kurz geschnitten, und manchmal vergaßen die Leute, dass sie eine Frau war.

»Die Mistkerle haben die Feuerwehrmänner bei der Arbeit bombardiert«, fluchte Derek. »Das passt zu den dreckigen Boches, oder?«

»Sie haben das Büro vom zivilen Luftschutz getroffen«, bemerkte der junge Mann hinter Frances. »Das totale Chaos.«

»Der Friedhof neben dem Oldfield Park ist bombardiert worden«, berichtete eine Passantin und schob eilig ihren Kinderwagen den Holloway hinunter. »Überall liegen Tote! Tote, die schon lange unter der Erde waren – ich habe es selbst gesehen!«, rief sie aufgeregt. »All die Knochen, und ich musste …« Sie schüttelte den Kopf und hastete weiter, ohne den Satz zu Ende zu führen.

»Na, bei denen können wir ja nicht mehr viel ausrichten«, rief einer der Männer ihr bissig hinterher.

»Schhh!«, sagte der Helfer in der ersten Reihe, der bis zu den Knien in den Trümmern des Hauses stand. Er ging in die Hocke und hob eine Hand, um die anderen zum Schweigen zu bringen. »Ich könnte schwören, dass ich gerade etwas gehört habe. Da hat jemand geklopft! Los, Leute, legt euch ins Zeug.«

Doch als sie die Hinckleys eine Stunde später ausgruben, waren beide tot. Mrs. Hinckleys Gesicht war weiß vom Putz, das ihres Mannes schwarz vom Feuer. Frances starrte sie aus der Ferne an. Ihre Ohren klingelten, und sie bildete sich ein, immer noch Bomben fallen zu hören. Sie fühlte sich plötzlich merkwürdig benommen, als würde sie jeden Moment ohnmächtig werden.

»Frances!«, hörte sie ihre Mutter rufen. »Oh, Frances! Geh da weg, Liebes.«

»Wem melden wir das jetzt?«, fragte einer der Männer. »Die Toten, meine ich. Wem sollen wir die melden? Der Polizei?« Derek sah ihn mit leerem Blick an, dann schüttelte er verwirrt den Kopf.

Frances blinzelte und stellte fest, dass sie zu Hause auf einem Küchenstuhl saß. Ihre Mutter tauchte ein Tuch in eine Schüssel mit Wasser und reinigte den Schnitt auf ihrer Stirn.

»Frances war die ganze Nacht draußen, kannst du dir das vorstellen?«, sagte Susan. Wind wehte durch die scheibenlosen Fenster herein, auch die Haustür fehlte. Ein Riss lief von der Ecke des Türrahmens bis zur Decke. Der Linoleumboden war gefegt worden, doch der Staub setzte sich bereits wieder darauf ab. Die Veränderungen waren nur geringfügig, aber dennoch störend, wie in einem Traum, in dem alles ein klein wenig verrückt war.

»Ein Logenplatz, nicht wahr, Frances?«, bemerkte ihre Tante Pam.

»Pam? Geht es dir gut?«, fragte Frances. Ihre Tante sah sie befremdet an, und Frances durchlief ein Freudenschauer, weil Pam in Sicherheit war.

»Ob es mir gut geht? Natürlich. Um mich zu erledigen, braucht es mehr als ein bisschen Feuerwerk.« Pam hatte das dichte graue Haar mit einem gelben Tuch zurückgebunden, ihre Jacke war voller Ruß. Frances blickte auf den Boden, wo Hund stand, Pams drahtiger kleiner Terrier, und ziemlich ruhig wirkte. »Ihm auch. Obwohl, du hättest ihn heulen hören sollen, als die Bomben fielen!« Auf Pams Gesicht erschien ein flüchtiges Lächeln.

»Ich wollte zu dir«, sagte Frances und runzelte die Stirn, während sie versuchte, ihre Gedanken zu ordnen. »Jedenfalls glaube ich das. Ich habe die Jakobsleiter genommen und bin gestürzt.«

»Was um alles in der Welt hast du um diese Uhrzeit noch oben auf dem Beechen Cliff getrieben? Das möchte ich wirklich gern wissen«, bemerkte Susan. »Verstehst du das etwa unter ›ein bisschen an die frische Luft gehen‹, wie du es genannt hast?« Pam blickte müde zu Susan.

»Ich habe nur dort gesessen und nachgedacht. Die Stille genossen«, antwortete Frances. Sie wagte nicht, ihre Mutter an Wyns Geburtstag zu erinnern, nicht wenn sie ohnehin schon derart angespannt war. Ihre Mutter gab einen missbilligenden Laut von sich.

»Nun, frische Luft schnappen kann man gut dort oben auf dem Cliff«, sagte Pam.

»Bitte ermuntere sie doch nicht noch, Pam.« Susan klang verärgert. »Sie hat sich in schreckliche Gefahr gebracht.«

»Sie ermuntern? Frances ist eine erwachsene Frau, Sue. Und außerdem: Waren die Leute unter all den Steinen und dem Stahl etwa sicherer? Der öffentliche Schutzraum gegenüber vom Scala auf der Shaftesbury Road ist direkt von einer Bombe getroffen worden, wie ich hörte. Alle sind tot. Siebzehn Menschen.«

»Pam!«, rief Susan entsetzt. Sie war blass und sah kränklich aus. Frances wünschte, sie könnte endlich klar denken. Sie war sich sicher, dass sie irgendetwas Wichtiges vergessen hatte.

Eine Weile schwiegen die drei Frauen, lauschten auf das Tropfen des Wassers, auf die Rufe von draußen und auf das Getöse eines Stromaggregats. Über allem schien der Geruch von Rauch und nasser Asche zu hängen. Hund knurrte leise, dann ließ er sich seufzend auf Pams Füßen nieder. Sein Fell war schwarz-weiß gefleckt, die Beine wirkten zu kurz im

Verhältnis zum Körper, und er hatte den leicht gebogenen Schwanz eines Collies – das Ergebnis einer ungeplanten Paarung oben auf der Topcombe Farm. Frances hatte ihn Pam geschenkt, als deren alter Foxterrier gestorben war, und zuerst weigerte sich Pam, ihn gernzuhaben oder ihm auch nur einen Namen zu geben. »Dieser Hund«, sagte sie, und dabei war es geblieben. Damals war Frances eine verheiratete Frau gewesen, die Frau eines Farmers und nicht … was auch immer sie jetzt war. Ein übergroßer Kuckuck, der ins Nest der Eltern zurückgekehrt war.

Sie blickte sich in der vertrauten Küche mit den klapprigen Schränken, dem Tisch mit der Zinnplatte und dem alten Ofen um. Der Strom war ausgefallen, ebenso Gas und Wasser. Auf dem Ofen stand eine verlassene Bratpfanne mit drei traurigen Brotscheiben darin. Die Küchenuhr war von der Wand gefallen und lag in Einzelteilen auf dem Tisch. Ohne die Zeiger wirkte das Zifferblatt irgendwie erschrocken und nackt.

»Die Leute sagen, die kommen wieder«, sagte Susan angespannt. Aus ihrer Stimme sprach tiefe Angst, und ihr Gesicht wirkte verhärmt. Durch das Säubern hatte sich die Wunde auf Frances' Stirn wieder geöffnet und brannte. Das Wasser in der Schüssel hatte sich rosa gefärbt. Frances schloss die Augen und versuchte erneut, sich ins Bewusstsein zu rufen, was sie vergessen hatte. Es war zum Verrücktwerden. »Sie kommen heute Nacht wieder«, fuhr Susan fort. »Sie werden uns noch einmal angreifen. Wir müssen die Stadt verlassen – die Auffanglager werden schon evakuiert, man schafft die Leute in Bussen fort. Wir machen uns auf den Weg, sobald Derek mit seinem Dienst fertig ist. Man bringt die Leute hoch in die Withyditch Baptist Church, sagt Marjorie. Wir bleiben nicht hier und stehen das noch einmal durch. Keiner von uns.«

»Ich gehe nirgendwohin«, erklärte Pam schulterzuckend. »Wenn ich mich von einer Horde Jungs ohne ein einziges Brusthaar aus meinem eigenen Haus vertreiben lasse, bin ich erledigt.« Susan starrte sie ungläubig an.

»Hast du dir etwa auch den Kopf angeschlagen? Das ist kein Spiel, Pam – die wollen uns alle umbringen! Es ist total verrückt hierzubleiben. Und du spazierst nicht mehr mitten in der Nacht allein durch die Gegend, Frances ... Die Leute reden schon. Der ist alles Mögliche zuzutrauen, heißt es über dich.« Frances holte Luft, um zu kontern, doch dann bemerkte sie die zitternden Hände ihrer Mutter.

»Schon gut, Mum«, sagte sie sanft. »Hör nicht auf die Leute.«

»Das ist einfach nicht in Ordnung! Wenn ich dich verloren hätte ...« Susan schüttelte den Kopf und strich ihrer Tochter seufzend eine aschblonde Haarsträhne hinters Ohr. »Frances. Wenn ich dich verloren hätte ...« Sie ließ den Lappen in die Schüssel fallen und stellte sie auf dem Tisch ab.

Frances musste unbedingt nachdenken, doch der Schmerz in ihrem Kopf machte es ihr unmöglich. Ihr Blick verschwamm, und sie sah wieder den vom Feuer orange leuchtenden Nachthimmel vor sich, an dem es von riesigen schwarzen Fliegen wimmelte. Die Bomben kreischten wie verwundete Tiere. Hände griffen nach ihr, und sie fuhr ruckartig hoch. Ihr Vater, der mit vor Müdigkeit schwerem Schritt in die Küche taumelte, weckte sie auf.

»Derek! Du schleppst ja die ganze Straße mit herein!«, schimpfte Susan, als er dreckige Stiefelabdrücke hinterließ und Putz und Asche von seiner Lufthelferuniform herabfielen. Erschöpft sah Derek seine Frau an.

»Susan, Liebes, wenn ich nicht in zwei Minuten einen Kaffee bekomme, wirst du zur Witwe«, sagte er. Frances stand auf und drehte den Wasserhahn auf, um den Kessel zu füllen. Sie hatte vergessen, dass das Wasser abgestellt und der Ofen tot war.

»Im Eimer ist Wasser«, erklärte Susan. »Wir müssen es wohl vorerst aus dem Tank oben an der Straße holen.«

»Na, wenigstens ist das nicht so weit«, bemerkte Frances abwesend und tastete nach ihren Streichhölzern, um das Feuer zu entzünden, konnte sie jedoch nicht finden. Zweifellos lagen sie irgendwo auf der Jakobsleiter. Doch da war noch etwas anderes – sie vermisste noch etwas.

»Hast du denn jetzt Dienstschluss? Können wir los?«, fragte Susan. Es war noch nicht einmal Mittag, aber sie schien damit zu rechnen, dass die Flugzeuge jeden Moment zurückkehrten. Derek schüttelte den Kopf.

»Dienstschluss? Nein, Liebes, noch lange nicht. Dafür hat man uns schließlich ausgebildet. Ihr Mädchen packt zusammen, was ihr gut tragen könnt, und geht schon mal vor. Ich sichere das Haus ab, dann muss ich hoch nach Bear Flat und Wache halten, damit man die Bank nicht plündert. Dort klafft ein Loch, das groß genug für Ali Baba und seine vierzig Räuber ist und …«

»Bear Flat? Aber … für wie lange?«

»Das weiß ich noch nicht, Liebes.«

»Setz dich, bevor du umfällst, Derek«, sagte Pam und drückte den Arm ihres Bruders. Er nickte müde.

»Aber die kommen zurück! Die kommen zurück!«, rief Susan aufgeregt.

»Bis dahin werdet ihr drei weit weg sein«, erwiderte Derek.

»Nun, ich nicht«, erklärte Pam.

»Und was ist mit dir, Dad?«, fragte Frances.

»Ich gehe in einen Luftschutzraum, keine Sorge, aber ich kann doch jetzt, wo ich wirklich gebraucht werde, nicht einfach meinen Posten verlassen, oder? Wie geht es überhaupt deinem Kopf?«

»Der ist wieder in Ordnung, glaube ich«, antwortete Frances.

»Wir haben alle Glück gehabt. Die armen Hinckleys, und die Leute oben auf dem Hügel in Springfield …« Derek schüttelte den Kopf.

Frances wurde kalt. Sie versuchte zu sprechen, doch die Worte blieben ihr im Hals stecken. Sie hustete und versuchte es erneut. Plötzlich waren ihre Gedanken grausam klar, und sie wusste genau, was sie vergessen hatte. »*Davy* …«

»Was? Oh! O nein«, flüsterte Susan.

»Ich … ich habe ihn hoch zu den Landys gebracht!«, rief Frances. Ohne auf die Rufe der anderen zu hören, rannte sie aus dem türlosen Haus. Bei der abrupten Bewegung schoss ihr ein heftiger Schmerz in den Kopf, und ihr wurde übel. Sie war entsetzt, dass sie vergessen haben könnte, nach ihm zu sehen, hinzugehen und ihn abzuholen. Der traumähnliche Schleier, der über dem Tag und der Welt gelegen hatte, löste sich auf, und zum ersten Mal sah sie die schreckliche Realität. Menschen waren getötet worden. Häuser waren zerstört. Und es würde weitergehen. Frances rannte und rang nach Atem, als der Holloway anstieg, in Richtung Süden abbog und weiter oben auf dem Hügel Springfield Place erschien. Oder das, was von Springfield Place noch übrig war. Von schrecklicher Angst erfüllt, verlangsamte sie ihre Schritte.

Hier gab es keinen Rauch, keine verkohlten Balken oder geschwärzten Steine. Das vordere Ende der Reihe, wo die Landys wohnten, schien einfach wie ein Kartenhaus in sich zusammengefallen zu sein. Wie gebrochene Knochen ragten hier und dort Dachsparren hervor. Gegen Ende der Reihe waren die Schäden nicht ganz so groß, doch das interessierte

Frances nicht. Sie blieb vor der Nummer eins stehen, und ein Schaudern überlief ihren Rücken. Der Ort, an dem sie Davy zurückgelassen hatte, existierte nicht mehr. Fassungslos starrte sie auf die Stelle, bis ein Luftschutzhelfer, in dessen Gesichtsfalten sich schwarzer Ruß abgesetzt hatte, bei ihr stehen blieb.

»Haben Sie sie gekannt, Schätzchen?«, fragte er.

»Wo sind sie jetzt?«, fragte Frances benommen. Der Mann zuckte die Achseln.

»Keine Ahnung, Schätzchen, tut mir leid. Ich habe gehört, dass die Krypta in der Kirche als Leichenhalle genutzt wird, aber ich weiß es nicht. Sie waren unten im Keller – Mr. und Mrs. Landy, nicht? Sie haben den Angriff gut überstanden, sie haben sogar noch eine Weile mit den Rettern gesprochen. Doch die Wasserleitung war geplatzt und hat alles überschwemmt … Sie konnten nicht rechtzeitig herausgeholt werden und sind ertrunken. Also, wenn das keine grausame Wende des Schicksals ist, dann weiß ich auch nicht. Üble Sache«, sagte er und bot ihr eine Zigarette an. Frances nahm sie, konnte sie aber nicht ruhig halten, als er ihr Feuer gab. Sie schloss die Augen und wappnete sich. War es wichtig, alle Einzelheiten zu kennen? Oder war es vielleicht viel besser, kein allzu klares Bild vor Augen zu haben? Sie entschied, dass es besser war, es genau zu wissen, konnte sich jedoch kaum überwinden zu fragen. Eine Eiseskälte breitete sich in ihrem Körper aus, und ihre Beine fühlten sich schwach an. Sie hätte auf Davy aufpassen müssen. Sie hätte dafür sorgen müssen, dass er in Sicherheit war. Stattdessen hatte sie ihn zurückgelassen, um allein zum Beechen Cliff hinaufzugehen und im Dunkeln ihren Gedanken nachzuhängen. Davy wollte bei ihr bleiben.

»Und der kleine Junge?«, flüsterte sie.

»Wer?«

»Der kleine Junge ... War er bei Mr. und Mrs. Landy im Keller? Ist er auch ... ertrunken?«

»Man hat zwei Tote geborgen. Das ist alles, was ich weiß«, antwortete der Luftschutzhelfer. »Sie meinen, es gibt noch einen dritten?«

Mit pochendem Herzen sah Frances ihn an und fasste seinen Ärmel. »Da war noch ein Junge – David Noyle. Hat man ihn gefunden? Lebt er? Er ist noch klein – erst sechs.«

»Immer mit der Ruhe ...« Der Mann rieb sich das Kinn. »Moment. Ich glaube, der Rettungstrupp ist weiter nach Hayesfield Park gezogen. Kommen Sie mit, wir fragen sie.«

Als der Rettungstrupp aufgab, ging im Westen bereits die Sonne unter. Frances' Rücken schmerzte, ihre Hände waren zerschunden und zerkratzt. Sie hatten so viele Trümmer wie möglich aus dem überfluteten Keller der Landys geschafft und die Decke mit Holzbalken abgestützt. Über dem schwarzen Zaun hing Mrs. Landys rosa Daunendecke, von einer Schmutzschicht überzogen. Frances hatte geholfen, wo sie nur konnte, doch meistens schickten die Männer sie fort. Die Steinwände des Hauses waren bei der Explosion eingestürzt. Alles und jeder war von weißem Staub überzogen. Hin und wieder meinte Frances in der fremden weißen Umgebung vertraute Umrisse zu erkennen: einen Arm oder eine Hand. Einen Haarschopf. Einen kleinen Schuh. Jedes Mal sank ihr der Magen in die Kniekehlen, doch es war nie Davy. Es gab keinerlei Spuren von ihm, und obwohl ihr Kopf noch immer schmerzhaft pochte und sie kaum klar denken konnte, fasste Frances Hoffnung.

Die Retter zogen mit ihrem Werkzeug weiter, aber einer von ihnen blieb kurz stehen, um Frances auf die Schulter zu klopfen.

»Wenn er direkt unter der Bombe war, kann es auch sein, dass wir einfach nichts mehr von ihm finden«, sagte er so einfühlsam wie möglich.

»Aber ... die Landys haben doch noch gelebt, nachdem die Bombe eingeschlagen war«, entgegnete Frances. »Und sie sind in den Keller gegangen – wenn Davy bei ihnen war, hätten sie ihn doch mitgenommen. Wir sollten weitersuchen – vielleicht ist er noch da unten ... vielleicht lebt er noch!«

»Nein, Schätzchen«, widersprach der Mann. »Da ist niemand mehr.«

»Dann hat er ... dann hat er es vielleicht geschafft und ist entkommen. Ist das nicht möglich? Nach dem Einschlag der Bombe? Oder sogar noch davor. Er könnte davongelaufen sein. Er muss schreckliche Angst gehabt haben, als es losging.« Bei diesem Gedanken unterdrückte sie ein Schluchzen, das aus ihrem Hals aufstieg.

»Ich habe gehört, dass unten bei Stotherts ein Kind aus dem Schutzraum geschleudert wurde«, berichtete eine Frau. Frances hatte bislang gar nicht bemerkt, dass sie neben ihr stand. Ihr Haar war voller Staub, und sie zitterte unkontrolliert. »Es hat überlebt. Alle, die im Schutzraum geblieben sind, sind tot.«

»Er hat manchmal Anfälle ... dann weiß er nicht mehr, wo er ist und was er tut«, erklärte Frances, starrte auf die Trümmer und versuchte, irgendwo dort einen kleinen Jungen zu erkennen. »Wenn er Angst hatte, hat er vielleicht versucht, nach Hause zu kommen ... oder mich zu finden. Verstehen Sie nicht? Er könnte ganz woanders sein!«

»Das stimmt, das wäre möglich«, bestätigte der Helfer in einem beschwichtigenden Tonfall, der ihr nicht gefiel.

»Also, was soll ich tun? Soll ich ihn als vermisst melden?«

»Wir vermerken es in unserem Bericht«, sagte der Mann. »Davy Noyle, sagten Sie?«

»David, ja.«

»Richtig. An Ihrer Stelle würde ich es zunächst bei ihm zu Hause versuchen. Dann in den Krankenhäusern und, sobald wieder Ruhe eingekehrt ist, vielleicht in den Auffanglagern. Wenn er hinausgeschleudert wurde, hat ihn vielleicht jemand aufgelesen und mit zu sich genommen. Am besten verlassen Sie jetzt die Stadt. Ich glaube nicht, dass wir eine ruhige Nacht haben werden.«

»Ich kann jetzt nicht gehen.« Frances erinnerte sich an das kreischende Geräusch der fallenden Bomben, das Flackern und Tosen des Feuers, das die Nacht vertrieben hatte, und die Angst drehte ihr den Magen um. Sie versuchte, es zu ignorieren.

»Wie Sie meinen.« Der Helfer verlor die Geduld.

Frances blieb noch eine Weile. Der Gedanke, dass sie Davy verloren haben könnte, dass sie an seinem Tod schuld war, lähmte sie. Die grausame, unerträgliche Unwiderruflichkeit.

Nachdem Frances das erste Mal auf Davy aufgepasst hatte, hatte es nicht lange gedauert, bis er von allein bei ihr auftauchte – er erschien leise an der Hintertür oder wartete auf der Treppe, wenn sie von der Arbeit heimkam. Jedes Mal gab sie ihm ein Glas Milch oder einen Keks, und wie eine streunende Katze kehrte er immer wieder zurück. Sie gewöhnte sich an seine stille Gegenwart, wenn sie die Wäsche wusch, Kartoffeln schälte oder einfach nur am Ende des Tages draußen eine Zigarette rauchte. Es überraschte sie, wie schnell sie nach ihm Ausschau zu halten begann. Dass es ihr nichts mehr ausmachte, dass sie ihn häufig schon roch, bevor sie ihn sah. Ihre Mutter sagte, sie sollten Geld von Carys verlangen.

»Wenn Carys Geld hätte, bräuchte sie mich nicht, damit ich auf ihn aufpasse oder ihm zu essen gebe«, entgegnete Frances.

»Wenn sie nicht saufen würde wie ein Loch, hätte sie auch Geld. Und ich verstehe nicht, warum wir ein zusätzliches Maul stopfen müssen«, erklärte Susan, allerdings lag überhaupt keine Verbitterung in ihrer Stimme. »Außerdem hat sie es schließlich auch geschafft, sich um alle anderen Kinder zu kümmern, oder etwa nicht? Es liegt nur daran, dass er gestört und sie stinkfaul ist. Das ist alles.«

»Sie hat es nicht bei *allen* anderen geschafft – vergiss nicht, dass die kleine Denise immer noch bei Owen und Maggie wohnt. Und Davy ist überhaupt nicht gestört«, widersprach Frances, woraufhin ihre Mutter mit der Zunge schnalzte. Susan mochte sich beschweren, aber sie würde Davy dennoch immer ein Brot machen.

In Wahrheit war Frances sich nicht sicher, ob Davy gestört war oder einfach nur anders. Er war viel zu klein und zu mager für sein Alter. Die Ohren waren viel zu groß für seinen Kopf und standen ab wie die Henkel eines Pokals. Er sprach nicht viel, und seine Aufmerksamkeit sprang auch nicht unablässig von einer Sache zur nächsten, wie bei den meisten Kindern. Stattdessen schien er sich für nichts richtig zu interessieren und dennoch glücklich damit zu sein. Seit man ihm Phenobarbital verschrieb, litt er seltener unter Krampfanfällen. Da Davys Vater dem Arzt das Geld für das Medikament immer für ein Quartal im Voraus bezahlte, gab es auch keine Gelegenheit, es für etwas anderes auszugeben. Die Anfälle variierten – manchmal verlor der Junge für einige Minuten die Orientierung, konnte jedoch noch laufen. Anschließend war er verwirrt und verängstigt. Manchmal brach er aber auch komplett zusammen, krampfte und verlor das Bewusstsein. Frances war zu Tode erschrocken, als sie das zum ersten Mal erlebte, doch diese heftigen Anfälle schienen nicht mehr aufzutreten, seit er das Medikament nahm. Allerdings wurde Davy davon sehr müde. Die größte Dosis erhielt er deshalb zur Schlafenszeit.

An einem sonnigen Tag hatte Frances einmal frühmorgens in dem großen Kupferkessel Wasser erwärmt, die Blechwanne in den Garten gestellt, eine Handbreit Wasser und Seifenlauge hineingefüllt und Davy herangelockt. Inzwischen vertraute er ihr; sie durfte ihm die dreckigen Kleider ausziehen und ihn in die Wanne setzen. Er hielt es für ein Spiel. Frances nutzte die Gelegenheit, ihn von Kopf bis Fuß abzuschrubben, doch er lachte und spritzte um sich, bis sie vollkommen durchnässt war. Es war das erste Mal gewesen, dass sie ihn lachen hörte. Frances wusch auch seine Kleider, und während sie auf den warmen Schindeln des Aborts zum Trocknen lagen, wanderte Davy nackt durch den Garten und spielte mit Zweigen und Kieseln irgendein Spiel, das Frances nicht verstand. Er war nur Haut und Knochen, Arme und Beine dünn wie Stöcke, ein bisschen wie Wyn damals. Die Standpauke, die Carys ihr hielt, als sie den Jungen so vergnügt sah, nahm sie dafür gerne in Kauf – Carys ertrug den stillen Vorwurf nicht, der darin lag, dass Frances ihr Kind badete.

Als sie jetzt daran dachte, fühlte Frances sich innerlich schrecklich leer. Langsam ging sie zum Beechen Cliff Place, trat vor Carys Noyles Haus mit der Nummer dreiunddreißig und sammelte allen Mut, um zur Tür zu gehen. Solange sie draußen blieb, bestand die Möglichkeit, dass Davy nach der

Explosion nach Hause gelaufen war. So lange durfte sie hoffen, seiner Mutter nicht erklären zu müssen, dass das Kind tot war. Das Herz schlug ihr bis zum Hals. Beechen Cliff Place war eine schmale Straße mit Reihenhäusern, die vom Holloway abbog, ein Teil des Labyrinths aus Häusern am Fuße des Hügels. Die Mauern waren rußgeschwärzt, und es tropfte von Dachrinnen und Fenstersimsen. Die Fensterrahmen waren verrottet, die Schornsteine rissig, und auf den Dächern wucherte Unkraut. In den Vorgärten standen Mülleimer, und überall lagen irgendwelche kaputten Sachen herum. Hinten befand sich ein Gemeinschaftsgarten mit drei Aborten und einem Waschhaus, durch den kreuz und quer Wäscheleinen gespannt waren. Alles war ständig feucht – an unzähligen Stellen sprudelte Wasser aus dem Beechen Cliff und sickerte auf allen nur erdenklichen Wegen hinunter zum Fluss. Sogar die Ratten, die um die Mülleimer huschten, waren feucht, das Fell dunkel und struppig von der Nässe.

Frances riss sich zusammen und klopfte, ihr Mund war trocken. Fred Noyle, einer von Davys älteren Brüdern, trug eine Gasmaske, als er ihr die Tür öffnete. Fred war zwölf, ein magerer Junge mit kantigen, ungelenken Bewegungen. Er hatte den dunklen Teint seiner Mutter geerbt, und durch die Sichtscheiben der Gasmaske sah Frances eine merkwürdige Gier in seinen Augen aufblitzen – die Freude der Jugend an Veränderung und Zerstörung.

»Mum ist hinten im Garten«, sagte er gedämpft durch die Maske. »Ich sehe mich mal ein bisschen draußen um.« Er drängte an Frances vorbei auf die Treppe und zog sich die Mütze in die Stirn.

»Warte, Fred – ist dein kleiner Bruder da?«, fragte Frances.

»Davy?« Fred schüttelte den Kopf. »Ich glaube nicht. Ist er nicht bei dir?«

»Nein«, sagte Frances bedrückt zu seinem sich entfernenden Rücken.

Langsam ging sie in den Garten. Carys nahm gerade Unterhemden und Socken von der Wäscheleine und schleuderte sie als Bündel auf den Boden. Als Frances erschien, blickte sie auf.

»Das kann ich jetzt alles noch mal waschen«, sagte sie ohne Begrüßung. »Alles staubig. Als hätte ich nicht schon genug zu tun.« Sie strich sich eine angegraute Haarsträhne aus der Stirn. Als Frances sie kennengelernt hatte, war sie noch Carys Hughes gewesen: Wyns große Schwester. Damals war ihr Haar glänzend braun wie dunkler Sirup, die Haut weich und rosig. Mit sechs Jahren fand Frances sie schön wie Schneewittchen. Jetzt waren durch das Trinken kleine Äderchen auf ihren Wangen und ihrer Nase geplatzt, und zwischen ihren Augenbrauen und um den Mund herum hatten sich tiefe Falten in ihr Gesicht gegraben, was ihr einen mürrisches Ausdruck verlieh. Carys war erst zweiundvierzig, wirkte jedoch zwanzig Jahre älter. »Hier. Halt das mal.« Sie gab Frances den Sack mit den Wäscheklammern. »Ich dachte, du bist gekommen, um Davy abzuliefern. Weil du zu viel zu tun hast und nicht mehr auf ihn aufpassen kannst wegen diesem verdammten …« Sie deutete auf die rauchende Stadt und auf die Lücken in den anliegenden Straßen. »Diesem verdammten *Unsinn*.« Sie starrte Frances wütend an.

»Carys, ich …« Frances zögerte und schluckte schwer.

Es gab keine gute Art zu sagen, was sie sagen musste. Keine Möglichkeit, dem zu entkommen oder es besser klingen zu lassen, als es war. Einen Moment lang wusste Frances nicht, wie sie die Worte jemals herausbringen sollte. Fast wünschte sie sich, angeschrien zu werden. Sie war so wütend auf sich, dass sie überhaupt die Verantwortung für Davy übernommen und dann derart versagt hatte. Genau deshalb hatte sie keine Kinder haben wollen – aus Angst davor, zu versagen und sich unerträglich schuldig zu fühlen. Sie fürchtete die Verletzlichkeit der Kinder. Ihre Weigerung hatte zum Scheitern ihrer Ehe geführt, und dann war sie irgendwie – eher zufällig als durch eine bewusste Entscheidung – doch noch zu einem Kind gekommen, um das sie sich kümmerte, das sie liebte. Das hatte sie nicht gewollt. Sie hatte nichts von alldem gewollt. Ihr Kopf schmerzte fürchterlich.

»Carys, es tut mir so leid. Ich habe ihn gestern Abend zu Mr. und Mrs. Landy gebracht. Ich musste weg, darum habe ich ihn oben am Springfield Place gelassen.« Etwas in ihrer Stimme ließ Carys innehalten. Sie wandte sich zu Frances um, die Knöchel der Hand, mit der sie ein schmuddeliges Hemd hielt, traten weiß hervor, so fest umklammerte sie es. Frances holte tief Luft. »Sie … sie sind tot. Die Landys. Ihr Haus ist völlig zerstört, und ich … Es gibt nirgends eine Spur von Davy. Ich habe die Helfer das ganze Fundament durchsuchen lassen …«

Frances schwieg, und Carys sagte nichts. Sie kam näher, bis sie so dicht vor Frances stand, dass diese den Gin roch. Er war nicht so sehr in ihrem Atem, sondern strömte vielmehr aus jeder ihrer Poren. Eine unnatürliche Hitze, wie ein Fieber, stieg von ihrer Haut auf. Frances war einen ganzen Kopf größer als Carys, dennoch kam sie sich neben ihr plötzlich klein vor.

»Nun, wo ist er dann?«, fragte Carys schließlich, ein ängstliches Flackern in der Stimme.

»Ich weiß es nicht.«

»Du hast auf ihn aufgepasst. Wo ist er?«, fragte Carys durch zusammengebissene Zähne.

32

»Ich musste weg!«, wiederholte Frances. »Er … er war bei den Landys gut aufgehoben. Von dem Bombenangriff konnte ich nichts ahnen. Es tut mir so leid, Carys … Es tut mir so schrecklich leid. Ich finde ihn. Ich höre nicht auf, ihn zu suchen, bis ich ihn habe. Versprochen. Und …«

»Du solltest auf ihn aufpassen!«, schrie Carys und versetzte Frances einen heftigen Stoß, sodass sie nach hinten taumelte. »Ist er tot? Willst du mir das sagen?«

»Nein! Das heißt, ich … ich weiß es nicht. Aber ich glaube nicht … Sie haben alles durchsucht und kein Zeichen von ihm gefunden – gar nichts. Ich glaube, er ist entkommen und hat sich irgendwo verlaufen. Das sähe ihm doch ähnlich, oder?«

»Das *glaubst* du? Du weißt es also nicht?« Carys schüttelte den Kopf, als hätte sie Schwierigkeiten, das zu begreifen. Es folgte eine Pause. »Dabei bist du doch immer so verdammt perfekt«, stieß Carys dann heftig atmend hervor. »Erzählst mir, dass ich nicht auf meine verdammten Kinder aufpassen kann. Und jetzt hast du tatsächlich eins *verloren!* Weil du ›weg musstest‹! Was war denn so wichtig? Hast wohl einen neuen Freund.«

»Nein! Ich …« Frances holte tief Luft. »Du weißt doch, welcher Tag gestern war. Das Datum, meine ich. Ich wollte nur ein bisschen allein sein. Ich brauchte einfach …«

»Welcher Tag? Wovon redest du?«

»Gestern war Wyns Geburtstag. Das weißt du doch.«

Wyns Verschwinden war der Wendepunkt in Frances' Leben, der Moment, ab dem sich alles in ein Davor und ein Danach teilte. Manchmal vergaß sie, dass diese Empfindung nicht unbedingt von jedem geteilt wurde, der Wyn gekannt hatte. Doch sie war davon ausgegangen, dass Carys sich an den Geburtstag ihrer Schwester erinnerte. Als ein höhnisches

Grinsen Carys' Gesichtszüge verzerrte, merkte Frances jedoch, dass sie keinen Moment an den Geburtstag gedacht hatte. Carys' Miene wurde noch wütender, ihr Teint noch eine Nuance dunkler.

»Das ist deine Ausrede? Dass du immer noch Trübsal bläst wegen etwas, das schon Ewigkeiten her ist?«

»Nein, das ist keine Ausrede. Ich wollte nur …« Frances wusste nicht, was sie sagen sollte. Carys starrte wütend zu ihr hoch, ihr Mund formte Worte, die sie vor lauter Zorn nicht hervorbrachte. »Du weißt doch, wie Davy ist«, sagte Frances kläglich. »Er verirrt sich so schnell, weiß dann nicht mehr, wo er ist. Und es sieht jetzt alles so anders aus … Ich glaube, er ist einfach irgendwohin spaziert. Das ist alles.« In Carys' Augen flackerte ein Gefühl auf, doch Frances wusste nicht, ob es Hoffnung, Schmerz, Schuld oder etwas anderes war. Es dauerte nicht lange – dann flammte ihre Wut erneut auf und machte jede andere Regung zunichte.

»Das kannst du nur hoffen«, sagte sie. »Und besser, du hast ihn das nächste Mal bei dir, wenn du mir unter die Augen trittst, oder ich …« Carys schüttelte den Kopf und ließ die Schultern hängen. »Besser du hast ihn bei dir«, murmelte sie und schwankte leicht. Dann verbarg sie das Gesicht in den Händen und schluchzte. Frances beobachtete sie hilflos und überrascht.

»Es tut mir so leid, Carys«, sagte sie wieder. Sie trat einen Schritt vor und streckte eine Hand aus, doch plötzlich hob Carys den Kopf und warf ihr einen drohenden Blick zu.

»Geh mir aus den Augen! Hau ab und such ihn«, zischte sie, und Frances floh.

Als Frances wieder nach vorne kam, trat Nora Hughes, Carys' und Wyns Mutter, aus dem Haus mit der Nummer vierunddreißig und schaukelte mit ihren arthritischen Hüften den Weg herunter.

»Alles in Ordnung, Frances?« Sie lächelte auf ihre unsichere Art. »Ist einiges zu tun, nicht? Ein paar Häuser in Dolemeads sind zerbombt worden, aber Owens steht zum Glück noch«, berichtete sie. Frances nickte und spürte, wie sie leicht zusammenzuckte, wie immer, wenn sie Owens Namen hörte. Sie zögerte, ertrug es jedoch nicht, auch noch mit Davys Großmutter zu sprechen, und ging weiter. »Alles in Ordnung? Und deine Familie?«, rief Nora.

»Ja. Danke. Ich glaube, Carys braucht Sie«, sagte Frances und hasste sich für ihre Feigheit. Mrs. Hughes' Miene wurde ernst. Hinter ihr trat Mr. Hughes in den Türrahmen, so unergründlich und bedrohlich wie eh und je. Frances sah ihm nicht in die Augen. Die Schande war unerträglich. Ihr Fehler war so unfassbar, so schrecklich, dass er ihr niemals vergeben würde. Sie taumelte. Verwirrt merkte sie, dass sie genau dieses Gefühl gut kannte. Dass sie es schon einmal erlebt hatte. Der Boden verschwamm vor ihren Augen, und anstelle von grauen Platten und Kieseln sah sie ein Paar kleiner Füße in staubigen Schuhen vor sich. Ein schmaler Rücken, der sich entfernte. Ein langes Fähnchen aus blondem Haar, auf das die Sonne schien. »Wyn«, sagte Frances, doch als sie blinzelte, war das triste Pflaster wieder da, und Wyns Mutter beobachtete sie immer noch mit ängstlicher Miene. Nora Hughes bestand darauf, dass ihre Tochter noch am Leben war, doch damit war sie allein. Frances wusste es besser. Obwohl niemals eine Leiche gefunden worden war und es kein Geständnis gab, wusste es die ganze Welt besser. Ein Mann war festgenommen und wegen Mordes gehängt worden.

Frances eilte davon, wieder zurück zum Springfield Place, falls Davy dort auftauchen sollte. Sie wusste nicht, wohin sie sonst gehen, was sie sonst tun sollte. In der Stadt herrschte Chaos, in ihrem Inneren herrschte Chaos. Ihre Füße fühlten sich bleiern an. Auf der Mitte des Holloway schien sich der Boden zu neigen, und sie schwankte und suchte Halt.

»Alles in Ordnung, Schätzchen?«, fragte eine Stimme, und eine Hand ergriff ihren Arm. »Sie haben bestimmt den ganzen Tag noch nichts gegessen? Ich glaube, dieser Schnitt sollte genäht werden. Wo wohnen Sie? Kommen Sie. Setzen Sie sich hierher.« Frances ließ sich von ihm führen. Plötzlich schien alles Geschehen ganz weit von ihr abzurücken. Als sie die Augen schloss, drehte sich die Welt, und Davys blasses Gesicht erschien, genauso wie sie es zum letzten Mal gesehen hatte. Sie hörte sein Murmeln: »Bei dir bleiben.« Sie hätte ihn bei sich behalten sollen, doch sie hatte ihn verlassen, und jetzt konnte sie nur hoffen, dass er sich tatsächlich verlaufen hatte. Dass er bei irgendwelchen Fremden untergekommen war oder allein umherlief. Im letzten Jahr hatte sie ihm seine erste Geburtstagsfeier ausgerichtet, mit einem Victoria-Biskuitkuchen mit Marmelade in der Mitte, dazu Limonade und ein Jo-Jo als Geschenk. Er war überrascht gewesen, erfreut, auch wenn sie ihm nicht ganz verständlich machen konnte, wofür das alles war. In ungefähr sechs Wochen wäre er sieben geworden, und sie hatte ihm eine Steinschleuder schenken wollen, damit er sich gegen die Schikane seiner Klassenkameraden zur Wehr setzen konnte. Der Gedanke, dass er womöglich nur einen einzigen Geburtstag in seinem Leben gefeiert hatte, verursachte ihr unerwartet körperliche Schmerzen.

Susan Elliot schlug mit der flachen Hand auf den Tisch, der daraufhin auf den wackeligen Beinen erbebte. Eine Teetasse klirrte. Frances blickte unglücklich zu ihr hoch.

»Haben wir Aspirin?«, fragte sie. »Mir platzt der Schädel.«

»Was soll das heißen, du kommst nicht mit? Natürlich kommst du mit. Es wird bald dunkel, und sie kommen zurück! Du gehst jetzt auf der Stelle nach oben und packst ein paar Sachen zusammen. Dann machen wir uns auf den Weg.« Susan atmete hörbar durch die Nase ein und beobachtete die Reaktion ihrer Tochter. Frances seufzte und stand auf. Sie war größer und kräftiger als ihre Mutter. Sie sahen sich kein bisschen ähnlich. Susans Haare und Nägel waren stets gepflegt, niemals verließ sie das Haus ohne Lippenstift. »Jetzt mach schon, Frances«, drängte sie.

»Ich kann doch nicht einfach abhauen, solange Davy ganz allein irgendwo da draußen herumirrt.«

»Du weißt doch überhaupt nicht, ob er irgendwo dort draußen herumläuft. Er ist … wahrscheinlich ist er tot, Frances. So ist es nun einmal. So viele Menschen sind gestorben!«

»Aber er ist nicht tot! Ich meine … die Chancen stehen gut, dass er noch lebt. Und wahrscheinlich hat er sich irgendwo verlaufen. Er wird versuchen, nach Hause zu kommen, und mich suchen.«

»Ich weiß, dass du dir das wünschst, Frances, aber er ist weg. Und er ist auch nicht dein Kind! Dies ist nicht sein Zuhause.«

»Was spielt das denn für eine Rolle, Mum? Ich sollte auf ihn aufpassen! Und wenn ich das getan hätte, wäre er jetzt auch nicht weg. Ich habe Carys versprochen, dass ich ihn finde.«

»Nun, vielleicht hättest du das nicht tun sollen. Und um ihn mache ich mir keine Sorgen, Frances, aber um dich. Du warst kaum ansprechbar, als diese netten Leute dich gerade zurückgebracht haben! Jetzt geh nach oben und hol deine Sachen. Ich habe die Briefe von deinem Bruder und die anderen Papiere eingepackt. Du brauchst nur Kleidung, deine Haarbürste und so etwas. Und bestimmt willst du ein Buch mitnehmen.« Susan stand auf, schob die Stühle dicht an den Tisch heran und vermied es, ihrer Tochter in die Augen zu sehen.

»Mum, bitte. Ich kann nicht gehen.«

Frances dachte an die Bomben und den Irrsinn der letzten Nacht, an das Feuer und den ohrenbetäubenden Lärm. Der Gedanke, dass all das wiederkehren sollte, war beängstigend. Die bevorstehende Nacht rückte wie in einem bösen Kindertraum bedrohlich näher, und sie verspürte den starken Drang, sich in Sicherheit zu bringen. Aber sie wusste genau, dass sie sich dann nicht mehr im Spiegel ansehen könnte. Sie stand auf und trat an den Fuß der Treppe, wo Teile der Treppenhausdecke lagen – Putz, Staub und gesplitterte Holzlatten. »Ich packe meine Sachen und bleibe heute Nacht bei Pam«, erklärte sie. »Dann kann ich weiter an den Plätzen nachsehen, an denen Davy sein könnte. Sobald ich ihn gefunden habe, komme ich nach South Stoke.« Aus der Küche schlug ihr laut das Schweigen ihrer Mutter entgegen.

Als Frances später das Haus verließ, blieb sie einen Moment auf dem oberen Absatz der Vordertreppe stehen. Ein Menschenstrom lief schweigend den Holloway hinauf. Sie trugen ihre Kinder auf den Hüften und schleppten Koffer, Kleiderbündel und Decken mit sich. Einige kämpften sich mit vollgepackten Kinderwagen und Handkarren den Hügel hinauf. Alt und Jung, Männer und Frauen mit traurigen Gesichtern und ungekämmtem Haar. Eine seltsam stille Prozession der Ängstlichen und Vertriebenen marschierte aus der Stadt hinaus. Es war ein gruseliger Anblick, und als Frances den Holloway hinunterlief, war sie die Einzige, die sich gegen den Strom bewegte. Auf der Calton Road kam sie an einem riesigen Bombenkrater vorbei, in dem eine Gruppe Menschen einen behelfsmäßigen Sonntagsbraten zubereitete. Ihre ausgelassene Fröhlichkeit kam Frances irgendwie absurd vor. Zwei Frauen schnitten Kartoffeln in eine Pfanne über einer Feuerschale, eine alte Frau drehte ein verkohltes Kaninchen auf einem improvisierten Spieß, während die Kinder die Trümmer untersuchten. Ein Wagen der Heilsarmee verteilte Becher mit heißem Tee, und alle standen zaghaft lächelnd zwischen den kniehohen Trümmern ihrer Häuser.

»Die Deutschen kriegen uns nicht klein«, erklärte ein Mann einem Reporter. »Hitler muss lernen, dass wir hier in Bath aus härterem Holz geschnitzt sind.« In seinen Mundwinkeln hing eine Kruste aus getrocknetem Speichel und Asche, und sein Blick irrte nervös umher. Frances fragte sich, was wohl passierte, wenn all die Angst und das seltsame Hochgefühl vergingen, wenn auf die Menschen, die all ihren Besitz verloren hatten, nur ein weiterer anstrengender Tag wartete. Wie sollte jemals wieder Normalität einkehren?

Pam wohnte in einem Haus namens Woodlands, das oberhalb der Alexandra Road in den Fels des Beechen Cliffs geschlagen war. Es führte keine Straße dorthin, nur eine steile von Moos und Glockenblumen überwucherte Steintreppe. Im Norden blickte man auf das qualmende Bath. Die geschwärzten Mauern der St. Andrew's Church, die über eine Meile entfernt in der Julian Road lag, waren deutlich zu erkennen. Woodlands war ein allein stehendes Haus und geräumiger als die meisten anderen Häuser. Es hatte einen steilen, terrassenförmig angelegten Vorgarten mit hoch aufragenden Sonnenblumen, in dem Pam Gemüse zog. Seit ihre Freundin Cecily 1930 am Neujahrstag gestorben war, lebte

Pam allein dort. Cecily war an jenem Morgen einfach nicht mehr aufgewacht, lag kalt und friedlich auf ihrem Kissen, daneben die von Kummer überwältigte Pam. Woodlands hatte Cecily gehört, und jetzt gehörte es Pam. Bislang war ihr niemand begegnet, mit dem sie es noch einmal hätte teilen wollen. Mit dem wenigen Geld, das Cecily ihr hinterlassen hatte, und dem, was sie mit ihren vier Wochenschichten bei Woolworth's verdiente, kam sie über die Runden. Dort verkaufte sie Goldfische, Bonbons und Haarnadeln an die Schulmädchen von Bath.

Im Woodlands-Haus standen auf allen Fensterbänken Pflanzen – Usambaraveilchen, wächserne Begonien und fröhliche Geranien. Zwischen den Töpfen lagen vereinzelt tote Fliegen. Die Holztäfelung war in Grün- und Grautönen gestrichen. Frances folgte Hunds klackenden Krallen über das Wohnzimmerparkett in die Küche. Diesen Raum mit den Steinfliesen hatte sie immer geliebt: das tiefe Spülbecken mit dem tropfenden Messingwasserhahn, den Kohleherd und die Wandlampen mit den Schirmen aus gewelltem Glas. Im Laufe der Jahre hatte Frances schon bei unzähligen Tassen Tee an dem zerschrammten Holztisch gesessen und sich mit Pams Selbstgebackenem den Bauch vollgeschlagen. Rosinenbrötchen, Kokosmakronen oder Käse-Scones, immer mit richtiger Butter anstelle von Margarine gebacken – nur jetzt im Krieg natürlich nicht mehr. Oft hatte Wyn sie begleitet und war jedes Mal von ehrfürchtiger Freude ergriffen. Wyn war immer hungrig gewesen. An einem Sommertag hatte sie sich dort buchstäblich überfressen – der Rhabarber stand hoch, und im Schmetterlingsbaum wimmelte es von roten Admiralen, während Wyn sich im Abort übergab.

Pam war draußen in dem kleinen Garten und kämpfte mit einem der hohen Pfähle, zwischen denen ihre Radioantenne befestigt war. Er war zur Seite gesackt, und Frances ließ ihre Tasche an der Tür fallen, um ihr zu helfen.

»Ich bekomme dieses Mistding nicht tief genug in die Erde«, murmelte Pam.

»Lass mich mal versuchen.« Frances nahm den Pfahl, stützte sich mit ihrem ganzen Gewicht darauf und merkte, wie er einsank.

»So geht's, gut gemacht.«

»Ich möchte bei dir bleiben, Pam. Geht das?«

»Natürlich. Hat deine Mum sich immer noch nicht beruhigt?«, erkundigte sich Pam. Frances schüttelte den Kopf und klopfte sich die Hände ab. »Na ja, es ist schwer für sie, aber ich nehme es dir nicht übel, dass du bleiben willst. Komm, stellen wir den Kessel auf. Ich hatte schon länger keinen Gast mehr, aber ich weiß noch, dass man seinem Besuch als Erstes einen Tee serviert.«

Als sie sich mit dem Tee auf die vordere Terrasse setzten, ging allmählich die Sonne unter und schien golden durch den langsam abziehenden Rauch. Hoch über ihnen leuchtete der grünblaue Himmel. Frances starrte auf die verwinkelten Straßen hinunter. Es war unmöglich, eine bestimmte Straße im Auge zu behalten, es waren einfach zu viele. Zu viele Gebäude auf zu vielen verschiedenen Ebenen. Wie sollte sie dort drin jemals einen kleinen Jungen finden? Wo sollte sie überhaupt anfangen? In nur wenigen Stunden brauchte er sein Phenobarbital, und sie hatte keine Ahnung, wie schnell die Wirkung nachließ, wenn er es einmal nicht nahm. Sie war unruhig und wollte unbedingt etwas unternehmen. Carys hatte sie fortgeschickt, bevor sie über eine organisierte Suche sprechen konnten, doch vermutlich suchten auch sie nach ihm. Carys, Mrs. Hughes und der junge Fred. Sicher waren sie genauso verzweifelt wie sie.

»Meinst du, die kommen wieder? Die Bomber, meine ich«, fragte Frances. Achselzuckend wandte Pam ihr Gesicht gen Himmel, und das Abendlicht ließ ihre Züge weicher wirken.

»Die wissen jetzt, wo wir sind. Und von der Verdunkelung. Und sie wissen, dass wir über keine Luftabwehr verfügen. Diese elenden Mistkerle. Das kommt einem alles so lächerlich vor, findest du nicht?« Sie musterte Frances einen Moment. »Was hast du eigentlich vor? Kann ich dich überreden, hier bei mir zu bleiben und mit in den Keller hinunterzukommen?«

»Nein. Ich sollte mich jetzt auf die Suche machen, aber ich weiß einfach nicht, wo ich anfangen soll. Und ich glaube, dass es wahrscheinlicher ist, dass er mich findet. Er wird nach Hause gehen oder zu unserem Haus kommen. Da bin ich mir sicher.« Zumindest wollte Frances das glauben. Nur einen Moment stellte sie sich vor, dass er in Sicherheit war, dass es ihm gut ging, und gönnte sich so eine kurze Auszeit von der Angst.

»Ja, möglicherweise«, sagte Pam, klang dabei jedoch wenig überzeugt. Sie holte tief Luft und ließ sie dann langsam wieder entweichen. »Merkwürdiger kleiner Bursche, dieser Davy Noyle. Er erinnert mich immer an eine Geschichte, die man mir als Kind erzählt hat. Von einem Wechselbalg. Halb Mensch, halb Waldwesen oder Fee oder so etwas in der Art. Und ganz winzig.« Sie klopfte auf ihren Schoß, und Hund sprang hinauf.

»Er ist merkwürdig genug, um irgendwohin zu rennen und sich zu verlaufen«, sagte Frances leise. Davy hatte noch nie einen Wald gesehen, bis sie ihn das erste Mal mit nach Smallcombe Vale genommen hatte. »Er schafft es schon zurück. Ich muss nur dafür sorgen, dass er mich finden kann.«

»Dann gehst du zurück in den Holloway?«, fragte Pam,

und Frances nickte. »Und wenn die Bomber zurückkehren? Kommst du dann her oder gehst in den Keller im Haus deiner Eltern? Ich brauche dein Wort, Frances. Wenn du in Stücke gerissen wirst, werden sie mir die Schuld dafür geben.«

»Natürlich werden sie nicht ...«

»Sie werden mir die Schuld dafür geben, und ich selbst mir auch. Du kannst bleiben, solange du willst, aber wenn der Alarm losgeht, begibst du dich an einen sicheren Ort. Ich möchte Susan auf keinen Fall einen Grund liefern, dass sie mich zu Recht für den Rest meines Lebens beschimpft. Versprichst du mir das?«

»Versprochen.«

Sie aßen Brote mit Corned Beef zum Abendessen und teilten sich eine Flasche Bier, dann lieh sich Frances einige Streichhölzer von ihrer Tante und holte eine Taschenlampe aus dem Schrank unter der Treppe. Die Batterien waren fast leer, darum legte sie sie zum Aufladen in den Herd und zog sich wärmere Kleidung an. Mit einem unruhigen Gefühl im Bauch ließ sie Pam zurück, die an ihrem Radio herumdrehte. Die BBC-Sendung *Der schon wieder* ging in Rauschen unter, doch so würde ihre Tante wenigstens rechtzeitig gewarnt, wenn die Flugzeuge zurückkamen. Ihr Gerät besaß das »magische Auge« – wann immer sich ein Flugzeug näherte, schlug die Nadel wie wild aus. Frances stieg die steilen Stufen zur Alexandra Road wieder hinunter und lief bis zur Kreuzung Calton Road – Holloway. Es tat gut, etwas zu unternehmen, sich zu bewegen, zu handeln.

Der Flieder war noch nicht verblüht. Die Tauben saßen auf den Dächern und plusterten ihr Federkleid auf. Von der Gruppe, die in den Trümmern ein sonntägliches Abendessen zubereitet hatte, war keine Spur mehr zu sehen. Sie war wie vom Erdboden verschluckt und hatte eine tiefe Stille hinterlassen. Waren alle weg? Bei der Vorstellung, dass sie sich ganz allein der Gefahr und ihrem schrecklichen Fehler stellen musste, überkam sie ein Gefühl von überwältigender Einsamkeit. Doch dann schlug eine Tür, und Frances hörte ein Baby weinen. Ohne auf sie zu achten, schritt ein Beamter der Bürgerwehr an ihr vorbei. Tatsächlich waren eine Menge Leute geblieben, hielten gemeinschaftlich den Atem an und hofften, den bevorstehenden Angriff heil zu überstehen. Frances' Herz schlug zu laut, und sie merkte, dass sie auch den Atem anhielt.

»Gehen Sie nach Hause, Schätzchen. Sofort«, forderte sie ein Hilfspolizist auf.

»Ich bin hier zu Hause«, sagte sie.

Zunächst ging Frances um das Haus ihrer Eltern herum in den Garten und dachte daran, wie Davy nach einer verregneten Nacht morgens im Abort gekauert hatte. Carys war nicht nach Hause gekommen, und er war hungrig, also suchte er Frances. Das Leben hatte ihn bereits gelehrt, dass er ausgeschlossen und vergessen werden konnte, und diese Ungerechtigkeit machte Frances wütend. Diesmal fand sie im Garten jedoch kein Zeichen von dem Jungen, also ging sie ins Haus. Drinnen war es fast dunkel, darum zündete sie im Anbau eine Gaslampe an und trug sie in die Küche. Zunächst konnte sie nichts sehen, und als sie innehielt, um zu lauschen, war da nichts als Stille. Doch dann bemerkte sie, dass die Türen der Anrichte unten offen standen und die Keksdose herausgenommen und geleert worden war. Sie hielt den Atem an. »Davy? Davy!«, rief sie voller Hoffnung. Sie rannte in jedes der vier Zimmer, blickte hinter jede Tür und unter alle Betten, aber sie fand ihn nicht. Zurück in der Küche ging sie in die Hocke und untersuchte den staubigen

Boden im Schein der Lampe auf Spuren. Es herrschte ein ziemliches Durcheinander, und es war schwer zu sagen, von wem oder was sie stammten. Oder von wann. Doch drüben bei der leeren Keksdose war die Schranktür an einer Stelle abgestoßen, als hätte sie jemand mit dem Schuh zugetreten oder wäre an ihr hinaufgeklettert. Und auf dem Boden darunter befand sich ein einziger kleiner, vollkommener Fußabdruck. Frances betrachtete ihn lächelnd. Davy lebte – er war aus dem Haus der Landys entkommen und suchte nach ihr. Vor Erleichterung wurde ihr für einen kurzen Moment ganz schwindlig.

Doch auch wenn Davy hier gewesen war, jetzt war er nicht mehr da. Frances drehte die Lampe aus und eilte davon. Das stille, leere Haus zermürbte sie. Sie lief weiter den Holloway hinauf und ließ wachsam den Blick in jeden dunklen Winkel gleiten, überzeugt, dass sie Davy jeden Moment irgendwo entdecken würde. Sie stellte sich vor, dass er auf der Vordertreppe der Landys saß – auf den Stufen, die jetzt ins Leere führten. Er hatte das Kinn auf die Knie gestützt und würde aufsehen, wenn sie kam. Oder vielleicht hockte er auf dem Fenstersims des Klempnergeschäfts gegenüber und blickte aus seinen glänzenden grauen Augen, die an nasse Steine erinnerten, verwirrt auf die Ruine. Viel zu klein für sein Alter, in zerschlissenen Hosen und abgetragenen Stiefeln ohne Schnürsenkel. Die Hoffnung ließ diese Bilder ganz deutlich vor Frances' innerem Auge erscheinen. Schließlich war sie vollends davon überzeugt, dass sie ihn finden würde. Als sie die Ruinen am Springfield Place erreichte und er wider Erwarten nicht dort war, packte sie die Verzweiflung. Tränen stiegen ihr in die Augen, doch sie wischte sie energisch fort. Er lebte. Er war nicht mit den Landys gestorben, sie hatte den Beweis dafür gesehen. Also würde sie ihn auch finden.

Sie suchte überall nach ihm, immer wieder rief sie seinen Namen und schlug sich an den Trümmern die Schienbeine auf. Dann setzte sie sich auf das Fenstersims des Klempners und trat ihre Wache an. Der Klempner hatte ein hastig geschriebenes Schild an die Tür geheftet. *Sie haben ein leckendes Rohr? Bitte stellen Sie sich in die Schlange!*

Frances versuchte wachsam zu bleiben, doch sie hatte seit fast sechsunddreißig Stunden nicht mehr geschlafen, und die Müdigkeit brannte in ihren Augen. Den Kopf gegen den kaputten Fensterladen gelehnt, die Schulter in die Laibung geklemmt, sank sie in einen leichten Schlaf. Ihre Träume waren eine hektische Abfolge einzelner zusammenhangloser Szenen, und als sie vom Bombenalarm erwachte, fühlten sich ihre Glieder steif und kalt an. Sie wusste im ersten Moment nicht, wo sie war. Es war tiefschwarze Nacht, und sie stellte fest, dass sie Pams Taschenlampe vergessen hatte – die Batterien lagen noch zum Aufladen im Herd. Dort würde Pam sie finden, wenn der Gestank von geschmolzenem Teer durchs Haus zog. Sie stand auf und verfluchte sich. Die Angst lag schwer in ihrem Magen. Es war eine Sache, in der Dunkelheit über einen Weg zu gehen, den man blind kannte, doch etwas ganz anderes, wenn es überall Krater gab, wenn Trümmer und Glasscherben herumlagen. Und der kleine Junge, der immer noch verschollen war, wusste nur zu genau, wie er sich in den Schatten verstecken konnte.

»Herrgott«, fluchte Frances und versuchte, klar zu denken, obwohl ihre Angst wuchs und sie zu zittern begann. Sie konnte die Flugzeuge bereits hören, und sie wurden lauter – fast hätten sie die Sirenen übertönt. »Davy! Bist du da?«, rief sie und überquerte auf unsicheren Beinen die Ruinen. »Komm mit, Davy – es ist alles in Ordnung«, sagte sie, aber es kam keine Antwort. Der Himmel begann zu surren, der Boden vibrierte. Die Sterne über ihr verschwanden hinter den blitzenden Lichtern der Brandbomben. Dann erkannte sie das tiefe Schwarz der Flugzeuge, die elegant auf den Fluss zu schwebten. So schnell und sicher wie Vögel.

Kurz darauf ertönten die Explosionen, lauter als zuvor, näher. Obwohl sie nicht überraschend kamen, war es dennoch erschreckend. Panik erfasste Frances, und sie rannte den Holloway hinunter. Sie wollte ihr Versprechen Pam gegenüber halten, aber eine Mauer aus Lärm und brennender Luft hinderte sie daran – eine riesige Druckwelle riss ihr die Füße weg und schleuderte sie flach auf den Boden. Einen Moment blieb sie orientierungslos und mit verdrehten Gliedern liegen, dann begann es irgendwo links von ihr zu brennen. Sie spürte die Hitze und den Feuerschein auf ihrem Gesicht, und für einen kurzen Moment war sie dankbar, dass sie etwas sehen konnte. Dann wurde geschossen. Die Kugeln zerschmetterten Dachziegel und trafen zischend und krachend auf den Steinplatten auf, bis der Lärm eines Flugzeugs das Geräusch übertönte und in Frances' Kopf dröhnte. Von Angst getrieben, rappelte sie sich hoch, drehte sich um und rannte den Holloway wieder hinauf. Ein gespenstisches Nachbild der Flammen tanzte vor ihren Augen und irritierte sie. Sie spürte, wie Steinsplitter aufflogen und ihr in die Beine schnitten, und erwartete jeden Moment, dass eine Kugel sie in den Rücken traf.

»Hier drüben, Schätzchen! Komm, schnell!«, rief eine Männerstimme. Frances lief auf ihn zu, dann griffen Hände nach ihr und zogen sie in einen breiten, dunklen Eingang. »Warte!«, sagte der Mann. Sie spürte, wie sich Körper um sie drängten, weitere Menschen, die Schutz suchten. Sie nahm ihren Atem wahr, der nach Zigaretten und Angst roch, und spürte den rauen Stoff von Armeeuniformen. Eine Weile standen sie schweigend da, und Frances versuchte, zu Atem zu kommen und ihr wild pochendes Herz zu beruhigen. Dann hob sich der Boden, und ihr Trommelfell schien zu platzen. Es regnete Erde und Trümmer, und ein Mann löste aufstöhnend den Griff um Frances' Arm. Ein anderer taumelte lautlos seitwärts, und der Geruch von Blut mischte sich unter die anderen Gerüche.

»Oh, verdammt!«, rief jemand mit zitternder Stimme. »Herrgott, verdammt noch mal!« Frances rührte sich nicht von der Stelle. Ihr Körper fühlte sich taub an, hölzern. Sie presste den Rücken fest gegen die Tür und schloss die Augen. Die Stunden schlichen dahin, es kam ihr vor wie eine Ewigkeit, und sie versuchte, sich vorzustellen, dass sie Hunderte von Meilen weit weg wäre. An einem völlig anderen Ort.

Am Morgen saß Frances in der Küche des Woodlands-Hauses und versuchte, das Zittern unter Kontrolle zu bekommen. Sie hatte das gleiche Gefühl der Losgelöstheit wie nach der ersten Nacht. Das Gefühl, dass ihr Kopf nicht richtig mit ihrem Körper verbunden war, was sich durch das leise Klingeln in ihren Ohren noch verstärkte. Bis zum Schenkel brannten Schnitte von Granatsplittern in ihren Beinen. Pam stellte ihr eine weitere Tasse Tee hin.

»*Wolltest* du verletzt werden? Hast du versucht ... dich zu bestrafen, weil du Davy bei den Landys gelassen hast?«, fragte sie.

»Ich weiß nicht. Nein«, antwortete Frances. »Ich habe auf ihn gewartet und bin dabei einfach eingeschlafen. Und dann ... dann war keine Zeit mehr ...«

»Unsinn«, murmelte Pam. Überall in der Stadt brannten neue Feuer. Der Gestank von Rauch und Asche war schlimmer als je zuvor, und alle paar Minuten ertönte das Grollen und Poltern eines Gebäudes, das entweder abgerissen wurde oder von allein einstürzte. Woodlands hatte keinen einzigen Dachziegel eingebüßt. Frances spürte ein Pfeifen in der Lunge und hustete. Sie war vom Lärm betäubt, dennoch zuckte sie bei dem kleinsten Geräusch zusammen. »Ich weiß nicht, was ich sagen soll, Frances. Gott sei Dank ist dir nichts passiert.« Pam seufzte. »Ich wünschte bei Gott, Cecily wäre hier. Sie würde die richtigen Worte finden.«

»Hoffentlich geht es Mum und Dad gut«, sagte Frances leise.

»Ja.« Pam wirkte besorgt. »Mein Bruder besitzt einen gesunden Menschenverstand. Er hat bestimmt einen sicheren Platz gefunden. Und deine Mutter ist weit weg. Ich bin mir sicher, dass wir uns nicht allzu große Sorgen um sie machen müssen. Bestimmt lässt Derek uns bald eine Nachricht zukommen.«

Frances trank einen Schluck Tee, er schmeckte nach Staub. Alles schmeckte nach Staub.

»Die Männer, bei denen ich war … waren vom Gloucester Regiment«, berichtete sie. »Sie sind erst gestern hergekommen, um nach dem Angriff von Samstagnacht zu helfen. Der eine, der gestorben ist, er … er …« Frances schüttelte den Kopf. Sie fragte sich, ob der tote Mann derjenige war, der sie entdeckt hatte. Der nach ihr gerufen und sie in den Eingang der Magdalen Chapel gezogen hatte, die ihm und seinen beiden Kameraden Schutz gewähren sollte. Vermutlich hatte er ihr das Leben gerettet. Die Explosion in den Magdalen Gardens hatte Trümmer der vorherigen Nacht aufgeschleudert. Sowohl ihr als auch den drei Soldaten war nichts passiert. Ein anderer war leicht verletzt worden, aber bei dem Toten war der Kopf sauber abgetrennt. Frances war zutiefst bestürzt. Es kam ihr geradezu grotesk vor, dass das Schicksal

49

mit dem Finger auf den einen zeigte und die anderen ignorierte. Den Anblick seines Leichnams bei Sonnenaufgang auf dem Pflaster würde sie niemals vergessen – er hatte in einer Pfütze aus geronnenem Blut gelegen, klebrig und dunkel. Frances hatte nicht gewusst, dass ein menschlicher Körper aus so viel Blut bestand. Als der unverletzte Mann zu weinen begann, hatte sie ihm die Schulter gedrückt und gemerkt, dass sie mindestens zehn Jahre älter war als er. Und mindestens auch zehn Jahre älter als der Tote. Sie war sich alt vorgekommen, müde, und fand es erschreckend, dass das Schicksal des Landes – der Welt – in den Händen von Kindern lag. »Aber Davy lebt – er ist in unserem Haus gewesen und hat nach mir gesucht. Und nach Essen.«

»Kannst du dir da wirklich sicher sein, Frances? Es wird doch überall geplündert …«

»Das waren keine Plünderer. Das war ein Kind, das im Schrank nach Essen gesucht hat. Nichts anderes wurde angerührt oder bewegt. Er war es, Pam. Das weiß ich. Aber all diese Bomben … Ich gehe heute Morgen in die Krankenhäuser. Und in die Auffanglager.«

»In den Krankenhäusern wird ein ziemliches Durcheinander herrschen.«

»Ich weiß. Darf ich ein Bad nehmen, ginge das?«

»Natürlich. Gute Idee«, erwiderte Pam.

Sie standen auf, hielten dann jedoch inne und tauschten einen Blick, als sie schwere, eilige Schritte den Weg heraufkommen hörten und das Keuchen eines Mannes, der um Atem rang. Hund knurrte.

»Oh«, sagte Pam und griff nach Frances' Hand. »Ist das Derek? Es könnte Derek sein.«

»Nun, dann können es keine schlechten Nachrichten sein. Nicht so schnell«, sagte Frances und wünschte, sie wäre sich dessen wirklich sicher. Die Schritte verstummten, und ein drängendes Klopfen ertönte.

»Komm rein, Herrgott, wer immer da ist«, rief Pam. Mit wankenden Schritten trat ein großer Mann in die Küche. Er war noch keine vierzig, mit langen Gliedern und dunklem Haar, unrasiert, die Nase lang und krumm, die blauen Augen müde. Unter seinen Armen hatten sich Schweißringe gebildet, und er war dreckig von Staub und Ruß. Frances erkannte ihn sofort – Owen Hughes, Wyns und Carys' Bruder.

»Ich suche Frances«, sagte er und rang nach Luft, seine Brust hob und senkte sich wie ein Blasebalg. »Ist sie hier?« Frances trat in sein Blickfeld und vertrieb den kurzen Gedanken, dass er vielleicht Neuigkeiten von Davy brachte. Plötzlich empfand sie eine große innere Ruhe. Die Ruhe vor einem heftigen Sturm.

»Ich bin hier«, sagte sie und sah zwei Personen zugleich in Pams Küche stehen – den erwachsenen Mann und den schlaksigen Jungen, der er einst gewesen war, als sie ihn kennenlernte. Owen sammelte sich. Er holte Luft, sprach jedoch nicht gleich, und Frances' Herz schlug derart heftig, dass es schmerzte. Etwas in ihr wusste genau, warum er gekommen war. Seit Jahren hatte sie darauf gewartet.

»Wir haben sie gefunden, Frances«, sagte er schließlich. »Wir haben Wyn gefunden.«

1915

Frances war gerade sechs geworden, als sie Bronwyn Hughes das erste Mal sah, die erst fünf Monate später ihren sechsten Geburtstag feiern sollte. Frances hatte sich darauf konzentriert, die Zehen in ihren Stiefeln so fest einzurollen, wie es der Platz in ihnen zuließ, und sie dann wieder auszustrecken. Sie juckten und schmerzten dabei. Es war ein bisschen, als würde man auf einen blauen Fleck drücken – schmerzhaft und zugleich unwiderstehlich. Ihre Mutter behauptete, das Anziehen und Strecken der Zehen helfe gegen Erfrierungen. Am Ende des Tages waren ihre Zehen jedoch knallrot und pochten ganz fürchterlich, wenn sie sie vor dem Tee zwanzig Minuten in ein Fußbad mit Epsom-Salz tauchen musste. Im Klassenraum standen ein Kohleofen und einige große Heizkörper, die klopften und zischten, jedoch nur wenig Wärme spendeten. Frances' Füße froren auf dem kurzen Schulweg und wurden in den feuchten Socken und Schuhen den ganzen Tag lang nicht mehr warm. Sie sollte morgens auf direktem Weg in die Schule gehen und am Ende des Tages direkt wieder nach Hause kommen, doch sie machte gern einen kleinen Umweg und betrachtete die Wassertropfen, die in den zerrissenen Spinnweben zwischen den Zaunlatten pendelten. Sie wunderte sich, dass die

Eisschicht auf einer Pfütze dünner als das dünnste Glas sein konnte und ganz klar, egal wie schmutzig die Pfütze war. Und dass die Dohlen auf den Dächern die Federn aufplusterten und beim Krächzen kleine Nebelwölkchen ausstießen.

Im Klassenzimmer roch es streng nach nasser Wolle, nassen Haaren und nassem Holz. Miss Bertram, ihre Lehrerin, trug eine dicke Pelzjacke und hatte sich einen Schal mehrfach um den Hals geschlungen. Sie lutschte Formamint-Halstabletten, die ihren Atem säuerlich riechen ließen. Die Haut auf ihren Wangen war spröde, und an ihrer Nase hingen ständig Tropfen, die sie unablässig fortwischte. Wenn ihr Taschentuch durchnässt war, nahm sie dafür den Ärmel. Sie war eine nette Lehrerin, allerdings ein bisschen weinerlich. Ihr Verlobter war an der Westfront, hatte Frances' Mutter erzählt. Frances wusste, dass das etwas mit dem Krieg zu tun hatte. Sie stellte sich die Westfront wie ein großes Schiff vor, auf dem sich alle Brüder, Cousins und Verlobten befanden, die aus den Straßen von Bath verschwunden waren. Sie wusste, dass Boote gefährlich waren, dass sie sinken konnten. Und einige der Männer, die zurückkamen und in den Krankenhäusern von Bath behandelt wurden, hatten kaum noch ein Gesicht – manchmal liefen sie in ihren hellblauen Uniformen draußen umher. Frances konnte es Miss Bertram nicht verübeln, dass sie deshalb ein bisschen unglücklich war. Sie hätte auch keinen Mann ohne Gesicht heiraten mögen.

Frances saß am Ende einer Reihe, in der Nähe der deckenhohen Fenster. Ihr Tisch war glatt poliert von den vielen Armen, die sich in all den Jahren auf das Holz gestützt hatten, und hier und da mit Tinte bekleckst. Im Rechenunterricht, den Frances verabscheute, versuchte sie, Formen in den Klecksen zu erkennen: einen Wal, den Abdruck einer Pfote, einen Hund mit spitzen Ohren und einem sehr kleinen

Körper. Sie wusste, dass sie aufpassen sollte. Stets drohte der grauenvolle Moment, in dem man aufgerufen wurde, um das Ergebnis an die Tafel zu schreiben. Doch das Aufpassen fiel Frances schwer. So krümmte sie die Zehen und betrachtete eine Ente auf ihrem Schreibtisch, die sogar ein paar mit Bleistift gezeichnete Füße hatte. Da klopfte es an der Tür, und ein kleines blondes Mädchen kam herein. Sie trug viel zu große Kleider und Stiefel, sodass die Absätze über den Boden schlurften.

»Ach ja. Mädchen, das ist Bronwyn Hughes. Sie gehört ab jetzt zu unserer Klasse. Wünschen wir ihr alle einen guten Morgen«, sagte Miss Bertram.

»Guten Morgen, Bronwyn«, riefen die vierundzwanzig Mädchen artig. Dabei zogen sie das »Morgen« ein wenig in die Länge und zögerten kurz bei dem ungewohnten Namen.

Frances betrachtete das lange helle Haar, die grauen Augen und die vorstehende Oberlippe der neuen Mitschülerin und vermutete, dass sie, obwohl kleiner als die anderen, nicht viel jünger als sie war. Vielmehr ließ ihre wissende, selbstbewusste Miene sie sogar ein wenig älter wirken. Sie zögerte nicht und blickte auch nicht auf den Boden, wie Frances es vor derart vielen neugierigen und fremden Gesichtern getan hätte. Bronwyn ließ vielmehr den Blick durch den Raum wandern und musterte ihre neuen Klassenkameradinnen interessiert. Als Miss Bertram ihr eine Hand auf die Schulter legte und ihr vorschlug, den leeren Schreibtisch hinten zu nehmen, schenkte Bronwyn ihr ein Lächeln, das ihre vorstehenden Zähne zum Vorschein brachte. Es sah vielleicht ein bisschen albern aus, aber sie war dadurch keinesfalls weniger hübsch. Dann blickte Bronwyn direkt zu Frances und ertappte sie dabei, wie sie sie neugierig musterte. Frances wandte eilig den Blick ab und nestelte an der abgenutzten Ecke ihres Schreibhefts. Sie wünschte, sie wäre so mutig wie das neue Mädchen. Mutig, hübsch und klein, anstelle von scheu und viel zu groß. Bronwyn ging mit eigenartig schnellen Schritten zum Schreibtisch, als wollte sie jeden Moment losrennen.

Als die Mädchen sich nach einem Mittagessen zu Hause wieder auf dem Hof trafen, fand Bronwyn neue Freundinnen.

»Es nennen mich übrigens alle Wyn«, sagte sie, als wäre das ganz selbstverständlich. Es stand außer Frage, dass die größeren Mädchen sie nicht ärgern oder verhören würden, wie sie es vielleicht mit anderen Neuankömmlingen getan hätten. Wyn war viel zu selbstsicher. Sie war diejenige, die Fragen stellte: Sie wollte wissen, wie streng Miss Bertram war, ob sie den Stock oder den Pantoffel benutzte und wie häufig. Sie prahlte damit, dass sie für verschiedene rebellische Aktionen in ihrer alten Schule schon dreimal mit dem Stock geschlagen worden sei und dass sie die Schule wechseln musste, weil ihr Dad sich mit der Direktorin angelegt habe.

Frances erwartete, übersehen zu werden. So erging es schüchternen Mädchen normalerweise – sie drückten sich am Rand der Gruppe herum und waren froh, wenn sie zusehen konnten, ohne selbst mitmachen zu müssen. Doch als die Glocke sie wieder zum Unterricht rief, marschierte Wyn auf Frances zu und blickte zu ihr hoch. Frances war gut einen Kopf größer, und ihre Handgelenke, Knöchel und Knie waren doppelt so breit wie die des neuen Mädchens.

»Warum bist du so groß?«, fragte Wyn. Es klang nicht gemein, es war nur eine freimütige Bitte um Information. Aus der Nähe bemerkte Frances, dass Wyns Mundwinkel wund und eingerissen waren, ihre Fingernägel abgenagt, und unter der weißen Haut an ihren Schläfen traten bläulich die Adern hervor.

»Ich weiß nicht«, erwiderte sie angespannt.

»Hast du immer das Kohlwasser getrunken? Meine Mum sagt, ich soll das trinken, damit ich wachse. Aber das schmeckt nach Furz, darum trinke ich es nicht. Trinkst du es?«

»Nein«, log Frances. Ihre Mutter gab ihr und ihrem Bruder Keith regelmäßig das abgekühlte und gesiebte Wasser zu trinken, in dem sie das Gemüse kochte. Frances schloss immer die Augen, während sie es herunterwürgte. Das würde sie jedoch nicht zugeben, nachdem Wyn gesagt hatte, es schmecke nach Furz.

»Du bist schüchtern, stimmt's? Ich kannte ein schüchternes Mädchen auf meiner letzten Schule. Sie hieß Betty. Sie hat immer geweint, wenn sie aufstehen und vorlesen sollte. Machst du das auch?«

»Nein«, erwiderte Frances, obwohl sie schon oft den Tränen nahe gewesen war. Jedoch niemals, wenn sie vorlesen sollte.

»Gut. Ich fand es immer ziemlich albern, wenn sie wegen so was geweint hat.« Wyn musterte Frances noch einen Moment, dann zuckte sie eine dürre Schulter und ging. Und für den Rest des Tages hatte Frances das vage, aber angenehme Gefühl, in gewisser Weise gemustert und nicht für völlig mangelhaft befunden worden zu sein.

2

Montag

Einen Tag nach der Bombardierung

Wyn lag auf dem Gesicht, den Kopf zur Seite und nach hinten gebogen. Es sah nicht bequem aus, und Frances unterdrückte das Bedürfnis, sie in eine angenehmere Position zu bringen.

»Aber ihr könnt nicht wissen, dass sie es ist«, sagte Carys zu ihrer Mutter. Nora Hughes saß bleich mit zusammengefalteten Händen auf einer eingestürzten Mauer daneben und schüttelte langsam den Kopf. Frances starrte Carys an und dachte, wie absurd ihre Bemerkung war. Natürlich war das Wyn. Sie hatte genau dieselbe Größe wie Wyn, als Frances sie das letzte Mal gesehen hatte. Im Leben war sie Haut und Knochen gewesen, jetzt nur noch Knochen. Zerbrechliche kleine Knochen, die dieselbe Farbe hatten wie das Mauerwerk und der Staub um sie herum – sie sah aus wie ein Bündel heller Stöcke. Der Kopf schien viel zu groß zu sein. Der Anblick ihres Gesichts bewirkte ein merkwürdiges Ziehen in Frances' Knien, als würde sie jeden Moment fallen. Da waren der leichte Überbiss, die auseinanderstehenden Zähne mit der Lücke. Tiefe dunkle Höhlen, wo die Augen hätten sein sollen. An den Rippen hingen Stofffetzen, und ihre

Hände waren zu Fäusten geballt. Ihr langes goldenes Haar war zu einigen farblosen Strähnen verkommen, und sie trug einen rissigen Lederschuh.

Vierundzwanzig Jahre zuvor hatte man in dem feuchten Feld hinter dem Leprakrankenhaus den zweiten Schuh gefunden. Und Frances fragte sich, was damit passiert war. Vielleicht hatte Mrs. Hughes ihn behalten oder die Polizei. Wenn dem so war, könnte das Paar jetzt wieder vereint werden. »Man kann unmöglich sagen, dass sie das ist«, sagte Carys wieder. »Nicht mit Sicherheit.«

»Sei still«, gab Frances ohne nachzudenken zurück. Ihre Stimme war ein Flüstern. Sie blickte zu ihnen hinüber. »Halt einfach den Mund«, sagte sie lauter. Carys warf ihr einen fassungslosen, feindseligen Blick zu, und Nora begegnete kurz Frances' Blick. Durch den Kummer war sie gealtert, die Härte des Lebens hatte Spuren in ihrem Gesicht hinterlassen. Und der Ausdruck in ihren Augen sagte Frances, dass sie den kleinen Leichnam sofort erkannt hatte, genau wie sie selbst. Frances atmete ein und blickte sich um. Das Haus der Hughes' stand noch, jedenfalls halbwegs, genau wie Carys', doch das der Nachbarn war in der Nacht zerbombt worden. Der Krater, neben dem Wyn lag, befand sich irgendwo im Garten, aber es war schwer zu sagen, wo genau, weil in dieser Wüste nichts mehr an seinem Platz war. »Natürlich ist sie das.«

»Wie redest du denn mit mir?«, keifte Carys. »Was machst du hier überhaupt? Du hast hier nichts zu suchen. Du solltest meinen Jungen finden!«

Die Worte trafen Frances wie Schläge. Auch wenn Carys recht hatte, sie konnte einfach nicht gehen. Sie musste Wyn sehen. Taumelnd trat sie näher an das Skelett heran und streckte die Arme zur Seite, um das Gleichgewicht nicht zu verlieren. Sie hatte das Gefühl, dass der Boden unter ihr sich bewegte. Es war schwer, auf Wyns Knochen zu blicken, aber auch unmöglich, sie nicht anzusehen. Die Explosion, die einen großen Teil von Beechen Cliff Place dem Boden gleichgemacht hatte, hatte auch im Garten alles hinweggefegt – die Schuppen, das Waschhaus und die Aborte. Aus den Trümmern ragte ein Fahrradsattel hervor, doch man konnte unmöglich erkennen, ob darunter auch der Rest des Fahrrads begraben lag. Wyns Knochen waren allerdings nicht durcheinandergeraten – jeder lag an seinem richtigen Platz. Die Explosion hatte sie nicht aufgewirbelt oder bewegt, sie waren einfach nur unter der Erde zum Vorschein gekommen. Wo sie die ganze Zeit über gelegen hatten. Die ganze lange Zeit, in der sie an den entferntesten und unwahrscheinlichsten Orten nach ihr gesucht hatten, war sie hier gewesen. Zu Hause.

Owen stand mit verschränkten Armen über den Überresten seiner Schwester, die langen Beine gespreizt. Mit den Jahren waren seine Wangen leicht eingefallen, und über seine Stirn zogen sich Falten. Es gab in seinem Gesicht einige wenige Lachfalten, wie Frances bemerkte, aber auch eine senkrechte Falte zwischen den Brauen, die ihm einen erstaunten, fast verletzlichen Ausdruck verlieh. Seine Haltung wirkte, als wollte er handeln, doch seine Miene war leer, der Blick unentschieden. Als Frances zu ihm trat, sah er sie an und holte Luft, als wollte er etwas sagen. Frances spürte seine Anspannung, das leichte Zittern – wie bei einem Tier, das sich auf die Flucht vorbereitet. Schon lange war sie ihm nicht mehr so nah gewesen, und sie spürte seine Nähe, ohne dass sie ihn ansehen musste – die Luft, die er verdrängte, die leichte Veränderung im Ton.

»Danke, dass du mich geholt hast«, sagte sie.

»Ich dachte, du willst es wissen.«

»Was sollen wir tun?« Sie war sich nicht sicher, warum sie das fragte. Sie erwartete auch nicht, dass er es wusste. Owen schüttelte den Kopf.

»Ich habe keine Ahnung«, antwortete er. »Hast du Zigaretten?« Frances hielt ihm die Packung hin und nahm sich dann selbst auch eine, doch sie konnte die Streichhölzer nicht finden, die sie sich von Pam geliehen hatte. Owen zuckte die Schultern und steckte die Zigarette in seine Hemdtasche. »Ich meine, wir wussten, dass sie tot ist. Alle, außer Mum natürlich.« Er holte tief Luft und schüttelte wieder den Kopf. »Wir wussten es alle. Jetzt könnten wir sie wohl beerdigen. Aber in dieser Situation?« Er deutete mit der Hand auf die Verwüstung. »Im Bestattungsinstitut will man sie jetzt sicher nicht haben, oder? Die haben genug zu tun. Also … was zum Teufel sollen wir tun?«

»Hat jemand die Polizei benachrichtigt?«

»Was soll die Polizei denn tun?«

»Ich weiß nicht«, antwortete Frances. »Aber meinst du nicht, wir sollten sie informieren?« Sie blickte Owen von der Seite an und bemerkte eine graue Strähne in seinem dunklen Haar. Der Wind wehte sie ihm in die Augen, und er strich sie fort. Er drehte sich nicht zu ihr um, und nach einer Weile wirkte es, als würde er sie absichtlich nicht ansehen, oder als könnte er es nicht. Frances wollte ihn noch mehr fragen, aber ihr Kopf war leer. Es war Monate her, seit sie das letzte Mal mit ihm gesprochen hatte. In ihr verstärkte sich das Gefühl, dass etwas ganz und gar nicht stimmte.

Die Sonne schien von einem herrlichen Frühlingshimmel herab. Überall bahnten sich die Menschen einen Weg durch die Trümmer. Sie versuchten, persönliche Besitztümer zu retten, und erinnerten Frances an Möwen, die sorgfältig die Flutlinie durchsuchten. Irgendwann traf ein erschöpft aussehender Polizeibeamter ein. Er sprach mit Nora Hughes, die mit leerem Blick vor sich hin starrte. Bill Hughes, Wyns Vater, und Carys' Mann Clive ließen sich nicht blicken – doch das war nichts Ungewöhnliches. Frances beobachtete alles, konnte jedoch nichts hören, und am Ende des Gesprächs tauchten zwei ältere Männer auf. Einer von ihnen machte einige Fotos von Wyns Knochen, während der andere ein großes Leintuch neben ihr ausbreitete. Frances dachte, sie würden sie abdecken, doch dann ging der mit der Kamera neben ihren Füßen in die Hocke, während der andere Mann zu ihrem Kopf ging, und Frances begriff.

»Sie dürfen sie nicht einfach mitnehmen!«, rief sie. Die Männer zuckten zusammen, als hätte man sie beim Stehlen erwischt.

»Aber, Madam, beruhigen Sie sich bitte«, sagte der Polizist, trat vor und wirkte beinahe erleichtert, sich wieder in einem vertrauten Szenario zu befinden.

»Mrs. Hughes – erklären Sie es ihnen! Sie dürfen sie nicht einfach bewegen. Wissen Sie, die Bombe hat sie nicht herausgeschleudert, sie ist nur aufgedeckt worden. Sie hat die ganze Zeit hier gelegen! Genau hier!«

»Was redest du da, Frances?«, sagte Nora kopfschüttelnd. »Sie sollen sie mitnehmen … meine arme Wynnie, mein armes Mädchen. Dass sie endlich nach drinnen kommt.«

»Aber … ist das gar kein Beweismittel? Der Fundort, meine ich? Ist das denn nicht wichtig?«

»Wichtig?«, fragte Mrs. Hughes. »Sie ist *tot*, Frances! Sie war all die Jahre tot, in denen ich so sehr gehofft habe … Ich habe so sehr gehofft, dass jemand sie mitgenommen hat und dass sie woanders aufwächst …« Noras Gesichtszüge entgleisten, sie taumelte mit einem beängstigenden Stöhnen gegen einen Polizisten und griff sich ans Herz.

»Komm, Mum.« Owen trat zu ihr und legte beschützend den Arm um sie.

»Wir können das … Kind wohl kaum hier draußen liegen lassen. Das gehört sich doch nicht, oder?«, sagte der Polizeibeamte. »Und wenn die Bomber heute Nacht zurückkommen, ist sie danach vielleicht wieder verschollen.« Er nickte den älteren Männern zu, und sie schoben vorsichtig die Finger unter Wyns Knochen, um sie hochzuheben.

Frances schloss die Augen, davon überzeugt, dass ihre Freundin in den Händen der Männer auseinanderfallen würde. Dass sich der Kopf vom Hals löste. Die Hände von den Handgelenken. Die Beine von den Hüften. Ihre Gedanken wirbelten durcheinander, verdrängten sich gegenseitig und ließen Panik in ihr aufsteigen. Sie hatte das Gefühl, ihr blieben nur Sekunden, um das Richtige zu tun, das Richtige zu sagen, ehe etwas Entscheidendes für immer verloren war.

»Einen Moment noch! Bitte warten Sie!«, rief sie und stolperte dorthin, wo die Männer hockten. Sie stand neben Wyn und blickte nach Norden, auf die Rückseite dessen, was vom Beechen Cliff Place noch übrig war. Dann drehte sie sich um hundertachtzig Grad, um nach Süden zu schauen, auf das steile Beechen Cliff. Der Anblick – die Perspektive, aus der sie es sah – war ihr vertraut. »Bitte machen Sie einige Fotos von ihrer Lage, ehe Sie sie fortbewegen. Aus Norden, Süden, Osten und Westen. Damit wir genau wissen, wo sie begraben wurde. Bitte!«, flehte sie den Mann mit der Kamera an. Er sah zu dem Polizeibeamten, der widerwillig nickte, dann erfüllte der Mann ihr die Bitte.

Als er fertig war, legten sie Wyn auf das Leintuch. Die Männer hoben das Skelett mühelos an, als sei es leichter als Vogelknochen. Sie wollten es gerade abdecken, aber Frances streckte die Hand aus, um sie daran zu hindern. Sie fühlte sich wackelig und bekam kaum Luft. Der Wind war sanft, aber sie hatte das Gefühl, er könnte sie dennoch umwehen. Sie blickte hinunter und sah Wyns lebendige graue Augen, ihr breites Grinsen und ihr Haar, das beim Laufen hinter ihr her wehte. Dann verblasste das reizende Gespenst, und Frances entdeckte das Zopfmuster in den farblosen Überresten ihrer Strickjacke, die noch an ihren Rippen hing. Sie erinnerte sich genau an diese Strickjacke – sie war senfgelb gewesen. Wyn hatte sie stets mit ihrer Narzissenbrosche getragen. Die Jacke war an ihr festgewachsen, nie sah man sie ohne gehen, auch an jenem Tag nicht – an genau jenem Tag vor über zwanzig Jahren. Doch jetzt lag sie zu Frances' Füßen, und Frances begriff, dass sie ihre beste Freundin zum allerletzten Mal sah.

Sie streckte den Arm aus und berührte Wyns Hand. Winzige Fingerknochen, die sich an den Enden verjüngten. Die Knochen von ihren Handflächen und ihrem Handgelenk wurden von einer Substanz zusammengehalten, die stärker war als die bloße Erinnerung. Sanft legte Frances den Zeigefinger unter Wyns zusammengekrallte Finger, wo ihre warme, schmuddelige Handfläche gewesen wäre. Durch ihren Tränenschleier sah sie, wie riesig ihre Finger im Vergleich zu Wyns wirkten – wie fleischig und zerschunden. Wie alt. Auch als sie Kinder waren, hatte Frances größere Finger gehabt – mit Wyns Fingern konnte man Schlösser knacken. Frances dachte an all die Jahre, die sie gelebt und die Wyn verpasst hatte. All die Dinge, die sie berührt, gefühlt und mit ihren Händen getan hatte, während Wyn nichts getan und nichts gefühlt hatte. *Das* war die Ungerechtigkeit, die sie nicht ertrug – die schreckliche, grausame Ungerechtigkeit.

»Es tut mir leid, Wyn. Vergib mir«, flüsterte sie, die Worte kamen gegen ihren Willen über ihre Lippen.

»Kommen Sie jetzt, Missus«, sagte einer der Männer steif. Er legte den Stoff über die Knochen, und mit ihrem letzten Blick sah Frances wieder die leeren Augenhöhlen und die Lücke in der oberen Zahnreihe. Zwischen den neuen Erwachsenenzähnen, auf die Wyn so stolz gewesen war. Frances ließ sich auf den Boden sinken. Der Wind kühlte die Tränen auf ihrem Gesicht, und sie hatte keine Ahnung, was sie tun sollte. Sie saß einfach nur da, während man Wyn fortbrachte, bis Owen sie einen Moment später nach oben zog.

Der Polizeibeamte sprach mit einem Reporter, als sie an ihm vorbeigingen.

»Diese Entdeckung führt zum Abschluss eines sehr alten Falles und löst ein Rätsel, das unsere Stadt lange beschäftigt hat. Ich bin mir sicher, dass viele Einwohner von Bath sich noch an die Suche nach der kleinen Bronwyn Hughes erinnern. Einige waren womöglich sogar selbst an ihr beteiligt. Dies ist das traurige Ende der Geschichte, aber vielleicht gibt es ihrer Familie zumindest ein bisschen Frieden.«

»Ja, bestimmt.« Der Reporter nickte und schrieb schnell mit. »Und wurde ihr Wohnort nicht durchsucht, als das Kind verschwand?«

»Natürlich.« Der Beamte klang beleidigt. »Es wurde jeder Stein umgedreht, das kann ich Ihnen versichern.«

»Wie bitte?«, unterbrach Frances sie. Die Erinnerung an einen dunklen Ort flackerte hinter ihren Augen auf. Sonnenstrahlen fielen durch Risse herein, es roch nach nassem Stein und fauligem Holz. Sie blinzelte und versuchte, sich zu konzentrieren. »Was haben Sie gerade gesagt?«, fragte sie. Der Reporter blickte zu ihr hoch, sein Blick war flink, sicher, berechnend. »Es wurde jeder Stein umgedreht«, zitierte er aus seinen Notizen. »Erinnern Sie sich an den Fall, Madam? Möchten Sie etwas dazu sagen?«

»Ja«, antwortete Frances verhalten. Der feuchte Ort verschwand wieder in den Untiefen ihres Gedächtnisses. Ihre Erinnerung an jenen Sommer war wie schwarzes Wasser, in dem einige Dinge spurlos versunken waren, während andere klar und deutlich erkennbar unter der Oberfläche schwammen. Die Wasseroberfläche war glatt und glänzend, es war schwer hindurchzusehen, und je tiefer sie hineinzublicken versuchte, desto dunkler und verzerrter wurden die Dinge. Doch die Worte des Polizeibeamten hatten eine flüchtige Bewegung des Wassers bewirkt. »Ja, ich erinnere mich an sie.«

»Möchten Sie sich dazu äußern, dass man sie nach so langer Zeit gefunden hat?«, fragte der Reporter. »Und das auch noch mithilfe einer deutschen Bombe – ist das nicht in gewisser Weise eine bittere Ironie?«

»Sie war die ganze Zeit zu Hause«, sagte Frances.

»Was erzählst du ihm da?«, schaltete sich Carys ein. »Du darfst nicht mit Fremden über uns sprechen.« Sie trat neben Frances, starrte sie wütend an und wandte sich dann an die beiden Männer. »Warum verschwindet ihr zwei nicht einfach? Ich habe gerade Mum ins Bett gebracht – das alles hat sie fast umgebracht. Mein Haus hat kein Dach mehr, einer meiner Jungen ist verschwunden, und für den anderen muss ich heute Nacht ein Bett finden. Ich habe keine Zeit, hier herumzustehen und zu reden. Es gibt ohnehin nichts zu sagen. Wir haben meine Schwester gefunden und können sie jetzt begraben. Das ist alles.«

»Sie sind Bronwyn Hughes' Schwester? Und darf ich um Ihren Namen bitten?« Der Stift des Reporters schwebte in der Luft.

»Verschwinden Sie!«, wiederholte Carys und biss die Zähne zusammen.

»Beruhige dich, Carys«, sagte Owen. »Sie tun schließlich nur ihre Arbeit.«

»Nun, tun wir das nicht alle?«

»Carys Hughes, ist das richtig?«, fragte der Reporter.

»Nein, das ist es verdammt noch mal nicht!«

»Sie lag in ihrem eigenen Garten«, sagte Frances so leise, dass Carys es nicht zu hören schien. »Wir haben überall nach ihr gesucht. Überall. Und sie lag in ihrem eigenen Garten.«

»Wahrscheinlich der letzte Ort, an dem man sie vermutet hat«, sagte der Reporter. »Womöglich hat dieser Verbrecher ein gutes Versteck gewählt.«

»Aber … verstehen Sie denn nicht?«, sagte Frances.

»Das geht dich nichts an.« Carys stieß Frances einen Finger in die Brust. »Du hast damals schon genug getan. Nicht wahr, Frances? Oder sollte ich besser sagen, nicht genug? Und solltest du nicht nach meinem Jungen suchen, anstatt hier herumzulungern, wo du niemandem eine Hilfe bist?«

»Was heißt das?«, fragte Owen und sah erst zu seiner Schwester, dann zu Frances. »Welcher Junge?«

»Davy«, flüsterte Frances gebrochen. »Ich habe Davy verloren.«

»Frances«, sagte der Reporter und lächelte zurückhaltend. »Und der Nachname, wenn ich fragen darf?«

»Komm«, sagte Owen, zog Frances am Ellbogen mit sich und sah dem Reporter fest in die Augen. »Wir stehen alle unter Schock.« Und Frances versuchte, in der Tiefe ihres Gedächtnisses wiederzufinden, woran sie sich gerade eben noch erinnert hatte.

»Sie haben sich getäuscht. Wir alle haben uns getäuscht«, sagte sie. Ihre Gedanken rasten. »Oh, es war alles falsch!«, rief sie, als Owen sie wegzog.

Er brachte sie zurück zum Woodlands-Haus. Sie setzten sich an den Küchentisch, und er erzählte Pam, was passiert war, was sie gefunden hatten. Frances war ihm dankbar, dass sie nicht reden musste. Draußen sammelten sich Wolken am Himmel und ließen die Welt zunehmend grau werden.

»Natürlich bist du aufgewühlt«, sagte Pam und strich Frances über die Hand. »Wer wäre das nicht? Dass alte Wunden aufgerissen werden, hat uns jetzt gerade noch gefehlt.«

»Das ist es nicht«, sagte Frances. »Jedenfalls nicht nur … Natürlich war es schrecklich, sie so zu sehen. Und natürlich hat es alles wieder aufgewühlt. Aber dass sie die ganze Zeit genau dort gelegen hat …« Sie schüttelte den Kopf.

»Was meinst du?«, fragte Pam. Doch Frances antwortete nicht gleich. »Ich wollte dir noch etwas sagen«, fuhr Pam fort. »Dein Vater war auf eine schnelle Tasse Tee hier. Es geht ihm gut. Er hat die Nacht im Schutzraum oben beim Bear verbracht – er hat keinen Kratzer abbekommen, allerdings ist er beinahe im Stehen eingeschlafen.«

»Oh, Gott sei Dank. Und Mum?«

»Er hat nach ihr gesehen, ihr geht es auch gut. Sie bleibt vorerst dort.«

»Gut. Das ist gut.«

»Was ist das für eine Geschichte mit Davy?«, fragte Owen. Frances blickte ihn an, ihr wurde schwer ums Herz. Die Schande war wie ein dunkler Fleck, der sich ausbreitete und alles verschlang.

»Ich lasse euch zwei besser allein«, sagte Pam sanft. »Es ist Zeit, mit Hund rauszugehen.« Sie griff nach ihrem Mantel und verließ das Haus.

»Ich sollte auf ihn aufpassen, Owen«, erzählte Frances. »Carys hat ihn mir am Samstagnachmittag gebracht. Aber ich … ich wollte allein sein. Als sie ihn nicht wieder abgeholt hat, habe ich ihn deshalb abends zu den Landys gebracht.«

Sie erzählte ihm von der Bombe bei den Springfield Cottages, dem Tod der Landys und dass Davy – Owens Neffe – nirgends zu finden war. Owen atmete lange aus und sank in sich zusammen. Er rieb sich mit der staubigen Hand die Augen.

»Herrgott«, murmelte er. »Armer kleiner Kerl.«

»Er wurde aber nicht getötet. Ich habe gestern im Haus meiner Eltern Fußabdrücke entdeckt, er hat sich Kekse genommen. Ich werde ihn finden«, erklärte Frances mit Nachdruck.

»Aber war er bei dem Bombenangriff gestern Abend draußen? Irgendwo in der Nähe von seinem Zuhause?«

»Ich … ich weiß es nicht.«

»Carys hat mir kein Wort davon erzählt.« Owen klang zu müde, um verärgert zu sein. »Wie kannst du dir so sicher sein, dass die Abdrücke im Haus deiner Eltern von ihm stammen?«

»Wer sollte es sonst gewesen sein? Wer sonst wüsste genau, wo die Kekse stehen? Ich habe seine Schuhabdrücke gesehen. Wenn er im Keller mit den Landys … gestorben wäre, hätten wir ihn gefunden. Er ist entkommen, da bin ich mir sicher, und ich werde ihn finden.«

»Frances …«

»Carys war so … sie war so … Sie hat *geweint*. Ich glaube, ich habe sie noch nie weinen gesehen.« Frances drehte das Messer in ihrer Brust und ließ den Schmerz kommen. »Hat sie überhaupt geweint, als Wyn verschwunden ist? Ich kann mich nicht erinnern.«

»Ich auch nicht.« Owen runzelte die Stirn und dachte einen Moment nach. »Lass nicht zu, dass sie dir die ganze

Schuld aufbürdet, hörst du? Das konnte sie immer schon gut.«

»Aber es *ist* meine Schuld.«

»Hilft sie dir, ihn zu suchen?«

»Nein. Ich meine … sie sucht ganz bestimmt selbst nach ihm. Sie und Fred. Aber nicht mit mir zusammen.«

»Ich war den ganzen Tag dort und habe geholfen, Mums und Dads Haus abzustützen. Sie war die ganze Zeit über da, sie hat nicht nach ihm gesucht. Und sie hat kein Wort über Davy verloren«, sagte Owen. Ungläubig blickte Frances zu ihm hoch.

»Na … dann hat sie sicher Fred geschickt«, sagte sie. Owen erwiderte nichts. Mit finsterem Blick musterte er seine Hände auf dem Tisch. Er hatte die Finger verschränkt und wackelte unruhig mit den Daumen. Sein Hemd war zerrissen und fleckig, ein Großteil der Knöpfe fehlte, und Frances bemerkte, dass seine Hosenträger an den Rändern ausfransten.

»Ich helfe dir«, erklärte er. »Bei mir am Haus ist zwar einiges zu reparieren, aber erst helfe ich dir beim Suchen. Der arme kleine Kerl.«

»Danke. Vielen Dank, Owen.« Plötzlich empfand Frances Hoffnung und fühlte sich weniger allein. »Er hat jetzt zweimal seine Tabletten nicht genommen. Er könnte einen Anfall haben und sich verlaufen. Oder sich verletzen …«

»Vielleicht auch nicht … nicht gleich.« Owen klang wenig überzeugt. »Als ich hörte, dass du dich um ihn kümmerst, war ich froh. Das ist wirklich nett von dir. Ich weiß, dass meine Schwester dir nichts dafür zahlt, ganz gleich, was sie behauptet.«

»Na, ich habe mich nicht gerade als gute Aufpasserin erwiesen. Ich habe ihn im Stich gelassen. Das ist ganz schrecklich.«

Frances ließ den Kopf hängen und wurde von der Erinnerung daran überwältigt, wie sich Davys Rippen beim Gähnen gegen ihre gepresst hatten. An das Gewicht seines warmen, schlafenden Körpers auf ihrem Schoß. »Er wollte nicht zu den Landys«, gestand sie leise. »Er wollte bei mir bleiben. Wäre ich doch nur gestern zu Hause gewesen, als er nach etwas zu essen gesucht hat!«

»Genug jetzt«, sagte Owen scharf. »Du konntest nicht wissen, was passiert. Und dich derart zu quälen hilft ihm kein bisschen.«

»Du klingst wie Pam.«

»Deine Tante ist ein vernünftiger Mensch.«

»Ich mache dir einen Tee.«

Sie setzten sich mit dem Tee nach draußen auf die Bank und schwiegen eine Weile. Frances war noch immer so fassungslos über den Anblick von Wyns Knochen, dass sie sich nur schwer auf das Hier und Jetzt konzentrieren konnte. Sie litt unter dem Verlust von Wyn und nun auch von Davy und war völlig durcheinander. Sie hatte das Gefühl, etwas Wichtiges, etwas Beängstigendes befände sich direkt vor ihrer Nase. Mit allen Mitteln versuchte sie zu erkennen, was es war, und ihre Schuldgefühle verstärkten sich noch. Sie hatte das Gefühl, dass sie einen schrecklichen, unverzeihlichen Verrat begangen hatte.

»Ich kann mich nicht an den Anblick dieses Trümmerhaufens gewöhnen«, sagte Owen. »An die ganzen zerstörten Häuser.«

»Du weißt, was das bedeutet, oder?«, fragte Frances. Owen sah sie fragend an. »Was?«

»Wo man sie gefunden hat. Wyn … wo sie die ganze Zeit über begraben war. Du verstehst, was das heißt, oder?« Owen schwieg. »Bitte sag etwas.« Owen schaute ihr einen Moment in die Augen, dann richtete er den Blick auf die zerstörte Stadt. Er antwortete nicht, doch Frances sah den Schmerz in seinem Blick, die Anspannung in seinem Kiefer. Dass er mit etwas rang. Frances holte Luft. »Johannes hat sie nicht umgebracht«, fuhr sie fort. »Er war es nicht! Er hat dafür bezahlt, aber er war unschuldig. Sie haben den Falschen gehängt, und ich … ich habe ihnen dabei geholfen!«

»Das kannst du nicht wissen, Frances.«

»Doch! Ich weiß es. Er ist nie rausgegangen, er hatte Angst. Und er wusste gar nicht, wo sie wohnte. Wie kann er sie dann dort begraben haben? So war er nicht – dazu war er nicht fähig.«

»Man weiß nicht, wozu ein Mann fähig ist. Das ist zu lange her, um noch …«

»Wer immer sie umgebracht hat, ist davongekommen. Er läuft die ganze Zeit frei herum!«, sagte sie. »Und der arme Johannes … O Gott.«

Da drehte sich Owen zu ihr um und sah sie durchdringend an. Sie konnte seine Gedanken lesen. »Pass auf, Frances, es war furchtbar, als Wyn damals verschwunden ist. Was jetzt passiert, ist nicht viel besser. Aber wir wissen nicht, was damals geschehen ist, und wir können jetzt nichts mehr daran ändern. Das können wir nicht, Frances. Ich weiß, dass alles wieder hochkommt, nachdem wir ihre Leiche gefunden haben. Aber es ist zu spät. Nur für Davy … für Davy können wir noch etwas tun. Wir können versuchen, ihn zu finden und ihn nach Hause zu bringen.«

»Ja, du hast recht.« Frances stiegen Tränen in die Augen. »Ich muss ihn finden.« Owen nickte, aber er wirkte nicht sehr zuversichtlich.

»Trink aus, dann machen wir uns auf den Weg.«

Den Nachmittag über besuchten sie so viele Auffanglager wie möglich – in Kirchensälen, Gemeindezentren und Wohltätigkeitseinrichtungen – und fragten nach unbegleiteten Kindern, auf die Davys Beschreibung passte. Nach zwei Bombennächten in Folge sprach nichts dagegen, dass es auch noch eine dritte geben würde, und noch mehr Bewohner verließen die Stadt. Überall trafen sie auf chaotische Zustände – auf angespannte, apathische Menschen. Verletzte. Kinder mit schmutzigen, verheulten Gesichtern, die vor Erschöpfung weinten oder zusammengerollt unter einem Tisch oder Stuhl schliefen. Doch keins der Kinder war allein, und keins von ihnen war Davy. Jedes Mal, wenn sie weiterzogen, spürte Frances die Qual der Enttäuschung. An einem Ort musterte eine Schwester in einer langen grauen Tracht den Schnitt auf ihrer Stirn und erklärte ihr, man hätte ihn nähen müssen. Sie ließ Frances erst gehen, nachdem sie die Wunde gereinigt und mit Gaze abgedeckt hatte. Owen wartete geduldig, und Frances war froh, dass er bei ihr war. Froh über seine zuverlässige, ruhige und freundliche Art – so war er schon als Kind gewesen. Auch wenn sie für ihn immer nur die schüchterne Freundin seiner kleinen Schwester gewesen war, deren Anwesenheit er kaum wahrnahm. Später, als Teenager, hatte sie sich gewünscht, von ihm bemerkt zu werden, und eine Weile sah es ganz danach aus. Irgendwie war alles schiefgelaufen. Doch auch jetzt noch, obwohl sie beide über dreißig waren, spürte sie, wie ihre Angst nachließ, wenn er bei ihr war. Dass ihr ein wenig leichter ums Herz wurde.

Gegen Ende des Nachmittags schlug Owen vor, dass sie zurückgingen und dass Frances, nur für alle Fälle, noch einmal im Haus ihrer Eltern nachsah.

»Du siehst müde aus. Bleibst du bei Pam?«, fragte er. Frances nickte. Ihre Schritte waren schleppend, und sie konnte nicht mehr klar denken. Die Erschöpfung rührte vom Schlafmangel her, aber auch daher, dass sie an jedem Ort erneut Hoffnung geschöpft und dann enttäuscht worden war. Owens Augen waren gerötet.

»Wir sollten … meinst du, ich sollte in der … Leichenhalle nachsehen?«, fragte Frances, und die Worte kamen ihr unwirklich und grausam vor. »Nach dem Bombenangriff gestern Nacht, meine ich. Falls er … Ich habe gehört, dass sie alle, die im Holloway gefunden wurden, in die Gruft von St. Mark gebracht haben.« Sie stellte sich vor, dass die Landys dort lagen, vielleicht neben den Hinckleys. Verlassen in der Dunkelheit, kalt wie die Steine unter ihnen. Sie dachte an den Soldaten, der bei der Magdalen Chapel neben ihr gestorben war, und an die Blutlache auf dem Holloway, und sie erschauerte. Owen antwortete nicht gleich. Sie liefen nebeneinander her zum Beechen Cliff Place, wo Owen nach seiner Mutter sehen wollte, bevor er nach Hause ging. Er räusperte sich.

»Das mache ich, Frances«, erklärte er fest. »Ich gehe morgen früh hin, und zwar allein. Du kommst nicht mit. Verstanden?«

»Ja«, sagte sie dankbar.

»Ich komme morgen und hole dich ab. Das heißt, wenn wir beide noch da sind.« Kurz setzte er ein schiefes Lächeln auf. »Pass auf dich auf.«

»Danke, Owen. Danke, dass du mir hilfst.« Es kostete sie einige Mühe zu sprechen.

»Wenn er irgendwo da draußen ist, dann finden wir ihn.«

»Aber nicht heute Nacht«, sagte Frances so leise, dass Owen es nicht zu hören schien. Wo immer er war, heute Nacht musste Davy sich wieder allein durchschlagen. Frances schloss die Augen und sah sein Gesicht vor sich – das diese merkwürdige Ruhe ausstrahlte, mit den weichen Zügen und dem abwesenden Blick. Manchmal hatte sie das Gefühl, dass er irgendwie nicht real war, was sie beunruhigt hatte. Wenn das Gefühl zu stark wurde, schloss sie ihn fest in die Arme, spürte die Knochen unter seiner Haut, seine Wärme und das feste Schlagen seines Herzens. Sie hatte sich versichert, dass er aus Fleisch und Blut war und nicht verschwinden würde. Und dennoch war er verschwunden, und sie hatte es zugelassen.

Zu müde, um auch nur noch einen Schritt zu tun, stand Frances eine Weile vor Wyns altem Haus und dachte über Gesichter nach. Darüber, wie sie sich veränderten. Bronwyn Hughes war seit vierundzwanzig Jahren tot, dennoch hatte Frances sie sofort erkannt. Würde sie auch Davy wiedererkennen, wenn er jetzt fort war und sie ihn erst in vierundzwanzig Jahren wiedersah? Würde es wie bei Owen sein, in dessen erwachsenem Gesicht sie immer noch das ihr so vertraute Kindergesicht erkannte? Oder wie bei Wyn – traurige Überreste, aber dennoch eindeutig sie? Dann tauchte ein anderes Gesicht vor ihrem inneren Auge auf, das Gesicht eines Jungen, obwohl es ihr als Achtjähriger wie das eines Erwachsenen vorgekommen war. Erst als Erwachsene war ihr bewusst geworden, wie jung er gewesen war. Der Ausdruck des Gesichts, das sie in ihrer Erinnerung vor sich sah, war voller Angst. Jahrelang hatte es sie in ihren Träumen verfolgt und derart widersprüchliche Gefühle in ihr ausgelöst, dass sie erschöpft aus dem Schlaf hochgeschreckt war.

»Johannes«, flüsterte Frances. Gestern hatte sie es wieder gespürt – den Kummer und die Scham, das erdrückende Gefühl, etwas Furchtbares getan zu haben, das sie niemals mehr rückgängig machen konnte. Sie hatte nicht gewusst, warum dieses Gefühl plötzlich wieder aufgetaucht war, aber jetzt erinnerte sie sich an Johannes. An seine Freundlichkeit und an seine Angst. Daran, was sie gesagt und getan hatte, und sie fragte sich, ob sie den Grund für ihr Gefühl gefunden hatte.

Ihr war schwindelig, und ihr Herz schlug unregelmäßig, setzte hier und da aus und versuchte dann, die Schläge nachzuholen. Wieder klangen ihr die Worte des Polizeibeamten in den Ohren – *Es wurde jeder Stein umgedreht*. Und wieder tauchte aus ihrem Gedächtnis ein lang vergessener feuchtkalter, dunkler Ort auf, in den Streifen von Sonnenlicht hereinfielen. Eine Erinnerung an etwas, das sie gesehen, aber nicht verstanden hatte. Es wurde dunkel. Im Westen war der Himmel rosa und grau, im Osten marineblau, und die ersten Sterne funkelten. Es kam Frances vor, als hätte sie ihre Eltern seit Ewigkeiten nicht mehr gesehen, aber als wäre es noch keine fünf Minuten her, dass Wyn und sie vor dem Leprakrankenhaus gestanden und sich zum ersten Mal hineingeschlichen hatten. *Pst, kleine Schwestern!* Frances zuckte zusammen und rang nach Atem, erneut rannen ihr Tränen über das Gesicht. Zum zweiten Mal an jenem Tag bat sie hilflos einen Menschen um Vergebung, der sie unmöglich hören konnte. »Oh, Johannes. Es tut mir so leid.«

1916–1917

Magdalen Gardens hatte einen ganz eigenen Geruch. Im Frühjahr nach Lorbeer mit seinen zarten weißen Blüten, dem darunter liegenden Mulch und dem schwachen Kloakengestank hinten vom Springfield Place. Dort waren die Abwasserrohre gebrochen und liefen zu nah am Brunnen entlang. Wer dort lebte, war ständig krank. Frances' Bruder Keith war zehn und hatte keine Zeit für seine kleine Schwester. Oft setzte er sie einfach im Park ab und zog mit seinen Freunden weiter. Die Jungs überquerten gern die Gleise in Brougham Hayes. Sie legten einen Viertelpenny auf die Schienen und hofften, dass einer der vorbeifahrenden Züge ihn in zwei Hälften zerteilte. Es funktionierte nie, doch der Spaß schien hauptsächlich darin zu bestehen, es immer wieder aufs Neue zu versuchen. Frances spielte gern allein, und an jenem Tag war sie in ihrer Fantasie ein Reh. In der Woche zuvor hatte sie eines in Magdalen Gardens beobachtet, es war ganz allein gewesen und sehr scheu. Vorsichtig schritt es durch den Schatten, bis eine Frau mit einem weinenden Baby es in Panik versetzte und es den Hang zum Beechen Cliff hinaufsprang. Frances war die Größte in ihrer Klasse, womit man sie aufzog, und ihre Mutter nannte sie oft »Trampelchen«. Darum genoss sie es ganz besonders, sich vorzustellen, sie sei ein Reh –

sie bewegte sich so leise sie konnte, schlich durchs Unterholz, in dem es von Asseln und Glücksspinnen wimmelte, und spähte hinaus. Und dann war da plötzlich Bronwyn Hughes.

»Was machst du da?«, fragte sie laut. Frances konnte nicht einfach wie das Reh den Hang hinaufspringen.

»Ich spiele Reh«, erklärte sie widerwillig, weil Wyn das vielleicht für ein albernes Spiel hielt.

»Ganz allein?«

»Mein Bruder ist mit seinen Freunden unterwegs.«

»Mein Bruder auch. Die spielen meistens Fußball. Ich habe Schwestern, aber Carys ist zu alt, und Annie ist zu klein. Sie ist noch ein Baby.« Wyn schien zu warten, aber Frances hatte keine Ahnung, worauf. »Ich könnte mit dir spielen. Wenn du willst«, bot Wyn an, ohne lange zu überlegen, als sei die Antwort ihr ziemlich egal. Frances nickte stumm; ihr war etwas bang ums Herz. Das Spielen mit anderen Mädchen war gewöhnlich etwas anstrengender und machte weniger Spaß, als allein zu spielen.

Es stellte sich jedoch heraus, dass das Spielen mit Wyn anders war. Sie riss zwar jedes Spiel gänzlich an sich und machte es sofort zu ihrem, doch durch ihre Ideen wurde es noch viel besser. Frances warf ihrer neuen Freundin beim Spielen verstohlene Blicke zu. Wyns durchgeknöpftes Kleid war schon so häufig gewaschen worden, dass der Stoff zu einer undefinierbaren Farbe verblasst war. Ihr Haar sah fettig aus, war jedoch ordentlich gekämmt und zu Zöpfen geflochten. Sie kratzte sich ziemlich häufig im Nacken und hinter den Ohren, und sie roch nicht gerade angenehm – irgendwie nach altem Brot. Doch sie war sehr hübsch, vor allem wenn sie ihr breites Zahnlückenlächeln zeigte. Und da sie ziemlich viel redete, musste Frances nicht sprechen. Und das schien ihnen beiden gut zu passen.

»Hat deine Mutter dir einen halben Penny für Essen gegeben? Wir könnten uns Schnipsel holen«, schlug Wyn nach einiger Zeit vor.

»Nein«, gestand Frances. Schnipsel waren Teigfetzen, die am Fish-and-Chips-Stand abfielen. Bei dem Gedanken lief Frances das Wasser im Mund zusammen. »Ich darf zwischen den Mahlzeiten nichts essen«, erklärte sie. Wyn sah sie forschend an.

»Ich sterbe vor Hunger«, verkündete sie dann.

»Oh.« Frances dachte einen Moment nach. »Na ja, wenn wir meine Tante Pam und Cecily besuchen, bekommen wir bestimmt ein Glas Milch. Aber eigentlich ist keine Teestunde.«

»In Ordnung, gehen wir.« Wyn nahm ihre Hand und wartete, dass Frances ihr den Weg zeigte.

Als sie nach Woodlands kamen, wurde Wyn sehr still, was Frances ein wenig irritierte, weil Wyn eigentlich kein bisschen schüchtern war. Erst später, als sie das erste Mal am Beechen Cliff Place gewesen war, begriff sie, wie anders das Woodlands-Haus auf Wyn wirken musste. Wyn musterte Cecilys Staffelei und die Blumen in den Töpfen, die gerahmten Bilder an den Wänden und die bemalten Teller auf der Anrichte. Irgendwann strich sie mit den Fingern über den Rand von Cecilys Seidenjacke und warf sich plötzlich auf den Boden, um die Katze zu umarmen, die erschrocken zurückwich.

»Siehst du?«, sagte Pam zu Cecily. »Ich habe dir doch gesagt, wir hätten einen Hund nehmen sollen. Ein Hund würde mit dem Kind spielen.« Woraufhin Cecily nur still lächelte. Sie und Pam hatten schon zusammengelebt, als Frances noch gar nicht auf der Welt war. Sie lernten sich kennen, als Pam Küchenmädchen im Haus von Cecilys Familie war, einer der großen Villen auf dem Lyncombe Hill, und waren sofort Freundinnen geworden. »Wie Pech und Schwefel«, sagte Frances' Mutter stets in etwas merkwürdigem Ton.

Cecily war hochgewachsen, eine reizende Erscheinung mit milchweißer Haut und mattbraunem Haar. Sie sprach anders – mit einer Pflaume im Mund, wie Frances' Mutter bemerkte –, trug lange, durchsichtige Kleider, trank Jasmintee und malte riesige Gemälde von Sonnenaufgängen in Blau-, Rosé- und Goldtönen.

Pam bemerkte sofort, dass Wyn entsetzlichen Hunger hatte, und gab den Mädchen einen Keks mit Milch. Wie Frances bald lernen sollte, rührte Wyns unbändiger Hunger daher, dass sie nie wusste, wann sie wieder etwas zu essen bekam. Anschließend gingen sie zurück in die Magdalen Gardens und warteten, bis Keith kam, dann begleitete Wyn sie bis zu den Magdalen Cottages. Von dort lief sie allein den Holloway hinunter und hüpfte dabei von einem Streichholzbein aufs andere.

»Wo wohnst du eigentlich?«, rief Keith ihr nach.

»Beechen Cliff Place«, rief Wyn zurück. »Bis bald!«

»Na dann«, sagte Keith und warf Frances einen überheblichen Blick zu. »Kein Wunder, dass sie nach alten Socken riecht. Weißt du überhaupt, dass sie Flöhe hat? Ich habe gesehen, wie sie sich kratzt.« Frances hatte das Gefühl, ihre Freundin eigentlich verteidigen zu müssen, aber sie sagte nichts.

Als Wyn zum ersten Mal zu Frances in die Magdalen Cottages kam, lag eine ähnliche Spannung in der Luft. Frances' Eltern schienen Wyn zu verwirren.

»Freut mich, dich kennenzulernen«, sagte Susan Elliot lächelnd und hatte die Hände vor der Schürze gefaltet. Ihr

Haar war zu einem ordentlichen Knoten zusammengesteckt, sie trug ein gutes Tageskleid mit einer Falte vorn und ein silbernes Medaillon um den Hals. Ihre Hände waren stets sauber. Derek Elliot arbeitete als Mechaniker in der Werkstatt an der Wells Road, wo alles vom Fahrrad bis zur Humberette oder einem Ford Modell T repariert wurde. Seine Overalls rochen ständig nach Maschinenöl und Schmierfett, und seine Fingernägel waren immer schwarz, nur sonntags nicht. Doch er strahlte Wyn an und schüttelte ihre kleine Hand.

»Bronwyn, nicht? Das klingt hübsch. Ist das ein irischer Name?«

»Walisisch. Mein Dad kommt aus Wales.« Wyn blickte fassungslos zu Frances' Vater hoch. Als wäre sie noch nie jemandem wie ihm begegnet.

»Ist er vielleicht schottisch? Er klingt ein bisschen schottisch«, überlegte Derek, als hätte Wyn gar nichts gesagt.

»Nein, er ist walisisch. Wie ich gesagt habe«, beharrte sie.

»Könnte er vielleicht aus Cornwall stammen? Oder – jetzt weiß ich es!« Er schnippte mit den Fingern. »Du bist Französin, stimmt's?«, fragte er, und Wyn begann zu kichern.

Sie spielten eine Weile in dem Zimmer, das sich Frances mit Keith teilte.

»Du hast ein eigenes Bett«, stellte Wyn verwundert fest. Auf Keiths Seite der unsichtbaren, jedoch viel diskutierten Mittellinie befanden sich sein geliebter Meccano-Baukasten, ein Buch über Luftschiffe und seine abgetragenen alten Schlittschuhe. In einem kleinen Schrankkoffer wurden seine wenigen Kleider, Winterjacke und Socken aufbewahrt, die nach Mottenkugeln rochen. Auf Frances' Seite standen ein ähnlicher Schrankkoffer, ihre Bibliotheksbücher sowie ihr Teddybär und das Set aus Haarbürste und Kamm, ein Weihnachtsgeschenk von Pam und Cecily. Die Einlegearbeiten aus blauer Emaille schimmerten wie Pfauenfedern. Wyn liebte sie. Sie setzte sich ans Bettende und hielt Frances die Bürste hin.

»Sei meine Dienerin und bürste mir das Haar«, befahl sie, »danach bürste ich dir deins.« Frances gehorchte, doch Wyns Haar war so fein, dass es sich ständig verhakte, und Wyn zuckte bei jedem Strich zusammen. Sie richtete sich jedoch anmutig auf und legte die Hände im Schoß zusammen wie eine Porzellanpuppe.

Am darauffolgenden Samstag besuchte Frances Wyn zu Hause und stellte fest, dass bei ihr alles sehr anders war. Die Häuser am Ende des Holloway waren ziemlich heruntergekommen und hatten winzige Terrassen. Einige erreichte man nur über eine schmale Treppe. Manche waren Hunderte von Jahren alt, aus der Zeit des Bürgerkriegs, aber die meisten stammten aus georgianischer oder viktorianischer Zeit. Die einzige Wärmequelle bestand aus einem glimmenden Kohleofen in einem der unteren Räume. Oben wurden in Tücher gewickelte warme Steine unter die Bettdecken gelegt. Auf den Treppen standen Ascheimer, und bei warmem Wetter roch es ständig nach Abort. Wyns Familie war in Beechen Cliff Place zahlreich vertreten. Mr. und Mrs. Hughes wohnten mit Wyn und ihrem Bruder Owen in der Nummer vierunddreißig. Wyns Schwester Carys, die zu alt war, um sich ein Zimmer mit einem Jungen zu teilen, lebte in der Nummer dreiunddreißig bei ihrer Cousine Clare und der verwitweten Tante Ivy. Wyns Großeltern wohnten neben einer weiteren Tante und einem Onkel in den Parfitt's Buildings etwas östlich von Beechen Cliff Place.

Mit rasendem Herzen klopfte Frances an die Tür. Mrs. Hughes

öffnete und schaukelte dabei ein sabberndes Baby auf der Hüfte. Sie sah Frances mit müdem Blick an, und Frances wand sich auf der Treppe wie ein Wurm am Haken.

»Na, komm schon rein«, sagte Mrs. Hughes schließlich, trat zur Seite und hielt ihr mit dem Ellenbogen die Tür auf. Sie versuchte, sich die Hände an einem Lappen abzuwischen, ohne dabei das Baby fallen zu lassen, bei dem es sich vermutlich um Wyns kleine Schwester Annie handelte. Obwohl die Sonne schien, war es kühl im Wohnzimmer, und es drang nicht viel Licht herein. Wyn stand neben dem Ofen und hielt ein Stück Zeitung davor, damit er zog. Sie wiegte sich von einer Seite zur anderen und sang leise vor sich hin. Als Frances hereinkam, grinste sie fröhlich. Mrs. Hughes verschwand wortlos im Hinterzimmer, und bevor Wyn etwas sagen konnte, ertönte eine Männerstimme und ließ Frances vor Schreck zusammenzucken.

»Du rührst dich nicht vom Fleck, bis das Feuer brennt.« Wyns Vater, Mr. Hughes, saß zusammengesunken in einem Sessel neben dem Kamin. Er hatte starke Knochen, kräftige Knie und breite Schultern, aber an ihm schien kein Stück Fleisch zu sein. Nur sein Bauch wirkte ein bisschen weich, und er hatte gerötete Wangen, die sich nach oben schoben und seine Augen zu Schlitzen werden ließen. Er wirkte ziemlich groß, obwohl er es eigentlich nicht war. Bei den vielen Malen, die Frances ihm begegnen sollte, sah sie ihn nur fünf- oder sechsmal lächeln und verstand bei diesen Begegnungen nie, warum er lächelte. Sein walisischer Akzent klang fremd in ihren Ohren, und es kam ihr allmählich merkwürdig vor, dass Wyn so normal war. Mr. Hughes war im Unterhemd, aus dem in dunklen Büscheln sein Brusthaar hervorlugte. Die Hosenträger waren von den Schultern geschoben und hingen um seine Hüften. Wyn hatte ihr erzählt, dass ihr

Vater in der Brauerei in der Bristol Road arbeitete und Fässer auf die Waggons lud. In dem Zimmer herrschte ein spezieller Geruch, der Frances fremd war, und sie fragte sich, ob er von Mr. Hughes ausging.

»Hab's fast geschafft, Dad«, sagte Wyn über das Feuer hinweg, ohne einen Hauch von Langeweile oder Unwillen. Mrs. Hughes steckte den Kopf durch die Tür. Sie war hübsch, aber Sorgenfalten zogen sich wie eine Leiter ihre Stirn hinauf.

»Belästige deinen Vater nicht, Wynnie«, mahnte sie. »Sein Rücken spielt ihm wieder übel mit. Sobald das Feuer brennt, geht ihr Mädchen zum Spielen nach draußen.«

»Wir belästigen ihn nicht, Mum. Frances belästigt ihn nicht, nicht wahr, Frances?«, fragte sie, und Frances schüttelte den Kopf und wagte nicht, jemandem in die Augen zu sehen.

Frances hatte sich noch nie irgendwo so wenig willkommen gefühlt. Sie war schrecklich verunsichert und wollte am liebsten sofort wieder gehen. Doch dann erinnerte sie sich, wie verwirrt Wyn in den Magdalen Cottages gewesen war und auch im Woodlands-Haus, und ihr wurde klar, dass Wyn hierhergehörte. Das war ihr Zuhause, hier wurde sie geliebt, und der Gedanke weckte ein seltsames Gefühl in Frances. Ihr war klar, dass sie Wyns Zuhause mögen sollte – sie sollte sich nicht von dem Haus abgestoßen fühlen oder Angst vor Wyns Familie haben –, doch sie schien einfach nicht anders zu können. Sie war schrecklich verlegen und spürte, wie Mr. Hughes sie beobachtete. Er wollte sie dort nicht haben.

Dann begann Baby Annie im Hinterzimmer zu weinen. Wyn erstarrte. »So! Alles in bester Ordnung, Dad«, sagte sie abrupt. »Zeit zu gehen.« Sie fasste Frances im Vorübergehen am Ärmel und zog sie mit sich zur Tür, die in dem Moment hinter ihnen zuschlug, in dem Mr. Hughes herumzupoltern begann. »Wenn Annie weint, verschwindet man besser – das macht ihn wütend. Er sagt, er wird sie erdrosseln, aber das meint er nicht so«, erklärte Wyn und zuckte mit der Schulter.

Draußen blieben sie stehen, um Wyns Tante Ivy zu beobachten, die einen jungen Mann mit einem Besen über das Pflaster jagte. Eine kurvige junge Frau sah von der Treppe des Nachbarhauses aus zu, und ein Lächeln umspielte ihre Lippen.

»Das ist Clive. Er heiratet Carys, meine andere Schwester.« Wyn zeigte auf die junge Frau. »Mum sagt, er ist ein gut aussehender Teufel. So viel steht fest.«

»Eigentlich bin ich hinter dir her, Ivy«, sagte Clive und schnappte nach Ivys Schürzenträgern.

»Wenn ich dich noch einmal dabei erwische, dass du meine Regenrinne hinaufkletterst, mache ich Kleinholz aus dir«, drohte Ivy.

»Ach, lass ihn doch in Ruhe, Tante Ivy!«, rief Carys. »Wir wissen doch alle, dass du das nicht ernst meinst.«

»Er bekommt dich erst, wenn ihr verheiratet seid, mein Mädchen. Sonst nur über meine Leiche«, entgegnete Ivy, und Clive lachte und machte einen Schritt auf sie zu. Er hatte ein reizendes Lachen – man musste gegen seinen Willen einfach mitlachen, und nachdem sie Mr. Hughes entkommen war, wollte Frances nur allzu gern lächeln. Clive grinste sie im Vorbeilaufen an, steckte sich eine Zigarette zwischen die Zähne und schob eine Hand in die Hosentasche. Er holte eine Silbermünze heraus, schnippte sie mit dem Daumen in die Luft, fing sie mit dem Handrücken auf und betrachtete sie, dann ließ er sie schulterzuckend zurück in die Hosentasche gleiten.

»Alles klar, Wynnie?«, fragte er und neigte sich den beiden Mädchen im Vorbeilaufen zu. »Alles klar, Wynnies Busenfreundin?«, fragte er Frances.

»Sie heißt Frances!«, rief Wyn ihm hinterher und hüpfte auf der Stelle, damit er sie besser sah.

»Alles klar, Frances?«, fragte Clive, drehte sich um und winkte ihnen zu. Dann winkte er Carys zu, schickte ihr einen Luftkuss und ging davon, während er seine Zigarette mit einem Streichholz anzündete.

»Wenn sie verheiratet sind, ist Clive mein Bruder«, erklärte Wyn und sah ihm hinterher.

»Schwager«, korrigierte Owen und zog im Vorbeigehen an einem ihrer Zöpfe. »Dein Bruder bin immer noch ich. Ich darf dich weiter herumkommandieren.«

»Nein, darfst du nicht!«

Die Mädchen liefen davon und wichen den Karren an der Ecke Holloway sowie zwei Betrunkenen aus, die trotz der frühen Stunde schon aus dem Young Fox getaumelt kamen, und achteten darauf, nicht in die Pferdeäpfel auf der Straße zu treten. Sie liefen am Broad Quay entlang, wo die Kähne entladen wurden, und beobachteten, wie ein Mann mit einer Trage über eine mehrere Meter lange schmale Planke Säcke an Land schleppte. Die Mädchen jubelten jedes Mal, wenn er wankte – einerseits wollten sie, dass er fiel, andererseits fürchteten sie, es könnte wirklich passieren. Doch er fiel nicht. Frances fragte sich, ob sie etwas zu Wyns Zuhause sagen sollte oder zu ihrer Familie oder dazu, dass man ihr noch nicht einmal ein Glas Wasser, geschweige denn Milch angeboten hatte. Musste sie sagen, dass es ihr gefiel, obwohl es nicht stimmte? Am Ende schwieg sie, wie üblich, wenn sie sich nicht sicher war, doch Wyn schien zu spüren, dass sie etwas zurückhielt.

»Was will euer Keith denn werden, wenn er erwachsen ist?«, fragte sie.

»Ich weiß nicht. Wahrscheinlich Mechaniker, so wie Dad. Er mag Motoren.«

»Owen will Fußballer werden.«

»Aber das ist doch kein richtiger Beruf.«

»Das sagt Dad auch, aber Owen meint, das könnte es werden. Clive ist Maurer. Er wird das Geschäft einmal übernehmen und der Chef von vielen anderen Männern sein. Dann kann er Owen eine anständige Stelle geben. Das hat Mum gesagt. Und wenn Clive Chef ist, kauft er für sich und Carys ein großes Haus, und wir besuchen sie und feiern Feste mit mehr unterschiedlichen Torten, als du jemals gesehen hast. Natürlich nur, wenn du kommen willst«, sagte sie, als sei es bereits Realität. Als gebe es schon eine offizielle Einladung.

»Ja, gern. Danke«, antwortete Frances. Sie waren noch keine sieben Jahre alt, und keine von beiden ahnte, dass ihre Eigenheiten irgendwann eine große Rolle spielen sollten – dass Wyn sich so leicht aus der Realität fortträumen konnte und dass Frances schwieg, wenn sie unsicher war.

Wyn bezeichnete Frances als ihre beste Freundin. Frances hatte noch nie eine beste Freundin gehabt. Sie fühlte sich dadurch anders – besser und irgendwie entschiedener. Vorher wollte sie immer möglichst in der Nähe ihres Zuhauses bleiben und hauptsächlich allein spielen. Wyn aber hatte Größeres vor, sie kannte keine Grenzen. Es zog sie vom Beechen Cliff Place fort. Sie gingen ins Theatre Royal, um die schicken Leute beim Hinein- und Hinausgehen zu beobachten. Sie schlenderten am Kanal entlang, sahen den Frachtkähnen zu und besuchten die Teebude an der Schleuse. Der Mann, der dort arbeitete, hatte ein gutes Herz und gab ihnen manchmal Scones vom Vortag oder die Krusten vom Sandwichbrot. Wyn träumte von ihrem Hochzeitstag und davon, dass sie in Wahrheit die Prinzessin eines weit entfernten Landes war. Sie liebte Tiere, lief zu jedem Wesen, das ihnen begegnete, und versuchte, es zu zähmen – sogar den Jack-Russel-Terrier im Workman's Rest, der die Zähne fletschte und biss. Sie wartete gern am Ende der Stall Street und beobachtete die Straßenbahnen und den Verkehr, weil sie hoffte, dass der Brooke-Bond-Tea-Laster wieder mit den Reifen in den Straßenbahnschienen hängen blieb. Es sah so lustig aus, wenn der Fahrer vor Panik das Gesicht verzog.

Die Mädchen wohnten dort, wo Bath an den ländlichen Teil von Somerset grenzte, und in den Sommermonaten packten sie Picknicksachen ein und verließen die Stadt. Sie gingen weiter, als Frances jemals gegangen war, hoch aufs Beechen Cliff, wo ein neuer Park angelegt worden war und sich Häuser an den Westhang schmiegten. Nach Claverton Down oder nach Perrymead und weiter hinaus aufs offene Land. Sie streiften durch Weidengräser, die ihnen bis an die Hüften reichten. Sie breiteten die Arme im Wind aus, der durch Kastanien und Ulmen strich und die Weizenfelder in der Ferne wie eine gekräuselte Wasseroberfläche aussehen ließ. Sie wurden von Ameisen gebissen und von Bienen gestochen und aßen unreife, saure Zwetschgen und Brombeeren. Und je mehr Zeit sie außerhalb der Stadt verbrachten, desto mehr wirkten die vertrauten Straßen und die Menschenmassen auf Frances wie ein Netz, in dem sie gefangen war. Draußen auf dem Land, wo niemand sie sehen konnte und niemand irgendwelche Erwartungen an sie hatte, fühlte sie sich frei.

Eines Tages begegneten sie Joe Parry, als sie an den Hecken von Smallcombe entlangstrichen und alles Essbare pflückten.

»Halt, esst das nicht!«, rief er, trat durch eine Lücke in der Hecke und erschreckte die Mädchen. Er war älter als sie, aber nicht älter als Owen. Ein braunhaariger Junge mit einer leichten Stupsnase, der Overalls trug und eine Schrotflinte quer über einem Arm hielt. Frances starrte ihn nur an, doch Wyn fasste sich schnell.

»Warum nicht?«

»Das sind Pfaffenhütchen. Davon werdet ihr krank. Ihr könntet sogar sterben«, erklärte er. Wyn musterte die leuchtend rosa Beeren in ihrer Hand, dann schleuderte sie sie fort.

»Die wollten wir gar nicht essen. Wir sind ja nicht dumm«, sagte sie, und Joe lächelte skeptisch.

»Komisch. Es sah aber so aus.« Er lief den Hang hinunter, und nach kurzer Beratung beschlossen die Mädchen, ihm in einigem Abstand zu folgen, um zu sehen, wohin er ging. So gelangten sie zur Topcombe Farm. Als Joe sie am Tor herumlungern sah, schüttelte er den Kopf und verdrehte die Augen, als fände er sie albern.

»Ich weiß nicht, warum er sich für so schlau hält«, sagte Wyn und beobachtete ihn aus schmalen Augen. Frances zuckte die Schultern. Sie wusste, dass Wyn es hasste, wenn jemand ihr helfen wollte oder wenn sie unrecht hatte.

Anschließend setzten sie die Topcombe Farm auf die Liste ihrer besonderen Orte. Joe ließ sie im Frühjahr die Lämmer streicheln, aus dem Teich Kaulquappen schöpfen und im Stall nach Eiern suchen. Manchmal gab seine Mutter ihnen Gerstenwasser oder einen Apfel, aber sie war eine strenge Frau, und die Mädchen fühlten sich nie willkommen. Joe konnte gut bauen und half ihnen manchmal, eine Hütte in den Wäldern bei der Farm zu errichten oder Trittsteine in den matschigen Bach zu legen, der in den Ententeich floss. Einmal ließ er sie sogar beim Aufstellen von Fallen helfen.

Als sie jedoch ein Kaninchen fingen und es sich selbst strangulierte, war Wyn erschüttert, und Frances brach in Tränen aus, woraufhin Joe davonstürmte und sie »dumme Städter« nannte. Sie hatten beide angenommen, das Kaninchen werde lebendig gefangen und sie könnten es als Haustier behalten. Joe ging in Claverton zur Schule, sodass ihn weder Frances' Bruder Keith noch Owen Hughes kannte. Was einen Teil seiner Anziehung ausmachte, zumindest für Wyn – er war ihr Geheimnis, er gehörte ihnen irgendwie.

Im Winter pochten Frances' Frostbeulen gnadenlos, und Wyn bekam einen hartnäckigen Husten, der ihren mageren Körper schüttelte und sie schlapp und lustlos werden ließ. Sie war hungriger als jemals zuvor. Im Dezember 1917 ging Frances mit ihrer Mutter in Widcombe einkaufen. Wochenlang hatte sie ihr Taschengeld gespart, um Wyn ein Geschenk kaufen zu können. Dennoch brauchte sie lange, bis sie etwas fand, das sie sich leisten konnte und das Wyn vermutlich gefallen würde. Sie wollte ihr etwas Erwachsenes schenken, denn was Wyn mehr als alles andere begehrte, waren die Sachen ihrer großen Schwester. Als ihre Mutter allmählich die Geduld verlor und sich den Mantel gegen die durchdringende Kälte am Hals zusammenhielt, entdeckte Frances schließlich an einem Marktstand eine Brosche in Form eines Narzissenstraußes. Sie war zwar nur aus Blech, aber in leuchtenden Farben bemalt. Ihre Mutter fand sie äußerst passend, weil Wyn Waliserin war. Die Blütenblätter waren gelb, die langen, spitz zulaufenden Blätter hellgrün. Die Nadel auf der Rückseite war gefährlich spitz.

An Heiligabend kam Wyn zum Tee zu Frances nach Hause.

»Möchtest du noch eins, Wyn?«, fragte Derek und bot ihr das letzte Stück Hackpastete an, weil sie es so durchdringend anstarrte. Wyn nahm es sich schnell, für den Fall, dass er es sich doch noch anders überlegte.

»Das ist nicht gerecht«, beklagte sich Keith, doch Susan brachte ihn zum Schweigen.

»Du hattest reichlich, Keith. Und morgen gibt es noch mehr«, sagte sie entschieden.

»Das schmeckt einfach köstlich, Mrs. Elliot«, schwärmte Wyn und knabberte an der oberen Hälfte des Gebäcks. Das Gleiche sagte Cecily häufig zu Pam, und Frances musste darüber lachen.

»Danke, Bronwyn.« Ihre Mutter klang geschmeichelt, worüber Frances nur noch mehr lachen musste.

»Oh, diese albernen Hühner«, sagte Keith und verdrehte die Augen. Sie hatten Papierketten gebastelt und sie quer durch den Raum gespannt, und im Wohnzimmer stand in einem mit Steinen gefüllten Eimer ein kleiner Weihnachtsbaum. Er war mit Bändern und Kerzen geschmückt, und zwischen den Zweigen hingen ein paar kostbare Leckereien. Frances musste Wyn daran hindern, sie zu stibitzen. Stattdessen überreichte sie Wyn ihr Geschenk und freute sich daran, wie der Freundin der Atem stockte und ihre Augen aufleuchteten, als sie die Brosche auspackte.

»Frances, das ist das beste Geschenk der Welt«, sagte sie, und Frances spürte, dass sie es ernst meinte. Es spielte keine Rolle, dass Wyn kein Geschenk für sie hatte. Frances erwartete nichts, Wyn musste ihr nichts erklären. Sie bekam kein Taschengeld, sie ging nicht mit ihrer Mutter in Widcombe zum Einkaufen. »Du bist die beste Freundin der Welt«, sagte Wyn, umarmte Frances und blickte dann nach unten, um die Brosche an ihrer gelben Strickjacke zu befestigen.

Das fahle Licht der Gaslampe schien auf ihr Haar, und der warme Schein des Feuers fiel auf ihr Gesicht. Ihr Haar war ein bisschen wirr, weil es draußen gestürmt hatte, und die Haut auf ihren Wangen ein wenig schuppig. Die flache Brust hob und senkte sich unter ihrem Kleid. Frances hörte, wie die Luft leise durch Wyns Nase entwich, und plötzlich durchströmte sie ein derart überwältigendes Gefühl der Liebe, dass sie es kaum aushalten konnte. Wyn war oft amüsiert oder gelangweilt, verärgert oder neugierig, aber in jenem Moment wurde Frances klar, wie selten sie sich freute. Wyn eine Freude bereitet zu haben gab Frances das Gefühl, innerlich anzuschwellen, sodass sie fast zu platzen meinte. Und sie nahm sich vor, Wyn wieder zu erfreuen, wenn sie konnte. So oft wie möglich. Sie war sich sicher, dass sie noch reichlich Gelegenheit dazu haben würde.

3

DIENSTAG

Zwei Tage nach der Bombardierung

Als Frances erwachte, war es, als würde sie aus großer Tiefe zurück an die Oberfläche schwimmen, und im ersten Moment wusste sie nicht, wo sie war. Als sie langsam die Augen öffnete und zum hellen Quadrat des Fensters blinzelte, erkannte sie das karg eingerichtete Gästezimmer im Woodlands-Haus. Die mottenzerfressene Daunendecke, ein Stück verblassten Ruhms aus Cecilys früherem Leben im Haus ihrer Familie auf Lyncombe Hill. Den Waschtisch mit dem Handtuchhalter. Die Frisierkommode mit dem rosa gepolsterten Hocker. Von irgendwo draußen drangen Baugeräusche herein, und unten klapperte Pam mit einem Topf auf dem Herd und sprach mit Hund, der ihr hin und wieder mit einem leisen Bellen antwortete. Das Fenster stand offen. Kühle Luft strich durch die Vorhänge und raschelte in den Blättern der Grünlilie auf dem Fenstersims. Frances empfand einen tiefen inneren Frieden. Das war es, was sie vor allem anderen mit Woodlands verband – hier wurde sie ruhig und gelassen und konnte klar denken. Woodlands war wie der wohltuende Schatten eines Baumes an einem heißen Tag. Oder wie das geheimnisvolle Reich ihrer Kindheit hinter den Rhabarberblättern im Garten, das vor der Welt verborgen war.

Einen Moment lang schien es, als wäre all das nicht passiert. Doch als Frances mit steifen Gliedern aufstand, bemerkte sie, dass sie keine Bau-, sondern Abrissgeräusche hörte und dass noch immer der schwache Geruch von Rauch in der Luft hing. Unter ihren Nägeln waren dicke Schmutzränder, und auf ihrer Stirn prangte eine schmerzende Beule. Dann erinnerte sie sich an Davy, und ihr Körper verkrampfte sich vor Angst. Es befiel sie eine Scham, die ihr so vertraut war, dass sie alle anderen Anteile ihrer Persönlichkeit zu überlagern schien. Einen Augenblick hielt sie inne und versuchte, erneut einen Hauch von Hoffnung aufzubringen, dass sie Davy finden und den Schaden wiedergutmachen konnte. Als ihr das gelang, empfand sie das dringende Bedürfnis, sich wieder auf die Suche nach ihm zu machen.

Sie konnte sich nicht daran erinnern, wie sie nach Woodlands zurückgekommen war. Sie war vollständig bekleidet, und auf der Bettdecke zeichneten sich Schmutzspuren ab. Ihre Schuhe hatte sie achtlos neben dem Bett fallen lassen. Sie ging zum Spiegel und löste die Gaze und das Pflaster, um den Schnitt auf ihrer Stirn zu untersuchen. Ihr fettiges Haar stand in alle Richtungen ab. Die braunen Locken waren im Nacken zu lang und mussten dringend geschnitten werden. Dann veränderte sich einen beunruhigenden Moment lang ihr Gesicht und entsprach nicht mehr dem, was sie zu sehen erwartet hatte – die hellbraunen Augen mit dem verträumten Blick, die geschwungenen Lippen und das kräftige Kinn. Zu kräftig, klagte ihre Mutter immer und flehte sie an, sich das Haar wachsen zu lassen, damit ihre Züge weicher wirkten. Frances hatte irgendwie damit gerechnet, ein kleines Mädchen zu sehen, und sie brauchte eine Weile, bis sie sich wiedererkannte. Leicht eingefallene Wangen und feine Linien auf der Stirn. Irgendwie hatte sie gedacht, sie wäre noch acht Jahre alt, weil sie sich genauso fühlte wie damals. Als Wyn verschwunden war. Als man Johannes festgenommen hatte.

In der Küche blickte sie auf Pams runde Schultern und die Bänder ihrer Schürze, die fest um die breite Taille geschnürt waren.

»Da ist sie ja«, sagte Pam laut und drehte sich zu Frances um. »Höchstpersönlich und schrecklich dreckig. Frances, Liebes, bitte sag, dass du vor der Arbeit ein Bad nehmen wirst.«

»Vor der Arbeit?«

»Hast du nicht die Dienstagnachmittagschicht?« Pam nahm einen Teller von der Anrichte und schob Pilze auf eine Scheibe Toast. »Iss etwas. Ich habe Brot gebacken, aber bis zum Ende der Woche gibt es keine Butter mehr.« Bei ihren Worten zog sich Frances' Magen vor Hunger zusammen und knurrte laut. Sie setzte sich an den Tisch und biss dankbar in das Brot.

»Wie spät ist es denn?«, fragte sie.

»Gleich elf.« Pam trocknete sich die Hände ab, dann setzte sie sich lächelnd zu ihr. »Dienstag, falls du dich das fragst.«

»Elf Uhr?«, wiederholte Frances erstaunt. Pam nickte, ihr Blick war wachsam.

»Du hast vierzehn Stunden geschlafen. Als du gestern zurückkamst, hast du vor lauter Müdigkeit nur Unsinn geredet.« Pams Lächeln erstarrte einen Moment, und Frances fragte sich, was sie wohl gesagt hatte. »Es ist also kein Wunder, dass du hungrig bist. Und durstig, nehme ich an – ich setze den Kessel auf.«

»Vierzehn Stunden? Aber Davy … Ich muss …« Frances

94

wollte schon aufstehen, doch Pam streckte warnend eine Hand aus.

»Du brauchst jetzt Ruhe, und du musst essen. Keine Widerrede«, sagte sie. Und Frances gehorchte.

»Also … wenn ich bis jetzt geschlafen habe, heißt das …«

»Keine Bomben mehr.« Pam nickte. »Es wurde noch nicht einmal der Alarm ausgelöst.« Sie lächelte, und Frances spürte, wie Erleichterung sie durchströmte.

»Dann ist es vorbei«, sagte sie. »Gott sei Dank.«

»Nun, es gibt nicht mehr viel zu bombardieren, aber wir sollten vermutlich dankbar sein. Die Leute kehren bereits zurück. Ich glaube, man kann von Entwarnung sprechen.« Pam setzte sich Frances gegenüber. »Wie geht es dir, Liebes?«

»Gut. Aber ich kann nicht zur Arbeit gehen«, sagte Frances. Die Vorstellung war absurd.

»Warum nicht? Die Green Park Station ist zwar geschlossen. Auf der Brücke in Brougham Hayes soll ein umgestürzter Waggon liegen, und die Schienen sind wie Schnüre verheddert. Bath Spa ist aber offen. Die Züge fahren noch, die Leute müssen noch immer ihr Gepäck auf Karren laden. Ich wäre auch bei Woolies, aber die öffnen erst morgen wieder.«

»Ich muss die Krankenhäuser abklappern und nach Davy suchen. Am Bahnhof kommen sie ohne mich klar – Herrgott, eine Weile werden sich die Leute doch wohl auch anders behelfen können.«

»Ja, natürlich musst du nach Davy suchen. Ich dachte nur, ein bisschen vertraute Routine würde dir guttun.« Pam musterte Frances einen Moment. »Owen ist heute Vormittag hier gewesen. Ich soll dir ausrichten, dass er in St. Mark's nichts gefunden hat und vor der Arbeit noch in die Notfallklinik geht. Du kannst ihn nach der Schicht im Young Fox treffen.«

»Oh, das ist gut.« Frances stellte sich vor, wie Owen die Reihen der Toten in der Kirche abgeschritten war. Sie schämte sich und war ihm zugleich dankbar. Er war ein so guter Mensch, er sollte etwas derart Schreckliches nicht sehen müssen, aber zumindest war Davy nicht unter den Toten. Frances bekam ein schlechtes Gewissen, dass sie ausgeschlafen hatte. Dass sie so pflichtvergessen war. »In Ordnung. Dann gehe ich zum Royal United Hospital und frage dort nach. Ich sollte mich auf den Weg machen.«

Frances aß ihren Toast auf und kippte den Tee herunter.

»Warte.« Pam zögerte, dann schob sie ihr die neue Ausgabe des *Bath & Wilts Chronicle and Herald* zu. »Das solltest du zuerst lesen.« Frances starrte auf die Zeitung.

»Geht es um Wyn?«, fragte sie. Pam nickte, dann stand sie auf, um ihr Tee nachzuschenken. Auf der Titelseite war ein Junge mit einem Teller matschigen Essens abgebildet. Die Bildunterschrift lautete *Kenneth Marr, ein ausgebombter Schuljunge, findet das Kantinenessen richtig gut. Wir stimmen ihm zu.* Sie blätterte durch einige Seiten mit Aufnahmen von der Zerstörung und Geschichten, die von Hoffnung und Mut berichteten. Auf Seite sechs entdeckte sie Wyns Namen. *Menschliche Überreste gefunden. Vermutlich handelt es sich um die vor vierundzwanzig Jahren verschwundene Schülerin aus Bath, Bronwyn Hughes.* Frances' Haut kribbelte. Natürlich gab es kein Foto von ihr. 1918 ließen nur Wohlhabende ihre Kinder fotografieren. Es war ein kurzer Artikel, aber der blumige Stil des Journalisten ärgerte sie.

Der Verbrecher, der für den viel zu frühen Tod verantwortlich war, wurde bereits vor langer Zeit für seine Tat gehängt. Grausamerweise gab er vor seinem Tod nicht preis, wo die Leiche vergraben war, und hinterließ so eine offene Wunde im Herzen der Familie. Jetzt ist die liebe Tochter zumindest heimgekehrt. Unser ärgster Feind, die Deutschen, haben unwillentlich ein tragisches Rätsel gelöst, das zwei Jahrzehnte lang durch die Stadt geisterte. Der Autor kann nur hoffen, dass die Deutschen daraus lernen und begreifen, dass sich die Einwohner von Bath nicht von ihren feigen Bombardierungen verschrecken lassen.

»Das ist alles?«, fragte Frances ungläubig. »Liebe Tochter? Sie war nicht *lieb*. Sie war genial und mutig und …«

»Ich weiß, ich weiß«, unterbrach Pam sie. »Der Mann ist ein Idiot, das ist ganz offensichtlich.«

»Da steht nichts über den Fundort der Leiche! Oder was das bedeuten könnte.«

»Und alles wird genutzt, um den verdammten Deutschen eins auszuwischen.« Pam seufzte. »Selbst ein ermordetes Kind.« Angewidert warf Frances die Zeitung auf den Tisch, atmete tief durch und presste mit Daumen und Zeigefinger ihren Nasenrücken zusammen.

»Mrs. Hughes wird ihn wahrscheinlich ausschneiden und aufbewahren«, sagte sie. »Weißt du noch, wie sie jede Meldung über Wyn aufgehoben hat? Und alles über den Prozess. Alles ausgeschnitten und abgelegt. Warum sollte sie irgendetwas davon noch einmal lesen?«

»Ich weiß es nicht.« Pam setzte sich wieder. »Vielleicht, um das Gefühl zu haben, etwas zu tun – *irgend*etwas. Was bleibt ihr sonst übrig?«

»Ich sollte rübergehen und nach ihr sehen. Ich mache auf dem Rückweg vom Royal United dort halt.« Frances schob ihren Stuhl zurück und stand auf.

»Wie wäre es zuerst mit einem Bad? Und mit frischen Sachen?«, schlug Pam vor.

»In Ordnung. Aber ich muss mich beeilen.«

Seit den Angriffen war Frances nicht mehr auf der anderen Flussseite gewesen. Sie überquerte die Halfpenny Bridge, die alte eiserne Fußgängerbrücke, an der in der ehemaligen Mautstelle jetzt Zeitungen und Zigaretten verkauft wurden. Es waren einige Meilen bis zum Krankenhaus, und sie kam nur langsam voran – eine Straße war gesperrt, weil eine Bombe nicht explodiert war, eine andere, weil einfach zu viele Trümmer im Weg lagen. Als sie in eine Straße bog, in der alle Fensterscheiben unversehrt waren und noch nicht einmal ein einziges Blütenblatt vom Apfelbaum gefallen zu sein schien, kam es ihr wie ein Wunder vor – unglaublich ordentlich. Vor den Pump Rooms, in denen ein englisches Restaurant geöffnet hatte und den Geruch von geschmortem Fleisch und Zwiebeln verströmte, standen die Leute Schlange. Frauen mit Wäschebündeln zu ihren Füßen warteten an behelfsmäßigen Wäschereibussen. An den Ständen der Heilsarmee schlürften verloren wirkende Menschen heißen Tee. Dicke Wolken zogen über den Himmel, und wenn sich eine von ihnen vor die Sonne schob, schien sich die gesamte Stadt zu verdunkeln.

Das Krankenhaus war unbeschädigt geblieben, doch vollkommen überfüllt. Es herrschte eine deutlich angespannte Atmosphäre. Laute, verzweifelte Stimmen hallten durch die Korridore. Die Wände waren weiß gestrichen, die Böden überall voll staubiger Fußabdrücke. Frances war noch nie hier gewesen. Sie kannte die Vorschriften nicht. Durfte sie einfach hineingehen, oder gab es selbst unter den aktuellen Umständen noch so etwas wie Besuchszeiten? Bei der Aussicht, Davy möglicherweise hier zu finden, verspürte sie ein Gefühl der Aufregung in ihrem Magen rumoren. Ungeduldig wartete sie eine Weile am Eingang, wo eine Menschengruppe versuchte, die Aufmerksamkeit des gehetzt wirkenden

Mädchens am Empfang auf sich zu ziehen. Schwestern kamen und gingen, stets in Eile, gefolgt von bleichen Verwandten und Verletzten. Schließlich schlich sich Frances seitlich vorbei und folgte den Schildern zur Kinderstation.

Sie hatte mit viel mehr Lärm gerechnet – mit Weinen, Schreien und Betteln, wie Kinder es normalerweise taten. Doch es herrschte eine überraschende Stille, die ihr eine Gänsehaut über den Körper trieb. In der Luft hing der Geruch von Karbolsäure und Urin, darunter der von Blut – hartnäckig wie ein Fleck, der sich nicht entfernen ließ. Frances spürte ihren Herzschlag, nicht besonders schnell, aber ungewohnt heftig. Langsam trat sie in die Mitte der Station und stellte fest, dass noch so viele Teddybären oder Wolken auf den Vorhängen dem langen Raum nichts von der Trostlosigkeit nehmen konnten, die kein Kind erleben sollte. Andererseits würde die Station auf Davy wahrscheinlich angenehm und sauber wirken. Er hatte noch nie einen Teddybären besessen. Frances hatte ihm einmal einen Spielzeugaffen gekauft, den Carys mit der Begründung wegwarf, dass es ihr nicht zustehe, ihrem Kind Sachen zu schenken. Frances hoffte, den Jungen in einem der ordentlichen Krankenhausbetten zu entdecken, mit einer sauberen Decke unter den Achseln festgeklemmt und einem Bilderbuch oder einem Spielzeugsoldaten zur Ablenkung in den Händen. Sie hoffte es so sehr, dass es schmerzte.

Frances konzentrierte sich zuerst auf die Betten an der linken Wand. Am Ende der Reihe wollte sie umdrehen und auf der rechten Seite zurückkehren. Sie ging am ersten Bett vorbei, dann am zweiten, doch keiner der kleinen Körper unter den Decken war Davy. Einige der Kinder hatten sichtbare Verletzungen, trugen Verbände oder einen Gips. Andere wirkten unversehrt. Einige waren wach, starrten an die

Decke oder auf die Wände oder malten mit den Fingerspitzen Muster auf die Bettwäsche. Andere lagen so still und unbeweglich da wie Tote. Ein dicklicher Junge mit braunem Haar hielt die Augen geschlossen, beide Hände waren verbunden und sahen aus wie weiße Boxhandschuhe. Seine Mutter saß mit steifem Rücken und gekreuzten Beinen an seinem Bett und strickte. Sie blickte auf, und als sie Frances' Blick begegnete, versteifte sie sich noch mehr und wandte sich ab, als rechnete sie mit irgendeiner Form von Kritik. Eine andere Mutter war erschöpft in sich zusammengesunken und schlief – den Kopf in den Nacken gelegt, mit offenem Mund. Über den Augen der Tochter lag ein Verband, auf dem sich rötlichbraune Flecken abzeichneten. Es war unmöglich zu sagen, ob das Mädchen wach war oder schlief. Sie lag reglos da, doch es war die Reglosigkeit eines ängstlichen Tiers, das hoffte, nicht bemerkt zu werden.

Frances schritt die linke Seite ab, dann die rechte. Und dann noch einmal hinunter und wieder hinauf, und diesmal lag im Blick der Mutter des braunhaarigen Jungen mehr Mitgefühl. Am Ende ihrer zweiten Runde, als sie wieder an der Tür ankam, blieb sie eine Weile ratlos stehen.

»Entschuldigen Sie, Sie dürfen hier nicht einfach so herumspazieren.« Neben ihr war eine kleine zierliche Schwester mit einem sommersprossigen Gesicht erschienen, deren eines Augenlid vor Müdigkeit zuckte.

»Ich … ich suche einen kleinen Jungen. Er wird vermisst«, sagte Frances.

»Name?«, fragte die Schwester und brachte den Stift über ihrem Klemmbrett in Bereitschaft.

»Mrs. Parry.«

»Nein – der Name des Patienten. Und das Alter.«

»Oh. David Noyle, er ist sechs.«

»Noyle?« Die Schwester musterte Frances voll Argwohn. »Sind Sie nicht die Mutter?«

»Nein. Ich ... ich bin sein Kindermädchen.«

»Aussehen?«, fragte die Schwester. Frances beschrieb ihr Davy so gut sie konnte, und die Schwester notierte abwechselnd etwas auf ihrem Klemmbrett und legte dann wieder nachdenklich die Stirn in Falten.

»Ich habe gehört, dass ein Kind nach Bristol gebracht wurde – es konnte nicht identifiziert werden, und niemand hat nach ihm gefragt. Ich habe es nicht gesehen, darum kann ich nicht sagen, ob es David war ... Sind Sie auf den anderen Stationen gewesen? Wir konnten hier nicht alle unterbringen. Ich sollte Sie nicht einfach herumspazieren lassen, aber wahrscheinlich geht es so am schnellsten. Weiß der Himmel, hier geht es gerade ein bisschen drunter und drüber. Soll ich in Bristol anrufen? Wie durch ein Wunder funktioniert unser Telefon noch.«

»Ja. Ja, bitte.«

Frances hatte die Hälfte der Männerstation durchschritten, als sie stehen blieb. Nach einer schnellen Durchsicht war ihr klar, dass Davy nicht unter den Patienten war. Dennoch beschloss sie, jeden einzelnen noch einmal genau anzusehen, nur für alle Fälle – trotz der Blicke, die einige Männer ihr zuwarfen, und obwohl man ihr hier und da sogar zuzwinkerte. Und auch, obwohl sie voller Hoffnung war, dass es sich bei dem namenlosen Kind in Bristol um Davy handelte.

»Sie suchen sicher mich, Schätzchen«, sagte der Mann in dem Bett neben ihr. Er grinste und zeigte sein entzündetes Zahnfleisch. »Ich muss gewaschen werden.« Frances ignorierte ihn. Sie stand am Fuß von Bett fünf, starrte vor sich hin und überlegte, warum sie plötzlich so schwer Luft bekam. Der Patient hatte einen Verband um den Kopf, der bis über seine rechte Wange reichte. Der unbedeckte Teil seines Gesichts hatte sich gepellt und erinnerte auf grausame Weise an frisch gekochten Schinken. Die Wange war aufgedunsen und glänzte von der Salbe, die man zur Beruhigung auf die verbrannte Haut aufgetragen hatte. Sein unbedecktes Auge war geschlossen, das Lid dunkel und geschwollen wie eine Nacktschnecke. Von seinem Haar standen graue Büschel ab, die an den Enden ausfransten und angesengt waren. Die rechte Hand und der Arm waren bandagiert. Seine Nasenlöcher wirkten zu dunkel, als wären sie voll mit getrocknetem Blut. Die Lippen waren blass. Auf der Männerstation war es sehr viel lauter als bei den Kindern, dennoch konnte Frances hören, wie er pfeifend ein- und ausatmete, flach und gleichmäßig.

Sie trat näher an das Fußende des Bettes heran, wo das Krankenblatt des Mannes hing. Sie suchte nach seinem Namen – Percival Clifton –, doch der sagte ihr nichts. Sie kannte keinen Percy Clifton, da war sie sich sicher. Wieder betrachtete sie den bewusstlosen Mann. Irgendwie kam er ihr trotzdem bekannt vor. Ein Frösteln, das ihre Beine hinaufkroch und ihre Knie weich werden ließ. Es fühlte sich bedrohlich an. Als sie den Mann ansah, war es, als würde sie angestrengt in tiefe Dunkelheit blicken und nur schwach eine Bewegung erahnen. Die Bewegung von etwas Unbekanntem, das man besser ruhen ließ. Plötzlich tauchte eine Erinnerung aus ihrem Gedächtnis auf. Ihr war heiß, sie fühlte sich unwohl – Schweiß lief ihre Kniekehlen hinunter, ihr Kopf schmerzte, und sie empfand heftige, lähmende Angst.

»Mrs. Parry?« Die Stimme der sommersprossigen Schwester ließ sie zusammenzucken. Noch immer trug sie Klemmbrett und Stift wie einen Schild vor sich her.

»Ja?« Frances bemühte sich, ihre Aufmerksamkeit auf sie

zu richten, sie dachte an Davy und wandte Percy Clifton den Rücken zu. »Haben Sie etwas herausgefunden? Ist es Davy?«, fragte sie, doch die Schwester schüttelte bereits den Kopf.

»Tut mir leid«, sagte sie rasch. »Es war ein kleines Mädchen, ungefähr drei Jahre alt, das man in der Henry Street gefunden hat. Man weiß immer noch nicht, wie sie heißt.«

»Oh«, sagte Frances. Ihre Hoffnung wurde von einer Welle der Enttäuschung hinweggespült. »War?«

»Sie ist ihren Verletzungen erlegen.«

»Ach. Sind ... sind noch andere Kinder aus Bath dort? Welche, von denen sie nicht wissen, wie sie heißen, die vielleicht ...« Frances verstummte, weil die Schwester erneut den Kopf schüttelte. Ihre Lippen waren zusammengepresst, und sie notierte etwas auf ihrem Klemmbrett. Frances konnte sich nicht vorstellen, was es sein könnte. Das Zucken in ihrem Augenwinkel ließ nicht nach. Wie viele grausame Nachrichten hatte sie in den letzten zwei Tagen wohl überbringen müssen? »Nun, danke, dass Sie nachgefragt haben. Er braucht sein Medikament, wissen Sie. Er hat Anfälle – epileptische Anfälle. Können Sie eine Notiz machen? Er braucht seine Tabletten.«

»Ich mache eine Notiz, aber wir müssen ihn auf jeden Fall erst identifizieren, ehe wir ihm etwas geben. An Ihrer Stelle würde ich wieder nachfragen«, riet die Schwester und bemühte sich, Frances ein Lächeln zu schenken. »Man findet die ganze Zeit noch Menschen. Andauernd bringen sie welche her.«

»Danke. Das mache ich. Warten Sie, Schwester«, sagte sie, als die Frau sich zum Gehen wandte. Frances deutete mit dem Kopf auf den bewusstlosen Mann. »Wissen Sie ...« Sie zögerte kurz. »Wissen Sie, wo man diesen Mann gefunden hat? Was ihm passiert ist?«

»Im Regina Hotel«, erklärte die Schwester knapp, sie hatte

es eilig weiterzukommen. »Unten bei den Versammlungs-
räumen. Das Hotel wurde direkt getroffen und in der Mitte
geteilt. Er hat Glück gehabt«, erklärte sie. »Die Gäste haben
den Alarm ignoriert. Die meisten waren in ihren Zimmern
oder noch unten in der Bar. Man hat deutlich mehr Tote als
Lebende aus dem Chaos geborgen. Kennen Sie ihn? Es hat
niemand nach ihm gefragt.«

»Nein«, antwortete Frances. »Also ... Nein.«

»Gut. Nun, ich muss weiter.« Die Schwester wartete, um
sicherzugehen, dass Frances die Station verließ. Und als
Frances sich umdrehte, spürte sie Percy Clifton hinter sich.
Es war, als würde er sie durch den Raum anstarren – sie spürte
ein unangenehmes Kribbeln und wollte sich umdrehen, um
sich davon zu überzeugen, dass er noch immer am selben
Platz war und sich nicht bewegt hatte.

Man hatte Wege in den Trümmern von Beechen Cliff Place
freigeräumt. Wo Ziegel fehlten, war eine grüne Plane über
das Dach zwischen den Nummern vierunddreißig und dreiunddreißig gespannt. In den noch verbliebenen Häusern
regte sich wenig, doch aus dem Schornstein der Hughes'
stieg eine dünne Rauchfahne auf. Frances klopfte, und als
Carys die Tür öffnete, sank ihr der Mut. Carys war in den
letzten Jahren aus der Form geraten, ihre einst so sinnlichen
Kurven waren der formlosen, behäbigen Figur einer deutlich
älteren Frau gewichen. Ihre Augen waren stark gerötet und
weiteten sich, als sie Frances sah.

»Habt ihr ihn gefunden?«, fragte sie. In der kurzen Pause,
bevor sie antwortete, sah Frances Carys' Hoffnung aufblitzen,
die sie allerdings gut verbarg. Als habe sie Angst, sie zu zeigen, oder als fürchtete sie, überhaupt Hoffnung zu empfinden.
Frances schüttelte den Kopf, ihre Kehle schnürte sich zu.

»Noch nicht«, brachte sie mühsam hervor.

»Habe ich dir nicht gesagt, du sollst erst wiederkommen, wenn du ihn gefunden hast?« Sofort war die Wut wieder da, sie loderte auf wie eine Flamme, die Sauerstoff bekommen hatte. Genau wie bei ihrem Vater, Bill Hughes.

»Ich weiß. Ich komme gerade aus dem Krankenhaus, doch ... dort war er nicht. Aber ich bin mir sicher, dass er der Bombe bei den Landys entkommen konnte. Als ich am Sonntag im Haus meiner Eltern war, habe ich Spuren gesehen ... er ist ganz bestimmt dort gewesen.«

»Was für Spuren?«

»Da waren Schuhabdrücke in der richtigen Größe, und er hat in den Küchenschränken gesucht und die Keksdose gefunden. Klingt das nicht ganz nach ihm?« Sie versuchte zu lächeln, was ihr angesichts von Carys' unverhohlener Feindseligkeit jedoch nicht gelang. »Habt ihr hier etwas von ihm gefunden? Glaubst du, er versucht, nach Hause zu kommen, oder sucht nach dir?« Sobald sie es ausgesprochen hatte, hörte Frances, wie das in Carys' Ohren klingen musste. Dass ihr Sohn versucht hatte, Frances zu finden, nicht aber seine Mutter. Carys starrte sie schweigend an. »Na ja, hier ist alles so verwüstet«, beeilte sich Frances anzufügen. »Es sieht alles so anders aus, nicht? Es muss ... ziemlich verwirrend für ihn sein. Wo habt ihr gesucht?«, fragte sie. »Du und Fred? Ich meine, nur damit ich an andere Orte gehe, damit wir ein größeres Gebiet abdecken können.«

»*Ich?* Ich wurde ausgebombt, falls dir das noch nicht aufgefallen ist. Du solltest dir Gedanken machen, wo *du* nach ihm suchst.«

»Ja, aber ...« Frances zögerte. »Ich meine, gibt es einen Ort, an dem er besonders gern spielt? Oder sich versteckt?«

Wieder starrte Carys sie an. Ihr Mund stand ein wenig

offen, und ein flüchtiger Ausdruck huschte über ihr Gesicht. Als sie mit zusammengebissenen Zähnen antwortete, begriff Frances, dass sie keine Ahnung hatte, wo ihr Sohn gern spielte.

»Warum vergeudest du hier deine Zeit, indem du mir Fragen stellst? Warum machst du dich nicht auf den Weg? Na los!«

»Ich … ich wollte mit deiner Mutter sprechen«, erklärte Frances. Carys sah über ihre Schulter.

»Nun, sie aber nicht mit dir. Kannst du sie nicht ausnahmsweise mal in Ruhe lassen? Ihrem Herzen geht es nicht gut. Das kommt von der ganzen Aufregung.«

»Carys? Ist das Frances?«, rief Nora Hughes von innen. »Lass sie nicht auf der Treppe stehen.« Carys zögerte einen Moment, dann trat sie widerwillig zurück, um Frances vorbeizulassen.

Frances war schon vor Wyns Verschwinden nur ungern in die Nummer vierunddreißig gegangen und tat es auch danach nur mit Widerwillen. Der spürbare Kummer dort überforderte sie. Sie trauerte selbst genug, und sie verabscheute die Art, wie Mrs. Hughes sie all die Jahre bei jeder Begegnung taxierte. Begierig hatte sie beobachtet, wie Frances sich veränderte und reifte, weil sie glaubte, dass Wyn sich ebenso veränderte – ganz gleich, wo sie sein mochte. Frances atmete ein und blickte sich in dem winzigen Zimmer um. Es war wie eine Zeitreise – alles war genau wie immer. Von der Feuchtigkeit löste sich in den Ecken die Tapete, und unter der Treppe blühte großflächig der Schimmel. Die Decke war von Tabak und Kohlenrauch gräulich gelb verfärbt. Über dem Kamin hing noch derselbe fleckige, rahmenlose Spiegel, auf dem Kaminsims stand derselbe Nippes – Porzellanfingerhüte, eine Gaslampe aus Messing und eine Schokoladendose aus Blech mit einem Bild von König George von der Krönung aus dem Jahr 1911.

In diesem Moment kam es ihr vor, als wäre Wyn gerade gestern noch da gewesen. Frances' Augenlider flackerten. Sie fühlte sich wackelig und sah wieder ganz deutlich eine kleine blonde Gestalt neben dem Feuer stehen – sie war mager, aber sie lächelte. Frances versuchte, sich zusammenzureißen, als Mrs. Hughes in der Küchentür erschien. Carys stolzierte an ihr vorbei, um sich vor den kalten Gasherd zu stellen, und starrte, die Hände auf die Hüften gestemmt, auf ihn hinunter. »Schön, dich zu sehen, Frances«, sagte Nora, stopfte ein Taschentuch in ihren Ärmel und kam mit langsamen, steifen Schritten auf sie zu. Sie hatte Arthritis in beiden Hüften. Bei feuchtem Wetter konnte sie sich kaum bewegen. Ihr Hauskleid war fleckig, das Haar hing in ungekämmten grauen Strähnen herab. Ihre Augen waren wässrig, und sie blinzelte deutlich zu oft. Von Mr. Hughes war keine Spur zu sehen.

»Wie geht es Ihnen, Mrs. Hughes?«

»Ich darf mich wohl nicht beschweren. Bill ist irgendwo unterwegs, er wird es bedauern, dass er dich verpasst hat.« Es folgte eine kleine Pause, in der alle drei im Stillen dachten, dass es Bill Hughes völlig egal war, ob er sie verpasste.

»Geht es ihm denn gut?«, erkundigte sich Frances und kam sich verlogen vor, weil sie so tat, als würde es sie interessieren.

»Oh. Ganz bestimmt. Er hat neun Leben«, antwortete Nora. Frances wusste nicht recht, was sie sagen oder wie sie stehen sollte. Sie haderte mit sich. Als sei sie zu groß für diesen Ort und als gehörte sie der falschen Spezies an. Nichts hatte sich verändert, seit sie die beiden das letzte Mal gesehen hatte, und doch war alles anders.

»Ich hoffe, ich störe nicht«, sagte sie.

»Setz dich«, erwiderte Mrs. Hughes, und Frances ließ sich auf einem der Sessel nieder. »Du willst sicher wissen, was mit Wyn ist. Wir werden sie natürlich beerdigen. Sobald sich die Aufregung etwas gelegt hat und all die armen Seelen, die bei der Bombardierung umgekommen sind, unter der Erde sind. Vielleicht kommt unsere Annie dann her. Das wäre schön. Obwohl ich nicht glaube, dass sie sich überhaupt an Wyn erinnert.«

»Natürlich erinnert sie sich nicht an sie«, warf Carys aus der Küche ein. Annie, die jüngste der Hughes-Schwestern, hatte einen Schneider geheiratet und war nach Aberdeen gezogen, und Frances wunderte es nicht, dass sie nicht allzu oft zu Besuch kam.

»Der Bestatter sagt, es störe ihn nicht, sie bei sich zu behalten, bis wir so weit sind, weil sie …« Mrs. Hughes' Stimme verhallte, und sie blinzelte noch mehr. »Also. Sie hätte bestimmt nichts dagegen, ein bisschen zu warten. Für eine anständige Beerdigung mit einem hübschen Stein …«

»Ach? Und wovon sollen wir den bezahlen?«, fragte Carys und trat in den Türrahmen. Mrs. Hughes schloss fest die Augen, vielleicht bat sie Gott um Kraft.

»Wir finden einen Weg!«, erklärte sie schließlich bestimmt.

»Klar. Die Dachreparatur hat ja noch Zeit, oder die Schuhe für meine Kinder«, sagte Carys.

»Sie bekommt einen Stein, und wenn ich ihn eigenhändig aus dem Steinbruch schlagen muss! Nicht wie die Bombentoten, die alle in ein Massengrab in Haycombe kommen.«

»Ich würde gern helfen, wenn ich darf«, sagte Frances.

»Das ist nett von dir«, antwortete Mrs. Hughes. »Aber wir sind ihre Familie. Das schaffen wir schon.«

Es folgte Schweigen, das sich zu lang dehnte.

»Haben Sie den Artikel in der Zeitung gesehen?«, fragte Frances, als sie die Stille nicht länger ertrug. Nora Hughes nickte.

»Du warst ihr immer eine gute Freundin, Frances«, murmelte sie. Ihr Blick glitt durch den Raum, zu dem Quadrat aus trübem Tageslicht, das durchs Fenster hereinfiel. »Dir kann man nichts vorwerfen. Du warst noch klein. Du warst dir der Gefahr nicht bewusst, stimmt's?«, fragte sie. »Zumindest weiß ich von jetzt an immer, wo sie ist. Keine Mutmaßungen mehr. Keine ... Hoffnung«, sagte sie, als wäre die Hoffnung, dass Wyn noch lebte, schlimmer gewesen als das Wissen um ihren Tod. Und vielleicht war es das in gewisser Weise auch.

»Aber denken Sie denn nicht ...«, versuchte es Frances noch einmal, doch Carys unterbrach sie.

»*Ich* denke, dass du jetzt nach Davy suchen solltest, anstatt hier herumzulungern und Erinnerungen aufzuwühlen.«

»Ich ...«, erwiderte Frances gequält. »Es tut mir so leid mit Davy. Ich werde ihn ganz sicher finden. Ich suche weiter, versprochen. Vielleicht ist es gut, dass er nicht im Krankenhaus war? Ich meine ... vielleicht ist er ja gar nicht verletzt.«

»Vielleicht«, sagte Nora. »Aber wo ist er dann? Und er braucht seine Medizin. Der arme kleine Kerl. Er mag nicht besonders helle sein, aber er ist ein lieber Junge.« Mit verbissener Miene kehrte Carys zum Herd zurück, und Frances merkte, wie sie ein Gefühl von Panik befiel, das sie zu überwältigen drohte. Panik, dass sie ihn nicht rechtzeitig fand. Nora hustete. »Wyn ist jetzt auf jeden Fall bei ihrem Schöpfer«, fuhr sie etwas abwesend fort. »Sie ist sicher in den Händen des Herrn.« Sie klang nicht, als würde sie das wirklich glauben. »Meine Granny hat immer gesagt, dass es im Himmel eine extra Ecke für die Kinder gibt, in der sie den ganzen

Tag lang spielen und nichts als Leckereien und Kuchen essen könnten.«

»Oh, Herrgott!« Carys kam zurück ins Zimmer. »Ich ertrage das einfach nicht mehr. Keine einzige Sekunde!«, stieß sie mit angespannter Miene und knallrotem Gesicht hervor. »Sie ist seit Jahren tot! Seit Jahrzehnten! Wir haben genug um sie getrauert. Jetzt haben wir alle genug Probleme, auch ohne dass ihr zwei das alles wieder aufwühlt! Ich muss packen. Die reißen nämlich mein Haus ab«, fuhr sie Frances an.

Sie stapfte wieder in die Küche und schlug die Tür zu, doch Frances merkte, dass sie entgegen ihren Worten nicht ging. Sie blieb in Hörweite. Mrs. Hughes fasste sich an die Brust und krümmte sich leicht zusammen.

»Ist alles in Ordnung mit Ihnen?«, fragte Frances. Nora nickte.

»Mein Herz meldet sich nur wieder. Was würde ich nur ohne das Schreien und Türenschlagen meiner Carys machen? Sie ist so zuverlässig wie der Regen bei einem Picknick.« Sie senkte die Stimme. »Sobald sie etwas empfindet, wird sie wütend, das weißt du doch. Das hat nichts mit dir zu tun. Es wühlt sie auf, dass ihr Davy verschwunden ist. Genau wie ihre Schwester. Und dass man Wyn nach so langer Zeit gefunden hat. Das wühlt uns alle auf. Die Vorstellung, dass wir die ganze Zeit an ihr vorbeigelaufen sind … über ihr Grab. Jedes Mal, wenn ich den Hinterausgang benutzt habe, die ganze Zeit …« Ihre Augen füllten sich mit Tränen. »Und ihr Clive ist die letzten drei Monate fort gewesen. Dann ist sie immer nervös.«

»Hat er denn Arbeit gefunden?«, fragte Frances. Durch den Krieg waren viele Bauprojekte gestoppt worden – eine schwierige Situation für diejenigen, die in der Branche arbeiteten.

»Oben in London. Das ist das Letzte, was ich gehört habe. Die ganzen Bombenschäden.«

»Ein Silberstreif«, sagte Frances schwach.

»Bitte finde unseren Davy, Frances«, bat Mrs. Hughes leise. »Die Ungewissheit ist unerträglich.« Eine unbeschreibliche Trauer umgab sie, und Frances sah ihren flehenden Blick. Hatte das nur mit Davy zu tun? »Ich sollte besser weitermachen. Wir haben jetzt Carys und den kleinen Fred hier bei uns. Gott steh mir bei.« Mrs. Hughes stemmte sich aus dem Sessel hoch. »Es war schön, dass du da warst, Frances«, sagte sie, ohne sie anzusehen.

»Sagen Sie mir bitte Bescheid, wann die Beerdigung ist?«, fragte Frances, als sie aufstand. »Ich würde gern kommen.« Mrs. Hughes nickte und hielt weiterhin den Blick gesenkt.

»Natürlich. Du solltest dabei sein. Die Trauerfeier wird unten in St. Mark's stattfinden. Nicht in der Magdalen Chapel. Da muss mein Mädchen nicht wieder hin.« Sie schüttelte den Kopf. »Ich habe den Artikel aus der Zeitung ausgeschnitten. Da stand aber nicht viel drin, oder? Nach all dieser Zeit.«

»Nein. Und es stand nichts darüber drin ... was es bedeuten könnte«, sagte Frances, und ihr Puls beschleunigte sich. »Wo man sie gefunden hat, meine ich – hier zu Hause.«

Wieder stieß Carys die Tür auf.

»Und was meinst du, was es bedeutet?«, fragte sie leise.

»Nun ...« Frances zögerte. Sie wusste, dass sie noch nicht einmal seinen Namen hören wollten, aber sie musste ihn aussprechen. »Johannes wusste nicht, wo sie wohnte. Und er wäre auch nicht hergekommen. Er hatte viel zu viel Angst. Vielleicht ... hat er sie doch nicht getötet. Ist es nicht viel wahrscheinlicher, dass sie jemand ... hier aus der Nähe umgebracht hat? Jemand, der sie kannte und der wusste, wo sie wohnt?« Nora Hughes betrachtete ihre Hände. Carys starrte Frances wütend an, dann sog sie scharf die Luft ein. Frances machte sich auf einen wütenden Ausbruch gefasst, doch er blieb aus. Stattdessen wirkte Carys wie erstarrt. Die Stille lärmte.

1918

Wyn Hughes hatte einfach keine Angst – das fand Frances schon früh in ihrer Freundschaft heraus. Manchmal brachten ihre Kühnheit und ihr Wagemut Frances in Schwierigkeiten, zum Beispiel, als Wyn beim Gemüsehändler in Lower Oldfield Park zwei Birnen stahl und sich anschließend aus dem Staub machte, woraufhin Frances wie angewurzelt stehen blieb. Gerade noch rechtzeitig kam sie wieder zur Besinnung und floh, bevor der Gemüsehändler sie erwischen konnte. Wyn versprach, so etwas nicht noch einmal zu tun, und obwohl sie Wort hielt, geriet Frances mit ihr in zahlreiche andere brenzlige Situationen. Sie konnte Wyn einfach nichts abschlagen.

»Sie ist sehr unerschrocken. Das ist ganz klar«, sagte Tante Pam, als Frances mit ihr darüber sprach. »Dort, wo sie aufwächst, muss sie das auch sein.« Frances dachte darüber nach, und es schien ihr einleuchtend. Schließlich hatte sie selbst Angst vor Wyns Familie, insbesondere vor dem Vater mit dem finsteren Blick und vor der großen Schwester Carys. Müsste Frances täglich mit ihnen zusammen sein, würden ihr andere bedrohliche Dinge womöglich auch harmlos erscheinen.

Mit ihren achtzehn Jahren war Carys erwachsen, und

erwischte sie ihre kleine Schwester bei einer Missetat, saß ihr die Hand locker. Dennoch hatte Wyn keine Angst vor ihr. Manchmal schien es vielmehr so, als würde Wyn ihre Schwester absichtlich reizen. Eine ihrer Lieblingsbeschäftigungen war es, sich in Carys' Zimmer zu schleichen – sie wohnte im Haus neben Wyn und Owen – und ihre Sachen anzuprobieren. Erwischte Carys sie dabei, wurde sie fuchsteufelswild, doch Wyn schien es immer gerade dann zu tun, wenn Carys bald Feierabend hatte und sie wahrscheinlich überraschen würde. Frances begleitete ihre Freundin nur äußerst widerwillig – sie war gar nicht gern in Carys' Zimmer.

Das Haus glich dem von Wyn – es hatte den gleichen Grundriss, war genauso eng und in dem gleichen feuchten, baufälligen Zustand. Von dem kleinen Zimmer, das Carys sich mit ihrer Cousine Clare teilte, blickte man auf den Hof, Häuserdächer und die Eisenbahn. Solange sie widerwillig darauf wartete, dass Wyn endlich aufhörte, Kleider aus der Kommode zu ziehen, sah Frances gern den vorbeifahrenden Zügen zu. Clare war zweiundzwanzig und nur selten da, denn sie machte viele Überstunden bei Bayer & Co, der Korsettfabrik. Manchmal brachte sie fehlerhaft genähte oder mit Maschinenöl beschmierte Stücke für Carys und sich mit nach Hause – elegante Mieder, um die Wyn sie zutiefst beneidete. Wyn zog sich gern schick an und schminkte sich mit Puder und Rouge. Sie tat dann so, als wäre sie wie Carys schon achtzehn und verlobt. An jenem Tag zog Wyn die gute Bluse ihrer Schwester an – ein durchsichtiges Etwas mit Rüschen –, das schlaff um ihre mageren Schultern hing, als sie sich zum Spiegel über dem Kamin beugte und Rouge auf Lippen und Wangen schmierte. Obwohl sie es oft tat, war sie nicht sehr geschickt darin und sah aus wie ein Clown.

Dennoch spitzte sie die Lippen und warf sich einen Kuss zu, dann drehte sie sich lachend zu Frances um.

»Soll ich dich nicht auch ein bisschen schminken?«, fragte sie, doch Frances schüttelte den Kopf. »Ich glaube, du würdest richtig hübsch aussehen.« Wyn zuckte die Schultern.

Nachdem sie mit dem Schminken fertig war, ging sie wieder zur Kommode, legte die Bluse zurück und holte stattdessen eins von Carys' Korsetts heraus. »Hilf mir mal beim Zumachen, Frances«, sagte sie. So fest sie konnte, schnürte Frances die Bänder um Wyns kantige Schulterblätter und die Perlen ihres Rückgrats. Das Korsett war viel zu groß, der Stoff vom vielen Waschen und Tragen grau, doch der obere Rand war mit Spitze eingefasst, und obwohl die Körbchen von Wyns knochiger Brust abstanden, wirkte es ein bisschen verrucht. Es erzählte von den Geheimnissen des Erwachsenseins. Wie ein Model in einem Modemagazin legte Wyn eine Hand auf die Taille und hob das Kinn. »Wenn ich heirate, werde ich viel hübscher aussehen als Carys«, sagte sie. »Meinst du nicht? Dad sagt, ich werde eine richtige Schönheit, wie eine Dame der Gesellschaft. Von Carys sagt das niemand.«

»Nein«, sagte Frances, ein Auge auf die Tür gerichtet, und lauschte angestrengt auf Schritte.

»Nein, was?«, fragte Wyn.

Eigentlich wurde Carys für ihre Figur und ihr dunkles glänzendes Haar bewundert. Frances hatte gehört, wie der Kohlenmann einmal bemerkte, dass ihre Rundungen genau an den richtigen Stellen saßen. Worum Wyn ihre Schwester eigentlich beneidete, war ihre Freiheit. Darum, dass sie nicht mehr unter dem Dach ihres Vaters leben musste, mit der Schule fertig war und mit ihrer Arbeit genug Geld verdiente, um am Samstagabend mit ihren Freundinnen ins Kino zu gehen. Wyn war die Hübsche, die einzige Blondine in einer Familie von Brünetten und der Liebling ihres Vaters. Doch Carys war auf dem Weg in ein ganz anderes Leben, zumal sie jetzt Clive hatte. Sie hatte einen Verlobten, dessen Augen bei ihrem Anblick leuchteten. Der bewundernde Pfiffe ausstieß, wenn sie ins Zimmer kam – solange Mr. Hughes außer Hörweite war. Die Erfüllung von Carys' Märchentraum war bereits ganz nah. Wyn hingegen hatte nur ihre Tagträume.

Normalerweise endeten ihre unerlaubten Ausflüge in Carys' Reich damit, dass Wyn die Sachen nicht allzu ordentlich wieder zurückstopfte, als sollte ihre Schwester merken, dass sie da gewesen war. An jenem Tag posierte sie noch in dem Korsett, während Frances unruhig in ihren abgestoßenen Stiefeln und dem dunkelblauen Trägerkleid herumzappelte, als Carys die Treppe heraufpolterte. Sie arbeitete als Kellnerin in einem Café in der Nähe des Bahnhofs Green Park und trug noch ihre Arbeitskleidung – einen langen schwarzen Rock und eine hochgeschlossene Bluse –, als sie mit rot gefleckten Wangen und wütenden Blicken ins Zimmer stürmte.

»Du kleiner Scheißer! Habe ich dir nicht verboten, an meine Sachen zu gehen? Und mein verdammtes Rouge zu benutzen? Was habe ich dir gesagt?« Sie griff nach Wyn, die mit einem Aufschrei davonflitzte und übers Bett sprang, um sich hinter Frances zu verstecken. »Du hast hier nichts zu suchen! Du sollst hier nicht herumwühlen! Gott im Himmel, ich bin ausgezogen, um dich endlich loszuwerden, aber du gehst mir immer noch auf die Nerven … Komm her! Zieh das sofort aus!« Sie griff um Frances herum, packte ihre Schwester am Arm und zerrte an ihr. Frances verhielt sich still und versuchte unauffällig zur Tür zu kommen. Ihr war klar, dass sie nicht ohne Wyn gehen konnte, doch sie wollte bereit sein. Wyn wehrte sich mit zornigem Trotz.

»Lass mich los – au, Carys! Mein Arm tut weh!«

»Ich *breche* dir deinen verflixten Arm!«

»Lass das bloß Clive nicht hören. Der denkt doch, du bist so süß.«

»Halt die Klappe!«

Einen Moment rangen sie miteinander, dann gab Carys Wyn eine Ohrfeige, die einen leuchtend roten Abdruck auf ihrer Wange hinterließ. Es folgte ein Moment fassungsloser Stille, dann drehte sich Wyn auf dem Absatz um und floh.

»Warte auf mich!«, rief Frances und lief hinter ihr her.

»Na klar! Geh nur und petze!«, rief Carys die Treppe hinunter. Und genau das tat Wyn. Nora Hughes trat aus der Nummer vierunddreißig, ließ Baby Annie schreiend zurück und marschierte nach nebenan, um ihre älteste Tochter zur Rede zu stellen. Wütend rannte Wyn hinter ihr her. Sie bot einen lächerlichen Anblick in dem stibitzten Korsett. Frances konnte sich nicht entscheiden. Sollte sie nach Hause gehen, ihre Freundin im Stich lassen und sich vor der grauenhaften Situation in Sicherheit bringen? Oder loyal sein und warten, auch wenn man sie dort weder brauchte noch wollte? Schließlich hockte sie sich an die Hauswand gelehnt hin, während die wütenden Stimmen nach draußen drangen.

»Sie ist doch noch ein Kind, Carys! Du hast sie nicht zu schlagen!«

»Sie ist eine Pest! Und sie macht das mit Absicht! Sieh dir das an – sie hat überall Rouge auf meine beste Bluse geschmiert!«

»Wyn, Herrgott noch mal, zieh das Korsett aus, Kind!«

Insgeheim konnte Frances verstehen, dass Carys wütend war, doch sie fragte sich, ob Wyn sie auch so gern provozieren würde, wenn sie sich nicht immer so aufregen würde. Andererseits hatte Carys Wyn vor einem Jahr tatsächlich den Arm gebrochen. Als Wyn weiß und zitternd davontrottete, den Arm von sich gestreckt, als würde er nicht zu ihr gehören, hatte es jede Menge Tränen und Reue gegeben. Eine Freundin der Familie, eine Krankenschwester, hatte den Arm geschient und verbunden und über Wyns mageren Körper gescherzt, obwohl in ihren Augen aufrichtige Sorge lag. Ganz gleich, wie viele Brote oder Kekse Frances ihr heimlich gab oder wie oft sie ihr Taschengeld für Chips sparte und Wyn den Löwenanteil überließ – Wyn schien niemals zuzunehmen. In ihr loderte ein Hunger, der mit Leckereien nicht zu stillen war.

Der Streit tobte weiter, und Frances beobachtete, wie ein weiß geäderter Schmetterling in all dem Schmutz von Löwenzahn zu Löwenzahn flog. Möwen drehten über dem Beechen Cliff ihre Kreise, eine Ameise inspizierte Frances' Stiefelabsatz. Ihr Magen knurrte, und sie überlegte, was es wohl heute Abend zum Essen gab. Sie hörte die Kirchturmuhren vier schlagen und beschloss, nach Hause zu gehen, war jedoch immer noch da, als kurz darauf Clive Noyle die Straße heraufgeschlendert kam. Er arbeitete als Maurer und kämpfte nicht im Krieg, weil er zu schwach auf der Brust war. Es bedeutete eine große Belastung für einen Mann, wenn er nicht für sein Land kämpfen konnte, deshalb sollte Frances ihn nicht darauf ansprechen. Clive schien allerdings immer fröhlich zu sein, woraus Frances schloss, dass er sich wohl einfach gut verstellen konnte.

Er war ziemlich groß und schlank und hatte warme braune Augen mit einem fast metallischen Glanz, ein bisschen wie Kastanien frisch aus der Schale. Sein dichtes, glattes teefarbenes Haar glänzte in der Sonne, er lächelte gern und sah so gut aus, dass seine Gegenwart Frances verwirrte und sie sich hinter ihrer Schüchternheit versteckte. Sie nahm den schwachen Eukalyptusgeruch des Bosisto's-Öls wahr, der stets an ihm haftete, weil es seiner Brust guttat – er träufelte etwas davon auf ein Taschentuch und atmete es ein.

»Hallo, Frances.« Eine Hand in der Hosentasche, das Hemd am Kragen offen, zwinkerte Clive ihr zu. »Was stehst du hier und bewachst das Tor?«

»Sie streiten sich«, sagte sie und lief völlig grundlos knallrot an.

»Die Frauen?«, fragte er und seufzte, als sie nickte. Er lüpfte die Hose an den Knien, setzte sich neben sie und zündete sich eine Zigarette an. »Ich wette, die kleine Wyn hat wieder in Carys' Zimmer herumgewühlt, hab ich recht? Ich weiß nicht, warum ihr Mädchen es so eilig habt, erwachsen zu werden«, sagte er und blies eine Rauchwolke in den Nachmittagshimmel. »Du und Bronwyn, meine ich.«

»Wyn wollte sie nicht verärgern«, sagte Frances wenig überzeugt.

»Weißt du, Carys hat ziemlich wenig, was ihr gehört«, erklärte Clive. »Würde es dir gefallen, wenn sie zu dir käme und ohne zu fragen mit deinen Spielsachen spielte?«, fragte er. Frances zuckte die Schultern. Sie wagte nicht, ihn darauf hinzuweisen, dass sie längst zu alt für Spielsachen war und sich weitaus mehr für Bücher und Puzzles interessierte. »Kind zu sein ist das Beste auf der Welt. Ich glaube, das ist euch gar nicht klar, weil ihr noch welche seid. Aber glaub mir, sobald ihr erwachsen seid, geht es nur noch um Arbeit, Arbeit, Arbeit. Darum, dass ihr genug Geld verdient, um über die Runden zu kommen. Spiel, so lange du kannst, Frances. Sag das auch Wyn – ihr solltet das Beste daraus machen und nicht die ganze Zeit so tun, als wärt ihr schon in einem Alter, in das ihr erst noch hineinwachsen müsst.«

Clive griff in die Hosentasche und holte eine Silbermünze

heraus. Die trug er stets bei sich. Er warf sie gern in die Luft und drehte sie zwischen den Fingern. »Siehst du das?«, fragte er und hielt sie Frances hin. »Nimm sie in die Hand – sieh genau hin.« Frances tat, was er sagte, und merkte, wie warm das Metall von der Hosentasche war. »Sieh auf das Datum«, sagte Clive.

»Da steht 1892«, stellte sie fest, als sie die Zahlen unter dem Frauenkopf las.

»Mein Geburtsjahr. Das ist ein amerikanischer Dollar, reines Silber. Den hat mir mein Onkel zum zehnten Geburtstag über den Teich geschickt und gesagt, es sei der erste von Tausenden, die ich verdienen würde. Ich hielt mich für einen tollen Kerl und nahm ihn mit in die Schule, um ihn meinen Freunden zu zeigen. Ich hab ziemlich damit herumgeprahlt. Ich würde nach Amerika gehen, bei meinem Onkel arbeiten und Millionär werden. Ich konnte an nichts anderes mehr denken.«

»Und wirst du das nicht?«

»Nun ja.« Clive zuckte die Achseln und nahm einen tiefen Zug von der Zigarette. »Mein Onkel ist ein Jahr später gestorben, ohne einen Penny zu hinterlassen. Dies ist also vielleicht der einzige Dollar, den ich je besitzen werde. Da hast du's. Die Dinge laufen nicht immer so, wie man es sich vorstellt.« Er nahm Frances die Münze wieder ab. »Darum sage ich nichts, wenn Owen davon träumt, später Fußballer zu werden. Soll er ruhig seine Träume und seinen Spaß haben. Oh – da kommen sie ja«, sagte er, als hinter ihnen eine Tür geöffnet wurde. Sie standen auf. Clive warf den Dollar in die Luft, fing ihn geschickt wieder auf und schlug ihn auf seinen Handrücken. »Kopf, sie reißt mir den Kopf ab, Zahl, sie erinnert sich daran, dass sie mich liebt«, sagte er grinsend. Als er die Hand hob, blickte Frances auf die Münze.

»Zahl!«, rief sie.

»Da hab ich wohl noch mal Glück gehabt, was?«

Als die Hughes-Frauen aus der Nummer dreiunddreißig kamen – Mrs. Hughes erschöpft, Wyn trotz des Handabdrucks auf ihrer Wange leicht triumphierend –, blieb Carys mit verschränkten Armen und Gewittermiene im Eingang hinter ihnen stehen. Clive schlenderte zu ihr, zwinkerte Frances dabei zu und warf ihr einen Viertelpenny hin. Und obwohl Carys sagte: »Nein, Clive, nicht …«, packte er sie an den Hüften, hob sie hoch, wirbelte sie herum und küsste sie geräuschvoll, bis sie lachte und sich nicht weiter wehrte.

Und ob es daran lag, dass Carys ihren Ärger so schnell vergaß, oder an dem Handabdruck in ihrem Gesicht – Wyn war den Rest des Nachmittags unruhig und übellaunig. Sie lehnte jeden von Frances' Vorschlägen ab, ohne einen eigenen zu machen, bis sie schließlich einwilligte, hinten im Waschhaus nach Molchen zu suchen. Das Wasser aus den zahlreichen Bergquellen wurde in einen großen Steintrog geleitet, und von der Feuchtigkeit war das Kopfsteinpflaster rutschig. Das Wasser aus dem Trog durfte man nur zum Kochen oder Waschen benutzen, Trinkwasser holte man an einer Pumpe am anderen Ende des Hofs. Im Waschhaus stand ein großer Kupferkessel auf einem Feuer. Außerdem gab es eine handbetriebene Mangel. Ein riesiges Waschbrett aus Holz. Bürsten und Körbe mit Wäscheklammern und der mysteriösen einzelnen Socke. Wie in einem Gemeinschaftshof üblich, wusste jeder, was wem gehörte und wo es war. Die Tür bestand aus Holzbrettern und war unten so verrottet, dass dort ein großer gezackter Spalt klaffte, durch den Feuchtigkeit liebende Wesen hineingelangten.

Die Molche mochte Frances am liebsten. Ihr gefielen die kleinen Mäuler und die leicht betrübte Miene der Tierchen.

Und wenn man sie hochhob, spreizten sie die Zehen, um das Gleichgewicht wiederzuerlangen, und gaben einen Laut von sich, als würde man Lederstücke aneinander reiben. Wyn waren sie mehr oder weniger gleichgültig. Sie mochte sie nicht anfassen, hatte aber nichts dagegen, sie zu betrachten, wenn Frances sie aus dem Wasser oder unter den losen Steinen hervorholte.

»Sieh dir den an! Ich glaube, es ist derselbe wie letztes Mal. Der mit dem gelben Fleck an der Unterseite«, sagte Frances und hielt ihren letzten Fang hoch.

»Kann sein«, sagte Wyn mäßig interessiert. Es war heute anstrengend mit ihr, und Frances war erleichtert, als Owen seinen wirren Haarschopf durch die Tür steckte.

»Hallo, ihr Zwerge. Was treibt ihr?«

»Molche fangen«, sagte Frances und hielt den mit dem gelben Bauch hoch, damit er ihn sah. Bei Owen war sie nie schüchtern.

»Na, esst vor dem Abendessen aber nicht zu viele davon.«

»Sei nicht albern, Owen«, sagte Wyn.

»Was ist los mit dir, Nervensäge?« Owen verdrehte die Augen. Wyn lächelte nicht und sagte nichts, und so antwortete Frances an ihrer Stelle.

»Wir waren in Carys' Zimmer, und dann hat Carys Wyn geohrfeigt.«

»Das ist mir ganz egal!«, schrie Wyn, klang dabei aber nicht sehr überzeugend.

»Sie hat dich geschlagen?« Darüber schien Owen eine Weile nachzudenken. Er kam ins Waschhaus und setzte sich auf den Rand des Trogs. »Und dich, Frances? Hat sie dich auch geschlagen?«

»Nein, natürlich nicht.«

»Carys ist eine dumme Kuh«, murmelte Wyn.

»Na, dann geh einfach nicht in ihr Zimmer«, sagte Owen und zuckte mit einer Schulter. »Wollt ihr gar nicht wissen, wo *ich* nach der Schule gewesen bin?«

»Wo denn?«, fragte Wyn.

»Ich war an dem ältesten Ort mit den meisten Geistern von ganz Bath – wahrscheinlich sogar von ganz England.« Er machte eine dramatische Pause, und Wyn blickte mit funkelnden Augen zu ihm hoch, die Wange noch immer rot gefleckt. Der Molch wand sich, und Frances ließ ihn zurück in den Trog fallen.

»Wo ist der, Owen?«, fragte sie.

Daraufhin erzählte Owen ihnen von dem alten Leprakrankenhaus am Holloway. Dass der Holloway einst Fosse Way hieß und in der Antike eine römische Straße gewesen war und dass die Einwohner von Bath im Mittelalter nicht wollten, dass die Leprakranken in ihrer Nähe wohnten. Darum errichteten sie das Krankenhaus außerhalb der Stadtmauern, in der Nähe der Magdalen Chapel. So konnte der Pfarrer für sie beten, wenn sie starben, und sie in einer Grube begraben. Im Laufe der Jahre kamen viele Männer und Frauen ins Krankenhaus, um dort zu sterben. Sie lebten beengt und unter elenden Bedingungen, sodass sie natürlich nach ihrem Tod als Geister zurückkehrten, um von ihrem Elend zu berichten.

»Mr. Jackson sagt, wir sollten die Geschichte unserer Stadt kennen. Er sagt, es ist eins der ältesten Gebäude in Bath. Und es ist gleich hier, einen Steinwurf von unserem Haus entfernt.«

»Aber es sieht wie ein ganz normales Haus aus«, bemerkte Wyn skeptisch.

»Kann sein. Aber ist dir nicht aufgefallen, dass dort nie jemand ist? Hattest du noch nie das Gefühl, dass diese komischen kleinen Fenster dich beobachten, wenn du dort vorbeigegangen bist?« Die Mädchen lauschten gebannt. »Und wisst ihr, was Lepra ist? Dagegen gibt es kein Heilmittel. Die Haut und das ganze Gewebe faulen einfach an den Knochen und laufen herunter wie Kerzenwachs – und das, während man noch lebt. Und nachdem es keine Lepra mehr gab, sperrten sie dort Verrückte ein, weil niemand dort wohnen wollte. Verrückte und Mörder und …« Owen brach mitten im Satz ab, weil ihm nichts Schlimmeres als ein Mörder oder jemand mit flüssiger Haut einfiel. Frances schluckte, allein bei dem Gedanken wurde ihr übel, doch Wyn sah begeistert aus. Sie war alles andere als zimperlich – sie mochte zart aussehen und von Hochzeitskleidern träumen, aber im Inneren war sie aus Stahl. »Denkt daran, wenn ihr das nächste Mal daran vorbeigeht. Und geht nie – niemals – nachts dorthin. Oder …« Owen hielt inne, dann stürzte er sich mit gespenstischem Jaulen auf Frances und streckte die Hände nach ihr aus. Frances wich derart schnell zurück, dass sie über einen Stein stolperte und auf dem Hinterteil landete, und Wyn schüttete sich aus vor Lachen und half ihr auf.

Am nächsten Tag saßen die Mädchen im feuchten Gras in den Magdalen Gardens und blickten zu dem Leprakrankenhaus hinüber. Es war Frühsommer, und der ausladende Judasbaum im Garten der Magdalen Chapel ließ die letzten rosa Blütenblätter auf den Holloway regnen. Frances hatte für Wyn Brote mit Bovril-Fleischextraktpaste mitgebracht. Es waren nicht gerade ihre Lieblingsbrote, aber sie beklagte sich nie. Das alte Leprakrankenhaus sah anders aus als die anderen Gebäude. Erstens war es für ein frei stehendes Gebäude zu klein und zu niedrig, und die Fenster waren zu schmal und liefen oben spitz zu. Owen hatte recht – dort wohnte niemand. Seit Jahren hatte dort niemand mehr gewohnt. Tag und Nacht regte sich nichts hinter den gotischen Fenstern, es gab kein Licht und keine Vorhänge. Wyn starrte unablässig dorthin, als versuchte sie, etwas Flüchtiges zu entdecken. Frances war nicht wohl dabei.

Natürlich hatten sie von diesem Ort gewusst, aber bis Owen ihnen davon erzählte, hatte er sie nicht besonders interessiert. Sie wussten, dass Jungs manchmal vom Friedhof aus hinüberkletterten. Sie versteckten sich in dem kleinen Garten auf der Westseite des Krankenhauses, der durch eine hohe Steinmauer von der Straße abgeschirmt war. Dort rauchten sie und tauschten schmuddelige Postkarten, bis der Aufseher der Kapelle sie erwischte und rauswarf. Doch das Gebäude an sich war verschlossen, und soweit sie wussten, war seit Jahren niemand mehr dort drin gewesen.

»Wenn ich es mir so überlege, wie kann es dort *nicht* spuken?«, sagte Wyn, nachdem die Brote aufgegessen waren. »Wenn so viele Leute dort eingeschlossen waren, gelitten haben und gestorben sind?« Hinter einer Wolke kam die Sonne hervor und schien auf Wyns blondes Haar. Es war frisch gewaschen und fiel schimmernd über ihren Rücken – lange, dünne Bänder, die bis knapp über ihren Rockbund reichten. Frances bewunderte Wyns Haar, ihr hübsches Gesicht und ihre flinken Bewegungen. Sie bewunderte ihre Freundin überhaupt sehr, und der Anblick des Sonnenlichts auf ihrem Haar half die Bilder, die Owen heraufbeschworen hatte, zu vertreiben. Wyn kratzte sich an dem Ausschlag, den sie manchmal in der Armbeuge hatte. Die Fenster des alten Hauses wirkten allmählich unheimlich und wachsam. Es war windig, und im Rauschen der Bäume hörte Frances flüsternde Stimmen.

»Was denkst du, wie sie aussehen? Die Geister?«, fragte sie. Wieder zuckte Wyn die Schultern.

»Tote, verfaulte Dinger, die dir die Haut stehlen wollen, um ihre Löcher zu stopfen.« Wyn dachte eine Weile nach. »Tante Ivy sagt, die Toten sind neidisch auf die Lebenden, vielleicht ist das alles. Sie hassen uns und wollen das, was wir noch haben.«

»Aber das ist nicht gerecht! Es ist doch nicht unsere Schuld.«

»Das spielt keine Rolle. So sind Geister eben, Frances.« Wyn war unvermittelt zur Expertin geworden und zuckte die Schultern. Sie schwieg einen Moment, dann drehte sie sich um und zwinkerte Frances zu. »Lass uns reingehen.«

Entsetzt schüttelte Frances den Kopf.

»Nein. Das will ich nicht.«

»Ach, komm schon, Frances! Jeder weiß, dass Geister einem nicht wirklich etwas anhaben können«, ruderte Wyn zurück. Doch Frances schüttelte erneut den Kopf und schlang schützend die Arme um die Knie. Allein die Vorstellung schnürte ihr die Kehle zu. »Komm, sei kein Frosch, Frances, sonst gibt dir noch jemand die weiße Feder. Bitte. *Bitte?*«, flehte Wyn, doch Frances rührte sich nicht. Der Gedanke, vom Kirchenaufseher gescholten zu werden oder über eine Jungenbande zu stolpern, war schlimm genug, auch ohne Lepra und ohne Geister. Dann war ihr die weiße Feder noch lieber.

Letztes Jahr hatten zwei Mädchen Clive eine weiße Feder gegeben. Als er mit der Straßenbahn die Southgate Street hinuntergefahren war, gingen sie zu ihm und reichten ihm vor aller Augen jede eine Feder. Ganz gleich, ob seine Lungen kollabierten, sobald er außer Atem geriet, sodass er für dienstuntauglich erklärt worden war. Frances hatte selbst oft genug erlebt, wie er keuchte. Sie hatte gehört, wie ihr Vater ihrer Mutter mit dieser gedämpften Stimme von den Federn erzählt hatte, an der Frances erkannte, dass das etwas Schlimmes war. Und es musste schlimm gewesen sein, denn anschließend blieb Clive wochenlang fort, und Carys weinte sich die Augen aus.

Es war schrecklich, als Feigling bezeichnet zu werden, doch das hier war etwas anderes, und Frances versuchte, standhaft zu bleiben.

»Geh doch, du brauchst mich nicht«, sagte sie. Wyn verschränkte die Arme und starrte stumm auf das Leprakrankenhaus. Frances wand sich innerlich. Sie wusste, dass Wyn wieder damit anfangen und auch, dass sie wieder nachgeben würde. Sie war deshalb fast ein wenig wütend, denn natürlich wusste Wyn es auch. Die Stille dehnte sich. Allmählich lastete sie wie ein Gewicht auf Frances. Sie hielt es kaum noch aus. Der Wind flüsterte. Ein Brauereipferd klapperte den Holloway hinunter, die Bremsen an dem Karren dahinter quietschten. Frances hörte, wie Wyn wieder den Mund öffnete und Luft holte.

»*Bitte*, Frances.«

4

Dienstag

Zwei Tage nach der Bombardierung

Die haben so ... merkwürdig reagiert«, sagte Frances nachdenklich und stocherte in ihrem Mittagessen. »Sie haben kein Wort gesagt.« Sie hatte Pam von ihrem Besuch bei Nora und Carys Hughes berichtet. Von ihrem Gedanken, dass Johannes unschuldig war. Seither fühlte sich ihr Bauch seltsam angespannt an, und sie konnte kaum etwas zu sich nehmen.

»Nun«, sagte Pam, »was hast du denn gedacht, wie sie reagieren? Das ist schließlich keine Kleinigkeit. Ich meine, das bedeutet doch: Wenn es jemand war, den Wyn kannte, dann kannten ihn alle, oder? Dann war es ein Einheimischer.«

»Ja, darum dachte ich, Carys würde schreien und mich hinauswerfen, und Mrs. Hughes würde darauf beharren, dass es Johannes gewesen ist. Doch stattdessen haben sie mich einfach nur angestarrt.«

»Die arme Frau hatte ja noch gar keine Zeit, die Nachricht zu verarbeiten, dass ihre Tochter die ganzen Jahre über tot gewesen ist. Kaum hat sie das begriffen, kommst du und deutest an, der Mörder wäre die ganze Zeit frei herumgelaufen.« Pam atmete geräuschvoll durch die Nase ein, was sie nur tat, wenn sie wütend war.

»Findest du, ich hätte nichts sagen sollen?«, fragte Frances.

»Meinst du nicht, die haben momentan schon genug Sorgen?«

Pam musterte sie streng, und Frances musste den Blick abwenden.

»Natürlich«, sagte sie leise. Ihr Kopf schmerzte wieder. »Vor allem wegen Davy … Dass wir ihn finden, ist das Allerwichtigste. Das weiß ich besser als jeder andere.«

»Natürlich«, sagte Pam milder.

»Aber ist das andere denn nicht auch wichtig?«

»Die Polizei hat damals ermittelt. Dieser Mann wurde von den Geschworenen und vom Richter für schuldig befunden, verurteilt und anschließend gehängt. Es steht außer Frage, wer es getan hat, Frances.«

»Sag das nicht so! Sag nicht ›dieser Mann‹.«

»Wie soll ich sonst über einen Mann reden, der ein Kind umgebracht hat?«

»Und wenn er es gar nicht war?«

»Frances …«

»Johannes hätte sie nie in ihrem Garten begraben! Das hätte er gar nicht gekonnt.«

»Aber das kannst du doch gar nicht wissen, Frances.«

»Doch! Ich kannte ihn, und ich …« Sie verstummte, weil sie nicht wusste, was sie sagen sollte.

»Du glaubtest, ihn zu kennen, aber du warst noch ein Kind. Und trotzdem wusstest du, dass er nicht ganz richtig im Kopf war, oder? Nach dem zu urteilen, was du der Polizei erzählt hast, was er getan und gesagt hat …«

»Aber er hätte uns niemals wehgetan! Ich glaube nicht, dass ich es jemals geglaubt habe. Nicht wirklich. Die Polizei hat meine Aussage genommen und sich herausgesucht, was ihr passte!« Die Anspannung in ihrem Bauch verstärkte sich.

»Nein. Sie hat ihn schlichtweg als das gesehen, was er war. Was du in dem Alter noch nicht konntest.«

»Ich glaube, es sind Dinge passiert, die wir nie herausgefunden haben. Dinge, von denen wir nichts wussten.«

»Dinge? Was für Dinge?«

»Ich weiß nicht, Pam. Ich … Seit wir sie gefunden haben, erinnere ich mich, dass ich mich damals schämte. Ich habe das Gefühl, dass ich … dass ich irgendwie in die Sache verstrickt war. Dass ich eine schreckliche Rolle dabei gespielt habe.«

»Nein, Frances. Das hast du nicht.« Pam drückte ihre Hand. »Du hattest nichts damit zu tun.«

»Wie kannst du dir da so sicher sein? Ich weiß noch, wie du und Cecily euch einmal gestritten habt, als ich draußen im Garten spielte. Bevor das alles passierte. Cecily war für die Aufhebung der Todesstrafe. Du hingegen warst der Ansicht, manche Leute wären besser tot. Daraufhin fragte Cecily, was schlimmer sei – dass ein Schuldiger frei herumlaufe oder ein Unschuldiger fälschlicherweise hingerichtet werde.«

»Ja. Sie fand immer, dass Letzteres das Erstere bei Weitem überwog. Ich war mir da nie ganz sicher.«

»Und was, wenn damals beides der Fall war?«

Sie schwiegen eine Weile. Nachdenklich und mit ernster Miene lehnte sich Pam zurück.

»Frances, Liebes, du machst gerade einiges durch. Und das schon seit einer ganzen Weile – die Trennung von Joe und dass du wieder zu deinen Eltern gezogen bist. Und dann ist auch noch der kleine Davy verschwunden …« Sie schüttelte den Kopf. »Du musst außer dir sein vor Sorge und völlig durcheinander.«

»Was willst du damit sagen?«, fragte Frances. Pam beugte sich vor und nahm wieder ihre Hand.

»Was ich sagen will, ist, pass bitte auf, dass du nicht zusammenbrichst, Liebes«, sagte sie. »Du warst schon immer sehr empfindsam. Wenn andere einfach weitergemacht haben, als wäre nichts gewesen, hast du auf dein Gefühl gehört und nicht nachgegeben – und das ist sehr gut so. Aber vielleicht wäre es gerade jetzt richtig, einfach weiterzumachen? In den Alltag zurückzukehren und sich auf das Hier und Jetzt zu konzentrieren, hm?« Sie sah Frances aufmerksam an, und Frances spürte eine Distanz zwischen ihnen, die sie noch nie zuvor empfunden hatte. Es war beängstigend, sie fühlte sich einsam. *Pst, kleine Schwestern!*, sagte eine Stimme in ihrem Kopf. *Es wurde jeder Stein umgedreht.* Und dann hörte sie klar und deutlich, was Davy als Letztes gesagt hatte, als sie ihn bei den Landys gelassen hatte – ein einziges verschlafenes Wort des Aufbegehrens: *Frances.* Unvermittelt stand sie auf.

»Nun«, sagte sie mit den Tränen kämpfend.

»Oh, jetzt habe ich dich aufgeregt. Frances, Liebes …«

»Nein, nein. Du hast recht. Ich sollte handeln, nicht grübeln. Ich sollte Davy suchen. Ich gehe jetzt zur Polizei und sorge dafür, dass eine Vermisstenanzeige vorliegt und es eine gute Beschreibung gibt.«

Noch ehe Pam etwas erwidern konnte, war Frances aus der Tür. Sie ging zur Polizeiwache in der Orange Grove neben dem großen hässlichen Empire Hotel, in dem für die Dauer des Krieges die Admiralität untergebracht war. Als sie davor stehen blieb, vernahm sie Schritte hinter sich, die sie zuvor nicht wahrgenommen hatte und die nun ebenfalls verstummten. Sie drehte sich um, konnte jedoch niemanden sehen. Nachdenklich ging sie hinein. Mitfühlend half ihr der diensthabende Beamte, die Vermisstenanzeige für Davy auszufüllen. Als sie dann jedoch einen Kriminalbeamten zu sprechen verlangte und den Grund nicht nennen wollte, war er weniger verständnisvoll. Sie hatte gefragt, ohne nachzudenken, und fürchtete, dass man sie wegschickte, ehe sie die Chance erhielt, etwas zu sagen. Sie wartete in der großen Halle, und aus zehn Minuten wurde eine halbe Stunde, die ihr bei der Suche nach Davy verloren ging. In regelmäßigen Abständen stürmten Botenjungen herein und warteten keuchend darauf, einen Moment später mit einer Antwort aufzubrechen. Die Polizeiwache befand sich auf zerbombtem Gelände, und die durch den Druck geborstenen Fenster waren mit Pappe und Segeltuch abgedeckt. Hier drin war es düster und stickig. Es roch nach Tabak, Schuhcreme und Männern – ein allzu vertrauter unangenehmer Geruch, als wäre die Bettwäsche zu lange nicht gewechselt worden. »Meinen Sie, es dauert noch lange?«, erkundigte sich Frances bei dem diensthabenden Beamten.

»Ich denke, ja«, sagte er und seufzte. »Möchten Sie einen Becher Tee?«, fragte er einlenkend.

Schließlich kam ein Kriminalbeamter heraus, um mit ihr zu sprechen. Inspektor Reese war ein großer, sehr dünner und gepflegter Mann mit einem dichten Schnurrbart, zwei Nuancen heller als sein mahagonifarbenes Haar. Er roch schwach nach abgestandenem Kaffee und strahlte eine gewisse Ungeduld aus, als er sie in einen getäfelten Raum führte und an einem Tisch Platz nehmen ließ. Eine Polizistin kam hinzu und setzte sich neben ihn – Frances war überrascht, an diesem Ort eine Frau zu sehen. Sie war sehr hell mit blonden Wimpern und rosiger, wie frisch geschrubbter Haut. Sie wirkte älter als Frances, vermutlich über vierzig, und hielt Notizbuch und Stift bereit.

»Mrs. Parry«, sagte Inspektor Reese. »Bitte entschuldigen

Sie, dass Sie warten mussten. Wie Sie ja sehen, haben wir gerade sehr viel zu tun. Also fassen Sie sich bitte möglichst kurz.« Er legte die Fingerspitzen auf dem Tisch aneinander. Und auf einmal kamen Frances Zweifel. Noch bevor sie überhaupt zu sprechen begann, beschlich sie das Gefühl, dass es sinnlos war. Doch die wachsende Anspannung, wenn sie an Johannes dachte, war kaum noch zu ertragen. Und da war die Art, wie Carys vorhin verstummt war und Mrs. Hughes sie höflich, aber bestimmt hinauskomplimentiert hatte.

»Ich bin hier, um … um Sie auf neue Beweise im Fall der verschwundenen Bronwyn Hughes aufmerksam zu machen«, sagte sie.

»Bronwyn Hughes …« Inspektor Reese legte die Stirn in Falten und versuchte vergeblich, den Namen zuzuordnen. Frances fragte sich, ob er vor vierundzwanzig Jahren wohl schon bei der Polizei gewesen war und sich an Wyn erinnerte. Oder war er damals vielleicht gar nicht in Bath gewesen? Sein Akzent klang eher nach den Home Counties. »Sie müssen mir auf die Sprünge helfen«, sagte er schließlich.

»Sie verschwand am 12. August 1918 im Alter von acht Jahren und wurde gestern gefunden. Durch eine Bombe kam Sonntagnacht ihre Leiche zum Vorschein.«

»Ah, ja – ja. Davon habe ich gehört. Das war natürlich vor meiner Zeit hier. Das letzte Teil in einem unvollendeten Puzzle. Aber da sind doch eindeutig keine Fragen mehr offen. Der Fall ist abgeschlossen. Welche neue Information möchten Sie uns geben?«

»Also … es geht um den Fundort der Leiche. Ich habe es dem Beamten zu erklären versucht, der oben am Beechen Cliff Place war, aber ich glaube, er hat mich nicht verstanden. Sie lag noch immer dort, wo man sie vergraben hat, verstehen Sie, und zwar im Hinterhof ihres Hauses. Sie muss dort

vergraben worden sein, vielleicht unter einem der Außenge-
bäude.« *Es wurde jeder Stein umgedreht.* Der Satz ging Frances
nicht aus dem Kopf, er war wie ein leises, kaum verständli-
ches Flüstern.

»Und Sie sind eine Expertin in diesen Dingen? Sie können
erkennen, dass die Knochen nicht von dem Ort fortbewegt
wurden, an dem sie vergraben wurden?«

»Also … nein.« Frances blinzelte. Ihr Bedürfnis, gehört zu
werden, verstärkte sich. Sie wollte, dass man ihr glaubte. »Aber
es ist so … Das Skelett war sehr brüchig. Dennoch war jeder
Knochen an seinem Platz. Einer der Männer, die sie mitgenommen haben, hatte eine Kamera. Ich habe ihn gebeten,
Aufnahmen von ihren Knochen und von der Umgebung zu
machen, um den genauen Fundort festzuhalten. Und ich
glaube … nun ja, meinen Sie nicht, der Fundort deutet darauf hin, dass der Mörder sie kannte? Oder jedenfalls wusste,
wo sie wohnte?«

»Jeder Mörder hätte sie beobachten und leicht an die Information kommen können. Vermutlich hat er genau das
getan. Einem Mann, der ein Kind entführt, ist durchaus zuzutrauen, dass er wie ein Raubtier Tage und Wochen herum-
schleicht und auf der Lauer liegt. Und sie so nah am Haus zu
vergraben ist ein hervorragendes Versteck. Die Leute vergessen oft, direkt vor ihren Augen zu suchen.«

»Aber der Mann, der festgenommen wurde, wusste nicht,
wo sie wohnte. Und auch wenn er es gewusst hätte, wäre er
nie dorthin gegangen …«

»Und woher wollen Sie das wissen?«

»Weil ich ihn kannte. Ich war … ich war seine Freundin.
Er war unser Freund.«

»Ein ziemlich mieser Freund«, bemerkte Reese, doch dann
hielt er inne, und Frances spürte, dass die Beamtin ihre

Aufmerksamkeit auf sie richtete. »Sie kannten Bronwyn Hughes?«

»Sie war meine beste Freundin. Ich war diejenige, die sie …« Frances verstummte, die prüfenden Blicke der beiden Polizisten fühlten sich wie Hammerschläge an. Heiß schoss ihr das Blut in die Wangen. Die reine Schamesröte. Der Inspektor räusperte sich.

»Wenn ich mich recht entsinne, wurde der Mann nicht nur festgenommen, sondern auch von den Geschworenen verurteilt. Und gehängt.«

»Aber was, wenn er es nicht getan hat?«

»Was erwarten Sie von mir, Mrs. Parry? Soll ich ihn wieder lebendig machen?«

»Er könnte rehabilitiert werden. Posthum. Und der wahre Mörder vor Gericht gestellt werden.«

»Und was meinen Sie, wer der wahre Mörder ist?«

»Ich … ich weiß es nicht«, gab Frances leise zu. Seine Frage krampfte ihren Magen zusammen, Schweiß kribbelte unter ihren Achseln. Wieder tauchte eine vage Erinnerung tief aus ihrem Gedächtnis auf. Sie spürte die Hitze eines Sommertags auf der Haut, hatte den Geruch von Brennnesseln in der Nase und fürchtete sich.

»Ich erinnere mich, dass er Deutscher war«, sagte der Inspektor. »Ein feindlicher Soldat aus dem letzten Krieg. Und ein Mann, der dazu neigte, sich mit kleinen Mädchen anzufreunden. An seiner Schuld bestanden keinerlei Zweifel, und …«

»Er war Österreicher.« Frances räusperte sich. »Und man hätte an seiner Schuld zweifeln müssen! Man hätte einiges hinterfragen müssen!« Sie hatte die Stimme nicht erheben wollen. Der Inspektor erstarrte, die Beamtin rutschte unruhig auf ihrem Stuhl herum.

Inspektor Reese atmete tief ein.

»Sie schlagen mir also vor, in Zeiten, in denen wir aufgrund aktueller Ereignisse unter unvergleichlichem Druck stehen, einen alten Fall wiederaufzunehmen, der schon vor langer Zeit aufgeklärt wurde? Weil man jetzt die Leiche des Kindes gefunden hat? Und das, obwohl Sie über keinerlei neue Informationen verfügen?« Frustriert und eingeschüchtert betrachtete Frances ihre Hände, allerdings auch mit einem gewissen Trotz, denn sosehr sie einiges verwirrte, eines wusste sie plötzlich ganz genau.

»Man hat den falschen Mann gehängt«, verkündete sie bestimmt. Die Worte erschütterten sie. Es kam ihr vor, als hätte sie vierundzwanzig Jahre lang darauf gewartet, sie auszusprechen, und mit ihnen befiel sie ein schreckliches eiskaltes Gefühl der Schuld.

»Und ausgerechnet jetzt – im Krieg, in dem unsere Stadt vom deutschen Feind belagert wird – fordern Sie, einen solchen Mann zu rehabilitieren?«

»Er war kein Deutscher! Und selbst wenn, würde ihn das nicht zwangsläufig zum Mörder machen.«

»Ich glaube, ein kurzer Blick nach draußen legt eine andere Sichtweise nahe, Mrs. Parry.«

»Und was ist mit den ganzen Bomben, die wir dort abgeworfen haben? Auf Lübeck zum Beispiel? Machen die uns auch zu Mördern?«, fragte sie atemlos. Reese musterte sie kühl.

»Ich schlage vor, Sie gehen jetzt nach Hause, Mrs. Parry. Falls Sie das Glück haben, noch ein Zuhause zu besitzen. Und wenn nicht, dann nehme ich an, dass es Menschen gibt, die Ihnen ihre Hilfe anbieten. Es war eine aufreibende Zeit, und ich bin sicher, dass man die Überreste Ihrer Freundin gefunden hat, war für Sie überaus erschütternd …«

»Sie werden also nichts unternehmen?«

»Im Hinblick auf das arme kleine Mädchen gibt es für uns nichts mehr zu tun.« Er schob den Stuhl zurück und stand auf. Die Polizistin blickte von ihren Notizen auf.

»Sollte ich Mrs. Parrys Adresse aufnehmen, für den Fall, dass wir …«, hob sie an.

»Nicht nötig, Cummings.« Reeses Ton ließ keinen Widerspruch zu. Sergeant Cummings warf Frances einen entschuldigenden Blick zu, stand auf und hielt ihr die Tür auf. Frances blieb nichts anderes übrig, als sich, von ihrer Niederlage entmutigt, hinausbefördern zu lassen.

Von der Polizeiwache aus ging sie zum ersten von mehreren Auffangzentren und folgte zum Teil der Strecke, die sie am Vortag mit Owen gegangen war. Mehr als einmal blickte sie sich um und meinte, es sei jemand hinter ihr oder sie habe Schritte gehört, die sich genau ihrem Rhythmus anpassten. Nie entdeckte sie jemanden, der auch nur im Mindesten an ihr interessiert zu sein schien, und dennoch wuchs das Gefühl, beobachtet zu werden. Die Unruhe, die sie ohnehin plagte, weil sie keine Spur von Davy fand, verstärkte sich dadurch noch. Außer sich vor Sorge und zunehmend verzweifelt begab sie sich auf den Heimweg und blieb unterwegs auf der Halfpenny Bridge stehen, um sich ein wenig zu beruhigen. Die Sonne hatte sich schwach durch die Wolken gekämpft, und der Wind kräuselte das Wasser und ließ die Lichtreflexe auf der Oberfläche wie Schuppen aussehen. Als die Holzbrücke, die hier ursprünglich stand, vor einigen Jahren eingestürzt war, kamen zehn Menschen ums Leben. Frances hatte gehört, dass jetzt einige Bomben im Schlamm versunken waren, ohne zu detonieren. Sie waren dort unten begraben und warteten darauf zu explodieren. Frances blieb noch eine Weile und erinnerte sich daran, wie sie acht Jahre alt gewesen war und ihr Leben auseinanderbrach – unvermittelt und schmerzhaft wie ein Knochenbruch. Sie hatte sich wieder davon erholt, doch die Narbe war geblieben. Und den Schmerz spürte sie immer noch, er beeinträchtigte ihr ganzes Leben.

Möwen flogen tief über sie hinweg und beschimpften einander kreischend. Heute Abend hatte Davy zum sechsten Mal sein Phenobarbital nicht bekommen. Wahrscheinlich würde er einen Anfall erleiden. Vielleicht war es schon passiert – und womöglich war er aus einer Bewusstlosigkeit erwacht, ohne zu wissen, wo er sich befand oder was passiert war. Er könnte gefallen sein und sich den Kopf angeschlagen oder etwas gebrochen haben. Es war unerträglich, dass er die Bombe bei den Landys überlebt hatte und dennoch in derartiger Gefahr schwebte. Sie würde es nicht ertragen, wenn er wie Wyn einfach so verschwand. Wenn sie eines Tages, Jahre später, vielleicht auch neben *seinen* winzigen Knochen stehen würde und wusste, dass sie schuldig war.

Plötzlich dachte sie an Percy Clifton, den bewusstlosen Mann im Krankenhaus, und wieder spürte sie den Nachhall jener Sommerhitze – zu stark, zu stickig. Sie erinnerte sich daran, wie sie panisch zu atmen versuchte. Sie dachte an Percys violettes geschwollenes Augenlid und daran, wie beobachtet und verwundbar sie sich in seiner Nähe gefühlt hatte. Seither hatte sie sich den ganzen Tag lang beobachtet gefühlt. Wieder durchsuchte sie ihr Gedächtnis nach seinem Namen und war sich sicher, ihn nicht zu kennen. Doch sie wurde einfach das Gefühl nicht los, das er in ihr ausgelöst hatte. Es war, wie in die Dunkelheit zu blicken, ohne etwas zu erkennen, und doch zu wissen, dass dort etwas lauerte.

Eilig lief sie weiter hoch zum Young Fox an der Ecke

Holloway und Old Orchard. Der Pub befand sich in einem sehr alten Gebäude, das häufig umgebaut und erweitert worden war. Im Zuge dessen waren unterschiedliche Bodenhöhen und Verbindungszimmer mit schiefen Durchgängen entstanden, und in das spitze Steindach waren Dachgauben eingebaut worden. Es war nach fünf und der Pub voll mit Männern, die hier auf dem Heimweg haltmachten. Die meisten leisteten bei Stothert & Pitt Maschinenbau in der Lower Bristol Road Ersatzdienst oder waren bereits aus dem wehrfähigen Alter heraus. Nachdem es draußen immer noch durchdringend nach Verbranntem stank, war der normale Geruch von Bier und arbeitenden Männern hier drinnen überaus angenehm. Frances bestellte ein Pint Stout, und der Barmann zuckte nicht mit der Wimper, dass sie als Frau allein herkam – der Krieg hatte vieles verändert. Sie blickte sich in den zwei Räumen neben der Bar um und entdeckte Owen am anderen Ende des Clubraums. Er hatte seinen langen Körper in eine Bank geklemmt und schien nur aus Schultern und Ellbogen zu bestehen.

Bis auf einige alte Karten an den Wänden und einen ausgestopften Fuchs, dem der Pub seinen Namen verdankte, war der Raum nur spärlich dekoriert. Der Präparator hatte dem Tier eine überaus grausame Miene verliehen, die im Widerspruch zu dem schwermütigen Ausdruck seiner Glasaugen stand. Owen Hughes saß direkt darunter, und als er lächelte, erkannte Frances hinter dem Mann von heute noch deutlicher den Jungen von einst. Sein Gesicht war schmutzig, und der Schmutz ließ die Falten darin noch deutlicher hervortreten. Seine Fingernägel waren schwarz von Dreck und Schmiere, und er sah müde aus. In ihrer Kindheit war er so lustig gewesen, ein richtiger Clown. Als sich ihre Blicke trafen, verblasste sein Lächeln ein wenig, kehrte dann jedoch stärker wieder zurück. Als Junge hatte er professioneller Fußballspieler werden wollen, jetzt war er Maschinenmonteur bei Stothert & Pitt. Ein kleines menschliches Rädchen in einer dröhnenden Maschinerie, die er jeden Tag in einer langen Reihe mit anderen Männern betrat und viele Stunden später wieder verließ. Frances hatte Gerüchte gehört, dass neben den Schiffskränen und Maschinenteilen, die dort normalerweise hergestellt wurden, jetzt auch Panzertürme und Waffengehäuse fürs Militär angefertigt würden.

»Mach mal Platz, Baz«, sagte Owen zu dem Mann, der ihm gegenübersaß, damit Frances sich setzen konnte. Es folgte einiges Gescharre und eine kurze Pause, in der die Männer ihre Gespräche unterbrachen und etwas widerwillig die Gegenwart einer Frau zur Kenntnis nahmen. Nach und nach setzten sie die Gespräche dann schließlich fort. Als der peinliche Moment vorüber war, trank Frances einen großen Schluck von ihrem Bier. Owen lächelte und warf ihr einen verlegenen Blick zu. In seinen Augen lag eine Traurigkeit, die in ihrem Herzen widerhallte.

»Wie geht es dir?«, fragte sie. Owen zuckte mit den Schultern.

»Ich habe die Nase voll von dem ganzen Dreck. Aber sonst gut. Und dir? Ich war vorhin bei Pam, aber du hast noch geschlafen.«

»Ich weiß. Es tut mir leid, sie hat mich viel zu lange schlafen lassen. Aber ich war im Royal United, und deine Mom hab ich auch besucht.«

»Warum entschuldigst du dich? Du hast doch ewig nicht geschlafen. Du brauchtest einfach Ruhe.« Er zögerte. »Pam hat mir erzählt, dass du draußen unterwegs warst. Bei den Bombenangriffen, meine ich. In beiden Nächten.«

»Das war nicht so geplant. Aber ja, es stimmt«, sagte Frances.

Owen schüttelte nachdenklich den Kopf. Sie entdeckte einen Salzrand von getrocknetem Schweiß an seinem Haaransatz und stellte sich vor, wie weich sich das strähnige dunkle Haar anfühlte, wenn es gewaschen war.

»Und im Krankenhaus war nichts?«, fragte er.

»Nein. Aber ich habe …« Frances unterbrach sich und blickte zur Seite. Sie hatte einen Mann gesehen, den sie nicht kannte und der eine alte, halb vergessene Angst in ihr heraufbeschworen hatte.

»Was hast du?«

»Ach, nichts. War es … war es sehr schlimm in St. Marks?«

»Wie man es sich vorstellt«, sagte Owen mit verschlossener Miene.

»Ist alles in Ordnung mit dir? Ich hätte dich begleiten müssen.«

»Nein, das hättest du nicht.« Owen schüttelte mitfühlend den Kopf. »Und ich bin froh, dass du nicht mitgekommen bist. Davy war jedenfalls nicht dort, das ist die Hauptsache.«

»Ja.« Frances schluckte, obwohl ihre Kehle wie zugeschnürt war. »Wie lange wird er allein überleben können, was denkst du? Dort draußen in dem ganzen Durcheinander?«

»Hör auf damit, Frances. Entweder ist er mit den Landys umgekommen, oder er ist weggelaufen und jemand hat ihn bei sich aufgenommen. Wo immer er auch ist, er ist in Sicherheit. Man wird auf ihn aufpassen, bis wir ihn finden.«

»Er ist nicht mit den Landys umgekommen. Er ist entkommen und hat versucht, mich zu finden, aber wenn ihn jemand mitgenommen hat, wo ist er dann? Warum hat man ihn nicht in ein Auffanglager oder ins Krankenhaus gebracht? Er braucht doch seine Medizin!«

»Nun, das wissen die Leute ja nicht. Und Davy wird es ihnen nicht sagen.«

»Die würden ihn doch nicht einfach ... behalten, oder? Das tut man doch nicht.«

Owen zögerte kurz. »Nein, bestimmt nicht.«

»Was ist?«

»Nichts.«

»Sag es mir, Owen.«

Owen sah sie an, dann wandte er den Blick ab und sackte leicht in sich zusammen. Ganz offensichtlich wollte er nicht darüber reden.

»Erinnerst du dich an die Streubomben, die letztes Jahr an Ostern über Dolemeads abgeworfen worden sind?«, fragte er, und Frances nickte. »Anschließend wurde ein Kind vermisst – Gordon Payne. Das Haus der Paynes wurde getroffen, aber alle blieben unversehrt. Am Morgen danach war er noch bei ihnen, doch irgendwie haben sie ihn aus den Augen verloren, während sie mit dem Chaos in ihrem Haus beschäftigt waren und zu retten versuchten, was noch zu retten war.«

»Wie meinst du das, ihn aus den Augen verloren?«

»Er ist verschwunden. Im einen Moment war er noch da, völlig verängstigt, aber nicht verletzt. Und im nächsten Moment war er weg.«

»Was ist mit ihm passiert?«, fragte Frances, und ein unbehagliches Schaudern kroch ihr Rückgrat hinauf. »Hat ihn jemand mitgenommen?« Owen blickte sie an und nickte.

»Fast zwei Wochen lang gab es kein Zeichen von Gordon. Seine Familie suchte wie verrückt nach ihm. Dann kehrte er von allein zurück, kam einfach wieder nach Hause. Jedenfalls zu dem, was von dem Haus noch übrig war. Gott, ich werde nie vergessen, wie seine Mutter weinte, als sie ihn sah.«

»Aber wo ist er gewesen?«

»Das konnte er nicht sagen.« Owen zuckte mit den Schultern. »Konnte oder wollte nicht. Einiges deutete darauf hin, dass man ihn gefangen gehalten und nicht gut behandelt hatte. Prellungen und Ähnliches. Er berichtete nur, dass ihm ein Mann Fish and Chips spendiert hat und ihn anschließend nicht mehr nach Hause gehen lassen wollte. Er konnte jedoch entkommen.«

»Und glaubst du … glaubst du, das könnte Davy auch zugestoßen sein? Dass er entführt wurde, meine ich? Das denkst du doch, stimmt's?«

»Ich weiß es nicht, Frances – es ist unwahrscheinlich, aber …«

»Wie alt war Gordon?«

»Ich glaube, ungefähr sieben. Hör zu, ich hätte dir das nicht erzählen sollen. Wahrscheinlich hat das überhaupt nichts miteinander zu tun.«

»Aber wenn Davy entführt wurde … Anders als Gordon würde er nicht versuchen zu entkommen. So ein Junge ist er nicht. Er würde noch nicht einmal um Hilfe rufen! Oder? Haben sie das der Polizei gemeldet? Die Paynes?«

»Sie gehören nicht zu den Familien, die mit der Polizei reden.«

»Meinst du, ich könnte mit ihnen reden? Vielleicht kann sich der kleine Junge irgendwie erinnern, wo er entführt wurde. Oder wo er festgehalten wurde. Ich könnte ihn fragen und …« Sie verstummte, als Owen den Kopf schüttelte.

»Ihr Haus war eine Ruine, Frances. Sie sind weggezogen, und ich weiß nicht, wohin. Ich hätte es dir nicht erzählen dürfen – bitte versuch, es zu vergessen. Ich bin mir sicher, dass Davy sich einfach nur verlaufen hat, das ist alles.«

»Aber was, wenn er …« Frances hörte, wie ihre Stimme bebte, sie hatte sie nicht mehr unter Kontrolle.

»Hör auf. Bitte.« Owen griff nach ihrer Hand und strich beruhigend mit dem Daumen über ihren Handrücken.

Frances rieb sich wegen des Zigarettenrauchs mit der freien Hand die Augen und versuchte, die Vorstellung einer Entführung aus ihrem Kopf zu verbannen. Davy war so still, so sanft. So nachgiebig. Ihn zu entführen wäre ein Kinderspiel. Sie holte tief Luft und betrachtete Owens Hand, die auf ihrer lag. Seine Berührung verstärkte ihre Sinneswahrnehmung, und sie spürte deutlich jeden Quadratzentimeter ihrer Haut. Nach einem Moment ließ er von ihr ab, senkte verlegen das Kinn und faltete die Hände auf dem Tisch. Das Schweigen lastete auf ihnen. Früher war es zwischen Owen und ihr so unkompliziert gewesen, sie hatten sich ohne Worte verstanden. Frances wusste genau, wie und wann diese Leichtigkeit geendet hatte, und obwohl daran längst nichts mehr zu ändern war, wünschte sie, sie wäre dazu in der Lage.

An einem milden Juniabend waren sie im Lyncombe Vale spazieren gegangen. Dort, wo sich die Straße zu einem schlammigen Weg verjüngte und unter der Eisenbahnbrücke in einem Feld verschwand. Sie teilten sich eine Flasche Cider, die Owen irgendwo stibitzt hatte. Sie war gerade einmal vierzehn gewesen, Owen ungefähr achtzehn. Sie wusste damals schon, wie man küsste, und sie wusste, was Männer wollen. Doch mit Owen war es anders gewesen, so anders, dass sie sich noch nie auch nur berührt hatten.

Als der Weg vor ihnen im Feld verschwand und sie nur den Nachthimmel brauchten, kein Licht. Als sie, ohne hinzusehen, genau wusste, wie groß er war und wie er aussah. Da war sie sich sicher gewesen, dass es zwischen ihnen immer so bleiben würde. Darum hatte sie all ihren Mut zusammengenommen und ihn geküsst. Eine Weile erwiderte er ihren Kuss, und brennendes Verlangen durchströmte sie – es hatte sich ganz und gar vertraut und zugleich unbeschreiblich aufregend angefühlt. Doch dann war er zurückgewichen, das Gesicht in der Dunkelheit verborgen. Er sagte, sie sei zu jung dafür. Dabei klang er nervös und gleichzeitig fast ein wenig amüsiert. Frances meinte an der Demütigung zugrunde gehen zu müssen und hatte ihn anschließend lange Zeit dafür gehasst. Sie verabscheute die Erinnerung daran, wie sich sein Mund und seine Haut angefühlt hatten, konnte sie jedoch einfach nicht abschütteln. Als sie alt genug war, um zu begreifen, dass er ihr das Herz gebrochen hatte, war es zu spät – es war einige Zeit vergangen, das Leben hatte sich verändert, und sie sahen sich kaum noch; manchmal flüchtig auf der Straße, dann wieder wochen- oder monatelang nicht. Als Owen heiratete, ließ Frances sich nicht dazu hinreißen zu weinen. Einige Jahre später nahm sie Joes Heiratsantrag an.

Jetzt blickte sie zu Owen hinüber und dachte wehmütig darüber nach, was hätte sein können, wenn er nicht Maggie und sie nicht Joe geheiratet hätte.

»Ist Maggie immer noch nicht zurück?« Den Namen seiner Frau auszusprechen fühlte sich immer etwas merkwürdig an, als würde sie ihn falsch betonen, obwohl er wahrlich nicht kompliziert war.

»Nein. Sie sagt, sie weiß nicht, ob es schon sicher genug sei. Außerdem regt sie der Staub auf, und ich muss erst noch einiges am Haus machen, bevor alle zurückkommen und mir im Weg herumstehen.« Er lächelte schwach.

»Vermisst du die Kinder, oder genießt du den Frieden und die Stille?«

»Die erste Nacht habe ich es genossen, aber jetzt vermisse ich sie. Anders ist es gar nicht möglich – sie nehmen so viel Raum ein. Nev ist jetzt vierzehn und empfindet es als Beleidigung, wenn man von ihm noch als Kind spricht. Sarah ist elf, das Ebenbild ihrer Mutter, und Colin ist gerade sechs geworden.« Er hatte alle an den Fingern abgezählt, doch dann ließ er die Hand sinken, als käme er sich albern vor. »Sie sind bei Maggies Schwester in Bathford.«

»Ach, das ist gut«, sagte Frances. »Zumindest ist es gut, dass sie in Sicherheit sind. Du kümmerst dich doch auch noch um Carys' Tochter Denise, oder?«

»Das stimmt.« Owen nickte. »Sie macht uns überhaupt keinen Ärger, sie ist sehr brav.«

»Wie alt ist sie jetzt?«

»Sieben. Sie sieht genau aus wie …« Owen unterbrach sich. Ein Schatten huschte über sein Gesicht. »Sie sieht genau aus wie Wyn in dem Alter. Blondes Haar und Hasenzähne. Das ist grausam.«

»Ist das der Grund … Meinst du, Carys hat dich deshalb gebeten, dich um sie zu kümmern?«

»Wie meinst du das? Nein, sie kommt einfach nicht zurecht. Du weißt doch, wie sie ist. Bei uns ist Denise besser aufgehoben – sie und Sarah sind fast wie Schwestern. Wen hatte sie denn zu Hause bei ihrer Mum zum Spielen? Fred wird am vierundzwanzigsten zwölf, und Davy …« Er hielt inne und atmete hörbar ein. »Davy ist nicht ganz richtig im Kopf. Sie musste sich die ganze Zeit um ihn kümmern … das war nicht wirklich gerecht.«

»Aber er hat nur Carys, die sich um ihn kümmert.«

»Und dich. Deshalb bist du doch eingesprungen, oder?«, sagte er. Frances glaubte nicht, dass eine Kritik oder ein Vorwurf in seinen Worten lag, dennoch hörte sie ihn heraus. »Damit … damit wollte ich nichts andeuten, Frances«, sagte er sanft. »Bei den Landys war er gut aufgehoben. Das konntest du nicht ahnen.«

»Aber ich hätte …«

»Du hast immer schon schnell die Schuld auf dich genommen, aber wenn überhaupt jemand Schuld hat, dann Carys. Sie ist seine Mutter. Wenn sie nicht ständig so viel trinken würde, könnte sie auch besser auf ihn aufpassen und müsste ihre Kinder nicht überall verteilen. Und vielleicht wäre Clive dann auch etwas öfter zu Hause. Und wenn sie nicht die ganze Zeit gesoffen hätte, als sie mit Davy schwanger war, wäre er vielleicht gar nicht … gar nicht so auf die Welt gekommen.«

Sie schwiegen eine Weile. Es stimmte, dass Clive die meiste Zeit fort war. Frances versuchte sich zu erinnern, wann sie ihn das letzte Mal gesehen hatte. Es war schon Jahre her, sie war noch ein Teenager gewesen. Sie erinnerte sich, wie sie aus der Nummer vierunddreißig gekommen war, nachdem sie Mrs. Hughes besucht hatte. Clive stand auf der Treppe von Nummer dreiunddreißig, dreckig von der Arbeit, und hielt dem vierjährigen Howard, Carys' und seinem ersten Kind, einen Eimer mit Kröten hin. Carys war damals hochschwanger mit Terry, dem zweiten Kind, gewesen. Sie stützte ihren Rücken mit den Händen, warf einen Blick auf die sich windenden Amphibien mit den hervortretenden Augen und den pulsierenden Hälsen und erbleichte.

»Wir mussten heute auf der Baustelle einen Teich trockenlegen. Da sind Hunderte von den Quälgeistern«, sagte Clive.

»Ich verstehe nicht, warum sie deshalb hier sein müssen«, erwiderte Carys, fing Frances' Blick auf und verzog das Gesicht, doch Clive lächelte nur über Howards große faszinierte Augen. Damals hatten die beiden noch relativ glücklich gewirkt. Carys hatte nicht so viel getrunken, und Clive arbeitete immer nur wenige Wochen auswärts. Das war, bevor er wegen Diebstahls einsaß – anschließend war es schwieriger für ihn, Arbeit zu finden, und er musste auch außerhalb suchen.

Frances trank noch einen Schluck Bier.

»Ich habe Carys gefragt, wo Davy gern spielt oder wo er sich verstecken könnte, und sie wusste es nicht«, sagte Frances leise. Sie blickte zu Owen hoch. »Ich … ich glaube nicht, dass sie überhaupt nach ihm sucht.« Das Thema schien Owen unangenehm zu sein.

»Nein. Nun ja, es hat sie schwer erwischt, sie wird wohl ihr Haus verlieren.« Er kippte den Rest seines Biers herunter. »Und sie ist verdammt unfähig. So viel steht fest.« Sein Ton sagte Frances, dass sie besser nichts mehr dazu sagen sollte. Das Bier machte ihr das Denken schwer. Sie musterte Owen einen Moment und sah ihm in die Augen, die diesen ganz besonderen leicht verwaschenen Blauton hatten. »Dein Joe macht sich vermutlich Sorgen um dich. Ich nehme an, dass er kommt, um nach dir zu sehen«, sagte er, und Frances wandte den Blick ab.

»Das weiß ich nicht«, sagte sie. »Meinst du, dass man oben im Norden überhaupt davon gehört hat?« Als Joe den Einberufungsbefehl erhalten hatte, war er lieber in die Kohlenminen gegangen anstatt zu den Streitkräften. Frances stellte sich nicht gern vor, wie er unter Tage in der Dunkelheit arbeitete. Er war so an die Weite und das Grün gewöhnt. Doch sie gestand sich auch nicht gern ein, wie leicht es ihr fiel, überhaupt nicht an ihn zu denken.

»Natürlich hat man dort davon gehört. Hast du ihn nicht informiert, dass es dir gut geht?«, fragte Owen ungläubig.

»Vermutlich hätte ich das tun sollen.« Frances wollte nicht über ihren Ehemann sprechen, schon gar nicht mit Owen. Zu häufig gab man ihr das Gefühl, es sei falsch gewesen, ihn zu verlassen, dabei wusste sie ganz genau, dass sie das Richtige getan hatte. Falsch war es gewesen, ihn überhaupt zu heiraten.

»Joe ist ein guter Mann«, sagte Owen steif, als wüsste Frances das nicht oder hätte es vergessen. Sie sah ihn an, doch er blickte verlegen zur Seite.

Sie war erleichtert, als ein Fremder sie unterbrach. Der Mann, der stark nach Bier roch, drängte sich an Frances vorbei und beugte sich zu Owen.

»Habt ihr den Kleinen schon gefunden? Ich habe gehört, dass eine Bande Kinder in den Heuhaufen oben in Claverton Down pennt, weil das Gemeindehaus voll war. Könnte er vielleicht dort sein?«

»Claverton?«, fragte Owen und blickte zu Frances.

»Ich glaube nicht, dass er Claverton kennt … andererseits sind am Sonntag die ganzen Leute in die Richtung gelaufen. Vielleicht ist er ihnen gefolgt oder hat sich an jemanden drangehängt.«

»Stimmt, sehen wir nach. Danke, John.« Owen klopfte dem Mann auf die Schulter und stand auf. »Nacht, Jungs, bis morgen«, sagte er. Frances blickte zu den anderen Männern und rechnete mit albernem Grinsen oder anzüglichen Blicken, doch in ihren Mienen war nichts dergleichen abzulesen. Vielleicht hatten die Bombenangriffe die Dinge verändert, oder vielleicht dachten sie beim Anblick der ungeschminkten Frances in ihren Hosen und dem abgetragenen Pullover auch einfach nicht in diese Richtung. »Es ist noch ein oder zwei Stunden hell«, sagte Owen. »Das sollte reichen.«

»Wir können auch im Gemeindehaus nachfragen«, sagte Frances und schob die Hände in die Hosentaschen, als sie in die kühle Abendluft hinaustraten. Hätte sie doch bloß ihren Mantel mitgenommen.

Als sie den Widcombe Hill hinaufliefen, dachte Frances darüber nach, wie einem jemand, den man aus Kindheitstagen kannte, noch immer so nah sein konnte, dass man ihm sofort vertraute. Dabei bedeutete Erwachsenwerden doch meist, dass man sich auseinanderentwickelte. Vermutlich hatte es damit zu tun, dass die Dinge, die man in der Kindheit sah, erlebte und tat, unauslöschlich verankert blieben. Man behielt denjenigen so in Erinnerung, wie er damals war, egal was anschließend passierte. Das war ihr durchaus bewusst, wenn sie sich um Davy kümmerte, und sie hoffte, ihm neben all seinen anderen Erlebnissen eine gute Zeit zu bereiten, an die er sich später erinnern konnte. Sie hatte gehofft, dass er ihr immer vertrauen, sie immer gernhaben würde. Sie stellte ihn sich mit einer Horde anderer Kinder bei den Heuhaufen vor – ungewaschen und mit Stroh in den Haaren, mit pelzigen ungeputzten Zähnen, aber warm, sicher und nicht allein. Sie wusste, dass Kindergruppen oft die Gesellschaft widerspiegelten: Die Älteren kommandierten die Jüngeren herum, hin und wieder etwas zu grob, passten aber gleichzeitig sorgsam auf sie auf. Und es gab immer ein oder zwei unter den Älteren, die heimlich nett zu den Verfolgten waren und sie trösteten, wenn es mit den Grobheiten zu weit ging. So einer war Owen gewesen. Sie warf einen Seitenblick auf seine langgliedrige Gestalt, die nachdenklich und mit großen Schritten neben ihr herging. Er munterte sie auf, wenn andere Jungs ihnen die Süßigkeiten gestohlen oder sie an den Haaren gezogen hatten. Wenn Carys bei einem Streit zu weit ging, oder wenn ihr Vater eine Diskussion mit einer Ohrfeige beendete. Er alberte herum, bis sie ihm ein Lächeln schenkte. Sie wünschte, er würde jetzt glücklicher aussehen. Dass das Leben es besser mit ihm gemeint hätte.

Sie wusste auch, wie Kinder sein konnten, wenn sie das Gefühl hatten, jemand sei anders als sie selbst. Waren derartige Vorurteile durch die Bombenangriffe womöglich entschärft worden? Sie hoffte es. Als Davy auf die Grundschule am Fuß des Hügels ging, hatten sich seine Klassenkameraden sofort gegen ihn verbündet. Sie machten sich über seine Ohren lustig und behaupteten, er stinke und habe Flöhe. Als Frances von ihrer unüberlegten, sinnlosen Grausamkeit gehört hatte, schmerzte es sie sehr. Denn obgleich Davy langsam war, so war er doch nicht dumm. Er begriff sehr wohl, dass man ihn mied, weil er der Schwächste in der Klasse war und weil er manchmal trotz Frances' Bemühungen nicht gut roch. Wenn sie ihm das Haar schnitt, war es immer voller Nissen – mehr als einmal hatte sie sich selbst Läuse von ihm eingefangen. An den schlimmsten Tagen, an denen er mit einer blutigen Lippe oder einem zerrissenen Hemd nach Hause kam, hatte er sich sofort in ihre Arme geworfen, die dürren Glieder um sie geschlungen und sich an sie geklammert. Jedes Mal zog sich Frances' Herz schmerzvoll zusammen, und sie hatte ein Gefühl vollkommener Machtlosigkeit.

In Claverton Down fanden sie die Stelle, wo die Kinder geschlafen hatten – das Heu war auseinandergerupft und lag in einem weiten Kreis um die einzelnen Haufen verstreut auf dem Gras. Eine Mütze war zurückgeblieben, außerdem fettiges Pommes-frites-Papier und leere Limonadenflaschen. Vergeblich liefen sie über das Gelände, denn abgesehen vom Rauschen des Windes, der durch die Ulmen am Feldrand strich, war kein Laut zu vernehmen. Die Kinder waren alle fort – vielleicht waren sie zurück in ihren Häusern, vielleicht hatten ihre Eltern sie abgeholt und in Sicherheit gebracht. Die kühle Luft kroch in Frances' Kragen und Manschetten, und sie zitterte.

»Dann jetzt zum Gemeindehaus?«, fragte Owen. »Wir haben noch Zeit, aber ich sollte versuchen, vor Anbruch der Dunkelheit wieder unten in der Stadt zu sein. Die Bürgerwehr hat zwar Anweisung, auf Plünderer zu schießen, aber in Dolemeads werden sie wohl kaum aufpassen. Wir haben Gott weiß wenig genug zu essen, aber was wir haben, würde ich gern behalten.«

»Warum bist du nach Dolemeads gezogen, Owen?«, fragte Frances. »Das steht doch das halbe Jahr unter Wasser. Jedes Mal, wenn der Fluss über die Ufer tritt.« Owen schnitt eine Grimasse.

»Aber dann schwimmen Schwäne an unserem Küchenfenster vorbei. Das hat auch nicht jeder, oder?«, sagte er. »Ich weiß nicht. Es ist nicht schlecht. Maggie und Carys haben sich noch nie verstanden – manchmal kamen sie mir vor wie Katzen, die man zusammen in einen Sack gesteckt hatte. Es schien eine gute Idee, etwas Abstand zwischen sie zu bringen.«

»Ich glaube, es war noch nie leicht, mit Carys auszukommen.«

»Also, in diesem Fall ist es nicht allein ihre Schuld. Maggie hat so ihre eigenen Vorstellungen von Anständigkeit. Es ist ihr überaus wichtig, als ehrenwert zu gelten.«

»Dann gefällt ihr Carys' Trinkerei wohl nicht?«

»So ist es, und als sie herausfand, dass Clive gesessen hat, war es ganz vorbei. Ganz gleich, dass es nur sechs Monate wegen harmloser Diebstähle waren, nichts Ernstes. Das interessierte sie nicht.«

»Herrje.«

»Das letzte Mal, als die beiden miteinander sprachen, hat Carys Maggie alles Mögliche an den Kopf geworfen, sie wäre überheblich und so weiter. Fast hätten sie sich geprügelt.« Er verzog das Gesicht. »Meint, sie hätte eine schlechte Partie gemacht, meine Maggie. Vielleicht hat sie sogar recht.«

»Sie sollte eigentlich wissen, was für ein Glück sie hat.« Frances errötete leicht. »Und trotzdem hat Carys nichts dagegen, dass Maggie ihre Tochter aufzieht?«

»So sieht meine Schwester das nicht. Sie denkt, Maggie tue ihr einen Gefallen, weil sie etwas gutzumachen hätte.«

»Ein bisschen wie bei mir mit Davy.«

»Was musst du denn bei meiner Schwester wiedergutmachen?«, fragte Owen irritiert. Da sie es selbst nicht genau wusste, schwieg Frances. Sie spürte die Scham, die vage Erinnerung an eine schreckliche Schuld. Sie dachte an Wyn und Johannes, die beide lange tot waren, und das Gefühl verstärkte sich, als würde man ein Messer in ihrer Brust drehen.

Im Gemeindehaus herrschte großes Gedränge, überall waren Schlafstätten eingerichtet. Es gab Zwiebelsuppe, und zusammen mit den Ausdünstungen von ungewaschenen Körpern war der Geruch fast unerträglich. Doch kein Hinweis auf Davy – es waren überhaupt keine unbegleiteten Kinder dort. Nur ein Geschwisterpaar mit bleichen erschöpften Gesichtern, das aus London evakuiert worden war und nun auch noch sein vorübergehendes Zuhause verloren hatte.

»Lassen Sie uns eine Beschreibung und seinen Namen da«, schlug eine der freiwilligen Helferinnen vor, die das Gemeindehaus leiteten. »Und schreiben Sie auf, wo Sie zu erreichen sind. Es wird ein paar Tage dauern, bis alle wieder dort sind, wo sie hingehören – und natürlich kann auch nicht jeder überhaupt zurück«, sagte sie betrübt. Frances tat, was die Frau sagte, und als sie gingen, war sie erschüttert von dem

Ausmaß des Durcheinanders, der Zahl der Verletzten, Toten und Obdachlosen. Den kleinen, stillen Davy in diesem Chaos zu finden schien ihr unwahrscheinlicher als je zuvor. Sehr viel wahrscheinlicher hingegen war, dass sie ihn gar nicht fanden. Und jetzt geisterte ihr auch noch das Schreckgespenst von einem Kindesentführer durch den Kopf. Bei dem Gedanken wallte Verzweiflung in ihr auf und drohte sie zu überwältigen.

»Ganz ruhig«, sagte Owen, als sie gegen ihn taumelte. Dünne Streifen schwarzer Wolken zogen über den tintenblauen Himmel, und in der Ferne ging klein und ungerührt der Mond auf.

»Was, wenn er wirklich verschwunden ist?«, sagte Frances und suchte nach den richtigen Worten. »Was, wenn man ihn entführt hat? Oder wenn er tot ist?«

Owen legte die Arme um sie und hielt sie fest, und als sie seine Wärme spürte, war es um ihre Beherrschung geschehen. Eine Weile weinte sie einfach. Sie weinte über die alten und neuen Sorgen, über ihre Hilflosigkeit und all die Fehler, die sie nicht mehr rückgängig machen konnte. Während sie sich langsam wieder beruhigte, bemerkte sie, dass ihr Kopf genau unter Owens Kinn passte und dass er wundervoll menschlich roch – nach Arbeit, Schmutz und Rasierseife. Es war ihr gar nicht peinlich, dass sie die Fassung verloren und geweint hatte. Es war ihr auch nicht peinlich, dass er sie in den Armen hielt, obwohl sie beide verheiratet waren. Es fühlte sich ganz und gar richtig an. Tief atmete sie seinen Geruch ein und genoss einen Moment das angenehme Gefühl, weil sie wusste, dass es nicht von Dauer war. Und tatsächlich richtete sich Owen im nächsten Moment auf und löste sich sanft von ihr.

»Gib noch nicht auf«, sagte er. »Du hast gehört, was die

Frau gerade gesagt hat – es dauert eine Weile, bis der Verbleib von allen Vermissten geklärt ist.«

»Ja. Ja, du hast recht.«

»So ist es besser. Ich mag dich nicht weinen sehen«, sagte er verlegen. Da sie kein Taschentuch hatte, wischte Frances sich mit dem Ärmel durchs Gesicht.

»Gehen wir«, sagte sie. »Wahrscheinlich tragen die Plünderer gerade deine Küchenspüle weg, während wir hier herumtrödeln.« Owen zögerte, als wollte er noch etwas sagen, doch schließlich machten sie sich schweigend auf den Weg. Frances fiel auf, dass sie Owen gar nicht erzählt hatte, dass sie wegen Wyn bei der Polizei gewesen war und auch nicht von Percy Clifton, und das quälte sie.

Owen verließ sie am Fuß der Treppe zum Woodlands-Haus, und erschöpft stieg Frances die Stufen hinauf. Oben blieb sie in der Dunkelheit stehen und lauschte, wie er fortging. Auch als sie seine Schritte schon nicht mehr hörte, blieb sie noch still im Windschatten stehen. Sie spürte, wie Owen sich immer weiter entfernte. Das Mondlicht beleuchtete schwach die Alexandra Road, und als sie sich schließlich umdrehte, nahm sie flüchtig einen Schatten wahr, als würde jemand am Fuß der Treppe vorbeigehen. Atemlos drehte sie sich wieder zurück und schaute auf den mondbeschienenen Abschnitt der Straße unter ihr. Nichts bewegte sich, kein Laut war zu hören. Sie starrte auf die Straße, bis ihre Augen zu brennen begannen und sie nicht mehr sicher war, ob sie überhaupt noch etwas erkennen würde. Doch in ihr setzte sich die Vorstellung fest, dass sich der Schatten wie in einem Kinderspiel bewegte, sobald sie den Blick abwandte. Ochs am Berg. Der Gedanke ließ ihr Herz heftig schlagen, aber schließlich zwang sie sich, sich abzuwenden und ins Haus zu eilen. Dabei wurde ihr eines plötzlich bewusst: Wenn Wyns

Mörder nicht gefasst worden war, wenn er Wyn gekannt hatte und wusste, wo sie wohnte, war er vermutlich noch da und kannte ziemlich sicher auch Frances.

In der folgenden Nacht glitt Frances in einen nicht enden wollenden Albtraum, der eine gefühlte Ewigkeit immer wieder von vorn begann. Sie kauerte mit gesenktem Kopf auf dem Boden, und über ihr stand Percy Clifton. Er war so viel größer als sie. Obwohl sie weder sein Gesicht noch seinen Körper sehen konnte – nur seine Füße in Lederschuhen und den Schatten, den er warf –, wusste sie, dass er es war. Es war heiß, sie roch den Duft von Brennnesseln und wusste, dass sie wegrennen musste, aber ihre Knie streikten, und sie konnte den Kopf nicht heben, konnte sich nicht rühren. Er hielt ihr den Mund zu. Sie rang nach Luft, und in ihrem Schädel entstand ein Druck, als würde er explodieren. Sie war vollkommen machtlos. Egal wie groß ihre Panik war – und sie war enorm –, sie konnte nichts tun, nur auf den Boden starren und warten, dass es vorüberging. Doch in ihrem Albtraum war es nie vorüber.

Als sie in der Dunkelheit erwachte, hatte sie die Zähne so fest zusammengebissen, dass ihr Kiefer schmerzte, und auf ihrer Oberlippe und zwischen ihren Brüsten hatte sich Schweiß gesammelt. Sie kannte diesen Traum, hatte ihn aber lange nicht mehr gehabt. Der Mann war immer anonym gewesen, doch jetzt war es Percy, und Frances war sich sicher, dass er es immer gewesen war. Zitternd setzte sie sich in ihrem Bett in dem völlig stillen Haus auf. Als Kind hatte sie Albträume gehabt, auch schon vor Wyns Verschwinden – sie wusste, dass der Nachklang irgendwann verschwand. Doch es dauerte lange, und was blieb, war ein überwältigendes Gefühl der Verzweiflung. Dass sie stillgehalten hatte, als sie hätte wegrennen müssen, dass sie geschwiegen hatte, als sie hätte schreien müssen. Ganz allein in der Dunkelheit dämmerte Frances, dass es nicht nur ein Traum war. Es war eine Erinnerung, die sie ganz bewusst in den Tiefen ihres Gedächtnisses vergraben hatte, damit sie nicht mehr darüber nachdenken musste.

Sie schloss die Augen und konzentrierte sich auf die Luft, die sie in ihre Lungen sog und die ihren Brustkorb weitete. Sie spürte nach, wie sie wieder ausatmete, wie die Luft warm über ihre Lippen und ihre Zunge strich. Sie spürte die Wärme ihres Bluts, ihr Leben. Sie lebte. Wyn und Johannes nicht. Sie konzentrierte sich auf diese zwei unumstößlichen Tatsachen. Seit Jahrzehnten gehörten sie zu ihr, seit Jahrzehnten lasteten sie auf ihr. *Pst, kleine Schwestern!* Ein unerträgliches Gefühl stieg in ihr auf, bis sie dachte, sie müsse schreien. Über die Ungerechtigkeit, die sie erlebt und ausgelöst hatte. Über den Schmerz des Verlusts und die Schande, falsch gehandelt zu haben. Es war das quälende Gefühl, viel zu lange geschwiegen zu haben. Sie bemühte sich, den Traum klar zu sehen – wo der Ort war, an dem es nach Brennnesseln roch, wann sie dort gewesen und wer bei ihr gewesen war. Doch er verblasste immer weiter, je wacher sie wurde. In ihrem dunklen Zimmer sah sie, wie Wyn sich von ihr entfernte – wütend stürmte sie davon, das blonde Haar wippte, der dürre Körper zuckte. Und in diesem Moment entschied sie, die Erinnerungen ans Licht zu holen und einen Weg zu finden, das zu sagen, was sie schon vor langer Zeit hätte sagen müssen. Einen Weg, Johannes' Namen von Schuld zu reinigen und Wyns Mörder zu finden. Denn das sagte ihr der Albtraum – irgendwo in ihrem Inneren kannte sie ihn.

1918

Der Haupteingang des alten Leprakrankenhauses lag zur Straße und war somit viel zu gut einsehbar. Zudem war die Tür ziemlich eindrucksvoll und sicher verschlossen. Wyn fand, sie sollten das Gebäude über den Seiteneingang betreten, so wie die Jungen. Also schlichen sie zwischen den Grabsteinen von St. Mary Magdalen hindurch und kletterten über die Mauer in den niedriger gelegenen Hof des alten Krankenhauses. Atemlos und befleckt mit dem grünen Staub von Flechten, blieben sie stehen und sahen sich um. Der Hof war bedeckt von einem Teppich aus Moos und verfaulten Blättern, übersät von Bonbonpapier und abgebrochenen Steinstücken. Es roch nach Tümpel mit einem Hauch Urin. Frances war verunsichert und ängstlich, doch Wyn brannte auf ein Abenteuer. Frances hielt sich mit verschränkten Armen hinter ihr. Ihr kam der Gedanke, dass es hier noch Sporen von der Krankheit geben könnte – von all der flüssigen Haut und den Körpern, die im Laufe der Jahre aus dem Krankenhaus geschwappt waren. Sie wollte nichts berühren und eigentlich gar nicht atmen. Am liebsten wäre sie zurückgegangen.

Der Wind schien hier kühler zu sein, und die Schatten wirkten dunkler. Auf der Rückseite des Hauses befand sich ein heruntergekommener Holzschuppen, dessen Tür schief in den Angeln hing. Die Mädchen betrachteten sie eine Weile – die abblätternde weiße Farbe, den rostigen Metallgriff und das mit Spinnweben verhangene Schlüsselloch. Von einer Eibe auf dem Friedhof krächzte eine Krähe zu ihnen herunter. Der Holloway und die Magdalen Gardens befanden sich nur wenige Meter entfernt auf der anderen Seite der hohen Mauer auf der Frontseite, doch sie schienen unerreichbar weit entfernt zu sein, und Frances schauderte. Für sie war dieser Ort selbst ein Geist – vor langer Zeit verlassen. Ein Ort, an dem warme, lebendige Dinge wie kleine Mädchen nichts zu suchen hatten. Ganz und gar nichts.

»Ich versuche mal, die Tür zu öffnen«, flüsterte Wyn.

»Nein, nicht! Wir haben gesagt, dass wir nur schauen!«, sagte Frances.

»Na, von hier draußen können wir aber keine Geister sehen, oder?«

»Bitte nicht, Wyn«, flehte Frances. »Lass uns einfach wieder gehen. Mir gefällt es hier nicht.«

»Ich sehe nur nach, ob sie verschlossen ist, das ist alles«, sagte Wyn.

Auf Zehenspitzen schlich sie zur Tür, drehte den Griff und drückte dagegen. Als sie nachgab und über Zweige und Splitt kratzte, spürte Frances ein flaues Gefühl im Magen. Dann rang Wyn nach Luft und erstarrte, als wäre etwas Unerwartetes passiert, und im selben Moment sah auch Frances es: ein bleiches, schmutziges Gesicht mit großen Augen in den tiefdunklen Schatten. Wie aus dem Nichts tauchte es in dem kleinen schmutzigen Fenster neben der Tür auf, und Frances hatte das Gefühl, ihr bliebe das Herz stehen. Unsicher drehte sich Wyn zu ihr um, dann sahen beide, wie sich eine hagere Gestalt bewegte, und sie hörten schnelle schlurfende Schritte auf dem Boden.

Kreischend sprang Wyn zur Seite, floh zurück zur Mauer und kletterte am Efeu hinauf. Frances versuchte, ihr zu folgen, doch ihr Körper fühlte sich schwer und träge an, und ihre Beine wollten ihr einfach nicht gehorchen. Sie krabbelte zurück über die Mauer – vom Hof aus war es schwieriger, weil er tiefer lag. Jeden Moment rechnete sie damit, von Geisterhänden zurückgezerrt zu werden, dann lief sie über den Friedhof hinter Wyn her, stolperte und strauchelte. Sie rannten den Holloway hinauf, bis ihnen die Luft ausging und sie nicht mehr weiterrennen konnten. Keuchend blieben sie im Schatten der Brauerei oben in Bear Flat stehen. Frances merkte, dass sie sich in die Hose gemacht hatte, und vor Scham wurde ihr übel. Wyn wirkte zerknirscht. »Keine Sorge«, sagte sie. »Wir bleiben draußen, bis es getrocknet ist. Ich erzähle es auch niemandem.« Als wäre das das Schlimmste, was passiert war.

Für den Rest der Woche wurde Frances in ihren Träumen von Geistern heimgesucht – sie sprangen hinter Türen und Grabsteinen hervor und sogar aus ihrem Pult in der Schule. Wenn sie aufwachte, schrie sie nach ihrem Vater, da er ihr am besten geeignet schien, mit derlei Dingen fertigzuwerden. Doch er war nicht da, denn nachdem nun auch Männer bis zum Alter von fünfzig Jahren eingezogen wurden, wurde er auf den Kriegseinsatz vorbereitet. Ihre Mutter tat ihr Bestes, sie zu beruhigen, doch ohne ihn schlief auch sie nicht gut, und tagsüber schwieg sie oder war schroff zu Frances und ihrem Bruder.

»Kannst du nicht einfach erwachsen werden und aufhören, sie aufzuregen?«, raunte Keith Frances zu, als ihre Mutter weinend am Küchentisch saß. »Du bist doch kein Baby mehr. Versuch ausnahmsweise mal, nicht nur an dich zu denken.« Die Worte trafen Frances tief, denn sie konnte doch nichts gegen die Albträume tun. Sie verstand nicht, warum ihre Mutter so außer sich war – Frances vermisste ihren Vater, aber sie hatte keine Angst um ihn. Er war jetzt ein Held, und wenn der Krieg gewonnen war, würde er zurückkommen – das sagten alle.

Billy Hughes war zweiundfünfzig, darum war er nicht eingezogen worden.

»Schade, dass dein Dad zu alt ist, um gegen die Hunnen zu kämpfen«, sagte Frances eines Tages auf dem Schulweg zu Wyn, und Wyn sah sie aus schmalen Augen an. Obwohl er sie häufig schlug und normalerweise ständig über irgendetwas wütend war, war er immer noch ihr Vater, und sie liebte ihn. So erklärte Frances sich zumindest ihre Reaktion und fügte rasch hinzu: »Ich meine nur … er ist so stark. Und … er kämpft doch gern, oder? Manchmal. Er wäre bestimmt ein toller Kämpfer gegen die Hunnen.« Wyn dachte einen Moment darüber nach, dann grinste sie und zeigte die Lücke zwischen ihren Schneidezähnen.

»Er würde sie ordentlich vermöbeln«, stimmte sie zu. Sie schien völlig ungerührt von dem Erlebnis im Leprakrankenhaus, und weil ihre Mutter so traurig war, versuchte Frances, es Wyn gleichzutun. Es war allerdings nicht leicht zu vergessen, da sie das Gebäude sah, sobald sie das Haus verließ, und jedes Mal daran vorbeimusste, wenn sie hoch nach Bear Flat oder zu den Magdalen Gardens wollte. Und es verfolgte sie auch weiter in ihren Träumen.

An jenem Wochenende fand das Seifenkistenrennen im Holloway statt, und Frances und Wyn wollten es sich gemeinsam ansehen. Clive hatte Owen geholfen, ein Gefährt aus einer hölzernen Schubkarre und Kinderwagenrädern vom Schrotthändler zu bauen. Es hatte ein echtes Lenkrad, das sie aus einem halb versunkenen Boot im Kanal auf dem Weg nach Bathampton geklaut hatten.

»Wenn es niemand mehr braucht, ist es doch kein Diebstahl, oder?«, fragte Clive heiter, als Mrs. Hughes eine Augenbraue hochzog.

»Deins ist eindeutig das Beste«, sagte Frances zu Owen. Eigentlich war das von Keith eleganter, aber sie fühlte sich nicht mehr zu geschwisterlicher Loyalität verpflichtet. Owen war ihr deutlich lieber als ihr Bruder.

»Ja, es ist ganz klar auf der Gewinnerspur«, sagte Owen und verschränkte stolz die Arme, während Clive eine letzte Schraube festzog.

»So«, sagte Clive. »Das sollte halten. Vergiss nur nicht, in den Kurven zu bremsen, auch wenn du dadurch etwas zurückfällst. Das machst du auf der Geraden wieder wett. Besser so, als dass du an einem Schornstein endest, stimmt's?« Er warf seinen Silberdollar in die Luft. »Kopf, du gewinnst, Zahl, alle anderen verlieren«, sagte er und streckte die Hand aus. Es kam Kopf, und Owen grinste.

Sie schüttelten sich die Hände und machten sich auf den Weg zur Startlinie am oberen Ende des Holloway. Wyn und Frances gingen in die Magdalen Gardens, um von dort aus zuzuschauen. Im Park roch es sommerlich nach heruntergetretenem Gras und warmen Pflastersteinen, und vom Fluss wehte ein leichter Modergeruch herüber. Die Ziellinie des Rennens befand sich direkt vor Frances' Haus. Anschließend stieß der Holloway nach einer letzten Linkskurve am Fuß des Hügels auf die Hauptstraße. Die Jungen am Start, an der Ziellinie und auf halber Höhe des Hügels würden sich mit Gesten signalisieren, wenn die Straße frei war und sie sicher starten konnten. Vom Park aus hatten die Mädchen die Ziellinie im Auge, konnten aber auch sehen, wenn die Rennfahrer um die oberste Kurve bogen und an ihnen vorbeisausten. Doch während sie warteten, blickten sie auf das alte Leprakrankenhaus. Sie hatten sich im Halbschatten gegenüber von dem Gebäude niedergelassen, und Frances vermutete, dass das kein Zufall war.

In der Sonne wirkte es ziemlich gewöhnlich – deutlich weniger finster und weniger unheimlich als sonst. In den spitzen Fenstern spiegelte sich die Sonne, und auf dem Dach saß ein Taubenpaar.

»Was glaubst du, wer er war?«, fragte Wyn. »Der Geist, meine ich. Als er noch gelebt hat.«

»Keine Ahnung«, sagte Frances. »Vermutlich einfach jemand aus Bath, der Lepra bekommen hat.« Wyns Neugier machte sie nervös. Im Allgemeinen musste sie auf die eine oder andere Art befriedigt werden, und es gab nur einen Weg, wie die Neugier auf den Geist befriedigt werden konnte.

»Hast du ihn richtig gesehen? Ich habe eigentlich nur einen flüchtigen Blick auf ihn erhascht. Irgendwie hat er auf mich gar nicht verfault gewirkt. Ich meine, nicht so abstoßend, wie ich dachte«, sagte Wyn. Frances schüttelte den Kopf und hoffte im Stillen, dass das Rennen beginnen und ihre Freundin ablenken würde.

»Wir haben einen Brief von meinem Vater bekommen«, sagte sie in ihrer Verzweiflung. »Er ist noch im Ausbildungslager, danach wird er in Frankreich eingesetzt. Aber er ist nur Kategorie B, schreibt er. Deshalb kommt er nicht an die Front.« Eigentlich hatte Frances die Nachricht nicht verstanden, doch ihre Mutter hatte gestrahlt, als sie den Brief las. Wyn stützte das Kinn auf die angezogenen Knie und starrte unverwandt zum Leprakrankenhaus hinüber, und Frances' Mut sank. Beinahe hätte sie vor Erleichterung gelacht, als das Gebrüll der Jungen und das Klappern und Quietschen der Seifenkisten den Beginn des Rennens verkündeten.

Sie schleuderten um die Ecke am Springfield Place – neun Burschen in kunterbunt zusammengewürfelten Fahrzeugen – übersteuerten heftig und entgingen nur knapp einem Zusammenstoß. Ihre Freunde rannten neben ihnen den Holloway hinunter, versuchten mit ihnen mitzuhalten und sie mit ihren Rufen anzufeuern.

»Los, Owen!«, schrie Wyn aus vollem Hals. Sie sprang auf die Füße und wedelte mit den Armen, und Frances rappelte sich neben ihr hoch.

»Los, Owen!«, echote sie. »Los, Keith!«, fügte sie aus Gründen der Fairness hinzu. Keith befand sich in der Mitte der Horde, die Augen weit aufgerissen, die Zähne fest zusammengebissen. Er zerrte das Steuerrad einmal in diese, einmal in jene Richtung, ohne dass es eine Wirkung zu haben schien. Als sie am Leprakrankenhaus vorbeirasten, lag Owen in Führung. Unter lautem Gejohle verlor eins der Gefährte klappernd die Vorderreifen, und der Fahrer wurde auf das Pflaster geschleudert.

»Weiter so, Junge!«, rief Clive vergnügt, als Owen vorbeisauste. Er war ein Stück neben ihm hergelaufen, jetzt jedoch keuchend stehen geblieben. Er stützte die Hände in die Seiten und grub die Finger zwischen die Rippen, als ob er dann besser Luft bekäme. »Ja!«, schrie er, als Owen über die Ziellinie schoss und bei dem Versuch anzuhalten wie wild zu schlingern begann.

»Owen hat gewonnen!«, rief Wyn und hüpfte auf und ab. Mit strahlender Miene drehte sie sich zu Frances um. »Ich glaube, dein Keith ist Zweiter.«

»Für mich sah es nach dem dritten Platz aus«, sagte Frances.

Sie rannten zum Ziel, wo Owen mit einer Papierfahne strahlend auf Clives Schultern saß.

Für seine zwölf Jahre war Owen ziemlich groß und schwer, und Clive musste ihn schon bald wieder herunterlassen. Zu viert gingen sie langsam zurück zum Beechen Cliff Place, wo Clive eine Flasche Bosisto's-Öl aufbewahrte, das gegen seine Atemnot half. Sie tranken mit Tante Ivy Tee und aßen Kekse, um Owens Sieg zu feiern, als Carys von der Arbeit nach Hause kam. Die Stelle im Café war ihr gekündigt worden, nachdem ein Mann ihr an den Hintern gefasst und sie ihm daraufhin einen Becher Tee in den Schoß gekippt hatte. Die Verbrühung musste im Krankenhaus versorgt werden, doch Carys sagte, er habe nur bekommen, was er verdiente. Nach ihrer Entlassung legten die übrigen Kellnerinnen zusammen und kauften ihr zum Abschied einen Kamm in Form einer Pfauenfeder. Jetzt musste Carys in der Lotor Seifensiederei in der Morford Street arbeiten und kam verschwitzt und erschöpft mit geröteten Augen und wunden, rissigen Händen nach Hause.

»Sobald wir verheiratet sind, hörst du da auf«, versprach ihr Clive, als sie zu ihnen stieß, zog sie auf seine Knie und küsste ihre geröteten Fingerspitzen. Dann begann er wieder zu husten, und Carys stand erschöpft auf.

»Komm mit«, sagte sie zu ihm.

»Es geht mir gleich wieder gut«, widersprach Clive.

»Vielleicht, vielleicht aber auch nicht. Und eine weitere Rippenfellentzündung kannst du nicht gebrauchen. Also, gehen wir«, sagte sie. Als Clive aufstand, hörten alle das Pfeifen in seiner Lunge und sahen, wie sehr er nach Luft rang. Er hatte so ein Gerät mit Pumpe und Trichter, mit dem er die Medizin inhalieren konnte, die ihm beim Atmen half. Es war ein teures Ding, und er bewahrte es in einer speziellen

Kiste zu Hause auf, für den Fall, dass das Eukalyptusöl nicht mehr genügte. »Gut gemacht, Owen«, sagte Carys und wuschelte ihrem Bruder im Vorbeigehen durchs Haar.

Da sie ihre Mutter nicht damit beunruhigen wollte, entschied Frances, mit Pam und Cecily über das Leprakrankenhaus zu sprechen. Sie sagte nicht, dass sie im Hof gewesen waren oder dass Wyn die Tür zum Schuppen geöffnet hatte. Stattdessen erzählte sie ihnen, dass sie meinte, an einem der Fenster einen Geist gesehen zu haben.

»Tatsächlich?«, fragte Cecily, beugte sich interessiert vor und öffnete weit die Augen, deren Grün an jungen Weizen erinnerte. »Ich glaube unbedingt an Geister. Wie sah er denn aus?«

»Cecily, also wirklich«, mahnte Pam. »Siehst du denn nicht, dass das Kind Angst hat?«

»Nein, sie hat keine Angst«, widersprach Cecily. »Oder?«, fragte sie Frances, die nichts erwiderte, weil sie nicht lügen wollte. »Nun«, fuhr Cecily fort, »jedenfalls fand ich schon immer, dass die Leute den Geistern unrecht tun, wenn sie ihnen unterstellen, böse zu sein oder uns etwas anhaben zu wollen. Warum sollten sie?«

»Wyn sagt, sie sind neidisch und wollen unsere Haut«, sagte Frances, woraufhin Pam mit der Zunge schnalzte.

»Die kleine Wyn hat eine Schwäche für makabre Geschichten«, bemerkte sie.

»Nein, das denke ich gar nicht«, fuhr Cecily unbeirrt fort. »Wenn überhaupt, dann glaube ich, dass sie sehr einsam sind und sich danach sehnen, gesehen oder angesprochen zu werden.«

»Meinst du wirklich?«, fragte Frances.

»Frances Elliot«, sagte Pam mit Nachdruck. »Es gibt keine Geister.«

»Ach? Und das weißt du ganz sicher, ja?«, erwiderte Cecily.

»Ich weiß, welche Streiche der Verstand den Menschen spielt, wenn sie bereit dafür sind«, sagte Pam.

»Nun, *ich* glaube dir, Frances«, beharrte Cecily und sah Pam mit hochgezogener Augenbraue an. »Und Owen hat ganz recht – dieses Haus war ein Krankenhaus für Leprakranke und ist tatsächlich sehr alt. Wir wohnen in einer alten Stadt, Frances, und dieser Teil, der Holloway, war immer schon ein bisschen anders als der Rest. Hier wohnten immer schon Künstler und Ausgestoßene ...«

»Ganz zu schweigen von Dieben und Landstreichern und Frauen der Nacht«, warf Pam ein.

»Die bunteren Einwohner von Bath eben. Die, die jeden Tag dreckig und erschöpft von der Arbeit heimkehren. Einige der Ärmsten und Bedürftigsten. Und wer könnte bedürftiger sein als die armen Leprakranken?«, sagte Cecily. »Es waren ganz einfach Menschen, die sich eine Krankheit eingefangen hatten, Frances. Ganz normale Menschen wie du und ich, keine Monster.« Sie nahm Frances' Hand und drückte sie. »Aber bei einer Sache bin ich mir ganz sicher: Egal was Wyns Bruder ihr erzählt hat, Geister können uns nichts anhaben.«

»Zumindest in diesem Punkt sind wir uns einig.« Pam schien einen Moment nachzudenken, bevor sie weitersprach. »Ich glaube, du bist deutlich sensibler als deine Freundin Wyn, Frances. Lass dich nicht von ihren Geschichten dazu verleiten, etwas zu sehen, was nicht existiert.«

Als Wyn einige Tage später vorschlug, noch einmal nach dem Geist zu sehen, konnte Frances ihre Angst beherrschen. Sie dachte an Pams beruhigende Skepsis und an Cecilys Überzeugung, dass Geister harmlos seien. Tatsächlich verspürte sie selbst eine wachsende Neugier. Und schließlich hatte sie Scharren und Schritte von innen gehört, als Wyn die Tür geöffnet hatte. Geisterschritte konnte man nicht hören, oder? Und wenn dort drin doch einer war, zerriss die Vorstellung, dass er einsam war, Frances das Herz. Sie konnte es nicht ertragen, dass irgendjemand einsam war. So war sie zwar aufgeregt, willigte jedoch ein, und Wyn, die eindeutig mit einer Auseinandersetzung gerechnet hatte, lächelte überrascht.

»Diesmal sind wir auf ihn vorbereitet«, sagte sie. »Er wird uns nicht wieder so erschrecken.« Sie gingen zurück, unter den tief hängenden Zweigen des Judasbaums entlang, durch das feuchte Laub und die bemoosten Grabsteine auf dem Friedhof und wieder über die Mauer. Wyn beobachtete alles mit Adleraugen, und in Frances' Bauch flatterte ein ganzer Schwarm Schmetterlinge aufgeregt herum. Dann trat Wyn vor – die mutige, furchtlose Wyn, und Frances bewunderte sie dafür –, stemmte die Hände in die Hüften und sprach mit lauter Stimme.

»Zeig dich, Geist! Wir wissen, dass du da drin bist, und wir haben keine Angst vor dir.« Sie hielt inne, und die Stille hallte.

Wyn wartete eine Weile, dann wechselte sie die Taktik. »Wir möchten dir helfen«, sagte sie. »Wenn du herauskommst, versprechen wir, dir zu helfen, endlich Ruhe im Schoße Gottes zu finden.« Die Familie Hughes ging nicht oft in die Kirche, aber Wyn klang erhaben und gütig wie ein Pfarrer. Als das Gesicht wieder am Fenster erschien und über die Fensterbank spähte, zuckten sie beide vor Schreck zusammen und rangen nach Luft. Vom Kopf abstehendes, stumpfes Haar, eine helle Stirn, ein wilder Blick. Frances bereitete sich auf Flucht vor, doch als der Geist sie sah, wich er verängstigt zurück, was nicht sehr geistermäßig wirkte. Und dann wurde offensichtlich, dass es sich keineswegs um einen Geist handelte, sondern um einen Menschen aus Fleisch und Blut und voller Angst. Er sah aus, als wäre er im Alter von Clive oder Carys, aber er war so schmutzig und das Fenster so blind, dass es schwer zu schätzen war. Wyn wich an Frances' Seite zurück und ergriff unsicher ihre Hand.

»Also?«, sagte Wyn zu dem Mann. Und dann hörten sie durch das Glas gedämpft seine angestrengte Stimme.

»Pst, kleine Schwestern!«

5

MITTWOCH

Drei Tage nach der Bombardierung

Da Frances keinen Grund mehr hatte, der Arbeit fernzubleiben, ging sie zur Morgenschicht am Bahnhof. Von allen, die unverletzt geblieben waren und ein Dach über dem Kopf hatten, wurde erwartet, dass sie sich benahmen, als wäre nichts Ungewöhnliches passiert. Nach ihrem Albtraum hatte Frances nicht mehr einschlafen können, sie war todmüde und ärgerte sich, dass sie jetzt nicht nach Davy suchen konnte. Tief in Gedanken versunken ging sie schweigend ihrer Arbeit nach. Es gab keine Uniform für weibliche Gepäckträger, weshalb sie die für Männer trug – nur ohne Weste: Hose, Hemd, Krawatte und Schirmmütze, bis auf das Hemd alles in Schwarz. Plötzlich kam ihr die traurige Farbe überaus passend vor. Da Frances verheiratet war, verlangte man von ihr nicht wie von den alleinstehenden Frauen im Land, dass sie während des Krieges arbeitete oder Freiwilligendienst leistete. Dennoch arbeitete sie, seit sie Joe und das Gut verlassen hatte, um ihren Eltern etwas für die Unterkunft zahlen zu können. Zudem reizte es sie, einer Männerarbeit nachzugehen, nur um zu zeigen, dass das möglich war.

Sie war die einzige Gepäckträgerin und blieb unter ihren

Kollegen eine Außenseiterin. Stets saß sie in den Pausen alleine auf der einen Seite des kleinen Aufenthaltsraums zwischen den Zügen. Im Winter war ihr Platz am weitesten vom Ofen entfernt, im Sommer am weitesten vom Fenster, und regelmäßig forderte man sie auf, Tee zu kochen. Doch alles in allem arbeitete sie gern dort – sie beobachtete, wie unterschiedlich Gesichter, Kleidung und Auftreten der Menschen waren, die aus den Zügen stiegen oder mit ihnen davonfuhren. Manchmal stellte sie sich vor, in welches andere Leben sie hätte hineingeboren werden können anstatt in das, das sie führte.

In der Mittagspause stieg sie – gegen ihren Willen voller Hoffnung – in den Zug nach Bristol und fragte im Royal Infirmary nach Davy, doch es waren keine nicht identifizierten Kinder in das Krankenhaus eingeliefert worden. Anschließend kehrte sie nach Bath zurück und ging in das Royal United, doch auch dort gab es keinen Hinweis auf Davy. Diesmal spürte sie die Enttäuschung im ganzen Körper. Sie fühlte sich entkräftet und zutiefst erschöpft und musste sich in der Halle einen Moment setzen. Nicht in der Lage zu sprechen oder sich zu rühren, starrte sie stumm vor sich hin. Fast eine halbe Stunde lang fühlte sich ihr Körper schwer und unbeweglich wie nasser Sand an. Nur vage nahm sie wahr, dass rechts, nicht weit von ihr, jemand saß, der sich ebenfalls nicht rührte. Frances hatte den Eindruck, dass diese andere Person sie beobachtete – sie meinte zu spüren, dass ein blasses Gesicht in ihre Richtung blickte –, doch sie konnte sich nicht überwinden, den Kopf zu drehen. Es interessierte sie auch nicht. Eine Krankenschwester brachte ihr eine Tasse süßen Tee, und nach einer Weile fühlte sie sich stark genug, um aufzustehen. Sie blickte nach rechts, doch die Person war inzwischen gegangen. Außer ihr war niemand mehr da, und dennoch spannte sich die Haut zwischen ihren Schulterblättern. Eigentlich hatte sie direkt zum Woodlands-Haus zurückgehen wollen, um ihre Beschreibung von Davy zu holen und sie an einige weiter entfernt liegende Auffanglager zu verteilen. Doch die Erinnerung an ihren Albtraum ließ sie innehalten.

Widerwillig kehrte sie ans Fußende von Percy Cliftons Bett zurück. Sie wollte ihn sich noch einmal genau ansehen. Warum war er in ihrem Traum aufgetaucht, wenn sie noch nicht einmal wusste, ob sie ihn überhaupt kannte? Erleichtert stellte sie fest, dass er noch immer bewusstlos war. Andernfalls wäre sie vielleicht nicht in der Lage gewesen, zu ihm zu gehen. Es fühlte sich merkwürdig an, ihn zu betrachten. Als würde sich ein wichtiger Teil von ihr weigern, sich in seiner Nähe aufzuhalten. Sie wusste nicht, ob es noch eine Nachwirkung der Bombardierung war oder mit ihrem Albtraum zu tun hatte, oder aber mit etwas völlig anderem. Doch noch immer hatte sie das untrügliche Gefühl, dass da irgendetwas war. Er schlief, und sie starrte ihn an, doch ihr kam keine Erinnerung. Seine Gesichtshaut sah nicht mehr ganz so schlimm aus, obwohl sie immer noch wund war und glänzte. Wie ein Tintenfleck kroch unter dem Verband ein Hämatom hervor, breitete sich unter der Haut aus und zog sich um seinen Kopf. Auf seinem Kinn standen Bartstoppeln.

Frances schätzte, dass er etwas größer als durchschnittlich war und von normaler Statur. Vielleicht um die fünfzig – durch die Schwellungen und Verletzungen war das schwer zu schätzen, und der Verband verbarg einen Teil seines Gesichts.

»Percy Clifton«, flüsterte Frances, als könnte ihr ein Licht aufgehen, wenn sie seinen Namen aussprach, und ihr helfen zu begreifen, warum sie hier war.

»Hallo, sind Sie seine Frau?«, fragte eine Schwester, die sehr jung aussah, beinahe wie ein Schulmädchen.

»Nein«, sagte Frances. Rasch überlegte sie, ob sie sich eine Lüge ausdenken sollte, die ihre Anwesenheit und ihr Wiederkommen erklärte. Da ihr nichts einfiel, entschied sie sich, ehrlich zu sein. »Nein. Ich habe nur das seltsame Gefühl, ihn irgendwoher zu kennen. Wissen Sie, ob ihn schon jemand anders besucht hat?«

»Nicht dass ich wüsste. Das ist schade, ich hatte gehofft, er hätte eine bessere Hälfte«, sagte die Schwester. »Wir haben versucht, seine Adresse ausfindig zu machen, aber der einzige Percy Clifton in Bath lebt kerngesund oben in Larkhill.«

»Steht die Adresse nicht auf seinem Ausweis?«

»Der ist fast völlig verbrannt«, erklärte die Schwester. »Er steckte in seiner Brieftasche und wurde gerade so weit verschont, dass wir Namen und Geburtsdatum lesen konnten und ...«

»Wie alt ist er?«, unterbrach Frances sie. Die Schwester tippte auf das Brett am Fußende.

»Er ist am zwanzigsten Juni 1890 geboren, also ist er zweiundfünfzig.« Frances dachte intensiv darüber nach und wartete, dass irgendetwas bei ihr klingelte.

»Konnten Sie auf dem Ausweis seinen Beruf erkennen?«, fragte sie. Die Schwester schüttelte den Kopf.

»Nein, aber ich glaube, es muss etwas Lukratives sein.« Sie blickte sich um und senkte die Stimme. »Er hatte einen Haufen Bargeld dabei. Über sechzig Pfund, habe ich gehört! Ein Teil ist leider zu verbrannt, um es noch zu benutzen. Wenn er hier rauskommt, braucht er neue Kleider – seinen Anzug mussten wir wegwerfen. Er besitzt nur noch seine Schuhe, die sind da unten drin.« Sie deutete mit dem Kopf auf den Nachttisch. »Er war im Hotel Regina. Sehr wahrscheinlich ein Gast, darum könnte er von überall her stammen.« Sie verstummte und bemerkte, dass Frances auf den Nachttisch starrte. »Das Geld ist sicher im Schwesternzimmer einge-schlossen«, bemerkte die Schwester spitz.

»Ist er überhaupt schon einmal bei Bewusstsein gewe-sen?«, fragte Frances, und wieder schüttelte die Schwester den Kopf. »Und meinen Sie, er wird wieder aufwachen?«

»Dr. Phipps scheint es zu glauben. Bei einem Brand leidet der Körper unter Sauerstoffmangel, vor allem das Gehirn. Das löst die Bewusstlosigkeit aus. Doch alles andere ist sta-bil – Herz, Lungen –, und das Auge unter dem Verband wird er sehr wahrscheinlich auch nicht verlieren, allerdings wird er ein paar Narben zurückbehalten. Er ist nur noch nicht be-reit aufzuwachen. Sollen wir Sie benachrichtigen, wenn es so weit ist?«

»Nein!«, erwiderte Frances, ohne nachzudenken. Die Schwes-ter blinzelte sie an. »Also, nein, vielen Dank. Vielleicht kenne ich ihn ja auch gar nicht.«

»Richtig«, erwiderte die Schwester skeptisch.

Frances verließ die Station und spürte, wie die Schwester sie beobachtete. Sie wartete hinter der Tür, bis das Mädchen wegging, und kehrte dann noch einmal zurück. Sie holte tief Luft, ging neben Percy Cliftons Bett in die Hocke, öffnete den Nachttisch und holte seine Schuhe heraus. Schwarze Halbschuhe aus gutem Leder, aber vorne ziemlich abgesto-ßen und mit zwei verschiedenen Ausbuchtungen vom gro-ßen Zeh. Als wären sie von unterschiedlichen Menschen ge-tragen worden. Die Schnürsenkel waren ausgefranst und die Absätze krumm und schief. Wer immer Percy war, er belas-tete beim Gehen die Außenseiten der Füße. Die Sohlen waren ebenfalls ziemlich abgelaufen. Frances schob die Hand in den Schuh und fühlte, dass die Innensohle rau und abgenutzt war. Sie drückte den Zeigefinger auf die rauste Stelle, dann drehte sie den Schuh um und sah deutlich ihren rosa Finger hindurchscheinen. Percy hatte also einen Anzug angehabt und eine große Geldsumme bei sich getragen, seine Schuhe aber vermutlich gebraucht gekauft. Sie waren derart abgetragen, dass sie bei Regen durchnässt worden wären.

Als Frances die Hand herauszog, hingen Teile der Innensohle und Flusen von seinen Socken an ihren Fingern. Ebenso wie die Schuhe rochen sie nach Verbranntem und dem muffigen, leicht beißenden Geruch von Füßen. Angewidert ließ sie den Schuh los, der daraufhin klappernd auf den Boden fiel. Ängstlich sah sie sich um, dann zum Bett über ihr. Sie konnte nur den rechten Arm und die rechte Hand erkennen, die auf der Decke lagen, doch sie erstarrte bei der Vorstellung, dass diese Hand sich bewegen, dass Percy aufwachen könnte, während sie hier unten hockte. Einen Moment war sie wie gelähmt und konnte nicht aufstehen, doch dieser Zustand währte nur kurz. Dann richtete sie sich abrupt auf und blickte wieder auf ihn hinunter. Ihre Kehle war wie zugeschnürt, ihre Knie zittrig. Sie wischte die Hände an ihrer Hose ab, dann drehte sie sich um und eilte davon.

Bei ihrer Rückkehr ins Woodlands-Haus merkte Frances erst, als sie schon durch die Tür war und in der Küche stand, dass Pam Besuch hatte. Ihre Tante trank mit einer Besucherin am Küchentisch Tee. Die Frau saß mit dem Rücken zu Frances, sodass sie nur kräftige Schultern in einer dunklen Jacke und einen vollen Schopf krausen blonden Haars sehen konnte. Pam blickte mit ernster, aber interessierter Miene zu ihr hoch.

»Oh! Tut mir leid, dass ich so hereinplatze«, entschuldigte sich Frances. Pam lächelte schwach.

»Keine Sorge. Wir haben auf dich gewartet«, sagte sie.

»Auf mich?« Frances ging zum Tisch, und die blonde Frau drehte sich um und stand auf. Sofort erkannte sie Sergeant Cummings, die sie bei ihrem kurzen Gespräch auf der Polizeiwache kennengelernt hatte. Die Polizistin lächelte auf eine zurückhaltende, beinahe entschuldigende Art.

»Hallo, Mrs. Parry, ich hoffe, Sie haben nichts dagegen, dass ich einfach so vorbeikomme. Ich habe Ihre Adresse aus der Vermisstenanzeige, die Sie für David Noyle aufgegeben haben.«

»Sind Sie wegen Davy hier? Gibt es etwas Neues?«, fragte Frances atemlos.

»Oh«, sagte die Polizistin, und ihr Lächeln erstarb. »O nein. Nein. Das tut mir leid. Ich wollte nicht …« Sie schwieg einen Moment betreten. »Nein, leider habe ich nichts von dem kleinen David gehört. Ich komme in einer anderen Angelegenheit.«

»Setzen Sie sich bitte wieder. Du auch, Frances«, sagte Pam. »Ich koche frischen Tee.«

Frances folgte ihrer Aufforderung, und Sergeant Cummings holte Notizbuch und Stift hervor und schob sich einige Haarsträhnen hinter die Ohren. Die Schirmmütze lag auf dem Tisch neben ihr. Sie hatte ein breites Gesicht mit großen blauen Augen und einem großen Mund. Es war kein hübsches Gesicht, aber sie hatte einen ebenmäßigen Teint, und ihre Miene war so offen und freundlich, dass es geradezu entwaffnend wirkte. Vermutlich war es äußerst schwierig, in ein solches Gesicht zu lügen und die Enttäuschung darin auszuhalten. Die Polizistin räusperte sich.

»Eigentlich bin ich gekommen, um mit Ihnen über Bronwyn Hughes zu reden«, sagte sie. Der Stift schwebte über dem Notizbuch. Über Kopf las Frances oben auf der Seite in ordentlicher Handschrift die Worte *Bronwyn Hughes, Johannes Ebner und Frances Parry, geborene Elliot.*

»Ich dürfte eigentlich gar nicht hier sein, wissen Sie?«, sagte Cummings. Sie blickte zu Frances hoch, und hinter der entwaffnenden Offenheit blitzte unübersehbar scharfe Intelligenz hervor. Ihr krauses Haar war an den Schläfen so hell, dass es fast weiß wirkte. »Nach den Bombardierungen ertrinken wir in Arbeit. Es herrscht das totale Chaos, und einige Leute werden das ausnutzen. Aber es wäre nicht das erste Mal, dass ein schweres Verbrechen unentdeckt – oder ungelöst – bliebe, weil es sich unter chaotischen Umständen ereignete. Das geht meiner Meinung nach nicht.«

»Nein«, stimmte Frances ihr zu. Die Worte erschütterten sie. Sie dachte an den jungen Gordon Payne, der ebenfalls in einer chaotischen Zeit verschwunden war und entkommen konnte. Ebenso wie der Mann, der ihn entführt hatte. »Owen Hughes hat mir von einem anderen kleinen Jungen berichtet, der nach der Bombardierung letztes Jahr Ostern in Dolemeads vermisst wurde«, sagte sie. Cummings hob die Brauen, und Frances wiederholte alles, was Owen ihr erzählt hatte, auch, dass es für sie nicht möglich war, mit den Paynes zu sprechen. »Vielleicht könnten Sie Ihre Kollegen fragen, oder in den Akten nachsehen … Vielleicht wurden seit Wyn noch mehr Kinder als vermisst gemeldet, und jemand hat Davy entführt. Eine richtige Suche würde …«

»Verzeihen Sie, Mrs. Parry. Aber die Chancen, dass wir derzeit eine organisierte Suche wegen eines kleinen Jungen auf die Beine stellen, gehen gegen null. Insbesondere, wenn die wahrscheinlichste Erklärung lautet, dass er sich verlaufen oder ihn jemand bei sich aufgenommen hat.« Cummings holte tief Luft und fuhr in milderem Ton fort: »Es tut mir wirklich sehr leid, aber das ist einfach nicht möglich. Wenn ich es schaffe, sehe ich nach weiteren Vermisstenanzeigen. Und ich vermerke Ihre Befürchtung auf der Anzeige für David«, sagte sie. Frances nickte und gab sich geschlagen. »Ich wollte mit Ihnen über Bronwyn Hughes sprechen, weil … nun ja, Sie haben mich überzeugt. Schließlich waren Sie dabei, als es passiert ist. Sie kannten das Opfer … Bronwyn. Sie kannten die Familie Hughes, und Sie kannten Ebner. Meiner Ansicht nach sollten wir Ihnen darum zumindest zuhören. Es scheint mir wichtig, dass man Bronwyn so dicht bei ihrem Zuhause gefunden hat – es liegt nahe, dass sie jemand dorthin gelegt hat, der sich gut in der Gegend auskannte … Und als ich hörte, wie Sie darüber sprachen, mit welcher Sicherheit … ich weiß nicht. Nennen Sie es von mir aus Intuition, aber Sie haben mein Interesse geweckt. Und da ich nebenan in Old-field Park wohne, dachte ich, ich komme auf dem Heimweg mal vorbei.«

»Danke. Danke, dass Sie gekommen sind und …«

»Eigentlich darf ich nicht hier sein«, wiederholte Cummings vorsichtig. »Wenn Inspektor Reese davon erfährt, wäre er alles andere als erfreut. Verstehen Sie? Das ist alles vor sehr langer Zeit geschehen, und der Fall ist abgeschlossen. Ein Mann wurde gehängt. Ich kann die Untersuchung nicht auf-grund eines Gefühls wieder aufnehmen. Ich kann nicht zu den Hughes gehen und mit ihnen darüber reden. Ich kann bestenfalls in die alte Akte sehen und mithilfe Ihres Berichts nach Gründen suchen, die es mir ermöglichen, eine Wieder-aufnahme der Ermittlungen zu beantragen. Also«, sagte sie und blickte, den Stift in der Hand, wieder zu Frances hoch, »was können Sie mir erzählen?«

Frances schwieg einen Moment. Sie war schrecklich ner-vös. Tief aus ihrem Gedächtnis stiegen Bilder auf, doch so-bald sie nach ihnen griff, verschwanden sie wieder. Mit gesenktem Kopf kauerte sie in der Hitze auf dem Boden. Der Geruch von Brennnesseln. Sonnenbeschienenes Haar. *Pst, kleine Schwestern!* Sie spürte, wie Pam und Cummings sie beobachteten, und breitete die Hände auf dem Tisch aus, damit sie nicht merkten, wie ihre Gedanken rasten. Sie durfte nur Fakten nennen, nur Dinge, die sie ganz sicher wusste.

»Wyn. Alle kannten sie nur als Wyn, nicht als Bronwyn«, begann sie. Sergeant Cummings machte eine Notiz. »Sie war meine beste Freundin. Johannes Ebner lernten wir im Frühsommer 1918 kennen, als wir uns im alten Leprakrankenhaus umsahen. Wir suchten … nach Geistern. Er war schrecklich hungrig und sehr verängstigt. Er war so jung … auf uns wirkte er natürlich wie ein Erwachsener, aber er war erst neunzehn. Wir begannen, ihm Essen zu bringen, und wurden Freunde. Er sprach gut Englisch. Es war aufregend, ein kleines Geheimnis zu haben. Und er brauchte das Essen, das wir ihm brachten, dringend, weil – und das ist der Punkt, Sergeant Cummings – er den Schuppen nicht verlassen konnte. Er war einfach zu ängstlich. Er hatte panische Angst hinauszugehen, gesehen und wieder festgenommen zu werden. Beinahe wäre er dort drin verhungert, weil er nicht hinausgehen wollte. Er *konnte* es nicht. Darum, verstehen Sie, hat er nicht wissen können, wo Wyn wohnte oder wo ich wohnte. Er kann unmöglich hinausgegangen sein, sie umgebracht und auf ihrem eigenen Hof begraben haben. Es ist einfach … unmöglich.«

Sie hielt inne und holte Atem, sie wollte unbedingt, dass man ihr glaubte. Die Schuld fühlte sich wie ein fester Gegenstand in ihr an, an dem sie sich jedes Mal stieß, wenn sie Johannes' Namen aussprach. Sergeant Cummings machte sich rasch einige Notizen. Pam beobachtete sie mit verschränkten Fingern und gequälter Miene.

»Könnte Wyn ihn dorthin mitgenommen haben? Zu ihrem Haus, meine ich – könnte er es so erfahren haben?«

»Nein. Wie gesagt, er wäre nicht mitgekommen. Einmal hat sie es geschafft, ihn in den Hof hinter dem Krankenhaus zu locken. Nur für eine Sekunde, dann ist er gleich wieder reingelaufen. Außerdem wäre er niemals irgendwohin gegangen, wo andere Menschen waren, und Wyn hätte niemals versucht, ihn mit nach Hause zu ihrer Familie zu nehmen. Er wäre dort nicht willkommen gewesen. Er war unser Geheimnis.«

»Aber sie hat versucht, ihn zum Herauskommen zu überreden?«

»Nun ja … Wir wollten ihm helfen, wieder zurück nach Hause zu kommen. Und wie sollte er das schaffen, wenn er das Leprakrankenhaus nicht verließ?«

»Er war ein deutscher Soldat, richtig? Ein geflohener Kriegsgefangener.«

»Ja. Eigentlich war er Österreicher. Das hat man hinterher in den Unterlagen festgestellt. Er war aus dem Lager in Larkhill unten bei Stonehenge geflohen. Er war … ein gebrochener Mann. So nennt man das wohl. Er wollte nur noch nach Hause.« Sergeant Cummings blickte kurz auf, dann legte sie die Stirn in Falten und räusperte sich.

»Und Sie sagen, Sie wurden Freunde. Haben Sie je … Hat er jemals etwas getan, das Sie im Rückblick, als Erwachsene, vielleicht als unangemessen bezeichnen würden?«

»Nein«, sagte Frances fest. »Nie. Und ich nehme ihn nicht in Schutz oder … oder was immer Sie auch denken. So etwas hat er nicht getan.«

»Das stimmt einfach nicht, Frances«, schaltete sich Pam ein. »Damals hast du der Polizei erzählt, wie er sich manchmal verhalten hat und …«

»Ich habe mich getäuscht! Ich …« Frances schüttelte den Kopf. »So, wie ich es gesagt habe – was sie daraus gemacht haben –, ich wusste nicht, dass sie nach Gründen suchten, ihn zu verurteilen. Du musst das verstehen. Sie *wollten*, dass er es war! Was er getan hat … was ich erzählt habe, so war das nicht. Das ist mir jetzt klar.«

»Nach all dieser Zeit«, sagte Cummings und klang skeptisch. »Von was für einem Verhalten sprechen wir hier?«

»Er war nicht pervers«, beharrte Frances. »Er war nicht gefährlich. Er war einfach nur ein verängstigtes Kind. Zur falschen Zeit am falschen Ort. Er wurde gehängt, weil er der Feind war!«, sagte sie, und Bilder stürmten auf sie ein – Wyns Blut im Hof des Leprakrankenhauses. Ihre zerrissene Kleidung, ihr Schuh. *Pst, kleine Schwestern!*

»In Ordnung«, sagte Cummings ruhig. »Nehmen wir nur einmal an, dass Johannes Ebner Wyn nichts angetan hat und nicht in der Lage war, sie im Hof zu begraben, haben Sie eine Ahnung, wer sie dann umgebracht haben könnte?«

In Frances' Kopf herrschte Finsternis. Da war das vage, aber schreckliche Gefühl der Scham. Und all die Jahre, in denen sie geschwiegen hatte, machten es ihr einfach unmöglich, jetzt etwas zu sagen. Sie schloss die Augen und rang mit sich.

»Ich …« Sie schüttelte verzweifelt den Kopf. »Ich glaube, es war jemand, der die Familie kannte. Oder sogar … jemand aus der Familie. So muss es gewesen sein. Oder vielleicht ein vertrauter Nachbar. Jemand, der genau wusste, wo er sie finden und wo er sie vergraben konnte. Wo niemand nachsehen würde, weil alle in der Stadt suchten, nachdem man ihre Sachen hinter dem Leprakrankenhaus gefunden hatte …«

»Ihre Sachen wurden dort gefunden?«

»Ja. Einige ihrer Sachen. Ein Schuh. Und … Blut«, sagte

Frances. Daraufhin taxierte Sergeant Cummings sie mit festem Blick.

»Dann wurde Wyn wahrscheinlich dort umgebracht? Am Leprakrankenhaus?«

»So hieß es damals, aber die Sachen hätte man doch auch einfach dort hinlegen können, oder nicht? Und jeder konnte dort hinein, genau wie wir. Ist es nicht so?«

»Das kann ich unmöglich beurteilen, ohne in die Akte gesehen zu haben«, sagte Cummings. »Warum sollte der Mörder sie dort hinlegen?«

»Damit man Johannes beschuldigt?«

»Wer wusste noch, dass er sich dort versteckte?«

»Niemand.« Frances hielt inne, sie verstand, worauf die Polizistin hinauswollte. »Jedenfalls nicht dass ich wüsste. Wir haben es niemandem erzählt – das hatten wir uns und ihm geschworen. Oder … oder vielleicht ist sie tatsächlich dort gestorben. Vielleicht ist ihr jemand dorthin gefolgt. Vielleicht wollte sie sich dort verstecken, weil jemand hinter ihr her war.«

»Fällt Ihnen ein Grund ein, warum sie jemand aus ihrer Familie hätte umbringen wollen?«

»*Wollen?*«, wiederholte Frances niedergeschlagen. »Warum sollte irgendjemand ein Kind töten wollen? So etwas tut doch niemand. Kinder werden fahrlässig getötet, durch Unfälle oder … oder damit sie schweigen.« Sie blickte auf und begegnete dem Blick der Polizistin. »Fragen Sie irgendjemanden hier, was für eine Art Familie die Hughes sind. Bill Hughes, ihr Vater, und ihre Schwester Carys.«

»Frances! Das ist nicht fair«, rief Pam.

»Aber es stimmt!«

In der nachfolgenden Stille war laut das Tropfen des Wasserhahns in der Spüle zu hören, der Hund seufzte zu Pams Füßen, und Cummings' Stift hörte auf, über das Papier zu kratzen. Ihre großen Augen hielten Frances' Blick fest, ohne zu blinzeln. »Wyn war ein so zartes Ding«, sagte Frances leise. »Weil sie so mutig war ... so *stark*, ist mir das damals nicht aufgefallen. Sie war niemals niedergeschlagen. Aber sie war klein für ihr Alter und viel zu dünn. Sie war winzig. Es gehörte nicht viel dazu, sie umzubringen. Ein Kind wäre dazu in der Lage gewesen.«

»Wie kommen Sie darauf?«, fragte Cummings scharf.

»Wie bitte? Ich weiß nicht ... Ich wollte nur sagen, sie war wesentlich verletzlicher, als sie vielleicht wirkte«, sagte Frances und spürte Cummings' forschenden Blick. Nachdenklich schaute die Polizistin auf ihre Notizen.

»Sie sagten, Kinder würden manchmal getötet, damit sie schweigen. Worüber?«, fragte sie.

»Sie sind die Polizistin«, sagte Frances. »Das wissen Sie besser als ich – so etwas haben Sie doch sicher schon erlebt. Über etwas, das sie gesehen oder gehört haben. Etwas, das man ihnen angetan hat.«

»Ich bin noch nicht sehr lange bei der Polizei«, gestand Cummings leicht errötend. »Ich habe noch nie ... Ich hatte noch nie mit einem Mord zu tun.«

»Ich habe mit diesem einen fast mein ganzes Leben zu tun.«

»Also«, sagte Cummings, schloss ihr Notizbuch und steckte es zurück in die Hosentasche. »Damit kann ich noch nicht viel anfangen. Ich werde ... vielleicht unterhalten wir uns noch einmal. Es nützt nichts, mit dem Finger auf Wyns Familie zu zeigen, wenn wir keinen anderen Beweis haben, außer dass sie arm ist ...«

»Das hat nichts damit zu tun, dass die Familie arm ist!«

»Sie sagten, *was für eine Art von Familie* es sei«, sagte Cummings neutral.

»Ich meinte, schwierig! Mit einer Neigung zum Trinken und … zu Gewalt.«

»Es werden viele Menschen gewusst haben, wo Wyn lebte. Ich akzeptiere jedoch, was Sie über Ebner gesagt haben. Ich besorge mir die Akte und lese nach, was er selbst bei seiner Festnahme ausgesagt hat. Ich informiere Sie, wenn ich etwas finde. Wenn Ihnen in der Zwischenzeit noch etwas einfällt …« Sie sah Frances derart durchdringend an, dass diese spürte, wie ihr Gesicht heiß wurde. »Wenn Ihnen irgendetwas einfällt, das von Bedeutung sein könnte, lassen Sie es mich wissen. Diskret.«

»Das mache ich«, sagte Frances. Sie hatte bereits beschlossen, Percy Clifton nicht zu erwähnen. Sie konnte einfach nichts Nützliches über ihn sagen.

Nachdem Cummings gegangen war, räumte Pam das Teegeschirr ab, und Frances saß am Tisch und starrte gedankenverloren vor sich hin. Ihr fiel auf, dass das, was sie über Wyn gesagt hatte – dass sie ein zierliches, kleines Ding war, zu klein und zu dünn für ihr Alter –, ebenso auf Davy zutraf. Auch ihn zu töten war nicht schwer. Wieder fühlte sie sich schwach. Tiefe Verzweiflung überkam sie, und sie schloss die Augen. Sie merkte, dass Pam gar nichts sagte und energisch abwusch.

»Ist alles in Ordnung, Pam?«

»Wieso nicht?«, gab Pam kurz angebunden zurück.

»Du machst noch die Teekanne kaputt.«

»Scheiß auf die Teekanne.«

»Was ist los?«

»Du hättest mit mir reden können.« Die Hände in die Seiten gestemmt, drehte sich Pam zu ihr um. »Du hättest es mir erzählen können.«

»Was hätte ich dir erzählen können?«

»Alles, was du gerade der Polizistin gesagt hast! Dass du

nicht glaubst, dass Johannes Ebner Wyn umgebracht hat. Dass du denkst, dass es einer von den Hughes war. Wie konntest du das all die Jahre denken und für dich behalten? Wie konntest du mit denen befreundet sein und so etwas denken?«

»Ich ... ich habe gestern versucht, es dir zu sagen! Und wir waren nicht wirklich befreundet ... Aber ich wusste es nicht, Pam! Ich konnte vorher nicht darüber reden. Ich konnte nie darüber reden, und darum ... vielleicht konnte ich es deshalb nie vergessen. Und erst jetzt, wo man sie gefunden hat, kann ich durch den Fundort vielleicht endlich beweisen, dass es nicht Johannes war.«

Ihr verzweifelter Tonfall ließ Pam zögern, doch dann verschränkte sie die Arme und schüttelte den Kopf.

»Er war es, Frances. Natürlich war er es! Er war auf der Flucht, ein verzweifelter Mann. Das hast du selbst gesagt. Er hat sich genau dort versteckt, wo Wyn umgebracht wurde ... vielleicht dachte er, sie wollte ihn irgendwie verraten? Das weißt du doch gar nicht!«

»Ich weiß es, Pam. Es steckt mehr dahinter. Etwas, was ich nicht richtig zu fassen bekomme. Aber an das ich mich unbedingt erinnern muss.« Frances stützte den Kopf in die Hände, und Pam sah sie mitfühlend an.

»An was musst du dich erinnern?«, fragte sie sanft.

»Ich weiß es nicht.«

»Oh, Frances!« Pam setzte sich neben sie und nahm ihre Hand. »Du hättest jederzeit mit mir reden können. Ich weiß, du und deine Mum, ihr kommt nicht immer gut miteinander aus, aber wir zwei verstehen uns doch, oder etwa nicht?«

»Doch, natürlich.«

»Du hättest mir alles erzählen können, und ich hätte nie etwas Schlechtes von dir gedacht.«

»Das kannst du nicht sagen. Das weißt du nicht.« Frances

holte tief Luft. »Ich muss los. Ich muss eine Beschreibung von Davy abgeben, und … Carys besuchen«, sagte sie und stand auf.

»Aber du bist doch zum Abendessen zurück?«

»Ich habe keinen Hunger.«

»Warte, Frances.« Pam stand ebenfalls auf. »Alles, was wir wollten – Cecily und ich, und deine Mum und dein Dad –, wir wollten nur, dass sich dein Leben nicht nur um diese eine Sache dreht. Das Verschwinden von Wyn, meine ich. Dass sie auf diese Weise umgekommen ist. Wir wollten nur, dass du nach vorn schauen, dein Leben leben und glücklich sein kannst. Und … es tut mir so leid, dass uns das nicht gelungen ist.«

»Das konntet ihr doch gar nicht«, sagte Frances überrascht. Sie zog Pam an sich und umarmte sie. »Das hättet ihr niemals gekonnt.«

Nachdem sie erst bei sich zu Hause und dann in den Trümmern am Springfield Place nachgesehen hatte, fuhr Frances mit unterschiedlichen Bussen zu so vielen Auffanglagern wie möglich, hinterließ Beschreibungen von Davy und fand keinen einzigen Hinweis. Die Zentren leerten sich allmählich, weil die Menschen bei Freunden und Verwandten unterkamen oder eine neue Bleibe fanden. Die Erkenntnis, dass die Bomben beseitigt wurden und das Leben weiterging, verstärkte Frances' Verzweiflung darüber, dass Davy immer noch vermisst wurde. Als sie zum Beechen Cliff Place ging, um Carys und Nora Hughes ihr Versagen zu gestehen, war ihr übel vor Angst. Carys schien jedoch zu erschöpft zu sein, zu unsicher, um sie wie sonst lauthals zu beschimpfen.

»Pack mit an«, sagte sie ausdruckslos. »Mach dich nützlich. Übermorgen wird das Haus abgerissen.« Frances zögerte. Es war schon spät, zwischen den Häusern und Trümmern lagen dunkle Schatten. Sie wollte gehen und gestand sich ein, dass sie weitaus lieber nach Owen gesehen hätte, als hier bei seiner Schwester zu bleiben. Sie hatte ihn den ganzen Tag nicht gesehen, und die Zeit war ihr lang erschienen. Doch Carys starrte sie finster an, also nickte sie.

»In Ordnung. Ein bisschen kann ich dir helfen.«

Sie fingen in Carys' und Clives Schlafzimmer an und packten schweigend Kartons und Taschen. Als Frances draußen ein Geräusch vernahm, sah sie vom Fenster aus Fred Noyle, der, noch immer mit der Gasmaske vor dem Gesicht, im Vorgarten die verstreuten Überreste durchsuchte. Er ging der Aufgabe eher halbherzig nach, trat wütend mit dem Fuß gegen die Trümmer, beugte sich ab und an hinunter oder warf einen Stein zur Seite. Mit der Maske sah er wie ein merkwürdiger Zwerg aus einem finsteren Märchen aus. *Es wurde jeder Stein umgedreht.* Wieder hörte Frances in ihrem Kopf leise die Worte des Polizisten. Sie sah den feuchten Platz mit den Sonnenstreifen vor sich, doch diesmal verband sie damit das Gefühl panischer Suche. Vielleicht mischte sich die Erinnerung mit der Suche nach Davy – alte Gefühle wurden durch die aktuelle Lage aufs Neue geweckt. Sie schüttelte sich und konnte sich keinen Reim darauf machen.

»Hat Fred Angst vor einem Gasangriff?«, fragte sie, um in die Realität zurückzukehren.

Carys hielt inne und richtete sich auf. Sie hatte Decken und verschiedene andere Sachen unter dem Bett hervorgezogen – ihren Nähkorb, ein Einkaufsnetz mit abgelegten Kinderkleidern, eine Kiste mit leeren Einmachgläsern.

»Was?«, fragte sie.

»Fred hat immer die Gasmaske auf. Hat er Angst, dass die Deutschen Gasbomben werfen?«

»Er trägt sie einfach gern«, antwortete Carys. Ihr Gesicht

war dunkelrot vom Hinunterbeugen, dünne Haarsträhnen fielen ihr in die Stirn. Sie schwankte und machte einen ungelenken Schritt zur Seite. War ihr schwindelig vom Hochkommen, oder hatte sie getrunken?

»Wohin wirst du ziehen?«

»Fürs Erste zu Mom und Dad. Danach … keine Ahnung. Morgen kommt jemand mit Pferd und Wagen und holt den ganzen Krempel ab. In der Brauerei, in der Dad arbeitet, gibt es einen leeren Schuppen. Da kann ich das Zeug unterstellen.«

»Das ist gut. Hat dein Dad das geklärt?«

»Meine Mum«, sagte Carys kopfschüttelnd. »Von Dad haben wir seit dem Wochenende nichts mehr gehört.«

»Oh«, sagte Frances. Carys schien sich keinerlei Sorgen um ihn zu machen. Vielleicht war es normal, dass er tagelang verschwand. Vielleicht hofften sie sogar, dass er nie mehr wiederkam. »Hast du in letzter Zeit was von Terry und Howard gehört?«, fragte sie. Carys' andere zwei Söhne waren beim Militär, ebenso wie Frances' Bruder Keith. Keith war als Maschineningenieur unten in Algier stationiert und reparierte alle Arten von Militärfahrzeugen. Anders als die Noyle-Brüder war er nicht an der Front. Terry Noyle war erst siebzehn und hatte sich älter gemacht, um mitgehen zu können, als Howard eingezogen wurde. Jetzt wartete Carys, ebenso wie Susan Elliot, voller Ungeduld auf Briefe, die in der Handschrift ihrer Söhne adressiert waren, und fürchtete zutiefst, ein Telegramm zu erhalten.

»Ja. Sie schreiben«, sagte Carys. »Mach weiter, ja? Wenn du da herumstehst und aus dem Fenster glotzt, bist du mir keine Hilfe.« Frances gab es auf, weiter über dieses Thema zu sprechen.

Wieder zog Carys Sachen unter dem Bett hervor, Frances

wickelte den Inhalt der Kommode in Zeitungspapier und packte ihn in eine alte Teekiste. Es war beunruhigend zu wissen, dass das Zimmer, in dem sie gerade stand, nicht mehr lange existieren würde. Die Nummer dreiunddreißig, in die sie sich mit Wyn geschlichen hatte, um Carys' Korsetts anzuprobieren – damals, als Carys noch eine Schönheit gewesen war, Wyn noch am Leben und Frances ein schüchternes Kind, das sich an der Tür herumdrückte. Beim Tod von Tante Ivy hatten Carys und Clive den Mietvertrag übernommen, obwohl sie daran gestorben war, dass Rauch durch den rissigen Kaminschacht ins Schlafzimmer eingedrungen war. Clive hatte die notwendigen Reparaturen durchgeführt. Man konnte nicht warten, bis die Besitzer sich um derartige Dinge kümmerten. Doch jetzt war das Gebäude laut Bauinspektor der Gemeinde einsturzgefährdet. In der Wand, die das Haus mit der Nummer zweiunddreißig verbunden hatte, klaffte ein tiefer Riss, in den Frances beide Fäuste hätte stecken können. Sorgfältig achtete sie auf jede Bewegung – darauf, ob sich etwas verschob oder absackte, und auf jedes ungewöhnliche Geräusch.

Sie öffnete eine Schublade und holte Clives Kamm, Rasierpinsel und Rasierer heraus, zögerte jedoch, die Sachen einzupacken. Sie drehte sich um und holte Luft, um zu fragen, ob sie sie draußen lassen sollte, falls Carys sie an sich nehmen wollte, doch die Worte kamen ihr nicht über die Lippen. Sie hatte keine Ahnung, wann Clive zum letzten Mal in Bath gewesen war, wann er das letzte Mal seine Frau und die beiden Söhne, die noch zu Hause waren, besucht hatte, und sie wollte Carys nicht daran erinnern. Sie betrachtete Carys' breite Hüften und ihren Rücken, als sie sich nach etwas bückte. Am Ende hatte sie sieben Kinder von Clive zur Welt gebracht, nicht die zehn, die er gern gehabt hätte. Zwei waren im Kindesalter gestorben, und drei weitere Schwangerschaften hatten in späten Fehlgeburten geendet. So blieben von zwölf Kindern, die sie gezeugt hatten, nur fünf übrig – vielleicht nur vier, wenn Davy nicht wiederkam. Wenn Terry oder Howard im Krieg fielen, wäre nur Fred übrig, der mit seiner Gasmaske umherschlich, und die kleine Denise, die bei Owen und Maggie lebte. Vielleicht würde Carys Denise dann zurückhaben wollen. Frances fand es dem Kind gegenüber grausam – es wie ein Paket abzugeben. Genau, wie sie Davy bei den Landys abgegeben hatte, als sie ihn das letzte Mal sah. Der Gedanke erschreckte sie, und in bedrücktem Schweigen packte sie Clives Kamm und Rasierzeug ein.

Alles war schmutzig, und der Schmutz stammte nicht nur von den Bombardierungen. Auf allem lag eine Staubschicht, die der schmierige Kohlenstaub festkleben ließ. Es hatte sich schon lange niemand mehr um das Haus gekümmert, es war ebenso vernachlässigt worden wie Davy. Frances hatte dreckige Hände und sehnte sich danach, sie zu waschen, alle Spuren dieses Ortes zu beseitigen – die Zeugnisse von Clive und seinen abwesenden Kindern und von Carys' Zerfall. Aus derselben Schublade zog Frances eine Schüssel aus Pressglas hervor, in der sich alles Mögliche befand: stumpfe Rasierklingen, eine verbogene Krawattennadel, einige einfache Hemdknöpfe. Sie wollte die Schale gerade einpacken, als ihr Blick auf einen bemalten Knopf fiel – ein Kinderknopf aus Holz. Er passte nicht zum Rest, und als sie versuchte, die Zeichnung zu erkennen – grün, rot und schwarz –, entdeckte sie noch etwas anderes. Sie erstarrte. Abgeplatzte gelbe Farbe, etwas Grün und eine Form, die ihr so vertraut war, dass ihr der Atem stockte. Eine kleine Brosche in Form eines Narzissenstraußes, genau wie die, die sie Wyn zum letzten Weihnachtsfest geschenkt hatte. Vorsichtig nahm sie sie in die

Hand. Sie erschien ihr kleiner als die, die sie für Wyn gekauft hatte – oder waren ihre Hände jetzt einfach nur so viel größer? Frances drehte sie um. Die Rückseite bestand aus einfachem Metall, vom Gebrauch war die Nadel ein wenig verbogen. Es konnte nicht dieselbe sein, natürlich nicht. Ihre Finger zitterten leicht. Doch als sie die Brosche erneut umdrehte, bemerkte sie eine Linie auf einem der Blätter – es war verbogen gewesen, und die Farbe hatte einen Riss bekommen. Owen hatte sein Bestes getan, es wieder zurückzubiegen, doch der Schaden blieb sichtbar. Frances wusste genau, wann und wie das passiert war.

Das Zimmer um sie herum verschwamm, und ihre Haut kribbelte, als würde jemand direkt hinter ihr stehen. Die Brosche fühlte sich plötzlich zu schwer in ihrer Hand an. Keuchend und fluchend kroch Carys unter dem Bett hervor, stand auf und schob ihr Haar zurück. »So!«, sagte sie. »Das ist der Rest. Was hast du?« Doch Frances konnte nicht antworten. Sie hielt ihr nur die Brosche hin, und einen Moment schwiegen beide. Carys' keuchender Atem roch nach Gin und Zigaretten. Mit verlorenem Blick und zusammengezogenen Brauen betrachtete sie die Brosche. Frances konnte kaum atmen, sie hatte das Gefühl, hinter ihren Rippen wäre eine Blase, die jeden Moment platzen konnte. Schließlich sah Carys mit wachsamem Blick zu ihr hoch. »Wyns alte Brosche«, sagte sie gleichgültig.

»Ich …«, sagte Frances und schluckte. »Ich dachte, von ihren Sachen wäre nichts mehr da. Ich dachte, dein Dad hätte alles entsorgt. Was macht die hier? Sie war … sie hat sie immer getragen. Immer.«

»Nicht immer«, sagte Carys. »Unsere Denise hat sie irgendwann gefunden, und ich sagte ihr, sie könne sie behalten. Wyn hätte nichts dagegen gehabt.«

»Wo hat sie sie gefunden?«

»Woher soll ich das denn wissen? Du weißt doch, wie Kinder sind. In ihrem Zimmer, nehme ich an – das früher mein Zimmer war. Ihr zwei habt da doch ständig herumgewühlt, wahrscheinlich hat sie sie dabei irgendwann verloren.«

»Aber sie … sie hat sie *immer* getragen. Wenn sie sie verloren hätte, hätte sie etwas gesagt«, widersprach Frances.

»Nun, offensichtlich ja nicht«, schnappte Carys. »Jetzt pack sie zu dem Rest, dann lass uns Schluss machen.« Doch Frances schüttelte den Kopf und schloss die Hand um die Brosche. Die Metallränder schnitten ihr in die Haut.

»Ich behalte sie. Wenn sie jetzt Denise gehört, gebe ich sie ihr zurück. Ich kann sie ja Owen für sie mitgeben.« Einen Moment starrten sie einander an, und Frances versuchte, Carys' Miene zu deuten. Irgendwo tief in ihren Augen, hinter der Maske aus Alkohol und Wut, meinte Frances, Angst aufflackern zu sehen. Carys bedrängte Frances nicht, sie versuchte nicht, die Brosche an sich zu nehmen. Sie warf noch nicht einmal mehr einen Blick darauf, und sie widersprach auch nicht.

»Dann nimm sie. Mir doch egal.« Carys nahm die Kiste mit den Einmachgläsern und ging in Richtung Treppe.

Mechanisch und mit langsamen Bewegungen packte Frances zu Ende. Sie hörte, wie Carys nach Fred rief, damit er ihr half. Als sie hinausblickte, sah sie, wie er die Gasmaske abnahm und sich mit den Fingern durch das verschwitzte Haar fuhr. Das Zimmer fühlte sich merkwürdig an, selbst die Luft, die sie atmete. Ihr Kopf schmerzte, und wo immer sie hinsah, sah sie Wyn vor sich, die sich von ihr entfernte, die Sonne schien auf ihr Haar, und ihr Körper stand vor Wut unter Spannung. Wann war das gewesen? Warum war Wyn wütend gewesen, wohin war sie gegangen, und warum war

Frances nicht mit ihr gegangen? Der Erinnerung auf die Spur zu kommen war, als versuchte sie, auf ihren eigenen Schatten zu treten. Sie umfasste die Brosche so fest, bis es zu schmerzen begann, und als sie die Hand wieder öffnete, hatte sie kleine blutige Schnitte in der Handfläche hinterlassen. Der Anblick ließ die Erinnerung deutlicher hervortreten. Sie erinnerte sich, was sie zu Wyn hatte sagen wollen, als diese wegging. Die Worte hatten ihr auf der Zunge gelegen, aber irgendwie hatte sie sie nicht ausgesprochen. *Komm zurück, Wyn!* Ein verzweifelter Schrei, doch sie hatte kein Wort gesagt.

»Komm zurück«, flüsterte sie und strich mit der Fingerspitze über die gelben Blumen. Doch es war viel zu spät.

Als sie etwas später nach unten ging, saß Carys mit einer Flasche und einem Glas am Küchentisch. Obwohl das Glas leer war, hielt sie es fest umklammert. Frances wusste nicht, wie lange sie oben gewesen war, doch draußen war es bereits dunkel. Sie hatte keine Ahnung, wie viel Carys in der Zwischenzeit getrunken hatte. Sie wirkte ruhiger, abwesend, schläfrig, und weil sie schon so lange trank, musste sie einiges konsumiert haben, um diesen Zustand zu erlangen. Er war kritisch. Frances stand vor ihr, Wyns Brosche in der Tasche.

»Was ist mit Davy?«, fragte Carys und sah mit trüben Augen zu ihr hoch. »Was ist mit ihm?«

»Ich finde ihn«, sagte Frances.

»Ha! Einen Teufel wirst du tun.« Carys lallte. »Er ist *tot*. Du … du hast ihn im Stich gelassen, und er ist tot.« Frances schwieg. Alle Fragen, die sie ihr hatte stellen wollen, wurden plötzlich von dem klaren Bild von Davys winziger Hand in ihrer verdrängt, von dem Duft, als sie ihn gebadet hatte. Von dem Bild, wie sein Gesicht sich manchmal aufgehellt hatte, wenn sie etwas entdeckte, das ihm gefiel – ein ganz und gar rundes Vogelnest, das mit Moos ausgelegt war. Ein Igel, der in den Magdalen Gardens nach Futter suchte. Eine besonders große Erdbeere aus einem der Schrebergärten in Alexandra Park.

»Bitte sag das nicht«, stieß sie schließlich hervor. »Er ist nicht tot. Er ist weggelaufen …«

»Ich sage das, weil es stimmt!«, erwiderte Carys bitter. »Nicht wie Mum, die sich die ganzen verdammten Jahre daran festgehalten hat, dass Wyn noch irgendwo lebt. Nein, ich glaube, mein Davy ist tot. Ich glaube, er ist von der Bombe getroffen worden. Weil du nicht auf ihn aufgepasst hast. Das denke ich.«

»Carys …«

»Was? Was gibt es da zu beschönigen?« Carys schwankte leicht auf dem Stuhl, ihre Augen glänzten. Sie griff nach der Flasche und versuchte, sich noch einen Schluck einzuschenken, kippte aber den Großteil daneben. »Was willst du sagen?« Die Worte waren kaum zu verstehen.

»Suchst du deshalb noch nicht einmal nach ihm? Weil du ihn aufgegeben hast?«, fragte Frances, und allmählich stieg Wut in ihr auf. »Du bist doch angeblich seine Mutter …«

»Ich *bin* seine Mutter!« Carys schlug mit der flachen Hand auf den Tisch. »Und was verstehst du denn schon vom Muttersein? Hä?« Sie warf Frances einen derart bösen Blick zu, dass Frances wegsehen musste. »Ich habe gehört, dein Mann hat dich rausgeworfen, weil du noch nicht einmal Kinder kriegen kannst. Denk ja nicht, du wärst eine bessere Mutter für meinen Jungen als ich. Das bist du nicht. Du hast doch überhaupt keine Ahnung!«

»Er … so war das nicht«, sagte Frances zitternd. Ihr Hals war ganz trocken, und sie versuchte zu schlucken. »Ich weiß, dass ich nicht Davys Mutter bin, aber ich … ich liebe ihn.

Und ich werde ihn finden. Ich gebe nicht auf«, sagte sie. Carys knurrte und kippte den Gin hinunter.

»Gut«, nuschelte sie und atmete schwer. »Gut. Nur zu. Ich hoffe, es macht dein Leben kaputt, so wie du meins kaputt gemacht hast.«

1918

Pst, kleine Schwestern!« Der bleiche Mann, der vermutlich wohl doch kein Geist war, redete seltsam – in einem fremden Rhythmus, und sehr schnell. Frances blieb in sicherem Abstand stehen und hielt Wyns Hand. Sie war immer noch bereit, jeden Moment davonzulaufen, sollte er einen Schritt auf sie zu machen. Doch das tat er nicht. Sie starrten sich eine Weile an, als bräuchten beide Seiten Zeit zu entscheiden, ob sie Freund oder Feind waren. Als Wyn wieder atmen konnte und sich ihre Schultern entspannten, wandte sie sich an Frances.

»Er sieht nicht aus wie ein Leprakranker«, stellte sie fest.

»Oder wie ein Geist«, stimmte Frances vorsichtig zu.

»*Ein Geist?* Habt ihr gedacht, ich wäre ein Geist?«, fragte der Mann und reckte den Kopf wie ein Vogel. Er verschwand vom Fenster und öffnete die Tür.

»Natürlich nicht«, sagte Wyn mit eindrucksvoller Verachtung. »Aber … haben Sie welche dort drin gesehen?«

»Nein.« Ohne sie einen Moment aus den Augen zu lassen, schüttelte er schnell den Kopf. »Hier gibt es keine Geister. Nur die Spinnen und mich.«

»Keine Leprakranken?«, fragte Wyn.

»Lepra? Was ist das?«

»Ach, egal«, sagte Wyn mit einem leisen Seufzen. Sie wandte sich wieder an Frances: »Das ist nur ein Mensch«, erklärte sie zutiefst enttäuscht, während Frances zutiefst erleichtert war. »Was machen wir jetzt?«, fragte sie. Wenn jemand im Leprakrankenhaus wohnte, war es nicht mehr sehr geheimnisvoll, es war einfach nur ein Haus. »Sollen wir gehen?«, fragte Frances. Wyn dachte nach.

»Wir könnten es uns trotzdem ansehen«, sagte sie. »Von den Jungen ist noch nie einer dort drin gewesen, hat Owen gesagt.« Wyn linste zu dem Mann im Eingang. »Dürfen wir reinkommen?«, fragte sie. Das Gesicht des Mannes zuckte nervös, er schluckte und schien einen Moment nachzudenken.

»Habt ihr was zu essen?«, fragte er schließlich.

»Nein«, gab Wyn zu.

»Ach. Ja, kommt rein, kommt.«

Nachdem die Gefahr durch das Übernatürliche gebannt war, fand auch Frances es interessant, sich im Inneren des Hauses umzusehen. Sie hoffte, dass es noch wie damals aussah, als es das letzte Mal bewohnt worden war, was vermutlich bereits Jahrhunderte zurücklag. Sie hoffte, dass es unberührt war und alte Kleider, Tassen und Broschen oder sogar Knochen zu finden waren. Kleine alltägliche Schätze, die sie in die Hand nehmen und berühren, an denen sie riechen konnte. Doch das Gebäude war nur eine Hülle – zwei kleine Räume unten und zwei oben, leer bis auf all die mumifizierten Fliegen, einen Rattenschädel mit vorstehenden Zähnen und den durchdringenden Geruch nach Moder. Nur die gewundene Steintreppe ließ Spuren der mittelalterlichen Leprakranken erahnen, von denen Owen ihnen erzählt hatte. Als sie nach oben gingen, dachte Frances nicht mehr an Sporen, setzte die Füße jeweils an die tiefste Stelle der ausgetretenen Stufen und versuchte, eine Ahnung von jenen vergangenen

Leben zu bekommen. Oben spähten sie aus den schmalen, spitz zulaufenden Fenstern auf den Holloway hinaus.

»Ist es nicht seltsam, ausnahmsweise auf dieser Seite zu stehen und hinauszublicken?«, fragte Wyn. Es war, als befänden sie sich auf der falschen Seite eines Spiegels. In den oberen Räumen bestand der Boden aus nackten Holzdielen, die Einlegeböden der Wandschränke waren staubig und vom Holzbock zernagt. Alles andere war irgendwann gestohlen worden, und Frances spürte Wyns zunehmende Langeweile.

Sie gingen wieder nach unten, wo der merkwürdige Mann unruhig im Schuppen wartete, der deutlich neuer als der Rest war, obwohl auch er bereits zusammenfiel. Der Mann hatte sich ein Lager aus alten Zeitungen bereitet, davor stand eine verrostete Pflanzenöldose mit Wasser.

»Ihr sucht wohl etwas«, sagte er und kratzte sich am linken Handrücken, wo die Haut schorfig und gerötet war.

»Eigentlich nicht«, sagte Wyn. »Wir dachten, hier würde es vielleicht Geister geben, aber es gibt keine.«

»Nein. Nur mich.«

»Wie kommt es, dass Sie hier wohnen? Hier drin darf eigentlich niemand wohnen.«

»Ich wohne hier nicht, ich bin …« Er verstummte, schlang die Arme um seinen Körper und blickte sich um, als suchte er nach der Antwort. Er war sehr dünn, hatte helles Haar, braune Augen und schräge Wangenknochen in einem fast runden Gesicht. Der Kopf wirkte zu groß für seinen Körper. Er zuckte. »Ich bin nur ein Gast. Ich heiße Johannes. Habe ich euch nicht schon einmal gesehen? Ihr wart schon mal hier, oder?«

»Ja.« Wyn zuckte mit den Schultern. »Wir wollten nur mal nachschauen.«

»Wie heißt ihr?«, wollte er wissen, und Wyn lächelte, weil er das W wie ein F aussprach.

»Ich bin Bronwyn, aber alle nennen mich Wyn. Das ist Frances.« Sie deutete mit dem Daumen auf Frances, die sich, eingeschüchtert von dem Fremden, im Hintergrund hielt. Johannes lächelte, doch dann wich das Lächeln blitzschnell einer ängstlichen Miene. Sie hörten das Knarren eines vorbeifahrenden Karrens draußen auf dem Holloway und die erhobene Stimme des Kutschers, der das Pferd den Hang hinauftrieb. Johannes drängte sich zurück in die Ecke, rang nach Luft, warf wilde Blicke um sich, und Frances' Herz wurde weich. Wie konnte sie vor ihm Angst haben, wenn er selbst so verängstigt war? Wenn ihn ein vertrautes Geräusch wie ein Kaninchen zusammenzucken ließ? »Das ist nur ein Pferd mit einem Karren«, sagte sie. »Nichts, wovor man Angst haben muss.« Wyn legte den Kopf schief und musterte ihn.

»Verstecken Sie sich vor jemandem?«, fragte sie.

Johannes antwortete nicht gleich. Er beugte sich zu der alten Öldose hinunter und trank einen Schluck Wasser, dann wischte er sich mit dem schmutzigen Ärmel den Mund ab. Frances sah, dass sich in seinem Haar kleine Zweige und Gras verfangen hatten und der Schnürsenkel an einem der dreckverkrusteten Schuhe gerissen war. Er blickte sie an, drehte dann den Kopf zur Seite und schien mit sich zu ringen.

»Könnt ihr ein Geheimnis für euch behalten, kleine Schwestern?«, fragte er schließlich, blinzelte heftig und versuchte zu lächeln.

»Ja«, sagten sie wie aus einem Mund.

»Ich verstecke mich hier tatsächlich. Ich muss mich hier verstecken. Aber ich brauche etwas zu essen. Könnt ihr mir was bringen?«

»Vor wem verstecken Sie sich?«, fragte Wyn, während Frances bereits überlegte, was sie ihm zu essen bringen konnte. Das würde allerdings nicht einfach werden, da sie schon Essen für Wyn mitbringen musste. Sie bekam alles, was ihre Mutter ihr für zwischendurch reichte, und sie gab ihr ganzes Taschengeld für Wyn aus. Ob Wyn wohl teilen würde?

»Ich verstecke mich ... Ich verstecke mich vor Männern, die mich festnehmen und gefangen halten wollen«, sagte Johannes. Das war eigentlich keine richtige Antwort, dachte Frances, aber Wyn gab sich damit zufrieden, ihr Interesse wuchs, und ihre Fantasie tat ein Übriges.

»Dann sollten Sie sich besser nicht draußen blicken lassen«, sagte sie weise. »Wir kommen zurück und bringen Ihnen etwas.«

»Das macht ihr? Versprochen? Ich habe schon seit vielen Tagen nichts mehr gegessen.«

»Das habe ich doch gesagt, oder?«

»Ihr seid lieb ... ihr seid liebe Mädchen. Aber, bitte, ihr dürft mit niemandem über mich reden. Ihr müsst ganz still sein.« Er hob einen zitternden Finger an die Lippen. »Ihr müsst schweigen, kleine Schwestern.«

»Natürlich verraten wir nichts«, antwortete Wyn.

Als Erstes wollten sie versuchen, etwas aus Nora Hughes' Küche zu stehlen, da Wyn bereits die Schweinepastete von Frances' Mutter verschlungen hatte, die bis zum Abendessen reichen sollte. Doch das war riskant, und die Mission missglückte. Wie üblich saß Wyns Vater im Sessel zwischen dem Kamin und der Tür zum Hinterzimmer, und als sie an ihm vorbeischleichen wollten, streckte er die Hand aus, packte Frances am Handgelenk und blinzelte sie an wie eine Eule.

»Du siehst nicht aus, als wärst du eins von meinen Blagen«, sagte er. Als er sie berührte, erstarrte sie und hätte beinahe aufgeschrien. Es war das erste Mal, dass er sie überhaupt anfasste. Sie schaffte es, den Kopf zu schütteln. »Und? Von wem bist du dann?«, fragte er, doch Frances konnte nicht antworten. Ihr Kopf war komplett leer, und sie bekam kein Wort heraus, zu groß war die Angst, eine falsche Antwort zu geben. Sie starrte ihn nur mit offenem Mund an, bis Bill zu Wyn hinübersah.

»Ist die Göre nicht ganz richtig im Kopf?«, fragte er, und sein Akzent klang trotz der rauen Stimme noch immer irgendwie melodisch.

»Das ist meine Freundin Frances«, erklärte Wyn ihm, trat neben den Sessel und klopfte ihm leicht auf die Schulter. Bill sah Wyn mit trüben Augen an, und Frances erschrak, als sie dort Tränen entdeckte. Genau in dem Moment kam Carys mit einem Korb Wäsche herein und beobachtete, wie ihr Vater zärtlich mit dem Handrücken über Wyns Wange strich und ihr Kinn zwischen Zeigefinger und Daumen nahm.

»Meine schöne Tochter«, flüsterte er. Frances war sprachlos, und Carys' Gesicht verfinsterte sich. Bill zog Wyn auf seinen Schoß, umarmte sie fest und vergrub das Gesicht in ihrem Haar. Er schluchzte und wiegte sie sanft, und Wyn saß still, reglos und gehorsam in seinen Armen.

Nachdem er sie wieder losgelassen hatte, liefen Wyn und Frances zur Hintertür, doch Carys hielt sie auf.

»Rennt da draußen nicht rum und macht keinen Krach. Mum hat sich oben hingelegt, und Dad muss seinen Rausch ausschlafen.« Carys zögerte. »Du meinst vielleicht, du wärst sein Liebling, aber du bist absolut nichts Besonderes, Wyn«, fügte sie kühl hinzu. Wyn antwortete nicht. Mit wütender, verletzter Miene musterte sie ihre Schwester und wartete, was sie wohl als Nächstes sagen würde. Carys starrte auf sie hinunter und zuckte nicht mit der Wimper. »Du bist auch nicht besser als wir anderen. Du erinnerst ihn nur an *sie*. Und er ist betrunken, das ist alles. Hier«, sagte sie und schob ihnen mit dem Fuß ein Wäschebündel zu. »Bring das zu Grandma und wirf es hinten hin zum Waschen. Der arme Clive versucht immer noch, den Boden vom Waschhaus zu reparieren, und ich weiß nicht, wann ich da wieder rein kann. Dad sollte ihm helfen – aber das kann man wohl vergessen«, murmelte sie und steckte eine widerspenstige Locke zurück in ihren Dutt.

»Aber wir wollten gerade …«

»Keine Widerrede. Na los.« Carys verdrehte die Augen. »Mach dich ausnahmsweise einmal nützlich.«

Sie gehorchten und zerrten das schwere Bündel gemeinsam zum Parfitt's-Gebäude. Wyn war still und nachdenklich, und Frances machte sich Sorgen, dass die Molche nicht mehr kämen, wenn der Boden vom Waschhaus hinter dem Beechen Cliff Place erst repariert war. Sie ließen den Plan, Essen zu klauen, in stillschweigendem Einvernehmen fallen – wenn Carys da war, war es schwierig, und wenn Bill Hughes sie erwischte, geradezu gefährlich.

Auf einmal ohne Ziel, wanderten sie etwas ratlos hinunter zum Bath Deep Lock in Widcombe. Am oberen Schleusentor setzten sie sich auf das von der Sonne gewärmte Holz und sahen zu, wie das Wasser durch die Ritzen spritzte, über Schneisen aus Unkraut plätscherte und gut vier Meter unter ihnen in die leere Kammerschleuse floss. Frances war noch immer erschrocken, weil Wyns Vater sie gepackt hatte – über die Schnelligkeit und Kraft seines Arms. Und aufgewühlt von der Art, wie er Wyn umarmt und dabei geweint hatte. Er war so launisch, so unberechenbar. Sie hatte sich Sorgen gemacht, dass er Wyn in seinen Armen zerdrücken könnte. Es kam ihr vor, als müsste sie etwas dazu sagen – als wäre es falsch, einfach das Thema zu wechseln, als sei nichts gewesen. Doch sie wusste nicht, was sie sagen sollte.

Zunächst hatte Frances nicht weiter über Wyns Verletzungen nachgedacht – sie hatte selbst oft aufgeschürfte Knie und zerkratzte Ellbogen –, doch mit der Zeit begriff sie, dass meist Bill daran schuld war. Ebenso wie an Carys' ab und an aufgesprungener Lippe und den knallroten Wangen. Oder daran, dass Nora Hughes ziemlich regelmäßig ein blaues Auge hatte, sowie daran, dass Owen plötzlich weinend durchs Haus sprintete und schreiend mit den Türen knallte. Und dann gab es Zeiten, da schwankte Bill leicht im Stehen, roch nach Bier und wirkte irgendwie verloren, als hätte er keine Ahnung, wer oder wo er überhaupt war. Dann bugsierte Nora ihn in seinen Sessel und reichte ihm Tee, und manchmal weinte er, so wie heute. Das war für Frances das Schlimmste überhaupt – zu sehen, wie Tränen aus diesen harten Augen traten und durch die Bartstoppeln auf seinen Wangen rannen. Die Hughes-Kinder mussten ständig mit Prügel rechnen. Weil sie zu laut waren. Weil sie störten und herumtrampelten. Weil sie das letzte Blatt Toilettenpapier im Abort benutzt hatten. Für alles, das als Verschwendung galt – wie im Winter eine Tür zu öffnen und die kostbare Wärme hinauszulassen. Frances konnte sich einfach nicht vorstellen, wie es war, mit dieser ständigen Bedrohung zu leben.

Schweigend blickte Wyn auf das spritzende Kanalwasser, und Frances war ihretwegen bedrückt – wegen der schrecklichen Sache, die Carys gesagt hatte, und weil ihr Vater so merkwürdig und böse war.

»Carys ist manchmal wirklich grässlich«, sagte Frances in die Stille hinein. Wyn linste zu ihr hinüber und nickte. »Was hat sie denn damit gemeint, als sie sagte, du würdest deinen Dad an ›sie‹ erinnern? Wer ist *sie*?«

»Das darf ich eigentlich gar nicht wissen«, sagte Wyn und stützte das Kinn auf die angezogenen Knie. »Mum hat es Carys erzählt, als sie alt genug war. Sie meinte, sie hätte ein Recht, es zu erfahren, und es würde ihr helfen, einiges zu verstehen. Und dann hat Carys es mir erzählt, weil sie gemein ist und neidisch, weil ich Dads Liebling bin.«

»Was hat sie dir erzählt?«, fragte Frances, und Wyn schielte erneut zu ihr hinüber, und nur für eine Sekunde fühlte sich Frances unendlich weit von ihr entfernt. In Wyns Augen lag der Ausdruck einer Fremden, die sie unmöglich kennen konnte. So schnell, wie der Ausdruck auf ihrem Gesicht erschienen war, war er auch wieder verschwunden.

»Dad hatte vor uns schon eine andere Familie«, sagte Wyn.

»Wie meinst du das?«

»Wie ich es sage.« Wyn pflückte eine Narzisse und warf sie ins Wasser. Die gelbe Blume wirbelte kurz herum, dann riss das Wasser sie mit sich nach unten. »Nachdem Carys es mir erzählt hat, bin ich zu Tante Ivy gegangen, und sie hat mir alles erklärt.«

»Erzählst du es mir?«

»Okay. Aber du darfst es niemandem weitersagen.«

»Ich schwöre es«, sagte Frances.

»Als er jung war, lebte Dad auf einem Gut in den walisischen Hügeln und war mit einer Frau namens Kathleen verheiratet. Sie liebten sich seit ihrer Kindheit, und nachdem sie geheiratet hatten, bekamen sie drei Kinder, die Emlyn, Gavin und Genevieve hießen. Die Jungen hatten dunkles Haar wie Dad, Genny war blond wie Kathleen. Und wie ich. Dann sind in einem Jahr alle gestorben. Alle außer Dad. Emlyn war elf und Gavin acht, als beide an Grippe starben.

Dann ertrank die sechsjährige Genny bei einem Unfall in dem Fluss, der am Gut vorbeifloss, woraufhin Kathleen sich aus Kummer erhängte.«

Wyn verstummte, doch Frances wusste nicht, was sie sagen sollte. Die Geschichte machte sie sprachlos. »Anschließend ging Dad aus Wales fort und kehrte nie mehr zurück. Er kam her, heiratete Mum und bekam uns.« Wyn zuckte mit den Schultern und pflückte eine weitere Narzisse, um sie zu zerstören. »Einmal habe ich gehört, wie Carys Mum fragte, ob Dad seine erste Familie lieber hätte als uns«, berichtete Wyn.

»Was hat deine Mum gesagt?«

»Nichts. Sie waren beide ganz still.« Frances dachte einen Moment darüber nach und sagte nichts. Es musste so schrecklich sein für Wyn und Carys, für Owen und die kleine Annie. Und für Mrs. Hughes. Sie fragte sich, ob sie Bill Hughes bei ihrer nächsten Begegnung mit anderen Augen sehen würde, nachdem sie jetzt von dem anderen Leben wusste, das er geführt hatte, und von all seinem Kummer. Es war eine sehr merkwürdige Vorstellung. Es fühlte sich unsicher an, wie irgendwo ganz weit oben zu stehen und in die Tiefe zu blicken. Sie hatte deshalb ein schlechtes Gewissen, aber sie war froh, dass es nicht die Geschichte *ihres* Vaters war.

Am nächsten Tag wurde Bill Hughes festgenommen, weil er sich bei der Arbeit geprügelt hatte, und als Frances aus der Schule nach Hause kam, hörte sie, wie ihre Eltern in der Küche darüber sprachen, ob sie ihr den Umgang mit Wyn verbieten sollten. Frances hielt die Luft an und lauschte, ihr Herz schlug ängstlich.

»Aber, Susan, die arme Bronwyn kann doch nichts für den Mann«, sagte ihr Vater.

»Natürlich nicht, und das sage ich ja auch gar nicht, Derek. Ich weiß, dass das Kind keine Schuld trifft. Aber Bill Hughes ist ein mieser Kerl, und seine jüngste Tat beweist das nur. Er hat dem Mann mit einem einzigen Schlag den Kiefer gebrochen – angeblich hat er ihn beleidigt, was aber offenbar gar nicht so gemeint war, wie ich hörte.«

»Jetzt wird er dem Richter vorgeführt und bekommt mit Sicherheit eine Ordnungsstrafe. Vielleicht bringt ihn das ja etwas zur Vernunft. Er kann es sich schließlich nicht leisten, einfach so weiterzumachen.«

»Aber es ist ja nicht das erste Mal. Das weißt du doch auch. Ich habe gehört, dass Frank Little ihn nur deshalb nicht aus der Brauerei wirft, weil er zu viel Angst hat, ihn zu entlassen.« Es folgte eine lange Pause.

»Aber für die Mädchen ist er nicht gefährlich, oder? Das kannst du doch nicht denken«, sagte Derek.

»Ich weiß nicht. Ich weiß es einfach nicht«, antwortete Susan. Wieder schwiegen sie.

»Es würde unserem Mädchen das Herz brechen, wenn sie nicht mehr mit Wyn spielen dürfte«, sagte Derek. »Das können wir ihr nicht antun, Sue. Die beiden sind unzertrennlich.« Und obwohl ihre Mutter seufzte, schien die Unterhaltung damit beendet zu sein.

Frances war schwindelig vor Erleichterung, doch sie war auch beunruhigt. Sie war sich keineswegs sicher, ob Bill Hughes nicht eine Gefahr für sie darstellte. Ihre Mutter schlug sie nur, wenn Frances etwas wirklich Schlimmes angestellt hatte – und das tat sie normalerweise nur aus Versehen. Wie das eine Mal, als sie Kiesel in das Fallrohr des Aborts gefüllt hatte, um zu sehen, was passierte, und der Abort daraufhin überlief. Ihr Vater hatte sie noch nie geschlagen, und sie konnte sich nicht vorstellen, mit dem Wissen zu leben, dass er es jeden Moment und völlig grundlos tun konnte. Umso mehr verstand sie, was Pam über Wyn gesagt hatte.

Dass ihre Furchtlosigkeit lebensnotwendig war, und sie konnte sich gut vorstellen, dass der Arbeitgeber von Bill Hughes zu viel Angst hatte, ihn zu entlassen. Frances kam es vor, als gäbe es nur zwei Menschen, die keine Angst vor Bill Hughes hatten – der eine war Wyn, der andere Clive Noyle.

Frances empfand Mitleid mit Clive. Er hatte Mr. Hughes um Erlaubnis fragen müssen, sich mit Carys zu verloben, und wenn er seine Liebste heiratete, bekam er einen schrecklichen Mann zum Schwiegervater. Aber wie durch ein Wunder schien Clive sich nicht viel daraus zu machen. Er sprach mit Mr. Hughes in demselben fröhlichen, entspannten Ton, in dem er mit allen sprach, was Frances jedes Mal erstaunte. Clive war kein Hughes. Vielleicht wusste er nicht, was passierte, wenn Mr. Hughes einen Grund fand, wütend zu werden. Vielleicht sollte ihn jemand warnen, doch das war nicht ihre Aufgabe.

»Alles in Ordnung, Mister H.?«, grüßte Clive ihn fröhlich, wenn sie sich vor dem Haus oder im Wohnzimmer begegneten. Dann fügte er so etwas hinzu wie: »Wie geht es Ihrer lieben Frau heute?«, worauf er für gewöhnlich keine Antwort erhielt. »Wenn Sie möchten, repariere ich das für Sie«, sagte Clive, blickte hinauf zu einem Loch im Dach oder hinunter auf eine verfaulte Bodendiele oder in den Kaminschacht, wenn der nicht zog. »Das dauert nicht lange.«

»Kümmere dich um deine eigenen verdammten Angelegenheiten.«

»Da haben Sie recht, das sollte ich wohl tun, Mister H.« Und wenn Clive merkte, dass Frances ihn beobachtete, rollte er mit den Augen und zwinkerte ihr zu. Frances fand diese Behandlung ziemlich unfair, schließlich versuchte Clive nur zu helfen. Sie wünschte, er würde ihr einmal seine Hilfe anbieten, damit sie sie annehmen und sich dafür bedanken konnte. Doch wenn er das tatsächlich täte, würde sie zweifellos rot anlaufen und sich scheu abwenden. Mit Wyn hatte Frances allerdings kein Mitleid. Es war unmöglich, Mitleid mit Wyn zu haben, die sich um nichts zu scheren schien, außer um ihren knurrenden Magen. Sie hatte niemals Angst, und sie tat sich niemals leid. Überrascht stellte Frances fest, dass sie jedoch manchmal Mitleid mit Carys hatte. Carys war nicht immer gemein, und Frances vermutete, dass sie tief im Inneren nett sein musste, weil Clive sie anhimmelte. Doch Wyn war eindeutig der Liebling ihres Vaters, und niemand konnte Carys verübeln, dass sie deshalb verärgert war. Es war schrecklich, dass die wenigen zärtlichen Momente nur einem seiner Sprösslinge vorbehalten waren. An einem Samstag sah Frances Carys und Nora am Fuß des Holloway – sie kamen aus dem Workman's Rest, als Frances vor dem Lebensmittelladen auf ihre Mutter wartete, die Waschmittel und Puddingpulver kaufte. Carys schluchzte und hielt sich die Nase.

»Das meint er nicht so, Liebes«, sagte Nora und versuchte, die Verletzung zu untersuchen. Frances hoffte, dass sie vorbei waren, ehe ihre Mutter herauskam und sah, was Bill Hughes wieder angerichtet hatte.

»Doch, verdammt! Das meint er so«, widersprach Carys. Sie hatte kein Taschentuch, darum wischte sie sich die Nase mit dem Ärmel ab, der daraufhin blutbefleckt und voll Rotz war. »Wir können doch nichts dafür, dass sie alle gestorben sind. Es ist doch nicht unsere verdammte Schuld, dass wir nicht sie sind! Warum hat er uns überhaupt bekommen?«

»Bald bist du weg, dann bist du ihn los«, sagte Nora traurig. Frances versuchte, mit der Mauer zu verschmelzen, doch Carys entdeckte sie und warf ihr einen hasserfüllten Blick zu. Carys hatte ziemlich viel von Bill Hughes geerbt, und sein Furcht einflößender Blick gehörte dazu.

Wyn weinte fast nie, darum war es erschreckend, wenn sie es einmal tat. Wie an dem Tag, an dem sie wieder zu Johannes gehen wollten, um ihm das wenige Essen zu bringen, das Frances für ihn besorgt hatte. Es war drei Tage her, dass sie ihm zum ersten Mal begegnet waren, und Frances machte sich Sorgen, dass er inzwischen vor Hunger gestorben war. Sie spürte, wie die Verantwortung auf ihr lastete, weil sie gesagt hatten, sie würden zurückkommen. Wyn war weniger beunruhigt, machte sich weniger Gedanken. Sie wog fast nichts – war nur Haut und Knochen und ein Band aus blondem Haar. Anderer Leute Hunger war nicht ihre größte Sorge. Als Frances nach ihr rief, kam sie gerade in dem Moment aus dem Hinterzimmer angerannt, in dem ihr Vater die Treppe herunterkam. Sie stieß halb mit ihm zusammen, rappelte sich jedoch schnell wieder auf, woraufhin er sie zur Seite stieß. Nicht sehr fest, aber fest genug, dass sie stürzte. Frances sah es mit Schrecken. Mit einem Riesenkrach knallte Wyn gegen den Kamin und in das Kaminbesteck und verzog vor Schmerz das Gesicht, als sie mit den hervorstehenden Knochen in ihrem Nacken gegen die Kaminkante prallte. Doch sie gab keinen Laut von sich. Bill ging zum Sessel und setzte sich, als wäre nichts passiert. Er würdigte Wyn keines Blickes. Mit weißem Gesicht und leerem Blick stand Wyn auf und trottete an Frances vorbei aus dem Haus.

»Wyn! Ist alles in Ordnung?«, fragte Frances und folgte ihrer Freundin. Wyn nickte, rieb sich jedoch den Nacken und sah ziemlich blass aus. Nachdem Frances die Geschichte von Mr. Hughes' erster Familie gehört hatte, versuchte sie, Mitgefühl mit ihm zu haben. Doch obwohl sie Mitgefühl für den Bill Hughes aus der Geschichte empfand, ließ sich das nicht auf den Bill Hughes übertragen, den sie jetzt kannte – der mit wirrem schwarzem Haar, eiskaltem Blick und lockeren Fäusten im Sessel neben dem Kamin saß. Der seine Tochter – seine Lieblingstochter – völlig grundlos quer durchs Zimmer schleuderte. Im Grunde hasste sie ihn, und sie hatte Angst. Bis zu diesem Moment hatte Wyn immer so stark, so unverwüstlich gewirkt. Doch auf der Hälfte des Holloway blieb Wyn stehen, blickte nach unten und brach in Tränen aus. »Tut es sehr weh?«, fragte Frances erschrocken. Wyn durfte nicht weinen.

»Sieh doch nur! Sie ist hin!«, sagte Wyn. »Ich habe sie kaputt gemacht.« Sie blickte auf die Narzissenbrosche hinunter. Eins der Blätter war bei dem Sturz verbogen, und an dem Knick war die Farbe abgeblättert.

»Oh! Ach, das bringen wir wieder in Ordnung. Ich bin mir sicher, dass man das reparieren kann«, sagte Frances und registrierte, dass Wyn gesagt hatte »*Ich* habe sie kaputt gemacht«, nicht »*Er* hat sie kaputt gemacht«. Wyn schluchzte und schwieg. »Wir fragen Owen – er wird uns helfen«, sagte Frances.

Noch immer den Blick nach unten gerichtet, strich Wyn mit den Fingern der linken Hand über das umgeknickte Blatt der Brosche und ging weiter. Frances lief neben ihr her. Wenn sie doch nur wüsste, was sie sagen, wie sie ihrer Freundin helfen könnte. Schweigend kletterten sie über die Mauer in den Hof des Leprakrankenhauses, und schweigend klopften sie an die Hintertür und traten ein. Drinnen roch es nach Schweiß und etwas Widerlichem. Der Geruch war schwach, aber furchtbar unangenehm. Johannes kauerte mit hochgezogenen Knien auf den Zeitungen, das Gesicht in den Armen verborgen, und blickte nicht auf. Erst als Frances sich vorsichtig hinhockte und vor ihm ausbreitete, was sie erbettelt, gekauft und geklaut hatte – ein Brot mit Fleischpastete, einen verschrumpelten Apfel, zwei hart gekochte Eier und einen von Pams Käse-

Scones –, hob er den Kopf. Johannes starrte auf das Essen, als meinte er zu träumen, dann nahm er das Brot und stopfte es sich in den Mund. Während er kaute, brach er in Tränen aus, und das schien Wyn schließlich zu berühren. Mit tränenverschmiertem Gesicht und seltsam unbewegter Miene ging sie zu ihm und setzte sich neben ihn. Sie klopfte ihm auf die Schulter und sah ihn an, während er gierig weiter aß.

»Schon gut«, sagte sie, als sein Gesicht dreckig und nass war. »Schon gut. Das wird schon.« Als sie sich vorbeugte und das Kinn auf die Knie legte, verzog sie vor Schmerz das Gesicht, und als ihr das Haar um die Schultern fiel, sah Frances einen brutalen blauen Fleck in ihrem Nacken und zwischen den Schulterblättern. »Meine linke Seite kribbelt ganz heftig«, sagte Wyn.

Frances wusste nicht, ob sie stehen oder sitzen oder was sie sagen sollte. Schließlich setzte sie sich und kam sich nutzlos und ausgeschlossen vor, weil sie nicht so dünn, nicht so hungrig und nicht so traurig war wie die beiden anderen. Sie fühlte sich einsam. Der Steinboden war kalt und schmutzig. Draußen auf dem Dach hörte sie Spatzen zwitschern, und der Wind wehte die letzten rosa Blütenblätter des Judasbaums in den Hof, wo sie langsam verfaulten. Wyns Augen folgten jedem Bissen, den Johannes sich in den Mund steckte. Sie starrte ihn derart aufmerksam an, dass er es bemerkte, nachdem seine Tränen versiegt waren, und er ihr eins der Eier anbot. Zu Frances' Erstaunen schüttelte Wyn den Kopf. »Schon in Ordnung«, sagte sie. »Das ist für Sie.«

»Ihr seid lieb zu mir, kleine Schwestern«, sagte Johannes, als er alles gegessen hatte. »Ich dachte, ich würde sterben. Ich dachte, ich könnte hier sterben.« Er zitterte und klang erschöpft. »Ihr habt mich gerettet.« Daraufhin traten Verwunderung und Stolz in Wyns Augen.

»Hast du das gehört, Frances?«, flüsterte sie, als er den Kopf an die Wand lehnte und einzuschlafen schien. »Denkst du, das stimmt? Denkst du, wir haben ihm das Leben gerettet?«

»Vermutlich hätte er rausgehen und sich selbst etwas zu essen besorgen können«, sagte Frances unsicher. »Ich frage mich wirklich, warum er das nicht getan hat.«

»Weil die bösen Menschen ihn dann erwischen. Das hat er doch gesagt«, bemerkte Wyn und beobachtete Johannes fasziniert. Frances dachte über alles nach – über den weinenden Johannes, die weinende Wyn, das Hämatom in Wyns Nacken und darüber, wie ihr Vater sie durch den Raum geschleudert hatte und dann einfach zu seinem Sessel gegangen war, als wäre nichts gewesen. Sie war wütend und fühlte sich machtlos – sie wollte ihnen helfen und die Dinge besser machen, aber sie wusste nicht, wie sie das anstellen sollte.

Was sie nicht spürte, war eine aufziehende Gefahr. Sie wusste nicht, dass die Gefahr irgendwo im Verborgenen lauern konnte. Sie kannte nur die Gefahr, die von Bill Hughes ausging – die real, direkt und unmittelbar war. Sie konnte sich nicht vorstellen, dass jemand wie Johannes eine Bedrohung sein konnte – nicht, nachdem er vor Schreck zusammengezuckt war und geschluchzt hatte. Sie wusste noch nicht, dass Menschen, genau wie Tiere, nicht wütend sein müssen, um gefährlich zu sein. Sondern auch gefährlich werden konnten, weil sie verzweifelt waren und Angst hatten.

6

Donnerstag

Vier Tage nach der Bombardierung

Am Morgen erwachte Frances aus einem unruhigen Schlaf. Es regnete, und sie hatte einen Brief von ihrem Mann bekommen. Als Pam den Hund durch die Hintertür in den Garten hinausließ, tropfte das Wasser in langsamem Takt von der Türzarge auf die Schwelle. Draußen prasselte der Regen auf die Blätter der Hortensien. Frances trat einen Moment hinaus und spürte die Tropfen auf ihrer Bluse. Sie holte tief Luft und stellte fest, dass sich der Brandgeruch endlich verzogen hatte. Es roch wieder nach englischem Frühling – nach feuchtem Stein, nach Erde und Grün und dem milden Duft von Liguster und Goldregen.

»Willst du ihn nicht aufmachen?«, fragte Pam, als Frances wieder hereinkam.

»Doch. Obwohl ich mir nicht vorstellen kann, was er zu schreiben hat«, sagte Frances und setzte sich an den Tisch. Sie hinterließ nasse Fußabdrücke auf den Fliesen, doch Pam kommentierte es nicht und schnalzte auch nicht tadelnd mit der Zunge oder rannte los, um einen Scheuerlappen zu holen, wie ihre Mutter es getan hätte.

»Nein. Was sollte ein Mann, der monatelang weg ist, seiner

Frau auch berichten können?«, bemerkte Pam trocken. »Vielleicht solltest du bei all diesen erschütternden Ereignissen mal hoch zum Gut gehen und Judith besuchen. Wir haben auch keine Eier mehr.«

»Lieber nicht.«

»Benimm dich nicht wie ein Baby. Sie ist ganz allein da oben.«

»Sie hat diese nichtsnutzigen Landarbeiterinnen. Und sie hasst mich.«

»Na klar. Sie kann ja wohl kaum ihrem einzigen Sohn die Schuld an der Trennung geben, oder? Und schließlich bist du diejenige, die gegangen ist, also bekommst du die Schuld. So ist das nun mal. Und als du das Gut verlassen hast, hast du auch Judith verlassen. Was meinst du, wie sich das anfühlt?«

»Nun ja.« Frances dachte einen Augenblick nach. »Ich glaube, eigentlich war sie zufrieden. Es hat sie in ihrer Meinung über mich bestätigt.«

»Ach, hör doch auf, dich selbst zu bemitleiden. Ich weiß, dass sie schwierig ist, aber du hast Joe verlassen, und du hast ihr keine Enkelkinder geschenkt. Du kannst ihr kaum verübeln, dass sie schlechte Laune hat.«

»Ich habe jetzt keine Zeit, sie zu besuchen«, sagte Frances. »Ich muss weiter nach Davy suchen.«

Weil sie sich nicht auch noch mit Joes Brief belasten wollte, überflog sie seine Zeilen nur flüchtig. Seine Vorwürfe perlten an ihr ab, und sie ließ den Blick zu einer Drossel gleiten, die draußen auf dem Weg eine Schnecke tothackte. Sie dachte an die ausgeblichenen Schneckenhäuser im Hof des Leprakrankenhauses, die mit nichts als Erde gefüllt waren. Eines Tages sammelten Wyn und sie so viele wie möglich für ein Spiel, an das sie sich jetzt nicht mehr erinnern konnte. Vor ihrem inneren Auge sah Frances, wie Wyn sie in einer

Reihe nebeneinanderlegte und konzentriert zählte, die Lippen geschürzt, an der Brust die Narzissenbrosche. Jetzt steckte die Brosche in Frances' Hosentasche. Sie nahm ihre Form und das kaum zu spürende Gewicht überdeutlich wahr. Ihr war bewusst, dass das Wiederauftauchen der Brosche bedeutsam war, wenn sie auch noch nicht wusste, inwiefern. *Komm zurück, Wyn!* Diese Worte hatte sie nicht gesagt, und sie fragte sich, was passiert wäre, wenn sie sie ausgesprochen hätte. Sie wollte Sergeant Cummings davon berichten.

»Und?«, fragte Pam, als Frances den Brief schweigend zur Seite legte. »Doch nichts Schlimmes, hoffe ich?« Sie zog den Regenmantel über ihre Woolworth's-Uniform. Da er wusste, dass sie für Stunden fort sein würde, beobachtete Hund sie mit traurigem Blick. »Geht es ihm gut?«

»Ja. Er wirft mir vor, dass ich ihm nach der Bombardierung kein Telegramm geschickt habe, aber ich glaube, er hat nur Langeweile.«

»Langeweile? Das bezweifle ich. Unter Tage zu arbeiten ist ziemlich gefährlich.«

»Nun, er sagt, es ist jeden Tag das Gleiche«, berichtete Frances ausdruckslos. Pam hielt inne und warf ihr einen festen Blick zu.

»Er hofft wohl immer noch, dass es zwischen euch wieder etwas wird? Sieh mich nicht so an, Frances, ich bin auf deiner Seite. Du warst nicht glücklich. Es war mutig, ihn zu verlassen – Millionen andere tun das nicht. Aber du hast ihn nun einmal geheiratet, und du kannst nicht von ihm erwarten, dass er die Trennung tatenlos hinnimmt, zumal er nichts falsch gemacht hat.«

»Ich … ich wünschte nur, das würde er.«

»Wenn Wünsche Pferde wären, würde ich einige von meinen verkaufen und müsste nicht diese Schicht bei Woolies ackern. Sehen wir uns heute Nachmittag? Es gibt Leber mit Zwiebeln zum Abendessen. Vielleicht nimmst du Hund mit, wenn du weggehst. Und ich habe den Tierfuttermann seit der Bombardierung nicht mehr gesehen. Wenn du dazu kommst, könntest du runter zu Cole gehen und ein paar Happen für ihn besorgen. Aber kein Walfleisch, das rührt er nicht an, und ich kann es ihm nicht verübeln. Benutz eine Lebensmittelkarte, wenn es sein muss, das arme Tier hat seit Tagen nur Zwieback bekommen.«

Nachdem Pam gegangen war, suchte Frances einen Regenschirm und die Hundeleine, dann machte sie sich auf den Weg zum Krankenhaus. Der Mischling trottete mit gespitzten Ohren neben ihr her. Gleichmütig betrachtete er zerstörte Kirchen und Wassertanks, Schutzräume, die dem Boden gleichgemacht waren, und vereinzelt herumstehende Möbel. Nur der Bombenkrater in der Mitte des Circus schien ihn zu beunruhigen. Als Frances am Flatterband stehen blieb, hörte Hund nicht auf, das Stück Himmel anzubellen, das sich in der matschigen Pfütze tief unten spiegelte. Sie hörte Jungenstimmen und die typischen Geräusche eines Straßenfußballspiels. Ein paar Kinder spielten in der Brock Street, und die Laute weckten in Frances lange zurückliegende Erinnerungen – Owen, der seinen Fußball gegen die Mauer des Leprakrankenhauses schoss, während Frances sich im Haus befand. Es trieb ein Schaudern über ihre Haut. *Pst, kleine Schwestern!* Abrupt wandte sie sich ab und ließ die Gedanken an ihren Mann in ihrem Kopf kreisen, um die übrigen für einen Moment zum Schweigen zu bringen.

Sie konnte sich nicht mehr genau erinnern, wann aus der Freundschaft zu Joe mehr geworden war. Als sie klein waren, hatte sie sich nicht sonderlich für ihn interessiert. Er war einfach nur ein Junge gewesen, weniger schrecklich als die meisten, aber dennoch ein Junge. Lange Zeit, nachdem Wyn verschwunden war, war Frances kaum noch draußen unterwegs gewesen. Den Herbst und Winter über und bis ins Frühjahr 1919 ging sie nur in die Schule und anschließend nach Hause. Hin und wieder besuchte sie Tante Pam, ab und an Mrs. Hughes. Sie spielte nicht, erkundete nichts. Das Ende des Krieges, die Straßenfeste – all das ging an ihr vorbei. Nur die Rückkehr ihres Vaters – dünner als zuvor und gealtert, aber immer noch lächelnd – berührte sie. Doch im darauffolgenden Sommer begann sie, wieder durch die Stadt zu streifen – in dem Bemühen, den Orten zu entkommen, an denen Wyn nicht war, und vor allem, um vor ihren Gefühlen zu fliehen.

Sie war gern weit oben und blickte auf das kleine weit entfernte Bath hinunter. Genau so wollte sie sich fühlen – klein und weit entfernt. Sie versuchte, so zu tun, als habe sie alles Schlechte unten im Holloway zurückgelassen. Ganz bewusst löste sie sich von alldem. Sie lief viele Meilen, und dabei traf sie Joe Parry wieder. Sie wusste nicht mehr, wann genau sie ihm begegnet oder wie alt sie gewesen war. Vielleicht zehn oder elf. Ihre Wege führten sie häufig an der Topcombe Farm vorbei, und sie sah ihn oft bei der Arbeit – wie er mit einem krummen Stock wedelnd die kleine Kuhherde zum Melken hineintrieb oder sie wieder hinausbrachte. Wie er mit einem Schaf kämpfte, es auf den Rücken warf und es festhielt, während sein Vater ihm die Hufe schnitt oder es mit Trichter und Schlauch entwurmte. Eines Tages lief sie ihm dann über den Weg, als er auf Krähen schoss und mit einem Luftgewehr über dem Arm über die Felder wanderte.

Joe war zwei Jahre älter als Frances und wirkte überhaupt nicht mehr wie ein Kind. Er trug eine Wachsjacke, die so schmutzig war, dass man die eigentliche Farbe darunter nicht mehr erkennen konnte. Er roch nach Schafsfett, Heu und Erde. Die Hose hatte er in die Stiefel gesteckt und sich unterhalb der Knie einen Strick um die Beine gebunden, damit keine Ratten und Spinnen hineinkrochen. Davon träumte Frances in jener Nacht – dass Spinnen und beißende Nagetiere in ihre Kleider krochen, unter ihre Haut. Keuchend und mit rasendem Herzen erwachte sie aus dem Albtraum, beherrschte sich jedoch, laut aufzuschreien. Nachdem Wyn verschwunden war, hatte sie häufig nachts Albträume, und ihre Mutter musste so oft an ihr Bett kommen, dass sie es allmählich leid war und inzwischen leicht gereizt reagierte. Frances hatte sich angewöhnt, still abzuwarten und angestrengt in die Dunkelheit zu starren, bis die Träume irgendwann verblassten.

Joe hatte etwas Unbeschwertes und Beruhigendes an sich. Vielleicht weil er nicht so viel lächelte. Er war nicht grimmig oder schlecht gelaunt, aber er strahlte eine ruhige, genügsame Ernsthaftigkeit aus. Er machte keine Witze und spielte sich nicht auf, sodass Frances sich nicht bemüßigt fühlte zu lächeln. Genau wie Frances ging er gern spazieren. Er forschte nach Spuren der Wildtiere. Einem Tunnel, den Dachse durch das Brombeergestrüpp gegraben hatten. Fell und Geweihe von Damwild. Dem Geruch eines Fuchses. Ganz langsam wurden sie Freunde.

»Meine Güte, was bist du groß geworden«, sagte Judith Parry rundheraus, als Joe sie zum ersten Mal zum Tee mit nach Hause brachte. Damals war Frances zwölf, fast so groß wie Joe und ziemlich ungelenk. Tee auf dem Gut war nicht das Gleiche wie Tee im Woodlands-Haus mit Pam und Cecily. Es gab weder Kuchen noch Scones und auch keine Tassen mit passenden Untertassen. Joe schenkte ihnen zwei

Becher Tee ein, und sie nahmen sie mit in den Stall oder tranken sie vorm Haus, wo eine alte Eisenbank unter der weißen Farbe rostete.

Frances mochte den weiten Blick von der Bank auf Smallcombe hinunter – auf die vereinzelten Häuser von Bath in der Ferne. Das Gut war eine andere Welt als die, in der sie lebte, und Joe war anders als alle anderen, die sie kannte.

»Deine Mum mag mich nicht«, sagte sie einmal. Joe verzog das Gesicht, stritt es jedoch nicht ab.

»Sie sagt, du wärst ein seltsames Kind. Sie glaubt, dass du nicht mehr ganz richtig im Kopf bist.« So offen und ehrlich war er immer. Er lächelte ihr kurz über die Schulter hinweg zu. »Was weiß sie schon?«

»Was, wenn sie recht hat?«, fragte Frances mit einem bleiernen Gefühl im Magen.

»Ja, was dann? Wer sagt, dass ›nicht richtig‹ falsch ist?«, erwiderte Joe. Daraufhin sagte Frances eine Weile nichts mehr.

»Irgendwann musst du mal zum Tee zu mir kommen«, sagte sie, weil sie sich dazu verpflichtet fühlte. Als er etwas bedrückt den Kopf schüttelte, war sie erleichtert.

»Danke, aber dafür habe ich bei der ganzen Arbeit hier keine Zeit.«

»In Ordnung«, sagte Frances. »Hier ist es sowieso besser.«

»Ach ja?«, fragte er, und Frances zuckte die Schultern und blickte in ihren Becher.

»Da unten sehen mich immer noch alle komisch an. Sogar meine Eltern. Als könnte ich auch jeden Moment verschwinden.«

»Warum solltest du?«, fragte Joe. Wieder zuckte Frances die Schultern.

»Keine Ahnung.« Sie wandte den Blick ab, weil sie es sehr wohl wusste. Ein Instinkt sagte ihr, was Wyn passiert war, konnte auch ihr noch passieren. Sie fürchtete diesen Gedanken. Es war das erste Mal, dass sie Joe belogen hatte, aber es würde nicht das letzte Mal sein.

Als Joe sechzehn und Frances vierzehn war, küssten sie sich zum ersten Mal. An einem Herbsttag, im Schutz einer umgestürzten Buche in Claverton Down, als der kalte Wind rauschte wie das Meer. Für Frances war es nicht der erste Kuss. Sie hatte schon andere Jungs geküsst, bevor Owen sie abwies, und auch danach. Trotzige, unglückliche Küsse. Doch für Joe war es der erste Kuss, und Frances küsste ihn, weil sie wusste, dass Joe sie schon lange hatte küssen wollen. Manchmal kam es ihr vor, als wollten die Leute alle möglichen Dinge von ihr, und das meiste war unmöglich. »Kopf hoch. Warum suchst du dir nicht ein paar neue Freunde? Gib dir ein bisschen mehr Mühe. Es ist Zeit, alles hinter dir zu lassen, Frances,« sagte ihr Vater, nachdem ihre Mutter ihr eine heftige Strafpredigt gehalten hatte, weil sie hartnäckig schwieg und stets lustlos war. Er sagte es liebevoll – er war immer nett zu ihr –, doch sie kam sich wie eine Versagerin vor, und sie war traurig, dass er sie nicht verstand. Darum küsste sie Joe, weil Joe es wollte, und weil sie ausnahmsweise gehorchte.

Seine Nase war kühl und feucht und seine Hände rau und kräftig, als er unvermittelt ihre Jacke, ihre Arme und ihr Gesicht berührte. Sein Mund, der ihr zuvor so vertraut gewesen war, war ihr plötzlich vollkommen fremd und zu Dingen fähig, die sie beide nicht richtig verstanden. Frances' Finger waren taub von der Kälte, doch während des Kusses zog sich ihr Magen seltsam zusammen.

»War das okay?«, fragte er atemlos, als sie sich voneinander lösten. Auf seiner Unterlippe glänzte Spucke. Seine Augen hatten einen ungewohnten Ausdruck, und seine Wangen waren gerötet.

»Ich weiß nicht«, antwortete sie ehrlich, aber als er sie wieder küsste, hielt sie ihn nicht davon ab. Anschließend waren sie kein Paar. Sie waren Freunde, die sich hin und wieder küssten. Manchmal blieb sie tagelang unten in der Stadt, und wenn sie ihn wiedersah, war er still und wütend, sodass sie allein spazieren ging. Sie küsste andere Jungs und wusste nicht, ob Joe das wusste. Hätte er sie gefragt, hätte sie es ihm erzählt, aber vielleicht tat er gut daran, sie nicht zu fragen, wenn er es nicht wirklich wissen wollte.

Als Frances einmal nach ihm suchte, hörte sie, wie Judith sagte: »Ich weiß nicht, was du an ihr findest, Joe. Sie ist ja wohl kaum eine Schönheit – ein Gesicht wie eine Steinmauer, seit ihre kleine Freundin gestorben ist. Ich glaube, sie ist nicht ganz richtig im Kopf.«

Darüber dachte Frances lange nach. Einige Monate vorher hatte sie auch mit angehört, wie Cecily zu Pam sagte: »Was das arme Ding für einen Blick hat! Wie eine alte Frau, die einen Krieg durchlitten hat. Findest du nicht? Es ist herzerweichend. Überhaupt nicht mehr wie ein kleines Mädchen.« Vielleicht ging das ja jedem irgendwann so, und Frances war es nur früher passiert – dass sie über Dinge, über die sie früher gelacht hatte, einfach nicht mehr lachen konnte. Dass sich ihre Gesichtszüge sogar zu steif anfühlten, um zu lächeln. Dass es eine Grenze zwischen ihr und dem Rest der Welt gab, die niemand überwinden konnte.

Von Hund, der an der Leine zerrte, aus ihren Gedanken gerissen, eilte Frances die Bennett Street hinauf und lief hinter den verkohlten Resten der Versammlungsräume vorbei, wo Stalaktiten aus geschmolzenem Blei vom zerstörten Dach herabhingen. Der Feuerwehr war das Wasser ausgegangen, um die Flammen zu ersticken. Dann blieb sie vor den Trümmern des Hotels Regina stehen. Das riesige Gebäude war so sauber in der Mitte durchtrennt, dass der Rest an ein großes Puppenhaus erinnerte. In einigen Etagen sah sie Kamine, über denen ein Spiegel oder ein Bild angebracht war. In einem Raum hing noch eine Jacke an der Tür, und im Regal stand ein Kerzenständer. Die getroffene Seite war vollkommen zerstört, und Frances war überrascht, dass überhaupt jemand lebend daraus entkommen war. Insbesondere aus der unten gelegenen Bar, in der sich laut der Krankenschwester trotz des Alarms einige Leute aufgehalten hatten. Frances stellte sich vor, wie Percy Clifton unter all den Trümmern gelegen hatte, und was sie dabei empfand, verwirrte sie. Ein ungewohntes Ziehen in den Knien, sie konnte das Grauen und die Angst nachempfinden, doch gleichzeitig beschlich sie das dumpfe Gefühl, dass es vielleicht besser gewesen wäre, wenn er dort drin gestorben wäre. War er bei Bewusstsein gewesen? Hatte er gespürt, wie sein Gesicht verbrannte, als die Flammen näher kamen? Hatte er das Donnern der um ihn herabfallenden Steine gehört? Sie erschauderte und versuchte, sich abzuwenden, doch Hund rührte sich nicht von der Stelle. Er bellte wie wild die leere Straße hinunter, in die Richtung, aus der sie gekommen waren, und riss am Halsband. Sein Schwanz bebte, aber er wedelte nicht.

»Was ist los?«, fragte Frances. Hund hörte auf zu bellen, starrte aber weiter in die Richtung. Frances konnte niemanden sehen. Ihre Haut kribbelte. Wieder hatte sie das sichere Gefühl, verfolgt oder beobachtet zu werden. »Komm.« Sie zog Hund mit sich und entfernte sich schnell von dem Hotel. Sie hatte gelesen, dass Hunde Dinge sahen, die Menschen nicht sehen konnten. Zum Beispiel Geister.

Das Durcheinander im Krankenhaus hatte kaum nachgelassen. Frances band Hund mit der Leine am Heizungsrohr in der Eingangshalle fest, kraulte ihn einen Moment hinter den Ohren und ließ ihn dann dort zurück. Eine Stationsschwester rief für sie im Krankenhaus in Bristol an, und als es weder hier noch dort Nachrichten von Davy gab, konnte Frances ihre Verzweiflung nur mit größter Mühe unterdrücken. Sie durfte einfach nicht wie am Tag zuvor zusammenbrechen, sie musste weitersuchen. Carys' schreckliche Worte hallten in ihrem Kopf wider: *Was verstehst du denn schon vom Muttersein? Du hast doch überhaupt keine Ahnung.* Sosehr es auch stimmte, es hatte einen Funken von Trotz in ihr entfacht. Sie mochte zwar nicht seine Mutter sein, aber sie liebte ihn, und sie war ein verantwortungsbewusster Mensch. Und sie würde ihn finden, wenn auch nicht an diesem Ort und in diesem Moment.

Erneut von einem unergründlichen Gefühl angezogen, trat Frances ans Fußende von Percy Cliftons Bett und sah auf seinem Krankenblatt, dass er leichtes Fieber hatte. Die Patienten rechts und links von ihm hatten gewechselt, seit sie zum ersten Mal hier gewesen war, doch Percy hatte sich anscheinend nicht bewegt. Unruhig saß sie auf dem Stuhl neben seinem Bett, und der Mann im Nachbarbett lächelte ihr zu. Sein Bein hing eingegipst in einer Schlinge.

»Hallo«, sagte er fröhlich. »Sieht aus, als würde es aufklaren, nicht?« Mit dem Kopf deutete er auf den stetig fallenden Regen vor dem Fenster. Frances nickte, war jedoch nicht in der Lage, mit dem Mann zu plaudern. Es war das erste Mal, dass sie an Percys Bett saß, auf seiner Höhe. Unter höchster Anspannung betrachtete sie sein Profil – die Neigung seiner Wange, den Knick in seinem Nasenrücken und den Schwung seines Kinns. Für eine Sekunde schien ihr der Anblick überaus vertraut, doch dann war das Gefühl plötzlich wieder verschwunden. Die schlaffe Haut an Wangen und Kinn zog sich in Richtung Ohren und Schlüsselbein. Auf seiner Nase waren Adern geplatzt, und unter der Unterlippe verlief eine kleine Narbe. Frances ließ ihn nicht aus den Augen.

Es kam ihr vor, als würde Percy schneller als üblich atmen, und seine Brust schien sich etwas stärker als sonst zu heben und zu senken. Wenn es einen Moment lang ganz still auf der Station war, meinte sie ein Rasseln in seinen Lungen zu hören. Die Röte auf den Wangen hatte sich verstärkt. Er glänzte wieder, wie kurz nach der Einlieferung, als sie dachte, er würde schwitzen. Plötzlich hatte Frances Angst. Angst davor, dass sich sein Zustand verschlechtern und er sterben würde. Unvermittelt stand sie auf und sah sich nach einer Schwester oder einem Arzt um, und der Mann im Nachbarbett beobachtete sie neugierig. Percy Clifton durfte noch nicht sterben. Sie vermutete, dass er irgendwo in den Untiefen ihres Gedächtnisses vergraben war, ganz tief unten. Sie brauchte Zeit, um die Erinnerung an die Oberfläche zu befördern. Er war wie ein vergessenes Wort, das ihr auf der Zungenspitze lag. Eine Melodie, die sie nicht ganz zusammenbekam. Szenen aus einem Traum, die sich am Morgen verflüchtigten. Sie blickte auf seine Hände hinunter, die schlaff auf der Decke lagen, die Finger leicht gekrümmt. Kurz überlegte sie, eine Hand zu berühren, konnte sich jedoch nicht dazu überwinden. Sie wollte seine Aufmerksamkeit, und zugleich glaubte sie nicht, dass sie es ertragen würde, wenn er sie ansähe. Doch wenn er starb, ehe sie mit ihm, ehe er mit ihr gesprochen hatte … Bei dem Gedanken biss sie die Zähne zusammen und beugte sich leicht nach vorn.

»Mr. Clifton?«, sagte sie so zaghaft, dass die Worte kaum zu hören waren. Sie räusperte sich und versuchte es noch einmal. »Percy«, flüsterte sie. Der Name war ihr fremd, dennoch löste er etwas in ihr aus. Sie sah ihre Schuhspitzen unter den gebeugten Knien, hörte das Rascheln der trockenen Blätter. Die Sonne schien heiß, es roch nach Brennnesseln, und sie bemerkte, dass dort noch etwas war ... noch ein anderer Geruch ...

Der Mann im Nachbarbett räusperte sich. Frances fuhr vor Schreck zusammen, und die Erinnerung löste sich auf.

»Dann sind Sie nicht seine Frau – oder seine Tochter?«, fragte er. »Entschuldigen Sie – ich wollte nicht lauschen, aber hier drin ist das verdammt schwierig. Ich dachte nur, Sie wären eine Verwandte.« Frances schüttelte den Kopf, dann kam ihr ein Gedanke. Schließlich war der Mann äußerst gesprächig.

»Sie wissen nicht zufällig, ob noch jemand anders aus dem Hotel Regina hier eingeliefert wurde, oder?«, erkundigte sie sich. Der Mann lächelte.

»Da hat es ihn erwischt, oder? Nun, mich auch. Ich bin übrigens Victor, Victor Spurrell. Armer Kerl, sieht aus, als hätte es ihn deutlich schlimmer getroffen als mich. Ich habe dort gewohnt und war in mein Zimmer hochgegangen. Wie der Teufel es will, lag das in der Hälfte, die noch steht. Ich habe mir das Bein gebrochen, als ich die Treppe hinunterrannte – keine Ahnung, ob das Glück oder Pech ist.« Er verstummte und dachte nach. »Ich glaube, es ist gut«, sagte er ernster.

»Kennen Sie den Mann?«, fragte Frances und zeigte auf die schlafende Gestalt neben sich. Victor zuckte die Achseln.

»Wie heißt er?«

»Percival Clifton. Percy, nehme ich an.«

»Der Name kommt mir irgendwie bekannt vor ... In der Bar war jeden Abend ein Kerl, der die Leute dazu aufforderte, mit ihm Karten zu spielen – egal welches Spiel, sagte er immer. Egal welches Spiel, solange Sie nichts dagegen haben, es interessant zu gestalten. Ein vornehmer Glücksspieler, vermutete ich. Gut gekleidet, redegewandt. Vielleicht sagte er, dass er Clifton hieß, aber das weiß ich nicht mehr genau. In meiner Erinnerung sah er etwas älter aus als der Kerl hier, aber das ist schwer zu sagen.«

»Dann meinen Sie, das könnte er vielleicht sein?«, fragte Frances. Victor musterte Percy noch einmal genauer und zuckte dann hilflos die Schultern.

»Tut mir leid, Schätzchen, ich kann es wirklich nicht sagen. Nicht mit dem Verband und allem. Ich wusste ja schließlich nicht, dass ich mich an irgendeinen von ihnen noch einmal erinnern müsste. Wollte nur schnell nach dem Abendessen einen Brandy trinken, das war alles. Da waren der vornehme Glücksspieler und ein junger Mann – nicht wirklich jung, sondern eher ein kleiner Gauner, wenn Sie wissen, was ich meine. Er wirkte etwas verschlagen, als würde er Leute kennen, die einem alles besorgen, was man will. So ein Typ. Die Damen schienen ihn charmant zu finden, und er sah wohl ganz gut aus, war allerdings etwas aus der Form geraten. Vielleicht hat er ihnen angeboten, ihnen Nylons zu besorgen – so sah er aus. Meine Carole würde jeden charmant finden, der ihr Nylons besorgen könnte. Monatelang hat sie sich braune Fertigsoße auf die Beine geschmiert.«

»Könnte Percy Clifton vielleicht der Gauner gewesen sein?«, fragte Frances. Victor sah noch einmal zu Percy, schüttelte jedoch ratlos den Kopf.

»Ich weiß es einfach nicht. Tut mir leid.«

»An wen erinnern Sie sich noch? Waren die beiden in Begleitung? Haben sie gesagt, woher sie kommen?«

»Nein, und ich glaube nicht, dass sie in Begleitung waren. Es waren jede Menge achtbare Ehepaare in einem gewissen

Alter dort – und die jüngeren Damen, von denen ich sprach, hätten meiner Meinung nach nicht allein dort sein dürfen. Es gab zwei Damen mit Titeln, eine Lady King aus London, die vor dem Bombenangriff geflohen war – na, wenn das keine Ironie ist –, und eine Lady Shand aus Newport. Sie hätten die beiden sehen müssen, wie zwei Bussarde haben die sich beäugt.« Er lachte. »Dann war da noch der Pfarrer – da wir beide allein waren, teilten wir uns beim Abendessen einen Tisch. Woodsmansey hieß er. Der wohnte nur um die Ecke, im The Circus, aber er sagte, der Koch im Regina sei der beste. Hat für das Essen mit dem Leben bezahlt. Wäre er doch nur zu Hause bei Toast und Bohnen geblieben.«

Traurig schüttelte Victor den Kopf und umklammerte seine Decke. Allmählich bezweifelte Frances, dass er ihr weiterhelfen konnte.

»Dann können Sie mir nichts über diesen Mann hier sagen? Sie erinnern sich gar nicht an ihn?«, fragte sie.

»Nun, ich kann mich nur entschuldigen«, sagte Victor verlegen. »Es war alles in allem ein lustiger Abend. Aber Sie haben mir schon seinen Namen genannt, oder? Percival Clifton.« Frances schloss verzweifelt die Augen.

»Aber das ist nicht Percy Clifton«, sagte sie, als sie plötzlich die Wahrheit begriff.

»Nein?«

»Nein! Denn ich kenne keinen Percy Clifton! Aber diesen Mann hier kenne ich. Ich *weiß*, dass ich ihn kenne!«

»Ich kann Ihnen nicht folgen, Schätzchen«, sagte Victor. »Kopf hoch!«, fügte er in hörbarem Flüstern hinzu. Eine skeptische Krankenschwester – Frances meinte, sie schon zu kennen – marschierte auf sie zu.

»Was soll der Lärm?«, fragte sie streng. »Madam, ich weiß,

es sind außergewöhnliche Zeiten, aber so langsam müssen wir hier wieder auf eine gewisse Ordnung pochen. Die Besuchszeit ist zwischen zwei und vier Uhr. Sie müssen jetzt leider gehen.«

»Er sieht aus, als würde es ihm schlechter gehen«, sagte Frances und deutete auf Percy. »Und er hat Fieber. Hat er eine Entzündung? Wird er wieder gesund?« Noch immer skeptisch legte die Schwester die Rückseite ihrer Finger auf Percys Wange, dann fühlte sie seinen Puls. Frances spürte, wie ihr eigener Puls in ihrem Hals pochte. Die Schwester hob Percys freies Lid an, schaute ihm prüfend ins Auge, und Frances erhaschte einen Blick auf seine leere Iris, die glänzende Feuchtigkeit. Bei dem Anblick erschrak sie.

»Möglicherweise eine leichte Entzündung«, sagte die Schwester. »Sehr wahrscheinlich die Auswirkungen des Rauchs, den er eingeatmet hat – der kann zu Reizungen in Lunge und Atemwegen führen. Nichts Besorgniserregendes, da bin ich mir sicher. Wir behalten ihn im Auge, keine Sorge. Er braucht Ruhe, also bitte, raus mit Ihnen.« Frances drehte sich um und ging zur Tür. Der kurze Anblick von Percys Auge hatte sie aufgewühlt – das dunkle Braun, das von gerötetem Weiß umgeben war, entsetzte sie, weil es genau das war, was sie zu sehen erwartet hatte.

Im Woodlands-Haus fand sie eine Nachricht von ihrer Mutter vor, die sie unter der Tür hindurchgeschoben hatte, und beim Betrachten der ordentlichen Handschrift begann ihr Herz schneller zu schlagen. Sie eilte zu den Magdalen Cottages und in die Küche, und da waren ihre Eltern – ihr Vater wusch sich am Spülbecken das Gesicht, und ihre Mutter schrubbte mit einer harten Bürste den Kalk vom Kessel. Für eine Sekunde war es, als wäre nichts Außergewöhnliches passiert und alles so wie immer. Der Gedanke weckte in Frances eine Sehnsucht nach der Zeit vor der Bombardierung – als Wyn noch vermisst wurde und Davy nicht. Als sie einfach, ohne viel zu denken und ohne viel zu fühlen, von einem Tag zum anderen lebte. Doch es gab kein Zurück, nur ein Voran und vielleicht die Chance auf Begnadigung, die Hoffnung auf Wiedergutmachung. In den kommenden Tagen würde sie für Aufruhr sorgen – so viel stand fest. Susan fuhr mit einem leisen Schrei herum, beherrschte sich jedoch sogleich, und Frances sah, dass sie ihr noch nicht ganz vergeben hatte. Sie durchquerte den Raum und umarmte ihre Mutter.

»Tut mir leid, Mum.« Sie bemerkte, wie klein ihre Mutter wirkte, wie zerbrechlich. »Es tut mir leid, dass ich dich nicht begleitet habe, und ich bin froh, dass du heil zurück bist.« Nach einem kurzen Zögern erwiderte ihre Mutter die Umarmung.

»Der Schnitt heilt gut, oder? Gibt es etwas Neues von dem Jungen?«, fragte sie, hielt Frances auf Armlänge von sich und musterte sie kritisch. Frances schüttelte den Kopf.

»Ich suche noch nach ihm.« Sie schaute auf den Boden, auf dem sie zuvor die Fußabdrücke entdeckt hatte, doch Susan hatte inzwischen alles sauber gefegt. »Er war hier«, sagte sie, und Susan sah sie mit großen Augen an. »Nach der ersten Bombennacht habe ich seine Fußabdrücke gesehen. Er hat mich gesucht – oder nach Essen gesucht. Er ist hochgeklettert und hat die Keksdose aus dem Regal geholt, und er hat den Schrank nach Essen durchwühlt. Aber seither habe ich keine Spur mehr von ihm gefunden.«

»Ach! Und ich habe mich schon gefragt, ob jemand …«, sagte Susan. »Und du meinst, das war Davy?«

»Ich weiß, dass er es war.«

Derek trocknete sich das Gesicht ab, dann trat er zu seiner Tochter und drückte ihre Schulter. Er sah erschöpft aus. Bräunliche Ringe unter den Augen ließen sein Gesicht schwermütig wirken. Frances umarmte ihn fest.

»Es ist so schön, dich zu sehen, Dad. Geht es dir gut?«

»Alles in Ordnung, Liebes. Ich habe überall nach dem Jungen gefragt«, sagte er. »Und alle gebeten, die Augen offen zu halten.«

»Danke, das ist lieb von dir.« Sie setzten sich mit einem Tee an den Küchentisch, und für einen Moment schien keiner von ihnen viel zu sagen zu haben – oder im Gegenteil so viel, dass sie nicht wussten, wo sie beginnen sollten.

»Nachdem die Decke heruntergekommen ist, ist dein Zimmer noch nicht wieder bewohnbar, fürchte ich«, sagte Derek schließlich. »Aber du kannst eine Weile bei deiner Mum schlafen, und ich nehme den Fußboden.«

»Sei nicht albern, Dad«, widersprach Frances. »Ich kann noch ein bisschen länger bei Pam bleiben. Ihr braucht jetzt euren Schlaf.« Derek wirkte erleichtert.

»Macht es dir auch sicher nichts aus?«, fragte Susan.

»Natürlich nicht.« Während sie die Worte aussprach, merkte Frances, wie viel lieber es ihr war, zum Woodlands-Haus zurückzugehen, als wieder bei ihren Eltern zu wohnen. Zu Hause hatte sie das Gefühl, rückwärtszugehen, und kam sich wie eine Versagerin vor.

»Ich kann nicht sagen, dass ich darüber untröstlich wäre.« Derek lächelte. »Mein Rücken bringt mich um.«

»Du warst wieder bei der Arbeit, nicht? Das ist gut«, sagte Susan.

»Ja. Aber es kam mir falsch vor, weil ich Davy noch nicht gefunden habe.« Ihre Eltern tauschten einen Blick.

»Also«, sagte Susan ein bisschen zu fröhlich. »Ich glaube,

es ist gut, zur Normalität zurückzukehren. Nicht zu sehr über die Dinge zu grübeln.« Sie sah Frances nicht in die Augen. Frances errötete verwirrt.

»Was ist los?«, fragte sie.

»Was meinst du, Liebes?«, fragte Susan und lächelte ausweichend.

»Wir machen uns nur Sorgen um dich. Das ist alles, Schätzchen«, sagte Derek.

»Warum? Mir geht's gut.«

»Das war alles so furchtbar. Ich meine, dass du bei der Bombardierung da draußen warst und dass Davy … vermisst wird. Und dass dann auch noch Wyn gefunden wurde. Wir machen uns nur Sorgen, dass das …« Susan verstummte und warf ihrem Mann einen flehenden Blick zu.

»Weißt du noch, wie du warst, als sie verschwand?«, fragte Derek sanft. »Natürlich weißt du noch, wie es passierte, aber du wirst dich vermutlich nicht daran erinnern, wie du warst. Es dauerte sehr lange, bis du dich wieder erholt hattest. Eine ganze Weile waren wir uns nicht sicher, ob du dich überhaupt jemals wieder davon erholen würdest. Und uns ist klar, dass dich das jetzt hart treffen muss. Ihr Auftauchen weckt alte Erinnerungen.«

»Aber das darfst du nicht zulassen, Frances«, mahnte Susan und nahm die Hand ihrer Tochter. »Du darfst dich nicht davon überwältigen lassen. Es ist … das ist sehr lange her. Und im Grunde hat sich nichts geändert.« Man hörte ihr an, wie verzweifelt sie sich wünschte, dass es wirklich stimmte, weshalb Frances es nicht über sich brachte, ihr zu widersprechen.

Sie blieb noch eine Weile und half ihrem Vater, die grüne Haustür einzuhängen, die er einem Mann abgekauft hatte, dessen Haus in Trümmern lag. Wahrscheinlich hatte der Mann

sein ganzes Leben auf dieses Haus gespart. In ihrem Viertel
tat das fast niemand.

»Hat er alles verloren?«, fragte Frances leise. Sie konnte
sich nicht vorstellen, wie es sein musste, alles zu verlieren, für
das man so hart gearbeitet hatte.

»Alles, der arme Kerl«, sagte Derek. »Aber er hat eine
Tochter in Wells, und sie nimmt ihn bei sich auf. Das ist
immerhin etwas.« Derek erzählte ihr, wo er tagsüber gewesen war – dass die Rettungsmannschaften immer noch
gruben, immer noch in den Trümmern nach Überlebenden
suchten.

»Und habt ihr welche gefunden?«

»Seit gestern nicht mehr«, berichtete er. »Heute haben wir
nur Leichen geborgen. Ich glaube, inzwischen ist zu viel Zeit
vergangen, es gibt nicht mehr allzu viel Hoffnung …« Er sah
sie zärtlich an, und Frances senkte den Blick.

»Aber ihr bemüht euch doch weiter, oder? Die Hoffnung
stirbt zuletzt.«

»Ja. Die Hoffnung stirbt zuletzt.«

»Kinder sind zäh. Sie gehen nicht immer dorthin, wo sie
hingehen sollten – zum Beispiel in Bunker oder Keller«,
sagte sie. Es folgte eine lange Pause, und sie fragte sich, ob es
für ihn genauso offensichtlich war wie für sie selbst, dass sie
sich aus purer Angst an die Vorstellung klammerte, Davy zu
finden. Dass die Zeit, in der es noch Hoffnung gab, ihn lebendig zu finden, unaufhaltsam ablief. Sie konnte sich nicht
überwinden, ihrem Vater von dem gesichtslosen Mann zu
erzählen, der Gordon Payne im letzten Jahr in Dolemeads
entführt hatte.

»Schon besser«, sagte Susan, als die neue Tür zuschwang.
Sie holte tief Luft, schluckte und wandte sich ab. »Wir haben
Glück gehabt, oder?«, sagte sie angespannt. »Wir haben noch

das Haus, wir haben noch uns. Andere haben das nicht.«
Klappernd fiel ihre Tasse ins Spülbecken, und Derek trat
hinter sie. Er strich ihr über die Schultern, und sie brach in
Tränen aus.

Am frühen Nachmittag ließ der Regen nach, und die Straßen waren glänzend und dunkel. Die dichten Wolken zogen
schnell über den Himmel, und die Luft roch durchdringend
nach nasser Asche. Frances wartete vor der Polizeiwache,
umgeben vom Lärm der Busse, Straßenbahnen und einiger Autos. Räder fuhren knarrend und platschend durch die
Pfützen. Fuhrwerke, die von klappernden Pferden gezogen
wurden, wanden sich vorsichtig durch den Verkehr. Frances
hatte Sergeant Cummings eine Nachricht zukommen lassen
und behauptet, sie unverzüglich in einer persönlichen Angelegenheit sprechen zu müssen. Sie schob die Hände tief in
die Hosentaschen und versuchte, ihre wachsende Unruhe zu
beherrschen. Sie musste irgendeinen Durchbruch erzielen,
musste endlich Licht in die Sache bringen, egal wie schwach
es sein mochte. Ihr Kopf war so voll, dass sie kaum noch
richtig denken konnte – Worte, die gefallen und solche, die
unausgesprochen geblieben waren, stiegen aus ihrer Erinnerung auf. Unscharfe Bilder, die nicht zueinanderpassten. Dann
kam Cummings heraus und richtete den Gürtel um ihre
Rundungen, unter ihrer Mütze lugten krause Haarsträhnen
hervor.

Frances trat vor sie und schnitt ihr den Weg ab, woraufhin
Cummings abrupt stehen blieb. Sie wirkte gehetzt.

»Mrs. Parry, Sie sind das! Was ist passiert – ist alles in
Ordnung?«

»Ja, mir geht es gut«, sagte Frances. Cummings atmete aus
und ließ die Schultern sinken.

»Als in Ihrer Nachricht stand, es ginge um eine persönliche Angelegenheit, dachte ich, meine Mutter …«

»Das tut mir leid! Oh, das tut mir wirklich leid. Ich wollte nur nicht, dass Ihr Chef erfährt, dass ich hier bin.«

»Ja. Verstehe.« Cummings holte tief Luft. »In Zukunft wäre es besser, Sie warten, bis ich bei Ihnen zu Hause vorbeikomme. Gibt es etwas Neues von dem kleinen Davy?«

»Nein. Haben Sie nach … nach vermissten Kindern gesehen? Nach entführten Kindern?«

»Ja, und es gab einige wenige. Die meisten sind weggelaufen und schließlich wieder nach Hause gekommen. Kein Wort von einem Gordon Payne, allerdings hat sein Vater eine ziemlich dicke Akte.«

»Owen sagte, sie haben nicht mit der Polizei gesprochen, als er verschwand.«

»Das überrascht mich nicht. Aber wie zum Teufel sollen wir herausfinden, wer ihn entführt hat, wenn wir keine Ahnung haben, ob es überhaupt passiert ist? Wenn Familien aus den ärmeren Vierteln nicht mit uns reden, wie können wir dann helfen?«

»Ja, ich weiß. Aber sind Sie auf irgendetwas gestoßen, das Sie stutzig gemacht hat … was vorher oder seither passiert ist?«

»Sie meinen, einen Serienkindesentführer?«, fragte Cummings ernst. Sie schüttelte den Kopf. »Nein. Aber, wie gesagt, uns fehlt wohl der Überblick. Es ist sehr viel wahrscheinlicher, dass Davy sich verlaufen hat, Mrs. Parry. Oder umgekommen ist. Es tut mir leid, das so sagen zu müssen.«

»Nun ja«, Frances schluckte, »wenn er sich verlaufen hat, kann er wieder auftauchen. Ich … ich wollte Ihnen etwas anderes zeigen. Haben Sie einen Moment Zeit?«

»Ja, ganz kurz. Was ist es?«, fragte Cummings. Frances zog Wyns Brosche aus der Hosentasche.

»Das.« Sie hielt ihr die Brosche auf der ausgestreckten Handfläche hin. Wie viel größer sie in Wyns Händen gewirkt hatte, als sie sie im weihnachtlichen Feuerschein zum ersten Mal an ihre Strickjacke heftete. Es schien hundert Jahre her und zugleich erst gestern gewesen zu sein. Wieder schien es ihr unvorstellbar, dass Wyn tot war, dass ihre Hände niemals größer werden würden. Vorsichtig nahm Cummings sie ihr ab und betrachtete sie.

»Die gehörte Wyn?«

»Ja, ich habe sie ihr am letzten Weihnachtsfest geschenkt. Sie hat sie geliebt und immer getragen. Ich habe sie nie ohne die Brosche gesehen. Ich weiß, dass es ihre ist, weil das eine Blatt verbogen war. Da – sehen Sie, wo die Farbe abgesprungen ist? Sie hat sie *immer* getragen.«

»Und woher haben Sie sie dann?«

»Ich habe sie gestern in Carys' Schlafzimmer gefunden.«

»Sie meinen bei Carys Noyle, Wyns älterer Schwester?«

»Ja. Ich habe ihr beim Packen geholfen. Ihr Haus wird abgerissen. Sie sagte, ihre Tochter Denise habe die Brosche in Carys' ehemaligem Zimmer gefunden. Wyn und ich waren früher ständig dort«, erklärte Frances. »Wyn probierte gern die Sachen ihrer Schwester an. Carys sagt, Wyn habe sie wahrscheinlich irgendwann dort verloren.«

»Aber das glauben Sie nicht?«

»Es hat mich an etwas erinnert. An das letzte Mal, das ich Wyn gesehen habe …« Die Erinnerung irritierte sie, sie widersprach dem, was sie immer behauptet hatte. Was zur offiziellen Wahrheit erklärt worden war. »Ich weiß genau, dass Wyn sie damals getragen hat. Es war der Tag, bevor sie verschwunden ist.«

»Sind Sie sich ganz sicher?«

»Wenn sie sie verloren hätte, hätte sie es mir gesagt. Sie wäre mit Sicherheit völlig aufgelöst gewesen.«

»Aber Sie haben sie ihr geschenkt. Vielleicht wollte sie nicht, dass Sie wütend werden, weil sie sie verloren hat?«

»Nein, so war Wyn nicht. Sie behielt nichts für sich …« Frances verstummte, als sie daran dachte, wie sich Wyn im Laufe jenes letzten Sommers verändert hatte. Sie *war* anders gewesen. Frances stutzte.

»Haben Sie gesehen, dass sie sie an dem Tag getragen hat, an dem sie verschwand?«

»An dem Tag, an dem sie verschwunden ist, hat niemand sie gesehen. Bis auf die Person, die sie umgebracht hat.« Frances' Herz schlug schneller. So fühlte es sich an, wenn sie log. Was sie verwirrte, denn sie meinte, die Wahrheit zu sagen.

»Und was denken Sie, wie sie in das Haus der Schwester gelangt ist?«, fragte Cummings.

»Jemand hat sie ihr weggenommen. Oder, wenn sie sie verloren hat, muss es bei einem Akt der Gewalt passiert sein. Die Nadel ist noch in Ordnung, sehen Sie? Ein bisschen verbogen, aber der Verschluss funktioniert noch, darum kann sie nicht einfach abgefallen sein.«

»Ein Streit mit ihrer Schwester vielleicht? Aber hätte sie sie geschlagen?«

»Gott, ja.«

Sergeant Cummings reichte Frances die Brosche zurück und sah sie durchdringend an.

»Sie haben keine gute Meinung von Wyns Familie, Mrs. Parry«, sagte sie. »Aber ich fürchte, das beweist nicht zwangsläufig etwas. Wyn kann die Brosche irgendwann vor ihrem Tod verloren oder weggelegt haben. Sie sagten, Sie hätten nicht gesehen, dass sie sie direkt vor ihrem Verschwinden getragen hat.«

Frances atmete ein und blickte einen Moment auf die Brosche hinunter. *Komm zurück, Wyn!* Ihre unausgesprochenen Worte. *Pst, kleine Schwestern!* Sie schüttelte den Kopf.

»Ich dachte, es würde ... Ich dachte, es könnte Sie überzeugen.«

»Wovon genau?«, fragte Cummings nicht unfreundlich.

»Dass es nicht Johannes war! Dass etwas anderes passiert ist. Bei ihr zu Hause.« Sie zögerte. »Hatten Sie schon Gelegenheit, einen Blick in Wyns Akte zu werfen?«

»Nein«, sagte Cummings. »Geben Sie mir etwas Zeit – man kann wirklich nicht sagen, dass wir da drin gerade zu wenig zu tun hätten.«

»Ich weiß, es tut mir leid. Ich ... ich habe nur einfach das Gefühl, wir müssten das Eisen schmieden, solange es heiß ist, verstehen Sie, und ...«

»Mrs. Parry.« Cummings schüttelte den Kopf. »Das Eisen ist seit fast vierundzwanzig Jahren kalt. Ich bin mir nicht sicher, ob ich die Dringlichkeit verstehe ...«

»Ja. Natürlich. Ich habe nur einfach das Gefühl, dass genau jetzt der Moment ist. Und vielleicht verschwindet der wahre Mörder jetzt, nachdem man sie gefunden hat. Oder ... taucht womöglich wieder auf.« Sie dachte an Carys' harten, wachsamen Blick und erinnerte sich daran, wie Wyns kleiner Körper durch den Raum geflogen und gegen den Kamin gekracht war. Sie spürte, wie ihr eine geheimnisvolle Gestalt folgte, ihre wachsamen Blicke. Sie sah den Mann, der nicht Percy Clifton war, im Krankenhausbett liegen. *Pst, kleine Schwestern.*

»Mrs. Parry, Sie müssen verstehen, dass die Chancen, Beweise zur Überführung eines anderen Mörders zu finden –

wenn es denn einen gab –, nach all dieser Zeit äußerst gering sind. Da würde nur ein ehrliches Geständnis helfen. Ich habe nur vorgeschlagen, mir die Akte anzusehen, weil … nun ja. Um ehrlich zu sein, bezweifle ich allmählich, dass es so klug war, dass ich überhaupt etwas gesagt habe.«

»Ja. Es tut mir leid. Bitte … bitte sehen Sie es sich trotzdem an, ja? Ich muss wissen, wie sie gestorben ist. Wie genau, meine ich.«

»Das müssen Sie wissen?«

»Ja. Vielleicht hilft es mir, das Puzzle zusammenzusetzen.«

Als ein Rettungswagen vorbeiholperte und Abgaswolken ausstieß, drängten sie sich dicht an die Mauer. Sergeant Cummings schien über etwas nachzudenken. Eine ganze Weile musterte sie Frances mit forschendem Blick, dann hob sie die Augenbrauen.

»Ich habe das starke Gefühl, dass Sie mir nicht alles erzählen, Mrs. Parry«, sagte sie. Als Frances nichts erwiderte, seufzte sie. »Alles, was ich Ihnen zum jetzigen Zeitpunkt sagen kann, ist, dass es keinen Hinweis auf eine lebensbedrohliche Verletzung an ihrem Skelett gibt. Inspektor Reese hat sie für den aktuellen Bericht in der Leichenhalle von einem Arzt untersuchen lassen.« Cummings beobachtete einige Passanten, als fürchtete sie aufzufallen. »Sie hatte einige alte Brüche, aber die waren lange verheilt, bevor sie starb. Am linken Schlüsselbein, am rechten Arm und dem rechten Handgelenk.«

»Ja.« Frances schloss kurz die Augen. »Das Schlüsselbein war Owen, ihr Bruder. Das ist passiert, als sie sehr klein war, bevor ich sie kennenlernte. Sie hat mir davon erzählt. Es war ein Unfall. Sie sind auf dem Bett ihrer Tante Ivy herumgesprungen, und Wyn wurde hinuntergeschleudert. Sie schlug gegen das Fenstersims. Er war so viel größer als sie – na ja, alle waren größer als sie. Aber er hätte ihr nie absichtlich wehgetan. Der rechte Arm war Carys, ihre Schwester. Sie hat uns in ihrem Zimmer erwischt, als wir an ihren Sachen waren, und hat Wyn den Arm umgedreht. Ziemlich fest. Ich glaube nicht, dass sie ihn ihr brechen wollte, aber das ist bei Carys schwer zu sagen. Sie hatte immer schon einen finsteren Charakter. Von dem Handgelenk weiß ich nichts. Vielleicht ist das passiert, ehe ich sie kennenlernte ...« Frances dachte einen Moment nach, dann schüttelte sie den Kopf. »Bill Hughes hat sie alle regelmäßig verprügelt. Es überrascht mich, dass sie nur diese drei Brüche hatte.«

»Du meine Güte«, murmelte Cummings.

Frances dachte erneut nach.

»Wenn sie einen Schlag auf den Kopf erhalten hätte – oder wenn sie sich den Kopf angeschlagen hätte –, so fest, dass sie daran gestorben ist, würde man das am Knochen erkennen, oder?«, fragte sie.

»Ich glaube schon, ja. Aber das frage ich den Arzt.«

»Ich erinnere mich – und weiß es aus der Zeitung von damals –, dass man im Hof des Leprakrankenhauses Blut gefunden hat. Meinen Sie, in dem Bericht steht, wie viel? Ich frage mich, ob es nur ein bisschen war, als hätte sie sich die Lippe aufgeschlagen, oder ...« Frances schluckte. Cummings musterte sie mit demselben Blick wie zuvor, forschend und skeptisch. »Und ich weiß, dass man einen Teil ihrer Kleidung dort gefunden hat, aber nicht, was genau.« Frances schwieg, ihr war heiß, und sie war unruhig. Cummings schwieg ebenfalls, als erwartete sie, dass Frances noch etwas sagte. »Ich muss es einfach sicher wissen«, fügte sie hinzu.

»Was müssen Sie sicher wissen, Mrs. Parry?«

»Wie sie gestorben ist. Wo. Und ob sie …« Frances stockte. Sie brachte es nicht über sich, es auszusprechen, und sie sah, wie in den Augen der Polizistin Fragen auftauchten.

»Mrs. Parry, bitte. Was verschweigen Sie mir?«, fragte Cummings scharf. »Erinnern Sie sich an etwas? Ist es das? Etwas, das Sie vielleicht bislang noch niemandem erzählt haben?« Sie dachte einen Moment nach. »Etwas, an das Sie sich vielleicht nicht erinnern *wollen*«, murmelte sie. Frances konnte nicht sprechen, darum schüttelte sie den Kopf. Cummings wartete, dann schürzte sie die Lippen. »Nun. Eigentlich wären die Zeitungen kein schlechter Anfang. Vermutlich gibt es in der Bibliothek ein Archiv mit den Ausgaben des *Chronicle* von damals? Wenn Sie etwas tun möchten, könnten Sie dort ein wenig Recherche betreiben.«

»Dazu muss ich nicht in die Bibliothek gehen«, sagte Frances. »Mrs. Hughes hat alles ausgeschnitten. Sie hat alle Artikel über den Fall aufbewahrt.«

»Na dann. Sie könnten nach etwas suchen, das Ihnen damals womöglich entgangen ist.« Cummings sah Frances unverwandt an. »Vielleicht weckt irgendetwas Ihre Erinnerung.«

Als Frances später am Tag an der Nummer vierunddreißig klopfte, öffnete ihr niemand. Sie stand eine Weile zwischen den Trümmern und betrachtete Carys' verlorenes Haus. Ihr Bauch war heiß und leer. Sie fühlte sich benommen und musste all ihre Energie mobilisieren, um noch einmal eine Runde durch die Auffangzentren zu drehen. Dann tauchte zu ihrer Rettung Owen auf. Er lächelte, als er sie sah. Sein Lächeln war noch immer wunderschön, auch wenn es nicht mehr ganz so voller Freude und nicht mehr ganz so strahlend war wie in seiner Kindheit. Jetzt wirkte es etwas verzagt, eher ein wenig resigniert. Damals war es das einzige Lächeln gewesen, das Frances hätte erwidern wollen. Owen trug eine Kakiuniform – weite Hose und Hemd mit Gürtel und Stiefeln, und überall Taschen, dazu ein keck aufgesetztes Schiffchen.

»Hallo, Frances.« Er nahm die Mütze ab, dann schien er einen Moment verlegen. Es war eine viel zu formelle Geste, aber er konnte sie nicht mehr rückgängig machen. Er blickte hinunter auf die Mütze, dann lachte er leise und ließ sie unsicher an der Hand baumeln. Frances' Herz zog sich zusammen, und sie lächelte.

»Wie schick du aussiehst«, sagte sie.

»Gefreiter Hughes vom Fünften Somerset Bataillon Bath, Bürgerwehr, Stothert & Pitt Platoon, zu Ihren Diensten, Ma'am.« Er schlug die Hacken zusammen und vollführte einen lässigen Salut.

»Weitermachen, Soldat.«

»Ich dachte, ich komme auf dem Heimweg vorbei und sehe mal nach, wie es Mum geht.«

»Es scheint niemand zu Hause zu sein.« Frances blickte zu den leeren Fenstern. »Es sei denn, sie hat mich kommen sehen und sich versteckt.«

»Sei nicht albern. Wie geht es dir? Du bist ein bisschen blass.«

»Mir geht es gut. Ich habe nur kein Mittagessen gehabt, das ist alles. Ich war heute noch einmal im Krankenhaus, und die haben in Bristol angerufen, aber dort gibt es auch nichts Neues. Gerade wollte ich noch mal eine Runde durch die Auffanglager drehen und …«

»Frances«, sagte Owen und fasste ihren Arm. »Niemand erwartet von dir, dass du jede freie Minute nach ihm suchst. Du machst dich kaputt.«

»Ich kann doch nicht nichts tun, und Carys … Carys hat ihn aufgegeben. Sie glaubt, er ist tot.«

»Ich weiß.« Owen seufzte. »Und sie trinkt wieder, als ob das helfen würde.« Frances nickte, und zwischen ihnen breitete sich Schweigen aus.

Sie schob die Hand in die Tasche und schloss die Finger um Wyns Brosche. Sie könnte sie Owen jetzt geben, damit Denise sie zurückerhielt, doch sie wusste, dass sie das nicht tun würde. Sie wollte sie behalten – nicht für sich, obwohl sie das Gefühl hatte, dass sie bei ihr sicherer war, sondern als Beweisstück. Sie wollte Denise Noyle fragen, wo genau sie sie gefunden hatte. Und plötzlich wollte sie Owen von Percy Clifton erzählen – oder eher von dem, der nicht Percy Clifton war. Von dem nicht identifizierten Mann. Sie wollte ihm von all ihren Vermutungen berichten, von allem, was sie unternommen hatte. Davon, dass sie eine unerklärliche, unerträgliche Schuld mit sich herumtrug, die mit dem Tod von Johannes in Verbindung stand, aber irgendwie auch mit Wyns. Dass sie vage Erinnerungen hatte und dass sie sich so sehr bemühte, sie an die Oberfläche zu holen. Dass sie bei der Polizei gewesen war. Dass sie verfolgt wurde. Sie wollte ihn an ihrer Seite wissen, doch all die Worte blieben ihr im Halse stecken, sie war einfach noch nicht so weit. Sie wusste nicht genug, sie war sich nicht sicher genug.

»Ich habe heute an dich gedacht«, sagte sie stattdessen. »An dich und den geklauten Fußball, ohne den man dich nie gesehen hat.«

»Ach ja?« Wieder lächelte Owen. »Der war überhaupt nicht geklaut. Ich habe ihn gefunden, ganz anständig. Warum zum Teufel hast du denn gerade an den gedacht?«

»Was ist aus ihm geworden? Vermutlich kannst du dich nicht mehr daran erinnern.«

»Machst du Witze? Den hab ich immer noch.«

»Nicht wahr.« Aus irgendeinem Grund heiterte diese Information Frances außerordentlich auf.

»Doch. Komm einfach mal vorbei und sieh ihn dir an, wenn du mir nicht glaubst. Es ist ein guter Ball. Er hat viele Spiele mit meinem Nev überstanden, und er wird noch viele mit Colin überstehen.«

»Ich habe daran gedacht, wie du ihn gegen die Mauer des Leprakrankenhauses gekickt hast. Damals habe ich hinausgeschaut und dich gesehen. Du wusstest nicht, dass wir dort drin waren.« Owens Miene verfinsterte sich.

»Niemand wusste, dass ihr dort wart. Ich wünschte bei Gott, wir hätten es gewusst«, sagte er. Frances schwieg. »Wer von euch beiden hatte eigentlich die Idee, da reinzugehen?«

»Was glaubst du wohl?«, gab sie leise zurück. Sie sagte nicht, dass Owen Wyn mit seinen Geschichten erst auf die Idee gebracht hatte. Sie sagte nicht, dass er ein Teil in einer Reihe von unglücklichen Verwicklungen war, die sie dorthin geführt hatten. Das würde sie ihm niemals antun. Owen nickte.

»Wyn hat ihre Nase ständig in alles gesteckt. Unsere Großmutter Lovett nannte sie deshalb ›Maus‹.« Owen blickte zur Seite, seine Kiefermuskeln waren angespannt. »Jedes Mal reden wir am Ende über sie. Jedes Mal«, sagte er leise.

»Momentan ist es auch schwer, nicht über sie zu reden. Aber ich habe immer an sie gedacht. Du nicht auch?«

»Doch«, sagte Owen. »Aber das ist nicht gut. Ich wünschte einfach …« Er schüttelte den Kopf und behielt seinen Wunsch für sich.

»Es ist schön, dich zu sehen, Owen«, sagte Frances unvermittelt. Das hatte sie nicht sagen wollen, und sie spürte, wie sie rot wurde. Owen lächelte, wirkte jedoch beunruhigt.

»Wollen wir dann weitermachen?«, fragte er.

»Wie meinst du das?«

»Zu den Auffangzentren gehen. Ich begleite dich. Wir machen halt in einem Café und besorgen dir einen Teller Suppe oder so etwas.«

»In Ordnung«, sagte Frances, und Erleichterung durchströmte sie. Wenn Owen sie begleitete, konnte sie es schaffen. »Danke.«

Als sie nebeneinander hergingen und sich nicht mehr Auge in Auge gegenüberstanden, verstärkte sich ihr Bedürfnis zu reden. Frances sehnte sich danach, all ihre Ängste und Vermutungen auszusprechen, das Durcheinander in ihrem Kopf zu sortieren. Bilder von einem feuchten, dunklen Ort. Helles Sonnenlicht. Angst, die aus der Erinnerung aufstieg, und geisterhafte Gerüche. Wyn, die wütend davonging. *Es wurde jeder Stein umgedreht.* Doch Owen wollte nicht darüber reden. Frances wollte keine Geheimnisse vor ihm haben, doch sie wollte auch nicht, dass er etwas hörte, was er nicht hören wollte – diese beiden Wünsche ließen sich nicht miteinander vereinbaren. Die Schuldgefühle, die sie mit sich herumtrug, seit sie acht Jahre alt war, bereiteten ihr Sorge. Das Gefühl der Scham, das sich durch das Verschwinden von Davy jetzt so grausam wiederholte. Einiges verstand sie, aber noch längst nicht alles. Manches hatte sie vergessen, und sie war fest entschlossen, es aus den Tiefen ihres Gedächtnisses wieder hervorzubefördern – die ganze Wahrheit aufzudecken. Doch es bestand die Möglichkeit, dass sie Owen dann für immer verlor. Es war möglich, dass sie etwas wirklich Unverzeihliches getan hatte. Sie stellte sich vor, wie sich Owens Gesicht verschließen würde. Wie er sich angewidert abwenden und ihr nie wieder sein reizendes Lächeln schenken würde. Sie war sich nicht sicher, ob irgendeine Wahrheit tatsächlich so viel wert war, und plötzlich befielen sie Zweifel und lasteten wie ein schwerer Felsblock auf ihr.

7

FREITAG

Fünf Tage nach der Bombardierung

Eine kleine schäbige Pappschachtel in den Händen haltend, kam Nora Hughes langsam die Treppe herunter. Es war ein weiterer verregneter Vormittag. Frances hörte das Wasser durch die Fallrohre und aus den verstopften Regenrinnen plätschern. Überall in der Stadt würde es durch die kaputten Dächer tropfen, den Staub abwaschen und in das verkohlte Holz sickern.

»Hier, bitte«, sagte Nora, doch sie zögerte kurz, ehe sie Frances die Schachtel schließlich überreichte. Über ihr Gesicht zog sich ein Netz aus Sorgenfalten. »Obwohl ich nicht weiß, wozu es gut sein soll, sich das alles noch einmal anzusehen.«

»Danke«, sagte Frances. »Ich wollte nur … Ich kann es nicht richtig erklären. Weil ich damals noch so klein war, habe ich wohl nur einen Teil von dem mitbekommen, was los war.« Nora nickte und sank in einen Sessel.

»Verstehe. Es ist wichtig, alles zu wissen. Allerdings macht es keinen Unterschied.«

»Haben Sie etwas von Bill gehört?«, fragte Frances, und Noras Gesicht verfinsterte sich vor Unbehagen.

»Nein. Noch nicht.« Da die Feuchtigkeit ins Zimmer kroch, wickelte sie sich in die Strickjacke und schlug dabei eine Seite über die andere. »Aber das ist normal. Er taucht schon wieder auf.«

»Meinen Sie, er weiß, dass man Wyn gefunden hat?«

»Woher soll er das wissen?«, erwiderte Nora überrascht.

»Ja. Tut mir leid. Haben Sie … haben Sie sich schon wegen der Beerdigung entschieden?«

»Ich habe angefangen, mich damit zu befassen.« Ganz offensichtlich wollte Nora nicht darüber reden, darum bohrte Frances nicht weiter nach.

»Wenn es Ihnen nichts ausmacht, könnte ich die mit nach Woodlands nehmen. Dann mache ich keine Unordnung in Ihrem Wohnzimmer.« Die Luft war schwül und drückend wie Noras Trauer, die deutlich zu spüren war, und Frances hatte es eilig, dort wegzukommen.

»Wenn es dir nichts ausmacht, wäre es mir lieber, du bleibst hier. Vor allem bei diesem Regen.«

Frances nickte und öffnete vorsichtig die Schachtel. Sie wusste nicht genau, wonach sie suchte, und wagte nicht, Wyns Mutter zu erzählen, dass sie mit der Polizei gesprochen hatte. Sie hoffte, etwas herauszufinden, das sie nicht gewusst hatte, etwas, das ihre Erinnerung daran weckte, was tatsächlich passiert war. Ganz oben in der Schachtel lag der jüngste, kurze Artikel aus dem *Chronicle & Herald* über den Fund von Wyns Knochen. Frances legte ihn zur Seite und hielt den Atem an. Darunter war ein körniges, unscharfes Bild von Johannes. Seit vierundzwanzig Jahren hatte sie sein Gesicht nicht mehr gesehen, jetzt war er auf einmal da – sein Kopf und sein Rumpf, die Arme waren auf dem Rücken gefesselt. Darunter die Überschrift *Geflohener deutscher Kriegsgefangener wegen Mordes verurteilt*. Da war sein rundes ausgehungertes Gesicht über dem mageren Hals, der leicht geöffnete Mund, die erschrockenen, ängstlichen Augen. Frances strich mit der Fingerspitze über das Bild und konnte kaum atmen.

Als sie den Artikel herausholte und las, stieg Wut in ihr auf. Man bezeichnete ihn als feindlichen Agenten. Als pervers und als Mörder von Unschuldigen. *Auf kaltschnäuzige und übelste Art nutzte Ebner die Naivität der Kinder aus, brachte sie dazu, zu tun was er wollte, und seinen verdorbenen Absichten zu dienen.* Der Artikel verkündete das Todesurteil mit einer solchen Genugtuung, dass es an Schadenfreude grenzte, und lobte die Arbeit der Polizei, die ihn vor Gericht gebracht hatte. Als ob sie auch nur einen verdammten Handschlag getan hätten, dachte Frances. Als wäre er der Polizei nicht auf dem Silbertablett serviert worden. Er war viel zu ängstlich gewesen, um sich zu wehren. Die Ungerechtigkeit kam ihr vor wie ein Gift, dessen metallischen Geschmack sie auf der Zunge schmeckte, und vor lauter Scham pochte es in ihrem Kopf. Konzentriert betrachtete sie das Bild und versuchte, es mit den Augen von jemandem zu sehen, der ihn nicht gekannt hatte und tatsächlich glaubte, was über ihn gesagt und geschrieben wurde. Doch sosehr sie es auch versuchte, sie konnte nichts als einen verfolgten Jugendlichen in dem Bild erkennen. *Verdorben* stand dort. Hieß das, dass es Beweise für sexuelle Handlungen gab? Frances bemühte sich, ruhig zu atmen, und suchte den Artikel nach weiteren Einzelheiten ab, doch es gab keine. Nur vage Hinweise auf gewichtige Dinge. Nichts darüber, welche von Wyns Kleidungsstücken man abgesehen von ihrem Schuh gefunden hatte. Als sie begraben wurde, hatte sie noch ihre gelbe Strickjacke getragen. Frances hatte die letzten Stoffreste an ihren Kno-

248

chen gesehen. Die Strickjacke, an die immer ihre Brosche geheftet war.

Wortlos legte sie den Artikel zurück in die Schachtel. Sie spürte Noras forschenden Blick auf sich und wünschte, sie wäre allein. Unter dem Ausschnitt über Johannes gab es mehrere über Wyn, die von der fieberhaften Suche in den ersten Tagen berichteten, nachdem man Blut und Kleidung im Hof des Leprakrankenhauses entdeckt hatte. Nachdem Johannes gefunden und festgenommen worden war und nachdem er sich *weigerte zu kooperieren.* Keine Beschreibung darüber, wie viel Blut man gefunden hatte – ob es so viel war, dass man vermutete, sie wäre an einem Schnitt gestorben oder an einer Stichwunde. Frances konnte sich kaum an jene Tage erinnern. Sie wusste noch, dass man sie zu Hause festgehalten hatte und sie entwischt war, um an den Orten nach Wyn zu suchen, an denen sie gemeinsam gespielt hatten. An allen Orten bis auf einen. Sie ließ die Gedanken in die Vergangenheit wandern, sah einen feuchten Ort, von Sonnenlicht beschienen, und Wyn, die mit schwingenden Armen davonging. *Komm zurück, Wyn!* Sie erinnerte sich, dass sie gefühlte Stunden von einem Polizeibeamten mit nach Fleisch riechendem Atem verhört worden war und dass sie ihm irgendetwas erzählt hatte, nur damit er sie in Ruhe ließ. Doch von den Folgen, von Johannes' Verhaftung und Verurteilung, war ihr nichts in Erinnerung geblieben. Sie wusste nicht, ob ihre Eltern sie abgeschottet hatten oder ob sie es verdrängt hatte. Dann, eines Morgens Ende November, hatte ihre Mutter sich mit ihr hingesetzt und ihr erklärt, dass der böse Mann niemandem mehr etwas antun könne. Es hatte eine Weile gedauert, bis sie verstand.

Plötzlich ging die Tür auf, und Carys stürmte herein. Um

sich vor dem Regen zu schützen, hatte sie den Mantel über den Kopf gezogen. Frances wurde unbehaglich. Carys ließ einen Einkaufskorb auf den Boden fallen und schloss schwer atmend die Tür.

»Ich konnte wieder keinen Speck bekommen. Auch keine Wurst. Was ist bloß aus all den verdammten Würsten geworden?«, schimpfte sie.

»Macht nichts«, sagte Nora beruhigend. »Wir kommen schon zurecht.« Carys blickte zu Frances hinunter, die mit der Schachtel auf den Knien in einem Sessel saß. »Also, ich fasse es nicht«, sagte sie. »Du schon wieder. Das gibt es doch nicht!«

»Hallo, Carys.«

»Ich muss ja wohl nicht fragen, ob du Davy mitgebracht hast, oder?«, sagte sie. »Die Mühe kann ich mir ja wohl sparen, stimmt's?«

»Herrgott! Jetzt hör doch endlich auf!«, schaltete Nora sich ein. »Dein ständiges Geschrei ist wenig hilfreich. Frances tut ihr Bestes.« Es folgte Stille, und Frances bereitete sich auf die nächste Tirade vor, doch Carys schien sich etwas zu beruhigen. Sie atmete langsam aus und schüttelte den Kopf, dann trat sie vor Frances. Stirnrunzelnd betrachtete sie die Zeitungsausschnitte.

»Was machst du da?«

»Ich wollte mir die nur ansehen.«

»Warum? Wozu?«, wollte Carys wissen.

»Nur so. Ich habe über alles nachgedacht. Seit man sie gefunden hat.« Frances sah nach unten. Carys' prüfender Blick war unerträglich. Er fühlte sich anders an als sonst, noch forschender, und sie bemerkte, dass Carys nüchtern war. Frances konnte sich nicht erinnern, wann sie sie das letzte Mal bei vollem Bewusstsein erlebt hatte. Sie empfand

250

eine schleichende Angst, das Bedürfnis, absolut nichts zu verraten. Der Geruch von Carys' nassem Haar und von ihren Kleidern breitete sich im Zimmer aus. Ihre Gegenwart schien übermächtig.

»Wonach suchst du?«, fragte sie kühl. Frances' Hände begannen zu zittern.

»Nach nichts Speziellem«, sagte sie.

»Dann solltest du es vielleicht lassen.«

»Sei so lieb und setz den Kessel auf, Carys«, sagte Nora angespannt.

Widerwillig nahm Carys die Einkäufe und ging nach hinten.

»Es ist komisch, sie wieder im Haus zu haben«, sagte Nora. »Genau wie früher. Ehrlich gesagt bin ich froh über die Gesellschaft.« Sie senkte die Stimme. »Ich habe gehofft, dass Clive jetzt von London herunterkommt, nachdem es hier nach der Bombardierung so viel zu tun gibt und Davy weg ist …« Als sie seinen Namen aussprach, wandte sie den Blick ab, und Frances spürte erneut die Last der Schuld. Nora schüttelte den Kopf. »Wir haben ihm alles geschrieben, auch dass das Haus nachher abgerissen wird, aber wir haben noch nichts von ihm gehört.«

»London ist nicht gerade ein sicherer Ort, oder?«

»Nein, aber wenn er in Schwierigkeiten steckte, hätten wir es erfahren. Er ist immer schon gern unangekündigt aufgetaucht und hat sie überrascht. Es gibt also noch Hoffnung.«

»Aber Sie meinen, er würde nach Hause kommen wollen. Wegen Davy …«, fragte sie vorsichtig. Nora schürzte die Lippen.

»Ehrlich gesagt kennt Clive den Jungen kaum. Es ist eine himmelschreiende Schande. Wegen diesem und jenem war er mehr fort als hier, seit Davy auf der Welt ist. Tja, das weißt du ja. Nicht dass man über Davy viel wissen muss, nicht? Er war eine schlichte kleine Seele«, sagte sie traurig.

»Ich kann dich hören.« Mit gerötetem Gesicht und wütendem Blick erschien Carys wieder im Türrahmen. Doch dann brach sie zusammen und begann zu weinen. Sie sah so schrecklich verletzlich aus, dass Frances den Kopf senkte.

»Oh! Mein armes Mädchen«, sagte Nora, rappelte sich hoch und wollte sie umarmen.

»Ach, lass mich, Mum«, sagte Carys barsch. »Gott, ich brauche einen Drink.«

Rasch blätterte Frances die restlichen Zeitungsausschnitte durch und suchte nach irgendetwas, das ihr und allen anderen entgangen sein könnte. *Die Sorge um die Sicherheit des achtjährigen vermissten Mädchens aus Bath, Bronwyn Hughes, ist gewachsen, seit man Teile ihrer Kleidung neben Blutflecken gefunden hat …* Nie gab es nähere Angaben. Nur versteckte Anspielungen auf Gewalt und eine Tragödie, Berichte über den wachsenden Zusammenhalt in der Nachbarschaft, als Leute bei der Suche halfen, und über die Bestürzung, die das Verbrechen in der ganzen Stadt auslöste. *Pst, kleine Schwestern!* Frances unterdrückte das Verlangen, alles zusammenzuknüllen – all die Ausschnitte, die Nora die ganzen Jahre über aufbewahrt hatte und die nichts über Wyn sagten, nichts über die Wahrheit. Wieder starrte sie auf das Bild von Johannes und versuchte, sich an die Male zu erinnern, die sie ihn gesehen hatte. Doch je mehr sie zu sehen versuchte, desto mehr zersplitterten ihre Erinnerungen. Ihre Hände zitterten noch immer, als sie Nora die Schachtel zurückgab und in dem Bewusstsein zur Arbeit ging, dass sie wieder einmal versagt hatte.

Die Excelsior Street war typisch für Dolemeads – eine gerade, schmale Straße, in der sich zwei identische Häuserreihen aus Backstein gegenüberstanden. Sie passte nicht nach Bath, sondern eher in eine der großen Industriestädte oben im Norden. Die Mauern waren rußbedeckt, die Regenrinnen voller Unkraut, und zwischen den oberen Fenstern waren kreuz und quer Wäscheleinen gespannt. Hier und dort gab es Lücken, wo letztes Jahr Ostern vereinzelt Bomben heruntergekommen waren – Nummer drei und Nummer sechzehn fehlten. Die Tür von Nummer neunzehn war dunkelblau, und in den Zierleisten saß dick der Schmutz. Die kaputten Fensterscheiben waren mit Dachpappe und Segeltuch geflickt. Es sah noch schäbiger aus als am Beechen Cliff Place. Frances war noch nie hier gewesen. Sie konnte sich nicht vorstellen, dass Owen tatsächlich hier lebte, doch als sie anklopfte, öffnete er die Tür, überrascht, sie zu sehen.

»Heute Morgen war ich bei deiner Mutter. Sie hat mir erzählt, dass du den Tag freihast und einiges reparierst. Ich komme gerade von der Arbeit und dachte, ich schaue mal vorbei und frage, ob du etwas gehört hast. Oder ob du irgendwie Hilfe brauchst«, sagte sie.

»Ja, gut, komm rein.«

Die Haustür führte in einen kleinen Flur, in dem eine Treppe von der Vorder- bis zur Rückseite des Hauses gerade nach oben lief. Owen schob Frances links durch eine Tür ins Wohnzimmer. Auf dem Boden lag ein Teppich, der so abgenutzt war, dass an einigen Stellen die Kettfäden zu sehen waren. Darauf stand ein biederes, mit dunkelbraunem Stoff bezogenes Sofa, und an einer der mit gestreiften Tapeten beklebten Wände hing eine gerahmte Kopie von Constables *Der Heuwagen*. Der Kamin war von einem schlichten Eisengitter eingefasst und voller Asche. Frances sah sich alles genau an und versuchte, sich ein Bild von Owens Leben hier an diesem Ort zu machen; ein verheirateter Mann mit Frau und Kindern. Sie kam sich wie ein Eindringling vor.

»Fühl dich wie zu Hause«, sagte er, machte jedoch selbst keine Anstalten, sich zu setzen.

»Danke«, sagte Frances. Sie standen sich gegenüber und schwiegen einen Moment.

Es bestand eine gewisse Ähnlichkeit zwischen Owen und Bill Hughes. Owen war zwar größer und hatte längere Gliedmaßen, doch das dunkle Haar, die längliche Gesichtsform und die Nase hatte er von seinem Vater geerbt. Allerdings war Owens Nase mittlerweile so krumm, dass die Ähnlichkeit kaum noch zu erkennen war. Bill hatte sie ihm im Lauf der Jahre mindestens zweimal gebrochen. Doch Owen hatte noch nie etwas Bedrohliches an sich gehabt. Frances konnte sich nicht erinnern, dass er ein einziges Mal aufbrausend, gewalttätig oder auch nur unfreundlich gewesen wäre. Sie fragte sich, ob Bill Hughes vielleicht auch so gewesen war, bevor er seine erste Familie verloren hatte, was es noch tragischer machen würde. Als Kind hatte sie instinktiv gespürt, dass sie Bill Hughes nicht vertrauen konnte – seinen Launen, seinen Fäusten. Und genauso sicher wusste sie, dass sie seinem Sohn trauen konnte. Sie hatte Owen immer vertraut.

»Ich habe deinen alten Herrn lange nicht gesehen«, sagte sie. Owen schien überrascht. »Ich meine, seit der zweiten Bombennacht. Ich war ein paarmal bei deiner Familie, aber ihn habe ich nicht gesehen.«

»Er ist viel für sich. Er zieht nicht mehr so herum wie früher – sein Rücken ist kaputt. Wenn er sich also einmal irgendwo niederlässt, dauert es eine ganze Weile, bis er sich wieder bewegt.«

»Du meinst, in einem der Pubs?«

»Ja, meist. Zu Hause bleibt er an manchen Tagen einfach im Bett. Manchmal legt er sich auch in fremde Betten, Gott weiß, wo. Oder wie.« Owen lächelte flüchtig. »Mum macht sich normalerweise keine Sorgen, es sei denn, er lässt sich zwei Wochen oder länger nicht blicken. Ich glaube, hin und wieder ist sie ganz froh, wenn sie ein bisschen Ruhe vor ihm hat.«

»Aber … er könnte doch auch umgekommen sein, oder? Wie würdet ihr das erfahren?«

»Also«, Owen schien verlegen, »hier kennt ihn jeder, und er geht nie weit weg. Irgendjemand hätte es uns sicher erzählt. Außerdem ist er ein zäher alter Vogel. So ein paar Bomben bringen den nicht um.« Owen steckte die Hände in die Hosentaschen und sah sich im Zimmer um, in dem es durch die teilweise abgedeckten Fenster ziemlich dunkel war. »Wolltest du etwas von ihm?«

»O nein.« Frances schüttelte den Kopf. »Ich habe nur über alles nachgedacht. Wie er war, als wir klein waren. Hat er … hat er irgendwie von Johannes gewusst? Ich meine, bevor Wyn verschwunden ist? Wenn er herausgefunden hätte, dass wir Sachen für ihn mitgenommen haben – Essen und andere Dinge –, hätte ihm das sicher nicht gefallen, oder?«

»Ganz sicher nicht«, sagte Owen zögernd. »Aber soweit ich weiß, hat er es nicht herausgefunden. Komm mit nach hinten, ich mache uns einen Tee. Ich glaube, wir haben auch Milch. Sie könnte allerdings sauer sein.«

»Hast du was Stärkeres?«, fragte Frances. Owen blickte zur Uhr, stellte fest, dass es erst zwei Uhr mittags war, und zuckte mit den Schultern.

»Ach, warum eigentlich nicht?«, sagte er.

Als Frances sich umdrehte, fiel ihr Blick auf eine gerahmte Fotografie, die auf einem Beistelltisch stand: Owens und Maggies Hochzeitsfoto. Maggie trug ein Kleid aus Spitze mit einem zurückhaltenden V-Ausschnitt und halblangen Ärmeln, Owen einen einfachen Anzug, der ihm beinahe passte, und eine Rose im Knopfloch. Sie sahen aufgeregt aus, verhalten optimistisch. Maggie war klein und schmal. Obwohl sie lächelte und einen Reif mit kleinen weißen Blüten im Haar trug, wirkten ihre Gesichtszüge eine Spur zu hart, als dass man sie als hübsch bezeichnen konnte. In ihrer Mitte wölbte sich unübersehbar ihr Bauch unter dem Kleid. Owen sah so jung aus, so unschuldig, dass es Frances tief berührte – wie die Erinnerung an etwas lange Verlorenes. Owen zögerte, als er sah, dass sie das Foto betrachtete, dann tippte er mit dem Finger auf den Babybauch.

»Das ist Nev da drin. Dad hat sich auf der Hochzeit betrunken und einen Streit mit Maggies Onkel angefangen. Zum Glück ist er umgefallen, ehe er richtigen Schaden anrichten konnte. Clives Bronchien ging es an dem Tag ziemlich schlecht, sodass Carys mit einem anderen Kerl getanzt hat, und Clive war deshalb ziemlich in Rage. Annie bekam einen Wutanfall, Gott weiß weshalb, und trieb Mum in den Wahnsinn. Eigentlich kann ich mich nur noch daran erinnern, dass ich, nachdem ich ›Ja, ich will‹ gesagt hatte, überall Feuer löschen musste. Es war eine richtige Hughes-Feier«, sagte er, und Frances lächelte.

Das Küchenfenster war unbeschädigt, und blasses Licht fiel herein. Frances musterte den schmalen Gasherd, die kleine Anrichte, die Teller im Regal an der Wand. Ein Tischbein war abgebrochen und wurde von zwei Ziegelsteinen gestützt. An den Wänden hingen mit Buntstiften gemalte Kinderbilder. Über einem der Stühle lag eine Häkeldecke, und auf dem Abtropfgestell standen vier längst getrocknete Teller sowie dazu passende Eierbecher mit Beatrix-Potter-Figuren. Frances dachte an Davy, der kaum wusste, wofür man einen Teller brauchte, als Frances ihn kennenlernte, und ihr Magen zog sich zusammen. Owen folgte ihrem Blick zu den Tellern und sah ihren Gesichtsausdruck. Nachdenklich griff er in eine Bierkiste, die in der Ecke neben der Spüle stand, öffnete eine Flasche und reichte sie ihr. »Willst du ein Glas haben?«, fragte er, doch Frances schüttelte den Kopf.

»Das geht so.«

»Du tust, was du kannst, Frances«, sagte er sanft. »Alle Auffangzentren und Krankenhäuser wissen Bescheid, halten nach ihm Ausschau und werden sich melden. Sie haben alle Informationen.« Frances trank einen Schluck Bier und sah zur Seite, denn beim Anblick von Owens mitfühlender Miene drohte sie zusammenzubrechen.

»Dad sagt, es gibt kaum noch Hoffnung, in den Trümmern jemand lebend zu finden«, sagte sie.

»Nun ja, aber er ist doch nicht in den Trümmern, oder? Er versteckt sich irgendwo. Oder ist mit jemandem mitgegangen.«

»Ja. Das hoffe ich … es sei denn, er ist bei jemandem, der ihm etwas antut.«

»Ich wünschte bei Gott, ich hätte dir nichts davon erzählt.«

»Aber was, wenn es so ist, Owen? Was, wenn es dieselbe Person ist, die Wyn umgebracht hat?«

»Nach all der Zeit? Das ist nicht der Fall, Frances. Setz dich bitte. Setz dich einfach einen Moment hin.«

Sie saßen sich an dem kleinen Tisch gegenüber, und zwischen ihnen herrschte eine seltsame Stille – nicht unangenehm, eher irgendwie erwartungsvoll. Frances entdeckte eine Kinderzeichnung von einem Flugzeug auf der Tischplatte – der Pilot in dem übergroßen Cockpit hatte ein breites schiefes Grinsen aufgesetzt. Die meisten Striche waren weggeschrubbt, doch die Risse im Schellack waren geblieben. Sie strich mit den Fingern darüber und erinnerte sich an die Kreidefiguren, die Wyn im Hof des Leprakrankenhauses gemalt hatte. »Das war Colin«, sagte Owen. »Nur ein paar Tage vor der Bombardierung. Dafür hat er sich von Maggie eine Ohrfeige eingefangen und geheult.« Owen lächelte. »Das ist typisch für ihn – er ist der Typ, der ausweicht, wenn man sich auf ihn stürzen will. Ganz gleich, was man ihm sagt, er tut immer das Gegenteil. Maggie hat ihm erklärt, er könne nicht auf den Tisch malen. Also hat er darauf gemalt und gesagt: ›Sieh mal, Mummy – ich kann das.‹« Er grinste.

»Er klingt ganz nach einem Hughes.«

»Er ist eindeutig ein Hughes.« Owen kratzte an dem Dreck unter seinem Daumennagel herum. Frances bemerkte, dass sein Haar und seine Hände staubig waren.

»Wie geht es mit den Reparaturen voran?«, fragte sie.

»Ganz gut, aber ich brauchte eine Pause«, sagte er. »Ich habe mir heute schon die Schuhe abgelatscht. Am Morgen war ich bei Maggie und den Kindern in Bathford, um sie davon zu überzeugen, dass die Bombardierung vorbei ist, und ihr zu sagen, dass ich das Dach abgedichtet habe.« Er holte tief Luft. »Jetzt sagt sie, sie kommt erst zurück, wenn alles sauber ist. Der Staub und der Rauch sind nicht gut für die Lungen der Kinder.«

»Aber das wird Monate dauern … Jahre!«

»Ja.« Owen trank einen Schluck und konnte Frances nicht in die Augen sehen. »Ich glaube, sie meint es nicht so, aber sie ist noch nicht so weit. Es war allerdings schön, die Kinder zu sehen.«

»Das kann ich mir vorstellen«, sagte Frances und spürte, dass Owen etwas für sich behielt. Als sie aufblickte, sah sie in seinem Gesicht das Bedürfnis, gehört und verstanden zu werden.

»Es ist einfach schön, wenn sich jemand freut, wenn man nach Hause kommt«, sagte er. Frances nickte, dachte an Joe und hatte seinetwegen ein schlechtes Gewissen.

»Du und Maggie, ihr seid jetzt seit vierzehn Jahren verheiratet, stimmt's?«

»Ja. Seit Nev unterwegs war.« Owen wandte einen Moment nachdenklich den Blick ab. »Wir mussten der Sache doch eine Chance geben, oder? Das Mädchen, das ich eigentlich heiraten wollte, hatte andere Pläne, also … Und man darf so etwas doch nicht bedauern, wenn daraus drei kleine Wesen entstanden sind, von denen jedes ein kleines Juwel ist.«

»Natürlich nicht. Und nur darum geht es doch in einer Ehe, oder? Darum, eine Familie zu gründen.« Frances fragte sich, ob sie verbittert klang. Das war nicht ihre Absicht. Owen warf ihr einen forschenden Blick zu.

»Nicht nur, oder? Es geht um Gemeinschaft, Beistand im Alter, all das. Liebe. Wenn man Glück hat.« Frances antwortete nicht gleich. Sie wartete und hoffte, dass das Bier die Anspannung in ihrem Inneren lösen würde.

»Also«, sagte sie, als sich das Schweigen zu lange hinzog. »Soll ich dir helfen, was auch immer du gerade gemacht hast? Das Haus putzen, damit sie früher zurückkommen?«

»Das musst du nicht.«

»Vier Hände schaffen mehr als zwei. Ich helfe dir gern.«

Das Kinderzimmer war genauso karg eingerichtet wie der Rest des Hauses und dabei so winzig, dass sowieso kaum Möbel hineinpassten. An der Wand lehnten zwei Matratzen – eine teilten sich der vierzehnjährige Nev und sein Bruder Colin, die andere Sarah und ihre Cousine Denise. Es gab eine ziemlich zerkratzte und abgenutzte Schubladenkommode und ein paar Spielsachen, die in eine Kiste geräumt waren – Puzzles in platt gedrückten Kartons, an den Ecken abgestoßen, ein Blechkreisel, einige Modellautos und -züge. An der Wand hing ein gerahmter Druck von einer weißen Ente, die kleine gelbe Küken ins Wasser führte. Unter dem Glas waren Gewitterfliegen gefangen – lauter kleine schwarze Punkte. Von allen Seiten liefen blitzähnliche Risse über die Decke und endeten an einem gezackten Loch in der Mitte. Owen hatte schon die heruntergefallenen Trümmer weggeräumt und den Boden gefegt, doch durch die Lücke blitzte Licht, wo der Himmel durch die Dachziegel lugte. Owen spähte hinauf.

»Na ja«, sagte er traurig. »Ich glaube, ich habe es einigermaßen wetterfest gemacht. Die meisten Ziegel sind wieder da, wo sie hingehören, aber viele sind zerbrochen und müssen ersetzt werden. Was ich frühestens nächsten Monat machen kann, wenn ich meinen Lohn erhalte und zum Schrotthändler komme. Und weil jetzt Hinz und Kunz alles braucht, werden die Preise ordentlich anziehen.«

»Wenn man sie von einem Trümmergrundstück holt, gilt das vermutlich als Plündern, oder?«, fragte Frances.

»Ich glaube schon.« Owen dachte einen Moment nach, dann schüttelte er den Kopf. »Das würde sich auch irgendwie nicht richtig anfühlen. Sie Leuten wegzunehmen, die alles verloren haben.«

»Ja, da hast du recht.«

»Diese verdammten deutschen Dreckskerle. Wir sollten ihnen das Zeug in Rechnung stellen.«

Frances zuckte zusammen. Das hörte sie überall – die Deutschen wurden verflucht, verabscheut und verunglimpft. Genau wie sie es aus ihrer Kindheit und aus dem Ersten Weltkrieg in Erinnerung hatte. Wahrscheinlich war es ein Ventil, eine allgemein tolerierte Art, mit der Angst und dem ganzen Wahnsinn umzugehen. Doch sie hatte erlebt, wie grausam normalerweise eigentlich nette, vernünftige Menschen werden konnten. Selbst einigermaßen harmlose, spontane Bemerkungen wie die von Owen beunruhigten sie – diese gedankenlose Ungerechtigkeit.

»Ihre und unsere Führer haben entschieden, Krieg zu führen. Nicht sie oder wir. Und wir halten so gut wir können dagegen«, sagte sie, obwohl sie wusste, dass sie sich nicht darum scheren sollte. Owen seufzte gereizt.

»Also, ich weiß nicht, Frances. Sie haben aber angefangen und ...«

»Hitler hat angefangen.«

»Sie haben ihn gewählt! Und wenn wir deshalb nicht wütend auf sie sein dürfen, wie sollen wir dann gegen sie kämpfen?«

»Das weiß ich nicht.« Frances dachte einen Moment nach. »Ich weiß es wirklich nicht.«

»Na dann.« Eine Weile arbeiteten sie schweigend weiter. »Rede so nicht mit jemand anders, ja?«, sagte Owen. »Die Leute mögen das nicht. Wenn du nicht aufpasst, landest du noch in einem Lager für feindliche Agenten.« Da er vermutlich recht hatte, widersprach Frances nicht.

»Mach ich nicht«, sagte sie erschöpft.

Sie wandten ihre Aufmerksamkeit der Decke zu. Zunächst mussten sie die übrigen Latten und den Gips um das

Loch herum abschlagen, um die Deckenbalken freizulegen und Bretter festzunageln, woraufhin Owens sorgfältig gefegter Boden von einem frischen Schwall Putz und Staub bedeckt wurde.

»Daran habe ich nicht gedacht«, gab er hustend zu und blickte auf den Dreck hinunter. »Das Aufräumen war wohl Zeitverschwendung.«

»Ja«, sagte Frances. Kurz lächelte sie über seine niedergeschlagene Miene. »Ich helfe dir, hinterher sauber zu machen. Das dauert nicht lange.«

»Danke, aber das musst du wirklich nicht. Du hast schon genug …«

»Ach.« Frances konnte ihm nicht sagen, dass sie nicht gehen wollte. Oder dass hier bei ihm ihre Verwirrung ein bisschen nachließ und ihre rasenden Gedanken ein wenig zur Ruhe kamen. Auch wenn es immer noch Dinge gab, die sie ihm nicht erzählen konnte – bei denen sie sich gut überlegen musste, ob sie sie erwähnte –, blieb die schlichte Tatsache, dass es deutlich besser war, bei Owen Hughes zu sein, als nicht bei ihm zu sein. »Du hast mir in letzter Zeit genug geholfen«, sagte sie verlegen.

»Dafür will ich keine Gegenleistung haben«, sagte Owen. Er zögerte, dann lächelte er sie an. »Aber ich lehne dein Angebot nicht ab. Dann schnapp dir das andere Ende von dem Brett und lass uns loslegen.«

Während sie Stück für Stück das Loch ausbesserten, schwiegen sie – es war eine ziemlich dilettantische Reparatur, die ein anständiger Bauarbeiter sofort abgerissen und neu gemacht hätte. Es gab nur die Arbeit, das Miteinander und die angenehme Wärme eines zweiten Biers in ihrem Blut. Vielleicht lag es daran, dass es ihr vorkam, als wären nicht Jahre vergangen, seit sie das letzte Mal so entspannt zusammen gewesen waren. So schien es, als wäre es immer so gewesen. Langsam füllte sich das kleine Zimmer mit dem Geruch, den ihre Körper am Ende eines anstrengenden Tages verströmten und der sich mit dem von Holz und Gips mischte. Owen roch stets nach Stothert & Pitt – nach Maschinenöl und Metall, irgendwie unwiderstehlich, wie der Geruch eines neuen Pennys. Frances dachte an ihren Ewigkeiten zurückliegenden Kuss unter der Eisenbahnbrücke oben in Lyncombe Vale. Die Erinnerung daran war noch immer lebendig, sie konnte den wilden Kerbel riechen und den Schlamm unter ihren Füßen. Die feuchten Backsteine der Bögen und einen Hauch Schafsmist von dem dahinterliegenden Feld. Und natürlich erinnerte sie sich an Owen – an seine Silhouette in der Dunkelheit und an seinen Mund, den sie flüchtig erforscht hatte, bevor er sie fortstieß. Lippen, Zähne und Zunge, mit Spuren von Alkohol und Zigaretten. Das wäre jetzt genauso.

»Frances?«, sagte Owen, damit sie ihm ihre Aufmerksamkeit schenkte. »Träumst du?« Er lächelte ihr von der Leiter herunter zu. »Gibst du mir noch mal den Klauenhammer?«

»Den hier? Bitte.«

»Ist alles in Ordnung?«

»Ja, ich ...« Frances sammelte sich und verdrängte die Erinnerung. »Ich war bei der Polizei. Wegen Wyn.«

Owen legte die Stirn in Falten. Einen Moment nestelte er an dem Hammer herum und kratzte kleine Farbstücke vom Griff.

»Um denen was zu sagen?«, fragte er schließlich.

»Dass ich ... ich glaube, die Untersuchung sollte wieder aufgenommen werden.« Owen schwieg. »Sie haben zugesagt, einen Blick in die Akte zu werfen. Nun ja, eine von ihnen hat es zugesagt.«

»Okay«, sagte er ausdruckslos. »Und warum meinst du, dass sie das tun sollten?«

»Du weißt warum, Owen! Johannes wusste nicht, wo sie wohnte. Er hatte Angst, auch nur einen Fuß vor das Lepra-krankenhaus zu setzen … Ich habe ihnen endlich gesagt, was ich allen schon vor vierundzwanzig Jahren hätte sagen sollen. Johannes Ebner hat deine Schwester nicht umgebracht.« Die Worte standen übermächtig im Raum. Owen oben auf der Leiter hörte auf, an dem Griff zu kratzen, und sah sie an. Auf seinem Gesicht lagen Sorge, Resignation und – unübersehbar – Angst.

»Ich weiß«, sagte er.

»Du – *wie bitte*?« Frances war sprachlos. Sie hatte damit gerechnet, dass er sagen würde, sie sollte es vergessen. Dass sie wieder hören würde, sie täusche sich. »Das *weißt* du? Wie meinst du das, du *weißt* es?«

»Ich …« Owen schüttelte den Kopf und stieg von der Leiter herunter. Tiefe Röte kroch seinen Hals hinauf, und Frances vermutete, dass er die Worte gern zurücknehmen würde. »Ich meine, er hätte es getan haben *können*. Er hat sich genau dort versteckt, wo sie gestorben ist. Und er war ziemlich fertig.« Er schüttelte den Kopf. »Aber … ich meine, warum sollte er das tun? Das Letzte, was er wollte, war doch entdeckt zu werden. Und wenn er sich ein kleines Mädchen schnappt und ihre Kleider direkt auf seiner Türschwelle liegen lässt, musste er einfach entdeckt werden. Und ich erinnere mich an sein Gesicht, als sie ihn dort herausgeholt haben. Du wahrscheinlich nicht – ich weiß nicht, ob du dabei warst. Du warst noch so jung. Aber ich habe sein Gesicht gesehen, und das war wie … versteinert. Und verwirrt. Als könnte er nicht verstehen, wie man ihn entdeckt hat, oder warum, oder wohin man ihn brachte.«

Frances schloss die Augen und kämpfte gegen ein Schwindelgefühl an. Sie wurde von einer Scham gequält, deren Ursprung sie immer noch nicht ganz verstand.

»O Gott«, flüsterte sie.

»Außerdem«, fuhr Owen fort. »Du kanntest ihn. Niemand anders kannte ihn, nachdem Wyn … nachdem sie tot war. Niemand außer dir konnte für ihn eintreten, und das tust du jetzt. Und wie käme ich dazu, dir zu sagen, du täuschst dich? Aber Frances, er ist tot. Er und Wyn sind beide tot. Es ist zu spät – was kannst du jetzt noch für ihn tun?«

»Es ist nicht zu spät – es darf nicht zu spät sein!«, sagte Frances. »Nur ich konnte für ihn eintreten.« Sie blinzelte die Tränen weg und sah Owen direkt in die Augen. »Und ich habe das Falsche gesagt. Sie haben mich nur gefragt, was sie hören wollten, und sie … sie haben mich benutzt, um ihn dranzukriegen. Ich habe ihn nicht verteidigt! Daran kann ich jetzt nichts mehr ändern, das ist mir klar … Aber ich kann zumindest denjenigen finden, der es getan hat!« Sie versuchte, ruhig zu atmen. »Denn das Einzige, was genauso schlimm ist wie die Tatsache, dass man Johannes unschuldig verurteilt hat, ist, dass der wahre Mörder davongekommen ist.«

»Frances«, sagte Owen kopfschüttelnd. »Du kannst doch unmöglich glauben, dass nach all der Zeit noch die geringste Chance besteht, das herauszufinden?«

»Vielleicht doch. Ich könnte …«

»Nein, das kannst du nicht! Unmöglich!« Dass Owen die Stimme erhob, brachte sie zum Schweigen. »Du machst dich kaputt. Das wird dich in den Wahnsinn treiben. Es ist zu spät!«

»Aber ich … ich erinnere mich an Dinge! Dinge, von denen ich niemandem erzählt habe.«

»Was für Dinge?«, fragte Owen nach einer kurzen Pause. Er wirkte ängstlich, und Frances kam der schreckliche Gedanke, dass er ihr etwas verheimlichte.

»Ich … ich …« Frances bemühte sich, die Bilder in eine Art Reihenfolge zu bringen. Orte zu benennen und Menschen. *Percy Clifton*. Der Name lag ihr auf der Zungenspitze. Doch es war sinnlos, ihn auszusprechen, sinnlos, Owen zu fragen, ob er Percy Clifton kannte. Natürlich kannte er ihn nicht. Genauso wenig wie Frances. Sehr wahrscheinlich war Percy Clifton tot. Der *echte* Percy Clifton natürlich – nicht der Mann, der bewusstlos im Royal United Hospital lag. Er musste aufwachen, mit ihr reden und ihr Antworten geben. Bei der Vorstellung schlug ihr Herz schneller. *Pst, kleine Schwestern! Es wurde jeder Stein umgedreht.* »Ich glaube …«, sagte sie unsicher. Sie sah Wyn, die sich wütend entfernte. Sie wollte sie zurückrufen. Wollte es, tat es aber nicht. »Ich glaube, ich habe Wyn an dem Tag gesehen, an dem sie verschwunden ist«, sagte sie und versuchte, klar zu denken. »Ich … ich habe die Polizei angelogen. Ich weiß nicht, warum! Ich kann mich nicht mehr erinnern, warum ich das getan habe. Wyn ist zu mir nach Hause gekommen und hat mich irgendetwas gefragt. Aber ich weiß nicht mehr, was. Ich war wütend und habe sie weggeschickt. Sie war ganz allein. Und ich wollte sie zurückrufen. Aber ich habe es nicht getan.« Frances schlug sich die Hand vor den Mund, als beiden zugleich die Bedeutung ihrer Aussage bewusst wurde. In ihren Augen brannten Tränen. »Wenn ich mit ihr gegangen wäre … Wenn ich sie zurückgerufen hätte, würde sie vielleicht noch leben!«

»Nicht, Frances«, sagte Owen, machte einen Schritt auf sie zu und ergriff ihre Arme. »Es war nicht deine Schuld! Nichts von dem, was passiert ist, war deine Schuld.«

Als es an der Tür klopfte, fuhren sie beide vor Schreck zusammen. Owen drückte noch einmal ihre Arme, dann ging er nach unten, um zu öffnen. Frances hörte ihn reden, verstand jedoch nicht, was er sagte. Sie zitterte, sie war sich jetzt sicher, dass sie recht hatte – sie hatte Wyn allein fortgeschickt, damit sie ihrem Mörder begegnete.

»Frances!«, rief Owen die Treppe hinauf. »Zieh deine Jacke an. Wir müssen weg.«

»Was ist los?« Sie rannte zu ihm nach unten, und er reichte ihr ein Telegramm. Er lächelte nicht, aber er strahlte neue Energie aus, und ihr Herzschlag beschleunigte sich. Rasch überflog sie das Papier: *Nachricht für Mr. O W Hughes von der Notfallklinik, Frome Rd House, Combe Down. Junge, 5-6 Jahre, wegen Verletzungen behandelt, nicht identifiziert. Gefunden Bear Flat 30/4.* »Oh …«, sagte sie und blickte zu Owen hoch. »Das ist Davy – das muss er sein. Sie haben ihn gefunden!«

»Komm.« Owen reichte ihr ihre Jacke.

Die Notfallklinik in Combe Down war in das Frome Road House gezogen, das riesige viktorianische Armenhaus, in dem im vorigen Jahrhundert Tausende von Baths Armen gelebt hatten und gestorben waren. Von dem eindrucksvollen Portikus, der von einer riesigen Uhr beherrscht wurde, führten in der Form eines Y diagonal die Seitenflügel ab – der Männerflügel und der Frauenflügel, das Kesselhaus, die Bäckerei und die Krankenstation. Frances erinnerte sich, dass Cecily sich für bessere Bedingungen für die Babys und Kleinkinder hier eingesetzt hatte – sie hatte Reden vor dem Römerbad gehalten und Geld gesammelt. Lieferwagen fuhren vor und wieder ab – die Kantine kochte mit den vom Ministerium zugeteilten Lebensmitteln und gab das Essen an die

Kantinen der Auffangzentren weiter. Frances hatte für sie beide das Busgeld bezahlt, denn bis nach Combe Down ging es fast zweieinhalb Kilometer stetig bergauf, und ihr fehlte einfach die Geduld. Owen und sie gingen durch die Tür unter der Uhr und eilten zur Rezeption.

Die Decke im Inneren war hoch. Es roch nach Staub und Kirchengestühl, obwohl der Ort makellos sauber zu sein schien. Die Steinwände waren nackt. Durch die hohen zweiflügeligen Fenster fiel Licht herein, das von einer einsamen schwachen Gaslampe ergänzt wurde, die an einer langen Kette hoch über ihren Köpfen hing. Frances kämpfte sich durch eine kleine Menschentraube, die am Empfang eine Diskussion führte.

»Ich fürchte, Sie müssen warten, bis Sie dran sind, Madam«, erklärte ihr die Dame an der Anmeldung in strengem Ton. Sie saß in einem Meer aus Papier und hatte die Hände flach auf alles gelegt, als könnte es sonst von einem Sturm hinweggefegt werden.

»Schon gut – wir möchten nur wissen, in welche Richtung wir gehen müssen.« Frances schob der Frau das Telegramm hin. »Kinderstation, nehme ich an – es sei denn, er war in der Chirurgie? Wir wissen nicht, wie schwer er verletzt ist, oder wann er genau eingeliefert wurde.«

»Ist das Ihr Sohn?«, fragte sie und überflog die Nachricht.

»Mein Neffe«, sagte Owen.

»In Ordnung. Schwester Portree!«, rief die Dame am Empfang an ihnen vorbei. »Entschuldigen Sie, dass ich Sie aufhalte, Schwester – könnten Sie den beiden helfen?« Sie reichte das Telegramm einer kleinen Frau mit einem derart riesigen Busen, dass die Kettenuhr, die sie trug, fast waagerecht abstand. Die Schwester warf ihnen einen kurzen Blick zu und nickte.

268

»Bitte folgen Sie mir«, sagte sie. Frances blickte lächelnd zu Owen und ignorierte seine besorgte Miene.

Als sie sich von dem Empfangstresen entfernten, senkte sich die ganz eigene Stille eines Krankenhauses über sie – ein unablässiges leises Murmeln, das sich aus verschiedenen, stark gedämpften Lauten zusammensetzte. Es hallte gruselig durch die kargen Korridore, und Frances konnte es kaum erwarten, Davy von hier fortzubringen. Schwester Portrees Absätze klapperten über die Fliesen, und das Leder ihrer Schuhe quietschte.

»Wissen Sie, wie es ihm geht?«, fragte Frances sie.

»Ziemlich schlecht, aber er kommt durch, und es ist nichts gebrochen. Ich glaube, das Problem war eher, dass er so lange kein Wasser und nichts zu essen bekommen hat. Und er hat sich den Kopf angeschlagen. Als er eingeliefert wurde, wirkte er ein bisschen verwirrt, und wir hatten große Schwierigkeiten, irgendeine Information aus ihm herauszubekommen. Er war stumm wie eine Maus.«

»Ja«, sagte Frances und fasste Mut. »Ich fürchte, er ist nicht sehr gesprächig, auch nicht zu seinen besten Zeiten.«

»Frances ...«, sagte Owen vorsichtig. Sie gingen weiter, durch Flure mit tieferen Decken und weniger Licht. Frances blickte in die Zimmer, an denen sie vorbeikamen, und sah dicht nebeneinander aufgestellte Feldbetten, auf denen je eine Decke und ein Kissen lagen. Um einige davon waren behelfsmäßige Holzrahmen errichtet, an denen gebrochene Glieder hingen.

»Er heißt David Noyle, wenn Sie eine Notiz machen müssen«, sagte sie.

»Warten wir es ab«, sagte Schwester Portree.

Seit man ihn gefunden hatte, war er sicher gut versorgt worden, beruhigte sich Frances, und er war immerhin so weit bei Bewusstsein gewesen, um verwirrt zu wirken. Sie wünschte, sie hätte etwas von ihm bei sich, womit sie ihn trösten konnte, bis er entlassen wurde, aber Davy hatte nie viel besessen. Allerdings hatte er noch seine Mutter – wie immer sie auch war – und Großeltern, die bereit waren, sie bei sich aufzunehmen. Wut stieg in Frances auf, als sie sich daran erinnerte, wie Carys einmal versehentlich die Tür abgeschlossen hatte, als sie nach Hause kam und oben eingeschlafen war. Davy hatte sie auf der Hintertreppe vergessen, und es hatte die ganze Nacht geregnet. Als sie ihn morgens zur Schule bringen wollte, fand Frances den Jungen zitternd und elend wie eine nasse Katze. Sie war so wütend gewesen, dass sie zwei Wochen nicht mit Carys sprach, und sie dachte unwillkürlich, in was für ein Zuhause Davy jetzt zurückkehren würde. Sie konnte nicht anders, sie wünschte sich, dass die Dinge anders wären.

Sie betraten einen großen Raum, der als Kinderstation diente, und Frances merkte, dass sie Angst hatte, Davy wiederzusehen – welche Gefühle er in ihr auslösen würde und wie schwer seine Verletzungen waren. Dann stieß sie gegen Schwester Portree, die stehen geblieben war und sich erwartungsvoll zu ihnen umdrehte.

»Und?«, fragte die Schwester. Verwirrt sah Frances sich um. Sie waren am Ende der Station, neben dem allerletzten Bett stehen geblieben, doch der kleine Junge, der dort lag, war nicht Davy. Sie blickte ins Nachbarbett, aber von dort blickte sie neugierig ein kleines Mädchen an.

»Mist«, murmelte Owen, und Frances spürte seine Hand auf ihrer Schulter.

»Das verstehe ich nicht«, sagte sie. Schwester Portree nahm die Krankenakte des Jungen und musterte sie mit gerunzelter Stirn.

»Herrje«, sagte sie. Frances holte tief Luft und war vorübergehend sprachlos. »Es tut mir ja so leid … Wie es aussieht, sind Sie umsonst hergekommen.« Die Schwester errötete und drehte sich zerknirscht zu der kleinen Gestalt im Bett um. Der Junge hatte Sommersprossen, rote Locken und braune Augen. »Seit das Telegramm abgeschickt wurde, ist jemand hier gewesen und hat Anspruch auf den Jungen erhoben. Eric Cottrell, steht hier. Jetzt wissen wir zumindest, wer er ist. Das ist doch gut, finden Sie nicht? Möchten Sie sich einen Moment setzen?«

»Nein … Nein, ich möchte mich nicht setzen! Ich … wir haben doch in unserer Beschreibung unmissverständlich geschrieben, dass Davy glattes, blondes Haar und graue Augen hat!«

»Ich verstehe ja, dass Sie aufgebracht sind, aber wir dürfen hier auf keinen Fall die Stimme erheben.«

»Komm, Frances«, sagte Owen und versuchte, sie wegzuführen.

»Nein! Wir haben eine sehr genaue Beschreibung von ihm abgegeben … Sie war ganz eindeutig!«

»Nun, es tut mir leid, hier ist in den letzten Tagen offenbar einiges durcheinandergegangen«, sagte Schwester Portree steif. Plötzlich war Frances so wütend, dass sie sich kaum noch beherrschen konnte. Auf Schwester Portree und ihre quietschenden Schuhe. Auf den unschuldigen Eric Cottrell, weil er in Davys Bett lag. Auf denjenigen, der Owen das Telegramm geschickt hatte. Aber vor allem war sie wütend auf sich selbst, weil sie für ein paar glückliche Minuten den Gedanken verdrängt hatte, dass es sich bei dem anonymen Jungen nicht um Davy handeln könnte.

Mit unbewegter Miene führte Owen Frances von der Station in die Kantine. Er besorgte ihr eine Tasse Brühe, die sie kalt werden ließ, während Owen stumm neben ihr saß und vor sich hin starrte. Menschen kamen und gingen, es wurde Tee serviert und kondoliert. Wieder begann es zu regnen – die Besucher trugen den Geruch nasser Kleidung herein.

»Frances?«, sagte Owen schließlich. »Sollen wir nach Hause gehen?«

»Nach Hause?«, fragte sie. Erst jetzt merkte sie, dass sie geweint hatte. Ihre Augen juckten und waren geschwollen. »Und dann? Wieder warten? Wieder die Auffangzentren ablaufen, obwohl er nicht da ist? Wieder das Gefühl haben, ich hätte das Schlimmste überhaupt getan?«

»Was willst du von mir hören?«, sagte Owen angespannt. »Was willst du tun?«

»Ich will weitersuchen! Ich will ihn *finden*! Heute – jetzt!« Frances schrie, die Leute drehten sich um, doch das war ihr gleichgültig.

»Frances …«

»Denn, wenn ich ihn nicht finde … Wenn ich ihn verloren habe, Owen, wenn er tot ist, dann …« Sie rang nach Atem und zitterte am ganzen Leib. »Wie soll ich nur damit leben?«

Vorübergehend war es still in der Kantine. Frances spürte, dass alle Blicke auf sie gerichtet waren, doch es war Owens ängstlicher, besorgter Blick, den sie nicht ertrug. Mit einem kratzenden Geräusch schob sie den Stuhl zurück, stand auf und wischte sich mit den Händen durchs Gesicht.

»Warte, Frances«, sagte Owen, doch sie eilte durch die Halle hinaus in den Regen. »Frances!«, rief er wieder und lief hinter ihr her. Frances drehte sich zu ihm um. »Na gut«, sagte er.

»Was soll das heißen?«

»Du willst weitersuchen, also suchen wir weiter. Jetzt.«

»Wo?«, fragte sie ratlos. Owen klappte den Kragen hoch und blinzelte in den Regen.

»Darüber habe ich gerade nachgedacht. An Orten, an denen du mit ihm warst – überall, wo du mit ihm hingegangen bist. An allen Orten, an denen es ihm gefallen hat oder an die er sich vielleicht erinnert. Überall, wo er hingegangen sein könnte.«

»Aber …« Frances breitete hilflos die Arme aus.

»Hör zu, wenn er nicht an den wahrscheinlichen Orten ist, lass uns an den unwahrscheinlichen nachsehen. Du hast mir erzählt, dass Carys nicht wusste, wo er gern spielt, dann sag du es mir.«

»Er … er …« Sie versuchte, sich zu konzentrieren, und dachte nach. »Er ging gern hoch nach Smallcombe und auf die Topcombe Farm. Er mochte die Scheune. Ich habe ihn ein paarmal mitgenommen, wenn ich Judith nach meinem Auszug besuchte.«

»Dann fangen wir dort an. Einverstanden?« Owen sah ihr in die Augen, und nach und nach spürte sie, wie ein Teil ihrer Entschlossenheit zurückkehrte. Sie nickte.

»Einverstanden.«

Eine plötzliche Böe peitschte Frances den Regen in die Augen. Er sickerte durch ihren Jackenkragen und ihre Manschetten. Sie durchquerten Claverton Down auf Fußwegen und bogen dann ins Smallcombe Vale ab, eins der steilen grünen Täler, die sich südlich von Bath hinaufzogen. In Gedanken versunken liefen sie schweigend nebeneinander her und rutschten auf dem nassen Gras und dem schlammigen Boden immer wieder aus. Als die Topcombe Farm, die sich in den Hügel schmiegte, in Sicht kam, blieb Frances stehen. Daneben mündete ein Strom in einen großen Teich. Um ein georgianisches Haus standen diverse alte Schuppen und Ställe. Der Wind zerfetzte die Rauchfahne, die aus dem Kamin aufstieg. Frances bereitete sich auf die Begegnung mit Judith Parry vor, die sie nie als Schwiegertochter gewollt hatte und die ihr dennoch nicht vergeben würde, dass sie gegangen war. Frances hatte sich alle Mühe gegeben, Joes Frau zu sein – die Frau eines Bauern. Sie hatte sich auch alle Mühe gegeben, ein Baby zu wollen. Doch ein Kind in die Welt zu setzen war ihr so beängstigend, so unwiderruflich erschienen, dass die Mutterschaft sie nicht reizte. Kinder konnten plötzlich verschwinden, sie konnten Leben zerstören.

Owen folgte ihrem Blick.

»Die Vorstellung, dass du dort oben lebst, kam mir immer merkwürdig vor«, sagte er. »Als wäre es irgendwie nicht richtig.«

»Ich habe es geliebt«, sagte Frances. Owen wirkte bekümmert. »Ich meine, ich habe gern auf dem Gut gelebt. Die saubere Luft und der weite Horizont.« Sie hatte auch den stoischen Gleichmut der Tiere bewundert und wie lebendig alles war, selbst mitten im Winter. Der Dampf, der von den Kühen aufstieg. Die Gänse, die auf dem zugefrorenen Teich ausrutschten. Das bergeweise vermodernde Heu in der Scheune, jahrhundertealt, von Ratten, Zecken und Hühnern bevölkert. Es war so ganz anders als die ausgestorbenen Straßen in der Stadt. »Ich glaube, darum habe ich ihn überhaupt geheiratet.«

»Das kann doch aber nicht der einzige Grund gewesen sein, oder? Du musst Joe geliebt haben.«

»Nein, ich … ich mochte ihn. Ich habe Ja gesagt, weil er es wollte. Weil er mich liebte. Ich dachte, das würde genügen. Ich dachte, es könnte nicht schaden, es zu versuchen. Aber ich habe mich in beidem getäuscht.« Frances verstummte und gab sich ihren Erinnerungen hin. Außerdem war Owen damals bereits mit Maggie verheiratet gewesen, doch das konnte sie ihm nicht sagen. »Ich dachte, hier oben könnte ich die Vergangenheit hinter mir lassen«, sagte sie. »Dazu drängten meine Eltern mich ständig. Aber es stellte sich heraus, dass diese Dinge ein Teil von mir sind. Man nimmt sie immer mit, ob man will oder nicht. Eine Weile fühlte es sich allerdings wie ein gutes Leben an.«

»Aber ist die Landarbeit nicht schwer, wenn man nicht mit ihr aufgewachsen ist?«, fragte Owen. Frances zuckte mit den Schultern.

»Sie passt zu mir. Es macht mir nichts aus, mir einen Fingernagel abzubrechen, mir selbst die Haare zu schneiden oder ständig nach Tier zu riechen. Das alles hat mich nicht gestört. Und es gab immer etwas zu tun. Jeden Tag hatte ich ein Ziel.« Eine Weile lang hatte sie dort ein völlig anderes Lebensgefühl entwickelt. Sie hatte sogar eine Ahnung von Glück verspürt. Doch mit der Zeit war ihr klar geworden, dass sich ihre Gefühle ihr selbst oder Joe gegenüber nicht änderten.

»Warum bist du dann weggegangen? Wenn dir die Frage nichts ausmacht.« Owen klang verlegen. »Habt ihr euch zerstritten, du und Joe?«

»Nein, nein.« Frances dachte einen Moment nach. »Joe hat eine Frau verdient, die ihn liebt. Die die Mutter seiner Kinder sein will. Ich habe ihn nur unglücklich gemacht.«

Ehe Owen weiterfragen konnte, setzte Frances ihren Weg fort und ging den Hügel hinunter. Kurz darauf hörte sie, wie Owen ihr folgte. Sie ging direkt zur Scheune und sah sich in der Dämmerung um. Als sie zusammen hier gewesen waren, hatte Davy im Heuhaufen gespielt – er war voller Spreu gewesen und hatte fröhlich gegrinst. Unzählige Male war er hinaufgeklettert und dann wieder heruntergerutscht oder -gesprungen. Frances achtete auf plötzliche Bewegungen, lauschte auf das Rascheln eines kleinen versteckten Körpers. Die Hühner gackerten leise vor sich hin, Fliegen summten. Neben ihr lief eine Maus über einen Balken.

»Davy?«, rief sie. »Hier ist Frances. Du kannst jetzt rauskommen.« Als würden sie einfach nur Verstecken spielen. »Ich will dich abholen und dich mit nach Hause nehmen. Es ist jetzt ziemlich sicher …« Ihre Stimme verhallte im Nichts, und sie wusste, dass sie mit den Ratten und Hühnern sprach und mit niemandem sonst. »Komm jetzt, Davy«, sagte sie leise. Raschelnd trat Owen hinter sie.

»Nichts?«, fragte er. Sie schüttelte den Kopf. »Sollten wir nicht am Gutshaus anklopfen und Bescheid sagen, dass wir hier sind?«

»Wahrscheinlich«, sagte Frances.

»Auf jeden Fall, würde ich sagen«, bemerkte Judith von der Tür aus. Frances und Owen drehten sich um und blickten in den Lauf ihrer Schrotflinte, die sie rasch wieder senkte. »Ich habe euch für Diebe gehalten, Frances. Fast hätte ich auf dich geschossen.« Judiths Gesicht war hager, ihre Augen waren dunkel und undurchdringlich. Die Waffe lag in den sehnigen Händen, die harte Arbeit gewohnt waren.

»Wir suchen Davy«, sagte Frances. »Er ist verschwunden. Können wir in den anderen Ställen nachsehen?«

»Der kleine Junge, auf den du aufpasst? Den du so gernhast?« Judith musterte Frances mit strengem Blick. »Seht nach, wo ihr wollt. Ich habe ihn jedenfalls nicht gesehen«, sagte sie und kehrte zum Haus zurück.

Sie suchten überall, fanden jedoch nichts. Der Regen wurde immer stärker. Owen zog die nassen Schultern hoch, und Frances zitterte, als sie den Hügel nach Bath hinunterliefen. Auf dem matschigen ruhigen Holloway blieben sie bei den Trümmern am Springfield Place stehen, wo Frances Davy zum letzten Mal gesehen hatte. Es gab dort keine Spur von Leben. Der Himmel verdunkelte sich allmählich, und sie waren beide müde. »Wo als Nächstes?«, fragte Owen unerschütterlich, und Frances wollte ihn fest umarmen.

»Owen … bitte geh nach Hause. Danke, dass du es versucht hast. Geh, trockne dich ab und iss etwas«, sagte sie.

»Gehst du auch?«

»Ich … ja. Vielleicht noch nicht gleich.«

»Dann bleibe ich.« Er schob die Hände tief in die Hosentaschen und sah sich um. »Was ist mit Orten, die näher an zu Hause liegen? In der Magdalen Chapel hast du sicher schon nachgesehen. Und im Leprakrankenhaus.«

»Wie bitte?«

»Ich dachte, du hättest schon im Leprakrank…«

»Warum sollte er dort sein?«, unterbrach ihn Frances. »Dort würde er nicht hingehen. Da bin ich noch nie mit ihm gewesen.«

»Frances, was ist los?« Owen blickte irritiert zu ihr hinunter. »Warst du … warst du etwa nie wieder da? In der ganzen Zeit nicht?« Frances schüttelte den Kopf. Owen drehte sich um und sah zu der kleinen Kapelle und dem benachbarten Gebäude daneben, in dem sich Johannes einst versteckt hatte. Wo Wyn wahrscheinlich gestorben war. »Aber das ist doch gleich da drüben. Wenn Davy hinausgelaufen ist und es war dunkel und er war verwirrt … könnte er dann nicht in eines der Gebäude gegangen sein? Und vielleicht hatte er zu viel Angst, wieder herauszukommen, oder er wusste nicht, wo er war? Wir müssen unbedingt nachsehen.«

»In Ordnung.« Frances' Kehle war trocken. Die Angst packte sie fest mit ihren Klauen.

Auf der östlichen Seite der Magdalen Chapel klaffte ein großes Loch, und überall im Mauerwerk steckten Granatsplitter, als hätten sich riesige Würmer hineingegraben. Sie sahen unter Bänken und im Chorgestühl und in allen dunklen Ecken nach, und Frances erinnerte sich an die zweite Bombennacht und den Soldaten, der neben ihr gestorben war – an den Geruch von Blut. Ihr Herz schlug heftig gegen ihre Rippen.

»Ist alles in Ordnung?«, fragte Owen. Frances nickte. Sie wagte nicht zu sprechen. Sie suchten auf dem Friedhof, dann standen sie an der Mauer und blickten in den Hof des Leprakrankenhauses hinunter. Er war feucht und voller Pfützen, von Unkraut überwuchert. Frances spürte, wie jeder einzelne ihrer Nerven unter Hochspannung stand. Von den Ästen über ihren Köpfen fielen schwere Regentropfen herab. Das letzte Mal, als sie hier gestanden hatte, war es Sommer gewesen. Wyn lebte noch. Und Johannes auch. »Hier seid ihr damals immer hineingekommen?«, fragte Owen. Wieder nickte Frances.

»Ich ... ich glaube, ich kann da nicht reingehen«, sagte sie. Wie viele Dinge aus der Kindheit wirkte auch das Krankenhaus heute wesentlich kleiner. Es sah vollkommen anders aus – und doch noch ganz genauso wie einst. *Pst, kleine Schwestern!*

»Das musst du auch nicht, ich kann alleine gehen«, sagte Owen. Er zögerte und blickte sie an. »Aber ... vielleicht solltest du es tun. Schließlich ist es nur ein Haus.« Er drehte sich zu dem alten Krankenhaus um. »Vielleicht hilft es dir, dich an etwas zu erinnern«, fügte er in eigenartigem, ausdruckslosem Ton hinzu. Frances versuchte, seine Miene zu deuten, konnte jedoch nicht klar denken. Also stieg sie über die Mauer, ehe sie es sich wieder anders überlegen konnte.

Sie suchte auf den Pflastersteinen nach Kreidezeichnungen und nach einem blassen Gesicht am Fenster. Sie suchte nach einer kleinen, flinken Gestalt mit einer Fahne aus sonnenbeschienenem Haar. Ein-, zweimal meinte sie im Augenwinkel eine Bewegung wahrzunehmen, fuhr herum und versuchte, etwas zu erkennen. Doch da waren nichts als nasse Blätter und leere Schatten. *Komm zurück, Wyn! Es wurde jeder Stein umgedreht.*

»Frances?« Owen berührte sie an der Schulter, und sie fuhr herum und schnappte nach Luft. »Ich bin da. Du brauchst keine Angst zu haben«, sagte er sanft. »Dir kann nichts passieren.« Da war sich Frances keineswegs sicher. Owen sah sich um. »Sind hier draußen im Hof keine Verstecke? Nichts, wo er sein könnte?«, fragte er. Frances schüttelte den Kopf. Sie ging zur Hintertür. Sie stand ungefähr eine Handbreit offen, und noch immer hingen Reste weißer Farbe an ihr. Der rostige Griff war derselbe, den Wyn berührt hatte – er hatte all die Zeit gewartet. Frances' Atem ging zu schnell. Sie fühlte sich schwach, irgendwie benommen. Der Griff war kühl in ihrer Hand, und sie musste sich mit der Schulter gegen die Tür stemmen, um sie weiter zu öffnen. Als sie innen den ersten Luftzug einatmete, spürte sie, dass etwas fehlte. Feuchter Stein, Moder und Spinnweben … aber der Geruch von Johannes fehlte. Ihr wurde bewusst, dass er überall gehangen hatte – der Geruch eines ungewaschenen Körpers und schmutziger Kleidung. Nicht eine einzige Spur von ihm war geblieben; die Leere schmerzte.

»Johannes«, flüsterte sie.

»Was hast du gesagt?«, fragte Owen. Frances konnte nicht antworten. »Also, es scheint leer zu sein, aber sehen wir trotzdem nach.« Frances war bewusst, dass er sprach, doch durch das Rauschen des Blutes in ihren Ohren konnte sie ihn kaum verstehen. Er reichte ihr seine Hand, und sie hielt sie fest umklammert.

Die unteren Räume waren dunkel, kalt, tot. »Das Haus wirkt von innen noch kleiner, als es von außen aussieht«, murmelte Owen und schien nicht mehr zu erwarten, dass sie antwortete. Die Stufen waren so schmal, dass Frances seine Hand loslassen musste, um hinaufsteigen zu können. Genau wie als Achtjährige stellte sie ihren Fuß vorsichtig in den tiefsten Teil der Stufe. Sie spürte ein schleichendes erwartungsvolles Gefühl – dass sich dort in den oberen Räumen etwas befand, an das sie sich erinnern sollte – oder an das sie sich vielleicht nicht erinnern wollte. Ein unerklärliches inneres Zurückweichen. Am oberen Treppenabsatz blieb sie stehen, sodass Owen zwangsläufig auch anhalten musste. Ihr Herz schlug schneller, ihr Kopf drohte zu platzen. *Ich habe versprochen, es niemandem zu erzählen.* Sie rang nach Luft, als sie klar und deutlich Wyns Stimme hörte.

»Was ist?«, fragte Owen. Er stand in der Dunkelheit dicht hinter ihr. Bei der Aussicht, dass er sie berühren könnte, erschauderte sie. Ein Mann stand hinter ihr und drückte ihr den Kopf nach unten. Hitze, Angst. Der Geruch von Brennnesseln. Frances zwang sich in die Gegenwart zurück, blickte in den rechten Raum, und ein erstickter Laut entfuhr ihrer Kehle. *Johannes!* Da war er – eine schmale Gestalt, die sich vor der Wand zusammengerollt hatte. So hatte sie ihn schon oft schlafen gesehen. Sie öffnete den Mund, doch es kamen keine Worte heraus. Sie wusste, dass er tot war. Er war ein Geist, ein Gespenst, genau wie sie es sich ursprünglich vorgestellt hatte. Doch dann sah sie klarer und wagte kaum zu glauben, was sie entdeckt hatte. Die Gestalt war deutlich kleiner als Johannes.

»*Davy!*«, rief sie, rannte zu ihm und stolperte in der Eile.

Als sie ihn sanft umdrehte und hochhob, spürte sie sofort, dass er es war. Voll ungläubiger Freude begann sie zu schluchzen. Owen kniete sich neben sie, strich Davys Haar zurück und untersuchte den kleinen Körper eilig auf Verletzungen. Er war schmutzig und schwach, aber er schien unverletzt zu sein. »O Gott«, murmelte Frances und wiegte ihn in den Armen. »O Gott, ich dachte, ich hätte dich verloren, Davy.«

»Bring ihn ans Fenster – ich kann nichts sehen!«, sagte Owen. Frances gehorchte und übergab Davy seinem Onkel, um aufstehen zu können. In dem fahlen Licht, das von außen hereinfiel, war sein kleines Gesicht leichenblass, das Haar stumpf vor Schmutz, und die Lippen waren gesprungen und wund. Doch er öffnete schwach die Augen, und sie sah das schimmernde Grau. Er blickte Frances an und schien sie dennoch nicht zu sehen. »Er lebt«, sagte Owen mit zitternder Stimme.

»Hallo, Davy«, flüsterte Frances. Tränen liefen ihr über das Gesicht, und sie gab sich keine Mühe, sie fortzuwischen. »Ich wette, du bist ganz schön hungrig. Bestimmt möchtest du eine warme Milch haben.« Mit einem leisen Schnaufen schloss Davy wieder die Augen. Frances lächelte Owen zu, und er legte ihr eine Hand auf die Wange.

»Du hattest recht«, sagte er. »Du hattest vollkommen recht, alle anderen hatten ihn schon aufgegeben. Auch ich hatte ihn aufgegeben. Ich dachte, er wäre tot …« Er schüttelte den Kopf. »Bringen wir ihn nach Hause und wärmen wir ihn auf.«

»Sollten wir ihn nicht lieber ins Krankenhaus bringen? Er braucht sein Medikament.«

»Ja, du hast recht. Nur für alle Fälle. In welches?«

»Die Notfallklinik ist näher. Wir können wieder den Bus nehmen – oder wir versuchen, jemanden anzuhalten.«

Owen hob Davy hoch und ging zur Treppe, doch als Frances sich umdrehte, fiel ihr Blick auf den Wandschrank mit den wurmstichigen Brettern und den hängenden Türen, und sie blieb abrupt stehen. »Komm, Frances – was ist denn los?«, fragte Owen. Aber sie konnte nicht antworten. Sie hörte andere Stimmen, sah ein anderes schmutziges Gesicht vor sich. Es lächelte – es war Johannes' flüchtiges, schüchternes Lächeln. Durch das Fenster hinter ihr schien die Sommersonne herein und bildete ein helles Quadrat auf dem Boden. Nur ein Brett war noch in der Halterung, die anderen lagen auf dem Boden des Schranks. Frances kniete sich hin und hob sie hoch. »Was machst du da, Frances? Lass uns gehen«, sagte Owen. Der untere Teil des Schranks befand sich ungefähr dreißig Zentimeter über dem Boden. Eins der Bretter war gesplittert, und es fehlte ein Stück. Frances schob die Finger in die Lücke und hob es hoch, es war ganz leicht und zerbröselte. Angestrengt blickte sie in den dunklen Raum darunter, ohne zu wissen, was sie zu finden erwartete. Eine große schwarze Spinne lag auf dem Rücken, die vertrockneten Beine fest eingerollt. Daneben eine Metallscherbe, auf der einen Seite mit einem Tuch umwickelt, damit man sie anfassen konnte. *Ich habe versprochen, es niemandem zu erzählen.* Auf der Unterseite des Bretts, das sie in Händen hielt, war etwas eingeritzt. Dünne, krakelige Buchstaben, als hätte sie jemand im Dunkeln geschrieben. Mit angehaltenem Atem drehte Frances die Buchstaben ins Licht, bis sie sie lesen konnte. Jemand, der sich ganz allein in diesem dunklen Raum versteckt hatte, hatte dort seinen Namen eingeritzt. Einen Namen, der ihr einen schmerzhaften Stich versetzte. *Johannes Niklas Ebner.*

Frances ließ das Brett fallen und rappelte sich hoch.

»O nein! O nein!«, rief sie und schlug sich die Hände vor den Mund, als die Erinnerung auf sie einstürmte.

»Was? Was ist denn los?« Owens Augen waren geweitet, er klang ängstlich.

»Ich habe es ihnen erzählt!«, sagte Frances.

»Wem? Was denn? Ich verstehe nicht, Frances.«

»Wir haben geschworen, es niemandem zu erzählen, aber ich habe es trotzdem getan! Ich ... ich habe ihn *verraten*! Und ich habe Wyn allein hergeschickt. Ich wusste, sie würde hergehen! An dem Tag, an dem sie verschwunden ist ... habe ich sie allein hergehen lassen. Verstehst du nicht? Es ist alles meine Schuld – es ist meine Schuld, dass sie tot sind! *Ich* habe die beiden umgebracht!«

1918

Nach ihrem vierten oder fünften Besuch bei Johannes, der durch die Nahrungsmittel, die sie ihm brachten, allmählich wieder zu Kräften kam, bemerkten Wyn und Frances, dass er ein Talent zum Herstellen der verschiedensten Dinge besaß. Aus einem Stück Alteisen hatte er sich ein kleines Messer gemacht, ein Tuch diente ihm als Griff, und wann immer sie ihn besuchten, hatte er aus irgendwelchem Tand, der unter der Tür oder durch den Kamin hereingeweht war, etwas zu ihrer Unterhaltung gebastelt – Holzmännchen mit beweglichen Armen und Beinen, die Knie- und Ellbogengelenke mit winzigen Holzsplittern zusammengesteckt. Aus Gräsern geflochtene Spielkartenfarben: Herz, Pik und Kreuz. Aus Papierresten gefaltete Flugzeuge, Schwäne oder Katzen. Mit einem Fanfarenstoß präsentierte er jedes neue Ding und hielt es ihnen auf der ausgestreckten Handfläche hin.

»Was sagt ihr dazu, kleine Schwestern?«, fragte er dann und zeigte ein strahlendes, aber flüchtiges Lächeln. Wenn es eine Stockpuppe oder eine Papierkatze war, ließ er sie auf sie zugehen und winken.

»Wir sind doch keine Babys mehr«, sagte Wyn. Doch sie waren beide verzaubert, und Frances war nicht zu stolz, die

Schätze mit nach Hause zu nehmen. Sie hatte ein Schmuck-kästchen aus Holz, ein weiteres Geschenk von Pam und Cecily, und da sie außer ihrem Taufarmband keinen Schmuck besaß, eignete es sich hervorragend zur Aufbewahrung der Sachen. Weil Wyn und sie von Anfang an wussten, dass Johannes ihr Geheimnis war, versteckte sie das Kästchen unter dem Bett.

Man hatte ihnen nicht ausdrücklich verboten, sich mit fremden Männern in leer stehenden Gebäuden anzufreun-den, so wie man ihnen auch nicht verboten hatte, Bären zu füttern oder den König von Spanien mit Eiern zu bewerfen. Doch sie wussten auch so, dass es den Erwachsenen nicht gefallen und Johannes Ärger bekommen würde, wenn man ihn fand – sowohl mit ihren Eltern als auch mit den Leuten, die hinter ihm her waren. Seine Angst, entdeckt zu werden, verstanden sie instinktiv, ohne dass es einer weiteren Erklä-rung bedurft hätte. Als Stadtkinder des zwanzigsten Jahr-hunderts wuchsen sie zwar alles andere als naturverbunden auf, einen Überlebenskampf erkannten sie dennoch, wenn sie ihn sahen. Sie gingen Risiken ein, um Essen für Johannes zu besorgen – die eine lenkte Pam und Cecily ab, während die andere sich ein belegtes Brot oder Shortbread in die Tasche steckte. Sie beobachteten die Mülleimer neben dem Chipsladen in Widcombe, falls jemand übrig gebliebenen Backteig oder einige kalte Pommes frites wegwarf. Frances gab ihr Taschengeld für Erdnüsse, Keksbruch und Brötchen vom Vortag aus. Und falls ihr das einmal irgendwie unge-recht erschien, wurde dieses Gefühl augenblicklich von der Scham verdrängt, die sie wegen ihres robusten Körpers und ihrer runden Wangen empfand.

»Zu Hause haben wir Apfelkuchen mit Zimt und Kuchen mit in Brandy eingelegten Früchten … gibt es das bei euch auch?«, fragte Johannes eines Tages, nachdem er mit zwei Bissen das mickrige Käsebrot vertilgt hatte, das in Frances' Tasche platt gedrückt worden war.

»Manchmal«, sagte Wyn ausweichend. Wyn bekam nur Kuchen, wenn sie bei Pam und Cecily Tee trank, und da Butter, Zucker und alles mögliche andere in diesem Jahr früher rationiert worden war als sonst, mussten sie derzeit beide auf Kuchen verzichten.

»Warm, mit Sahne«, sagte Johannes und schloss bei der Erinnerung genießerisch die Augen.

In Frances, die stets mehr zu Zweifel und Sorge neigte, häuften sich allmählich die Fragen – woher er stammte und wohin er womöglich wollte. Denn er musste doch *irgendwohin* wollen, dachte sie. Niemand konnte für immer in einem leer stehenden ehemaligen Leprakrankenhaus leben und sich nur von dem ernähren, was man für ihn beiseiteschaffte. Hier drin war es schon im Sommer kühl und feucht. Sie mochte sich gar nicht vorstellen, wie es erst im Winter sein würde.

»Johannes, wo lebst du eigentlich normalerweise?«, fragte sie schließlich. Er riss sich von seinem Tortentraum los, pickte einige Krümel vom schmutzigen Hemd und steckte sie sich in den Mund.

»Summer Rain«, sagte er – oder so etwas in der Art. Er sagte es leise und nachdenklich. Frances und Wyn tauschten einen Blick.

»Hast du ›Summer Rain‹ gesagt?«, fragte Wyn. »Davon habe ich noch nie gehört … wo ist das?« Die unterschiedlichsten Gefühle spiegelten sich für Sekunden in Johannes' Gesicht, sodass sich Frances nicht sicher war, ob er weinen, lachen oder sie wütend anschreien würde.

»Das ist sehr weit weg!«, sagte er schließlich und breitete

die Arme aus. »Am Ende des Regenbogens, wisst ihr? Wo alles golden ist.« Und dann lachte er, aber Frances wusste immer noch nicht, ob er nicht vielleicht auch weinte. Wyn musterte ihn genau, und Frances sah, wie ihre Fantasie allmählich die Oberhand gewann.

»Johannes«, wisperte Wyn sehr leise, »bist du ein Prinz, der von einem bösen Verräter verbannt wurde?« Wieder lachte Johannes, und seine Augen strahlten.

»Ja!«, rief er hocherfreut und beugte sich zu ihr. »Wie in einem Märchen. Ja, kleine Schwester, ich bin der Prinz von Summer Rain!« Verschwörerisch senkte er die Stimme. »Also dürft ihr niemals jemandem sagen, wo ich bin, niemandem, verstanden? Oder ich werde gefangen genommen!«

Johannes trug ein Hemd und eine dazu passende Hose aus dunkelblauem Segeltuch, die an den Manschetten und am Saum ausgefranst und an den Knien zerrissen waren. Er hatte rissige schwarze Lederstiefel, in deren Maserung sich der Dreck eingegraben hatte, und wenn er sie auszog, sahen die Mädchen große offene Blasen an Fersen und Zehen, als ob ihm die Stiefel viel zu klein wären. Johannes war nicht gerade attraktiv – er war viel zu dünn und zu blass –, aber sein Gesicht war so lebendig und ausdrucksstark, dass er dennoch anziehend wirkte. Er hatte lange Finger und lange Beine mit knollenartigen Knien. Er war von Kopf bis Fuß schmutzig, und er roch intensiv, aber eigentlich nicht schlecht – es war ein erdiger, natürlicher Geruch. Seine Bewegungen waren schnell und präzise und erinnerten Frances an einen Vogel.

»Ich brauche unbedingt … diese Dinger«, sagte er, als er bemerkte, wie die Mädchen auf seine kaputten Füße starrten. Er tippte auf seinen Knöchel. »Aus Schaf. Wie nennt man die?«

»Socken?«, schlug Wyn kichernd vor.

»Ja. Socken. Bringt ihr mir welche mit? Geht das?«, fragte er. Frances sah hilflos zu Wyn. Auf keinen Fall konnten sie ihren Vätern unbemerkt ein Paar Socken stibitzen. Sie konnten nur welche im Laden klauen, und Frances hatte bereits ziemlich deutlich gemacht, was sie davon hielt. Wyn zuckte die Schultern.

»Wenn wir erwischt werden, müssen wir ins Gefängnis. Dann können wir nicht mehr kommen«, erklärte sie. Johannes nickte traurig.

»Ja, verstehe. Besser, ihr kommt.« Er beugte sich vor, um die Stiefel wieder anzuziehen.

»Wenn deine Füße heilen sollen, lass die aus«, sagte Wyn. Im Sommer lief sie häufig barfuß, weil sie nur vererbte Schuhe trug und ähnliche Probleme mit Blasen hatte. Ihre Fußsohlen waren rau und schmutzig. Johannes schüttelte den Kopf.

»Aber wenn sie kommen, muss ich wegrennen. Ich muss vorbereitet sein«, sagte er.

»Wie sehen sie aus?«, fragte Frances, und Johannes warf ihr einen gehetzten Blick zu.

»Wie Männer, die keine Gnade kennen.« Johannes schluckte. »Männer in Uniformen mit Waffen und Stricken.«

»Wir müssen Johannes helfen, wieder zurück nach Hause zu kommen und den rechtmäßigen Platz auf dem Thron von Summer Rain einzunehmen«, erklärte Wyn, als sie auf dem Heimweg den Holloway hinunterliefen.

»Das hat er doch nicht ernst gemeint«, sagte Frances.

»Doch, hat er wohl!« Wyn warf Frances einen flehenden Blick zu, der besagte, sie solle nicht auf ihrer Meinung beharren, und Frances gab nach. Sie nickte, obwohl sie gern ernsthafter über Johannes gesprochen hätte – wer er wirklich sein könnte, warum er sich eigentlich versteckte und was sie, wenn überhaupt, deshalb unternehmen sollten. »Vielleicht heiratet er eine von uns, sobald er gekrönt ist. Um sich zu bedanken und uns zu Prinzessinnen zu machen. Meinst du nicht? Vielleicht verliebt er sich in eine von uns«, sagte Wyn mit verträumtem Blick. Da war sich Frances keineswegs sicher, darum nickte sie nur noch einmal stumm. Wyn schwang fröhlich die Arme und stellte sich ihr neues Leben vor, das so ganz anders als ihr jetziges sein würde. Es war ein klarer, freundlicher Sommertag, warm, aber nicht zu heiß. Frances wusste, dass ihre Mutter zum Abendessen Würstchen im Schlafrock mit jungen Erbsen aus Pams Garten machen würde, und da sie Wyn und Johannes ihr Mittagessen überlassen hatte, konnte sie es kaum erwarten. Darum verstand sie sehr gut, dass Wyn ausbrechen wollte. Auf Wyn warteten zu Hause keine Würstchen im Schlafrock, auf sie wartete Bill Hughes.

»Was meinst du, wo Summer Rain liegt?«, fragte Frances.

»Keine Ahnung.« Beide dachten intensiv nach. Wyn war bislang nie weiter weg als in Wales gewesen, und Frances war nur bis Minehead gekommen. »Vielleicht ist es in Schottland«, sagte Wyn. »Da oben reden sie komisch. Ich habe einmal eine schottische Frau beim Metzger gehört. Vielleicht redet Johannes deshalb so.«

»Ja. Vielleicht.« Frances war sich auch in diesem Punkt nicht sicher.

Frances fand es schön, ein Geheimnis zu haben – ein richtiges Geheimnis, nicht so wie die kleinen Heimlichkeiten, die Wyn und sie immer schon gehabt hatten – wie Carys' Korsetts oder die Höhle auf dem Friedhof in Smallcombe. Ein richtiges Geheimnis, das andere Leute interessieren könnte und das sie für sich behalten *mussten*. Noch nie war

Frances sich so wichtig vorgekommen. Es war aufregend und nervenaufreibend zugleich, weil man mit dem Geheimnis auch die Verantwortung übernahm, es zu hüten. Jeden Abend, bevor Keith nach oben ins Bett kam, holte Frances ihr Schmuckkästchen hervor und betrachtete die Dinge, die Johannes gebastelt hatte. Sie bewunderte die exakten Falten eines Papiervogels oder dass ein Holzmännchen so lebendig wirken konnte, als hätte es eine ganz eigene Persönlichkeit.

»Die ist hübsch, wo hast du die her?«, fragte ihre Mutter an jenem Abend und stand so plötzlich in der Tür, dass Frances keine Zeit mehr hatte, die geknüpfte Strohblume in ihrer Hand zu verstecken. Ihr schlug das Herz bis zum Hals, und beinahe wäre sie in Tränen ausgebrochen.

»Die hat Wyn mir geschenkt«, brachte sie hervor, und die Lüge klang so schwach, dass sie sich sicher war, ihre Mutter würde sie sofort entlarven.

»Oh, das ist aber nett von ihr«, sagte ihre Mutter jedoch nur. Und das war es. Frances konnte kaum glauben, dass sie so einfach davongekommen war. Es dauerte eine ganze Weile, bis sie sich beruhigt hatte und einschlafen konnte.

Anfang Juli fand in Magdalen Chapel der jährliche Wohltätigkeitsbasar statt. Auf dem kleinen Kirchhof standen die Gräber dicht an dicht und ließen nur wenig Platz, sodass sich die Buden bis auf den Bürgersteig und in den Vorgarten des Hauses an der Ecke der Magdalen Road drängten. Dort wohnte die Frau, die die Gesangsbücher auslegte und die Altartücher wusch. Die Sonne schien, doch es ging ein scharfer Wind, der an den Tischdecken riss und sie aufblähte und die Auslagen von Selbstgebackenem, handgemachtem Spielzeug und Selbstgestricktem wegzufegen drohte. Und auf alles warf der Judasbaum seine Samenhülsen. Die Leute mussten ihre Stimmen erheben, damit man sie verstand, und die Frauen machten ärgerliche Gesichter, wenn der Wind an ihren Hüten zerrte und ihre Röcke sie beim Gehen behinderten. Normalerweise liebte Frances Wohltätigkeitsbasare – all die selbst gebackenen Honeycombs, die Lavendelsäckchen und die Filzhüte. Doch diesmal war die Freude getrübt, weil der Basar direkt neben dem Leprakrankenhaus stattfand. Plötzlich waren so viele Leute da, die Johannes sehen, etwas ahnen und womöglich sogar hineingehen konnten. Der Gedanke drehte ihr den Magen um. Sie hatte keine Ahnung, was dann passieren würde.

Als Wyn mit der ganzen Familie eintraf, suchte Frances ihren Blick und hoffte die Nervenanspannung mit ihr teilen zu können, doch Wyn winkte nur fröhlich und zog ihre Mutter an der Hand zum ersten Tisch. Mit finsterer Miene musterte Bill Hughes alles, auf das sie zeigte.

»Was zum Teufel willst du denn damit?«, fragte er, als sie ihm ein Taschentuch hinhielt, in dessen Ecke mit rotem Faden ein B gestickt war. »Das macht dir unsere Carys besser.« Er riss Wyn das Taschentuch aus der Hand und warf es verächtlich zurück auf den Tisch. So ging es an diesem Nachmittag mit allem – Wyns Freude schwand allmählich, Bills Miene wurde immer missmutiger, und Mrs. Hughes, die ihnen mit der zweijährigen nörgelnden Annie auf der Hüfte folgte, wirkte zunehmend besorgt. Später sah Frances, wie Mr. Hughes sich über Wyn beugte und wütend auf sie einredete. Sie beobachtete, wie er die Finger in Wyns knochige Arme grub, und schon bald sah man die blauen Flecken, die er dort hinterlassen hatte.

»Mr. Hughes ist schrecklich«, sagte sie traurig zu ihrer Mutter, die geräuschvoll durch die Nase einatmete und die Lippen zusammenpresste.

»Ja, nun. Keiner versteht, warum der Mann überhaupt gekommen ist. Wahrscheinlich, um allen die Freude zu verderben.«

Derek Elliot wäre stattdessen in den Schrebergarten gegangen, wenn er nicht im Krieg gewesen wäre. Das taten die meisten Männer am Samstag – entweder das, oder sie gingen in den Pub. Mrs. Elliot blickte zu ihrer Tochter hinunter. »Was starrst du die ganze Zeit zu dem alten Krankenhaus, Frances?«, fragte sie. Hastig wandte Frances den Blick ab. Sie hatte überlegt, ob Johannes vielleicht seine selbst gemachten Spielzeuge auf dem nächsten Wohltätigkeitsbasar verkaufen und auf diese Weise Geld verdienen könnte, um mit dem Zug nach Hause zu fahren. Es schien die perfekte Lösung zu sein – er könnte sich verkleiden, oder Frances und Wyn könnten sie für ihn verkaufen.

»Habe ich gar nicht.« Frances sah in die andere Richtung und entdeckte Carys und Clive, die auf einer Bank vor einer Mauer saßen. Er hielt ihre Hände zwischen seinen und sah ihr tief in die Augen. Die Sonne schien auf ihr Haar, und Carys lächelte sanft – sie sahen aus wie das Motiv auf einer Karte zum Valentinstag. Frances stellte sich vor, dass Wyn und Johannes sich so ansahen, wenn Wyn älter und Johannes wieder ein Prinz wäre, aber es kam ihr irgendwie merkwürdig vor. Dann tauchten Owen und Wyn grinsend hinter der Bank auf und warfen eine Handvoll Gänseblümchen über das Paar – feuchtes, verschrumpeltes Konfetti. Clive lachte, aber Carys sprang empört auf und machte Jagd auf ihre kleine Schwester. Wyn wich laut singend zur Seite aus.

»*Carys, Carys, give me your answer do!*« Lachend blickte sie sich um und schrie auf, als Carys sie packen wollte.

Am Ende des Nachmittags, als der Teekessel leer war und die unverkauften Sachen in Körbe verpackt waren, bat Frances darum, noch ein wenig bleiben und mit Wyn reden zu dürfen. Ihre Mutter stimmte erst zu, nachdem sie sich davon überzeugt hatte, dass Bill Hughes nach Hause gegangen war.

»Zum Abendessen bist du zurück«, sagte sie, und Frances nickte. Owen, Wyn und Carys hatten sich um Clive versammelt, und Frances platzte vor Neugier. Sie ging zu ihnen und bewunderte Clives mit Pomade zurückgekämmtes Haar, das bronzefarben in der Sonne glänzte. Wie gut er aussah. Kein Wunder, dass Carys in seiner Gegenwart anders war – netter, glücklicher. Wenn ein Mann wie Clive sie heiraten wollte, wäre Frances auch glücklich. Er kramte mit einer Hand in einer Segeltuchtasche.

»Also«, sagte er. »Für Owen – weil du die Prügel am Dienstag so tapfer ertragen hast – Wills Anführer der Alliierten Nummer vierzehn, General Botha, und Nummer achtundzwanzig, General Wingate.« Er reichte Owen die Zigarettenbilder, die jener grinsend entgegennahm. »Womit, wenn ich mich nicht täusche, dein Set vollständig ist.«

»Danke, Clive!«

»Und für Wyn, weil sie das hübscheste Lächeln hat.« Clive überreichte Wyn das Taschentuch mit dem Anfangsbuchstaben ihres Namens, das sie so bewundert hatte, und Wyn schnappte nach Luft. Wie Frances bemerkte, trug Carys bereits ein Paar neuer gehäkelter Handschuhe. Sie lächelte ihrem Verlobten zurückhaltend zu.

»Du verdirbst sie noch, Clive«, sagte sie. »Und du kannst dir diese ganzen Geschenke doch sicher gar nicht leisten.«

»Unsinn«, sagte Clive und richtete sich auf. »Mach dir deshalb keine Sorgen.«

Erst jetzt schien er Frances zu bemerken, die Wyns neues Taschentuch bewunderte. Er wirkte betroffen. »Frances! Dich habe ich ja gar nicht gesehen. Leider habe ich diesmal nichts für dich.« Frances lief dunkelrot an und war viel zu verlegen, um etwas darauf zu antworten.

»Na, du musst doch nicht auch noch Sachen für die Nachbarskinder kaufen«, sagte Carys. »Außerdem kommt die hier ja wohl kaum zu kurz.«

»Also«, sagte Clive. Er steckte die Hände in die Hosentaschen und schien einen Moment ratlos zu sein.

»Das ist schon in Ordnung«, sagte Frances schließlich, um ihn zu retten. Sie lächelte trotz ihrer glühenden Wangen, um ihm zu zeigen, dass sie deshalb nicht im Geringsten betrübt war. Clive stupste mit seinen Knöcheln leicht gegen ihr Kinn.

»Braves Mädchen«, sagte er, was Frances dermaßen freute, dass es ihr tatsächlich nichts ausmachte, kein Geschenk zu bekommen und auch nicht, sich so nah am Leprakrankenhaus aufzuhalten. Mit spitzen Fingern schüttelte Wyn das Taschentuch aus, sodass es sich entfaltete, und tat, als atmete sie den Duft ein, woraufhin Frances unwillkürlich lachen musste.

Owens wertvollster Besitz war ein Fußball – ein echter Lederball mit einem Innenleben aus Gummi. Er hatte ihn eines glücklichen Tages in den hohen Brennnesseln hinter dem Sportplatz gefunden, als er nach Flaschen suchte, die er für einige Pennys in die Bowler Fabrik zurückbringen konnte.

»Vielleicht hat ihn ein Spieler von Bath City während des Trainings versehentlich dorthin geschossen«, sagte Owen. »Und die Suche irgendwann aufgegeben. Jetzt kann ich richtig trainieren.« Der Ball war dunkelbraun, an einigen Stellen geflickt und bei nassem Wetter so schwer, dass es sich anfühlte, als würde man gegen einen Felsen treten. Doch es war Owens eigener Ball, und er war weitaus besser als alle Bälle seiner Schulfreunde. Wenn er nach der Schule mit der Bande ein bisschen kickte, war er der Held. Zur Abendbrotzeit schlenderte er mit verschwitztem Haar und Siegermiene den Holloway hinunter – in diesen Momenten war Owen am glücklichsten. Frances beobachtete ihn gern vom Leprakrankenhaus aus, wobei sie sorgsam den Kopf einzog. Sie stellte sich vor, wie überrascht er wäre, wenn sie unvermittelt auftauchen und winken würde. Schließlich befand sie sich an einem Ort, an den er und seine Freunde sich noch nicht getraut hatten. Dann würde er sie mutig finden, er wäre beeindruckt.

Eines Nachmittags sah sie ihn vorbeischlendern, während Wyn Johannes davon zu überzeugen versuchte hinauszugehen.

»Nur in den Hof«, sagte sie. Johannes schüttelte ungläubig den Kopf, als hätte sie ihm vorgeschlagen, singend die Straße hinunterzustolzieren.

»Nein, kleine Schwestern. Man darf mich nicht sehen.« Er schreckte von der Tür zurück, als stellte sogar das hereinfallende Licht eine Gefahr für ihn dar.

»Aber es wird dich auch niemand sehen«, versicherte ihm Wyn. »Das ist doch nur der Hof. Dort kann niemand hineinsehen, außer vom Friedhof aus, und da ist keiner. Das habe ich überprüft.« Zum Beweis ging sie hinaus in den Hof und wirbelte im Kreis. »Hier draußen ist es so schön warm«, lockte sie ihn. Als er sich nicht rührte, verlor sie das Interesse, stieß einen Seufzer aus und begann mit Kreide, die sie irgendwo gefunden hatte, ein Himmel-und-Hölle-Spiel aufzumalen. Frances setzte sich neben Johannes, und durch die Türöffnung beobachteten sie, wie Wyn einen passenden Kiesel fand und zu spielen begann, wobei sie ihr Publikum bewusst ignorierte. Jedes Mal, wenn sie am Ende umdrehte und vor dem Stein plötzlich stoppte, fing sich die Sonne in ihrem hellen Haar. Sie trug ein ausgefranstes Trägerkleid aus Baumwolle und eine weiße Bluse, die vor vielen Jahren Carys gehört hatte. Bei jedem Hüpfen machten ihre nackten Füße ein leises tippendes Geräusch, und hin und wieder zuckte sie zusammen, wenn sie auf einem spitzen Stein landete. Sie sah wunderschön aus.

Plötzlich ertönte von der Vorderseite des Gebäudes ein lautes Knallen. Wyn sah kurz auf, dann ignorierte sie das Geräusch und spielte weiter. Das Knallen klang fast rhythmisch. Johannes riss die Augen auf, und sein Gesicht wirkte fremd und leer.

»Was ist das?«, fragte er scharf. Er sprang auf und stieß Frances dabei um. »Was ist das?«

»Das weiß ich nicht«, sagte Frances und rappelte sich vom Boden auf.

»Habt ihr die hergebracht? Hm?«, flüsterte Johannes mit bebender Stimme. Sein Gesicht leuchtete dunkelrot. Er packte Frances am Arm und schüttelte sie fest. »Hast du ihnen gesagt, wo sie hinmüssen?«

»Nein! Das habe ich nicht!«, schrie Frances erstickt. Sein plötzlich vollkommen verändertes Verhalten war beängstigend. Sie dachte an Carys' blutige Nase und an Wyn, wie sie quer durch den Raum geflogen war. Sie hatte sich nicht vorstellen können, dass Johannes wie Bill Hughes sein konnte. Ihr Herz hämmerte, seine Finger taten ihr weh, und sie biss sich auf die Zungenspitze. »Ich schwöre es!«

»Lass sie los!«, sagte Wyn, rannte herein und zerrte an Johannes' Händen. »Wir haben niemandem etwas erzählt!«

»Was ist das dann? Was ist das?«, schrie er und ließ Frances los. Er hob einen Arm, und Frances schloss in der sicheren Erwartung die Augen, dass er sie schlagen würde. Doch dann wich er zurück und starrte sie an, als wären sie Schlangen.

»Ich weiß es nicht!« Wyn starrte zurück, ihre Augen funkelten vor Wut.

»Ich kann nicht noch einmal zurück! Ich kann nicht!«, sagte er wieder und wieder.

Frances rannte nach oben und spähte auf den Holloway hinaus, wo Owen seinen Ball gegen die Wand des alten Krankenhauses schoss. Erleichterung durchströmte sie. Owen machte ein hochkonzentriertes Gesicht und war ganz in sein Spiel vertieft. Nach einem besonders geraden, festen Schuss stieß er in einer Siegerpose die Fäuste in die Luft. Als sie wieder atmen konnte, ging Frances vorsichtig zurück nach unten. Johannes kauerte in einer Ecke des Schuppens und hielt sich schützend die Hände über den Kopf. Frances hatte zwar schon einmal gehört, jemand zittere wie Espenlaub, es sich aber nie richtig vorstellen können, und unwillkürlich empfand sie Mitleid mit ihm. Sie schmeckte Blut auf ihrer Zunge, und es brannte, aber sie vergab ihm.

»Alles gut«, sagte sie, doch der Laut ihrer Stimme ließ ihn erneut zusammenzucken und Worte murmeln, die sie nicht verstand. Unruhig wich sie zurück, sie wusste nicht, was sie tun sollte. »Wyn!«, rief sie. Wyn war wieder nach draußen gegangen, kam jedoch sofort zur Tür und sah mit wachsamer Miene erst zu Johannes, dann zu Frances.

»Lass uns gehen, Frances«, flüsterte sie. Schon das genügte, um Johannes erneut wimmern zu lassen. Weiter donnerte Owens Ball gegen die Mauer. Frances betete stumm, dass er endlich aufhören möge.

»Das ist nur Owen mit seinem Ball«, sagte Frances. »Sollen wir einfach hingehen und ihm sagen, dass er aufhören soll? Ich bin mir sicher ...«

»Nein, Frances!«, mahnte Wyn streng. »Wir dürfen niemandem sagen, dass wir herkommen, noch nicht einmal Owen.

Er würde es seinen Freunden erzählen, und dann wissen es alle.« Misstrauisch sah sie wieder zu Johannes. »Lass uns einfach gehen.«

»Aber … sollten wir ihm nicht helfen?«, fragte Frances.

»Wenn er so ist, können wir ihm nicht helfen. Besser, wir gehen einfach.« Frances vermutete, dass Wyn sich mit wütenden Männern auskannte, die unvorhersehbare Dinge taten. Und zwar häufig mit den Fäusten. Sie dachte daran, wie Johannes gezittert hatte und an die Wut in seinem Gesicht. Wenn sie sich mit der verletzten Zunge über die Zähne strich, spürte sie die wunde, geschwollene Stelle. Dennoch schien es ihr nicht richtig, ihn einfach so zurückzulassen.

»Ich möchte es versuchen«, sagte sie.

»Wie du willst.« Wyn zuckte mit den Schultern und wandte sich wieder ihrem Himmel-und-Hölle-Spiel zu. Doch sie spielte jetzt eher nachdenklich und mit viel weniger Begeisterung.

Frances schluckte schwer, ging zurück und stellte sich neben Johannes. Sie wusste wirklich nicht, was sie tun sollte, sie kannte nur die Art, wie ihre Mutter sie tröstete, wenn sie Albträume hatte.

»Ist ja schon gut, Johannes«, sagte sie. Er schien sie nicht zu hören. Sie kam sich hilflos und unsicher vor, doch er tat ihr immer noch leid. Also nahm sie all ihren Mut zusammen, ging neben ihm in die Hocke und tätschelte sanft sein Knie. Er erschrak und sackte noch mehr in sich zusammen. »Es ist wirklich in Ordnung. Das ist nur Owen, Wyns großer Bruder. Er spielt an der Mauer Fußball. Er macht das nicht mit Absicht. Er weiß ja nicht, dass wir hier sind. Ich schwöre es. Er spielt nur einfach gern mit dem Fußball – sogar wenn er allein ist, so wie jetzt. Johannes?« Sie berührte seinen Arm und bemerkte, dass das Zittern ein wenig nachließ. Endlich schien er ihr zuzuhören. »Owen ist älter als wir, aber jünger als du«, fuhr sie fort, um ihn ein wenig abzulenken. »Er ist zwölf. Wie alt bist du?« Das hatte sie sich schon oft gefragt und es nicht schätzen können.

»*Neunzehn*«, flüsterte Johannes auf Deutsch.

»Was?«, fragte Frances. Langsam ließ Johannes die Hände sinken und linste unter seinen Armen zu ihr hoch.

»Das Geräusch«, sagte er den Tränen nahe. »Das Geräusch erinnert mich an andere Orte. Andere Dinge. Ich dachte, sie kommen rein. Ich dachte, sie hätten mich gefunden.«

»Niemand kommt, versprochen. Was heißt *neunzehn*?«

»Ich bin neunzehn Jahre alt«, antwortete er nun auf Englisch.

Frances raffte ihren Rock in den Kniekehlen zusammen und setzte sich. Draußen im Hof hatte Wyn aufgehört zu hüpfen und malte schwungvoll mit der Kreide auf dem Boden.

»Wie ist es dort, wo du lebst?«, fragte Frances Johannes. »In Summer Rain, meine ich. Ist das sehr weit weg von hier? Wyn dachte, es wäre vielleicht in Schottland.«

»Es ist sehr weit weg.« Johannes rieb sich die Augen. Er dachte einen Moment nach, schüttelte sich dann und atmete tief ein. »Nein, nicht in Schottland. Ich weiß nicht … ich weiß nicht genau, wo wir sind, darum weiß ich nicht, wie weit es ist. Aber es ist eine lange Reise.«

»Ist es auf der anderen Seite vom Meer?«

»Ja, ja. Auf der anderen Seite«, sagte Johannes. Sein Körper entspannte sich, je mehr er sprach. »Es ist eine kleine Stadt. Dort wohnen nicht viele Menschen. Ziemlich weit im Osten von meinem Land. Im Süden stehen hohe steile Berge mit dunklen Wäldern, in denen früher Wölfe lebten.« Er erzählte ihr von einem Fluss, von Steinbrüchen in den Bergen und von der hohen Kirchturmspitze. Von einem alten Brunnen mit speienden Gesichtern und einem Schloss, das vor Hunderten von Jahren von einem König erbaut worden war.

»Bist du da geboren?«, fragte Frances.

»Ja, meine Familie lebt seit vielen, vielen Jahren dort. Meine Eltern und meine kleine Schwester Clara. Sie ist nicht viel älter als ihr zwei. Sie hat Haare wie Wyn. Mein Vater stellt Spielzeug her. Er verkauft es Weihnachten auf den Märkten und gibt es an ein Geschäft im Ort. Hinter unserem Haus ist seine Werkstatt, dort riecht es immer nach Holz, Farbe und Leim.« Bei dem Gedanken lächelte Johannes.

»Kannst du deshalb so gut basteln? Weil dein Vater es dir beigebracht hat?«

»Ja, ja, er bringt es mir bei. Irgendwann gehe ich zurück und arbeite wieder mit ihm, und wir erschaffen viele neue Dinge …« Johannes blinzelte und schluckte. »Wenn er zurückkommt. Wenn ich zurückkomme.«

»Wie kommst du zurück, Johannes?«

Draußen hatte Wyn aufgehört zu malen und hörte ihnen zu, den Blick aber weiter auf den Boden geheftet. Sie vernahmen Jungenstimmen und Owens Lachen, dann verstummte das Knallen des Balls, und die Stimmen entfernten sich den Hügel hinunter. Die plötzliche Ruhe war angenehm, auch für Frances. Im Efeu auf der Friedhofsmauer sang eine Amsel ihr Lied, Fliegen summten im Sonnenschein, und in der Ferne fuhr ein Zug puffend und ratternd in die Green Park Station ein.

»Ich weiß es nicht«, sagte Johannes. »Irgendwann … irgendwann finde ich einen Weg.«

»Wir möchten dir helfen«, sagte Wyn, die schließlich genug davon hatte, ausgeschlossen zu sein.

»Ihr helft mir doch schon«, sagte er. »Kleine Schwestern, ich bin euch so dankbar, dass ihr mir Essen bringt. Und ich … es tut mir so leid wegen vorhin. Es tut mir leid, dass ich dachte, ihr hättet mich verraten.«

»Aber wie bist du hergekommen?«, fragte Frances. »Wenn Summer Rain auf der anderen Seite des Meers liegt … wie bist du dann hergekommen?«

»Ich weiß nur noch, dass ich gelaufen bin«, sagte Johannes. »Es wurde viel gekämpft, große Schlachten. Und um herzukommen, bin ich gelaufen. Ich wollte den ganzen Weg bis zum Meer laufen und auf ein Boot steigen, aber ich habe es nicht gefunden.« Er schüttelte den Kopf, dachte kurz nach und lachte dann. »Dann bin ich wohl ein Heiliger, hm? Oder ein Zauberer!«

»Das ist albern«, sagte Wyn. »Es ergibt keinen Sinn. Und wir sind meilenweit vom Meer entfernt!« Johannes zuckte die Schultern, sein Blick wirkte abwesend.

»Doch, so war das«, sagte er. Wyn wirkte irritiert und ungeduldig.

»Komm, Frances. Wir sollten nach Hause gehen, sonst verpassen wir noch den Tee«, sagte sie, stand auf und wischte sich Splitt von Händen und Knien. Frances stand gehorsam auf, wollte Johannes aber nur ungern dort zurücklassen.

»Du könntest mit zum Tee kommen«, sagte sie zu ihm, obwohl sie wusste, dass es aussichtslos war. »Wir könnten ihnen erzählen, dass du …« Doch sie hatte keine Ahnung, welche Lüge sie erzählen sollten.

Sie gingen nicht gleich nach Hause. Wyn ging voraus hoch zum Beechen Cliff, und sie saßen im Alexandra Park und pflückten die federigen Köpfe der Gräser.

»Das ist ein Baum im Sommer«, sagte Wyn und hielt einen

frisch gepflückten Halm in die Höhe. Mit Daumen und Zeigefinger streifte sie die Samen ab und hielt dann den nackten Halm hoch. »Und das ist ein Baum im Winter. Und hier ist ein Blumenstrauß.« Sie hielt ihr die Samen hin. »Und das ist der Aprilregen!« Sie warf die Samen über Frances' Kopf, und sie lachten.

»Meinst du, es geht ihm gut?«, fragte Frances, und ihr Lachen verstummte augenblicklich. Sie rieb sich die Arme, wo schwache blaue Flecken an den Griff von Johannes' Fingern erinnerten.

»Warum fragst du?« Wyn blinzelte über die dunstige Stadt hinweg zu den dahinter liegenden Hügeln.

»Denkst du, er ist … Ich meine, er scheint sich schnell aufzuregen. Wegen nichts.«

»Ich weiß nicht.« Wyn zuckte die Schultern. »Manchmal regen sich Leute eben einfach auf, das ist alles. Und er wird schließlich verfolgt. Und wie ein Bettler leben zu müssen, wenn man das Leben in einem Schloss gewohnt ist – du hast ja gehört, was er gerade erzählt hat.« Frances versuchte in Gedanken zu formulieren, was sie unbedingt sagen wollte. Etwas darüber, wie wütend Wyns Vater geworden war. Und darüber, wie dünn Johannes immer noch war und dass man ihn aus einem Krankenhaus nicht entlassen würde. Dass er nicht wusste, wo er war. Und dass es sich allmählich gar nicht mehr so lustig anfühlte, dass er ihr Geheimnis war.

»Glaubst du … Glaubst du, wir sollten jemanden um Hilfe bitten? Für Johannes, meine ich?«

»Nein.« Wyn taxierte sie, und Frances senkte den Blick und spielte wieder mit dem Gras. »Magst du ihn nicht?«, fragte Wyn. »Gehst du ihn nicht gern besuchen?«

»Doch, natürlich.«

»Na dann. Wir dürfen nichts sagen, Frances. Wir haben

es versprochen, und er ist unser Freund.« Wyn sah Frances weiterhin mit flehendem Blick an, bis sie schließlich nickte. Es war das Wort »Freund«, das sie überzeugte. Natürlich waren sie Johannes' Freunde, also mussten sie ihr Versprechen ihm gegenüber auch halten. »Versprich, dass du es keiner Menschenseele sagst«, forderte Wyn sie auf. »Ich sage es auch. Wir sagen es zusammen. Bereit?«

»Ich verspreche, es keiner Menschenseele zu sagen«, sagte Frances, und ihre Worte wurden von Wyns kräftiger Stimme überlagert.

8

SAMSTAG

Sechs Tage nach der Bombardierung

In der Notfallklinik nahm jemand vom Pflegepersonal Davy
aus Owens Armen und trug ihn eilig und ohne ein Wort
zu sagen fort, was Frances beunruhigte.

»Ich schicke Carys und Mum eine Nachricht«, sagte Owen
und ließ sie in dem dämmerigen Korridor zurück. Rastlos
und besorgt lief sie dort auf und ab. Doch schon wenige Minuten später kam ein Arzt auf sie zu, um mit ihr zu sprechen,
und er lächelte.

»Wie schön, dass ich ausnahmsweise einmal gute Nachrichten verkünden darf«, sagte er. »David wird wieder ganz
gesund. Er ist unterernährt und stark dehydriert, aber er ist
bei Bewusstsein, und nichts weist auf eine Verletzung hin.
Wir haben ihm auch sein Phenobarbital gegeben. Um ganz
sicherzugehen, behalten wir ihn heute Nacht noch hier, aber
morgen sollten Sie ihn mit nach Hause nehmen können. Er
braucht Wärme und Ruhe. Und Ihr Sohn muss unbedingt
zunehmen, Mrs. Parry.«

»Ja, ich weiß. Aber er ist nicht mein Sohn … Owen schickt
seiner Mutter eine Nachricht.«

»Nun«, sagte der Arzt und zog eine Augenbraue hoch,

»dann muss ich das wohl auch seiner Mutter sagen. Schauen Sie nicht so besorgt, er wird im Nu wieder putzmunter sein.«

»Danke, Doktor. Vielen Dank. Darf ich eine Weile bei ihm bleiben? Bis sie hier ist?«

Davy lag ganz still da und schlief, nur seine Rippen bewegten sich kaum merklich unter der dünnen Decke. Frances hielt seine kleine Hand in ihrer und spürte, wie weich und warm sie war. Seine Fingernägel waren schmutzig, hier und dort war die Haut abgeschürft. Ob er die Mauer einfach nicht wieder hinaufklettern konnte, nachdem er in den Hof des Leprakrankenhauses gesprungen war? Von der niedrigen Seite aus war es deutlich schwerer, und die Vorstellung, dass er dort gefangen gewesen war, war schrecklich für sie. Oder vielleicht hatte er einen Anfall gehabt, war bewusstlos gewesen und konnte sich anschließend nicht mehr erinnern, wo er war oder wie er wieder hinauskommen könnte. Er hätte nicht um Hilfe gerufen, weil er nicht dazu erzogen war, Hilfe von irgendjemandem zu erwarten. Im Stillen dankte sie dem regnerischen Wetter seit der Bombardierung – er hatte Tropfen auffangen und das Wasser aus den Pfützen trinken können. Dann saß sie einfach nur da, beobachtete ihn und wagte es kaum, den Blick abzuwenden.

Owen kehrte mit Carys und Nora zurück. Sie kamen mit eiligen Schritten herein und beugten sich mit gedämpften Stimmen über Davys Bett. Nora hörte nicht auf zu lächeln und tupfte sich mit den Fingerspitzen die Augen. Sie zog Frances in eine kurze, feste Umarmung.

»Also, ich kann es kaum glauben, Frances«, sagte sie, und Frances nickte. Doch es war Carys, von der sie eigentlich etwas hören wollte. Nur ein einziges Wort oder eine Geste. Ein Blick. Irgendein Zeichen, dass sie ihr vergab, auch wenn sie ihr wahrscheinlich nicht danken würde. Doch Carys stand nur neben ihrem Sohn, weinte haltlos, und ihr Atem roch nach Alkohol. Frances sah, wie der Arzt erstarrte, als er es bemerkte. Owen trat neben Frances, legte ihr einen Arm um die Schultern und drückte sie. Wie gern hätte sich Frances zu ihm umgedreht und ihr Gesicht an seiner Brust vergraben.

Kurz darauf erklärte der Arzt ihnen, sie sollten nach Hause gehen und Davy ausruhen lassen. Mit dem Bus fuhren sie den Hügel wieder hinunter, und als Frances in ihrem Bett im Woodlands-Haus lag, schlief sie tief und traumlos.

Sie erwachte so unglaublich erleichtert, dass dieses Gefühl vorübergehend alles andere verdrängte. Doch schon bald schlichen sich die Dinge, die ihr im Leprakrankenhaus bewusst geworden waren, wieder in ihr Bewusstsein – die Ursache der unerklärlichen Scham, die sie so viele Jahre gespürt hatte. Zumindest ein Teil der Ursache – ihr war klar, dass sich noch mehr, noch Schlimmeres dahinter verbarg. Sonnenschein und Angst. Der Geruch von Brennnesseln. Ein lebendiger Albtraum.

Da Pam zur Arbeit gegangen war, saß Frances allein in dem leeren Haus und quälte sich mit der Vorstellung, wie Davy die Woche allein verbracht hatte. Genau wie Johannes damals war er ängstlich und furchtbar hungrig gewesen und hatte sich in seinem schrecklichen Zustand im Leprakrankenhaus versteckt. Davy war doch viel zu klein, zu schwach, um eine solche Tortur zu erleiden. Sie nahm sich vor, es wiedergutzumachen. Er sollte nie wieder Angst haben müssen. Wenn sie ihn sah, würde sie ihm erzählen, dass sie unentwegt nach ihm gesucht und nicht aufgegeben hatte. Bald würde er aus dem Krankenhaus entlassen werden, und Nora Hughes hatte zum Abschied gesagt, sie und Carys würden ihn abholen. Sie hatte es freundlich gesagt, aber dennoch mit Nachdruck, und Carys hatte sich noch immer geweigert, Frances überhaupt anzusehen.

Frances fuhr mit dem Bus zum Royal United Hospital, wo der Mann, der nicht Percy war, noch immer am selben Ort lag. Sie wusste nicht, wer er war, sie wusste nur, was für ein Gefühl er in ihr auslöste: Abscheu. Steif saß sie auf dem Stuhl an seinem Bett und versuchte, sich an ihn zu erinnern. Wie passte er in das alles hinein? Warum tauchte er in einem fast vergessenen Albtraum auf? Frances beugte sich zu ihm vor und wandte den Kopf, um zu lauschen. Sein Atem klang noch angestrengter. Die Muskeln von Bauch und Brustkorb unter der Decke arbeiteten noch stärker. Wenn er ausatmete, hörte man ein leises Blubbern am Ende des Atemzugs. Frances lehnte sich zurück und musterte sein Gesicht. Die Augen schienen noch tiefer in den Höhlen zu liegen, der Kiefer wirkte noch schlaffer, und das Haar klebte feucht an seinen Schläfen. An seiner Unterlippe entdeckte sie eine Spur weißer getrockneter Spucke, und die Lippe hing etwas herab und entblößte einen Teil seiner ungepflegten Zähne. Der Anblick widerte Frances an. Sie sah zu Victor hinüber, dem Mann, der ebenfalls im Hotel Regina gewesen war, doch er schlief fest. Der Ganove und der vornehme Spieler – das waren die einzigen Männer, die er seiner Erinnerung nach in der Hotelbar gesehen hatte. Vermutlich war der eine Percy Clifton gewesen und dieser Mann, der vor ihr lag, der andere.

Eine ganze Weile saß sie an seinem Bett und beobachtete ihn. Auf der Station war es jetzt ruhiger, die Panik nach der Bombardierung hatte sich inzwischen gelegt. Die Flut neuer Einlieferungen verebbte langsam, und alles schien sich wieder zu normalisieren. Jetzt kamen Leute, die bei der Verdunkelung gestolpert waren und sich den Knöchel umgeknickt hatten. Hausfrauen, die sich beim Zwiebelschneiden geschnitten hatten. Männer, die sich bei der Gartenarbeit den Fuß an der Harke verletzt hatten, während sie dem Aufruf der Regierung folgend ihr eigenes Gemüse anbauten. Kinder, die von Bäumen gefallen waren. Frances räusperte sich.

»Können Sie mich hören?«, fragte sie leise und beobachtete dabei genau, ob er auch nur das geringste Zeichen von sich gab. »Ich weiß, Sie sind nicht Percy Clifton. Wissen Sie überhaupt, wer Percy Clifton ist? Oder war?« Gegen ihren Willen war sie lauter geworden und sah sich um. Sie hatte das Gefühl, sich sehr auffällig zu verhalten. Wieder rang sie mit sich – einerseits wollte sie, dass er aufwachte und sie sah, andererseits betete sie, dass er es nicht tat. »Ich gebe nicht auf«, flüsterte sie. »Ich werde immer wiederkommen und zwar so lange, bis Sie endlich aufwachen. Und dann werden Sie mit mir reden. Sie werden mir die Wahrheit sagen.« So, wie der Mann dort lag, war er ihr vollkommen ausgeliefert. Sie empfand kein Gefühl von Macht, aber auch kein Mitleid. Sie bemerkte allerdings, dass das Auge hinter dem gesunden Lid unruhig zu zucken begonnen hatte. Als würde sie ihm Albträume bereiten.

Die Nummer vierunddreißig am Beechen Cliff Place endete jetzt mit der Wand, die sie sich einst mit der Nummer dreiunddreißig geteilt hatte. Frances blickte auf die Lücke. Carys' Haus war ein Trümmerhaufen, die zerbrochenen Teile der vorderen und rückwärtigen Mauern standen wie Zähne daraus hervor. Von dem Zimmer, in dem sich Wyn mit dem Make-up ihrer Schwester geschminkt hatte, war nur noch die fleckige Innenwand übrig, nun für alle Welt sichtbar. Es war ein trostloser Anblick. Es kam Frances herz- und respektlos vor, dem Heim eines Menschen so etwas anzutun. Sie klopfte an der Nummer vierunddreißig und wartete, während drinnen jemand polternd die Treppe herunterlief.

»Ich habe gesagt, *ich* gehe«, sagte Carys dicht hinter der Tür. Sie öffnete sie nur ein Stück breit und schaute mit funkelnden Augen heraus. Ihre Miene gefiel Frances gar nicht. Sie wirkte hochmütig, fast triumphierend. »Ja?«, fragte sie. »Was willst du hier?«

»Nun ja, ich …«, antwortete Frances fassungslos. »Ich wollte Davy besuchen. Sehen, wie es ihm geht.«

»Es geht ihm gut, danke.« Carys machte Anstalten, die Tür wieder zu schließen.

»Warte – darf ich bitte reinkommen und ihn besuchen?«

»Nein.« Sie starrte Frances an. Ihre Miene drückte Feindseligkeit aus. Als sie allmählich verstand, starrte Frances zurück.

»Aber ich … ich habe ihn schließlich gefunden! Und er wird wieder gesund!«, sagte sie und wurde lauter.

»Du kannst ja wohl kaum Anerkennung dafür erwarten, dass du ihn gefunden hast. Schließlich warst du diejenige, die ihn verloren hat«, sagte Carys. »Er war fast eine Woche verschwunden! Eine Tagesmutter, die so etwas zulässt, kann ich nicht gebrauchen. Darum hast du hier nichts mehr zu suchen.«

»Carys …« Noras Stimme klang ängstlich und gequält. Carys ignorierte sie.

»Bitte … bitte lass mich zu ihm. Auch wenn du nicht mehr willst, dass ich auf ihn aufpasse«, sagte Frances. Als sie begriff, dass Carys es ernst meinte, befiel sie Panik. Sie traute Carys nicht zu, dass sie in der Lage wäre, Davy zu umarmen oder ihn zu waschen. Dafür zu sorgen, dass er jeden Tag etwas zu essen und seine Medizin bekam. Sie traute ihr nicht zu, dass sie ihn genug liebte.

»Nein. Warum verschwindest du nicht endlich und lässt uns in Ruhe?«

Wieder versuchte Carys die Tür zu schließen, doch in ihrer Verzweiflung stellte Frances einen Fuß in den Spalt.

»Bitte tu das nicht!«, sagte sie. »Das kannst du nicht machen!«

»Ich bin schließlich seine Mutter! Und wer bist du? Du bist niemand! Also, ich kann das tun und ich werde es tun! Wir brauchen deine Hilfe nicht. Davy braucht dich nicht!«

»Doch, das tut er! Du bist seine Mutter, sagst du? Du hast ja noch nicht einmal nach ihm gesucht, als er verschwunden war! Du wusstest nicht, wohin er gern geht! Du hast nichts getan, als dir das Hirn wegzusaufen. Wie immer! Darum braucht er mich!«

»Bitte, hört auf«, rief Nora von innen. »Alle beide!«

»Ach, du hältst dich wohl für was Besonderes, ja? Du meinst, ich wäre eine schlechte Mutter. Du hältst uns für wertlos – hast mit der Polizei über uns geredet, Märchen erzählt … Du hast ja keine Ahnung, was ich alles für meine Kinder geopfert habe! Nicht die geringste Ahnung! Also nimm deinen verdammten Fuß aus der Tür, oder ich breche ihn dir!«

»Wie ist Wyns Brosche in dein Haus gekommen, Carys? Erklär mir das! Wie ist sie dorthin gekommen, wenn sie sie *jeden Tag* getragen hat?« Die Frage war ihr herausgerutscht, ohne dass sie darüber nachgedacht hatte.

»Was? Was faselst du da?« Carys' Augen funkelten in ihrem geröteten Gesicht.

»Du weißt ganz genau, wovon ich spreche! Jedes Mal, wenn ich sie erwähne, findest du irgendeinen Grund, mich anzuschreien oder wegzuschicken – du findest immer einen Weg, nicht mit mir über sie reden zu müssen!«

»Ist dir jemals in den Sinn gekommen, dass ich dich wegschicke, weil ich dich nicht ausstehen kann? Weil es mir nicht passt, dass du hier herumhängst und die ganze Zeit über mich urteilst? Weil du meiner Mutter mit deinem ständigen verdammten Gefrage so viel Kummer machst, dass sie deinetwegen am Ende noch einen Herzinfarkt bekommt? Tja, wenn du über Wyn reden willst, warum reden wir dann nicht darüber, dass du nicht so vernünftig warst, jemandem zu erzählen, dass sich da oben ein verdammter Deutscher versteckt! Dass du die Klappe gehalten hast – auch noch, nachdem sie verschwunden war! Wer weiß, wie lange sie noch gelebt hat, bevor er sie umgebracht hat. Hätten wir gewusst, wo wir suchen müssen, hätten wir sie vielleicht noch rechtzeitig gefunden!«

»Das ist … das ist …« Frances bekam kaum noch Luft und konnte keinen klaren Gedanken mehr fassen. Der Vorwurf traf sie, weil sie spürte, dass er einen wahren Kern enthielt. Sie empfand Scham. »Jetzt machst du es schon wieder«, stieß sie hervor. »Du weichst der Frage aus …«

»Ach, hau doch einfach ab, Frances!«, schrie Carys. Sie drückte sich mit dem ganzen Körper gegen die Tür, bis Frances' Fuß zu knacken begann und sie ihn zurückziehen musste. Dann schlug die Tür von Nummer vierunddreißig zu, und Frances konnte nur ohnmächtig auf die abblätternde Farbe starren.

Überwältigt von Schuldgefühlen und Wut lief Frances zum Woodlands-Haus zurück. Als sie Stimmen im Garten hörte, blieb sie stehen, wartete außer Sichtweite und spähte hinein. Dort stand Sergeant Cummings mit Pam. Die Polizistin trug normale Kleidung, und ihre krause blonde Haarwolke versuchte an mehreren Stellen, sich aus den Haarnadeln zu befreien. Auch in ihrer Freizeit war sie ungeschminkt, aber sie brauchte auch kein Make-up. Ihre Haut war makellos, ihre Wangen schimmerten rosig, und sie hatte klare, strahlende Augen. Pam führte sie durch den Garten; mit einer Hand schirmte sie ihre Augen gegen die gleißenden Sonnenstrahlen ab, während Hund um ihre Füße herumstrich. Die Wege und Stufen zwischen den verschiedenen Ebenen des Gartens waren mit Moos bewachsen, und überall grünte und blühte es. Krokusse und die ersten Frühlingsblüten an den Bäumen zeigten sich bereits in ihrer ganzen Pracht, zwischen den Steinen wuchs Gras, an den Johannisbeersträuchern waren die ersten kleinen Blätter zu sehen, und am Rand der Hecke wuchsen Schlüsselblumen in der Farbe von Vanillepudding.

»Sie haben wirklich Glück, Mrs. Elliot«, sagte Sergeant Cummings. »Mir ist es erst bei Kriegsausbruch gelungen, ein Stück Garten zu ergattern. Aber natürlich darf ich nichts Schönes anpflanzen. Nur Kohlköpfe.«

»Es ist allerdings ziemlich viel Arbeit für eine Person«, sagte Pam und verschränkte die Arme vor der Brust. »Ich hätte mehr Gemüse statt Blumen pflanzen sollen oder mir ein Schwein anschaffen, aber jedes Mal, wenn ich diese ärgerlichen Plakate von *Potato Pete* sehe, die uns zum Anpflanzen von Kartoffeln auffordern, schalte ich auf stur. Warum meint die Regierung eigentlich, mit uns wie mit Kindern reden zu müssen? Das werde ich wohl nie verstehen.«

»Und wie finden Sie *Doctor Carotte*?« Cummings lächelte.

»Also wirklich«, sagte Pam und verdrehte die Augen. Sie blieben neben einem Apfelbaum stehen, und Pam zog einen Zweig zu sich heran. Die Blüten waren bereits abgefallen, und die dicken neuen Blätter glänzten leuchtend grün. »Er hat wirklich schön geblüht, aber ich frage mich, ob die Äpfel in diesem Jahr anders schmecken werden ... Albern, ich weiß.«

»Es fühlt sich an, als wäre alles davon belastet, nicht wahr?«, sagte Cummings. »Aber ganz bestimmt schmecken sie köstlich.«

Frances ging auf die beiden Frauen zu.

»Hallo«, sagte sie und bemerkte, dass sich ihre Mienen veränderten, als sie sie sahen – Cummings' wurde ernster, die von Pam offener, aber auch ein bisschen traurig.

»Ah, gut, dass du kommst, Frances«, sagte Pam. »Ich brauche wohl nicht zu sagen, dass Sergeant Cummings deinetwegen hier ist. Ich fürchte, ich bin dir zuvorgekommen und habe ihr von Davy erzählt. Ich konnte einfach nicht anders.«

»Das sind wunderbare Neuigkeiten«, sagte Cummings. »Viele andere Bombengeschichten gehen nicht so glücklich aus.«

»Ja. Es ist wirklich wunderbar«, bestätigte Frances, aber sie dachte daran, wie Carys ihr die Tür vor der Nase zugeschlagen hatte und sich weigerte, sie zu Davy zu lassen, und darum fiel es ihr schwer, fröhlich zu klingen.

»Nun«, sagte Pam unsicher. »Ich lasse euch allein. Kommt rein, wenn ihr einen Tee mögt. Oder etwas zum Mittagessen.« Sie ging, und Frances und Sergeant Cummings setzten sich auf die Bank, die einen Blick auf den sonnenbeschienenen Garten und auf die Stadt dahinter bot. Cummings räusperte sich.

»Gestern Abend habe ich lange gearbeitet. Weil ich eine Frau bin, lässt man mich am Ende des Tages den ganzen Papierkram ablegen, und ich habe mir den Bericht über Wyns Verschwinden herausgesucht.«

»Darf ich ihn sehen?«

»Nein. Aber ich habe ihn gelesen und mir die wichtigsten Punkte notiert. Ich bin immer noch nicht … Ich weiß immer noch nicht, ob ich Ihnen überhaupt davon erzählen darf. Aber schließlich ist es ein sehr alter Fall, und ich verlasse mich auf Ihre Diskretion«, sagte Cummings. Frances sah die Polizistin an.

»Ich kann sehr gut schweigen.«

»Es gibt einiges, das ich Ihnen erzählen kann, aber, Mrs. Parry, wenn Sie irgendetwas wissen … Wenn Sie eine Theorie haben, wer das Kind tatsächlich ermordet haben könnte, was ich vermute, dann müssen Sie mir versprechen, damit zu mir zu kommen und nichts auf eigene Faust zu unternehmen.«

»Bitte nennen Sie mich Frances. Mrs. Parry passt irgendwie nicht zu mir. Hat es eigentlich noch nie …«

»In Ordnung.«

Frances dachte eine Weile nach.

»Ich habe keine Theorie, aber mir sind ein paar Dinge wieder eingefallen. Und ich glaube, ich kann mich an noch mehr erinnern. Ich glaube, dass ich es vielleicht sogar *weiß*.«

»Ja.« Cummings nickte. »Das dachte ich mir.«

»Meinen Sie, Sie könnten Inspektor Reese dazu bringen, etwas zu unternehmen, wenn ich mich tatsächlich erinnere?«

»Nun, das kommt darauf an, was Sie mir erzählen und welche Beweise es dafür gibt. Ob es genügt, um ihn davon zu überzeugen, dass es sich lohnt, die alte Ermittlung wieder aufzunehmen. Sie werden sicher verstehen, dass wir mehr brauchen als nur Ihre Erinnerungen als Achtjährige.«

»Ja, das verstehe ich«, sagte Frances. »Nora Hughes hat mich alle Zeitungsausschnitte durchsehen lassen, die sie gesammelt hat.«

314

»War etwas Brauchbares dabei?«, fragte Cummings. Frances schüttelte den Kopf.

»Eigentlich nicht. Ein Bild von Johannes. Ich ... ich hatte sein Gesicht vierundzwanzig Jahre lang nicht mehr gesehen. Er sah genauso aus, wie ich ihn in Erinnerung hatte. So jung und so verängstigt.« Sie hielt inne. »Es gab Anspielungen auf Sittenlosigkeit. Ich weiß nicht, ob das nur die Zeitungen so formuliert haben oder ... ob sie die allgemeine Sittenlosigkeit eines Mörders meinten und nicht die *spezielle* Sittenlosigkeit von ...« Sie konnte sich nicht überwinden, es auszusprechen. Zu fragen, ob Wyn vergewaltigt worden war. »Sagen Sie mir, was in dem Bericht stand?«, fragte sie. Cummings warf ihr einen weiteren langen Blick zu, dann holte sie tief Luft.

»Die Blutspuren im Hof des Leprakrankenhauses waren minimal. Nur einige Tropfen.«

»Dann ist sie nicht ... erstochen worden? Oder erschlagen?«

»Oder wenn, ist es nicht dort passiert. Die Kleidung, die man gefunden hat, bestand aus einem Schuh, ihrer Unterhose, Strümpfen und einem Stück ihres Rocks.« Cummings sprach schnell, als wollte sie es dadurch weniger schrecklich, die Schlussfolgerung weniger grausam machen. Frances schloss die Augen; ihr war übel.

»Alles Kleidung von der unteren Körperhälfte.«

»Ja. Aber noch einmal, das muss nicht ... Das muss nicht bedeuten, wonach es auf den ersten Blick aussieht.«

»Aber das könnte es.«

»Ja. In dem Bericht wird angedeutet, dass die ermittelnden Beamten ein sexuelles Motiv für die Tat vermuteten. Aber ohne Wyns Leiche wusste man nicht, wie sie umgekommen war oder ob sie vorher vergewaltigt wurde. Das werden wir also niemals sicher wissen.«

»Aber es wurde vermutet, dass Johannes sie vergewaltigt hatte?«

»Johannes war … er wurde lange verhört. Aber er hat nie gestanden, sie umgebracht zu haben. Er sagte, er habe draußen Schritte gehört, Wyns und noch andere, und noch weitere Geräusche.« Sie zögerte und überprüfte ihre Notizen. »Er hörte jemanden schwer atmen. Aber er traute sich nicht hinauszusehen, und dann war es wieder still.«

»O Gott.« Frances schluckte. »Er hat gehört, wie es passiert ist.«

»Vielleicht. Oder vielleicht hat er gelogen und sie selbst vergewaltigt.«

»Vor seiner eigenen Tür, wenn er sich am meisten davor fürchtete, entdeckt zu werden? Dann hat er sie genommen und in ihrem eigenen Hof vergraben, ohne dass ihn jemand gesehen hat? Und das, obwohl er keine Ahnung hatte, wo sie wohnte, und zu viel Angst hatte hinauszugehen?«, hielt Frances dagegen.

»Wie können Sie so sicher sein, dass er nicht wusste, wo sie wohnte, Mrs. … Frances? Ich weiß, Sie haben mir erklärt, wie Sie darauf kommen, aber Sie waren acht Jahre alt. Verzeihen Sie, aber Sie waren viel zu jung, um alles verstehen zu können, was um Sie herum passierte. Sie konnten nicht wissen, was in seinem Kopf vor sich ging. Er war nicht ganz richtig im Kopf.«

»Er hatte Angst. Ich habe *gesehen*, wie groß seine Angst war. Er wäre nicht in der Lage gewesen, hinauszugehen und ihr nach Hause oder wohin auch immer zu folgen. Aber er war nicht geistesgestört.«

»Ich habe gelesen, was Sie der Polizei über ihn erzählt haben. Dass er Ihnen mindestens ein Mal wehgetan hat, als er dachte, er sei entdeckt worden. Dass er auch Wyn angegriffen hat.«

»Nein, nein ... das war kein *Angriff*! Nein.« Frances' Verzweiflung wuchs. »Sie haben mir die Worte im Mund umgedreht! Das wusste ich nicht. Mir war nicht klar, worauf sie hinauswollten! Bei denen hörte es sich schlimm an, aber ... Er hat nur ... Manchmal hat er solche Angst gehabt, dass er Panik bekam. Dann wusste er nicht, was er tat.«

»Könnte man es vielleicht geistig verwirrt nennen?«, fragte Cummings leise. »Und vielleicht hat Wyn ihm erzählt, wo sie wohnt. Vielleicht hat sie es ihm beschrieben.«

»Nein, das hat sie nicht. Er hat nie danach gefragt.«

»Vielleicht bei einer Gelegenheit, als Wyn ihn allein besucht hat?«

»Aber sie ist nicht allein dort gewesen.« Frances zögerte. *Komm zurück, Wyn!* Als die Erinnerung an das enorme Unglück in ihr aufstieg, holte sie tief Luft. »Ein Mal vielleicht. Aber sie hätte es ihm nicht erzählt. Er hätte sie nicht gefragt.«

»Laut Ebners Aussage war Wyn oft allein bei ihm, vor allem in den letzten Wochen ihres Lebens.«

Frances starrte Cummings an, sprachlos vor Überraschung. Selbst jetzt, nach all den Jahren, versetzte ihr der Verrat einen tiefen Stich. Wyn und sie hatten keine Geheimnisse voreinander, und Johannes war ihr gemeinsames Geheimnis gewesen. Aber Wyn hatte sie belogen und war ohne sie zu ihm gegangen. *Ich verspreche, keiner Menschenseele etwas zu sagen.* Frances schüttelte den Kopf. Cummings räusperte sich und fuhr fort: »Ebner behauptete, Wyn habe bei ihren Besuchen anders gewirkt. Ängstlich und sehr ruhig. Er sagte, sie schien sich zu verstecken.«

»Oh, Wyn«, keuchte Frances.

»Sein Eingeständnis, dass Wyn ihn allein besucht hatte, wurde leider auch gegen ihn verwandt.«

»Aber warum sollte sie das tun? *Warum?* Und warum hat sie es mir nicht erzählt?«

»Das weiß ich nicht. Und ich fürchte, dass diese Frage heute auch niemand mehr beantworten kann. Kinder verstehen nicht immer …«

»Das glaube ich aber schon«, widersprach Frances mit Nachdruck. »Ich glaube, sie verstehen sehr wohl. Ich glaube nur, dass sie nicht unbedingt wissen, wie sie sich verhalten sollen.« Sie dachte intensiv nach und beschwor ihre Freundin in ihrem Inneren herauf – wie sie war, wer sie war. »Vielleicht … vielleicht hat derjenige, der sie umgebracht hat – wenn sie überhaupt im Leprakrankenhaus gestorben ist –, vielleicht ist derjenige ihr dorthin gefolgt. Oder vielleicht wusste er, dass sie dorthin ging … sodass selbst, wenn sie woanders gestorben ist, der Täter einige ihrer Sachen dorthin gelegt hat, um den Verdacht auf Johannes zu lenken.«

»Das wäre möglich. Aber dafür gibt es schlicht keine Beweise.«

»Aber es wäre möglich.«

»Da war auch noch die Decke, auf der Ebner geschlafen hat. Darauf wurden Haare gefunden, die von einem Experten als Wyns identifiziert wurden.«

»Natürlich waren ihre Haare da drauf! Sie stammte aus ihrem Bett, sie hat sie ihm geschenkt!«

»Frances«, sagte Cummings sanft. »Soll ich Ihnen sagen, was ich dem Bericht entnehme? Dass Ebner ein gestörter junger Mann in einer verzweifelten Situation war, der unnatürliche Gefühle für ein kleines Mädchen entwickelte, das ihn regelmäßig besuchte. Häufig allein. Dass er genügend Mittel und Gelegenheiten hatte, sie umzubringen, absichtlich oder auch nicht, und dass Sie einfach nicht wissen können, ob Wyn ihm erzählt hat, wo sie wohnt. Und man kann unmöglich erwarten, dass Sie in dem Alter damals umfänglich verstanden haben, was vor sich ging oder dass Ebner eine Bedrohung darstellte.« Vorsichtig legte sie Frances eine Hand auf den Arm. »Ich weiß, Sie möchten den Gedanken nicht zulassen, dass er es war. Ich weiß, er war Ihr Freund. Aber die einfachste Lösung ist oft die richtige.«

»Aber nicht immer.«

Sie schwiegen eine Weile. Frances spürte, dass Cummings sich ein Urteil gebildet hatte, und wusste nicht, wie sie sie zurückgewinnen konnte.

»Warum erzählen Sie mir nicht, was Ihnen wieder eingefallen ist?«, schlug Cummings vor. Frances nickte und atmete tief ein.

»Ich habe die Polizei angelogen«, sagte sie. Cummings stutzte. »Ich habe ihnen erzählt, dass ich Wyn am Tag ihres Verschwindens nicht gesehen hätte, aber ich habe sie gesehen. Sie … sie kam zum Hause meiner Eltern, um mich abzuholen. Aber ich war … Es war schon spät, und ich war wütend auf sie. Ich weiß nicht mehr genau, warum. Irgendetwas war schiefgelaufen. Ich war wütend, darum … schickte ich sie allein weg.« Frances sah zu Cummings hoch, um sich davon zu überzeugen, dass sie die Bedeutung ihrer Worte verstand.

»Wohin? Wohin ist sie gegangen?«

»Zum Leprakrankenhaus.«

»Sie meinen …« Sergeant Cummings schüttelte bedächtig den Kopf.

»Sie wollte, dass ich sie begleite, aber ich habe sie allein gehen lassen. Und dann wurde sie umgebracht.« In Frances' Kehle saß ein dicker Kloß, der ihr das Schlucken unmöglich machte. »Aber die Sache ist, Sergeant, als ich sie gesehen habe, als ich sie weggeschickt habe, trug sie die Brosche.«

»Die, die Sie neulich im Haus ihrer Schwester gefunden haben?«

»Ja. Sie hat sie getragen. Da bin ich mir ganz sicher. Ich weiß noch, dass ich sie angesehen habe und traurig war, weil … weil sie so glücklich gewesen war, als ich sie ihr schenkte. Sie sagte, ich sei die beste Freundin, die sie jemals hatte. Aber zu dem Zeitpunkt hatten wir uns gestritten. Und ich wollte sie zurückrufen!« Frances bemühte sich, mit fester Stimme zu sprechen. »Ich wollte sie zurückrufen und ihr sagen, dass ich doch mitkomme. Oder ihr sagen, dass sie nicht gehen soll – ich weiß nicht. Aber ich habe es nicht getan. Ich habe sie gehen lassen.«

»Frances, ganz offenbar haben Sie das Gefühl, dass Sie irgendwie schuld an Wyns Schicksal sind, aber das sind Sie nicht. Sie waren ein kleines Mädchen.«

»Aber ich war *dort*. Ich war beteiligt. Es gab so viele Gelegenheiten, an denen ich etwas hätte sagen können, um das zu verhindern. Aber das habe ich nicht.«

»Wie meinen Sie das? Welche Gelegenheiten? Was hätten Sie sagen können?«

»Ich … ich weiß es nicht genau.« Frances dachte intensiv nach. Das hatte sie gesagt, ohne darüber nachzudenken, aus einem Gefühl heraus, das sie einfach nicht greifen konnte. »Ich hätte einem Erwachsenen von Johannes erzählen können. Wir hätten ihm Hilfe besorgen können. Wissen Sie, dass Kriegsgefangene, die man wieder festgenommen hat, gar nicht besonders streng bestraft wurden? Sie wurden einfach nur in die Lager zurückgeschickt. Er wäre sicher gewesen. Und es war 1918 im Sommer. Der Krieg war fast zu Ende. Er hätte es nach Hause geschafft. Wenn ich etwas gesagt hätte, wäre er nach Hause gekommen. Und vielleicht würde auch Wyn noch leben. Aber das einzige Mal, dass ich über ihn gesprochen habe, war nach ihrem Tod, und ich … ich habe ihnen verraten, wo er ist. Er hat sich im Leprakranken-haus versteckt, und ich habe ihnen genau gesagt, wo sie ihn finden. Ich habe ihn *verraten*! Ich habe ihn ausgeliefert. Ver-stehen Sie denn nicht – ich hätte das alles verhindern können!«

Frances verlor die Fassung und begann zu weinen.

»Oh, bitte – nicht weinen!«, sagte Cummings und tät-schelte Frances' Arm. »Mrs. Elliot!«, rief sie, damit Pam ihr zu Hilfe kam.

»Nein … es geht schon«, sagte Frances. »Es ist nur …« Sie schüttelte den Kopf und bemühte sich, wieder ruhiger zu werden. *Es wurde jeder Stein umgedreht. Pst, kleine Schwestern!*

»Ich glaube, das ist genug für heute«, sagte Pam, die plötz-lich neben ihr stand und ihre Hand nahm.

»Ja, Sie sind …«

»Nein … bitte. Mir geht es gut. Bitte lassen Sie mich zu Ende reden.«

»Gut …«, sagte Cummings unsicher.

»Danke, Pam, aber es geht schon. Wirklich.« Frances fuhr sich hastig über das Gesicht. »Verstehen Sie nicht, wie wich-tig es ist, dass ich Wyns Brosche in Carys' Haus gefunden habe? Carys will nie über Wyn sprechen. Jedes Mal, wenn ich das Thema anschneide, speist sie mich ab oder wird wü-tend. Aber Wyn hat ihre Narzissenbrosche an dem Tag ge-tragen, als sie verschwand …«

»Aber das heißt immer noch nicht, dass sie sie getragen hat, als sie starb, Frances«, gab Cummings zu bedenken.

»Wie bitte?«

»Sie sagen, sie wollte allein zum Leprakrankenhaus gehen und dass ihr vielleicht jemand gefolgt ist und sie umgebracht hat. Aber Sie wissen nicht sicher, dass sie wirklich direkt von Ihnen aus dorthin gegangen ist. Oder? Sie hätte ihre

Meinung ändern und nach Hause oder irgendwo spielen gehen können.«

»Aber …«

»Ich verstehe, dass Sie wütend auf die Familie Hughes sind, weil Wyn dort so schlecht behandelt wurde«, sagte Cummings.

»Darum geht es nicht.« Frances schüttelte den Kopf. »Natürlich bin ich deshalb wütend. Aber es geht um mehr … Ich habe gesehen, wie Wyn geschlagen wurde. Wie sie durchs Zimmer geschleudert wurde!«

»Das weiß ich. Und es hört sich wirklich furchtbar an.«

»Sie wollen sagen, dass das nichts bedeutet. Dass das kein Beweis ist«, sagte Frances. Cummings zuckte zaghaft mit der Schulter.

»Sie meinen also, es wäre ihre Schwester gewesen?«, fragte sie.

»Ich …« Frances konnte nicht antworten. Sie dachte an den Mann im Krankenhaus. An ihre Albträume. Den Geruch von Brennnesseln und noch etwas anderem – da war noch ein anderer Geruch. Daran, wie Owen nervös zurückgerudert war, nachdem er gesagt hatte, er glaubte auch nicht, dass Johannes seine Schwester umgebracht habe. »Ich weiß es nicht«, sagte sie hilflos.

»Hat etwas Bestimmtes die Erinnerung geweckt, dass Sie Wyn dieses letzte Mal gesehen haben?«, fragte Cummings, und Frances nickte.

»Und als ich ins Leprakrankenhaus gegangen bin, um nach Davy zu suchen. Ich sah Johannes' Versteck, das ich der Polizei verraten hatte. Ich sah, dass er seinen Namen ins Holz geritzt hatte. Es war das erste Mal, dass ich nach all dieser Zeit wieder dort war … Vermutlich habe ich mich deshalb erinnert.«

»Ja. Alte Wege nachzuverfolgen – Orte und Gerüche – kann eine starke Wirkung haben.« Cummings steckte ihre Notizen ein und stand auf. »Vielleicht könnten Sie versuchen, auf diese Weise noch etwas weiterzumachen, und an andere Orte Ihrer Kindheit zurückkehren. Vielleicht fällt Ihnen noch etwas ein. Ich komme bald wieder vorbei.«

»Moment! Wenn ... wenn Wyn tatsächlich vergewaltigt wurde – wenn sie daran gestorben ist und wenn es nicht Johannes war, dann ist dieser Mann noch auf freiem Fuß. Und er war es all die Jahre«, sagte Frances. Ein Ausdruck tiefen Unbehagens legte sich auf das Gesicht der Polizistin.

Nachdem sie gegangen war, blieb Frances auf der Bank zurück. Sie fühlte sich schwindelig, als ob sie jeden Moment das Gleichgewicht verlieren könnte. Und sie fühlte sich verlassen – vielleicht von Wyn. Weil sie Dinge vor ihr geheim gehalten hatte und Johannes ohne sie besucht hatte. Was hatte ihr Wyn noch verschwiegen? Hatte sie Johannes vielleicht doch erzählt, wo sie wohnte? Hatte sie es geschafft, ihn nach draußen zu locken? Hatte sie jemand anderem von ihm erzählt und damit ebenfalls das Versprechen gebrochen, das sie sich gegeben hatten? Frances rieb sich die müden Augen, als Pam sich zu ihr setzte und ihr einen Becher Tee und einen Teller mit einem Käsebrot reichte.

»Das ist wohl nicht so gelaufen, wie du gehofft hast«, sagte sie.

»Nicht ganz.« Frances lächelte bedrückt. Pam musterte sie kurz, dann schaute sie auf die Stadt. »Es ist alles so lang her, Frances. Du hast Davy gefunden – ist das kein Grund zum Feiern?«

»Carys lässt mich nicht mehr zu ihm. Sie sagt, ich darf ihn nie wieder besuchen.«

»Wie bitte?«, sagte Pam empört. »Oh, diese schreckliche

Person soll verflucht sein! Wahrscheinlich war sie betrunken – sie wird ihre Meinung schon noch ändern, sobald sie wieder mal deine Hilfe braucht. Keine Sorge. Komm, iss auf. Gehen wir hoch zum Beechen Cliff.«

»Warum?«

»Willst du nicht den König und die Königin sehen? Sie kommen hoch zum Kliff, um sich einen Überblick über den Schaden zu verschaffen. Unterwegs holen wir deine Mum ab – nun komm schon, ich zwinge dich auch nicht, eine Fahne zu schwenken.«

»Geht ihr nur.« Frances schüttelte den Kopf. »Es tut mir leid, Pam. Mir ist einfach nicht danach.«

»Wie du willst.« Mit einem Seufzer erhob sich Pam von der Bank. »Verlier dich nur nicht völlig in alledem, hörst du, Frances?«

»Keine Sorge«, sagte Frances. Was sollte sie auch sonst sagen?

Als sie abends in den Pub ging, spürte Frances wieder ihren Schatten – das inzwischen bereits vertraute Gefühl, beobachtet zu werden. Als würde jemand gegen ihren Willen ihre Haut berühren. Zitternd blieb sie stehen, und mit minimaler Verzögerung verstummten die Schritte hinter ihr. Sie stand mitten auf der Straße. Aufgrund der Verdunkelung konnte sie nichts erkennen, und als sie angestrengt zu hören versuchte, ob sich hinter ihr etwas bewegte, rauschte laut das Blut in ihren Ohren. Sie drehte sich um und suchte vergeblich mit den Blicken die Gegend ab. Aber anstatt ihr einen Hinweis zu geben, täuschten ihre Augen sie – beschworen Bewegungen und Umrisse herauf, wo gar keine waren. Sie wollte davonrennen, konnte sich aber nicht überwinden, der Person den Rücken zuzuwenden, die sie verfolgte und beobachtete, seit man Wyn gefunden hatte. Wer auch immer es war. Sie holte tief Luft.

»Ich weiß, dass Sie da sind«, sagte sie, so fest sie konnte. Ihre Stimme verhallte in der Dunkelheit, die Stille schien zu lauschen. »Was wollen Sie?« Verglichen mit dem Hämmern ihres Herzens klang ihre Stimme brüchig und dünn. Weit entfernt hörte sie andere Stimmen, ein kurzes bellendes Lachen. Sie wollte nichts lieber, als zu den anderen zu laufen. »Waren Sie das?«, fragte sie. »Würde ich Ihr Gesicht erkennen, wenn ich Sie jetzt sähe? Waren Sie das?«

Sie wartete noch einige Sekunden auf eine Antwort, und obwohl ihr nur Stille und Dunkelheit entgegenschlugen, wusste sie, dass sie sich das alles nicht einbildete. »Ich habe keine Angst vor dir«, sagte sie und bemühte sich, ihren eigenen Worten zu glauben. »Ich bin dir auf der Spur.« Sie erinnerte sich, wie Hund an der Leine gezerrt und die leere Straße hinuntergebellt hatte. Ihr Verfolger war Tag und Nacht da. Und sie begriff zu spät, dass sie ihm gerade gedroht hatte. Ihr Magen verkrampfte sich, als sie sich umdrehte, mit eiligen Schritten weiterging und den Impuls zu rennen unterdrückte. Als sie den Eingang vom Young Fox erreichte, durchströmte sie eine Welle tiefer Erleichterung. In dem langen Raum im hinteren Teil des Pubs befand sich seitlich eine Kegelbahn aus glänzendem Holz. Dort war ein Spiel in vollem Gang. Es war überfüllt und noch lauter als sonst, die Gesichter vom Alkohol noch stärker gerötet. Ein trotziges, heiteres Aufbegehren gegen die Angst und den Kummer nach der Bombardierung. Frances bestellte sich einen großen Brandy und hielt sich abseits in einer Ecke, bis ihre Hände endlich aufhörten zu zittern. Das ergab alles keinen Sinn – die Person, die ihr folgte, der Mann im Krankenhaus. Carys, die Wyns Brosche hatte, Carys' Wut. Wie auch immer sie es drehte und wendete, sie verstand es nicht, aber sie wusste, dass alles mit Wyns Tod zu tun hatte. Mit den Dingen, an die sie sich erinnerte, und mit denen, die sie vergessen hatte. Mit dem Mörder, der all die Jahre auf freiem Fuß gewesen war, auch jetzt noch.

Owen gehörte zur Kegelmannschaft, und Frances setzte sich und wartete auf ihn. Sie trank ihren Brandy, dann noch einen und begann es zu genießen, in der Menge zu verschwinden. Der Alkohol vernebelte ihre Gedanken, die Hitze all der Körper trieb kleine Schweißperlen auf ihre Haut. Ihr Vater gehörte ebenfalls zur Mannschaft des Young Fox, die die vom George unten in der London Road schlug. Jeder Wurf wurde von Jubel begleitet. Die Tische standen voll schmutziger Gläser, die Luft war rauchgeschwängert. Nachdem Owens Kugel sämtliche Kegel umgeworfen hatte, schlug ihr Vater ihm anerkennend auf den Rücken, und Frances verspürte ein Stechen, das ihr allmählich vertraut war – eine vage Sehnsucht und Bedauern. Das alte, wohlbekannte Gefühl, etwas verpasst zu haben. Sie saß eingequetscht zwischen Fremden und versuchte, nicht zu denken, weil ihre Gedanken sie ohnehin nur traurig stimmten. In dem samstäglichen Tumult war es leicht, sich wie eine von vielen zu fühlen, wie eine aus der Menge. Niemand bemerkte, dass sie allein da war – eine Weile nicht einmal sie selbst.

Auf der Tischplatte lagen jede Menge abgebrannter Streichhölzer, und sie musste an Johannes' Schätze denken. Sie überlegte, was wohl aus ihnen geworden sein mochte, aber ihr Schicksal war in dem Wirbel jenes Sommers untergegangen. Hatte sie sie selbst weggeworfen? Hatte ihre Mutter sie in dem Schmuckkästchen gefunden und vernichtet? Sie konnte sich nicht erinnern, wann sie sie das letzte Mal gesehen hatte, und überlegte, was Johannes als Letztes für sie gebastelt hatte, aber sie konnte sich nicht erinnern. Sergeant Cummings hatte ihr geraten, an die Orte ihrer Kindheit zurückzukehren. An Orte, die Erinnerungen wecken könnten. Der Mann im Krankenhaus war wie ein Ort von früher – er löste dasselbe quälende Gefühl in ihr aus. Er besaß dieselbe Macht, Gefühle in ihr zu wecken, die sie lange verloren geglaubt hatte. Sie überlegte, wohin sie noch gehen könnte. Das Leprakrankenhaus war der einzige Ort, an den sie nicht mehr zurückgekehrt war, seit sie Johannes zum letzten Mal gesehen hatte. Doch als sie an jenen Sommer dachte und die abgebrannten Streichhölzer auf dem Tisch herumschob, Formen bildete und sie wieder zerstörte, fiel ihr ein weiterer Ort ein. Und ein kaltes Schaudern überlief sie. In der hintersten Ecke ihres Kopfes regte sich auf widerwärtige Weise die dunkelste ihrer Erinnerungen. Der Ort war das Warleigh-Wehr.

»Ein Penny für deine Gedanken«, sagte Owen und setzte sich neben sie. Frances sah auf, überrascht, dass das Spiel schon beendet war.

»Oh, das sind sie nicht wert«, sagte sie. »Habt ihr gewonnen?«

»Hast du gar nicht zugesehen? Wir haben sie vernichtend geschlagen.«

»Ich ... habe nicht aufgepasst.« Frances sah an Owens Augen, dass auch er nicht mehr nüchtern war. Seine Haut glänzte von der Hitze, und auf seinem Kinn lag ein abendlicher Bartschatten. Sein Haar war verschwitzt und wirr, und der Geruch von Metall und Öl hing an ihm. Frances spürte seine Nähe überdeutlich und wurde von einem plötzlichen, intensiven Begehren erfasst.

»Ich habe gesehen, dass du hier ganz allein sitzt und alles beobachtest«, sagte er. »Warum hast du dich nicht zu den Frauen gesetzt?«

»Ich kenne keine von denen. Und ich habe auf dich gewartet.« Frances sah zur Seite und wünschte, sie könnte etwas sagen, das Owen zum Lächeln brachte. »Vorhin wollte ich Davy besuchen, aber Carys … lässt mich nicht mehr zu ihm.«

»Was?«

»Das hat sie gesagt.« Frances rechnete damit, dass ihre Wut zurückkehrte, doch stattdessen verstärkte der Brandy ihren Kummer. »Dann bin ich wütend geworden und habe … ein paar Sachen zu ihr gesagt. Über Wyn. Wir hatten einen Streit.«

»Herrje«, sagte Owen. Er nahm ihre Hand, und vielleicht wollte er sie nur kurz drücken und dann wieder loslassen, doch irgendwie blieben ihre Hände unter dem Tisch verbunden, wo niemand es sehen konnte. Er umschloss ihre Finger noch fester und ließ sie nicht mehr los.

»Meinst du, du könntest mit ihr darüber reden?«, fragte Frances. »Ich … ich kann mir einfach nicht vorstellen, ihn nicht mehr zu sehen. Auch wenn sie nicht will, dass ich auf ihn aufpasse … Das kann ich ja verstehen, nach dem, was beim letzten Mal passiert ist. Aber ich könnte doch zumindest vorbeikommen und ihn ab und an besuchen. Ihn vielleicht von der Schule abholen … Ich weiß nicht. Sprichst du mit ihr?«

»Ich versuche es«, sagte Owen vorsichtig. »Aber du kennst ja meine Schwester.«

»Auf dich wird sie aber hören, oder? Das tun doch alle.«

»Am besten wartet man, bis sie sich wieder ein bisschen beruhigt hat.«

»Aber was ist mit Davy? Sie … Manchmal gibt sie ihm nichts zum Abendessen, und sie vergisst, ihn zu baden und seine Sachen zu waschen. Darum riecht er, und dann ärgern sie ihn in der Schule und …«

»Schhh, Frances – er kommt schon klar. Das wird schon.

Er lebt jetzt bei meiner Mum. Sie lässt nicht zu, dass er hungert, auch wenn Carys sich besäuft.«

»Das stimmt«, sagte Frances und spürte, wie ihre Sorge etwas nachließ, auch wenn die Sehnsucht nach Davy blieb.

»Willst du noch einen?«, fragte Owen und tippte auf ihr leeres Glas.

Es dauerte eine Weile, bis Owen von der vollen Bar zurückkehrte. Als er sich wieder setzte, lächelte er seltsam, und als er sprach, sah er sie dabei nicht an.

»Also, was hast du Carys über Wyn gesagt?«

»Ach«, sagte Frances. Sie schüttelte den Kopf und dachte an Owens Reaktion, als sie das letzte Mal darüber gesprochen hatten – dass es ihr vorgekommen war, als würde er ihr nicht alles erzählen. Sie hoffte inständig, dass das nicht stimmte. »Es war ... es war nur ...« Sie steckte die Hand in die Hosentasche, in der Wyns Brosche versteckt war. Sie könnte sie ihm zeigen, ihm erzählen, dass Wyn sie am Tag ihres Verschwindens getragen hatte, und darauf warten, dass er dieselben Argumente vorbrachte wie Cummings. Sie ließ die Brosche, wo sie war. »Ich war nur wütend auf sie, weil sie Davy aufgegeben hatte und noch nicht einmal geholfen hat, nach ihm zu suchen. Ich glaube, ich habe ihr vorgeworfen, dass sie wüsste, was Wyn zugestoßen ist.«

»Wie meinst du das?«, fragte Owen.

»Ich ... Nachdem man Wyn zu Hause, in ihrem eigenen Hof gefunden hat ... Ich *weiß*, dass es nicht Johannes war! Und ich ...« Wieder schüttelte sie den Kopf.

»Du denkst, Carys weiß es? Glaubst du etwa, wir wissen es *alle*?« Owen klang bestürzt.

»Nein! Natürlich nicht. Aber ... Owen, *wenn* du etwas wüsstest oder wenn du eine Ahnung hättest, wer es war, würdest du es mir doch sagen, oder?«

»Natürlich«, sagte er und blickte in sein Glas. »Erzählst du mir, woran du dich im Leprakrankenhaus erinnert hast?«

»Mir ist wieder eingefallen, wohin Wyn gegangen ist, als sie am Tag ihres Verschwindens bei mir vorbeikam. Sie wollte zum Leprakrankenhaus, und sie wollte mit mir dorthin gehen. Und ich habe mich an Johannes' Versteck erinnert – und dass wir uns geschworen hatten, niemandem davon zu erzählen.«

Frances berichtete ihm, dass sie wütend auf Wyn gewesen war und sie allein fortgeschickt hatte. Dass sie der Polizei genau beschrieben hatte, wo sie Johannes finden konnten. Nachdenklich hörte Owen ihr zu.

»Frances – ihr wart Kinder! Da streitet man sich unweigerlich mal. Und natürlich musstest du der Polizei sagen, wo sie Ebner finden! Ob du es versprochen hattest oder nicht. Du hast das Richtige getan. Und sie hätten ihn sowieso früher oder später entdeckt.«

»Vielleicht nicht. Vielleicht hätte er entkommen können, wenn ich es ihnen nicht gesagt hätte.«

»Und vielleicht wäre das falsch gewesen. Er könnte es getan haben, Frances.«

»Das denkt Sergeant Cummings auch. Aber ich – ich kann es nicht glauben.«

»Die Polizei denkt noch immer, dass er es war?« Owen klang erleichtert.

»Im Moment schon. Es sei denn, ich finde etwas anderes heraus.« Frances trank einen Schluck Brandy und spürte, wie er ihr brennend die Kehle hinunterlief. Ihr Kopf drehte sich leicht. »Erinnerst du dich noch, als wir alle zum Warleigh-Wehr gegangen sind?«, fragte sie und wünschte im selben Moment, sie hätte es nicht ausgesprochen.

»Da waren wir oft.«

»Aber ich war nur einmal mit. Zusammen mit Wyn. Du warst mit deinen Schulfreunden da, ich weiß nicht mehr, wie sie hießen.« Sie wartete, aber Owen zuckte bloß die Achseln. »Wir sind stundenlang geschwommen, und wir haben ein Picknick gemacht.«

»Möglich ... warum?«

»Ach, nur so.« Frances kippte den Rest ihres Drinks hinunter und dachte eine Weile nach. »Ich weiß noch, dass ich schreckliche Angst hatte, dein Dad könnte herausfinden, dass wir Johannes Sachen bringen. Wir haben ein bisschen Essen mitgenommen, und Wyn hatte die Decke. Kannst du dir vorstellen, was er getan hätte? Vor allem, weil es für einen Fremden war – für einen *Deutschen*. Er wäre fuchsteufelswild geworden.«

»Er hätte euch den Kopf abgerissen.« Owen nickte. »Weißt du noch, als ich ihm seine Kippen geklaut und sie an meine Freunde verkauft habe? Ich hab für Fußballschuhe gespart – als ob ich jemals genug zusammenbekommen hätte.«

»Das weiß ich nicht mehr.«

»Nein? Dad hat einen Anfall bekommen. Er hat mir eine Heidenangst eingejagt – uns allen. Er verdächtigte Clive, und Carys warf mir so böse Blicke zu, dass ich eine Ersatzpackung besorgte und gestand, was ich getan hatte.«

»Und dann hat er dir die Hand geschüttelt und gesagt ›Gut, dass du so ehrlich bist, mein Sohn‹?«

»Nicht ganz.« Owen lachte. »Seitdem ist meine Nase schief.« Wieder zuckte er die Achseln. »Es war kein Zuckerschlecken mit ihm. Aber er konnte nichts dafür.«

»Ja. Wyn hat mir von seiner ersten Familie erzählt.« Es folgte eine Pause, und Owen trank einen Schluck.

»Er wäre stinksauer auf Ebner gewesen. Aber er hat es nicht herausgefunden, oder? Und wie dem auch sei, er hätte *dir* nichts tun dürfen. Und Wyn war immer sein Liebling. Er hätte ihr niemals wehgetan.«

Frances antwortete nicht gleich. Sie war verwirrt. Owen hatte doch gesehen, wie grob Bill zu Wyn war und dass er sie schlug, wie alle anderen auch.

»Das war nicht normal, weißt du«, sagte sie leise. »Was ihr alle aushalten musstet … das war nicht normal. Mein Vater hat nie die Hand gegen mich erhoben. Und Wyn war so klein … so schwach.«

»Schwach?«, sagte Owen und verstand nicht gleich.

»Körperlich, ja. Das weißt du doch.« Owens Lächeln verblasste.

»Ich weiß«, sagte er. »Und ich weiß, dass es nicht normal war.« Er atmete ein und öffnete den Mund, doch ganz gleich, was er hatte sagen wollen, er überlegte es sich anders. Der Lärm um sie herum ließ nicht nach. Owen wirkte in sich gekehrt, und das tat Frances leid. Noch vor Kurzem war er glücklich gewesen und hatte mit seinen Freunden gelacht. Das hatte sie ihm verdorben. Inmitten ihrer ganzen Unsicherheit gab Owen ihr Halt, und das Letzte, was sie wollte, war, ihm Kummer zu bereiten. Sie wollte alles vergessen und auch Owen alles vergessen lassen. Sie wollte alles vergessen, nur nicht, wie Owen sie einst zum Lachen gebracht hatte und wie es sich angefühlt hatte, ihn zu küssen. Der Raum um sie herum drehte sich, und sie schwankte und stieß gegen den Tisch, sodass die Gläser klirrten. »Komm«, sagte er und stand auf. »Hier drin ist es viel zu heiß.«

Er führte sie in die Old Orchard Road. Die Nacht war frisch, und Frances' Kopf wurde ein wenig klarer. Morgen früh würde es ihr womöglich etwas ausmachen, dass die Leute gesehen hatten, dass sie zusammen gegangen waren, aber jetzt war es ihr egal. Sie spürte das Blut durch ihren

Körper strömen. Sie hatte das Gefühl zu schweben und wollte ausnahmsweise einmal handeln, ohne nachzudenken. Im Dunkeln nahm sie wieder Owens Hand, führte sie an ihre Lippen und schmeckte Salz und Rauch. Sie konnte sein Gesicht nicht sehen, nur den schwachen Glanz seiner Augen, in denen sich der Nachthimmel spiegelte.

»Ich wünschte …«, sagte sie, führte den Satz jedoch nicht zu Ende, weil es zu vieles gab, was sie sich wünschte. Und sie wusste nicht, wie sie ihr plötzliches Verlangen in Worte fassen sollte, sich ganz in ihm zu verlieren, bis nichts mehr von ihr übrig war. Es war mehr ein Instinkt als ein Gefühl, etwas Angeborenes. Wie das Gefühl der Sicherheit, das er ihr gab. Sie neigte den Kopf nach hinten und wandte ihm ihr Gesicht zu, erst berührten sich ihre Nasen, dann ihre Lippen.

»Frances …« Owen rückte ein ganz kleines Stück von ihr ab. Er beugte sich vor, sodass sich ihre Stirnen anstelle der Münder berührten. »Oh, warum *jetzt*, Frances? Warum musstest du jetzt zurückkommen und alles wieder aufwühlen, wenn nichts mehr zu ändern ist?«

»Zurückkommen?« Sie schüttelte den Kopf. »Ich war nie weg. Ich werde niemals weggehen. Ich werde als Geist im Leprakrankenhaus enden.«

»Doch, du bist weggegangen. Du hast geheiratet. Es war alles vorbei. Ich habe mich gezwungen, nicht mehr an dich zu denken.«

»Das ist dir doch wohl nicht schwergefallen.«

»Doch.« Er schüttelte den Kopf. »Doch, es war verdammt schwer.«

Frances legte ihre Hände auf sein Gesicht und schloss mit den Fingerspitzen seine Augen. Er nahm sie in die Arme, und unter seiner Kleidung spürte sie die kräftigen Muskeln und Knochen, die sie an sich zogen. Als sie sich küssten, lag

Verzweiflung darin, als hätten sie es so lange nicht getan, dass sie vergessen hatten, wie sehr sie es brauchten. Frances kannte das Gefühl von vor langer, langer Zeit. Owen hielt sie so fest, dass sie kaum atmen konnte, und es war ihr egal – sie wollte in ihm ertrinken, sie wollte vergessen. Sie wollte mit ihm nach Hause gehen, in sein Schlafzimmer, und sich dort verlieren. Doch Owen beendete den Kuss und hinterließ eine kalte Leere auf ihren Lippen.

»Das können wir nicht tun, Frances«, sagte er. »Ich habe Maggie und die Kinder. Du hast Joe …«

»Nein, ich habe niemanden«, sagte sie. Sie versuchte, ihn erneut zu küssen, und drängte ihre Hüften an seine.

»Herrgott, Frances, bitte … Ich kann das nicht. Du bist betrunken …«

»Das ist mir egal.«

»Mir aber nicht, und ich bin auch nicht mehr nüchtern. Wir können beide nicht mehr klar denken.«

Verletzt wich Frances einen Schritt zurück. Wieder voll und ganz in der Realität angekommen, fing sie an zu zittern. Owen ließ sie los, und der abrupte Verlust seiner Berührung war ein Schock. Sie kam sich albern und abgewiesen vor, genau wie beim ersten Mal, als er sie zurückgestoßen hatte.

»Natürlich«, sagte sie. »Entschuldige.«

»Entschuldige dich nicht!« Wieder wollte er ihre Hände nehmen, aber Frances entzog sie ihm. »Was willst du, Frances?«, fragte er ernst. »Was willst du?«

»Ich möchte …« Es wunderte sie, dass er das nicht wusste. Dass er nicht deutlich sah, dass *er* alles war, was sie wollte – ihn, und alles andere vergessen.

»Wenn wir nicht verheiratet wären«, sagte er verzweifelt. »Wenn das nicht wäre und die Kinder …«

»Ja. Also, ich sollte nach Hause gehen.«

»Maggie würde sie mir wegnehmen, wenn ich jemals …
Das hat sie gesagt, als es zwischen uns schon einmal nicht so
gut lief. Sie wird mit ihnen weggehen. Moment – warte. Sag
mir, was du *willst*. Bitte, Frances.« Sein eindringlicher Ton
ließ sie innehalten. Er wollte etwas Bestimmtes von ihr hören, aber was? Sie fühlte sich so verletzlich, so unsicher.

»Ich will …« Sie wagte es nicht, den Satz zu beenden. Tränen brannten in ihrer Kehle, und sie schluckte sie hinunter.
»Ich will deine Hilfe. Ich *brauche* deine Hilfe.«

»Frances.« Owen seufzte, und sie wünschte, sie könnte
sein Gesicht und den Ausdruck darauf klarer erkennen.
Noch immer drehte sich ihr der Kopf, und ihr wurde übel.
Sie wich zurück und taumelte über das Kopfsteinpflaster.
Wenn er sie nicht wollte, dann wollte sie fort, und es war ihr
egal, ob Wyns Mörder dort draußen in der Dunkelheit auf
sie lauerte. »Natürlich helfe ich dir, wenn ich kann, aber ich
weiß nicht, was ich tun soll«, sagte Owen schließlich, doch
da hörte Frances schon kaum noch zu. »Lass mich dich wenigstens nach Hause bringen«, sagte er, als sie davoneilte.

1918

Der August begann heiß und trocken, perfektes Wetter, um im Kanal zu schwimmen, auf Bäume zu klettern und im Halbschatten zu faulenzen. Da Schulferien waren, hatten Frances und Wyn reichlich Zeit, sonnenverbrannt und voller Grasflecken durch die Hügel zu streifen, und allmählich kam es ihnen eher wie eine Bürde vor, Johannes Essen bringen zu müssen. Sie wussten, dass er sich auf sie verließ, darum gingen sie weiter zu ihm, aber es fiel ihnen beiden immer schwerer, nur bei ihm zu sitzen und nichts zu tun.

»Johannes, was würdest du tun, wenn jemand anders herkäme?«, fragte Frances eines Tages. Aus Mitgefühl erschauderte sie bei der Vorstellung, und Johannes wirkte erschrocken.

»Kommt jemand?«, fragte er.

»Nein, ich glaube nicht. Ich meine, das weiß ich nicht. Es ist nicht sehr wahrscheinlich, vor allem bei dem schönen Wetter. Alle sind draußen unterwegs.« Die Jungen waren zu beschäftigt damit, Seilschaukeln in die Bäume am Fluss zu bauen, als in alten Gebäuden herumzuschnüffeln. »Aber was, wenn?« Sie dachte an das eine Mal, als er Owen für einen Eindringling gehalten hatte. Wie er sie geschüttelt und angeschrien hatte. Wie leer sein Blick gewesen war. Sie fragte sich, ob Johannes sich wehren oder davonlaufen würde.

»Ich würde mich verstecken«, sagte er.

»Wo denn? Hier kann man sich nirgends verstecken«, stellte Wyn fest, und das stimmte. Es gab kein Möbelstück, in das man hineinkriechen oder hinter das man sich kauern konnte. Es gab noch nicht einmal Türen, hinter denen man sich verstecken konnte. Johannes sah sie abwechselnd an.

»Aber ihr würdet doch niemanden herschicken, oder?«

»Nein, natürlich nicht«, erwiderte Wyn ungeduldig. Sie seufzte und stand auf. »Nur für alle Fälle. Komm. Besser wir finden ein Versteck für dich.«

Folgsam stand Frances auf.

»Du könntest dich draußen im Hof verstecken«, sagte sie hoffnungsvoll. »Da sind in der einen Ecke diese hohen Gräser, und das alte Kohlenloch …«

»Nein! Das kann ich nicht«, sagte Johannes.

»Sei nicht dumm, Frances«, sagte Wyn. »Er kann ja wohl kaum hinausgehen, um sich zu verstecken, wenn jemand *herein*kommt, oder?« Gekränkt ging Frances nach oben, um allein zu suchen. Sie spähte in die Kamine, um herauszufinden, ob sie groß genug waren, dass Johannes hineinkriechen konnte, doch das schien unmöglich. Sie öffnete den Wandschrank in dem einen Raum und betrachtete das alte wurmstichige Holz. Gerade wollte sie das Versteck als zu offensichtlich abtun, als ihr eine Idee kam. Der Boden des Schranks befand sich auf Kniehöhe, und durch die Lücken in den Brettern konnte sie sehen, dass darunter ein Hohlraum lag. Sie schob die Finger in einen Spalt und zog an dem Brett, und schon löste es sich. Sie zog ein weiteres heraus und brachte den Hohlraum zum Vorschein. Sie konnte die Fußbodenbalken sehen, zwischen denen Staub und tote Insekten lagen. »Was machst du, Frances? Oh – das ist ein guter Platz«, sagte Wyn, die hinter ihr auftauchte. »Da könnte er sich reinlegen und die Bretter über sich ziehen. Johannes! Sieh dir das an!«

Sie machten einen Probelauf – Johannes zwängte sich in die Lücke und achtete darauf, sein Gewicht auf den Balken zu verteilen und nicht dazwischen zu rutschen. Dann lag er auf dem Rücken und schaffte es, die Bretter über sich zu ziehen.

»Da findet dich niemand«, sagte Wyn. »Was meinst du, Frances?«

»Nein. Niemand käme auf die Idee, da nachzusehen«, bestätigte sie. Johannes schob ein Brett zur Seite und grinste zu ihnen hoch.

»*Buh!*«, sagte er.

»Na, das ist aber nicht sehr gruselig!« Frances lachte.

»Ich bin nicht gruselig«, sagte er, stemmte sich hoch und klopfte den Staub ab. »*Sehr gut*«, sagte er auf Deutsch. »Das ist sehr gut. Danke, Frances.«

»Also, wir gehen dann jetzt«, sagte Wyn. »Wenn du denkst, jemand kommt, und es sind nicht wir, musst du nur hierhergehen.«

»Ja. Danke, kleine Schwestern. Aber … ihr würdet doch niemanden herschicken?«, fragte er. Wyn seufzte und rollte mit den Augen.

»Das haben wir dir doch schon hundertmal gesagt.«

Von außen wirkte das alte Krankenhaus genauso verlassen wie immer. Niemand würde vermuten, dass dort jemand lebte, beruhigte sich Frances, geschweige denn eine so ungewöhnliche, interessante Person. Sie wusste nicht, warum Wyn so gereizt auf ihn reagierte, doch andererseits war sie in jener Woche ohnehin in einer komischen Stimmung – ruhiger als sonst und nicht so fröhlich. Frances dachte, es könnte an der Hitze liegen, weil Wyn hin und wieder den Kopf schüttelte, als wollte sie eine Fliege vertreiben, und sich mit den Fingern über die verschwitzte Stirn wischte, wo Schmutzspuren zurückblieben. Sie empfand Johannes eindeutig als Last, und Frances befürchtete, dass sie ihn vielleicht irgendwann gar nicht mehr besuchen wollte. Sie liefen die Prior Park Road hinauf, wo oberhalb der Straße ein Bach floss, der an einigen großen Häusern vorbeigeleitet wurde. Kräftige, schmuddelige Entenküken paddelten dort herum und piepsten mit ihren Babystimmen. Kleine Forellen schlängelten sich durchs Wasser. Frances suchte nach einer Möglichkeit, Wyns Begeisterung aufs Neue zu entfachen.

»Ich wünschte, uns würde etwas einfallen, wie wir Johannes helfen könnten, nach Hause zu kommen. Aber das ist nicht leicht, wenn das auf der anderen Seite vom Meer ist und die dort sogar eine andere Sprache sprechen.«

»Nein, ist es nicht«, sagte Wyn. Sie dachte einen Moment nach. »Wir brauchen eine Karte. Hat dein Dad eine? Oder Keith?«

»Keith hat zu Weihnachten einen Atlas bekommen, da sind ganz viele Karten drin. Wenn er mich lässt, könnte ich nachsehen.«

»Sieh nach, ob du Summer Rain findest. Dann können wir überlegen, wie wir ihn zurückbekommen. Und ich …« Wyn verstummte und kaute an ihrem Daumennagel. »Ich bringe ihm eine Decke, auf der er schlafen kann. Mum hat unsere Winterdecken gelüftet, vielleicht kann ich eine von der Leine klauen. Sie wird denken, dass sie irgendein Lümmel gestohlen hat. Er sollte nicht auf Zeitungen schlafen wie ein Hund«, sagte sie und freundete sich zusehends mit der Idee an. »Schließlich ist er ein wichtiger Mann.«

»Nein, Wyn! Was, wenn du erwischt wirst?«

Frances war entsetzt. Sie sah Wyn immer noch quer durch den Raum fliegen, nur weil sie ihrem Vater vor die Füße gelaufen war, und hatte Angst um sie.

»Ich werde nicht erwischt.« Wyn zog ihre Strickjacke aus und band sie sich um den Bauch, wobei sie wie immer darauf achtete, dass die Brosche noch richtig befestigt war. Sie beugte sich über das Geländer und schaute ins Wasser.

»Aber was, wenn doch?«, fragte Frances. »Deine Mum wird es auf jeden Fall merken. Was, wenn sie es der Polizei meldet? Was, wenn sie es deinem Dad sagt? Stell dir vor, wie wütend er wäre.«

»Vor der Polizei habe ich keine Angst, und es weiß ja keiner, dass ich es war.«

»Ich finde, du solltest das nicht tun«, beharrte Frances.

»Ich finde schon«, sagte Wyn, und Frances wusste, dass es sinnlos war, weiter auf sie einzureden. Je mehr Widerstand Wyn spürte, desto trotziger wurde sie.

»Aber dann bringen wir sie ihm zusammen, ja?«, fragte Frances. »Die Decke kann doch von uns beiden sein … wie das ganze Essen. Du gehst doch nicht ohne mich?«

»Natürlich nicht«, sagte Wyn sehr schnell. Sie liefen nach Hause, und als sie die Stufen der Magdalen Cottages erreichten, winkte Frances' Mutter ihnen vom Fenster aus zu. »Bis dann«, sagte Wyn und schlenderte mit leicht angespannter Miene davon.

Am Warleigh-Wehr neben dem Pumpwerk in Claverton teilte sich der breite, träge dahinfließende Fluss Avon und umschloss in der Mitte eine Weide, auf der Kühe grasten und mit den Schwänzen schlugen, um die Fliegen zu vertreiben. Der Kanal und die Eisenbahngleise führten im Westen vorbei, und das Wasser ergoss sich als funkelnder Vorhang über ein gebogenes Wehr. Warleigh war zu Fuß ein gutes Stück von Bath entfernt. An der Warminster Road führte ein steiler Weg hinunter, dann musste man mit einem kleinen Fährboot übersetzen, das von einem griesgrämigen älteren Mann an einem Seil gezogen wurde. Weil das Boot sehr klein war und sie so viele waren, mussten sie in drei Gruppen fahren – Frances, Wyn und Owen. Carys und Clive. Tante Ivy und Cousine Clare mit Owens Schulfreunden Tom und Noah. Frances war erleichtert, dass Wyns Eltern nicht mitgekommen waren – nicht dass sie etwas gegen Mrs. Hughes hatte, gegen Bill Hughes dafür aber umso mehr. Sie hatten auch Joe Parry eingeladen mitzukommen, doch er musste seinen Eltern auf dem Hof helfen. Frances empfand Mitleid mit ihm. Er beklagte sich nie, aber sie wusste, dass er gern mitgekommen wäre. Er hatte verschwitzt und erschöpft ausgesehen und schien selten Spaß zu haben.

»Aber das ist doch nicht unsere Schuld«, sagte Wyn, als Frances sie darauf ansprach. Das war auch nicht der Punkt, doch Frances ging nicht weiter darauf ein. Wyn lehnte sich über die Reling des Fährboots, ließ die Finger durchs Wasser gleiten und betrachtete ihr sich kräuselndes Spiegelbild. Dabei hatte der Fährmann sie angewiesen, gerade zu sitzen. »Wir könnten nach Summer Rain fahren«, flüsterte sie Frances zu, als sie auf der anderen Seite ausstiegen. »Über das Wasser zu weit entfernten Orten.« Sie klang wehmütig.

Es war so heiß, dass das Gras zu dampfen schien, und Ivy und Carys diskutierten eine ganze Weile, wo man am besten das Lager fürs Picknick aufschlagen sollte. Frances trug einen der Essenskörbe, der ihr in die Hände schnitt und ständig gegen ihr Knie schlug. Sehnsüchtig blickte sie zum Fluss. Das Wasser war grünlich, aber ziemlich klar. Es glänzte im Sonnenschein, und unter der Oberfläche wogten lange Gräser wie Bänder im seichten Wind. Carys hatte die Ärmel aufgekrempelt, und das dunkle Haar löste sich aus den Kämmen. Mit geröteten Wangen versuchte sie, ruhig zu bleiben, während Clive mit einem Strohhut auf dem Kopf hinter ihr her schlenderte, einen Liegestuhl für Ivy trug und lächelnd das Hinterteil seiner Verlobten betrachtete. Nachdem sie sich für einen Ort entschieden hatten – halb in der Sonne, halb im Schatten, nicht zu nah am Wasser, nicht zu nah an der Eisenbahn –, die Decken ausgebreitet waren und Ivy im Liegestuhl saß, durften die Mädchen schwimmen. Owen und seine Freunde waren bereits verschwunden – sie waren zum Wasser gelaufen und hineingesprungen. Sie brauchten nicht auf Erlaubnis zu warten, weil sie zwölf Jahre alt waren und Jungen. Ihre Stimmen und ihr lautes Lachen hallten über die Wiese.

»Kopf, ich mache ein Nickerchen«, sagte Clive und warf den Silberdollar hoch. »Zahl, ich schwimme ganz bis nach Bristol.« Er fing die Münze auf, betrachtete sie und grinste. »Herrlich«, sagte er, legte sich in den Halbschatten unter eine Rosskastanie und zog den Hut übers Gesicht.

»Hast du Lust zu paddeln?«, fragte Clare Carys, die nickte und sich Schuhe und Strümpfe auszog.

»Ihr zwei Mädchen passt gut auf euch auf«, sagte Ivy, als Wyn und Frances sich bis auf Unterhemd und Unterhose auszogen. »Bleibt zusammen und fallt nicht das Wehr hinunter.«

»Ist gut«, sagte Wyn. »Beeil dich, Frances.«

»Hütet euch vor den Hechten, die knabbern eure Zehen an«, sagte Clive schläfrig.

An jenem Tag waren viele zum Schwimmen und Picknicken dort, aber die Wiese war groß. Es gab mehrere Stellen, an denen man ins Wasser konnte, daher fühlte sie sich nicht überfüllt an. Am Fluss war die Luft kühler und roch nach feuchter Erde. Wo das Ufer flach abfiel, war der Schlamm von nackten Füßen aufgewühlt. Frances und Wyn liefen auf dem Wehr entlang und entfernten sich vom Ufer, bis sie das Gefühl hatten, nicht mehr beobachtet zu werden. Zuerst war das Wasser bitterkalt, doch schon bald fühlte es sich angenehm frisch an. Frances sah nach unten und amüsierte sich, wie groß und weiß ihre Füße aussahen.

»Siehst du, ich habe dir doch gesagt, es ist nur am Anfang schlimm. Wie alles«, sagte Wyn. Sie nahm Frances' warme Hand in ihre. »Bereit?« Frances nickte. Sie wandten sich dem tieferen Wasser oberhalb des Wehrs zu und ließen die flache Seite hinter sich. Dann holten sie tief Luft, hielten sich die Nasen zu und sprangen.

Rauschend schlug das Wasser über Frances' Kopf zusammen und gurgelte in ihren Ohren. Es floss durch ihr Haar und unter ihre Unterwäsche – beides war überraschend und wundervoll. Sie verlor Wyns Hand, tauchte durch Luftblasen wieder auf, spuckte, lachte, rieb sich die Augen und scherte sich nicht darum, dass sich Algen um ihre Füße wanden oder sie ein bisschen grünes Wasser geschluckt hatte. Grinsend tauchte Wyn aus dem Wasser auf, das Haar lag glatt um ihren Kopf, wodurch sie jünger, noch dünner und kleiner aussah. Ihre Augen funkelten jedoch, und Frances fiel auf, dass sie das schon länger nicht mehr getan hatten. Dass sie schon lange nicht mehr Wyns Zahnlückenlächeln gesehen hatte.

»Lass uns den Fluss hinaufschwimmen und sehen, wie weit wir kommen«, sagte sie.

»In Ordnung«, erwiderte Frances. Bei dem niedrigen Wasserstand im Sommer war die Strömung schwach, und es war nicht schwer, dagegen anzuschwimmen. Als sie müde wurden, hielten sie sich dichter am Ufer, wo sie sich ausruhen und sich am Schilf oder an tief hängenden Zweigen von Schlehen und Weiden festhalten konnten. Um sie herum flogen Libellen, und Teichhühner paddelten aufgeregt davon. An einer Stelle landeten zwei Schwäne und flogen so dicht über ihren Köpfen hinweg, dass sie ihren Flügelschlag spürten und sahen, wie die Sonne auf ihren Federn glänzte.

Schon bald waren sie so weit geschwommen, dass sie Warleigh und die anderen nicht mehr sehen konnten. Langsam fuhr eine Dampflok auf dem Weg nach Bath vorbei, und als sie dem Schaffner zuwinkten, winkte er zurück. Inzwischen zitterte Wyn, und ihre Unterlippe bebte unkontrolliert. Sie sah unglaublich weiß aus, wie Milch. »Lass uns ein bisschen rausgehen«, sagte Frances. Sie kletterten am Ufer hoch, saßen in matschigen Pfützen, die sie selbst erzeugten, und wurden sofort von der Sonne gewärmt.

»Das würde Johannes gefallen«, sagte Wyn, legte das Kinn auf ein Knie und schloss die Augen. »Wenn er nicht solche Angst hätte rauszugehen, meine ich. Wäre es nicht gut, wenn er nach Summer Rain zurückschwimmen könnte? Daran habe ich noch gar nicht gedacht.«

»Das ist wahrscheinlich ein bisschen zu weit«, gab Frances zu bedenken.

»Ich weiß, aber es wäre gut, wenn er es könnte. Niemand würde auf die Idee kommen, im Fluss nachzusehen, oder? Er würde keine Spuren hinterlassen.«

»Nein, wohl nicht.«

»Er könnte so frei sein wie wir! Wenn wir wollten, könnten wir ganz bis zum Meer schwimmen. Jetzt! Wenn wir nicht wollten, müssten wir nie mehr zurückkommen, stimmt's?«

»Ja!« Frances lachte, aber Wyns plötzliche Begeisterung beunruhigte sie. Wyn schien zu meinen, was sie sagte, während

Frances sich nicht vorstellen konnte, ihr Zuhause zu verlassen. »Wir könnten nach Frankreich schwimmen!«, sagte sie, um ihre Sorge zu überspielen. »Und französische Fischer heiraten, die uns für Meerjungfrauen halten.«

»Einen Fischer heiraten?« Wyn klang entsetzt. »Meinetwegen kannst du das machen. Ich heirate einen reichen Mann.« Sie dachte einen Augenblick nach. »Meinst du, Johannes ist dort, wo er herkommt, wirklich ein wichtiger Mann?« Frances hörte auf zu lachen und sagte eine ganze Weile nichts. Sie hasste es zu lügen, und es gab eindeutig einen Punkt, an dem aus einer Illusion eine Lüge wurde. Sie war sich nicht sicher, wo dieser Punkt lag.

»Ich weiß es nicht«, sagte sie schließlich. Wyn öffnete die Augen und sah sie unter ihren Wimpern hindurch aus schmalen funkelnden Schlitzen an. Irgendwie war beiden klar, dass Frances die Illusion entlarvt hatte, was es auch für Wyn schwierig machte, sie weiter aufrechtzuerhalten. Eine Weile schwiegen sie, und die Freude des Moments, in dem gerade noch alles möglich schien, verebbte. Frances spürte, wie die Sonne ihre Haut verbrannte, und als das Flusswasser trocknete, juckte ihre Kopfhaut.

»Ich gehe wieder rein«, sagte Wyn schließlich. Sie rutschte zurück ins Wasser, und Frances folgte ihr, obwohl sie *ich* gesagt hatte und nicht *wir*. Stromabwärts zu schwimmen war wesentlich leichter, und sie schienen zu fliegen.

»Sieh nur, wie schnell wir sind! Wir *könnten* Meerjungfrauen sein«, sagte Frances. »Oder Otter.« Doch Wyn ignorierte sie.

Das Picknick bestand aus einer großen Kaninchen-Kartoffel-Pastete, Käsebroten, Tomaten und Limonade, und nachmittags spielten sie mit den Jungen Verstecken. Wyn war still und lachte nur selten, doch als Frances sie darauf ansprach, zuckte sie nur mit den Schultern und sah sie derart abweisend an, dass Frances sich scheute, weiter nachzubohren. Doch sie spürte, dass Wyn bedrückt war, als wenn sie ihr etwas verschwieg, und das verdarb ihr für den Rest des Tages den Spaß. Sie hatte noch nicht einmal richtige Lust, Verstecken zu spielen, doch Owen flehte sie an, weil ihnen noch Mitspieler fehlten. Frances war nicht mit dem Herzen dabei. Sie wünschte sogar, es wäre Zeit, nach Hause zu gehen. In einem Dickicht aus Holunder und Weißdorn neben einem alten Kuhstall fand sie ein gutes Versteck, bahnte sich einen Weg an den Brennnesseln vorbei, ging in die Hocke und wartete darauf, entdeckt zu werden. Um sie brummten Fliegen, und wo ihre nassen Haare auf das Kleid tropften, klebte der Stoff an ihrem Rücken. Sie schien schrecklich lang zu warten. Das Gefühl, nach Hause zu wollen, verstärkte sich immer mehr. Ein paarmal wollte sie fast aufgeben und freiwillig aus ihrem Versteck kommen, doch sie wollte niemanden enttäuschen und kein Spielverderber sein. Also blieb sie im Schatten der Blätter – einerseits wollte sie schnell gefunden werden, damit es vorbei war, andererseits wollte sie für immer in ihrem Versteck bleiben, damit niemand mitbekam, wie elend sie sich fühlte.

Die Zeit verhielt sich merkwürdig, und Frances verlor das Gefühl, wie lange sie schon dort saß. Die Insekten summten, und ihr Nacken schmerzte von der gebeugten Haltung. Ihr war heiß, und sie bekam Hunger und auch Durst. Sie fühlte sich leicht schläfrig, aber zugleich hämmerte ihr Herz auf seltsame Weise, und nach einer Weile wusste sie nicht mehr, ob sie bleiben *wollte* oder ob sie sich einfach nicht mehr rühren konnte. Schließlich hörte sie, wie Wyn ihren Namen rief, und kam auf wackeligen Beinen aus ihrem Versteck. Man erklärte ihr, dass man sie schon im letzten Spiel aufgegeben habe und dass sie diesmal mit Suchen dran gewesen sei, deshalb habe sie verloren. Frances hatte nicht den Mumm, sich gegen eine so himmelschreiende Ungerechtigkeit zu wehren. Ihr Kopf schmerzte, und ihre Knie waren wund. Sie hatte sich an den Brennnesseln verbrannt und konnte niemanden ansehen, noch nicht einmal Wyn.

»Guter Gott, wie hast du es geschafft, so schmutzig zu werden!«, rief ihre Mutter, als Frances am Ende des Tages nach Hause kam. Sie hielt Frances' Kleid hoch, während Frances sich in einem Eimer das Gras aus den Haaren wusch. Ihre sonnenverbrannten Schultern schmerzten.

»Ich war auch schwimmen«, sagte Keith. »Wir waren am besten Platz – einem geheimen Ort, nicht am langweiligen alten Warleigh-Wehr. Ich wette, ich hatte mehr Spaß als du.« Frances widersprach ihm nicht.

»Es reicht, Keith. Ich bin mir sicher, ihr hattet beide jede Menge Spaß.« Susan schrubbte mit einer harten Bürste die Rückseite des Kleids und blickte skeptisch auf die Flecken. »Ehrlich, Frances – womit hast du nur deinen Rock eingesaut? Und das Unterhemd bekomme ich nie wieder sauber.« Sie schnalzte mit der Zunge, und Frances senkte den Kopf, sodass das Wasser in ihre Ohren lief, ihr Schauer über den Leib trieb und die Stimme ihrer Mutter dämpfte und verfremdete. Sie wollte ins Bett und nicht mehr über den Tag nachdenken. Sie wünschte, es wäre schon morgen, ein ganz neuer Tag. Sie war so müde, dass sie nicht mehr reden oder essen oder irgendetwas anderes wollte. Stumm saß sie da, während ihre Mutter ihr Gurkenscheiben auf die geröteten Schultern legte.

»Wenn du aufwachst, bist du voller Nacktschnecken«, sagte Keith und grinste sie schief an. Ihn hatte die Sonne nicht verbrannt, sondern nur einige neue Sommersprossen auf seiner Nase hervorgebracht.

»Keith, wenn du nichts Nettes zu sagen hast, halt einfach den Mund«, sagte Susan. Doch Frances träumte von den Nacktschnecken, die ständig mehr wurden, über ihren ganzen Körper krochen und sie mit ihrem Schleim bedeckten.

Johannes hatte sie gebeten, ihm eine Zeitung mitzubringen und ihm daraus vorzulesen. Also stibitzte Frances ihrer Mutter eine alte Ausgabe des *Bath Herald* aus dem Korb neben dem Kamin und nahm sie mit, als sie ihn ein paar Tage nach dem Ausflug nach Warleigh besuchten.

»Kannst du nicht lesen?«, fragte Wyn Johannes ungläubig.

»Doch, natürlich«, sagte er. »Aber nicht auf Englisch. Lesen und Sprechen sind zwei ganz verschiedene Dinge«, erklärte er, als sie ihn verwirrt ansahen.

»Und welche Sprache spricht man in Summer Rain?«, fragte Wyn. Johannes warf beiden einen kurzen Blick zu, dann blinzelte er zweimal und schluckte.

»Österreichisch«, sagte er zögernd, und Frances merkte, wie sich in ihrem Bauch ein Knoten löste. Österreichisch. Nicht Deutsch. Sie hatte sich schon Sorgen gemacht. Schließlich befand sich Großbritannien im Krieg. Durfte Johannes eigentlich gar nicht hier sein – konnte er der Feind sein? Ein Hunne – ein deutscher Spion? Die wären überall, behauptete Owen. Sie hatte keine Ahnung, wie ein Deutscher aussah oder klang, aber nach dem, was sie über sie gehört hatte – dass sie bei ihrem Marsch durch Belgien Frauen und Kinder umgebracht hatten –, waren sie groß, blutüberströmt und stießen wütende Knurrlaute aus. Sie wollte Wyn darauf ansprechen, aber in letzter Zeit überlegte sie bei allem, was sie zu Wyn sagte, genau, ob es ihr vielleicht missfallen könnte.

Jedenfalls war der Krieg weit weg, in anderen Ländern. Unmöglich konnte ein Deutscher nach Großbritannien gekommen sein, ohne dass es jemand bemerkt hatte, und ein Spion würde sich nicht im alten Leprakrankenhaus verstecken. Ein Spion wäre in London bei den wichtigen Leuten. Wyn machte einen Scherz, den Frances nicht mitbekam, weil sie so in Gedanken versunken war, und Johannes lachte. Er hatte ein nettes Lachen, hell und lebhaft, doch es war nur selten zu hören. Wyn strahlte, ihre kleine Brust schwoll an, und Frances war ein wenig bedrückt. Sie wandte den Blick ab und bemerkte dabei etwas, das sie fassungslos machte.

In der Ecke des Raums lag eine marineblaue Wolldecke, an einigen Stellen geflickt, wo sich Motten hineingefressen hatten, aber noch gut und schwer. Sie erkannte sie – die Decke hatte im Winter auf Wyns Bett gelegen. Wyn hatte sie, wie angekündigt, gestohlen und sie allein zu Johannes gebracht. So war das nicht abgemacht gewesen. Der Verrat traf Frances wie ein Schlag in den Magen, unvermittelt und schmerzend. Mit zitternden Fingern schlug sie die Zeitung auf und starrte hinein. Johannes hatte sie nicht gebeten, mit dem Lesen zu beginnen, aber sie musste etwas tun, um die unangenehme Aufmerksamkeit von sich abzulenken, die sie plötzlich auf sich gerichtet spürte. Sie schämte sich, verletzt zu sein, und hatte Angst, dass die anderen es merken könnten.

»Was hast du?«, fragte Wyn so unschuldig, dass Frances sie nicht ansehen konnte.

»Nichts«, erwiderte sie, und das Blut rauschte in ihren Ohren.

Frances konnte besser vorlesen als Wyn. Als sie auf der Titelseite anfing, schüttelte Johannes den Kopf und hob eine Hand, um sie zu unterbrechen. Er hatte den Mund voll, ein hart gekochtes Ei beulte seine Wange aus.

»Keine Nachrichten bitte«, sagte er.

»Aber ... was dann? Es ist eine *Nachrichten*zeitung.«

»Nichts über den Krieg. Über den Tod. Steht dort etwas Nettes? Etwas Normales? Über ... Menschen. Eine Kirche. Oder eine Fußballmannschaft.«

»Owen sagt, Bath City ist Schrott im Fußball«, sagte Wyn. »Aber wenn er alt genug ist, wird er trotzdem irgendwann dort spielen. Er sagt, dann wird sich das ändern.«

»Das sagt dein Bruder?« Johannes grinste mit vollem Mund. Frances blätterte zu den hinteren Seiten und begann, einen Bericht über die letzte Niederlage der Mannschaft vorzulesen – der dennoch heldenhaft klang, weil so viele Spieler im Krieg waren. Der Rest der Mannschaft bestand aus älteren Männern, die unabkömmlich oder nicht diensttauglich waren. Johannes schloss die Augen, lehnte den Kopf an die Wand und hörte ihr zu. Als sie mit dem Fußballartikel fertig war, sah Frances die Zeitung durch, bis sie einen Bericht über das jährliche Wohltätigkeitsessen für den Klosterchor fand, den sie ebenfalls vorlas. Dann eine Geschichte über den Bau einer neuen Schule und die Rettung eines kleinen Kindes aus dem Kanal bei Bathampton. Wyn saß mit angezogenen Knien daneben, spielte mit den ausgefransten Enden ihrer Manschetten und rieb an Matschflecken an ihrem Saum herum, wodurch sie nur noch deutlicher wurden. Frances wollte einfach nur weiterlesen, denn solange sie das tat, musste sie nicht darüber nachdenken, wo Johannes herkam und wie lange er im Leprakrankenhaus bleiben konnte. Sie dachte nicht darüber nach, dass Wyn ihn allein besucht hatte, obwohl sie ihr versprochen hatte, es nicht zu tun. Und sie dachte nicht an das Warleigh-Wehr.

Irgendwann gab es keine netten Geschichten mehr, und das Einzige, was übrig blieb, waren Berichte über Männer aus der Gegend, die gestorben waren oder an der Front vermisst wurden. Die wollte sie genauso wenig vorlesen, wie Johannes sie hören wollte, auch wenn sie zutiefst davon überzeugt war, dass ihrem Vater so etwas nicht widerfahren würde. Der Gedanke an ihn erfüllte sie mit Sehnsucht – nach seinen herzlichen Umarmungen und seiner ruhigen Art, seinen albernen Scherzen und seiner Brummstimme, die über den Schlafzimmerflur nach oben drang, wenn das Licht aus war. Sie faltete die Zeitung zusammen und mied immer noch Wyns Blick. Sie hatte keine Ahnung, wie sie sich verhalten oder was sie sagen sollte. Die Situation war ihr fremd – sie fühlte sich von ihrer Freundin hintergangen, fühlte sich mit ihr nicht mehr wohl.

»Danke, kleine Frances«, sagte Johannes, woraufhin Frances erschrak. Sie hatte gedacht, er würde dösen, wie er es oft tat, nachdem er das Essen verschlungen hatte. »Machst du das vielleicht beim nächsten Mal wieder? Du kannst sehr gut vorlesen.«

»Wenn du möchtest«, antwortete Frances und wünschte, sie wäre nicht so niedergeschlagen und könnte das Lob mehr genießen. Auch ohne sie anzusehen, spürte sie Wyns stumme, wachsame Gegenwart. Es folgte langes Schweigen, und Frances kämpfte mit den Tränen.

»Frances ist die beste Leserin in unserer Klasse«, verkündete Wyn unvermittelt.

»Ach ja?«

»Ja. Miss Gould – das ist unsere Lehrerin – nimmt sie immer zuerst dran, damit sie aufsteht und vorliest. Und wenn sie fertig ist, sagt sie immer ›ausgezeichnet‹.«

»Das ist gut, Frances«, sagte Johannes, und Frances errötete. Wyn wollte bestimmt nur wiedergutmachen, dass sie Johannes allein besucht hatte, und Frances war hin- und hergerissen. Einerseits freute sie sich, andererseits machte es die Sache keineswegs wieder gut. »Ich lese auch gern. Zu Hause, meine ich. Und ich lerne gern Sprachen – ich lerne schnell. Eine Nachbarin in meiner Stadt stammt aus London, sie hat an meiner Schule Englisch unterrichtet, und ich war der Beste. Mein Vater und ich werden weit in andere Länder reisen und unser Spielzeug und die Modelle …« Johannes' Stimme verhallte, und auf seinem Gesicht erschien ein erschöpfter, niedergeschlagener Ausdruck. »Das hatten wir vor«, endete er so leise, dass man es kaum verstehen konnte.

Die Mädchen steckte seine Traurigkeit genauso an wie ein Gähnen oder ein Lachkrampf. Wyn seufzte und nestelte wieder lustlos an ihrer Kleidung. Schwalben nisteten unter den Dachbalken der Magdalen Chapel und flogen voll grenzenloser Energie hin und her. Der Tag war warm und sonnig, voll intensiver Farben, doch Frances fühlte sich plötzlich mutlos, und es schien ihr unerträglich, dort eingesperrt zu sein. Sie konnte jedoch nicht einfach gehen – nicht ehe Wyn das Zeichen zum Aufbruch gab. Sie war gefangen. Das Problem war, dass Frances sich Sorgen machte. Sie konnte nicht anders, und es wurde immer schlimmer. Sie machte sich Sorgen, dass ihre Mutter oder Keith herausfinden würde, wo all das zusätzliche Essen, das sie genommen hatte, geblieben war. Noch größer war ihre Sorge, dass Wyns Vater herausfinden könnte, was sie trieben, und dass Wyn die Decke genommen hatte. Es beunruhigte sie, dass Wyn das alles immer noch als Spiel betrachtete, während es das für Frances längst nicht mehr war. Das angenehme Gefühl von Aufregung war verflogen, übrig blieb die Realität – dass Johannes sie brauchte, dass er nicht normal war und dass sein Aufenthalt endlos zu sein schien. Sie sah ihn an. Er hatte die

Zeitung genommen und bastelte etwas aus einer der Seiten. Er war nett und nicht gefährlich, das wusste sie. Aber sie wusste auch, dass etwas mit ihm nicht stimmte. Es war schwer, es genau zu benennen, aber vielleicht konnte man es ganz einfach auf den Punkt bringen: Er hätte einfach nicht dort sein dürfen.

Er war nicht »der Feind«, so viel hatte sie zu ihrer eigenen Zufriedenheit schon festgestellt. Und doch befiel sie hin und wieder ohne Vorwarnung ein schreckliches Gefühl – ein schleichendes, zitterndes Gefühl wie kurz bevor man weinen musste. Sie erinnerte sich daran, was ein Jahr zuvor mit Mr. und Mrs. Smith passiert war. Sie hatte ihre Eltern darüber streiten hören. Mr. und Mrs. Smith führten ein kleines Blumengeschäft oben in Bear Flat, aber es stellte sich heraus – wobei niemand zu wissen schien, wie man es herausgefunden hatte –, dass Mr. Smith in Wahrheit Schmidt hieß und aus Deutschland stammte. Und obwohl er seit seinem vierten Lebensjahr in England lebte, überfielen Menschen, die jahrelang seine treuen Kunden gewesen waren, seinen Laden. Die Polizei musste ihn in dem Wagen mit den vergitterten Fenstern in ein Lager bringen, damit die Leute nicht auch über Mr. Smith selbst herfielen.

Frances mochte sich nicht vorstellen, was passierte, wenn man Johannes fand und ihn irrtümlicherweise für einen Deutschen hielt. Er stammte nicht aus England, und der Krieg warf einen Schatten auf Menschen aus anderen Ländern. Zudem weigerte er sich, das Leprakrankenhaus zu verlassen. Zugegeben, niemand anders wollte dort leben, aber Frances war sich ziemlich sicher, dass es auf jeden Fall jemanden stören würde, wenn es bekannt wurde. Sie hatte keine Ahnung, wie sie Wyn ihre Bedenken verständlich machen sollte. Denn Wyn träumte immer noch davon, dass sie

Johannes helfen würden, nach Summer Rain zurückzukehren – mit einem Schiff oder mit dem Pferd vom Wirt des Traveller's Rest, einem ehemaligen Rennpferd, das trotz seines Alters immer noch rank und schlank war –, damit er sie eines Tages heiraten und vom Beechen Cliff Place fortholen konnte. Wenn Wyn sich etwas in den Kopf gesetzt hatte, war es zwecklos, sie umstimmen zu wollen. Frances konnte nur abwarten und hoffen, dass sie irgendwann selbst darauf kam.

Wyn durchbrach die Stille und stand auf.

»Es ist viel zu schön, um hier drinnen zu sitzen«, erklärte sie zu Frances' großer Erleichterung. »Komm raus, Johannes. Nur für einen Moment. Du bist so blass wie Granny Lovett, und die ist *tot*. Komm.« Sie streckte ihm die Hand hin, aber er schüttelte den Kopf. Wyn atmete scharf durch die Nase ein. »Sag du es ihm, Frances. Du kannst nicht ewig hier drin bleiben. Das geht einfach nicht. Wenn du nicht einen Fuß nach draußen setzt, kommst du *nie* nach Hause. Also?«, forderte sie ihn auf, als habe sie plötzlich keine Geduld mehr mit ihm oder wäre sogar wütend. Wyn biss die Zähne zusammen und wartete auf eine Antwort, wodurch ihr Überbiss stärker hervortrat und ihre Oberlippe vorstand.

»Ich glaube, Wyn hat recht«, sagte Frances entschuldigend. Johannes sah Wyn an, als könnte sie ihn angreifen. Vielleicht dachte er das tatsächlich, oder er hielt es für eine Falle. »Es ist wirklich in Ordnung«, fügte Frances hinzu. »Der Hof da draußen ist völlig geschützt, da wird dich niemand sehen.« Aber Johannes rührte sich nicht. Sein Körper war angespannt wie eine Bogensehne.

»Johannes.« Wyn verschränkte gereizt die Arme. »Komm raus! Da ist nichts, wovor du Angst haben musst. Und wenn du nicht rauskommst, besuchen wir dich nie wieder. Nicht,

Frances? Ich schwöre, wir kommen nicht mehr. Dann musst du verhungern.«

Frances glaubte nicht, dass Johannes tun würde, was Wyn sagte. Sie überlegte noch, was stärker war – Wyns Wille oder Johannes' Angst –, als er langsam aufstand. Er atmete schwer und zitterte am ganzen Leib, doch er machte einige Schritte vorwärts, trat in die Tür und stützte sich am Rahmen ab. Frances litt mit ihm, doch Wyn sah triumphierend aus. »Genau«, sagte sie. »Weiter so!« Johannes blickte zu ihr hinunter.

»Wie soll ich nach Hause kommen, wenn ich nicht rausgehe?«, sagte er, und Wyn nickte. Johannes machte einen Schritt nach draußen, dann noch einen, bis er durch die Tür war und im Hof unter dem weiten blauen Himmel stand. Wyn klatschte in die Hände, woraufhin er zusammenzuckte.

»Hurra!«, rief sie. Vorsichtig folgte Frances ihm nach draußen, aber Wyn drängte sich an ihnen vorbei, um mit ausgebreiteten Armen durch den Hof zu hüpfen. »Siehst du! Da ist nichts, wovor man Angst haben muss«, rief sie. Johannes antwortete nicht – sein Blick glitt prüfend nach links und rechts, und Frances konnte sich vorstellen, was er fühlte. Nach einer Weile legte er den Kopf in den Nacken und wandte das Gesicht der Sonne zu wie eine Blume. Er schloss die Augen und schwankte leicht wie der hohe Fingerhut, wenn die Bienen ihn plünderten.

»*Nichts zu befürchten*«, sagte er auf Deutsch. Er holte tief Luft. »Keine Angst«, wiederholte er nun auf Englisch. »Ich sage mir, das ist dieselbe Sonne, die sie zu Hause sehen. Dieselbe Sonne, die meine Mutter heute sieht und meine kleine Schwester Clara. Vielleicht auch mein Vater.« Johannes schluckte, sein Adamsapfel hüpfte heftig, dann zitterte er und öffnete die Augen. Keuchend drehte er sich um und sah etwas, das Frances nicht sehen konnte. Dann schüttelte er den Kopf. »*Nein*. Ich kann nicht«, sagte er und floh mit drei langen Schritten zurück in den Schuppen.

Allein im Hof zurückgelassen, machte Wyn ein langes Gesicht, und ihre Freude über den Erfolg erstarb. Frances konnte sie immer noch nicht richtig ansehen, aber sie wollte auch nicht wieder hineingehen. Plötzlich war sie zutiefst unglücklich. Sie fühlte sich einsam und unerwünscht. Sie wollte nach Hause und allein sein, aber sie wollte auch mit Wyn zusammen sein und dass alles wieder wie vorher war. Sie wollte nicht ständig ins Leprakrankenhaus müssen, doch zugleich hatte sie Angst, dass Wyn nicht mehr herkommen wollte. Sie wollte Johannes helfen, aber sie wollte es nicht müssen. Es waren Sommerferien, sie sollten Spaß haben. In dem Bemühen, nicht zu weinen, drehte sie sich um und folgte Johannes hinein. Ärgerlich drängte Wyn sich an ihr vorbei.

»Nun ja«, sagte Wyn schulmeisterlich. »Das war ein Anfang, aber das muss deutlich besser werden.« Sie stand über Johannes, der in der gewohnten Ecke auf den Boden gesunken war. Sie stemmte die Hände auf die Hüften und gab kein Stück nach, obwohl Frances erschrocken bemerkte, dass in Johannes' Augen Tränen glänzten.

»Wyn, sei nicht gemein«, sagte sie vorsichtig. Wyn starrte sie wütend an.

»Es ist zu seinem Besten, Frances«, entgegnete sie.

»Die Dinge, die ich gesehen habe …«, sagte Johannes gebrochen. »Das könnt ihr nicht wissen, ich weiß. Ihr könnt nicht wissen, was ich gesehen habe. Was passiert ist.« Er schüttelte den Kopf, und obwohl er ihnen das Gesicht zuwandte, schien es Frances, als würde er sie nicht sehen, sondern wäre ganz woanders. Bei anderen Menschen, an anderen Orten.

»Schon gut«, sagte sie unsicher.

»Bitte, kleine Schwestern. Ihr würdet mich doch nicht verhungern lassen. Ihr würdet doch nicht die Soldaten herbringen. Bitte, ich flehe euch an, bitte.« Tränen liefen ihm über die Wangen und tropften von seinem Kinn, und sein Gesicht wirkte seltsam unbeweglich. Schließlich seufzte Wyn und ging neben ihm in die Hocke. Sie tätschelte seinen Arm.

»Wir lassen dich nicht verhungern«, sagte sie.

Johannes verlor die Fassung. Wimmernd nahm er Wyn in die Arme und zog sie fest an sich. Über Wyns Schulter konnte Frances seine fest geschlossenen Augen sehen, die nassen Wimpern. Wyn drückte überrascht die Hände gegen seine Schultern und versuchte vergeblich, sich aus der Umarmung zu befreien. Frances dachte an das eine Mal, als Bill Hughes sie so umarmt hatte – lange Arme, die sich um ihren mageren Körper schlossen und aus denen sie sich in hundert Jahren nicht hätte befreien können. Sie dachte daran, wie Wyn einfach nur dort gehangen und geduldig gewartet hatte, bis er sie wieder losließ. Wie falsch es ihr vorgekommen war. Wie gefährlich auf irgendeine Art. Zu sehen, dass Johannes dasselbe tat, ließ ihre Knie weich werden und drehte ihr den Magen um.

»*Clara, Schätzchen, wie ich dich vermisst habe*«, flüsterte er auf Deutsch, und eine Sekunde später begann Wyn, sich heftig zu wehren. Sie strampelte mit den Füßen und trat wie wild um sich. Sie wandte den Kopf zur Seite, weit weg von ihm, und trommelte mit den Fäusten auf seine Schultern ein. So ging das einige angespannte, erdrückende Sekunden. Frances war wie gelähmt von der Situation, widersprüchliche Instinkte sagten ihr, sie sollte weglaufen und zugleich helfen. Dann ertönte erschreckend laut Wyns Stimme.

»Lass mich los!« Der Schrei brach in einem Ton aus ihr heraus, den Frances noch nie zuvor gehört hatte – schrill,

unendlich wütend und zugleich voller Panik. *»Lass mich los!«*
Überrascht öffnete Johannes die Augen und ließ von ihr ab.
Verwirrt sah er, wie Wyn sich keuchend aufrappelte. Einen
Moment musterte sie ihn derart empört, dass Frances sicher
war, sie würde ihn treten und schlagen.

»Wyn«, sagte Johannes heiser. Er hob eine Hand, um sich
vor dem Angriff zu schützen, mit dem offenbar auch er rechnete. »Es tut mir leid, Wyn. Ich habe vergessen … Ich vergaß.« Ohne ein weiteres Wort drehte Wyn sich um und
stürmte davon, und Frances lief verwirrt hinter ihr her.

Auf dem Holloway holte sie Wyn ein, die nun langsam
ging, als wüsste sie nicht, wohin. »Ich glaube nicht, dass er dir
etwas tun wollte«, sagte sie unsicher. Wyn zuckte mit den
Schultern. Ihre Augen waren immer noch geweitet, das Gesicht starr. Frances wollte sagen, dass die Leute, vor denen
Johannes sich versteckte, sehr böse sein mussten, und die
Dinge, die er gesehen hatte, sehr beängstigend, aber die
Worte blieben ihr im Hals stecken. Stattdessen sagte sie etwas vollkommen anderes. »Du hast gesagt, wir würden ihm
die Decke gemeinsam bringen.« Wieder glühten ihre Wangen, und sie hielt den Blick auf ihre Füße gerichtet.

»Ich weiß«, sagte Wyn. Sie klang unbekümmert, ein wenig
distanziert, und einen schrecklichen Moment lang dachte
Frances, das wäre alles, was sie dazu sagen würde. »Aber ich
konnte nicht. Ich musste den richtigen Moment abwarten,
um nicht erwischt zu werden. Und dann musste ich sie ihm
gleich bringen. Was hätte ich sonst damit machen sollen? Ich
bin bei dir vorbeigekommen, aber du hast Tee getrunken, das
habe ich durchs Fenster gesehen. Du hast es gut.«

»Oh.«

»Also. Ich wollte nicht ohne dich gehen.« Wieder kam
sich Frances dumm vor. Etwas weniger, aber sie war immer

noch bedrückt und hatte ein schlechtes Gewissen, weil sie
Tee getrunken hatte. Sie wollte über ihre Sorgen sprechen,
aber sie wusste, dass Wyn ihr nicht zuhören würde und keine
praktischen Lösungen hätte. Die Stimmung bei ihren Besuchen hatte sich verändert, und sie erkannte an Wyns angespannter Miene, dass sie es auch spürte – es war nicht zu
leugnen. Frances wusste, wie schnell Wyn genug von etwas
haben konnte. Wie schnell sie etwas fallen ließ und etwas
Neues vorschlug. Insbesondere jetzt, nachdem Johannes sie
mit seiner Umarmung verärgert hatte und mit der Weigerung, nach draußen zu gehen. Was würde dann aus ihm?
Frances hatte keine Ahnung.

»Meinst du nicht, wir sollten jetzt jemandem von Johannes erzählen?«, wagte sie sich vor. »Er ist schon seit Wochen
da. Vielleicht Tante Pam? Vielleicht weiß sie, was zu tun ist,
und …«

»Nein, Frances!«, sagte Wyn flehend und zugleich keine
Widerrede duldend. »Er ist unser Geheimnis. Du hast es
versprochen!«

»Aber … aber wie lange kann er da bleiben? Braucht er
nicht einen richtigen Ort zum Leben?«, fragte Frances verzweifelt. Darauf wusste Wyn keine Antwort.

»Er ist ein erwachsener Mann«, sagte sie schließlich. »Er
kann tun, was er will, und wenn er sich entschieden hat, wird
er es uns sagen.« Wyn sah zu Frances und wartete auf ihre
Zustimmung. »Oder?«, drängte sie. Frances zuckte die Achseln, dann nickte sie zögernd. »Und wenn du es jemandem
erzählst, bin ich … bin ich nicht mehr deine Freundin.« Es
war das erste Mal, dass Wyn mit so etwas drohte, und es verletzte Frances zutiefst.

Sie versuchte, sich keine Sorgen mehr zu machen. Sie war
es nicht gewohnt, diejenige zu sein, die es besser wusste oder

die entschied, was zu tun war. Sie wollte wie Wyn sein und sich von jeglicher Verantwortung freisprechen, aber sie konnte es nicht. Sie waren die Einzigen, die von Johannes wussten, darum waren sie auch die Einzigen, die seinetwegen etwas unternehmen konnten. Und so war sie weiterhin besorgt und unentschlossen. Sie kaute an ihrer Nagelhaut, bis sie wund war und blutete. Nach einigen Tagen untersuchte ihre Mutter den Schaden, drehte Frances' Hände in ihren eigenen und sah sie streng und besorgt an.

»Was ist los, Frances? So etwas hast du doch noch nie gemacht – was hat das alles zu bedeuten?«, fragte sie.

»Wenn sie so weitermacht, kaut sie sich noch einen Finger ab«, bemerkte Keith.

»Danke für deinen Beitrag, Keith. Nun, Frances?«

»Nichts. Ich weiß nicht«, antwortete Frances und wünschte inständig, sie könnte ihrer Mutter einfach alles erzählen. Aber sie durfte Wyn und Johannes nicht verraten, sie hatte es versprochen. Ihre Mutter sah sie mit diesem strengen Blick an, mit dem sie immer geradewegs in sie hineinzuschauen schien, und Frances ließ den Kopf hängen.

Nachdem sie gegessen hatten, musste Frances die Baumwollhandschuhe anziehen, die ihre Mutter beim Fensterputzen trug, und sie auch im Bett anbehalten, damit sie nicht weiterkaute. Sie rochen unangenehm nach Essig, und Frances lag lange Zeit angespannt und unglücklich wach in ihrem Bett. Sie verstand nicht, was aus dem Sommer geworden war – warum Dinge, die eigentlich lustig sein sollten, es nicht mehr waren. Warum Dinge, die früher Spaß gemacht hatten, plötzlich keinen Spaß mehr machten. Und warum es sich anfühlte, als wäre Wyn weit weg von ihr, auch wenn sie sich im selben Raum befanden. In einer Nacht hatte sie schlecht geträumt und ins Bett gemacht. Das war ihr seit

Jahren nicht mehr passiert, und sie schämte sich schrecklich. Darum zog sie die Laken ab, brachte sie in den Schuppen und versuchte, sie zu waschen, als ihre Mutter herunterkam.

»Was zum Teufel machst du da, Frances?«, sagte sie, und Frances brach in Tränen aus. »Oh, Liebes, schon gut.« Besorgt nahm ihre Mutter sie in den Arm. Frances beschlich die schreckliche Ahnung, dass sich die Dinge geändert hatten und nie wieder wie vorher sein würden. Die Ahnung, dass etwas sehr Schlimmes passieren würde.

9

SONNTAG

Sieben Tage nach der Bombardierung

Als Frances mit einem Gefühl von Übelkeit und einem pochenden, Kopf erwachte, stürmten Bilder des gestrigen Abends auf sie ein – wie sie Owen geküsst hatte und erneut abgewiesen worden war. Die Bilder erschütterten sie in ihrem tiefsten Inneren und hinterließen eine bittere Mischung aus Sehnsucht und Einsamkeit. Sie wusste nicht, wann aus ihr eine Frau geworden war, die trank und sich verheirateten Männern an den Hals warf. Wie sollte sie Owen je wieder unter die Augen treten, wie konnten sie jemals wieder normal miteinander umgehen? Vorsichtig setzte sie sich auf. Es waren keine *verheirateten Männer*, beruhigte sie sich traurig. Nur Owen. Sie schloss wieder die Augen und litt unter der demütigenden Vorstellung, dass Leute gesehen hatten, wie sie mit ihm betrunken aus dem Pub gestolpert war. Irgendwo da drinnen war ihr Vater gewesen. Langsam, ohne den Kopf mehr als unbedingt nötig zu bewegen, zog sie sich an. Sie versuchte, nicht an Owen zu denken, wie er sich angefühlt, wie er geschmeckt hatte. Sie fühlte sich innerlich wund; sie stand taumelnd an einem Abgrund und durfte nicht riskieren zu stürzen. Vielleicht war es Verzweiflung.

Cummings hatte ihr geraten, auf den Spuren der Vergangenheit zu wandeln. Da war das Leprakrankenhaus, da war der Mann im Krankenhaus und, wie ihr gestern klar geworden war, das Warleigh-Wehr. Es musste einen Grund dafür geben, dass sie nach ihrem Ausflug mit den Hughes nie wieder dort gewesen war. Dass der Gedanke daran sie verwirrte. Sie musste noch einmal dorthin gehen, um es herauszufinden – sie musste alles wissen, egal wie schlimm es war. Wenn der Mörder sie kannte und sie beobachtete, dann war sie sich sicher, dass sie den Mörder ebenfalls kannte. Als sie ihr Gesicht wusch und dabei flüchtig in den Spiegel sah, hielt sie kurz inne. Unter ihren Augen lagen tiefe Schatten, und sie sah müde aus. Ihr Mund wirkte traurig, beinahe verbittert. Alles, was sie davor geschützt hatte, zu viel zu empfinden, hatte sie verloren. Das Aufpassen auf Davy. Das Leben auf der Topcombe Farm und ihre Ehe. Dass Wyn fort war und kaum noch von ihr gesprochen wurde. Die Eintönigkeit des Alltagslebens – alles weg. Sie hatte keine Rüstung mehr, sie war völlig wehrlos, und sie musste wissen, was ihr Anteil gewesen war. Sie musste verstehen, warum sie so fühlte, wie sie fühlte – woher die Scham rührte, die nicht nur mit dem Verrat an Johannes zu tun hatte. Ihr wurde klar, dass diese Scham seither alles geprägt hatte – jeden Schritt, jeden Gedanken und jedes Wort, jeden Fehler.

Die Kirchturmuhren schlugen zehn, als Frances in den Trümmern der Parfitt's Buildings am Beechen Cliff Place wartete. Es war ein kühler, klarer Tag, und die tief stehende Sonne blendete sie. Schließlich trat Nora Hughes heraus und kam langsam mit einem Einkaufskorb über dem Arm den Weg herunter. Frances hatte gehofft, dass Davy bei ihr wäre, doch von ihm war keine Spur zu sehen. Vielleicht war es noch zu früh, um ihn schon nach draußen zu lassen. Leise folgte Frances Nora, und sobald sie auf dem Holloway waren, fasste sie ihren Arm und hielt sie auf. Nora stieß einen leisen Schrei aus und fuhr herum.

»Frances! Lieber Gott, du kannst einen doch nicht einfach so überfallen!« Nora presste sich eine Hand auf die Brust, und Frances hörte, wie sie keuchte. Ihr Gesicht hatte eine gräuliche Farbe, die Augen waren rot gerändert. Sofort machte Frances sich Sorgen, dass Davy auch sie verlieren könnte. »Mir ist fast das Herz stehen geblieben.«

»Das tut mir leid, Mrs. Hughes, ich wollte Sie nicht erschrecken«, sagte Frances. »Ich wollte Sie nur fragen, wie es Davy geht.«

»Oh, er erholt sich gut.« Nora lächelte. »So ein lieber kleiner Junge. Er ist wieder munter, aber sehr still, wie immer.« Sie sah Frances an, und ihr Lächeln verblasste. »Er hat nach dir gefragt. Das hat Carys schwer getroffen.«

»Oh.« Frances' Herz zog sich zusammen. »Meinen Sie, sie lässt mich zu ihm? Ich weiß, sie hat Nein gesagt, aber vielleicht war sie nur wütend ...«

»Ich weiß es nicht, Frances.« Nora sah sie traurig an. »Dass Davy verschwunden war, hat ihr große Angst gemacht. Und sie hatte immer ein schlechtes Gewissen, weil du auf ihn aufgepasst hast und so geduldig mit ihm warst. Weil sie das gar nicht ist. Sie weiß, dass er glücklich bei dir war. Manchmal glücklicher als zu Hause. Das ist schwer für eine Mutter.«

»Ja, aber ... ist es nicht wichtiger, dass er glücklich ist?«

»Ich erwarte nicht, dass du das verstehst, Frances. Schließlich hast du keine eigenen Kinder.«

»Natürlich«, sagte Frances ausdruckslos. »Wie sollte ich das verstehen? Aber bitte ... würden Sie bei ihr ein gutes Wort für mich einlegen? Bitte?« Nora wirkte unsicher. »Würden Sie es versuchen? Ich vermisse ihn so sehr. Ich habe ihn ja kaum gesehen, seit wir ihn gefunden haben, und ich ...« Verzagt brach sie den Satz ab. »Auch wenn sie nicht will, dass ich weiterhin auf ihn aufpasse, könnte ich doch vielleicht vorbeikommen und Hallo sagen.«

»Ich versuche es, Frances ...«

»Sie benutzt ihn, um mich zu bestrafen!« Frances' Wangen glühten. Es fühlte sich schrecklich ungerecht an, auch wenn es das vermutlich nicht war.

Mrs. Hughes schien sich nicht wohlzufühlen und presste die Lippen zusammen.

»Du hättest nicht weiter auf Wyn herumreiten dürfen!«, sagte sie knapp. »Du hättest sie nicht nach der Brosche fragen dürfen – ich habe dich gehört. Du hast getan, als hätte sie etwas falsch gemacht! Du weißt nicht, Frances ...« Sie holte Luft. »Du warst noch ein kleines Mädchen, als Wyn verschwunden ist. Du weißt nicht, wie das für uns war. *Wir* waren keine Kinder mehr. Wir hatten keine Ausreden. Wir hätten auf sie aufpassen müssen! Wir haben uns so gegrämt, weil wir sie im Stich gelassen haben, es war wie eine ... eine Krankheit. Und jeder von uns ist damit auf seine Weise umgegangen – Bill hat jede Spur von ihr entfernt, als wäre sie nie geboren worden.« Tränen funkelten in Noras Augen. »Mir hat es das Herz gebrochen, und das ist noch immer so. Carys hat sich schreckliche Vorwürfe gemacht wegen jedes bösen Wortes, das sie je zu ihr gesagt hat. Wegen allem, was sie dem Kind jemals angetan hat, und sie war wütend ... wütend auf uns, wütend auf sich selbst. Und Owen machte es sich zur Aufgabe, dafür zu sorgen, dass wir alle irgendwie weitermachten.«

Nora schwieg, ihre Schultern waren angespannt, ihre Hände umklammerten die Tasche, und Frances wusste nicht, was sie sagen sollte. Leute drängten sich auf dem schmalen Pflasterweg an ihnen vorbei und musterten sie neugierig.

»Es tut mir leid«, sagte Frances.

»Es tut uns allen leid«, gab Nora zurück. »Aber wenn du keine Ruhe gibst … Wenn du sie nicht in Ruhe lässt, wie sollen wir dann weitermachen? So kann niemand leben, Frances.«

»Ich möchte – wirklich. Es ist nur …« Frances schüttelte den Kopf. »Ich *weiß* Dinge, kann mich aber nicht mehr an sie erinnern. Dinge, die wichtig sein könnten. Ich weiß, dass ich mich für das, was passiert ist, verantwortlich fühlte. Aber ich weiß nicht mehr, *warum*.«

»Verantwortlich? Wieso solltest du das sein?«

»Hat Wyn Ihnen je von Johannes erzählt? Dass wir ihn besucht haben, meine ich. Dass wir ihm Essen gebracht haben?«

»Wie bitte? Nein, natürlich nicht! Wenn sie es uns erzählt hätte, hätten wir dem sofort ein Ende gemacht.«

»Ja. Natürlich.« Frances wusste, dass sie Ruhe geben sollte, aber sie konnte nicht. »Aber könnten Sie sich vorstellen, dass es vielleicht irgendjemand herausgefunden hat? Bill zum Beispiel? Oder Carys? Oder vielleicht … ist jemandem aufgefallen, dass Dinge verschwunden sind, und derjenige hat gemerkt, was vor sich ging? Haben Sie Carys jemals gefragt?«

»Ich habe doch gerade gesagt, wir wussten es nicht! Worauf willst du hinaus?« Nora schien sich in die Ecke gedrängt zu fühlen.

»Auf gar nichts, ich habe mich nur gefragt …«

»Nun, ich wünschte, du würdest aufhören, dich irgendetwas zu fragen, Frances! Ich wünschte, du würdest endlich Ruhe geben! Hast du mir denn gar nicht zugehört?« Sie wandte sich zum Gehen, aber Frances hielt sie am Arm zurück.

»Bitte, sprechen Sie mit Carys? Wegen Davy? Bitte?« Nora starrte sie einen Moment an, dann gab sie nach.

»Ich versuche es, wenn sich ein passender Moment ergibt. Aber wenn du weiterhin wegen Wyn auf sie losgehst, dann wird das nichts.«

Am Fußende von Bett Nummer fünf befiel Frances einen Moment pure Panik. Den Patienten, der dort lag, hatte sie noch nie gesehen. Er war jung, blond und hatte den Arm in einer Schlinge. Er war hellwach und musterte sie neugierig.

»Wer sind Sie?«, fragte Frances. »Wo ist der Mann, der vorher in diesem Bett gelegen hat?«

»Ich bedaure, aber das weiß ich nicht«, sagte er. »Tut mir leid.« Frances starrte ihn an, ihr Herz schlug schneller. Ihr fiel kein Grund ein, warum der Mann, der nicht Percy war, verlegt worden sein könnte, außer er war gestorben. Dass sie zu spät kam.

»Er kann nicht tot sein! Er *darf* nicht tot sein!«, sagte sie.

»Tut mir leid«, wiederholte der junge Mann hilflos, doch Frances hatte sich schon umgedreht und eilte zum Schwesternzimmer am Ende der Station.

»Hallo?«, sagte sie und streckte kurzerhand den Kopf durch die Tür. »Percival Clifton. Er war hier, er lag die ganze Woche in Bett Nummer fünf, und jetzt ist er nicht mehr … Wo ist er? Ist er tot? Wohin haben Sie ihn gebracht?« Ihre Stimme klang rau, der Kater hielt ihren Kopf noch immer wie in einem Schraubstock gefangen.

»Jetzt reicht es aber«, sagte eine magere Frau in Schwesterntracht. »Mr. Clifton ist alles andere als tot. Und wer sind Sie?«

»Sie ist seine einzige Freundin. Sie hat ihn schon die ganze Woche besucht«, sagte eine junge Schwester, die Frances vage bekannt vorkam.

»Nun. Dann bringen Sie sie bitte zu ihm, Schwester Wells. Aber beruhigen Sie sich, ja?«, ermahnte die Schwester Frances. »Es gibt keinen Grund, hier derart in Panik zu geraten.«

Percy war in ein kleineres Zimmer mit vier Betten verlegt worden, wo es ruhiger und wärmer war. Jedes Bett war durch einen hohen Wandschirm auf Rädern von den anderen getrennt. Keiner der Männer rührte sich, keiner schien zu atmen. Die Stille war unnatürlich. Frances' Nacken kribbelte, und sie hatte das beunruhigende Gefühl, von Toten umgeben zu sein.

»Sehen Sie, da ist er«, sagte Schwester Wells etwas zu fröhlich.

»Warum ist er verlegt worden?«, fragte Frances.

»Dr. Phipps machte sich Sorgen wegen seiner Brust – vielleicht hat er eine Lungenentzündung entwickelt. Wir haben ihn hergebracht, damit er ein bisschen Ruhe bekommt und wir ihn besser im Auge behalten können. Das ist alles.«

»Man hat mir erklärt, dass das Gehirn bei einem Feuer an Sauerstoffmangel leiden kann.«

»Das ist richtig, ja.«

»Wenn er also aufwacht – falls er überhaupt aufwacht –, besteht dann die Möglichkeit, dass er … dass sein Gehirn geschädigt ist?«

»Also, drücken wir die Daumen, dass …«

»Können Sie es mir bitte einfach sagen?«

»In Ordnung«, sagte Schwester Wells ein wenig überrascht. »Ja, es besteht die Möglichkeit. Wir geben ihm Penicillin gegen die Lungenentzündung, und ich denke, in einigen Tagen wissen wir mehr. Was er jetzt vor allem braucht, ist Ruhe und Zeit, sich zu erholen. Das Beste, was Sie tun können, ist, ihm die zu lassen.«

»Gut«, erwiderte Frances. »Ich möchte nur ein paar Minuten bleiben.«

»Fünf Minuten«, sagte Schwester Wells. »Ich komme zurück und überprüfe das.«

In dem kleinen Zimmer gab es keine Stühle, und Frances beugte sich über den Mann, um sein Gesicht genau betrachten zu können. Es fühlte sich wie eine aggressive Haltung an und zugleich, als würde sie sich über eine Klippe lehnen. Sie fand, dass er besser aussah. Seine Gesichtsfarbe hatte sich etwas normalisiert, die Haut glänzte nicht mehr so stark, der Atem rasselte nicht mehr so laut. Doch dann merkte sie, dass es allein daran lag, dass er so viel flacher atmete – ein kaum merkliches Anheben der Rippen, das war alles. Als hätte er bereits entschieden, sich keine Mühe mehr zu geben und langsam zu verschwinden. Ihre Hände bewegten sich, ohne dass sie darüber nachdachte. Sie packte die Jacke seines Krankenhauspyjamas und spürte die Körperwärme darunter.

»Wach auf!«, flüsterte sie. »Wage es ja nicht ...« Sein Atem strich über ihr Gesicht, er roch nach Zerfall, alt und faulig. Angewidert wich Frances zurück. Ihr Magen rebellierte, sie spürte, wie Magensäure ihre Kehle hinaufstieg, und keuchte, als etwas sie berührte. Sie drehte sich um, griff nach dem Wandschirm und warf ihn beinahe um, ehe sie sich wieder fing. Dann blieb sie eine Weile zitternd stehen, und das lauteste Geräusch im Zimmer war ihr Atem.

Sergeant Cummings hatte im Woodlands-Haus eine Nachricht für Frances hinterlassen, darum wollte sie gleich nach ihrer Ankunft dort wieder kehrtmachen.

»Was ist mit deinem Mittagessen? Das Fleisch ist schon zäh wie altes Leder«, sagte Pam.

»Tut mir leid. Ich esse später«, erwiderte Frances. Pam seufzte und machte ein besorgtes Gesicht.

»Geht es dir gut, Frances? Es kommt mir vor, als hätte ich dich seit Tagen kaum gesehen.«

»Entschuldige, Pam. Wir sehen uns später.« Sie ging, ehe ihre Tante noch etwas sagen konnte, und lief in Richtung Westen. Es hatte sich bewölkt, und der Nieselregen ließ das Leben, das allmählich wieder zur tristen Normalität zurückkehrte, noch trostloser erscheinen. Die Häuser im Oldfield Park stammten aus der Jahrhundertwende. Es waren Reihenhäuser mit einem Erkerfenster und einer zurückgesetzten Haustür, die sich in einer kleinen Veranda befand. In einigen der kleinen Vorgärten wuchsen Hortensien und Rosen, in den meisten gab es jedoch nur Unkraut und spärliche Kräuter in gesprungenen Tontöpfen vom letzten Jahr. Frances fand das Café, das Cummings vorgeschlagen hatte – grüne Markise und beschlagene Fenster –, und ging hinein. Es war voll, doch die Stimmen waren gedämpft. Cummings saß an einem kleinen Tisch im hinteren Bereich und las Zeitung. Vor ihr stand eine Kanne Tee. Sie winkte Frances zu sich heran.

»Sie kommen gerade rechtzeitig«, sagte sie. »Ich wollte schon aufgeben und nach Hause gehen.«

»Ich war oben im Krankenhaus«, sagte Frances, ohne nachzudenken. Cummings stutzte.

»Ach? Ist alles in Ordnung?«

»Ja, ich …« Frances war sich unsicher, wie viel sie erzählen sollte, spürte jedoch, dass sie Sergeant Cummings vertrauen konnte. »Dort liegt ein Mann. Ein Patient. Ich … ich habe ihn letzte Woche zufällig entdeckt, als ich nach Davy suchte. Ich weiß nicht, wer er ist. Im Krankenhaus denken sie, er heißt Percy Clifton – der Name stand in dem Ausweis, den er bei sich trug. Aber ich glaube nicht, dass das stimmt. Ich *weiß*, dass ich ihn irgendwoher kenne.«

»Warum sollte er die Papiere von jemand anderem dabeihaben?«, fragte Cummings skeptisch.

»Ich weiß nicht. Er war im Hotel Regina, als es von einer Bombe getroffen wurde … Ein anderer Mann, der ebenfalls dort gewesen war, erzählte mir, dass an jenem Abend ein zwielichtiger Typ allein in der Bar war, und die Schwester hat mir erzählt, dass er bei der Einlieferung eine Menge Bargeld bei sich hatte. Seine Kleider waren verbrannt, darum haben sie sie weggeworfen, aber ich habe mir seine Schuhe angesehen – sie sind völlig abgetragen und fallen fast auseinander.« Sie hielt inne und blickte zu Cummings hoch. »Ich glaube … vielleicht ist er ein Taschendieb. Vielleicht gehörten ihm weder die Papiere noch das Geld.«

»Ja, vielleicht.«

»Es gibt nur einen Percy Clifton in Bath, und das ist er nicht. Das hat man überprüft.«

»Wessen Papiere hat er dann gestohlen?«

»Die eines anderen Percy Clifton. Sie müssen jemandem von außerhalb gehört haben, der im Hotel wohnte.«

»Wie kommen Sie darauf, dass Sie ihn kennen? Wenn Sie sein Gesicht nicht wiedererkennen, meine ich?«

»Nun, er ist in ein Feuer geraten. Ein Teil seines Gesichts ist verbrannt und von einem Verband verdeckt. Und er kommt mir wie jemand vor, den ich vor sehr langer Zeit einmal kannte. Vielleicht.« Sie schüttelte schwach den Kopf. »Vielleicht werde ich ja auch verrückt.«

»Das bezweifle ich, auf mich wirken Sie ziemlich gesund«, sagte Cummings nachdenklich.

»Da bin ich mir nicht so sicher.« Frances klang erschöpft.

»Trinken Sie einen Tee.« Cummings legte prüfend die Hand auf die Kanne. »Ich bestelle frischen. Und wie wäre es mit einem Sandwich? Sie sehen ein bisschen blass aus.«

Sobald Frances etwas gegessen und getrunken hatte, fühlte sie sich besser. Sie sah Cummings an, deren Gesicht von der Wärme im Café leicht gerötet war.

»Sie haben mir doch gesagt, ich sollte an alte Orte meiner Kindheit zurückkehren. Orte, an denen ich in jenem letzten Sommer, als sie noch lebte, mit Wyn gewesen bin. Also, so fühlt er sich an. Dieser Mann, der nicht Percy ist. Wenn ich ihn ansehe, ist es, als versuchte ich mich an etwas zu erinnern … Aber je mehr ich mich bemühe, desto mehr entgleitet mir die Erinnerung. Es ist zum Verrücktwerden. Was soll ich Ihrer Meinung nach tun?«

»Es weiter versuchen.« Cummings zuckte die Schultern. »Was können Sie sonst tun?«

»Vermutlich nichts.«

»Nun. Ich will Ihnen sagen, warum ich Sie heute treffen wollte.« Cummings' Miene wurde ernst, und Frances fühlte sich sogleich unwohl. »Etwas, was Sie beim letzten Mal gesagt haben, hat mich nachdenklich gemacht. Sie sagten, *wenn* Johannes unschuldig war, und *wenn* Wyn aus einem sexuellen Motiv getötet wurde, dann läuft der wahre Täter noch frei herum. Wer weiß, er könnte heute noch dort draußen sein.« Cummings blickte auf ihre Hände. »Ich habe die Erfahrung gemacht, dass solche Männer … Kriminelle dieser Art, ich meine, mit unnatürlichen Trieben, sehr wahrscheinlich nicht von selbst mit den Übergriffen aufhören. Ich habe mich gefragt, ob es womöglich noch andere Opfer gibt. Also bin ich die Akten noch einmal durchgegangen. Und ich habe etwas gefunden.«

»Was?«, fragte Frances knapp.

»Wer, muss die Frage wohl eher lauten. Lesley Rattray. Sagt Ihnen der Name etwas?«, fragte Cummings. Frances schüttelte den Kopf. »Lesley war neun Jahre alt. Sie wohnte hier in Oldfield Park – nicht weit von hier, in der Canterbury Road.«

»*War* neun Jahre alt?«

»Lesley wurde ungefähr hundert Meter von ihrem Zuhause entfernt tot aufgefunden. In einer Gasse, die hinter den Gärten entlangführte. Das war im September 1924, also sechs Jahre nach dem Mord an Wyn. Lesley war vergewaltigt und erwürgt worden.«

Frances hatte das Gefühl, dass tausend Nadeln auf ihre Brust und ihren Rücken einstachen, und kämpfte gegen eine aufsteigende Übelkeit an. »Geht es?«, fragte Cummings. Frances nickte knapp. »Ihr Mörder hat die bloßen Hände benutzt, keine Schnur oder Ähnliches. Es gab keinerlei Verdächtige, niemand wurde festgenommen. Wer auch immer Lesley das angetan hat, ist ungeschoren davongekommen.« Cummings klang grimmig.

»O Gott«, flüsterte Frances.

»Ja, wo war er?«, murmelte Cummings. Sie zögerte, dann griff sie in ihre Tasche und holte ein Stück Papier heraus. »Ich sage nicht, dass die zwei Fälle etwas miteinander zu tun haben müssen. Ich denke immer noch, dass Johannes Ebner sehr wahrscheinlich für Wyns Tod verantwortlich war. Aber eine solche Person *darf* der Justiz einfach nicht entkommen. Ich habe eine Abschrift von der Aussage von Lesleys Mutter gemacht, und wenn Sie es ertragen, sie zu lesen … Vielleicht steht etwas drin, etwas, das niemandem außer Ihnen auffallen würde.« Sie sah sie entschuldigend an, und Frances nahm das Papier.

Lesley hat nie von einem Mann erzählt, der zu freundlich zu ihr gewesen wäre oder versucht hat, sie anzufassen. Und ich habe nie jemanden herumlungern sehen, der hier nichts zu suchen hat. Lesley verhielt sich nicht anders als sonst, sie war ganz normal. Sie war Fremden gegenüber schüchtern und nicht sehr gesprächig, aber sie war immer glücklich und lächelte. Sie mochte Tiere, in letzter Zeit hatten es ihr die Kröten angetan. Hinten an unserer Straße ist ein Teich, auf dem brachliegenden Gelände, auf dem neue Häuser gebaut werden, und der war voll von allem möglichen Getier. Dort spielte Lesley gern, obwohl ich es ihr verboten hatte. Ich wollte nicht, dass sie neben der Baustelle spielt, weil dort Unfälle passieren können. Und ich wollte nicht, dass sie schmutzig wird und mit Kröten in den Taschen nach Hause kommt. Einige Tage, bevor sie umgebracht wurde, legten die Männer den Teich trocken, und in den Gärten auf unserer Seite der Straße wimmelte es von diesen Kreaturen. Immer wieder ging Lesley durch die Gasse und versuchte, sie zu fangen, ganz gleich, wie oft ich es ihr verbot. Sie war einfach ganz sie selbst, bis zum Ende. Am Tag, bevor es passierte, habe ich mit ihr geschimpft, ich nannte sie eine schmutzige Göre. Danach war sie ein bisschen wütend, aber nicht mehr als sonst. An dem Morgen, an dem es passierte, sollte sie eigentlich meine Schwester besuchen, ihre Tante Pauline, weil ich einen Termin bei Dr. Calloway hatte. Ich schickte sie in ihrer guten Jacke mit den Marienkäferknöpfen und einem brandneuen Rock los und flocht ihr Zöpfe. Ich dachte, sie würde direkt zu Pauline gehen und nicht in ihren besten Sachen nach Kröten suchen. Sie war schon oft allein dort hingegangen und kannte den Weg. Nur dass sie nie bei Pauline ankam, und als Pauline fragte, wo sie blieb, gingen wir los, um sie zu suchen. Sie war wirklich ein gutes Kind.

Als sie fertig mit lesen war, hatte Frances einen Kloß im Hals. Trotz des sachlichen Tons der offiziellen Aussage konnte sie Mrs. Rattrays Verzweiflung und Reue spüren. *Ich nannte sie eine schmutzige Göre. Sie war wirklich ein gutes Kind.*

»Das arme Ding«, murmelte sie.

»Ja«, sagte Cummings leise. »Also ... gibt es darin etwas? Ist Ihnen etwas aufgefallen? Irgendetwas?«

»Ich ... ich bin mir nicht sicher.« Frances faltete das Papier wieder zusammen, gab es Cummings aber nicht gleich zurück. »Vielleicht.« Sie schloss die Augen und dachte nach. Etwas hatte sich ganz hinten in ihrem Kopf gerührt – die Erinnerung an einen feuchten, dunklen Ort, in den durch die Lücken in der Tür Sonnenschein hereinfiel. *Es wurde jeder Stein umgedreht.* »Diese Kröten hätte ich auch gemocht«, sagte sie in Gedanken. »Allerdings waren Molche meine Lieblingstiere.«

»Frances?« Sergeant Cummings beugte sich aufmerksam vor. »Vielleicht gibt es keine Verbindung. Sie sagten, dass Kinder manchmal getötet werden, damit sie schweigen. Hatte Johannes nicht ein sehr großes Geheimnis, das Sie beide für sich behalten mussten?« Sie sah Frances durchdringend an und ließ sie nicht entkommen.

»Ja.«

»Könnte er aus irgendeinem Grund gedacht haben, dass Wyn ihn verraten würde?«

»Ich ... ich weiß es nicht.« *Komm raus!* Glasklar hörte Frances Wyns wütende Stimme und zuckte zusammen. *Johannes, komm raus! Wenn du nicht rauskommst, besuchen wir dich nie wieder!* Ihr Herz begann zu hämmern. *Lass mich!*

»Also«, sagte Cummings schließlich. »Wie gesagt, vielleicht gibt es auch gar keine Verbindung zwischen den Fällen. Aber behalten Sie die Aussage, wenn Sie wollen. Ich brauche sie nicht zurück. Es war nur so ein Gedanke. Aber wenn Ihnen etwas einfällt, lassen Sie es mich wissen.«

»Ich glaube, ich werde verfolgt«, sagte sie. Cummings war bereits aufgestanden und wollte gehen, hielt nun jedoch skeptisch inne.

»Wie bitte?«

»Seit wir Wyns Leiche gefunden haben, folgt mir jemand.« Sie blickte zu Cummings hoch. »Seit ich gesagt habe, dass es nicht Johannes war.«

»Glauben Sie wirklich?«

»Ich bin mir sicher. Ständig höre ich Schritte, die abrupt verstummen, wenn ich stehen bleibe. Und als ich mit dem Hund meiner Tante unterwegs war, hat er ihn angebellt. Wer auch immer es ist. Und einmal habe ich eine kurze, schnelle Bewegung wahrgenommen, als hätte sich jemand versteckt, als ich mich umdrehte. Und ich ... ich spüre es«, sagte sie. Cummings schwieg und starrte sie an. »Ich bin mir sicher, dass Wyns Mörder jemand von hier war, jemand, der sie kannte. Und wenn er Wyn kannte, kannte er auch mich.«

Mit einer nachdenklichen Miene zog Cummings ihren Mantel an. Frances konnte jedoch nicht einschätzen, ob sie ihr glaubte oder eher besorgt war, sie litte unter Wahnvorstellungen.

»Seien Sie vorsichtig, Frances«, sagte Cummings schließlich. »Gehen Sie abends nicht allein raus, ja? Ich bin mir sicher, es ist nichts. Während der Verdunkelung bilden wir uns schnell etwas ein. Aber trotzdem.« Sie wartete, bis Frances zustimmend genickt hatte, dann ging sie. Eine Weile saß Frances allein am Tisch. Da war etwas in Mrs. Rattrays Aussage, das an ihr nagte – es suchte einen Platz zwischen ihren verlorenen Erinnerungen, wo es zu dunkel war, um etwas zu erkennen. Wie Percy Clifton. Wie der feuchte, dunkle Raum

und der Geruch von Brennnesseln an einem heißen, unange-
nehmen Tag. Wie das Gefühl, das sie beschlich, als Wyns
Knochen gefunden wurden – der genaue Ort und die Tiefe.
Und die Angst, die ihre Erinnerung an Wyns letzten Sommer vernebelte und wie der Rauch nach einem Feuer über
allem hing. Alles wartete nur darauf, dass sie die Puzzleteile
zusammensetzte. *Die Männer legten den Teich trocken. Kröten
in ihren Taschen. Lass mich los! Es wurde jeder Stein umgedreht.
Pst, kleine Schwestern!* Frances holte tief Luft und bemühte
sich, nichts zu erzwingen. Die Wahrheit war wie eine flüchtige Bewegung in ihrem Augenwinkel, sie erstarrte, sobald
sie sich nach ihr umdrehte. Darum würde sie versuchen,
nicht hinzusehen, bis sie näher kam. Sie würde auf der Lauer
liegen und auf sie warten, und sie wollte zum Warleigh-Wehr
gehen.

Frances nahm den Bus durch die Warminster Road und stieg
oben an der Ferry Lane aus. Der schmale Weg führte zu
einer krummen Brücke über den Kanal, einem Bahnüber-
gang über die Gleise und zu den Steinstufen, an denen die
kleine Fähre über den Avon ablegte. Obwohl es Sonntag-
nachmittag war, war Frances wegen des Nieselregens und der
Bombardierungen die Einzige, die darauf wartete, den Fluss
zu überqueren. Noch immer wurde das kleine Boot von
einem Fährmann am Seil hinübergezogen, doch es war nicht
mehr der ältere Mann, an den sie sich vage vom letzten Mal
erinnerte. Vermutlich war er längst gestorben. Nach dem
ganzen Frühjahrsregen war die Strömung im Fluss stark,
und das Wasser schimmerte tiefgrün wie früher. *Wenn wir
wollten, könnten wir ganz bis zum Meer schwimmen ... wir
müssten nicht zurückkommen.* Sie erinnerte sich, wie Wyn die
Finger ins Wasser gehalten hatte und an das Brennen der

Sonne auf ihrer Haut. Warum hatte Wyn nicht zurückkommen wollen?

»Nicht gerade der beste Tag für ein Picknick«, stellte der Fährmann fest, als er Frances' Zwei-Pence-Stück entgegennahm.

»Nein.«

»Ganz allein?«, fragte er. Frances sah ihn prüfend an, dann nickte sie. Er versuchte nur, freundlich zu sein, aber sie war nervös. »Tja, wenn etwas ist, Sie wissen ja, wo Sie mich finden«, sagte er, als er ihr auf der anderen Seite hinaushalf.

Frances ging in die Mitte der Insel zwischen den beiden Flussarmen. Sie hörte das leise, stete Rauschen des Wehrs. Schon bald waren ihre Schuhe durchnässt, und winzige Regentropfen fingen sich in ihren Wimpern. Sie sah sich um und schlang die Arme um sich. Es war alles so, wie sie es in Erinnerung hatte – das dichte Gras voller Kuhfladen, vereinzelte Baumgruppen. Einige wenige Leute führten ihre Hunde spazieren, doch Schwimmer waren heute keine da. Sie ging ans Ufer beim Wehr und betrachtete eine Weile das weiß schäumende Wasser. Dann richtete sie den Blick stromaufwärts, wo Wyn und sie geschwommen waren. Sie hätte glücklich sein müssen. Es war ein idyllischer Tag gewesen, sie hätten beide glücklich sein müssen, aber das waren sie nicht.

»Was war los, Wyn?«, fragte sie leise. »Warum warst du nicht glücklich? Warum war ich es nicht?« Sie erinnerte sich an das Gefühl, von ihrer Freundin abgewiesen worden zu sein. Ausgeschlossen. Dass sie sich damals Sorgen wegen Johannes gemacht hatte, doch es war mehr als das. Sie hatte Albträume gehabt – hatten die schon vor dem Ausflug nach Warleigh angefangen oder erst danach? Als sie umdrehte und zu der Baumgruppe ging, an der sie ihrer Erinnerung nach gepicknickt hatten, fiel ihr ein, wie sie vom Schwimmen zurückgekommen waren. An das Gefühl einer vagen Verzweiflung und an den Wunsch, nach Hause zurückzukehren. Sie stellte sich so genau wie möglich an die Stelle, an der Ivy in ihrem Liegestuhl gesessen hatte, und blickte sich erneut um.

Sie sah die Hügel, die heute hinter einem grauen Regenschleier lagen. Am östlichen Ufer des Flusses stand ein Gutshaus, und an der Rosskastanie wuchsen zarte junge Blätter. Und dann entdeckte sie es. Vielleicht hundert Meter entfernt, mitten auf der Weide, stand eine dichte Gruppe aus Brombeer- und Holundersträuchern, die über etwas wucherten. Frances' Magen verkrampfte sich. Vorsichtig ging sie darauf zu. Es war ein kleiner Schuppen oder ein Kuhstall gewesen. Nun waren nur noch das steinerne Fundament übrig und ein paar verrostete Überbleibsel von einem gewellten Dach. Der Rest war verschwunden, in der Erde versunken. *Pst, kleine Schwestern!* Frances erinnerte sich, dass sie mit Wyn und Owen Verstecken gespielt hatte und mit Owens Freunden. Zunächst hatte sie nicht mitspielen wollen und sich dann neben der zerfallenen Hütte versteckt. *Lass mich los!* Ihre Haut kribbelte. Ihr war plötzlich eiskalt.

Sie erinnerte sich an die Sonne auf dem Rücken und an Krämpfe in Beinen und Nacken. Sie konnte nicht richtig atmen. Sie konnte nicht aufblicken und sah nur ihre eigenen Zehen und tote Blätter auf dem Boden. Es roch intensiv nach Brennnesseln und heißer Erde, und da war noch ein anderer Geruch. Etwas Vertrautes, aber Unerwartetes. Frances konzentrierte sich, konnte ihn jedoch nicht identifizieren. Sie hatte sehr große Angst gehabt – sie hallte jetzt in ihr wider, schnürte ihr die Brust zusammen und ließ ihre Beine zittern. Und dann fiel es ihr wieder ein: Jemand war gekommen und hatte sie in ihrem Versteck entdeckt. Die Erinnerung stieg mit erschreckender Geschwindigkeit an die Oberfläche, als würde ihr Gedächtnis mit Gewalt etwas ans Licht befördern, das es nicht länger ertrug. Jemand war gekommen und hatte sie gefunden. Tränen liefen ihr über das Gesicht. Sie wollte umkehren, aber sie konnte sich nicht bewegen. Genau wie beim letzten Mal. Jemand hatte sie entdeckt und ihr etwas angetan. Aber wie sehr sie sich auch bemühte, Frances konnte nicht sehen, wer es war. Ihr Kopf wurde nach unten gedrückt. Sie sah ihre Zehen unter den gebeugten Knien, und sie roch Brennnesseln.

Der Himmel verdunkelte sich, als Frances sich zwang aufzugeben. Der Regen hatte ihr Haar an den Kopf geklebt und verbarg die Tränen, die ihr weiterhin über das Gesicht liefen. Tränen der Wut und Verzweiflung, Tränen über alten Schmerz. Als sie zurück zur Fähre ging, war sie steif vor Kälte und zitterte am ganzen Leib. Der Fährmann warf nur einen knappen Blick auf ihr Gesicht und setzte schweigend über. Sie hatte es nicht eilig, nach Woodlands zurückzukommen, um Pams Sorge und wohlmeinenden Fragen zu begegnen, darum ging sie zu Fuß, anstatt den Bus zu nehmen. Es waren ungefähr drei Meilen den Claverton Hill hinauf und den Widcombe Hill hinunter. Ein einsamer Spaziergang in der Dämmerung. Es herrschte wenig Verkehr; die Bäume auf dem Claverton und die Häuser von Widcombe wirkten wachsam und feindselig. Es war fast dunkel, als sie die Widcombe Parade erreichte, wo sie Wyns Narzissenbrosche gekauft hatte. Sie blieb stehen und fühlte sich innerlich völlig leer. Der einzige Mensch, den sie sehen wollte, war Owen. Dass sie eine Begegnung mit ihm durch ihr Handeln unmöglich gemacht hatte, trieb sie erneut an den Rand der Verzweiflung. Es fühlte sich an, als wären Wochen vergangen, seit sie ihn zuletzt gesehen hatte. Wenn sie rechts abbog, konnte sie in wenigen Minuten bei seinem Haus sein. Sie erinnerte sich an die Berührung seiner Hände, die ihre hielten – an die Wärme und die Sicherheit, die von ihm ausgingen –, und sehnte sich danach.

Ratlos bog sie stattdessen nach links ab und ging langsam zurück nach Woodlands. An der Ecke Alexandra Road hörte sie Schritte vor sich, die plötzlich verstummten. Sie erstarrte, ihre Nerven waren aufs Äußerste gespannt. Sie hatte keine Tür auf- oder zugehen hören, und die Person konnte nicht einfach verschwunden sein. Ob es die Person war, die sie ständig beobachtete – die vielleicht jetzt darauf wartete, dass sie näher kam. Die auf der Lauer lag und darauf wartete, dass sie die Stufen vom Woodlands-Haus herunterkam oder hinaufging, bereit zum Angriff. *Gehen Sie abends nicht allein raus*, hatte Cummings sie gewarnt. Auf einmal schienen die Schatten lebendige, bedrohliche Wesen zu sein. Ängstlich ging Frances weiter, machte so wenig Lärm wie möglich und lauschte auf jeden Laut. Dann bewegte sich vor ihr eine Gestalt – eine große, kaum sichtbare Silhouette.

»Wer ist da?«, rief sie außer sich vor Angst.

»Frances?«

»*Owen?* Mein Gott, hast du mich erschreckt!«

»Tut mir leid … ist alles okay?«

»Natürlich.« Frances atmete tief ein, um sich zu beruhigen, und die Erinnerung an den gestrigen Abend trat zwischen sie. »Was tust du hier?«, fragte sie.

»Ich wollte … ich wollte einfach nach Woodlands kommen. Ich wusste nicht, ob du da bist.« Seine Stimme klang derart angespannt, dass Frances wünschte, sie könnte sein Gesicht sehen. Sie nahm den besonderen Geruch seiner Bürgerwehruniform wahr – das billige Leder des Gürtels und des groben kakifarbenen Stoffes.

»Ich habe keine Ahnung, wie spät es ist«, sagte sie.

»Ungefähr halb zehn.«

»Erst? Wo sind denn die ganzen Leute?«

»Vermutlich zu Hause, oder weg. Es ist noch nicht wieder alles beim Alten, nicht? Vielleicht wird nie wieder alles wie früher.« Er zögerte, und Frances wusste genau, was er meinte. Sie war froh, dass die Dunkelheit ihr Gesicht verbarg. »Ich komme gerade von der Junction Road«, sagte er. »Wir haben dort zwei Bomben bewacht, die nicht gezündet haben. Die vom Militär sagten, die könnten jeden Moment hochgehen. Ich habe dort gestanden und darauf gewartet, dass sie explodieren und mich mitreißen. Und ich habe nachgedacht.«

»Oh«, sagte Frances. Sie wusste nicht, was sie sonst sagen sollte.

»Ich wollte nur …« Owen unterbrach sich. Frances hörte das Rascheln seiner Kleidung, als er sich unruhig bewegte. »Ich wollte nur sagen, dass es mir leidtut wegen gestern Abend.«

»Es muss dir nicht leidtun«, entgegnete Frances. Er klang merkwürdig, vermutlich war er verlegen. Sie hatte ihn verlegen gemacht, genau wie sich selbst. »Mir müsste es leidtun, und das tut es auch. Es wird nicht wieder vorkommen. Ich bin … ich bin ziemlich müde. Ich gehe besser zurück. Gute Nacht, Owen.«

»Warte!« Er hielt sie am Arm zurück. »Es tut mir überhaupt nicht leid.«

»Wie bitte?«

»Ich bereue nur … Ich bereue nur, dass ich dich abgewiesen habe.« Daraufhin folgte eine lange Pause.

»Vielleicht …« Frances' Kehle war so zugeschnürt, dass sie kaum sprechen konnte. »Vielleicht war das richtig.«

»Vielleicht, aber ich habe den ganzen Tag nachgedacht …
Den ganzen Tag habe ich gedacht, dass es mir egal ist.«

»Wie meinst du das, Owen?«

»Komm mit zu mir, Frances. Jetzt.« Er umfasste auch ihren
anderen Arm. »Bitte. Komm mit zu mir.«

10

MONTAG

Acht Tage nach der Bombardierung

Das Morgenlicht warf ein helles Rechteck auf den Riss in der Decke von Owens Schlafzimmer. Der Straßenlärm klang ganz anders als in Woodlands, und das Haus war sehr hellhörig. Frances hörte das Ächzen und die gedämpften Stimmen der Nachbarn, die aufstanden, um zur Arbeit zu gehen. Ebenso hatte sie nachts in der Ferne das tiefe Sägen eines Schnarchers gehört. Sie fühlte sich ausgeruht, aber schläfrig, es war eine seltsame Mischung aus Erschöpfung und Heiterkeit. Vorsichtig hob sie den Kopf, um Owen betrachten zu können. Er schlief noch, und sie wollte ihn nicht wecken. Dass sein warmer, fester Körper neben ihr lag, kam ihr zugleich fremd und vollkommen natürlich vor. Sein Geruch war ihr sowohl vertraut als auch neu. Sie betrachtete seine schlanken, flachen Brustmuskeln und das dunkle gekräuselte Haar auf seinem Bauch, das unten zu einem V zusammenlief. Über seine rechte Schulter zog sich vorn eine silberne Narbe, und sie hätte gern gewusst, woher sie stammte. Im Schlaf verschwanden die Falten, die das Leben in sein Gesicht gegraben hatte, und er sah wieder jungenhaft aus. Frances stellte fest, dass sie nicht geträumt hatte, nachdem sie eingeschlafen waren. Sie konnte sich nicht erinnern, wann sie das letzte Mal so gut geschlafen hatte. Sie legte sich wieder hin und blickte an die Decke. Irgendwie fühlte sie sich von der realen Welt abgeschnitten, und wenn es nach ihr ginge, konnte das ruhig so bleiben. Im Grunde wollte sie unbedingt, dass es so blieb. Owen seufzte leise im Schlaf, dann drehte er sich um und legte einen Arm um sie.

Als er aufwachte, sah er sie forschend an, und Frances hielt den Atem an. Sie verstand ihn – auch sie suchte nach einer Reaktion auf ihre gemeinsame Nacht. Nach einem Zeichen von Bedauern, Angst oder Verbitterung. Doch nichts von alldem konnte sie in seinen Zügen erkennen. Zumindest nicht gleich nach dem Aufwachen. Stattdessen streckte er die Hand aus und strich so sanft mit den Fingerspitzen über den heilenden Schnitt auf ihrer Stirn, dass sie es kaum spürte. Dann küsste er sie und fuhr mit den Händen durch ihr Haar. Kurz darauf stand er auf, kochte Tee und brachte ihn mit ins Bett. Schweigend saßen sie nebeneinander, und die Sonne fing den Dampf ihrer Becher ein. Die Luft war kühl, und Frances zog die Decke höher über ihre Brust.

»Ist dir kalt?«, fragte Owen.

»Es geht. Ich werde es überleben«, sagte Frances.

»Na, da bin ich aber froh. Es wäre zu schade, wenn du nicht mehr da wärst.« Er lächelte, doch dann machte er ein ernstes Gesicht. »Macht sich deine Tante keine Sorgen, wo du bist?«

»Doch, bestimmt. Hoffentlich denkt sie, ich wäre früh weggegangen.«

»Frances, ich … Gott, ich wünschte, das wäre schon vor Jahren passiert! Vor Maggie und vor Joe. Bevor die Kinder gekommen sind. Hätte ich doch nur den Mut gehabt, etwas zu sagen. Hättest du doch nur etwas gesagt.«

»Du hast mir erklärt, ich sollte niemals ›hätte‹ sagen.« Sie lächelte. »Außerdem habe ich es versucht. Zweimal in meinem Leben habe ich einen Schritt auf dich zugemacht. Beide Male hast du mich abgewiesen.«

»Wie? Wann denn?«

»Vorgestern, und das eine Mal im Lyncombe Vale. Unter der Eisenbahnbrücke«, sagte Frances. Verwirrt runzelte Owen die Stirn, dann dämmerte ihm, was sie meinte.

»Das war für dich ›einen Schritt auf mich zumachen‹? Das ist doch hundert Jahre her!«

»Ja. Ich erinnere mich aber sehr gut daran. Ich … ich war verrückt nach dir. Habe mich dir auf dem Silbertablett angeboten«, sagte sie traurig. »Nun ja, jedenfalls habe ich es versucht. Aber du wolltest mich nicht.«

»Ich *wollte* dich nicht?« Fassungslos drehte sich Owen zu ihr um. »Frances, du warst *vierzehn* Jahre alt! Und ein bisschen betrunken … das war nicht richtig! Ich war achtzehn …« Er schüttelte den Kopf. »In dem Alter ist das ein großer Unterschied. Es wäre nicht richtig gewesen. Ich dachte … ich dachte, wir hätten noch jede Menge Zeit. Zeit, bis du etwas älter bist, Zeit für alles, was noch auf uns wartete. Was allerdings nicht auf uns gewartet hat, wie sich herausstellte.«

Frances dachte einen Moment über seine Worte nach. Auch Owen schwieg, dann sagte er fassungslos: »Willst du mir erzählen, dass du deshalb verschwunden bist? Dass ich dich deshalb anschließend kaum noch gesehen habe, dass du zwanzig Jahre lang kaum noch mit mir gesprochen hast? Dass du deshalb den verfluchten Joe Parry geheiratet hast?«

»Zum Teil«, sagte Frances. Sie konnte sich nicht überwinden, ihn anzusehen. Sie kam sich wieder wie ein Kind vor, albern, doch mit dem Bedauern einer Erwachsenen, das wie eine dunkle Wolke am Horizont aufzog.

»Frances …« Er drehte sie zu sich um und zwang sie, ihn anzusehen. »Als ich vor ein paar Tagen sagte, dass das Mädchen, das ich eigentlich heiraten wollte, mich nicht wollte … dieses Mädchen warst du. Ich habe dich *immer* geliebt, du Dummerchen.«

»Ich liebe dich auch«, sagte Frances mit zugeschnürter Kehle. Sie war glücklich und unerträglich traurig zugleich. Owen schloss die Augen und atmete langsam und tief ein. »Es tut mir leid, ich hätte es dir früher erzählen sollen«, sagte sie. »Aber du hast geheiratet und hattest kleine Kinder und …«

»Herrgott, Frances.« Er schüttelte den Kopf und hielt die Augen noch immer geschlossen. Dann nahm er sie in den Arm und zog sie mit sich hinab.

Als Frances zum zweiten Mal erwachte, befiel sie Panik, denn sie hätte längst bei der Arbeit sein müssen. Doch im nächsten Moment wurde ihr klar, dass sie Owens Bett nicht verlassen würde, auch wenn sie dadurch ihre Arbeit verlor. Sie lagen eng aneinandergeschmiegt, Owens Arm über ihrer Hüfte, und sie spürte seinen Atem zwischen ihren Schulterblättern. Es fühlte sich vertraut an. Sie mied den Gedanken, dass es Maggies Bett war, in dem sie lag, in Maggies Schlafzimmer. In den Armen von Maggies Ehemann. Maggie schien nicht real zu sein, ebenso wenig wie ihr Anspruch auf Owen. Genauso wenig, wie Joes Anspruch auf Frances real war. Nicht wenn ihr Herz seit ihrer Kindheit Owen Hughes gehört hatte. Nicht wenn es ihr im Grunde egal gewesen war, wen sie bekam, nachdem sie Owen nicht haben konnte.

»Das ist doch nicht real, oder?«, fragte sie leise. Sie wusste nicht, ob er wach war und sie hörte. Er atmete tief und gleichmäßig. »Das ist … ist nur eine kurze Auszeit vom wahren Leben. Ich stand neben einem Mann, als er starb. In der zweiten Bombennacht. Ich suchte nach Davy und wurde von den Bomben überrascht. Er war Soldat – es waren drei Soldaten. Sie haben mich in den Schutz der Magdalen Chapel gezogen. Er war … er wurde von einem Granatsplitter getroffen und war sofort tot. Ich konnte es nicht sehen, weil die Nacht zu dunkel war. Zum Glück. Aber ich erinnere mich an den Geruch von seinem Blut. Niemand hätte ihn retten können. Im einen Moment war er noch da, genauso lebendig wie du und ich, und im nächsten Augenblick war er tot. Einfach so.« Sie zögerte und fragte sich, was sie eigentlich damit sagen wollte. »Es war … entsetzlich. Wie kann überhaupt irgendetwas wichtig sein, wenn uns jeden Moment so etwas passieren kann? Wenn wir einfach so verschwinden können?«

»Einige Dinge sind wichtig«, sagte Owen.

Frances verschränkte ihre Finger mit seinen und zog seinen Arm fester um sich.

»Hast du jemals daran gedacht, aus Bath wegzuziehen?«, fragte sie. »Ich schon. Und ich tue es immer noch. Ich bin hiergeblieben, weil … deinetwegen. Und wegen Wyn. Weil ich wusste, dass sie noch irgendwo hier war und ich sie finden musste. Ich wusste, dass ich … Dass ich irgendetwas vergessen habe und nichts gesagt habe, als ich es hätte tun sollen. Ich habe wohl gewartet. Doch das Meer … Ich glaube, ich würde gern am Meer wohnen. Keine dunklen Straßen mehr, kein Kohlenstaub, der einem ständig im Hals sitzt, nicht jeden Tag dieselben Gesichter sehen, nicht immer wieder das Gleiche tun, gerade so über die Runden kommen und das Gefühl haben, alles wäre … sinnlos.«

»Wir könnten in einer Fischerkate auf einem Kliff leben«,

sagte Owen, und sie spürte, dass er lächelte. Wie sich seine Wange an ihrer Schulter in Falten legte.

»Wie in einer viktorianischen Liebesgeschichte.«

»Wenn du das möchtest.«

»Oben auf der Topcombe Farm habe ich eine Ahnung davon bekommen, wie es ist, nicht mehr hier zu leben. Die frische Luft und diese Weite. Nicht ständig diese ganzen Menschen überall.«

»Das kann ich mir vorstellen. Wenn ich mit dir zusammenleben könnte, würde ich auch woanders hingehen«, sagte er. Frances lächelte wehmütig. Sie atmete ein und musste sich sehr überwinden, die nächsten Worte auszusprechen.

»Ich weiß, dass du Maggie nicht verlassen kannst. Ich weiß, dass du sie nicht verlassen *wirst*. Ich weiß, dass dein Ehegelübde dir mehr bedeutet, als mir meins je bedeutet hat, und ich weiß, wie sehr du deine Kinder liebst. Aber tun wir nur heute Vormittag so, als wäre es anders.«

»Frances, ich …« Owen klang verzweifelt.

»Schon in Ordnung«, sagte sie, auch wenn das nicht stimmte, auch wenn sie spürte, wie der Schmerz wuchs und Tränen tief aus ihrer bebenden Brust aufstiegen. Sie drückte fest seine Hand. »Ich liebe dich sowieso.«

»Ich liebe dich auch«, sagte er derart verzagt, dass Frances eine ganze Zeit lang nichts mehr sagen konnte.

Als ihre Tränen versiegt waren, lag sie in Owens Armen, überwältigt von der Sehnsucht, sich von allem zu befreien. Vom Alltag – ihrer Arbeit am Bahnhof, ihrer gescheiterten Ehe, ihrem Kinderzimmer in den Magdalen Cottages. Endlich nicht mehr durch dieselben Straßen gehen zu müssen, durch die sie immer gegangen war, und nicht mehr dieselben Dinge zu sehen, die sie immer sehen musste. Insbesondere wollte sie sich von ihren Gefühlen befreien. Von den bedrückenden Schuldgefühlen, von der Scham, die falschen Entscheidungen getroffen zu haben, eine Verräterin gewesen zu sein. Sich und andere betrogen zu haben, in der Hoffnung, glücklich zu werden.

Sie dachte intensiv nach und versuchte zu glauben, dass es noch nicht zu spät war, dass sie neu anfangen konnte – alles wie eine alte Haut abstreifen und anders leben, anders fühlen und anders *sein* konnte. Wenn sie doch nur die Erinnerungen loswerden könnte, die sie quälten, sie wie Schotter aus einer Wunde waschen könnte. Sie war ein Kind gewesen – wie oft hatte sie das schon gehört. Ein Kind trug keine Verantwortung. Nora Hughes' Trauer um ihre Tochter war aufrichtig. Und die von Carys auf ihre Weise ebenso. Vielleicht stießen Frances' Fragen nach Wyn einfach deshalb auf Widerstand, weil sie alte Wunden aufrissen. Wyn könnte ihre Brosche verloren haben, als sie nach ihrem Besuch bei Frances wieder einmal in Carys' Sachen gewühlt hatte. Lesley Rattray könnte von einem ganz anderen Mann umgebracht worden sein. Percy Clifton könnte Percy Clifton sein, ein Fremder, den sie nicht kannte. Der Rest könnte nur in ihrem Kopf existieren – vielleicht spielte ihr Verstand ihr einen Streich, war durch das Trauma, das das Verschwinden ihrer Freundin ausgelöst hatte, verwirrt. Es *könnte* sogar stimmen, dass Johannes Wyn umgebracht hatte. Und wenn es stimmte, quälte sie sich ganz umsonst.

Johannes war neunzehn Jahre alt und krank gewesen. Frances verstand jetzt, was sie damals noch nicht verstanden hatte – wie kaputt, wie gebrochen er war. Wer wusste, wozu ein Mensch, der derartige Dinge durchlebt hatte, fähig war, ohne dass er es wollte? Ein Mensch, der so viel Chaos, Angst und Tod erlebt hatte. Neunzehn. Fast noch ein Kind. Ein Kind, das Gewalt erlebt hatte. Was, wenn Wyn ihn tatsächlich öfter besucht hatte, als Frances wusste? So wie Cummings gesagt hatte? Was, wenn sie ihm erzählt hatte, wo sie wohnte, und versucht hatte, ihn zu drängen, das Leprakrankenhaus zu verlassen? Was, wenn sie gedroht hatte, ihn zu verraten oder ihn im Stich zu lassen, wenn er sich weigerte? Was, wenn sie mit ihm übers Heiraten gesprochen und ihn verwirrt hatte? Frances dachte an Johannes: hochgewachsen und mager, der Kopf zu groß im Verhältnis zu seinem Hals, wie ein Kürbis auf einem Stock. Der Ausdruck in seinen Augen wechselte rasch zwischen Angst, Freundlichkeit und anderen Stimmungen. Sie dachte daran, wie die Panik ihn überwältigt und für einen Moment um den Verstand gebracht hatte. An das Lager aus Zeitungen, neben dem ordentlich gefaltet Wyns Decke lag. An die kleinen Spielzeuge, die er für sie gebastelt hatte, und an die verrostete Dose mit Wasser.

Frances rang nach Luft und riss die Augen auf. »Was ist?«, fragte Owen sofort. Ebenso wie Frances war er wach, aber tief in Gedanken versunken.

»Wir haben ihm nie Wasser gebracht«, sagte sie. Bei dem Gedanken durchfuhr es sie eiskalt. Unvermittelt setzte sie sich auf.

»Was? Wem?«

»Johannes! Wir … wir haben ihm nie Wasser gebracht. Immer nur Essen. Er hatte diese alte Dose, und da war immer Wasser drin.«

»Ich kann dir nicht folgen, Liebes«, sagte Owen und setzte sich neben ihr auf. Wie gern hätte Frances jetzt nicht an Johannes gedacht und die Freude darüber genossen, dass Owen sie »Liebes« genannt hatte.

»Verstehst du nicht?«, fragte sie außer sich. »Im Hof gab es nirgendwo Wasser. Er … er *muss* das Leprakrankenhaus verlassen haben, um Wasser zu holen!«

»Vermutlich«, sagte Owen finster. »Auf der anderen Straßenseite ist die alte Pferdetränke – da gibt es frisches Quellwasser. Vielleicht hat er es dort geholt«, überlegte er.

»Wie kann ich … warum ist mir das nicht früher aufgefallen?«

»Ich verstehe das nicht, Frances – du hast gesagt, Johannes wäre unschuldig. Du warst dir so sicher!«

»Aber was, wenn ich mich täusche? Wenn ich mich all die Jahre getäuscht habe? O Gott.« Sie schloss die Augen und zog die Knie an die Brust. »Warum kann das nicht einfach aufhören?«, rief sie. »Warum kann das alles nicht einfach endlich aufhören?!«

»Schhh, Frances, schon gut! Du bist in Sicherheit … Ich passe auf dich auf! Schon gut«, sagte Owen.

»Ist es das? Wie kann es gut sein? Wie kann ich jemals dieses Zimmer verlassen, wenn draußen alles auf mich wartet – wie immer?«

»Dann verlass dieses Zimmer nicht«, sagte er und versuchte, sie zu umarmen. »Das alles ist nicht deine Schuld, Frances. Nichts davon. Wenn ich dich doch nur davon überzeugen könnte …«

»Das weißt du doch gar nicht. Du *weißt* es nicht … Was, wenn … Ich habe Albträume. Ich *weiß* etwas. Etwas Wichtiges!«

»Dann erzähl es mir, Frances! Erzähl mir alles!«

Frances versuchte es. Sie versuchte, die richtigen Worte zu finden und sie auszusprechen, doch sie kamen ihr nicht über die Lippen. Sie waren ihr vor vierundzwanzig Jahren nicht über die Lippen gekommen, und sie taten es jetzt nicht. Nichts versiegelte die Lippen so stark wie die Schuld, das wusste sie. Und nichts machte einen Menschen so einsam wie die Schuld. Es war hoffnungslos. Nach langem Schweigen ließ Owen sich zurücksinken und legte eine Hand über seine Augen. Er wirkte beunruhigt, unglücklich, und Frances konnte es kaum ertragen.

»Ich muss gehen. Es tut mir leid, Owen. Es tut mir so leid. Ich habe alles kaputt gemacht – und damit meine ich nicht nur heute, diesen Vormittag ...«

»Nein. Hör auf, dir Vorwürfe zu machen.«

»Aber es stimmt.«

»Nein. Alles, was wir getan haben ... wir haben alle unser Bestes getan. Wenn wir vor Jahren mehr geredet hätten, wäre es womöglich anders gekommen. Aber das haben wir nicht, darum ist es so, wie es jetzt ist.« Er klang so schwach, so müde. Frances rückte von ihm ab und schwang die Beine aus dem Bett.

»Weißt du, wann Maggie zurückkommt?«

»Nein, ich ... Das hat sie nicht gesagt.«

»Ich könnte später wiederkommen.«

»Geh nicht.« Er fasste ihren Arm. »Bleib einfach hier – warum gehst du?«

»Ich muss ... Ich muss irgendwie versuchen, das alles zu klären.«

»Wie kannst du das, Frances? Nach all der Zeit? Ich will nicht, dass du dich so quälst!«

»Aber ich muss es wenigstens versuchen! Oder ich verliere den Verstand! Ich muss endlich einen Sinn in allem finden, was mir in der letzten Woche durch den Kopf gegangen ist. In allem, was mir in den letzten zwei Jahrzehnten durch den Kopf gegangen ist. Bitte, Owen ... ich kann einfach nicht länger mit dieser Ungewissheit leben.« Sobald sie ging, würde dieser vollkommene, von allem losgelöste Moment vorbei sein. Das war ihr klar. Doch er war ohnehin vorbei. Owen schwieg, und daraus schloss sie, dass er es genauso empfand.

»Was, wenn …«, sagte er schließlich. »Was, wenn du es besser nicht wüsstest?«

»Nein. Was immer es ist …« Sie sah ihm eindringlich in die Augen. »Was immer es ist, ich muss es wissen.«

»Dann komme ich mit dir«, sagte er und setzte sich wieder auf. »Wo immer du hingehst.«

»Nein. Ich muss allein sein.«

»Okay«, sagte er und klang verletzt. »Dann komm wieder, wenn du kannst – sobald du kannst. Ich gehe heute nirgendwohin. Ich warte hier auf dich. Also bitte, komm zurück.«

»Ich komme wieder«, versprach sie.

Als Frances Owens Haustür hinter sich schloss, hatte sie das Gefühl, ganz bewusst Sabotage zu begehen, doch sie musste es tun. Sie wusste, wohin sie wollte, und nahm auf dem Weg dorthin die vertrauten Straßen um sich herum kaum wahr. Über den Friedhof der Magdalen Chapel, über die Mauer. Mit einem komischen Gefühl im Bauch ließ sie sich in den Hof des Leprakrankenhauses fallen. Auf dem Boden lag die übliche Schicht aus alten Blättern und Abfall, auf der Dachkante hockte eine Reihe Stare, die sie aufmerksam beobachteten. Einen Moment stand sie reglos in dem kleinen Hof, in dem man Wyns Kleidung und ihren einen Schuh gefunden hatte, nur ein kurzes Stück von der Tür des baufälligen Schuppens entfernt. Hatte Wyn versucht, sich dort in Sicherheit zu bringen? Oder war sie herausgelaufen und vor etwas geflohen? In den Tagen nach Wyns Verschwinden hatte Frances sich nicht getraut, dorthin zu gehen. Man hatte ihr nicht erlaubt, sich an der Suche zu beteiligen, doch irgendwann war sie entwischt und hatte trotzdem nach ihr gesucht. *Es wurde jeder Stein umgedreht.* Frances schloss die Augen – fast hatte sie es, sie konnte es beinahe greifen. Ganz langsam

drang Licht ins Dunkel. Sonne auf ihrem Rücken, Brennnesseln. Der Griff der Angst, der sie bewegungsunfähig machte.
Komm zurück!

Es kam ihr vor, als würde sie in der Zeit zurückkreisen, oder
als wäre seitdem gar keine Zeit vergangen. Als wäre alles, was
seither passiert war, ein Traum gewesen – oder als habe sie
sich ihre glückliche Kindheit bis zu jenem Punkt nur einge-
bildet. Sie spürte, dass der Boden unter ihren Füßen brüchig
war. Genau wie an dem Tag, an dem man Wyns Knochen gefunden hatte, schien es ihr, als bestünde er aus einer dünnen
Kruste, die leicht brechen konnte, und dass sich darunter ein
Ort verbarg, der so dunkel war wie der Tod. Sie kämpfte gegen die aufsteigende Panik, weil Wyn verschwunden und
Johannes entdeckt worden war. Die Gefühle vergangener
Zeiten trieben in ihr an die Oberfläche und waren noch stark
genug, um die Wahrheit zu unterdrücken. Es waren dieselben Gefühle, die sie damals und bis heute hatten schweigen
lassen. Frances bemühte sich um Ruhe, um Klarheit. Sie biss
die Zähne zusammen und schob die Tür auf.

Bei vollem Tageslicht und ohne von Owen und der mani-
schen Suche nach Davy abgelenkt zu sein, sah sie den Ort
jetzt klarer. Seit sie nicht mehr hier gewesen war, war das Gebäude unaufhaltsam weiter zerfallen – Zaunwinde und Efeu
krochen gierig durch die Risse im Boden. In einer Ecke des
Schuppens wuchs ein Schmetterlingsflieder, die Wand dahinter war mit grünen Flechten bewachsen. Und überall
flimmerte Staub. Als sie Zeitungsschnipsel und Müll bemerkte, setzte ihr Herz einen Augenblick aus, bis sie begriff,
dass sie hereingeweht waren und nichts mit Johannes zu tun
hatten. Draußen im Judasbaum krächzten Krähen. Im unteren Kamin entdeckte sie ein Vogelskelett, den Schnabel in
stummem Schrei aufgerissen. Im oberen Raum, wo sie Davy

gefunden hatten, dem Raum, in dem sich auch Johannes versteckt hatte, hob sie die Diele an, in die er seinen Namen geritzt hatte. Sie ließ sich auf den Boden sinken und lehnte sich mit dem Rücken gegen die Wand. *Johannes Niklas Ebner.* Sie strich mit den Fingern über die Worte. Abgesehen von dem körnigen Bild aus der Zeitung war dies der einzige Beweis, dass er überhaupt existiert hatte. »Oh, Johannes«, flüsterte sie. »Warst du es?«

Frances überlegte, warum Wyn in jenem letzten Sommer allein hergekommen sein könnte, um ihn zu besuchen. Lag es nur daran, dass sie gern das Sagen hatte? Dass sie es manchmal vorzog, für sich zu sein? Sie war anders gewesen; gereizt und fahrig. Frances erinnerte sich an ihre eigenen Sorgen und an die Albträume, die sie immer wieder heimgesucht hatten. An den Tag am Warleigh-Wehr, an dem sie jemand furchtbar geängstigt hatte. So sehr, dass ihr Kopf die Erinnerung daran, wer es gewesen war und was er getan hatte, tief in ihrem Gedächtnis vergraben hatte. Genau wie die Erinnerung daran, dass sie Wyn am Tag ihres Verschwindens weggeschickt hatte. Frances stutzte. War da noch etwas anderes gewesen, als sie Wyn das letzte Mal gesehen hatte? Etwas, an das sie sich noch nicht erinnerte? Sie hatte sich getrennt von Wyn gefühlt, als stünde etwas zwischen ihnen. Sie erinnerte sich, dass sie außer sich vor Sorge gewesen war. »Was ist es, Wyn?«, flüsterte sie. »Was ist dir widerfahren?«

Frances konnte unmöglich wissen, was zwischen Wyn und Johannes vorgefallen war, wenn Wyn ihn allein besucht hatte. Ob er in der Lage gewesen war hinauszugehen – und das musste er, um Wasser zu bekommen –, ob Wyn ihm erzählt hatte, wo sie wohnte. Ob sie ihm gedroht oder ihn bedrängt hatte, damit sie der Verwirklichung ihres Traums

von der ruhmvollen Heimkehr und einer Hochzeit näher
kam. Den Gedanken zuzulassen fühlte sich an wie aufzugeben, wie Verrat an allem, was sie wusste. In ihren Augen
brannten Tränen, denn nicht nur der Fundort von Wyns
Leiche hatte sie von Johannes' Unschuld überzeugt. Dass er
unschuldig war, hatte sie ihr ganzes Leben lang gewusst. Es
war ein Teil von ihr, so fest und tief mit ihr verbunden wie
ihre Knochen. Es machte einen Großteil der Schuld aus, die
sie seither empfand. *Es wurde jeder Stein umgedreht.* Wyns
genauer Fundort ... dass Frances den Polizeifotografen aus
einem Instinkt heraus darum gebeten hatte, Bilder von
dem Ort zu machen, damit sie sich orientieren konnte.
Schon oft hatte sie genau an dieser Stelle gestanden, das
wusste sie.

Frances dachte an Carys' Feindseligkeit und daran, dass sie
jede Frage nach ihrer kleinen Schwester abschmetterte – sich
in Wut flüchtete, in die Trunkenheit, hinausstürmte und die
Tür zuschlug. Sie dachte an Owen, der gesagt hatte »ich
weiß«, als Frances behauptete, Johannes sei unschuldig. Anschließend ruderte er zurück, aber in seiner Stimme hatte
Resignation gelegen. Als hätte er es schon immer gewusst.
Wir haben alle unser Bestes getan, hatte er vorhin zu ihr gesagt.
Hatte er nur von ihrer eigenen Unfähigkeit gesprochen, sich
einander anzuvertrauen? Sie sah Wyn vor sich, die quer
durchs Wohnzimmer geschleudert wurde und gegen den
Kamin krachte. Ihr weißes tränenüberströmtes Gesicht, als
Carys ihr den Arm brach. Sie dachte daran, wie sie den gan-
zen Avon durchschwimmen wollte, um bis nach Summer
Rain zu kommen. *Womit hast du nur deinen Rock eingesaut?*
Sie hörte die Stimme ihrer Mutter, die nach dem Ausflug
nach Warleigh skeptisch Frances' Kleid untersuchte. Die
Gedanken wurden lauter, übertönten sich gegenseitig, eine

ansteigende Kakofonie, die in ihrem Kopf toste. Die Hughes hatten ihre Probleme, aber sie liebten einander. Sie waren untereinander loyal.

Wyns Brosche befand sich noch immer in ihrer Tasche. Frances holte sie heraus und drehte sie in den Fingern. Wyn hatte sie immer getragen. Sie könnte sie verloren haben, oder man könnte sie ihr gestohlen haben. *Wir haben alle unser Bestes getan.* Leicht hätte jemand Wyn zum Leprakrankenhaus folgen können, als sie allein hergekommen war. Ihr geheimer Ort war womöglich nicht annähernd so geheim, wie sie gedacht hatten. *Sie haben den Teich trockengelegt. Pst, kleine Schwestern!* Sie sah Wyn wütend und verletzt davongehen. Aber war das richtig? War sie tatsächlich wütend gewesen, oder hatte sie Angst gehabt? Die Wände um Frances schienen näher zu rücken, die Decke auf sie niederzudrücken. Sie blickte auf den zusammengebrochenen Schrank und sah, wie Johannes aus seinem Versteck zu ihr hochlächelte, als er es das erste Mal ausprobiert hatte. *Buh!* Er war es nicht. Es war nicht Johannes gewesen. Sie drehte die Brosche um und stach sich mit der spitzen Nadel in die Fingerspitze. Es war noch jemand anders da gewesen. Jemand, den sie so weit in ihrem Gedächtnis vergraben hatte, dass sie ihn nicht mehr sehen konnte. Wyn war so zart. Es war nicht schwer gewesen, sie zu töten. Selbst ein Kind wäre dazu in der Lage gewesen.

Kalte Schauder durchströmten sie und verursachten ihr Übelkeit. Sie schloss die Augen und konzentrierte sich auf das letzte Mal, dass sie Wyn gesehen hatte: Wyn auf der Türschwelle der Magdalen Cottages, die sie fragte, ob sie mit zum Leprakrankenhaus käme. Und bevor Wyn sich umdrehte, um den Holloway allein hinaufzulaufen, hatte sie noch einmal in die andere Richtung geblickt – den

Hügel hinunter, in Richtung von ihrem Zuhause. Frances hielt den Atem an. Wyn hatte sich umgedreht und den Hügel hinuntergesehen, und sie hatte gestutzt. Und dann war sie davonmarschiert, und Frances hatte innerlich gezittert und sie zurückgerufen. Doch ehe sie die Tür geschlossen hatte, hatte sie ebenfalls den Holloway hinuntergesehen, weil sie wissen wollte, wonach Wyn geschaut hatte. Sie hatte hinuntergesehen und eine Gestalt entdeckt – eine Gestalt, die ihr vertraut war und die um die Ecke des Beechen Cliff Place bog. Ganz gleich, was sie tat, sie konnte sich nicht überwinden hinzusehen, wer es war. Sie hatte es zu sehr verdrängt.

Eine ganze Weile wartete Frances vor der Polizeiwache. Wiederholt drehte sie sich nach Gestalten um, die sie womöglich beobachteten, blickte Passanten prüfend ins Gesicht, ob sie ihr bekannt vorkamen und etwas Bösartiges in ihren Augen lag. Sie fühlte sich als Gejagte und gleichzeitig als Jägerin. Sie wollte unbedingt die Erinnerungen festhalten, die sie ans Licht gezerrt hatte, doch sie hatte auch Angst davor. Große Angst. Am späten Nachmittag, als die meisten Beamten schon nach Hause gegangen zu sein schienen, betrat sie die Wache, nannte so ruhig wie möglich ihren Namen und fragte nach Sergeant Cummings. Sie hatte das Gefühl, sich schrecklich verdächtig zu verhalten, doch der Polizist am Empfang war jung und gelangweilt und beachtete sie kaum. Cummings schien überrascht, sie zu sehen, und schob sie in einen großen Büroraum, der ordentlich mit Schreibtischen, Aktenschränken, Lampen und Papieren ausgestattet war. Die abgestandene Luft roch metallisch nach Tinte.

»Alles in Ordnung? Ist etwas passiert?«, fragte Cummings

leise. Sie warf einen Blick auf das andere Ende des Raums, wo zwei Männer ins Gespräch vertieft waren. »Setzen Sie sich«, sagte sie zu Frances. »Ich tue so, als würde ich eine Aussage von Ihnen aufnehmen.«

»Nein, es ist nichts passiert ... Das heißt, nicht viel. Mir ist aber noch etwas eingefallen. Oder vielmehr jemand.«

»Wer?«

»Ich weiß es nicht.«

»Oh.« Cummings' Gesicht zeigte einen Anflug von Verzweiflung.

»Jemand ist Wyn gefolgt. Da bin ich mir sicher. Jemand hat ihr Angst gemacht. Sie war mürrisch und unglücklich ... Es war nicht Johannes, obwohl ich glaube ... Ich glaube, dass er das Leprakrankenhaus hin und wieder verlassen hat, um Wasser zu holen. Vielleicht ist es ihm nachts leichter gefallen ... Aber er war es nicht. Ich habe an dem Tag, an dem sie verschwunden ist, jemanden hinter ihr den Holloway heraufkommen sehen. Aus irgendeinem Grund kann ich mich nicht erinnern, wer es war.« Als Frances sprach, merkte sie, dass sie den Grund kannte – es hatte mit dem Vorfall am Warleigh-Wehr zu tun. Um sich an das eine erinnern zu können, musste sie sich an das andere erinnern, und sie hatte es tief in ihrem Gedächtnis vergraben. Sie hatte sich nie wieder daran erinnern wollen.

Sergeant Cummings räusperte sich.

»Sie sagen jetzt, dass Ebner das Leprakrankenhaus sehr wohl verlassen hat? Dass er nicht zu ängstlich war?«

»Ja«, sagte Frances mit sinkendem Mut. »Das muss so sein. Wir haben ihm nie Wasser gebracht, wissen Sie, und in jenen letzten Wochen war es sehr trocken. Es hat kaum geregnet. Er muss es sich selbst besorgt haben, vielleicht aus dem Trog auf der anderen Straßenseite.« Sie sah Cummings mit flehendem Blick an. »Ich … Das ist mir gerade erst klar geworden, aber er hatte keine andere Wahl.«

»Frances … das *Einzige*, womit Sie mich von Anfang an von Ebners Unschuld überzeugt haben, war, dass Wyns Leiche am Beechen Cliff Place gefunden wurde und dass er zu große Angst gehabt hätte, dorthin zu gehen! Und was bleibt uns jetzt noch, um auch nur in Erwägung zu ziehen, dass er es nicht war?«

»Dass ich *weiß*, dass er es nicht war!«, sagte Frances. Cummings atmete tief durch. »Wenn ich doch bitte die Akte über Wyns Verschwinden sehen dürfte? Vielleicht steht etwas drin. Etwas, das mich *zwingt*, mich zu erinnern.«

»Frances.« Cummings schüttelte den Kopf. »Meinen Sie nicht, es wäre an der Zeit, endlich Ruhe zu geben?«

»Nein! Bitte … ich bin ganz kurz davor. Ich spüre es. Und vielleicht … vielleicht weiß es auch derjenige, der mich verfolgt.«

»Das heißt, wenn …« Cummings brach ab und presste die Lippen zusammen.

»*Wenn* mir jemand folgt?«, beendete Frances den Satz für sie. »Ich nehme Ihnen nicht übel, dass Sie mir nicht glauben. Vorhin dachte ich selbst, was, wenn es doch Johannes war? Was, wenn ich mich in ihm getäuscht habe? Es wäre die einfachste Lösung, das ist mir klar.« Sie schluckte, ihr Hals war vollkommen trocken. »Aber ich weiß, dass er es nicht war.« Sie sah Cummings durchdringend an und spürte ihre Unentschiedenheit. »Bitte, zeigen Sie mir die Akte.«

Cummings nagte einen Moment an ihrer Unterlippe. Wieder blickte sie zu ihren Kollegen hinüber.

»In Ordnung«, sagte sie leise. »Aber wenn das jemals jemand herausfindet, kostet mich das den Job, ist Ihnen das klar?«

»Danke.« Frances atmete erleichtert aus, ihr Herz hämmerte. Cummings öffnete die unterste Schublade, holte eine verblichene braune Akte mit einem abgegriffenen Umschlag heraus und schob sie zu Frances über den Schreibtisch. Frances legte die Finger darauf und spürte, wie dünn sie war. Sie sah zu Cummings hoch, die entschuldigend mit den Schultern zuckte.

»Es wurde nicht viel ermittelt«, sagte sie. »Schließlich hatten sie ihren Täter.«

»Natürlich. Den ich ihnen geliefert habe.«

»Ich bin es immer wieder durchgegangen, Frances. Ich glaube leider nicht, dass dort etwas steht, was Ihnen weiterhelfen wird … Nun ja. Ich besorge uns einen Tee, in Ordnung? Wenn jemand vorbeikommt, verstecken Sie sie darunter.« Cummings legte eine Zeitung neben die Akte, dann stand sie auf und ließ Frances allein.

Nach ungefähr einer Stunde hatte sie alles gelesen. Die Aussagen der Hughes waren kurz und sachlich – wann sie Wyn zum letzten Mal gesehen hatten, was für Kleidung sie getragen hatte und dass es nicht zu ihr passte davonzulaufen. Dass sie weder etwas von Johannes Ebner wussten, noch dass die Mädchen sich mit ihm angefreundet hatten. Frances' eigene Aussage lag bei, die der Beamte protokolliert hatte, der bei ihnen zu Hause gewesen war. Als sie den Text las, hatte sie das Gefühl, in ihrer Brust werde ein Messer umgedreht. *Das Elliot-Kind bestätigt, dass Ebner ihr gegenüber mindestens einmal gewalttätig geworden ist und dass es mindestens einmal einen Übergriff mit körperlicher Nötigung auf Bronwyn Hughes gegeben hat.* Die Seite in Frances' Händen zitterte. Sie hatte dem Beamten auch erzählt, dass sie Wyn zum letzten Mal am Tag vor ihrem Verschwinden gesehen hätte. Dass Wyn bei ihr zu Hause war, allein fortgegangen und ihr jemand gefolgt war, hatte sie vollkommen aus der offiziellen Geschichte gestrichen. Sie hatte jeden Hinweis auf den wahren Mörder unterschlagen und Johannes gänzlich ungeschützt gelassen. Die Worte verschwammen vor ihren Augen. Mit zugeschnürter Kehle las sie Johannes' Aussage. *Ich habe den Kindern nie etwas getan ... Ich hatte keinen Grund, ihnen etwas zu tun, sie waren sehr gut zu mir ... Ich hörte schwere Schritte draußen vor dem Haus. Merkwürdige Geräusche. Ich habe sie nicht gesehen. Auch das sehr laute Atmen einer Person ... Ich glaube nicht, dass es das Kind war.*

»Wer war es?«, murmelte Frances. »Oh, Johannes, hättest du doch nur hinausgesehen.«

»Wie bitte?«, fragte Cummings. Überrascht sah Frances auf. Sie hatte die Polizistin ganz vergessen. Sie schüttelte den Kopf und bemerkte, dass ihr Tee kalt geworden war. Dennoch trank sie einen Schluck. »Haben Sie etwas?«

»Bislang nicht«, antwortete Frances. Es gab nichts mehr zu lesen, und sie kämpfte gegen die wachsende Verzweiflung an. Weil sie noch nichts gefunden hatte, las sie zum wiederholten Mal langsam die letzten zwei Seiten der Akte – ein schlichtes Protokoll mit Aussagen von Leuten, die befragt worden waren, und eine Liste des Beweismaterials. Und dann stieß sie auf etwas, das sie stutzen ließ. Sie legte den Finger unter ein einzelnes Wort und blickte zu der Polizistin hoch. »Hier«, sagte sie.

»Was steht da?« Cummings beugte sich vor, um das Wort zu lesen. »›Verschiedenes‹?«

»›Verschiedene Gegenstände‹. Da steht, dass folgende Beweismittel am Tatort gesichert wurden: ›Kleidung des Kindes, und zwar: Ein Stofffetzen, den Mrs. N. Hughes als Stück von dem Rock des Opfers identifizierte. Eine Kinderunterhose. Ein Paar Kinderstrümpfe. Ein Kinderschuh, der ebenfalls von Mrs. N. Hughes als Schuh des Opfers identifiziert wurde, und verschiedene Gegenstände, die in der Nähe der Blutflecken gefunden wurden.‹ Was für Gegenstände?«, fragte Frances. Cummings legte die Stirn in Falten und las die Passage selbst.

»Das weiß ich nicht«, sagte sie.

»Ist das … ist das alles noch hier? Die Beweismittel – ihre Sachen?«

»Ich denke schon. Da ihre Leiche nie gefunden wurde, müsste man sie aufbewahrt haben.«

»Können wir sie uns ansehen?«, fragte Frances.

Diesmal versuchte Cummings nicht, sie davon abzubringen. Sie blickte ein weiteres Mal zu ihren Kollegen, die sie jedoch nicht beachteten.

»Kommen Sie«, sagte sie und stand auf. Sie führte Frances durch eine Seitentür aus dem Raum und eine Treppe hinunter in einen ruhigen Flur, in dem kein Licht brannte. Cummings schnalzte mit der Zunge und suchte nach dem Schalter. »Sie waren nie hier unten, klar? Warten Sie hier«, sagte sie, nachdem sie den Lichtschalter gefunden hatte. Sie verschwand einen Moment und kehrte mit dem Schlüssel zu einem Lagerraum zurück. »Sie sind sicher archiviert worden«, murmelte sie vor sich hin, als sie zum entlegensten Teil des dämmerigen Raums ging. Pappkartonstapel dämpften jeden Laut, und zwischen den hohen Regalen lagen pechschwarze Schatten. Frances schlang die Arme um sich, ihr war unbeschreiblich kalt. »Hier«, sagte Cummings, und Frances eilte zu ihr. Sie hatte einen Karton auf den Boden gezogen und war in die Hocke gegangen, um ihn zu öffnen. Frances kniete sich ihr gegenüber. Sie hatte Angst, den Inhalt zu sichten – Wyns zerrissene Kleider, die Blutflecken.

Sie hatte Angst, welche Gefühle sie in ihr hervorrufen würden. Aber sie musste sie sehen.

Jedes Kleidungsstück war gekennzeichnet und in Papier gewickelt. Vorsichtig öffnete Cummings jedes einzelne Päckchen und beförderte ausgefranste, schmutzige Kleidungsstücke hervor, die Blutflecken darauf waren zu einem matten Braun verblasst. Frances streckte die Hand aus, um den Schuh zu nehmen, doch Cummings wehrte sie ab. »Besser, Sie fassen nichts an«, sagte sie. Frances dachte an den anderen Schuh des Paars, den sie in den Trümmern am Beechen Cliff Place gesehen hatte, am Skelett von Wyns Fuß, und wieder glitt sie in der Zeit zurück, die Realität verschob sich. Durch das, was sie für die Realität gehalten hatte, zogen sich feine Haarrisse. *Wyn, komm zurück!* Auf dem Boden des Kartons, unter den Päckchen mit Kleidung, lag ein kleiner brauner Umschlag, auf dem in geschwungener Handschrift *Verschiedenes vom Tatort* stand. Frances griff danach, ohne erst um Erlaubnis zu fragen. »Kippen Sie alles in den Karton, nicht in Ihre Hand«, sagte Cummings. Frances folgte ihrer Anweisung und zog mit zitternden Händen die Lasche des Umschlags hervor. Fast lautlos glitten einige Gegenstände heraus. Und als Frances sah, was sich unter ihnen befand, stockte ihr einen Moment der Atem, und ihr Herz setzte aus. Plötzlich hatten alle ihre Erinnerungen ein Gesicht. Es gab kein Entrinnen mehr – nicht für sie und nicht für Wyns Mörder. »Was ist? Was ist los?«, fragte Cummings. Aber Frances konnte nicht sprechen und starrte nur auf die Gegenstände: zwei vertrocknete Zigarettenkippen, ein nichtssagender Hemdknopf und eine Münze. Ein amerikanischer Silberdollar, etwas angelaufen, aber noch hell. Als Frances genauer hinsah, konnte sie das Jahr erkennen – 1892. Das Jahr seiner Geburt.

In der Abenddämmerung rannte Frances den ganzen Weg zurück zur Excelsior Street. Vor allen anderen musste sie es Owen erzählen. Die Wahrheit war so erschreckend, so furchtbar und so zwingend, dass sie zugleich real und irreal war. Es Owen zu erzählen war ein Test. Doch an der Straßenecke vor seinem Haus stolperte sie und blieb abrupt stehen, weil ein Pony mit Wagen vor der Nummer neunzehn stand und Maggie Hughes das Abladen von Kindern und Gepäck beaufsichtigte. Ihre Bluse war ordentlich in einen schlichten Rock gesteckt, so akkurat wie ihre gesamte Gestalt – klein und effizient, ein hartes Gesicht, aber immer noch beinahe hübsch, jetzt mit weißen Strähnen im dunklen Haar. Frances hatte sie seit Jahren nicht gesehen, und ein unbekanntes Gefühl ergriff die Macht über sie. Ein Teil war Schuld, ein anderer hässlich und aggressiv. Ja, es war Eifersucht – sie empfand den Anspruch auf etwas, auf das sie kein Anrecht hatte. Erst jetzt wurde ihr bewusst, wie sorgsam sie es über die Jahre vermieden hatte, Owens Frau zu begegnen, und dass Owen und sie gleich bei ihrem ersten Ehebruch fast erwischt worden wären. Der Gedanke trieb ihr die Röte ins Gesicht. Aber was sie vor allem bei der Rückkehr von Owens Familie empfand, war Trauer. Das Erlöschen eines kurz aufblitzenden, ganz realen Glücksmoments. Owen erschien in der Tür, Maggie sagte etwas und deutete ins Innere des Hauses, und beide verschwanden aus ihrem Blickfeld.

Owens ältester Sohn Nev sah genau aus wie sein Vater in seinem Alter. Frances beobachtete mit bittersüßer Wehmut, wie er seinen kleinen Bruder vom Wagen hob und zurückging, um einen Karton mit ihren Besitztümern zu holen. Sarah und Denise fütterten das Pony mit Karotten und kicherten, weil seine haarigen Lippen sie kitzelten. Denise sah ein bisschen aus wie ihre Mutter Carys, ein bisschen wie Davy, aber vor allem wie Wyn. Sie hatte glattes blondes Haar, ein schmales Gesicht und Grübchen. Ohne darüber nachzudenken, ging Frances zu ihnen.

»Hallo, Mädchen«, sagte sie und versuchte zu lächeln. »Du bist doch Denise, nicht?«

»Wer sind Sie?«, fragte Sarah und übernahm als die Ältere die Führung.

»Ich bin Frances Parry. Ich passe ... Ich habe früher auf Denises kleinen Bruder Davy aufgepasst.«

»Oh«, sagte Sarah und verlor rasch das Interesse. »Wollten Sie zu Mum oder Dad? Ich kann sie holen ...«

»Nein, schon in Ordnung«, erwiderte Frances schnell. »Ich wollte mit Denise sprechen.« Sie ging in die Hocke, damit sie dem Mädchen in die Augen sehen konnte, und suchte in ihrer Tasche nach der Narzissenbrosche. »Ich glaube, die gehört dir, kann das sein?«, fragte sie und hielt sie ihr hin. Denise betrachtete die Brosche, nahm sie jedoch nicht. Unsicher sah sie Frances an, dann richtete sie den Blick auf den Boden.

»Ja«, sagte sie wachsam.

»Ich habe sie gefunden, als ich deiner Mum geholfen habe, das Haus auszuräumen.« Frances bemühte sich, entspannt zu klingen, aber sie merkte, dass sie das kleine Mädchen nervös machte. »Deine Mum hat mir erzählt, dass du sie gefunden hast, stimmt das?«, fragte Frances. Denise steckte einen Finger in den Mund und nickte. »Nun ja, das ist in Ordnung – wer's findet, dem gehört's«, versicherte Frances ihr. »Wusstest du, dass das eine ganz besondere Brosche ist? Sie hat deiner Tante Wyn gehört, als sie ein kleines Mädchen war.«

»Aber ich habe keine Tante Wyn«, murmelte Denise mit dem Finger im Mund.

»Ja … das stimmt. Sie ist nicht mehr da. Aber sie hat ihr gehört, darum ist sie sehr wertvoll. Ich bin mir sicher, sie würde sich freuen, dass sie jetzt dir gehört, aber versprichst du mir, dass du von jetzt an immer gut auf sie aufpassen wirst? Braves Mädchen«, sagte Frances, als Denise nickte. »Und kannst du mir etwas verraten? Kannst du ganz genau nachdenken und mir erzählen, wo du die Brosche gefunden hast? Kannst du dich noch erinnern?«

Frances wartete mit angehaltenem Atem, doch Denise schüttelte den Kopf und hampelte auf der Stelle herum. »Du bekommst auch keinen Ärger, versprochen«, sagte Frances.

»Zu Hause«, antwortete Denise.

»Natürlich, das dachte ich mir schon. Aber weißt du noch, wo genau im Haus? Kannst du mir sagen, in welchem Zimmer? War sie vielleicht irgendwo versteckt? Vielleicht in einer Schublade oder in einem Schrank? Oder lag sie vielleicht auf dem Boden unter einem Teppich?«

»Daddy hat gesagt, ich darf sie behalten.«

»Ja, ganz bestimmt.« Frances schluckte. »Und das darfst du auch, aber kannst du dich erinnern, wo sie war, Denise?«

»Was soll das hier?« Mit argwöhnischer Miene trat Maggie aus dem Haus. Denise ging zu ihr und verbarg das Gesicht hinter ihren Beinen. »Wer zum Teufel sind Sie?«, fragte Maggie, und Frances wusste, dass sie ihre Chance verpasst hatte.

»Ich bin …« Frances stand auf und musste innehalten, um zu atmen. »Entschuldigen Sie. Ich bin Frances Parry. Ich passe auf Davy Noyle auf und habe Nora und Carys nach der Bombardierung geholfen.« Die Schwindelei ging ihr leicht über die Lippen.

»Ah, richtig«, sagte Maggie. »Ihr zwei geht nach drinnen

und helft den Jungs«, sagte sie, und die Mädchen gehorchten sofort. Frances musste sich auf die Zunge beißen, um nichts zu sagen. Vermutlich würde sie Wyns Brosche nie wiedersehen.

»Ich bin nur gekommen, um Denise etwas zurückzugeben, das ich gefunden habe, als wir die Nummer dreiunddreißig ausgeräumt haben. Eine Brosche.«

»Ach«, sagte Maggie und entspannte sich. »Na dann. Vielen Dank.«

»Sehr gern.« Einen Moment starrten sich die zwei Frauen an, dann erschien Owen in der Tür, und Frances wich augenblicklich einen Schritt zurück. Der Anblick der beiden Seite an Seite versetzte ihr einen Stich ins Herz, einen scharfen Schmerz, heiß und kalt zugleich.

»Nun, wir machen besser weiter«, sagte Maggie spitz. »Auf Wiedersehen.« Für den Bruchteil einer Sekunde begegnete Frances Owens Blick, lang genug, um die Not darin zu lesen. Die schreckliche Realität seiner Situation. Sie wandte den Blick ab, um sich nicht zu verraten. Sie sollte gehen und ihn seinem Leben überlassen, doch das konnte sie nicht.

»Owen … kann ich dich ganz kurz sprechen?«

»Weshalb?«, fragte Maggie.

»Es … es gibt …« Frances schluckte. »Es liegt jemand im Krankenhaus. Ein Patient. Jemand, den du kennst, glaube ich.«

»Wie bitte?«, fragte Owen.

»Im Royal United. Ich habe ihn letzte Woche entdeckt, als ich nach Davy suchte. Würdest du bitte … Ich glaube, du solltest mitkommen und ihn dir ansehen. Bitte.«

»Wovon redet sie?«, fragte Maggie. Owen wirkte beunruhigt.

»Wer ist es, Frances?«

»Könntest du bitte einfach mitkommen und ihn dir ansehen? Es ist wichtig.«

»Er hat jetzt keine Zeit – wir sind gerade erst zurückgekommen, und wir haben eine Menge zu …«

»Lass, Mags«, sagte Owen fest. »Ich bin bald zurück. Dann komm.« Er nickte Frances zu.

Schweigend fuhren sie mit dem Bus durch Bath. Irgendwann holte Owen Luft und wandte sich zu ihr.

»Frances, ich …«, sagte er, doch er schien den Satz nicht zu Ende führen zu können. Frances schüttelte nur den Kopf. Sie konnte erst sprechen, wenn er den bewusstlosen Mann gesehen hatte. Wenn er bestätigt hatte, was Frances vermutete – was ihr Gefühl ihr von Anfang an gesagt und der Beweis auf der Polizeiwache bestätigt hatte. Wenn sie etwas sagte, würde sie vielleicht alles sagen. Als sie im Royal United Hospital eintrafen, wirkte Owen zunehmend beunruhigt, und Frances führte ihn in das kleine Zimmer, in dem der Mann in seinem Bett lag. Sein Gesicht war gerötet und eingefallen – sein Körper versank in der Matratze, das Gesicht spannte sich um die Konturen des darunterliegenden Schädels. Er starb. Frances musste nicht erst fragen. Die starre, unnatürliche Miene der Schwester bestätigte, was sie selbst sah. Er roch nach abgestandenem Schweiß. Der Verband um seinen Kopf und über dem rechten Auge war erneuert worden und setzte sich strahlend weiß von der rosig-gelblichen Haut ab. »Er war ganz kurz bei Bewusstsein«, sagte die Schwester leise. »Gestern Nacht. Aber bei dem hohen Fieber bezweifle ich, dass er weiß, was los ist. Sie sollten sich nicht allzu große Hoffnungen machen.«

»Verstehe«, sagte Frances tonlos. Ihr blieb nicht viel Zeit. Als die Schwester gegangen war, zog sie den Wandschirm um sie drei. Ihr Herz hämmerte in ihrer Brust. »Und?«, fragte sie Owen.

»Und was? Wer ist das?«, fragte er und sah eher sie als den sterbenden Mann an. »Was ist los, Frances?«

»Bitte, sieh ihn dir an. Und dann sag es mir«, forderte sie ihn auf. Owen zog skeptisch die Brauen zusammen, kam ihrer Aufforderung jedoch nach. Er blickte auf den Mann hinunter und drehte schon den Kopf zur Seite, als wollte er ihn schütteln, doch dann erstarrte er.

»Moment«, sagte er und sah den Mann genauer an. »Was in Teufels Namen ...« Er packte den Mann mit einer Hand an der Schulter, und Frances war es zuwider, dass er ihn berührte. »Aber das ...« Erschrocken schaute Owen Frances an. »Das ist ... das ist *Clive*!«, sagte er angespannt. »Was macht er hier – warum hat man uns nicht gesagt, dass er hier ist? Warum hast du nichts gesagt? Was zum Teufel ist hier los, Frances?«

Frances schloss die Augen. Sie sah ihn an der Ecke am unteren Ende des Holloway stehen, als Wyn allein fortgegangen war. Carys' gut aussehender Ehemann, der immer nett und lustig war, immer lächelte. Sie sah, wie er Wyn beobachtete. Ihr folgte. Und sie wusste, dass er sie am Warleigh-Wehr in ihrem Versteck gefunden hatte. Sie wusste, was sie an jenem Tag neben dem Geruch der Brennnesseln und des Sommerbodens wahrgenommen hatte, und ihr war übel. Als sie die Augen wieder öffnete, starrte Owen sie an und wirkte beinahe wütend. »Ich schicke Carys eine Nachricht, und ich will den Arzt sprechen ...«

»Warte!« Frances hielt ihn am Arm zurück. Sie schluckte. »Er war es, Owen.«

»Er war was?« Owen schüttelte den Kopf. Er war kein Heuchler. Frances erkannte, dass seine Verwirrung echt war, was sie zutiefst erleichterte. Was immer er gedacht hatte, er hatte keine Ahnung von Clive gehabt. Frances wollte ihn an sich ziehen, wie gern hätte sie ihm das erspart.

»Er hat deine Schwester umgebracht, Owen. Er hat Wyn getötet.«

Einen Moment schwiegen sie und rührten sich nicht. Dann stieß Owen ungläubig die Luft aus.

»Sei nicht albern«, sagte er kopfschüttelnd, aber als er Frances' Miene sah, erbleichte er. »Was … wie ist das möglich? Warum? Frances, warum um alles in der Welt sagst du das?«

»Ich … ich wusste es immer. Aber ich habe es vergessen, verdrängt. Ich hatte zu große Angst. Ich konnte es einfach nicht ertragen. Ich wusste nicht, was ich tun sollte. Und dann war es zu spät, und Johannes war gehängt worden.«

»Clive würde einem Kind niemals wehtun! Er hat uns Kinder *geliebt*. Ich weiß, er ist im Lauf der Jahre vom rechten Weg abgekommen, aber er … er ist immer wie ein Bruder für mich geblieben!«

»Ja.« Frances nickte. »Ich mochte ihn auch und habe ihm vertraut. Das geht mir genauso.«

»Wie kannst du also annehmen, er hätte Wyn etwas angetan?«

»Weil er … weil er auch mir etwas angetan hat.« Frances musste sich setzen. Ihre Knie waren weich. Sie stützte sich am Bett ab. Owen starrte sie ungläubig an. »An dem Tag, an dem wir alle am Warleigh-Wehr zum Schwimmen und Picknicken waren. Wir haben Verstecken gespielt, weißt du noch? Ich versteckte mich im Unterholz bei dem verfallenen Kuhstall. Ich war dort ziemlich lange, und … Clive kam und fand mich. Ich habe ihn nur ganz kurz gesehen, als er hinter mich trat, dann hat er … Er drückte meinen Kopf nach unten, sodass ich nichts sehen konnte. Aber ich hatte ihn schon gesehen. Ich wusste, dass er es war, und ich ... ich roch ihn. Das Bosisto's-Öl. Eukalyptus. Ich habe es nicht verstanden. Ich wusste nicht, was ich anschließend tun sollte, und er hat ... er hat einfach so getan, als wäre nichts gewesen.«

Frances starrte auf die reglose Gestalt im Bett. Endlich wusste sie, warum sie in seiner Nähe immer eine Gänsehaut bekommen hatte. Warum er in ihren Albträumen aufgetaucht war – oder vielmehr, warum er immer da gewesen war. Owen schwieg eine ganze Weile, und Frances sah, dass er zitterte.

»Willst du sagen, dass er ... dass er dich vergewaltigt hat?« Seine Stimme war kaum mehr als ein Flüstern.

»Nein«, sagte Frances. »Nein, er ... er hat mich nach unten gedrückt. Er hat mir mit einer Hand den Mund zugehalten und die andere ... die andere Hand auf mich gelegt, und dann hat er ... sich an mir gerieben. Bis er ... fertig war.«

Womit hast du nur deinen Rock eingesaut? Frances konnte Owen nicht in die Augen sehen. Die Demütigung war unerträglich. Die Scham war nicht weniger quälend, auch wenn sie völlig unangebracht war. »Ich bekam keine Luft, ich dachte, ich würde ersticken ... Ich hatte solche Angst. Ich erinnere mich, wie er gekeucht hat. Danach ist er einfach weggegangen. Ich blieb lange Zeit dort, und als ich rauskam, wusste ich nicht, was ich tun oder sagen sollte. Und er war genau wie immer – lächelte, scherzte, flirtete mit Carys. Warf diese verdammte Münze. Ich fühlte mich ... Ich weiß nicht, wie ich mich fühlte. Ich wusste nur, dass es ganz und gar falsch war, und ich wollte nach Hause. Ich wusste nicht, was ich sonst tun sollte. Sein ... sein Zeug war überall auf meinem Rock. Herrgott, ich weiß noch, wie meine Mum daran herumgeschrubbt hat und mich fragte, was das sei.« Sie hielt inne, ihr Magen rebellierte. »Vermutlich bin ich in gewisser Weise glimpflich davongekommen. Er wusste, ich würde nichts sagen. Er *wusste*, dass ich ihn gesehen hatte, aber ihm war klar, dass ich Angst hatte und schüchtern war und mich schrecklich schämte, und dass ich es niemandem erzählen würde. Doch Wyn hätte nicht geschwiegen, nicht wahr? Wyn hatte vor nichts Angst. Das wusste er.«

Owen starrte auf den Boden, als könnte er sich nicht überwinden, einen von ihnen anzusehen. Seine Hände waren zu Fäusten geballt, und seine Kiefermuskeln traten hervor. Frances beugte sich über Clive.

»Wach auf«, forderte sie ihn auf. In der Stille, die folgte, hörte sie das leise Blubbern seines Atems. Die Lungenentzündung ließ ihn langsam ertrinken. Sie packte seine Hand und bohrte so fest sie konnte ihren Daumennagel in das Gewebe zwischen Daumen und Zeigefinger. »Wach auf!«, flüsterte sie wütend, wie besessen. Clive gab einen hohen Klagelaut von sich und bewegte kurz den Kopf. Frances schnappte nach Luft und grub den Nagel noch fester in seine Haut, es war ihr gleichgültig, ob sie ihm wehtat. Ja, sie *wollte* ihm wehtun. Er öffnete das nicht verbundene Auge einen kleinen Spalt. Frances sah die Iris, die sie schon zuvor gesehen hatte, als die Schwester ihn untersucht hatte. Bronzefarben, wie frische Kastanien. Sie ließ seine Hand los, und ihr Nagel hinterließ einen tiefen violetten Halbmond. Clive hielt den Blick auf sie gerichtet und beobachtete sie benommen. »Erkennst du mich?«, fragte sie. Sie beugte sich dichter zu ihm hinab und sah ihn durchdringend an, doch er schien nicht zu begreifen. »Wir haben Wyns Leiche gefunden. Ich weiß genau, wo du sie begraben hast, und ich weiß, dass du sie umgebracht hast.« Sie zögerte und rang mit ihrer Selbstbeherrschung. Das braune Auge öffnete sich etwas mehr. Frances meinte, Angst darin zu erkennen. Schrecken und Bestätigung. »Ich werde es allen erzählen«, stieß sie hervor. »Ich werde allen erzählen, was du getan hast!«

Wieder gab Clive einen Laut von sich, womöglich der Versuch, etwas zu sagen. Sein Blick irrte durchs Zimmer, als suchte er nach einem Fluchtweg. »Du hast mein Leben zerstört«, sagte Frances. »Sieh mich gefälligst an!« Gehorsam drehte Clive den Kopf. »Du kannst mich also hören«, stellte sie fest. Seine Brust rasselte, aber er war zu schwach, um zu husten. »Ich wünschte ... ich wünschte, du hättest vor Gericht gestanden – öffentlich vor Gericht, meine ich. Vermutlich ist das hier irgendwie Gerechtigkeit. Dass du hier so liegst. Aber das ist nicht genug. Wyn hat dir vertraut! Wir beide haben dir vertraut. Ich habe dich gesehen. Ich habe gesehen, wie du ihr gefolgt bist ...« Sie schüttelte den Kopf. Das Auge mit der braunen Iris verschwamm hinter Tränen, und Frances war sich sicher, dass sie pure, furchtbare Schuld darin las. Sein Gesicht war eine Maske. »Du hast kein Recht zu weinen«, sagte sie. »Nicht das geringste.«

»Du hast gesehen, wie er ihr gefolgt ist?«, fragte Owen mit fremder, rauer Stimme. Frances wich vom Bett zurück und drehte sich zu ihm um.

»An dem Tag, an dem sie verschwunden ist. Das letzte Mal, dass sie jemand gesehen hat – bis auf ihn. Er ist ihr den Holloway hinauf zum Leprakrankenhaus gefolgt ... Ich wollte sie nicht begleiten.« Frances liefen Tränen über das Gesicht. »Ich habe sie allein gehen lassen. *Seinetwegen*. Wenn ich ... wenn ich mitgegangen wäre, wie sie es wollte«, sagte sie, sie zwang sich, die Worte auszusprechen. »Wenn ich mitgegangen wäre, würde sie noch leben.«

»Ich kann nicht … Ich kann einfach nicht …« Owen schlug sich die Hände vor den Mund. »Ich muss hier raus.«

»Owen, warte! Bitte bleib!«, rief Frances erschüttert. Doch Owen schüttelte nur den Kopf und wich ihrem Blick aus. Dann wandte er sich zum Gehen.

1918

Mit einem zaghaften Klopfen an der Tür kündigte sich am Vormittag des dreizehnten August erstmals an, dass es Grund zur Sorge gab. Es war ein Dienstag. Frances saß am Küchentisch und bastelte eine Geburtstagskarte für ihren Vater, für die Cecily buntes Papier, Kleber und einige ausrangierte verblasste Seidenblumen gestiftet hatte. Während sie schnitt und klebte, stellte sich Frances vor, wie weit die Karte reisen würde – viele Meilen, übers Meer bis zu ihrem Vater. Wie gern würde sie mit ihr reisen. Wenn er zurückkam, würde sie ihn fragen, ob er in Summer Rain gewesen war oder ob er wusste, wo es lag. Sie sah überrascht auf, als ihre Mutter Mrs. Hughes in die Küche führte.

»Frances, Mrs. Hughes fragt, ob du Wyn gesehen hast.« Mrs. Hughes lächelte ängstlich, und Frances merkte, dass sie rot wurde. Schweiß kribbelte unter ihren Armen. Sie wusste, dass etwas nicht stimmte. »Denk an deine Manieren, Frances – antworte, wenn man dir eine Frage stellt«, ermahnte ihre Mutter sie.

»Ich habe sie am Sonntag gesehen. Wir haben in den Schrebergärten gespielt, und dann ist sie zum Tee nach Hause gegangen«, sagte Frances. Dass Wyn auch am Montag vorbeigekommen war, als es schon fast Zeit zum Schlafen gewesen war, verschwieg sie. Ihre Mutter war hinten im Garten gewesen, Keith oben in seinem Zimmer. Sie sagte nicht, dass sie sich geweigert hatte, Wyn zu begleiten, dass sie verletzt und verwirrt gewesen war. Oder dass Wyn wütend gesagt hatte, sie würde mit oder ohne Frances zum Leprakrankenhaus gehen, und dass Frances daraufhin am liebsten geweint hätte.

Sie war außer sich gewesen, als Wyn gegangen war. Sie wollte sie zurückrufen, aber hinter ihr war Clive den Hügel heraufgekommen, und sie musste die Tür schließen, damit er sie nicht sah. Auf keinen Fall wollte sie ihm begegnen. Mit den Tränen kämpfend war sie in den Garten gelaufen und dicht bei ihrer Mutter geblieben, die die Wäsche abnahm. Jetzt machte sich Frances Sorgen, dass Wyn Ärger bekam, weil sie so spät noch weggegangen war.

»Nun, es ist nur … sie ist gestern Abend nach dem Tee noch einmal verschwunden und … nicht zurückgekommen«, berichtete Mrs. Hughes. Sie sah Frances mit einem Blick an, in dem sowohl Hoffnung als auch Sorge lagen. Frances schwieg. »Das hat sie noch nie gemacht. Sie bleibt nie die Nacht über weg«, fügte sie hinzu.

»Und, Frances?«, drängte ihre Mutter ungeduldig. »Weißt du, wo sie sein könnte?« Frances schüttelte den Kopf und hätte sich am liebsten in Luft aufgelöst. Sie blickte auf die halb fertige Karte, doch es kam ihr unhöflich vor, daran weiterzuarbeiten, solange Mrs. Hughes da war, und sie legte den Stift zur Seite.

Die Haut um Nora Hughes' Auge war bräunlich verfärbt und ihre Lippe aufgesprungen, der dunkle Schorf sah aus wie ein Käfer. Sie konnte sehr hübsch aussehen, wenn die Sonne auf ihr Gesicht schien und wenn sie lächelte – sie und Wyn hatten den gleichen Mund mit der reizenden vorstehenden

Oberlippe –, doch das kam nur selten vor. Frances durfte ihnen nichts vom Leprakrankenhaus sagen. Es war zwar nicht dasselbe, als würde sie ihnen von Johannes erzählen, aber es war *fast* dasselbe. Wenn sie ihnen davon erzählte, würden sie ihn zwangsläufig finden. Sie empfand plötzlich eine enorme Erleichterung bei dem Gedanken, dass sich dann Erwachsene um Johannes kümmern würden, nicht mehr Wyn und sie. Dass dann alles vorbei wäre – kein Geheimnis, keine Last mehr. Doch Wyn hatte gesagt, wenn sie es jemandem erzählte, wäre sie nicht mehr ihre Freundin, darum schwieg Frances. Sie war sich sicher, dass Wyn dort war, was bedeutete, sie würde sich früher oder später langweilen und herauskommen. Frances kaute an ihrem linken Daumen. Die Nagelhaut war bereits eingerissen und wund, aber so war sie abgelenkt, und es schien die Sorge ein bisschen zu lindern. »Hör auf, an den Fingern zu kauen!«, zischte ihre Mutter.

»Ich weiß es nicht, Mrs. Hughes«, sagte Frances leise.

Mrs. Hughes ging, und Frances arbeitete weiter an ihrer Karte, doch sie war nicht mehr mit dem Herzen dabei. Ihr Magen krampfte sich zu einem festen Knoten zusammen, und sie konnte sich kaum noch konzentrieren. Der Knoten blieb auch für den Rest des Tages in ihrem Inneren, und ihre Gedanken schweiften ständig ab. Normalerweise hätte sie nach dem Mittagessen Wyn abgeholt, wenn Wyn sie nicht abgeholt hätte, oder sie hätte in den Magdalen Gardens auf sie gewartet. Sie mussten sich nie zum Spielen verabreden – sie trafen sich immer einfach so. Doch an jenem Tag wollte Frances sie nicht abholen. Die Vorstellung, dass Wyn nicht zu Hause war, wenn sie sie abholen wollte, schreckte sie ab. Darum spielte sie in ihrem Zimmer und im Garten und half ihrer Mutter Brotteig zu kneten und Zwiebeln fürs Abendessen zu schneiden – und schwieg.

Am nächsten Tag kam ein Polizist. Frances' Mutter setzte ihn ins Wohnzimmer und drängte ihm eine Tasse Tee auf, was dem Polizisten unangenehm war. Er nahm den Helm ab, und das Haar darunter war feucht. Frances beobachtete ihn unsicher von der Tür aus, bis sie hereingerufen wurde. Der Mann hatte strahlend blaue Augen, unter denen Schatten lagen, und Frances fand ihn recht hübsch, bis sie sich zu ihm setzen musste und seinen Atem bemerkte. Er roch metallisch, wie rohes Fleisch, und das war ihr zuwider.

»Also, Frances«, sagte er mit einem starken Bristol-Akzent. »Du bist Bronwyns beste Freundin, stimmt's? Hervorragend«, sagte er, als sie nickte, sah dabei jedoch so ernst aus, dass sie sich nicht vorstellen konnte, dass er irgendetwas auf der Welt hervorragend fand. Er schlug das Notizheft auf und hielt den Stift bereit. »Bitte nenne mir doch alle Orte, an denen ihr zwei gern spielt. Alle Orte, an denen sie sich vielleicht verstecken könnte.« Es war keine Bitte, es war ein Befehl. Frances kannte den Unterschied sehr wohl, und Panik befiel sie. Musste sie ihm nicht auch vom Leprakrankenhaus und von Johannes erzählen? Man konnte doch wohl kaum von ihr erwarten, dass sie einen Polizisten anlog? Sie wusste nicht, ob sie dafür ins Gefängnis kommen konnte, es schien ihr allerdings wahrscheinlich.

»Ich weiß nicht«, sagte sie kläglich, kaute erneut an ihrem Daumen und schmeckte Blut. Der Polizist blinzelte sie an, dann sah er zu Frances' Mutter hoch. Er wirkte ein wenig ratlos.

»Schon in Ordnung«, sagte ihre Mutter. »Du bekommst keinen Ärger. Sag dem netten Mann einfach, wo ihr gern hingeht, du und Wyn.« Ihre Mutter klang beunruhigt. »Wie zu dem neuen Park oben auf dem Kliff. Da seid ihr doch gern, nicht?«

Frances nickte und nannte alle Orte, die ihr einfielen – alle, außer dem Leprakrankenhaus. Die Topcombe Farm. Den Friedhof in Smallcombe. Die Schleuse. Broad Quay. Den Pommes-frites-Stand in der Widcombe Parade. Der Polizist schrieb alles auf, was sie sagte, und Frances wusste nicht, ob sie Wyn half oder sich oder Mrs. Hughes oder Johannes, oder überhaupt niemandem. Sie hatte keine Ahnung, was sie tun sollte, was vor sich ging oder was vermutlich als Nächstes passierte. Als sie fertig war, sah der Polizist sie fest aus seinen blauen Augen an.

»Hat Bronwyn jemals davon gesprochen, dass sie von zu Hause weglaufen wollte? Habt ihr darüber irgendwann mal gesprochen? Vielleicht im Spaß?«, fragte er. Frances schüttelte den Kopf. Darüber, nach Summer Rain zu schwimmen, ja, aber nicht wegzulaufen. Das würde Wyn nicht tun. Das wusste Frances ganz sicher. Zumindest nicht, ohne ein Abenteuer daraus zu machen und Frances mitzunehmen.

»Nein. Wyn würde niemals weglaufen«, sagte sie.

»Recht so«, bemerkte der Polizist. »Nun, Frances. Dir ist hoffentlich klar, dass das hier von äußerster Wichtigkeit ist. Wir müssen Bronwyn finden. Sie ist zu jung, um allein da draußen unterwegs zu sein, ganz gleich, wie erwachsen ihr euch vielleicht vorkommt. Also. Wir müssen sie unbedingt finden, damit ihr nichts passiert. Verstehst du das? Gut.« Er stand auf. »Und sonst gibt es keinen Ort, an dem sie sich verstecken könnte?« Er sah Frances durchdringend an, und aufgrund seiner Größe und der Uniform wirkte er einschüchternd. Wie jemand, gegen den sie keine Chance hatte. Sie rang innerlich mit sich, wand sich und brach schließlich in Tränen aus. Ihre Mutter eilte zu ihr und kniete sich vor sie.

»Was ist los, Frances? Sag es einfach! Was ist?«, fragte sie.

»Aber es ist ein *Geheimnis*!«, platzte Frances heraus und bereute es sofort.

Der Polizist blieb noch eine halbe Stunde, drohte, bettelte, machte Versprechungen und befahl Frances zu reden, doch sie schwieg. Es war zu viel. Sie konnte nicht mehr denken, also weinte sie einfach, und je mehr sie weinte, desto mehr schmerzte ihr Kopf und desto leichter war es, dem Mann gar nicht mehr zuzuhören. Schließlich schickte ihre Mutter ihn fort und steckte Frances wie ein Kleinkind ins Bett, damit sie ein wenig schlief. Als sie wieder aufwachte, schien alles anders zu sein. Alles war falsch und aus dem Lot geraten. Es kam ihr wie ein Spiel vor, das zu lange dauerte, als würde niemand tun, was er tun sollte, und das Leben wäre nicht länger so, wie es sein sollte. Auf dem Holloway herrschte reges Treiben, ständig kamen Nachbarn vorbei und sprachen mit ihrer Mutter. Frances lauschte an der Küchentür.

»... noch immer keine Spur von ihr. Kann nicht sagen, dass ich es dem armen Ding verdenken kann. Bei dem Vater ...«

»Aber, Linda, wir *wissen* es nicht ...«

»Und du hast deine Frances noch immer nicht zum Reden gebracht?«

»Also, *ich* kann mich nicht an der Suche beteiligen, ich muss hier bei Frances bleiben«, erklärte ihre Mutter einem Besucher in angespanntem Ton.

»Das ganze Viertel sucht nach ihr. Einer aus der Familie ist immer zu Hause, falls sie dort auftaucht. Sie wechseln sich ab.«

»Na, sie wird wohl kaum einfach so wieder auftauchen, oder? Sie ist entführt worden – so ein hübsches kleines Ding. Ich lasse meine Katy nicht mehr vor die Tür, bis sie den Kerl gefasst haben, das sage ich euch.«

Nach einer Weile ertrug Frances es nicht länger.

»Du weißt, wo sie ist, stimmt's?«, fragte Keith, als sie an jenem Abend im Bett lagen. »Wenn du es weißt, musst du es ihnen sagen. Sei nicht dumm, Frances. Wenn sie sich nur irgendwo versteckt, um Aufmerksamkeit zu bekommen, wird sie furchtbaren Ärger kriegen, wenn man sie findet – und du genauso, weil du nichts gesagt hast.« Frances machte kein Auge zu. Morgens bat sie darum, sich an der Suche nach Wyn beteiligen zu dürfen.

»Wohl kaum!«, sagte ihre Mutter, und Frances sah den angespannten Ausdruck in ihrem Gesicht.

»Aber sie ist meine *Freundin*.« Wieder begann Frances zu weinen, ihre Augen waren gerötet und geschwollen. Ihre Mutter ging vor ihr in die Hocke und nahm sie in die Arme.

»Du bleibst hier bei Keith und mir. Wenn du helfen willst, verrate mir euer Geheimnis. *Bitte*, Frances.« Sie durchbohrte Frances mit ihrem Blick, bis Frances das Gefühl hatte, keine Luft mehr zu bekommen. Schluchzend entwand sie sich ihrer Mutter und stürmte durch die Tür, ohne auf die Rufe zu achten, die ihr folgten. Sie wollte zum Leprakrankenhaus und Johannes fragen, ob er Wyn gesehen hatte, aber sie traute sich nicht – es waren zu viele Menschen unterwegs. Sie hatte das Gefühl, dass jeder ihrer Schritte überwacht wurde, und wusste, dass ihr nicht viel Zeit blieb. Darum ging sie stattdessen zur Jakobsleiter und hoch aufs Beechen Cliff, wo sie keuchend nach Luft rang. Sie blieb jedoch nicht lange, weil sie genau wusste, dass Wyn nicht dort war. Dann besuchte sie den Friedhof in Smallcombe und anschließend die Schleuse, stets mit der Gewissheit, dass sie Wyn nicht finden würde.

Schließlich ging sie zu Wyns Haus und schlich sich in den Garten. Es fühlte sich schrecklich falsch an, ohne Wyn dort zu sein. Noch immer fürchtete sie sich vor Mr. Hughes und vor Carys, aber ihre neue, namenlose Angst war unendlich viel größer. Sie blickte in die stinkenden Aborte und den Kohleschuppen und dann ins Waschhaus, wo ihr alles falsch vorkam, sogar der Boden. Dann hörte sie draußen eine Stimme und erstarrte.

»Wyn? Wyn!« Hastig näherten sich Schritte. »Oh, Wynnie, bist du das? Wir haben uns solche Sorgen gemacht! Dafür wirst du von deinem Dad aber eine ordentliche Tracht Prügel einstecken.« Mit hoffnungsvoller Miene erschien Mrs. Hughes in der Tür zum Waschhaus, die sofort erlosch, als sie Frances sah. Sie holte tief Luft, ihre Augen funkelten. »Ach, du bist es. Ach, geh nach Hause, Frances! Du hast hier nichts zu suchen«, sagte sie und wandte sich ab. Zitternd gehorchte Frances. Sie wollte nicht, dass Mr. Hughes sie sah. Sie wollte nicht, dass *irgendjemand* sie sah. Sie wollte verschwinden, genau wie Wyn.

Am dritten Tag fühlte sich Frances einsam und benommen. Es kam ihr vor, als befände sich eine Wand zwischen ihr und dem Rest der Welt, zwischen ihr und all den anderen Menschen. Sie war sehr müde, konnte jedoch nicht einschlafen. Der Polizist kehrte zurück und sagte, es sei von »entscheidender Bedeutung, dass sie jegliche Information preisgebe, über die sie verfüge«. Er sagte, womöglich hinge Wyns Leben davon ab, und schließlich begriff Frances, wenn Wyn nicht zurückkäme, war es auch egal, ob sie noch ihre Freundin war. Und wenn niemand, auch sie nicht, zum Leprakrankenhaus ging, dann bekam Johannes nichts zu essen. Darum erzählte sie ihm vom Leprakrankenhaus, und dabei hatte sie das Gefühl, als würde in ihr ganz langsam etwas zerbrechen. Als der Beamte später wiederkam und sie unerbittlicher als je zuvor fragte, wer dort lebte und wo derjenige sei, sagte

Frances, dass Johannes nirgendwohin gegangen sei und sich wahrscheinlich in seinem Geheimversteck aufhalte. Sie beschrieb ihm die Stelle und blies die Worte anschließend fort, wie Dampf von einer Teetasse. Dann ließ er sie endlich in Ruhe.

II

DIENSTAG

Neun Tage nach der Bombardierung

Frances schlief nicht. Als der Morgen dämmerte, gab sie auf, schlich nach unten und setzte sich an den Küchentisch. Dort wartete sie und versuchte herauszufinden, wie sie sich fühlte. Die Sekunden krochen stetig dahin, wurden zu Minuten, dann zu einer Stunde. Einerseits fühlte sie sich besser, ruhiger. Sie wartete gern, weil sie nichts zu tun hatte und überhaupt nicht wusste, was als Nächstes passieren würde. Das war weitaus besser als der Gedanke, dass alles einfach immer so weiterginge wie bisher. Doch sie war sich nicht sicher, was sie tun sollte, wenn Owen ihr nicht glaubte oder wenn er sich von ihr abwandte. Wenn niemand ihr glaubte. Sie war so erpicht darauf gewesen, ihre Erinnerung zurückzuholen und die Wahrheit herauszufinden, dass sie nicht weitergedacht hatte. Sie fühlte sich merkwürdig leicht, aber sie sehnte sich danach, Owen zu sehen und mit ihm zu reden. Solange er ihr glaubte, würde ihr das genügen – auch wenn er der Einzige war. Im Garten sangen Amseln, und als Frances am Quietschen der Bettfedern und dem Knarren der Dielen über sich erkannte, dass Pam aufstand, setzte sie den Kessel auf.

Nach dem Frühstück machte sie einen Spaziergang, der sie an Beechen Cliff Place und an der Excelsior Street vorbeiführte, doch sie hatte nicht den Mut, zu halten und zu klopfen. Sie wusste nicht, was sie hätte sagen sollen.

»Du warst schon eine ganze Zeit lang nicht mehr bei der Arbeit«, bemerkte Pam, als Frances ihr bei ihrer Rückkehr im Garten begegnete. Pam trug eine Schürze und Handschuhe und zupfte Unkraut aus dem Gemüsebeet. Frances schnappte sich eine Kelle und kniete sich neben sie, um ihr zu helfen.

»Nein«, sagte sie. »Wahrscheinlich werden sie mich feuern. Vielleicht aber auch nicht. Wegen der Bomben. Das werde ich wohl bald erfahren.« Die Luft roch intensiv und erdig. Sie spürte, wie der Tau ihre Hose an den Knien durchnässte. In dem Moment kam ihr der Job ziemlich unwichtig vor. Pam sah sie prüfend an und blinzelte in die Sonne.

»Was ist eigentlich los? Willst du nicht allmählich mal mit der Sprache herausrücken?«, fragte sie.

»Bald.«

»Aber dir geht es doch gut, oder?«

»Eigentlich schon. Ich glaube, ja.« Frances hielt den Blick gesenkt und wollte einen Löwenzahn herausziehen.

»Nicht so! Du musst die Dinger ausgraben, sonst sind sie gleich wieder da.«

Während sie in geselligem Schweigen weiterarbeiteten, ging Frances im Geiste all die kleinen Dinge durch, die sie gequält und auf die verdrängten Erinnerungen hingewiesen hatten. Jetzt wusste sie um ihre Bedeutung. Als wäre durch das Verrücken des Haupthindernisses alles andere von allein zum Vorschein gekommen. Jetzt sah sie das ganze Bild. Nichts lag mehr im Schatten. Sie betrachtete die üppigen Blätter und Blumen, denen man zurzeit geradezu beim Wachsen zusehen konnte. Davy sollte jetzt hier sein und ihnen helfen oder einfach auf seine ruhige Art alles erkunden. Etwas frische Luft und Sonne tanken und sich auf ein gutes Mittagessen freuen. Die Traurigkeit lag ihr wie ein Stein im Magen. Hoffentlich kümmerte sich Mrs. Hughes um ihn. Hoffentlich ging es ihm gut und er litt nicht noch unter den Bombardierungen. Hieß es nicht immer, dass Kinder so einiges wegstecken könnten? Frances fragte sich, wie sie Carys dazu überreden konnte, ihn wieder besuchen zu dürfen. Doch dann wurde ihr schlagartig bewusst, dass das wegen ihrer Anschuldigungen gegen Clive – Davys Vater – unwahrscheinlicher denn je war, und sie fühlte eine tiefe Verzweiflung.

Etwas später, als sie hörten, wie jemand die Stufen zum Haus heraufkam, stand Frances auf und klopfte sich die Kleider ab.

»Das ist hoffentlich für mich«, sagte sie.

»Dann setz den Kessel auf. Ich komme gleich nach.« Frances berührte ihre Tante im Vorbeigehen an der Schulter. Sie war bereit, mit Sergeant Cummings zu sprechen. Sie wusste genau, was sie sagen wollte. Doch als sie die Tür öffnete, stand Owen davor, und sein Anblick erfüllte sie mit Freude, Zweifeln und Angst zugleich. Eine Art süßer, hoffnungsloser Qual.

»Komm rein«, forderte sie ihn auf, als er nichts sagte. Doch stattdessen zog Owen sie an sich.

»Es tut mir leid«, sagte er gedämpft in ihr Haar. »Es tut mir so leid, dass ich dich mit ihm allein gelassen habe. Ich … ich habe es einfach nicht ausgehalten …«

»Schon gut. Das verstehe ich.«

»Es ist nicht gut! Ich hätte bei dir bleiben sollen. Ich hätte etwas … tun müssen.«

»Was hättest du tun können?« Sie lösten sich voneinander, und Frances lächelte ihn zaghaft an. Er sah blass aus, erschöpft, doch in seinen Augen schimmerte unbändige Wut.

»Ich hätte ihn umbringen können. Zum Beispiel«, sagte er. Frances schüttelte den Kopf. Ihr war schwindelig vor Erleichterung.

»Heißt das … du glaubst mir?«, fragte sie. Owen sah sie fragend an.

»Weißt du das denn nicht?«, gab er zurück. »Natürlich glaube ich dir.« Mit einem Gefühl der Erleichterung warf Frances die Arme um ihn und zog ihn an sich.

Sie kochte eine Kanne Tee, und Owen setzte sich ungefragt an den Tisch und versank in Gedanken. Frances setzte sich zu ihm.

»Ich dachte … als du sagtest, du wüsstest, dass Johannes unschuldig war«, sagte sie. »Da dachte ich, du wüsstest auch, wer es war. Und dann warst du so komisch und so verschlossen bei dem Thema …«

»Nein, ich …« Owen schüttelte den Kopf. »Eine Weile dachte ich … es wäre vielleicht mein Vater gewesen.«

»Wirklich?«, fragte sie. Owen nickte.

»Seit wir sie dort gefunden haben, habe ich darüber nachgedacht. Nicht dass er es absichtlich getan hätte – das glaube ich nicht. Er liebte Wyn. Im Grunde liebt er uns alle. Aber du weißt ja, wie er ist, vor allem wenn er getrunken hat. Ich fragte mich, ob … ob er sie vielleicht die Treppe hinuntergestoßen hat oder so etwas.« Er betrachtete seine Hände. »Ein Unfall. Und vielleicht hatten Carys oder Clive ihm geholfen, es so aussehen zu lassen, als wäre es im Leprakrankenhaus passiert. Wenn Wyn ihm erzählt hätte, dass sie dorthin ging oder er es herausgefunden hätte.« Owen breitete die Arme aus und warf ihr einen bittenden Blick zu. »Keiner von uns hätte ihr etwas antun wollen. Noch nicht einmal Carys«, sagte er. Frances schwieg. Sie dachte an Wyns gebrochenen Arm und Carys' unbeherrschtes Temperament. Sie hätte gern ein paar Dinge über Carys gesagt, doch noch fehlte ihr der Mut. »Dann … eine Weile …« Er sah sie zurückhaltend an.

»Was?«

»Eine Weile dachte ich, du … Als wir Davy gefunden haben und du sagtest, dass du beide umgebracht hättest … nur durch einen Unfall! Frances, ich weiß, dass du nie jemandem absichtlich etwas antun würdest … Aber deine übermächtigen Schuldgefühle und deine Erinnerungslücken … da dachte ich …«

»Du dachtest, ich hätte sie umgebracht?«

»Nein! Also … doch, vielleicht. Oder dass du gesehen hättest, was passiert ist – vielleicht dass du gesehen hast, wie Johannes etwas mit ihr gemacht hat. Oder dass ein Unfall passiert ist, als ihr hier gespielt habt und er dir geholfen hat, sie wegzuschaffen und sie zu begraben.« Er sah sie bittend an. »Ich hätte nie schlecht über dich gedacht, Frances. Du warst noch so klein, als es passiert ist.«

»Wolltest du mich deshalb davon abbringen, es herauszufinden? Mich davon abhalten, mich zu erinnern?«

»Du hattest dich so bemüht, es zu vergessen, da dachte ich, es wäre das Beste, es dabei zu belassen. Ich wollte nicht, dass du leidest oder dir noch mehr Schuld gibst als ohnehin schon.« Er drückte fest ihre Hand. »Bist du wütend auf mich? Dass ich überhaupt so etwas gedacht habe?«

»Nein«, sagte Frances. »Nein, schon gut. Gestern, als ich zurück zum Leprakrankenhaus gegangen bin, habe ich ganz kurz das Gleiche von dir gedacht. Ich habe gespürt, dass du mir etwas verschweigst, Owen. Du hast nie etwas dazu gesagt – zu mir, oder zu deinem Dad.«

»Nun, ich war mir ja nicht sicher.«

»Hättest du denn sonst etwas gesagt?«

»Ich …« Owen seufzte. »Ich weiß es nicht. Ich war auch noch ein Kind, vergiss das nicht, und sie sind meine Familie. Wenn ich die Wahrheit über Clive gewusst hätte … bei Gott, dann hätte ich es dir gesagt.«

»Bist du dir sicher? Du hast ihn wie einen Bruder geliebt. Hast du … hast du es Carys schon erzählt?«, fragte Frances. Owen wirkte beschämt. Er schüttelte den Kopf.

»Ich wusste nicht, was ich sagen sollte. Ich habe ihr erzählt, dass er im Royal United liegt – sie ist jetzt bei ihm. Mum, Fred und Davy ebenfalls. Carys wusste noch nicht einmal, dass er wieder in Bath ist. Keiner von uns wusste das.«

»Ist Davy wieder auf den Beinen?«, fragte Frances aufgeregt. »Hast du ihn gesehen?«

»Ja. Es geht ihm gut, Frances. Alles in Ordnung.«

»Hast du jemals überlegt …« Frances zögerte und suchte nach den richtigen Worten. »Hast du jemals überlegt, warum Carys Denise weggeschickt hat, damit sie bei dir lebt? Sie und nicht einen der Jungen?«

»Sie … du weißt doch, wie sie ist. Mit dem Trinken. Sie hat es einfach nicht mehr geschafft.«

»Aber du hast mir erzählt, wie brav Denise ist. Und sie … sie sieht genau aus wie Wyn.«

Da es erneut an der Tür klopfte und zugleich Pam aus dem Garten hereinkam, blieb Owen die Antwort erspart.

»Owen! Hallo«, sagte Pam und ging, um die Tür zu öffnen. »Meine Güte, das geht hier ja heute Morgen zu wie am Piccadilly Circus. Kommen Sie rein, Sergeant Cummings.« Die Polizistin lächelte und trat sich die Schuhe ab.

»Hallo, Mrs. Elliot«, sagte sie. »Morgen, Frances.«

»Danke, dass Sie gekommen sind.«

»Ich musste einen Anruf wegen Lärmbelästigung vorschützen«, sagte Cummings. »Ich kam mir ziemlich durchtrieben vor, aber ich freue mich zu hören, was Sie zu sagen haben. Was hat es mit dieser amerikanischen Münze auf sich, die wir gefunden haben und die Sie so aus der Fassung gebracht hat?«

»Das erzähle ich Ihnen gleich«, sagte Frances. »Das ist Owen Hughes, Wyns Bruder. Owen, das ist die Polizeibeamtin, von der ich dir erzählt habe. Die sich um Wyns Fall kümmert.«

»Was ist hier los?«, fragte Pam, als Owen und Cummings sich die Hände schüttelten.

»Pam, ich … mir ist noch viel mehr zu dem Sommer eingefallen, in dem Wyn verschwunden ist. Ich will es Sergeant Cummings erzählen, aber das … das wird nicht leicht für dich. Wenn du willst, dass wir uns woanders unterhalten, verstehe ich das«, sagte Frances. Pam wirkte beunruhigt, aber sie straffte die Schultern.

»Ich bleibe hier und ihr ebenfalls«, sagte sie.

»Ich bleibe auch. Wenn das in Ordnung ist«, sagte Owen. Frances nickte, und sie setzten sich in angespanntem Schweigen. Als sie zu sprechen begann, überkam Frances eine vertraute Unruhe.

»Ich habe getan, was Sie mir geraten haben, Sergeant«, sagte sie. »Ich bin an die Orte gegangen, an denen Wyn und ich in jenem Sommer waren. Und es hat funktioniert.«

Den Blick auf die Hände gerichtet, erzählte Frances ihnen, was sich am Warleigh-Wehr zugetragen hatte und dass Clive Wyn am Tag ihres Verschwindens gefolgt war. Ihre Geschichte traf auf beredtes Schweigen. Sie spürte, wie Owen sich neben ihr bewegte und Fäuste und Kiefer anspannte. Sie wagte einen Blick zu Pam, der vor Schreck der Mund offen stand und Tränen in die Augen traten. »Ich konnte mich nur einfach nicht erinnern, wer es gewesen ist … dass es Clive war … bis ich die Münze sah. Seinen Silberdollar – du wirst dich an ihn erinnern, Owen. Es war ein Geschenk von seinem Onkel aus Amerika – er wurde in Clives Geburtsjahr geprägt. Er trug ihn immer in der Hosentasche bei sich. Immer. Er warf ihn in die Luft, um die albernsten Entscheidungen zu treffen, und brachte uns damit zum Lachen. Er muss ihn verloren haben, als er Wyn überfallen hat, denn er liegt dort, im selben Karton, in dem sich ihre Kleider und ihr Schuh befinden. Auf der Polizeiwache. Man hat ihn am Tatort gefunden, aber ich vermute, dass man dem keine weitere Beachtung schenken musste, weil man Johannes hatte. Vielleicht gehören auch die Zigarettenkippen und der Hemdknopf Clive, aber das können wir unmöglich herausfinden. Ganz bestimmt hatte Johannes nie Zigaretten.« Frances hielt inne. »Als ich ihn sah, fiel mir auch wieder ein, wen ich so unbedingt vergessen wollte. Wyn war in diesem letzten Sommer anders – fahrig, launisch, sie träumte davon wegzulaufen«, fuhr sie fort. »Als Johannes festgenommen wurde, sagte er, sie habe ihn wochenlang allein besucht, und er hatte das Gefühl, sie verstecke sich vor etwas. Oder vor jemandem.« Frances machte eine Pause. »Es muss Clive gewesen sein. Clive hat sie verfolgt. Und dann … dann hörte Johannes merkwürdige Geräusche im Hof vom Leprakrankenhaus. Das steht alles in seiner Aussage. Er hörte, wie es passierte. Er erinnerte sich ausdrücklich an ein keuchendes Atmen.« Sie sah zu Owen, doch er mied ihren Blick. »Clives Asthma. Wyn versuchte, sich vor ihm zu verstecken, aber er ist ihr dorthin gefolgt, und es war der ideale Ort, um auf sie loszugehen. Ganz und gar einsam – zumindest dachte er das.« Frances musste innehalten und Luft holen. »Bei mir war es vermutlich nur die Gelegenheit, die sich ihm bot. Eigentlich wollte er Wyn. Von ihr konnte er einfach nicht die Finger lassen. Und sie war so unerschrocken … Wyn hatte vor nichts Angst, aber vielleicht … vielleicht wusste sie genau wie ich nicht, wie sie jemandem erzählen sollte, was vor sich ging. Vielleicht verstand sie nicht ganz, was passierte. Oder was passieren würde.«

»Oh, Frances …«, sagte Pam mit erstickter Stimme.

»Nein, bitte – lass mich erst alles erzählen.«

Frances blickte zu Sergeant Cummings, holte die Abschrift von Mrs. Rattrays Aussage heraus und legte sie auf den Tisch. »Es gab ein weiteres kleines Mädchen. Lesley Rattray«, sagte sie, damit Pam und Owen folgen konnten. »Sie wurde im September 1924 in Oldfield Park vergewaltigt und umgebracht. Das hier ist die Aussage ihrer Mutter.« Sie räusperte sich und las sie laut vor. »Als ich sie das erste Mal las, wusste ich, dass darin *irgendetwas* Wichtiges steht … Clive ist Bauarbeiter. Hinter Lesleys Haus wurden neue Reihenhäuser gebaut. Ihre Mutter sagte, dass dort ein Teich trockengelegt wurde und Lesley gern die Kröten fing. Nun … ich weiß noch, dass Clive Frösche oder Kröten für Howard mitbrachte, als er klein war. Ich hörte ihn sagen, dass sie aus einem Teich auf der Baustelle stammten, der trockengelegt worden sei – das *kann* kein Zufall sein. Carys war damals hochschwanger mit Terry, und Terry wurde im Oktober 1924 geboren.«

»Herrgott«, murmelte Owen.

»Und da ist noch etwas. Als ich Carys half, das Haus leer zu räumen und ich Wyns Brosche fand, fand ich auch einen Knopf. Ich hatte ihn ganz vergessen, wegen der Brosche und was sie bedeuten könnte, aber jetzt ist es mir wieder einge-

434

fallen. Es war ein Kinderknopf von einer Jacke oder Ähnlichem. Er war rot, schwarz und grün … Mrs. Rattray sagte, dass Lesley eine Jacke mit Marienkäferknöpfen trug. Gibt es eine Möglichkeit herauszufinden, ob an der Jacke Knöpfe fehlten?«

»Ja, möglicherweise. Es sollte einen Bericht darüber geben«, sagte Cummings eifrig. »Außerdem müssten die Sachen, die sie getragen hat, noch im Archiv sein, da der Fall ja nie aufgeklärt wurde. Wo ist er jetzt? Der Knopf?«

»Ich habe ihn eingewickelt und mit dem Rest weggepackt. Er wird noch in einem Schuppen bei der Brauerei sein, aber Sie könnten ihn sich beschaffen – die Polizei, meine ich. Beides befand sich in Clives Kommodenschublade – Wyns Brosche und der Knopf. Denise entdeckte die Brosche, und Clive sagte, sie könne sie behalten. Irgendwann muss er sie ihr aber wieder weggenommen haben. Weil er sie selbst behalten wollte.« Frances holte Luft. Darüber zu reden war erschöpfend, aber zugleich hatte sie das Gefühl, sich von einer großen Last zu befreien. Wie ein letzter Sprint, ehe sie sich endlich ausruhen konnte.

»Am Tag nach Wyns Verschwinden suchte ich nach ihr. Ich rechnete nicht damit, sie zu finden, weil ich dachte, sie wäre bei Johannes im Leprakrankenhaus. Aber ich wusste, dass irgendetwas nicht stimmte. Ich ging zum Beechen Cliff Place und sah im Waschhaus nach, wo wir oft spielten. Mir fiel der Boden auf – Clive hatte ihn einige Zeit zuvor neu verlegt. Erinnerst du dich, Owen? Er war ziemlich uneben, die Steine alle locker, und er setzte sie einwandfrei wieder zusammen. Doch an jenem Tag lagen einige Steine nicht am richtigen Platz.« Ein feuchter, dunkler Ort, in den durch die Lücken in der Tür die Sonne schien. *Es wurde jeder Stein umgedreht.* »Einige der Steine lagen verkehrt herum – mit der

Unterseite nach oben, sodass sie heller als die anderen waren. Verstehen Sie? Da lag sie bereits dort! Wyn war …« Frances schluckte. »Wyn war bereits dort begraben. Und es gibt nicht viele, die die Kraft oder das Geschick besitzen, den Boden aufzustemmen und so perfekt wieder zusammenzusetzen. *Fast* perfekt. Als wir sie fanden, wusste ich, dass ich schon an dieser Stelle gestanden hatte. Er hat sie unter dem Waschhaus begraben, und damals war der Garten bereits durchsucht worden. Niemand hätte noch einmal dort nachgesehen.«

»Aber wie hat er das geschafft, ohne dass ihn jemand gesehen hat?«, fragte Owen. »Der ganze Süden von Bath suchte nach Wyn und …«

»Nicht auf der Rückseite vom Beechen Cliff Place. Nicht nach dem ersten Tag. Und einer hielt immer in der Nummer vierunddreißig die Stellung, falls Wyn dort auftauchen sollte. Irgendwann war Clive dran. Da hatte er Zeit genug, sie aus dem Versteck zu holen und zu begraben. Vielleicht musste er sich beeilen oder es wurde dunkel, und darum hat er einige Steine falsch herum zurückgelegt. Doch nachdem er einmal im Waschhaus war, konnte ihn sowieso niemand mehr sehen.«

Nach einer Pause fuhr Frances fort. »In jenem Sommer bekam ich Albträume. Ich kaute an den Fingern, bis meine Nagelhaut blutig war. Ich machte mir Sorgen wegen Johannes und wie wir ihn jemals dort herausbekommen sollten. Ich glaube, ich wusste irgendwie, dass er ein deutscher Soldat war, und ich wollte es jemandem erzählen. Ich wollte es dir erzählen, Pam, damit er Hilfe bekommt, aber Wyn wollte nichts davon hören. Und ich … ich wusste, dass etwas mit Wyn nicht stimmte, aber … auch nach dem Vorfall am Warleigh-Wehr habe ich keine Verbindung hergestellt. Ich war einfach zu durcheinander – es fühlte sich an, als hätte *ich* etwas falsch gemacht. Seither habe ich versucht, den Tag zu vergessen, ich habe ihn wohl sofort verdrängt. Ich konnte den Gedanken daran nicht ertragen.« Es folgte langes Schweigen, und Owen nahm ihre Hand.

»Sie waren acht Jahre alt«, sagte Cummings. »Es war nicht Ihre Schuld.«

»Ich hätte beide retten können. Wyn und Johannes. Wenn ich jemandem erzählt hätte, was Clive getan hat – und wenn ich es nur Wyn erzählt hätte, hätte es vielleicht alles verändert. Vielleicht hätte es Wyn den nötigen Anstoß gegeben, ihn zu verraten und es ihm unmöglich zu machen, sich ihr zu nähern. Und wenn ich der Polizei gestanden hätte, dass ich sie am Tag ihres Verschwindens gesehen hatte und Clive ihr gefolgt war, hätte das vielleicht Johannes gerettet. Doch ich habe ihn den Wölfen zum Fraß vorgeworfen, weil ich nicht …« Ratlos und gequält schüttelte sie den Kopf. »Ich konnte mich einfach nicht überwinden zuzugeben, was passiert war. Auch mir selbst gegenüber nicht.«

»Frances, du darfst nicht … du *darfst nicht* …«, sagte Pam aufgelöst.

»Aber es stimmt, Pam. Ich muss irgendwie damit leben.«

Plötzlich sprang Owen vom Tisch auf.

»Er war mein Trauzeuge, Herrgott!«, rief er, den Blick in die Vergangenheit gerichtet, auf Erinnerungen, die unwillkürlich wieder auftauchten. »Er war wie ein Bruder für mich. Wir haben ihn alle geliebt!«

»Natürlich«, sagte Frances. »Carys liebte ihn. Wyn auch. So ist er davongekommen.« Sie hätte es gern erträglicher für ihn gemacht, doch das konnte sie nicht. »Was denken Sie?«, richtete sie sich an Cummings. »Reicht das? Können Sie mit Inspektor Reese sprechen und den Fall noch einmal neu aufrollen? Ich möchte, dass er bestraft wird. Er *muss* bestraft werden.«

»Da haben Sie verdammt recht«, stimmte Cummings ihr zu. Sie dachte einen Moment nach. »Ich werde mein Bestes tun. Wenn wir diesen Knopf in die Finger bekommen und beweisen können, dass es tatsächlich Lesleys war – vielleicht kann ihre Mutter ihn identifizieren … Zusammen mit der Dollarmünze und Ihrer Zeugenaussage könnte es reichen, aber ich kann Ihnen nichts versprechen. Dem Chef fällt es lächerlich schwer, einen Fehler zuzugeben, insbesondere wenn …« Cummings wurde unterbrochen, als draußen polternde Schritte ertönten und kurz darauf jemand an die Tür schlug.

»Frances Parry! Ich habe ein Hühnchen mit dir zu rupfen!«, rief eine wütende Stimme. Cummings und Pam blickten beunruhigt auf, und Owen sah zu Frances.

»Meine Güte, das ist Carys«, sagte er.

»Wyns Schwester – Clives Frau?«, fragte Cummings.

»Genau«, bestätigte Pam. »Machen Sie sich auf etwas gefasst.«

»Besser, du lässt sie rein«, sagte Frances zu Owen und stand auf. Als Owen die Tür öffnete, nahm sein Anblick Carys einen Moment den Wind aus den Segeln.

»Was machst du denn hier?«, fragte sie. »Warum bist du nicht bei der Arbeit?«

»Es gibt Wichtigeres«, antwortete Owen finster. Dann entdeckte Carys Frances.

»*Du.* Ich habe ein verdammtes Wörtchen mit dir zu reden!« Mit hochrotem Gesicht und vor Wut funkelnden Augen marschierte sie herein. Cummings stellte sich ihr in den Weg.

»Entweder mäßigen Sie Ihren Ton, Mrs. Noyle, oder Sie

werden sofort wieder gehen«, sagte sie ausdruckslos. Verblüfft starrte Carys zu ihr hoch. Sie musterte die Polizeiuniform, und Cummings' unverrückbare Autorität ließ sie zurückweichen.

»Was macht diese Scheißpolizistin hier?«, ranzte sie ihren Bruder an.

»Was willst du, Carys?«, fragte Frances. Carys warf ihr einen zornigen Blick zu.

»Ich will wissen, warum mein Mann seit über einer Woche im Krankenhaus liegt und ich erst jetzt davon erfahre – nachdem *du* ihn fast jeden Tag besucht hast, seit er eingeliefert wurde.« Sie holte Luft, und Frances nahm den vertrauten Geruch von billigem Gin wahr. »Mir war klar, dass mein Bruder nicht nur zufällig dort war und ihn entdeckt hat, wie er behauptet.« Sie grinste Owen höhnisch an. »Darum habe ich mich mit den Schwestern unterhalten, und jetzt will ich von dir wissen, was zum Teufel los ist!«

Frances musterte Carys einen Moment. Diese ganze Wut, das Trinken, ihr Leben war ein einziger Kampf, sie legte sich mit allem und jedem an. Es musste anstrengend sein, so zu leben, aber sie schien sich bewusst dafür zu entscheiden, als wollte sie sich damit von etwas anderem ablenken.

»Ich weiß, es klingt seltsam, aber ich habe ihn zuerst nicht erkannt«, sagte sie. »Er kam mir bekannt vor, aber ich war mir nicht sicher … Ich hatte ihn seit Jahren nicht mehr gesehen.« Sie versuchte, sich zu erinnern, ob sie nach Warleigh überhaupt noch einmal mit ihm gesprochen hatte. Sie glaubte es nicht. »Ich musste mich an etwas erinnern«, sagte sie ruhig. »Etwas in Wyns letztem Sommer.« Ein bestimmter Klang in ihrer Stimme ließ Carys aufhorchen. Aufmerksam beobachtete sie Frances, und Frances war sich sicher, Unbehagen in ihren Augen zu lesen.

»Dann spuck's aus«, sagte sie, nicht mehr ganz so scharf wie zuvor.

»Deine Reaktion, als ich Wyns Brosche bei Clives Sachen fand … Wie du dich jedes Mal aufgeführt hast, wenn ich ihren Namen erwähnte …« Frances schüttelte nachdenklich den Kopf.

»Wusstest du es, Carys?«, unterbrach Owen sie. »Hast du es die ganze Zeit gewusst?« In seiner Miene lagen Abscheu und Unglauben. Carys blickte von ihm zurück zu Frances und schien mit sich zu ringen.

»Was hast du ihm erzählt?«, fragte sie.

»Ich habe ihm erzählt, was ich weiß«, antwortete Frances ruhig. »Ich habe ihm die Wahrheit über Clive gesagt.«

»Warum hast du Denise zu Maggie und mir geschickt?«, wollte Owen wissen. »Warum nicht einen der Jungen? Sie machen viel mehr Arbeit.«

»Ich weiß nicht, worauf du …«, hob Carys einigermaßen selbstsicher an, doch dann schien ihre Wut in sich zusammenzufallen, und sie konnte den Satz nicht zu Ende bringen. Sie streckte die Hand aus, stützte sich an der Arbeitsplatte ab und wirkte völlig verstört – die Augen waren weit geöffnet, der Mund hing schlaff herab.

»Carys«, sagte Owen resigniert, fassungslos. »Wie konntest du? Wie … *konntest* du nur?«

»Wie konnte ich was?«, schrie sie. »Er ist mein Mann! Der Vater meiner Kinder!« Sie schluchzte einmal heftig, dann blickte sie wieder auf und starrte Frances wütend an. »Egal was sie dir für Geschichten erzählt hat, sie stimmen nicht«, sagte sie. »Seit wir Wyn gefunden haben, schmiert sie dir Honig ums Maul. Macht dir schöne Augen und erzählt dir alles Mögliche«, höhnte Carys angewidert. »Bietet dir einen kleinen Seitensprung an«, sagte sie.

»Wie bitte?«, sagte Owen mit hochrotem Kopf. »Woher ...«

»Du warst das«, sagte Frances. Plötzlich wurde ihr alles klar. »Du bist mir die ganze Woche gefolgt! Als du neulich sagtest, dass ich der Polizei Märchen erzählt hätte, ist es mir noch nicht aufgefallen, aber woher wusstest du das? Ich dachte ... ich dachte, Wyns Mörder würde mich beobachten.«

In stummer Wut starrte Carys sie an. »Warum?«, fragte Frances. »Was hast du gehofft zu sehen? Wolltest du mit mir darüber reden?«

»Nein, ich wollte verdammt noch mal nicht mit dir darüber reden!«, sagte Carys. Einen langen Moment sahen sie sich an, und Frances dachte darüber nach.

»Nein. Du wolltest, dass ich aufhöre zu suchen, stimmt's? Du wolltest mir Angst einjagen.«

»Ich wollte ... Ich wollte wissen, was du herumerzählst! Und wem! All dieser Unsinn – all diese Lügen!«

»Sie lügt nicht, Carys«, schaltete sich Owen ein.

»Na, dass sie *dich* überzeugt hat, überrascht mich nicht, aber sie *weiß* es nicht! Sie war nicht dabei!«

»Frances weiß genug! Er ... er hat sich auch an ihr vergriffen!«, schrie Owen.

»An ihr?« Angewidert verzog Carys das Gesicht. »Wohl kaum! Sie war eine hässliche kleine Göre! Er hätte nie ... Er hätte niemals ...« Sie schüttelte den Kopf.

»Mrs. Noyle, wenn Sie Grund zu dem Verdacht haben, dass Ihr Mann ...«, hob Cummings an.

»Ich habe Ihnen nichts zu sagen«, stieß Carys hervor. »Keinem von euch!« Mit zitterndem Finger zeigte sie auf Frances. »Du lässt mich in Ruhe, hast du mich verstanden? Mein Clive ist ... er ist ... er könnte sterben! Wenn du noch einmal in meine Nähe kommst, wirst du es bereuen.«

Carys stürzte davon, ohne die Tür zu schließen, und Frances setzte sich unvermittelt hin. Sie sah zu Sergeant Cummings, die die Luft angehalten hatte und nun hörbar ausatmete.

»Jetzt haben Sie auch Carys kennengelernt«, sagte Frances schwach.

»Sie ist mit gutem Grund aufgebracht«, sagte Owen. »Wenn sie es die ganze Zeit gewusst hat, selbst wenn sie es nur geahnt hat, kann ich mir nicht vorstellen, wie das für sie gewesen sein muss.«

»Ja, du hast recht«, sagte Frances. Sie dachte einen Moment darüber nach. »Ich kann nicht glauben, dass sie irgendetwas geahnt hat, bevor sie geheiratet haben. Aber nach dem, was mit Wyn passiert ist, und im Laufe der Jahre … Als ich ihr Wyns Brosche zeigte, war sie nicht überrascht. Sie hat sie natürlich bei Denise gesehen, aber vielleicht kam es ihr verdächtig vor, dass Clive sie wieder an sich genommen hat. Womöglich schöpfte sie auch schon Verdacht, als Denise sie im Haus gefunden hat. Vielleicht entschied sie damals, das Mädchen zu euch zu bringen, Owen. Um Denise vor ihrem eigenen Vater zu schützen.«

»Ich habe – nur ganz theoretisch – mit einem Kollegen darüber gesprochen«, sagte Cummings leise. »Er ist seit achtunddreißig Jahren bei der Polizei und hat alles erlebt. Er erzählte mir, dass Männer wie Clive manchmal Witwen mit kleinen Kindern heiraten, um Zugang zu den Kleinen zu haben.«

»Oder Frauen mit deutlich jüngeren Schwestern, die nebenan wohnen?«, bemerkte Owen. »Mein Gott. Arme Carys.«

»Ich gehe jetzt besser zurück«, sagte Cummings. Sie schüttelte Frances die Hand. »Ich tue mein Bestes, aber bitte machen Sie sich nicht allzu große Hoffnungen. Ich befürchte, dass leider nicht alles, was Sie herausgefunden haben, im juristischen Sinne relevant ist. Aber wir werden sehen. Wenn es etwas zu berichten gibt, lasse ich es Sie sofort wissen.«

»Danke, Sergeant«, sagte Frances. »Vielen Dank, dass Sie mir geholfen haben.«

Nachdem Cummings gegangen war, schloss Pam Frances lange in die Arme, doch sie schien nicht sprechen zu können. Sie lächelte unter Tränen und hielt Frances' Gesicht einen Moment in den Händen. Dann ging sie wortlos hinaus in den Garten.

»Sie muss eine Menge verarbeiten«, sagte Owen. »Wie wir alle. Geht es dir gut?« Er nahm Frances' Hände und drückte sie an seine Brust.

»Ich weiß es nicht«, sagte Frances ehrlich. »Wie heißt dieser alte Spruch: Selig sind die Ahnungslosen? Nun, ich glaube, das stimmt nicht. Ich fühle mich besser als vorher, auch wenn es furchtbar ist.«

»Ich möchte so gern bleiben, aber ich muss mit meiner Mum sprechen. Carys wird außer sich sein …«

»Ja, natürlich«, sagte Frances, obwohl es ihr widerstrebte, ihn gehen zu lassen.

»Es tut mir so leid, Frances. Alles.«

»Nichts davon ist deine Schuld. Gar nichts.« In Frances' Hals bildete sich ein Kloß. »Wann sehe ich dich wieder?«, fragte sie. Owen schloss die Augen, lehnte seine Stirn an ihre und schwieg lange.

Als er schließlich »Bald« sagte, wusste Frances, dass das hieß: *Ich weiß es nicht.* Sie begriff, dass sie von jetzt an nie wissen würde, wann sie ihn das nächste Mal wiedersah, wenn sie sich trennten – wann sie wieder mit ihm reden und ihn berühren konnte. Sie kämpfte mit den Tränen.

»Gut«, sagte sie mit erstickter Stimme.

Sie sah ihm nach, bis Owens lange Gestalt aus ihrem Blickfeld verschwand, dann ging sie langsam zurück in den Garten und entfernte sich mit jedem Schritt ein Stück weiter von ihm. Ihre gemeinsame Nacht – die zarte Illusion des Lebens, das sie zusammen hätten haben können – all das kam ihr vor, als habe sie es nur geträumt. Die Last erdrückte sie. Pam stand reglos in der Sonne. Als Frances zu ihr kam, drehte sie sich um und bemühte sich zu lächeln, und Frances schlang schluchzend die Arme um sie.

»Oh, Pam!«

»Meine Süße …«

»Pam, ich … ich bekomme keine Luft mehr! Es bricht mir das Herz!«

»Na, na. Schhh!« Pam hielt sie fest in den Armen.

»Ich ertrage das nicht!«

»Doch, natürlich tust du das. Du musst.« Nach einer Weile rückte Pam von Frances ab, ihr Gesicht war von Kummer gezeichnet. »Meine liebe Frances«, sagte sie, holte ein Taschentuch heraus und wischte ihrer Nichte durchs Gesicht.

»Was soll ich nur tun? Was kann ich tun?«, fragte Frances eindringlich. Pam schüttelte den Kopf.

»Leider kannst du gar nichts tun, mein Schatz. Unerträgliche Dinge verschwinden nicht einfach, weil wir meinen, sie nicht ertragen zu können. Glaub mir, ich weiß, wovon ich spreche.« Sie lächelte traurig. »Aber du wirst weiterleben, und du wirst darüber hinwegkommen, weil es keine Alternative gibt.«

Am späten Abend trank Frances einen Kakao, dessen Geschmack sie kaum wahrnahm, und achtete nicht auf das Geplapper im Radio. Sie dachte an die erste Nacht der Bombardierung – zehn Tage und hundert Jahre war das her. Wie der Kummer und die Scham darüber, Davy verloren zu haben, sie vierundzwanzig Jahre zurückkatapultiert und lang vergrabene Erinnerungen aufgewühlt hatten. Seither hatte sich alles verändert. Sie konnte sich kaum erinnern, wie es sich angefühlt hatte, die Wahrheit nicht zu kennen oder ihren Anteil an der Geschichte. Nicht zu wissen, dass sie Owen ihr ganzes Leben lang geliebt hatte. Diese Version von ihr war ihr jetzt fremd. Ihre Erinnerungen, ihre Schuld, die Dinge, die sie überlebt hatte – *das* war sie. So vieles war verloren und so vieles wieder aufgetaucht. Vielleicht ging es ihr jetzt besser, aber sie konnte sich irgendwie nicht darüber freuen. Nicht ohne Owen.

Sie stellte sich vor, wie Johannes sich in den letzten Stunden in Freiheit in dem Schrank versteckt hatte. Wie er seinen Namen ins Holz geritzt hatte. Um was zu beweisen? Vermutlich, dass er existiert hatte. Sie schonte sich nicht und stellte sich vor, wie man ihn entdeckt hatte, wie er begriff, dass er verraten worden war. Zumindest konnte sie jetzt etwas für ihn tun, wenn es auch nur wenig und unzureichend war. Ein eintreffendes Telegramm riss sie aus ihren Gedanken. Es war von Owen. Sie las es dreimal, ohne zu wissen, was sie empfand. *Clive um 18 Uhr gestorben. Carys war bei ihm.*

12

FREITAG

Zwölf Tage nach der Bombardierung

Frances hatte ihre Stelle nicht verloren, und nach der Morgenschicht ging sie in die Bibliothek. Stundenlang brütete sie über einem Riesenatlas und studierte jede Wanderkarte und jeden Reiseführer über Europa, die sie finden konnte. Sie suchte und suchte, sowohl auf den Karten als auch in ihren Erinnerungen – alles, was Johannes ihnen über Summer Rain erzählt hatte. Es war nicht mehr viel, an das sie sich erinnerte, nur an die Dinge, die sie als Achtjährige am meisten gereizt hatten – ein Ort weit im Osten, im Süden von dunklen, bewaldeten Bergen begrenzt, in denen es von Wölfen und Jägern wimmelte. Im Norden ein Fluss, der im Winter zufror. Ein Spielzeuggeschäft. Ein Schloss. Auf dem Kirchplatz ein alter Brunnen mit Wasser speienden Fratzen aus Stein. Sie wusste, dass der Ort in Österreich lag, nicht in Deutschland, und dass der Name wie »Summer Rain« klang. Sie schlug das Wort in einem braunfleckigen alten deutschen Wörterbuch nach und vermutete, dass es keine Übersetzung war – in dem deutschen Wort Regen war ein hartes G.

Sie kauerte über dem Tisch, strich mit dem Finger über

die Karten und las Namen für Namen, bis die Schrift vor ihren Augen verschwamm und ihr Rücken schmerzte. Dann, als eine Bibliothekarin sich zum dritten Mal vernehmlich räusperte, fand sie es. Einen Ort im Osten Österreichs, zwischen Bratislava und Wien gelegen. Ein Ort am Fuß eines bewaldeten Alpenausläufers, dem Leithagebirge. Im Norden verlief der Fluss Leitha. Ein Ort, in dem es laut Wanderführer ein Schloss und eine schöne alte Kirche gab, die der heiligen Maria gewidmet war. Davor stand ein mittelalterlicher Brunnen. Der Name leitete sich von der Kirchenheiligen ab – aus Santa Maria war im Laufe der Jahre Sommerein geworden. *Summer Rain.* Frances atmete langsam aus, setzte sich erschöpft zurück und ließ den Finger auf der Karte. Sie blickte zu der Bibliothekarin auf und lächelte.

»Den würde ich gern ausleihen«, sagte sie und hielt den Reiseführer hoch.

»Der kann nur hier eingesehen werden«, erklärte die Bibliothekarin knapp. »Wir schließen jetzt.«

»In Ordnung. Dann komme ich morgen wieder.«

Als sie beim Abendessen saßen und das Unterhaltungsprogramm im Radio verfolgten, berichtete sie Pam davon.

»Und du bist sicher, dass das der Ort ist?«, fragte Pam und tauchte einen Keks in ihren Tee. Hund starrte sehnsüchtig zu ihr hoch.

»Das *muss* er sein«, sagte Frances. »Es klingt genau, wie er es beschrieben hat, und ich habe keinen anderen Ort gefunden, der für uns wie ›Summer Rain‹ klingt.«

»Und was hast du nun vor, nachdem du das herausgefunden hast?«

»Ich werde seiner Familie schreiben«, sagte Frances leise. »Ich weiß, ich kann den Brief erst abschicken, wenn der

Krieg vorbei ist, aber trotzdem. Besser spät als nie, und es ist weiß Gott spät genug. Ich will ihnen erzählen, dass ich ihn kannte. Dass ich bei ihm war und dass er nie jemandem etwas angetan hat.«

»Vielleicht wissen sie das bereits, meinst du nicht? Schließlich ist er ihr Sohn. Wer sollte ihn besser kennen?«

»Das stimmt. Ich an ihrer Stelle würde es trotzdem gern hören. Sie sollen wissen, dass er nicht einfach vergessen wurde. Zumindest nicht von mir. Und dass ich mich bemühe, ihn für unschuldig erklären zu lassen.« Sie holte tief Luft und veränderte ihre Haltung, um den Rücken zu entlasten. Pam lächelte.

»Ich glaube, du hast recht«, sagte sie. »Das möchten sie sicher gern wissen.« Sie trank einen Schluck Tee. »Und was dann?«, fragte sie vorsichtig.

»Wie meinst du das?«

»Wenn du ihnen geschrieben hast … was hast du dann vor?«

Dieser Frage wich Frances aus. Sie hatte noch überhaupt keine Vorstellung. Sie konnte nur den Gedanken nicht ertragen, dass das Leben einfach so weiterging – ohne Owen, ohne Davy. Es würde ein freudloses, ein ungelebtes Leben sein. Sie fühlte sich schrecklich unsicher und einsam.

»Ich habe deine Gastfreundschaft ziemlich strapaziert, stimmt's?«, fragte sie.

»Oh, so habe ich das überhaupt nicht gemeint!«, sagte Pam. »Wirklich – du kannst so lange bleiben, wie du willst. Aber deine Mutter wird dich vermutlich vermissen.«

»Ja, vermutlich. Aber ich vermisse das Leben dort nicht.« Frances schaute in das glimmende Feuer. Der Gedanke, wieder zu Hause zu wohnen, schnürte ihr die Kehle zu. Und in diesem Moment entschied sie, dass sie nicht mehr dorthin zurückgehen würde. »Vielleicht miete ich mir ein Zimmer«, sagte sie. »Ich könnte mir irgendwo in der Nähe eine Wohnung mit einem anderen Mädchen teilen.«

»Na, wenn du das willst ... was ist mit diesem alten Mädchen hier?«, fragte Pam ein wenig verlegen. Frances sah sie an. »Natürlich nur, wenn du willst. Wenn nicht, bin ich nicht beleidigt. Vermutlich hast du nicht an ein so altes Huhn wie mich gedacht. Doch anscheinend kommen wir sehr gut miteinander aus, was meinst du? Hier ist jede Menge Platz, und ich brauche nicht viel von dir, nur einen kleinen Beitrag zu Essen und Unterhalt.«

»Aber ... bist du dir sicher? Ich dachte, du lebst gern allein?«

»Ja, das stimmt. Bislang war das auch so. Aber es ist schön, dich hier zu haben, und ich hätte nichts dagegen, wenn du noch ein bisschen bliebst. Aber das ist natürlich allein deine Entscheidung.«

»Liebend gern, Pam. Danke.«

»Also, abgemacht.« Pam räusperte sich. »Muss ich damit rechnen, dass Owen Hughes vorbeikommt?«

»Nein. Zumindest nicht so, wie du denkst. Aber ich ... ich weiß einfach nicht, wie ich ohne ihn leben soll«, sagte Frances verzagt. »Ich habe alles falsch gemacht! Warum habe ich ihm nicht schon vor fünfzehn Jahren gesagt, was ich empfinde? Alles hätte anders sein können!«

»Frances, du hast das Einzige getan, was du damals tun konntest. Aus was für Gründen auch immer und ganz gleich, ob es richtig oder falsch war.«

»Er fehlt mir so. Ich habe ihn seit drei Tagen nicht gesehen, und ich vermisse ihn ganz schrecklich.«

»Ich weiß. Ich weiß, wie sich das anfühlt.«

»Aber ... du und Cecily wart doch immer zusammen.«

»Nicht in den letzten zwölf Jahren seit ihrem Tod. Und anfangs auch nicht. Und wir hatten noch wesentlich schlechtere Karten als du und Owen. Eine ganze Zeit lang, nachdem ihre Familie mich gefeuert hatte, glaubte ich nicht, dass sie mir folgen würde. Ich glaubte, sie wäre nicht mutig genug oder sie würde mich nicht genug lieben.« Pam seufzte. »Ich hatte das Gefühl, mein Leben wäre vorbei. Aber dann hat sie es doch getan. Sie kehrte ihrem bisherigen Leben den Rücken, um mit mir zusammen zu sein.« Bei der Erinnerung lächelte Pam.

»Aber Owen wird Maggie niemals verlassen! Dazu liebt er seine Kinder viel zu sehr. Wenn er sie verlässt, nimmt sie ihm die Kinder weg, und er sieht sie nie wieder. Hätten wir uns doch nur vor Jahren unsere Gefühle gestanden, anstatt beide Partner zu heiraten, die wir gar nicht wollten!«

»Nun ja. Das wäre natürlich besser gewesen. Aber das ist leicht gesagt, und ihr habt es nun einmal nicht getan. Vielleicht musstet ihr erst erwachsen werden. Vielleicht musstest du erst Wyn begraben, ehe du mit ihm zusammen sein konntest.«

»Und jetzt ist es viel zu spät.«

»Das weißt du nicht!«

»Doch! Natürlich. Es ist aussichtslos.«

»Hör auf. Du wirst tun, was ich getan habe, bevor Cecily und ich wieder zusammenkamen und nachdem sie gestorben war. Du wirst warten und ihn lieben und dir sagen, dass alles möglich ist. Die Zeit vergeht, die Dinge ändern sich. Seine Kinder werden nicht immer so klein bleiben. Schon bald können sie selbst entscheiden, ob sie ihren Dad sehen wollen. Und Maggie ist hier aufgewachsen – ihre ganze Familie lebt hier in der Gegend. Wo will sie denn mit den Kindern hin? Natürlich wird er sich ihnen und ihr gegenüber anständig verhalten. Er wird sich immer um sie kümmern. So ist er nun mal. Aber vielleicht ist er schon bald nicht mehr davon überzeugt, dass er den jetzigen Zustand aufrechterhalten will.«

»Meinst du wirklich?« Frances wagte es kaum zu hoffen.

»Ich sage nur, rede dir nicht ein, alles wäre verloren, denn keiner von uns weiß, was alles passieren wird. Und du bist stark, Frances. Mein Gott, bist du stark. Und in der Zwischenzeit kann dich niemand daran hindern, ihn zu lieben. Das kann dir niemand nehmen.«

Liebe Mrs. Ebner, lieber Mr. Ebner,

Frances hielt im Schreiben inne und suchte in ihrem Gedächtnis nach dem Namen von Johannes' Schwester.

liebe Clara. Ich hoffe, dieser Brief erreicht Sie eines Tages. Ich kann mich nur dafür entschuldigen, dass ich Ihnen erst heute schreibe. Es wird wohl auch noch dauern, bis ich ihn abschicken kann, doch sobald der Krieg vorüber ist, können wir wieder auf ein bisschen Normalität hoffen. Ich heiße Frances Parry, und ich kannte Ihren Sohn Johannes, als er 1918 hier in England war. Ich war eins der kleinen Mädchen, das sich mit ihm anfreundete, als er sich in der Stadt Bath versteckte. Meine Freundin Wyn Hughes und ich suchten dort, wo Johannes Unterschlupf gesucht hatte, nach Geistern und fanden stattdessen ihn. Er war sehr dünn und verängstigt. Ich weiß keine Einzelheiten darüber, wie er auf dem Schlachtfeld gefangen genommen wurde, warum er aus der Kriegsgefangenschaft floh oder wie er nach Bath kam. Ich werde wohl erst nach Kriegsende weitere Nachforschungen anstellen können, ohne Verdacht zu erregen. Ich weiß nur, dass es ihm sehr schlecht ging – er hatte große Angst, gefasst zu werden, und sein größter

451

Wunsch war es, nach Hause zu kommen. Er dachte viel an zu Hause und an Sie und erzählte uns davon.

Wyn und ich besuchten Johannes in jenem Sommer über mehrere Wochen hinweg und brachten ihm etwas zu essen. Wir wollten ihm helfen, und da wir Kinder waren, fanden wir es aufregend, einen interessanten, heimlichen Freund zu haben. Er hat uns nicht dazu verleitet, uns gedroht oder uns Angst gemacht, wie es in den Zeitungen stand. Das waren bösartige Behauptungen, weil er »ein Deutscher« war. Er bastelte uns kleine Spielzeuge aus Papierresten und Holz. Sicher wissen Sie, wie geschickt er darin war. Er nannte uns seine »kleinen Schwestern«. Mit der Zeit machte ich mir Sorgen, dass er nicht dort sein durfte und dass wir ihm als Kinder nicht helfen konnten, wieder nach Hause zu kommen. Ich kann Ihnen gar nicht sagen, wie oft ich mir im Laufe der Jahre gewünscht habe, ich hätte es jemandem erzählt – meinen Eltern, meiner Tante oder meiner Lehrerin. Jemandem, der die richtige Behörde verständigt hätte. Er wäre wieder festgenommen worden und in Gefangenschaft gekommen, doch sehr wahrscheinlich hätte man ihn am Kriegsende wie all die anderen zu Ihnen zurückgeschickt. Der Krieg war schon fast vorbei. Hätten wir das nur gewusst. Damals dachte ich, dass ich ihn verriete, aber wenn ich eher etwas gesagt hätte, hätte er nicht sterben müssen. Es gibt kaum etwas, das ich in meinem Leben mehr bereue.

Das andere ist, dass ich nichts über einen Verwandten von Wyn gesagt habe, einen Perversen, der sich an mir vergangen hat, kurz bevor er sich an Wyn verging und sie umbrachte. Ich glaube, dass er in den nachfolgenden Jahren noch weitere Mädchen getötet hat, zumindest weiß ich von einem weiteren Fall. Ich hatte zu große Angst, etwas zu sagen, und jetzt ist er tot – er starb vor Kurzem, ohne dass ich ihn mit seinen Taten konfrontieren konnte. In den Wochen, bevor sie umgebracht wurde, war Wyn nicht mehr sie selbst. Ich glaube, sie wusste, dass dieser Mann gestört war, *und ich glaube, dass er sie verfolgte oder ihr Angst machte. Johannes sagte der Polizei bei seiner Festnahme dasselbe, doch man schenkte ihm keinen Glauben. Damals war schon alles zu spät. So sind er und Wyn durch mein Schweigen gestorben, und diese Schuld wird mich bis ans Ende meiner Tage begleiten. Die Leute sagen, ich sei noch ein Kind gewesen und dürfe mir keine Vorwürfe machen, aber es ist, wie es ist – wäre ich nur ein bisschen mutiger gewesen, wäre das alles nicht passiert.*

Ich schreibe Ihnen, damit Sie wissen, sollten Sie überhaupt jemals daran gezweifelt haben, dass Johannes immer nur nett und freundlich zu Wyn und mir gewesen ist und uns nie etwas zuleide getan hat. Er hat teuer und völlig zu Unrecht für die Freundschaft mit uns bezahlt. Johannes war kein Perverser, und er war kein Mörder. Ich bin mir sicher, das haben Sie auch nie geglaubt, aber ich wollte Ihnen sagen, dass das auch in England nicht alle geglaubt haben. Ich war deswegen bei der Polizei und will dafür sorgen, dass Ihr Sohn posthum rehabilitiert wird. Derzeit ist das natürlich schwierig, aber vielleicht wird es eines Tages möglich sein. Ich hoffe auch, sein Grab zu finden, falls Sie es jemals besuchen möchten. Ich wünschte, ich hätte noch einige der kleinen Spielzeuge, die er für uns gebastelt hat, aber ich weiß nicht, was nach Wyns Verschwinden aus ihnen geworden ist. Ich würde Sie gern eines Tages besuchen, wenn es irgendwann möglich wäre und Sie es mir erlaubten. Es ist wohl eine egoistische Bitte, aber ich richte sie trotzdem an Sie.

Wir haben Wyns Leiche erst kürzlich entdeckt, nachdem eine Bombe neben ihrem Haus einschlug und den Ort zerstörte, an dem sie begraben war. Ich glaube, wenn ich Sie besuchte, hätte ich vielleicht das Gefühl, auch Johannes nach all dieser Zeit noch einmal zu begegnen. Ich kann Sie nicht bitten, mir zu vergeben, aber ich hoffe, von Ihnen zu hören. Es wäre sehr freundlich, wenn Sie mir zurückschrieben.

Immer wieder las Frances den Brief, um sicherzugehen, dass nichts von dem fehlte, was sie so dringend sagen wollte. Sie wusste nicht, ob sie erwähnen sollte, dass sie sich bereits um seine Rehabilitation bemühte – am Vortag hatte sie Sergeant Cummings gesehen, und sie hatte nicht sehr zuversichtlich gewirkt.

»Inspektor Reese will nichts davon hören«, hatte sie gesagt. »Nicht jetzt, bei allem, was los ist. Nicht solange wir uns mit Deutschland im Krieg befinden, und vor allem nicht, nachdem Clive gestorben ist. Er nennt es eine Verschwendung von Ressourcen. Die Beweislage ist kompliziert, selbst mit der Münze. Wyn hätte sie ihm irgendwann vor ihrem Tod weggenommen und sie dann selbst im Hof verloren haben können. Ich weiß, ich weiß, so war es nicht. Aber so hätte es sein *können*. Ich bemühe mich um die Genehmigung, mir den Knopf von Lesley Rattray zu besorgen, und bleibe dran – vielleicht gehe ich damit auch zu seinem nächsten Vorgesetzten. Er mag mich sowieso nicht, also ist es auch egal. Aber ich glaube, es gibt nicht viel Hoffnung, zumindest nicht, ehe der Krieg vorbei ist.« Cummings zuckte entschuldigend die Achseln. »Ich könnte beim Gefängnisdienst erfragen, wo Johannes begraben wurde, wenn Sie möchten.« Frances faltete den Brief zusammen und schob ihn in den Umschlag, den sie mithilfe des deutschen Wörterbuchs adressiert hatte. An *Familie Ebner, Spielzeuggeschäft, Sommerein.* Dann saß sie da, starrte eine Weile auf den Umschlag und fragte sich, wann sie ihn wohl abschicken konnte. Der letzte Krieg war drei Monate nach Wyns Verschwinden zu Ende gegangen. Drei Wochen danach war Johannes gehängt worden. Wer konnte schon sagen, wann der jetzige Krieg zu Ende ging und welche Ungerechtigkeiten in der Zwischenzeit noch passierten.

Sie langte über den Tisch nach dem *Chronicle & Herald* und schlug ihn auf, um noch einmal den Namen zu lesen. Pam hatte ihn in einem Artikel entdeckt, der im Grunde kaum mehr als eine Liste frisch identifizierter Bombentoter war. *William Hughes, 76, vom Beechen Cliff Place.* Bill Hughes. Er war in der zweiten Bombennacht in einem Pub in der Kingsmead Street auf der anderen Flussseite gestorben und hatte seinen Ausweis nicht bei sich gehabt. Der einzige Mensch, der wohl um ihn geweint hätte, war Wyn gewesen. Frances fragte sich, was Nora Hughes empfand: Trauer, aber sicher auch Erleichterung. Sie traute sich nicht, zum Beechen Cliff Place zu gehen, um es herauszufinden, und überlegte, Owen zu besuchen, um ihm ihr Beileid auszusprechen. Sie sehnte sich danach, ihn zu sehen. Hundertmal am Tag erdachte sie Gründe, warum sie ihn sehen musste. Hundertmal am Tag sagte sie sich, dass sie ihn nicht sehen durfte. Dass es die Dinge für ihn nur noch schwerer machte.

Es klopfte an der Tür, und Pam rief von oben herunter.

»Kannst du aufmachen, Frances? Ich bin gleich unten.« Frances öffnete und war überrascht, Sergeant Cummings zu sehen.

»Oh! Hallo, Sergeant«, sagte sie.

»Oh, nein … ich bin nicht im Dienst. Heute bin ich einfach Angela«, sagte die Polizistin lächelnd. Sie hatte das Haar hochgesteckt, trug eine grüne Jacke und einen Hauch Lippenstift.

»Gibt es Neuigkeiten?«, fragte Frances. »Haben Sie mit Mrs. Rattray gesprochen?«

»Noch nicht, nein. Ich glaube, ich sollte die offizielle Genehmigung abwarten, ehe ich sie aufrege«, sagte Angela.

»Sie könnten ihr mitteilen, dass Clive tot ist – vielleicht freut sie das.«

»Tot ist er erst seit Kurzem, nach einem langen Leben in Freiheit.« Angela schüttelte den Kopf. »Nein, das wird ihr nicht genügen. Genauso wenig wie Ihnen.«

»Ja, da haben Sie wohl recht.«

»Lass sie nicht vor der Tür stehen, Frances, so behandelt man doch keinen Gast«, rügte Pam, als sie von oben herunterkam. Sie war ähnlich schick zurechtgemacht und steckte gerade das Haar unter einen Hut. »Kommen Sie rein, Angela. Oder, eigentlich bin ich auch so weit, und Sie?«

»Ja, von mir aus kann es losgehen«, sagte Angela und errötete leicht.

»Angela und ich essen zusammen zu Mittag, falls wir überhaupt etwas finden«, sagte Pam in einem leicht herausfordernden Ton. »Drehst du eine Runde mit Hund?«

»Ja, klar«, sagte Frances verblüfft.

»Danke. Also, dann gehen wir?« Pam hängte sich die Handtasche über den linken Arm und bot Angela den rechten an, die sich erfreut und verlegen bei ihr einhakte.

Frances sah ihnen nach, als sie plaudernd verschwanden, dann schloss sie die Tür und schaute zu Hund hinunter.

»Na«, sagte sie. »Diesen Tag werde ich mir rot im Kalender anstreichen. Du wirst die Zuneigung meiner Tante künftig wohl leider mit jemandem teilen müssen.« Hund legte den Kopf schief, und sie entschied, gleich einen Spaziergang mit ihm zu machen. Sie wollte nicht mit ihren Gedanken in dem leeren Haus allein sein, sondern würde ihre Mutter besuchen, die furchtbar litt, seit Frances ihr die ganze Geschichte erzählt hatte. Frances wollte nicht verhätschelt werden, und sie wollte nicht, dass ihre Mutter sich schuldig wegen der Ereignisse fühlte. Damit mussten sie leben. Es war ein strahlend schöner Tag, und der laue Wind kündigte den herannahenden Sommer an. Frances atmete tief durch und ging die Stufen hinunter, dann blieb sie abrupt stehen. Owen war auf halbem Weg nach oben und sah aus, als hätte er seit Tagen nicht geschlafen. Wortlos verringerte er den Abstand zwischen ihnen, zog sie schließlich an sich und hielt sie fest in den Armen. Er vergrub das Gesicht an ihrem Hals und rührte sich eine ganze Weile nicht. Frances schloss die Augen und atmete seinen Geruch ein.

»Ich meine, es kann uns doch niemand davon abhalten, uns ab und an zu sehen, oder?«, sagte er, als setzte er ein Gespräch fort, das sie gerade erst geführt hatten, und rückte von ihr ab. Er hielt ihr Gesicht in Händen und suchte ihren Blick. »Niemand kann verhindern, dass wir uns unten im Pub begegnen. Dass wir Freunde sind, oder?«

»Nein, das kann niemand«, bestätigte Frances. »Owen …« Sie lächelte und berührte seine Wange. »Schon gut, mein Liebster. Es ist alles in Ordnung.«

»Nein. Ich halte das nicht aus.«

»Das wird schon. Ich warte. Ich werde auf dich warten.«

»Das solltest du nicht – ich meine …« Er schüttelte den Kopf. »Ich wünschte, ich …«

»Ich weiß. Das weiß ich alles. Du musst nichts sagen, und du musst dir keine Sorgen machen. Um mich oder um irgendetwas. Alles wird gut.«

»Versprich es mir«, sagte er und klang elend, als er sie wieder umarmte.

»Ich verspreche es«, sagte Frances.

»Ich habe dich im Stich gelassen, das weiß ich. All die Jahre warst du mit alldem allein. Mit den Selbstvorwürfen, mit deiner Angst, etwas zu sagen. Ich habe dich im Stich gelassen.«

»Nein. Das hast du nicht.«

Verzaubert und der Welt entrückt, hielten sie sich lange in

den Armen, bis Owen sich beruhigt hatte und Frances merkte, dass Pam recht hatte – sie *konnte* es aushalten. Sie würde weitermachen, weil sie musste. Und die Zeit, in der sie ihn vermisste, würde die kostbare Zeit wert sein, in der sie sich genauso fühlte wie in diesem Moment. Wenn sie ihn halten und tief seinen Geruch einatmen konnte. Es würde nicht leicht werden, aber es war aufrichtig, und es wäre besser als ein Leben mit einem anderen Mann. Als sie sich trennten, setzte sie sich auf eine der mit Moos und Glockenblumen bewachsenen Stufen. Flieder und Holunder neigten sich über ihren Kopf. Sie vergrub die Hände in Hunds rauem Fell und suchte bei ihm Unterstützung. Als Owen die unterste Stufe erreichte, drehte er sich um und stand im Sonnenschein auf der Alexandra Road. Lange sah er zu ihr hoch, bevor er ging.

Als jemand am nächsten Morgen um zehn zaghaft an die Tür von Woodlands klopfte, öffnete Frances und hielt den Atem an.

»Oh«, flüsterte sie, dann ging sie in die Hocke und streckte die Arme aus. Davy ließ Noras Hand los und ging auf sie zu. »Davy!«, rief sie und schloss die Arme um ihn. »Oh, wie schön, dich zu sehen!« Sie hatte ganz vergessen, wie klein er war, wie dünn. Es war, als würde sie einen Vogel oder eine ausgehungerte Katze umarmen. Er roch anders, und sie merkte, dass er sauber war und neue Kleider trug. Er sagte nichts, aber das hatte sie auch nicht erwartet. Lachend strich sie mit den Händen über seine Arme und glättete sein Haar, wo es von ihrer Umarmung abstand. »Meine Güte, Davy, da hast du ja ein Abenteuer hinter dir, was?«, sagte sie, und Davy nickte ernst. Frances blinzelte ihre Tränen fort und wischte sich mit dem Handrücken die Nase.

Als sie wieder aufstand, hielt Davy ihre Hand fest. Nora lächelte, obwohl Trauer in ihren Augen lag.

»Na dann«, sagte sie. »Ich dachte, du würdest dich freuen, ihn zu sehen.«

»O ja, das tue ich – vielen Dank! Aber ... wird Carys nicht wütend sein?«

»Sie ist zu ihrer Cousine nach Swansea gefahren.« Nora zögerte. »Ich weiß nicht, wie lange sie dort bleibt. Vielleicht für immer.« Sie zuckte ratlos die Schultern. »Hat Fred und Davy in meiner Obhut gelassen. Nicht dass Fred eine Last ist – er passt auf sich selbst auf.« Nora holte Luft. »Sie kann einfach nicht damit umgehen, dass wir es alle wissen. Das mit Clive und was er getan hat.«

»Verstehe.«

»Vielleicht braucht sie nur ein bisschen Abstand, um sich zu sammeln, und kommt dann zurück – zumindest wegen der Jungen. Ich weiß es nicht«, sagte Nora. Wieder fragte sich Frances, wie viel Carys wusste und wie viel sie absichtlich ausgeblendet hatte. Ob ihre Liebe zu Clive sich in Hass verwandelt hatte oder ob sich Wut und Hass allein gegen sie selbst gerichtet hatten. Vom Gin benebelt zu sein war vermutlich eine willkommene Erleichterung gewesen.

»Haben Sie ... haben Sie etwas geahnt? Wegen Clive, meine ich?«, fragte sie.

»Nein! Nein, nie. Ich meine ... ich wusste, dass im Laufe der Jahre etwas zwischen ihm und Carys vorgefallen war. Kein Mann verbringt so viel Zeit fern von zu Hause, wenn alles in Ordnung ist. Ich dachte, es läge an ihrem Trinken oder dass ihre Ehe einfach eingeschlafen wäre. Ich kann einfach nicht glauben ...« Noras Stimme verhallte, sie schüttelte den Kopf. »Wenn ich an ihn und meine Wyn denke, ich kann es einfach nicht glauben«, sagte sie mit brüchiger

Stimme. »Ich begreife das nicht! Oh, warum hast du nur nichts gesagt, Frances?« Noras Gesichtszüge fielen in sich zusammen, und in ihren Augen glänzten Tränen.

»Ich konnte nicht«, sagte Frances leise. »Ich wünschte, ich hätte es getan. Aber es ging nicht.«

»Trotz all ihrer Tränen sah Carys erleichtert aus, als er gestorben ist. Das schwöre ich dir.«

Frances nickte und drückte kurz Noras Arm.

»Wollen Sie nicht einen Moment hereinkommen? Einen Tee trinken?«, fragte sie.

»Nein. Nicht heute, vielen Dank. Ich muss weiter.«

»Mein Beileid wegen Bill«, sagte Frances mit so viel Gefühl, wie es ihr möglich war. Sie wollte nicht, dass Nora schon ging und Davy wieder mitnahm. Nora nickte.

»Ja. Danke. Es ist nicht dasselbe ohne ihn. Bei uns ist es ganz schön still geworden. Ich würde auch gern wegziehen – in dem Haus stecken zu viele Erinnerungen. Zu viele Menschen sind nicht mehr da. Doch wohin um alles in der Welt soll ich gehen? Es ist nicht der richtige Zeitpunkt, einen guten Mietvertrag aufzugeben, nicht wahr? Wo so viele Menschen obdachlos sind und es nicht genügend Wohnungen gibt.«

»Nun …« Frances überlegte, was sie Tröstendes sagen konnte. »Vielleicht könnten Sie jemanden zur Untermiete aufnehmen? Eine Familie – wie Sie sagen, haben jede Menge Leute ihr Zuhause verloren. Und hier sind Sie jederzeit zu einer Tasse Tee willkommen, wenn Sie mögen.«

»Das ist nett von dir, aber ich will nicht stören.«

»Das tun Sie nicht. Und ich komme auch gerne vorbei – ich erspare Ihnen diese Stufen.«

»Na dann.« Nora richtete die Falte ihres Jackenärmels unter dem Riemen der Tasche. »Ich … Ich wollte dir sagen, dass Wyns Beerdigung am Vierzehnten um zehn Uhr unten in St. Mark's stattfindet. Ich würde mich freuen, wenn du kommst, solltest du Zeit haben. Es sind nicht mehr viele von uns übrig, um sich von ihr zu verabschieden.«

»Natürlich werde ich kommen«, sagte Frances. Nora nickte traurig.

»Du bist ein gutes Mädchen, Frances. Das warst du schon immer.« Sie blickte zu Frances hoch, ihr gramerfülltes Gesicht wurde ein wenig weicher. »Ich muss jetzt gehen und mit dem Pfarrer über die Beerdigung sprechen. Würdest du vielleicht so lange auf Davy aufpassen, nur eine oder zwei Stunden?«

»Aber gern«, sagte Frances, und ihr Herz tat einen Sprung. »Wann immer Sie mich brauchen.«

Wyns Mutter drehte sich um und machte sich mit langsamen Schritten auf den Weg zur Treppe, und nachdem sie gegangen war, stand Frances einfach eine Weile mit Davy in der Tür. Sie brauchte einen Moment, um sich zu sammeln. All die Gefühle machten es ihr unmöglich, zu sprechen oder sich zu rühren. Sie war unfassbar glücklich und zutiefst traurig. Voller Hoffnung und ganz und gar leer. Davy beobachtete ein Paar Tauben auf dem Dach des Aborts, die mit den Köpfen nickten und turtelten. Am Himmel zogen einige Wolken vorbei – weiße Schlieren vor Wedgwood-Blau.

»Also dann«, sagte Frances schließlich, und Davy linste zu ihr hoch. Von der erlittenen Tortur hatte er keinerlei sichtbare Narben zurückbehalten. Der Blick aus seinen klaren grauen Augen war fest, sein hellblondes Haar weich und sauber. Es fühlte sich wundervoll an, ihn lebendig und munter hier zu haben, seine Hand in ihrer zu spüren. Wie eine Verschnaufpause. Seine Augen hatten die gleiche Farbe wie Wyns. Frances wusste nicht, warum ihr das vorher noch nie aufgefallen war. Ein Teil ihrer lang verstorbenen Freundin war in Gestalt von Davy bei ihr. Ein Geist, so schwach wie ein Atemzug, und Frances wusste, dass sie ihn nicht halten konnte. Darum ließ sie Wyn los. Die Sonne ließ Davys abstehende Ohren rosig schimmern, und Frances kniff sanft in eins hinein. »Was meinst du? Sollen wir nach etwas Essbarem suchen?«, fragte sie. Davy nickte eifrig und lächelte sie an.

**Eine Frau auf der Suche nach ihrem Vater.
Ein ungesühntes Verbrechen.
Ein geheimnisvolles Haus, das die Wahrheit
noch verbirgt.**

Katherine Webb, *Besuch aus ferner Zeit*
ISBN 978-3-453-29249-9 · Auch als E-Book

Liv Molyneaux ist gerade in das alte Haus ihres Vaters in Bristol gezogen. Er ist verschwunden und Liv glaubt nicht an die Theorie der Polizei, dass er Selbstmord begangen hat. Sie hofft, zwischen Martins Sachen in der Wohnung und der Buchbinderwerkstatt einen Hinweis zu finden. Neben der Trauer um ihr totgeborenes Kind wird Liv nachts immer wieder von seltsamen Geräuschen und dem Weinen eines Babys geweckt. Ist das alles Einbildung, oder steckt mehr dahinter?

Leseprobe unter diana-verlag.de